페이퍼 팰리스

페이퍼 팰리스

The Paper Palace

미란다 카울리 헬러 지음
김상조 옮김

주영사

사랑하는 루카스와 펠릭스에게,
그리고 언제나 흔들림 없는 뜨거운 사랑을 보여준
할머니 무리엘 마우어 카울리에게

우리는 앞과 뒤를 돌아보며
지금 여기 없는 것을 갈망하나니.
마음껏 웃는 웃음에도
고통은 엉켜 있으니,
우리가 부르는 감미로운 노래는
지독히도 슬픈 생각을 담고 있구나.

— 퍼시 비시 셸리, 〈종달새에게〉

차례

제1권 엘 ⋯⋯⋯⋯⋯⋯⋯⋯⋯⋯⋯⋯⋯ 9
제2권 조너스 ⋯⋯⋯⋯⋯⋯⋯⋯⋯⋯ 195
제3권 피터 ⋯⋯⋯⋯⋯⋯⋯⋯⋯⋯⋯ 287
제4권 올해 여름 ⋯⋯⋯⋯⋯⋯⋯⋯ 435
제5권 오늘 ⋯⋯⋯⋯⋯⋯⋯⋯⋯⋯⋯ 479

감사의 말 ⋯⋯⋯⋯⋯⋯⋯⋯⋯⋯⋯ 528
역자의 말 ⋯⋯⋯⋯⋯⋯⋯⋯⋯⋯⋯ 532

제1권

엘

1

오늘, 8월 1일, 백우즈

오전 6시 30분

　일은 언제나 예상치 못한 방식으로 터진다. 아무런 생각이 나지 않는데, 내 시선의 액자 속으로 배 하나가 보였다. 완벽한 형태에, 녹색에다, 꼭지 부분은 살짝 기울어지고, 잎사귀가 하나 달린 채로. 그게 하얀 도자기 그릇 안쪽에 깔린 라임 속에 놓여 있었고, 그릇은 오랜 세월 풍상에 시달린 야외 테이블 중앙에, 테이블은 유리창이 달린 오래된 베란다 위에, 베란다는 연못가에, 연못은 숲속 깊은 곳에, 숲 옆으로는 바다가 보였다. 그릇 옆에는 놋 촛대 하나가 선반에 올려 뒀던 긴 겨울 동안 쌓였던 먼지와 그 위로 흘러내린 촛농까지 말라붙은 채 놓여 있다. 먹다 남은 피자 조각, 펼쳐져 있는 리넨 냅킨, 암적색 앙금이 있는 와인병, 표면이 거친 수제 빵 도마, 칼로 자르지 않고 손으로 뜯어먹은 빵이 보인다. 테이블 위에는 곰팡이가 슬어 있는 시집이 펼쳐져 있다. 어젯밤 저녁 식사가 있었던 자리를 가만히 보고 있자니 하늘을 향해 날아오르는 〈종달새에게〉가 머릿속으로 다시 고통스럽고 흥미진진하게 떠올랐다. "온 세상은 이제 들어야 한다, 내가 지금 듣고 있는 것처럼." 그는 이 대목을 아름답게 낭송했다. "애나에게 바치는 거야." 그리고 우리는 그녀를 생각하며 마법에 걸린 듯 그곳에 앉아 있었다. 그를 응시하고 있으니 더할 나위 없이 행복했다. 나는 눈을 감고 그가 하는 말을 들었고, 그의 숨결을 느꼈다. 그의 말은 내 온몸을 타고 흘러내렸고, 거듭거듭 반복해서 나를 적셨다. 더 이상 바라는 건 없었다.

테이블 가장자리 너머로 이른 아침의 약한 햇빛이 밀려오면서, 새벽빛이 유리창을 지나 이런저런 색깔의 나무들 위로 순수한 푸른빛의 연못을 지나고, 연못가가 서 있는 투펠로 나무들*의 짙은 그늘까지 밝히면서 부드럽게 퍼졌다. 나는 지저분한 잔에 남은 걸쭉하게 식은 에스프레소 커피를 보면서 마실까 생각했다. 공기가 쌀쌀했다. 나는 매년 여름 캠프에 찾아올 때마다 걸치는 빛깔 바랜 라벤더색 목욕 가운 — 엄마 거였다 — 을 입은 채 몸을 떨었다. 이 옷에서는 엄마 냄새만 아니라, 안 입고 놔두는 동안 쥐가 싼 오줌 냄새도 나는 듯하다. 지금 이때가 백우즈에서 내가 가장 좋아하는 시간이다. 아직 아무도 일어나지 않은 연못에서 맞이하는 이른 아침. 햇빛은 청명하고, 무심하고, 연못은 상쾌하고, 쏙독새들은 잠잠하다.

베란다 밖 작은 데크에 깔린 나무 조각들 틈으로 모래가 쌓여 있다.

---

* 투펠로tupelo — 니사nyssa 과에 속하는 북미 원산의 나무. 목재나 나무 그릇 등을 만드는 데 사용된다.

빗자루로 쓸어야 한다. 빗자루는 창에 기대어 세워진 채 창을 안쪽으로 밀고 있었는데, 나는 그냥 무시하고 백사장으로 이어지는 길을 따라 내려왔다. 내 뒤로 문이 끼익 소리를 내며 닫혔다.

땅바닥에 목욕 가운을 벗어 놓고, 알몸으로 물가에 섰다. 연못 가장자리 쪽에 서 있는 소나무와 오크나무들 너머로 바다가 성난 듯 일렁였다. 먼바다에서 폭풍이 몰려오는 게 분명하다. 하지만 여기, 연못의 이쪽 편은 대기가 달콤하고 차분하다. 나는 잠시 멈춰 서서, 응시하고, 귀를 기울였다. 작은 곤충들이 앵앵거리는 소리, 나무들을 부드럽게 스쳐 가는 바람 소리. 그다음에 무릎까지 물이 올라오는 곳에 들어서서는, 차가운 물속으로 머리부터 뛰어들었다. 수련 옆을 지나고, 흥분과 자유 그리고 이름할 수 없는 공포에서 비롯되어 분출되는 아드레날린에 힘입어 좀 더 깊은 곳까지 헤엄쳐 나간다. 나는 바닷속에서 악어거북들이 솟아 올라와 내 큰 가슴을 물지 않을까 하는 두려움이 있다. 아니면 내가 다리를 벌렸다 오므렸다 하는 동안 걔들이 내 그곳의 냄새에 이끌려 나올지도 모른다. 이런 생각이 들자 얼른 모랫바닥이 보이는 얕은 곳으로 돌아가야 하겠다 싶었다. 내가 좀 더 용감했으면 좋겠다. 하지만 물 밖으로 나오면서도 나는 이런 무서움, 숨 막힘, 요동치는 심장박동까지도 사랑한다.

긴 머리를 최대한 쥐어짠 다음, 듬성듬성 자란 소나무 두 그루 사이에 엄마가 설치한 빨랫줄에 걸어 둔 낡은 수건을 걷어쥐고는 따뜻한 모래 위에 누웠다. 금속 빛깔의 선명한 파란색 잠자리가 내 젖꼭지 위에 내려앉더니 한참 있다가 날아간다. 모래 위로 내 몸이 만든 언덕을 따라 개미 한 마리가 기어오른다.

지난밤, 나는 결국 그와 섹스를 했다. 그가 여전히 나를 원하는지 확신이 없었고, 여러 해 동안 상상만 하던 일이었다. 그러나 어느 순간, 그와 섹스를 하게 되리라는 것을 알아차렸다. 잔뜩 들이켰던 와인, 시를 읊던 조너스의 목소리, 술에 취해 소파 위에서 잠든 내 남편 피터, 집 안에서 이미 잠든 세 아이들, 게다가 엄마는 저녁 식사에 찾아온 손님들을 내버려 둔 채 설거지를 하느라 샛노란 고무장갑을 끼고 싱크대로 가 있었다. 우리 시선은 꽤 오래 서로 엉켰다. 나는 어질러져 있는 테이블에서 일어나서, 팬트리에 들어가서 속옷을 벗어 식빵 바구니 뒤에 숨겼다. 그러고는 뒷문을 통해 어둠이 내린 밖으로 나왔다. 어둠 속에서 기다렸다. 비누 거품 속에서 접시, 물, 술잔, 은식기 등이 한데 섞여 부딪치는 소리를 들으면서. 기다렸다. 기대했다. 그러자 그가 나왔고, 나를 집의 벽 쪽으로 밀어붙이더니 내 옷 안쪽으로 손을 집어넣었다. "사랑해," 그가 속삭였다. 그의 몸이 내 안으로 밀고 들어올 때는 숨이 막혔다. 그때 나는 생각했다. 이제는 예전으로 돌아갈 수 없다고. 내가 하지 않은 일에 대해 후회하기는 싫다. 내가 저지른 일에 대해서만 후회한다. 나는 그를 사랑한다, 나는 나를 미워한다. 나는 나를 사랑한다, 나는 그를 미워한다. 이게 기나긴 이야기의 대단원이다.

1966년 12월, 뉴욕시

나는 고함쳤다. 뭔가 잘못되었다는 걸 엄마가 알아차릴 때까지 고함치고 숨을 몰아쉬었다. 엄마는 태어난 지 석 달 된 나를 안고서 공포에 질린 채, 마치 미스 클라벨*이라도 된 듯이 파크 애비뉴를 따라 병원을 향해 뛰었다. 아빠 역시 손에 서류 가방을 든 채 프레드 프렌치 빌딩에서 출발해서 매디슨 애비뉴를 따라 뛰었다. 아빠의 머릿속은 뒤죽박죽이었고, 다른 일에서도 그랬듯이 자신이 할 수 있는 게 없다는 사실에 괴로워했다. 의사는 시간이 없다면서 — 지체하면 아기가 죽는다고 — 나를 엄마의 품에서 낚아챘다. 수술대 위에서 그는 잘 익은 수박을 자르듯 내 배를 갈랐다. 내 장 속에는 종양이 도사리고 있었고, 그 철옹성 같은 종양 뒤쪽으로 대변이 쌓이면서 작은 몸속으로 독성이 계속 스며들고 있었다. 똥이 계속 쌓였고, 그걸 이겨내는 게 관건이지만, 그 후로도 나는 좀체 거기에 익숙해지지 못했다.

　내 배 속을 헤집으며 수술하던 의사는 내 몸에서 죽음을 도려내려고 서둘다가 무심결에 난소 한쪽을 잘라버렸다. 이것도 나는 그 후 여러 해 동안 알지 못하고 지냈다. 그 사실을 알게 되었을 때, 엄마는 나 때문에 두 번째로 눈물을 흘렸다. "미안하다," 엄마가 말했다. "의사에게 좀 더 조심하라고 말해야 했는데…" 엄마는 내 운명을 바꿀 능력이 자신에게 있었는데 사용하지 못했다는 듯이 말했다.

　그 뒤로 나는 양팔을 옆으로 묶인 채 병원의 유아용 침대에 누워 있었다. 나는 이런 부당한 처사에 분노를 터뜨리며 계속 고함치고 울었다. 병원은 엄마에게 모유 수유도 못 하게 했다. 엄마의 젖은 말라버렸다. 거의 일주일이 지난 후에야 내 팔을 풀어줬다. "그전까지만 해도 너

---

* 미스 클라벨Miss Clavel — 루드비히 베멀먼즈Ludwig Bemelmans의 만화 속에 나오는 캐릭터 이름.

는 언제나 잘 웃는 아기였는데," 아빠가 말했다. "그때 이후로는," 엄마가 말했다. "울음을 멈추질 않았어."

오전 7시 30분

나는 몸을 돌려 배를 깔고 양팔에 머리를 얹었다. 나는 햇볕이 내리쬐는 곳에 누워 있을 때 내 몸에서 나는 짜면서도 달콤한 냄새를 좋아한다. 치료받는 기분이 들게 하는, 땅콩버터 같은, 머스키 향 말이다. 본채에서 침실이 있는 작은 오두막집까지 이어진 길 저쪽에서 문이 닫히는 소리가 들렸다. 누군가 일어난 모양이다. 마른 잎 밟는 발걸음 소리. 실외에 설치된 샤워기 트는 소리. 하루가 시작되는 소리. 나는 한숨을 내뱉으며 모래 위에 벗어 뒀던 목욕 가운을 집어 들고 집으로 향했다.

우리 별장은 본채가 하나 있고 — 이름은 빅하우스 — 연못가를 따라 소나무들이 우거진 길 위로 침실이 하나씩 딸린 작은 오두막집 네 채가 늘어서 있다. 비막이 판자로 지어진 작은 오두막인데 각각 지붕은 눈이 쌓이지 않도록 경사져 있고, 천장에 채광창이 하나, 양쪽 벽에는 긴 클리어스토리* 창들이 달려 있다. 옛날 스타일에 시골풍, 장식 따위는 없다. 전형적인 뉴잉글랜드 풍의 통나무집이다. 길과 연못 사이에는 나무들이 얇은 병풍 — 꽃이 만발한 매화오리나무, 월계수, 야생 블루베리 덤불 — 처럼 서 있어서, 저쪽 백사장 쪽의 공영 비치에서 우

---

* 클리어스토리 clerestory — 고창층이라고도 하며, 고딕식 교회의 높은 창이 일렬로 달린 부분

리가 있는 연못 이쪽으로 넘어오려는 과도한 열정을 가진 수영객이나 호기심 많은 낚시꾼으로부터 우리를 가려주고 있다. 걸어서 들어올 수 없게 되어 있는데도, 가끔 사람들은 자기들이 지금 우리 사생활을 침범하고 있다는 걸 모르는 듯 물속으로 1.5미터가량을 걸어서, 늘어서 있는 나무들을 넘어오는 때도 있다.

별도로 나 있는 또 다른 길을 따라가면, 오두막들 뒤쪽에 오래된 샤워실이 있다. 페인트는 벗겨져 나가고, 녹슨 에나멜 싱크대는 밤에 높이 켜 놓은 등에 몰려들었다가 타 죽은 나방들 때문에 생긴 베이지색 얼룩에 덮여 있고, 할아버지가 이 별장을 지을 때부터 있었던 발 달린 욕조도 있고, 실외 샤워기가 하나 있는데, 냉수 온수 파이프가 거기 서 있는 니사나무에 부착되어 있고, 물이 땅으로 바로 흘러내려서 길바닥 모래 위에 고랑을 내며 흘러간다.

빅하우스는 큰 방 하나로 되어 있는데, 그 안에 거실과 부엌, 그리고 별도의 팬트리로 이루어져 있으며, 콘크리트 블록과 타르 종이*로 만들었다. 폭이 넓은 보드로 만든 바닥, 두꺼운 기둥, 돌로 만든 큼지막한 벽난로가 있다. 비가 오는 날이면 우리는 문과 창을 다 닫고 안에 앉아서 나무 타는 소리를 들으면서 모노폴리 보드게임을 한다. 그러나 우리가 정말로 좋아하는 곳 — 책을 읽고, 먹고, 이야기하고, 같이 늙어 가는 곳 — 은 유리창을 짜 넣은 베란다 쪽인데, 집 전체의 폭과 똑같은 넓이에, 연못을 마주 보고 있다. 이곳 우리 별장은 월동 준비는 되어 있지 않다. 그럴 이유가 없으니까. 9월 말만 되어도 날씨는 쌀쌀해

---

* 타르 종이tar paper — 건축용으로 타르를 먹인 종이

지고 다른 여름 별장도 모두 문을 닫으면 이곳 백우즈도 쓸쓸한 곳으로 변한다. 물론 삭막한 불빛 아래서도 여전히 아름답지만, 엄숙하고 음침해지는 것이다. 낙엽이 지면 아무도 여기서 지내고 싶어 하지 않는다. 하지만 여름휴가 시즌이 시작되고, 숲은 초록빛으로 짙어지고, 푸른색 왜가리들이 날아와 둥지를 틀고 밝은 연못을 걸어 다닐 때가 되면, 여기보다 근사한 곳은 세상에 없다.

집 안으로 들어와 베란다 쪽으로 가다 보니 명치 쪽으로 향수 같은 그리움이 찌르는 듯이 파고들었다. 다들 아침 먹으러 나오기 전에 테이블을 정리해야겠다고 생각했지만, 이 광경 그대로 기억에 담아두고 싶었다. 지난밤의 일을 되새기면서 빵 부스러기 하나하나, 접시 하나하나까지 모두 내 머릿속에 산으로 부식하듯이 새겨 넣고 싶었다. 흰 식탁보에 묻은 자줏빛 와인 자국을 손가락으로 쓰다듬고 조너스가 마셨던 잔을 내 입술에 갖다 대고, 그를 다시 맛보고자 했다. 눈을 감고 테이블 아래쪽에서 그가 허벅지로 내 허벅지를 눌렀을 때의 압박감을 다시 떠올린다. 내가 깨닫기 전부터 그는 나를 원하고 있었다. 우연이었을까 의도했던 일이었을까 궁금해하고 있으려니 숨이 막힐 지경이 된다.

큰 방에는 모든 게 예전과 다름없다. 스토브 위의 벽 쪽으로는 단지들이 올려져 있고, 컵을 걸어 두는 고리에 걸린 주걱들, 나무 수저를 담아 두는 유리병, 서가에 압핀으로 박아서 고정해 놓은 색 바랜 전화번호부, 벽난로 쪽으로 붙여 놓은 두 개의 팔걸이의자까지. 변한 건 아무것도 없는데도 부엌을 가로질러 팬트리로 걸어가면서 나는 전혀 다른 방에 들어온 듯 신경이 곤두섰는데, 공기조차도 방금 깊은 잠에서 깨어난 듯했다. 팬트리 문을 지나 콘크리트 블록으로 된 벽을 응시한다. 아무것도 없다. 어떤 흔적도 증거도 남아 있지 않다. 그러나 여기, 바로 여기서 우리는 서로의 몸속으로 우리 몸을 한없이 파묻어 갔다. 끝없이, 고요하게, 절박하게. 문득 식빵 바구니 뒤에 숨겨 놓은 속옷 생각이 나서 얼른 꺼내 목욕 가운 속에 숨기려는데 엄마가 나타났다.

"엘, 일찍 일어났구나. 커피 있니?" 질책하는 듯한 느낌.

"이제 막 만들려던 참이에요."

"너무 진하지 않게 해봐. 네가 만드는 에스프레소 스타일은 별로야. 물론 알아, 너는 그게 더 낫다고 생각하니…." 엄마는 짐짓 유쾌한 목소리로 말했는데 그게 더 나를 미치게 했다.

"알았어요." 오늘 아침은 싸우고 싶지 않다.

엄마가 베란다에 있는 소파에 앉는다. 딱딱한 말총으로 만든 매트리스에 오래된 회색 천을 덮어 놓은 소파인데, 집 안 전체로 봐서는 가장 편한 곳이다. 거기 앉아 밖으로 연못도 보고, 커피도 마시고, 오래된 쿠션에 몸을 기댄 채 책을 읽을 수도 있는데, 면으로 되어 있는 쿠션 덮개는 부식되고 있는 지경이다. 직물도 오래되면 부식된다는 걸 누가 알았으랴!

좋은 자리는 독차지하는 게 엄마의 특징이다.

붉은 금발에 회색 줄이 생기기 시작한 엄마의 머리는 아무렇게나 말아 올려 쪽을 지었다. 체크무늬 잠옷은 낡았다. 그런데도 여전히 위엄이 있다. 마치 월계수와 진주를 몸에 휘감고 아름답고 근엄한 표정으로 배가 나아갈 방향을 가리키는 18세기 뉴잉글랜드 지방 스쿠너*의

---

* 스쿠너schooner — 돛대가 두 개 이상인 범선

선수상* 같다.

"일단 커피부터 마시고 테이블을 정리할게요." 내가 말한다.

"네가 테이블을 정리하면 설거지는 내가 하마. 으음," 엄마는 이렇게 말하면서 내가 커피 한 잔을 건네자 "고마워"라고 덧붙인다. "물은 어땠어?"

"아주 좋아요. 차가워요."

엄마가 내게 가르쳐준 교훈 하나. 인생에는 절대 후회하지 않을 일이 두 가지가 있는데, 아기와 수영이라는 것. 6월 초의 상당히 추운 날에도 대서양 바닷가에 서서 물개들이 그 큼지막하고 흉하게 생긴 머리를 세우고 바닷속으로 하얀 물거품을 일으키며 지나가는 걸 지켜보며 짜증을 삼키고 있을 때에도, 내 머릿속에는 빨리 뛰어들라는 엄마의 목소리가 들려오곤 했다.

"수건은 빨랫줄에 널어놔. 오늘도 젖은 수건이 산더미처럼 쌓이게 하지 말고. 애들에게도 그렇게 말해."

"빨랫줄에 널어 뒀어요."

"네가 잔소리하기 싫으면 내가 하고."

"내가 할게요."

"그리고 걔들도 자기 방은 알아서 청소하라고 해. 엉망이더라. 엘, 네가 다 하지 말고. 애들이 완전히 응석받이로 컸어. 충분히 알아서 할 나이가 되었는데…."

한 손에는 쓰레기봉투를 들고, 다른 한 손에는 커피 잔을 들고서,

---

* 선수상船首像 — 뱃머리에 나무로 만들어 붙이는 조각상으로 보통 여자 모습이다.

엄마 잔소리를 바람결에 흘려보내며 나는 뒷문으로 나왔다.

엄마가 했던 잔소리 중 가장 끔찍한 말은 "보티첼리*를 생각해라"였다. 입술은 얌전히 다물고, 알몸이면서도 여전히 정숙하게 조개껍데기 속에서 일어나는 비너스처럼 행동하라고. 내가 피터와 같이 살기로 했을 때 엄마가 했던 잔소리였다. 엄마는 자신이 몇 년 전 우피치**에 갔을 때 선물 가게에서 사 온 색 바랜 엽서에 그렇게 써서 보냈었다. '엘리너, 나는 네가 만나는 피터가 마음에 든다. 그에게 까다롭게 굴지 않도록 늘 신경을 써라. 입은 다물고, 신비롭게 보이도록 애를 써야 해. 보티첼리를 생각해라. 사랑한다. 엄마가."

나는 쓰레기통에 쓰레기를 던지고 뚜껑을 쾅 닫은 다음, 너구리들이 뒤지지 못하도록 고무 밧줄로 뚜껑을 가로질러 꽉 묶었다. 너구리는 긴 손가락을 능숙하게 사용하는 영민한 동물이다. 인간의 지능을 갖춘 작은 곰 같은데, 보기보다 훨씬 영리하고 고약하다. 우리는 몇 년째 그것들과 전쟁하다시피 하고 있다.

"엘, 고무 밧줄로 다시 묶었지?" 엄마가 말한다.

"당연하죠." 나는 얌전히 웃으면서 접시를 치우기 시작한다.

---

* 보티첼리Botticelli — 이탈리아 르네상스의 대표적 화가(1445–1510). 〈비너스의 탄생〉이라는 유명한 그림을 남겼다.

** 우피치Uffizi — 이탈리아 피렌체에 있는 메디치가의 수집품을 수장한 미술관

1969년, 뉴욕시

 이제 곧 아빠가 올 것이다. 나는 우리 집 거실과 현관을 가르는 조립식 바 뒤에 웅크린 채 숨어 있다. 이 바는 여러 구역으로 나뉘어 있다. 한쪽에는 술병들이 저장되어 있고, 다른 한쪽에는 축음기, 또 다른 한쪽에는 아빠가 모아 둔 음반, 커다란 미술 작품들, 마티니 유리잔들, 은으로 만든 셰이커 등이 놓여 있다. 술병들을 모아 놓은 곳은 창문처럼 양쪽으로 개방되어 있다. 술병들을 뚫어져라 쳐다보고 있자면 그 황옥 빛깔에 매혹되는데, 스카치위스키, 버번위스키, 럼주 등 다양하다. 나는 이제 세 살이다. 내 옆으로는 아빠가 애지중지하는 LP판들과 78회전 레코드판들이 있다. 나는 그것들의 옆을 손가락으로 제치며 내가 만드는 소리를 즐기고, 그 오래된 재킷에서 나는 냄새를 들이켜며 벨이 울리기를 기다린다. 마침내 아빠가 도착하고, 나는 숨어서 기다릴 생각이 없었다. 벌써 몇 주가 흘렀다. 복도를 뛰어가서 아빠의 곰처럼 우람한 품에 내 몸을 던졌다.
 이혼은 아직 확정되지 않았지만, 거의 다 끝나고 있다. 엄마 아빠는 곧 국경을 넘어 후아레스까지 가서 마무리해야 한다. 언니 애나와 내가 호텔 로비 안에 있는 멕시칸 스타일 타일로 만든 팔각형 모양 분수 가장자리에 앉아서, 분수 가운데 열대식물로 꾸며 놓은 검은 섬 주변을 돌아다니는 금붕어를 지켜보며 참을성 있게 기다리고 있으면, 다 끝날 것이다. 여러 해가 지난 뒤에 엄마는 내게 그날 아침 이혼 서류를 손에 쥔 채로 아빠에게 전화를 걸었던 이야기를 해줬다. "마음이 바뀌었어. 하지 말자." 이혼은 순전히 엄마의 결정이었고 아빠는 마음이 무너졌지만, 그런데도 아빠는 말했다. "아니야, 이미 여기까지 왔잖아. 이대로 끝내는 게 좋아." 이대로 끝내는 게 좋아. 이 몇 마디가 모든 걸 바꾸어 버렸다. 하지만 그 순간, 그러니까 내가 멕시칸 타일을 발로 툭툭 차면서 잉글리시 머핀을 조금씩 뜯어서 금붕어들에게 나눠주고 있던 그때만 해도 나는 내게 닥쳐오는 위험을 알지 못했다. 이야기가 얼마든지 다르게 전개될 수 있었다는 것도.

아무튼, 그러나 지금은 멕시코로 가기 전이다. 아빠는 짐짓 유쾌한 척하고 있고, 여전히 엄마를 사랑하고 있다.

"엘리너!" 아빠는 나를 양팔로 들어 올렸다. "내 귀여운 토끼, 잘 지냈어?"

나는 소리 내어 웃으면서 절박할 정도로 아빠에게 매달리고 있었고, 얼굴을 아빠의 얼굴에 비비고 있으니 풀어진 내 긴 머리칼이 아빠의 시야를 가렸다.

"아빠!" 애나가 내게 선수를 빼앗긴 것에 화가 난 듯 황소처럼 뛰어오더니, 아빠 품에서 나를 밀어낸다. 언니는 나보다 두 살 위라서 사랑을 더 많이 차지하려 한다. 하지만 아빠는 신경 쓰지 않았다. 아빠는 그저 그렇게 사랑받고 싶을 뿐이었다. 나는 다시 아빠 품속으로 밀고 들어갔다.

엄마가 전쟁 전에 지어진 낡은 아파트 저쪽 어디쯤에서 소리쳐 불렀다. "여보? 마실 것 줘? 지금 돼지고기 스테이크 만드는 중이야."

"좋지," 아빠는 아무 일도 없었다는 듯이 굵은 목소리로 대답했다. 눈빛이 슬퍼 보였다.

오전 8시 15분

"어젯밤은 아주 좋았다." 낡은 뒤마의 작품집을 들고 있던 엄마가 말했다.

"그러게요."

"조너스는 아주 멋져 보이더라."

접시를 쌓아 올리던 내 양손에 긴장이 밀려왔다.

"조너스는 언제나 멋져요, 엄마." 양손 가득 쥘 수 있을 만큼 숱이 많은 검은 머리, 연한 푸른빛 눈동자, 윤기 넘치는 피부, 이토록 격정적인, 세상에서 가장 아름다운 남자.

엄마가 하품을 한다. 이건 엄마의 신호인데, 뭔가 안 좋은 이야기를 하기 전에는 항상 하품을 한다. "걔는 멋진데, 걔 엄마는 도저히 못 봐주겠어. 독선적이야."

"맞아요."

"이 세상에서 쓰레기 분리수거는 자기만 하는 줄 알아. 지나도 문제고. 아직도 나는 걔가 무슨 생각으로 지나랑 결혼을 했는지 알 수가 없다."

"젊잖아요. 멋지고. 둘 다 예술가 아니에요?"

"예전에나 젊었지." 엄마가 말했다. "걔가 가슴골 과시하는 거 봐라. 자기가 아주 근사한 사람인 듯이 펄럭거리잖아. 자기를 감출 줄 알아야 한다고 말해주던 사람이 없었던 모양이야."

"이상하긴 하죠." 나는 빈 그릇을 부엌으로 가지고 가면서 말했다. "자부심이 넘쳐요. 부모님이 늘 떠받들어 줬던 모양이죠."

"아휴, 나는 밥맛이야." 엄마가 말했다. "오렌지 주스 있니?"

나는 접시 건조대에서 깨끗한 잔을 골라서 냉장고로 갔다. "사실은," 내가 말했다. "그래서 조너스가 그녀를 사랑했을 거예요. 늘 만나던 노이로제 걸린 여자들과 달리 독특했을 테니. 숲속의 공작처럼."

"델라웨어 출신이래." 엄마는 이 말로 이야기를 끝맺으려 했다. "델라웨어 출신은 아무도 없지."

"맞아요." 주스 잔을 건네며 내가 말했다. "이국적이죠." 그러나 솔직히 말하면 나도 지나를 볼 때면 '얘가 조너스가 선택한 여자야? 도대체 뭘 본 거야?'라는 생각을 하지 않은 적이 없다. 지나를 떠올려 본다. 벌침같이 작고 앙증맞은 몸매, 과산화수소로 염색을 한 탓에 뿌리 부분은 짙은 색깔이지만 올라가면서 금발인 머리채. 탈색이 다시 유행인 모양이다.

엄마는 다시 하품을 했다. "그렇긴 한데, 멋진 스타일은 아니라는 건 분명해."

"저녁 식사 때 온 사람 중에 엄마가 좋아하는 사람이 있긴 해요?"

"아 그냥 나는 솔직하게 말하는 거야."

"그러지 마요. 지나는 가족이잖아요."

"네가 달리 어쩔 수 없으니까 그렇겠지. 너와 가장 친한 친구와 결혼한 사람이니까. 너희는 처음 만났을 때부터 물과 기름 같더구먼."

"그건 말도 안 돼요. 나는 지나를 좋아했어요. 우리는 공통점은 많지는 않지만, 나는 그녀를 존중해요. 조너스는 그녀를 사랑하고."

"편한 대로 생각해." 엄마는 살짝 비꼬는 듯한 웃음기를 띠고 말했다.

"아 좀." 나는 엄마를 죽이고 싶었다.

"예전에 네가 걔 얼굴에 레드와인 잔을 집어 던졌잖아?"

"아니에요, 엄마. 얼굴에 와인 잔을 던진 게 아니죠. 파티에서 발을 헛디뎌서 그쪽으로 와인을 쏟았던 거예요."

"너 어젯밤에는 계속 조너스랑 얘기를 하더라. 둘이 무슨 얘기를 한 거야?"

"몰라요. 이런저런 얘기죠."

"너희들이 어렸을 때 걔가 너를 엄청 좋아했지. 네가 피터와 결혼한다고 했을 때 걔 마음은 무너졌을 거야."

"놀리지 마세요. 그때 걔는 완전히 애였어요."

"그 정도는 넘었지. 불쌍한 청춘이었지." 이렇게 말하고는 엄마는 읽던 책으로 시선을 돌렸다. 차라리 엄마가 나를 쳐다보지 않는 게 나았는데, 지금 이 순간 내 얼굴에는 마음속이 다 비칠 게 분명했기 때문이다.

바깥 연못에는 물이 놀라울 정도로 고요했다. 물고기 한 마리가 뛰어올랐고, 그 자리에 생긴 파문이 동심원으로 퍼져간다. 나는 아무 일도 없었던 듯, 파문이 물가까지 퍼져가다 사라지는 걸 지켜봤다.

2

오전 8시 45분

테이블을 치우고, 빈 그릇은 싱크대 옆에 쌓은 다음, 나는 엄마가 일어나서 아침 수영을 하러 가기만을 기다린다. 10분이라도 혼자 있을 수 있는 시간이 필요하다. 생각을 정리해야 한다. 정신을 차려야 한다. 피터가 곧 일어날 것이다. 아이들도 일어날 것이다. 시간이 필요하다. 그런데 엄마는 커피 잔을 내민다.

"조금 더 줄래? 반 잔 정도면 돼."

엄마가 입고 있는 잠옷이 말려 올라가 있기에 여기서도 속이 다 보였다. 엄마는 밤에 잘 때 속옷을 입고 자는 건 건강에 안 좋다고 생각한다. "밤에는 몸에 공기가 통하게 해야 해," 우리가 어렸을 때도 엄마는 그렇게 말하곤 했다. 애나와 나는 물론 그 말을 무시했다. 당황스럽고 더럽게 느껴질 지경이었다. 엄마에게도 성기가 있다는 사실만으로도 우리에게는 충격이었는데, 그걸 심지어 밤에는 다 드러내고 있다는 건 더 끔찍했다.

"걔는 그 여자와 헤어져야 해," 엄마가 말했다.

"누구 말이에요?"

"지나 말이야. 지루한 여자야. 나는 밥 먹으면서 걔가 지껄이는 소리를 듣다가 깜빡 졸 뻔했다. '예술'을 한다지? 아이고, 누가 그런 거에 관심이 있다니?" 엄마는 하품을 한 번 한 다음, 이어서 말했다. "아직 자식도 없다니, 결혼생활이라고 할 수도 없지. 걔도 도망칠 수 있을 때 도망쳐야 해."

"말도 안 돼요. 엄연히 부부라니까요." 내가 자르고 들어갔다. 말은 그렇게 하면서도 생각해 본다. '엄마가 내 마음을 읽고 있는 건가?'

"엘, 왜 그렇게 방어적으로 나오는 거니? 네 남편도 아닌데."

"말도 안 되니까 그렇죠." 나는 냉장고 문을 열었다가 닫고, 커피에 우유를 콸콸 부었다. "'애가 없으면 결혼생활도 아니다.' 그게 도대체 무슨 말이에요?"

"나는 내 마음대로 생각할 권리가 있지," 엄마는 나를 열받게 할 심산인지 차분한 목소리로 말했다.

"애가 없는 부부는 많아요."

"음."

"아 제발, 엄마 올케는 유방을 다 잘라냈잖아요. 그렇다고 여자가 아니에요?"

엄마는 나를 물끄러미 쳐다봤다. "왜 화를 내는 거야?" 엄마가 소파에서 일어났다. "나는 수영하러 가야겠다. 너는 좀 더 자고 일어나든가."

나는 엄마를 한 대 치고 싶었지만, 그 대신에 말했다. "그들도 애를 갖고 싶어 해요."

"뭐가 문제인지는 아무도 모르지." 엄마는 유리문을 소리 나게 닫고 나갔다.

1970년 10월, 뉴욕

엄마는 애인이 사는 옆집 아파트로 우리를 보내서 그 남자의 자식들과 같이 놀게 했는데, 그의 아내가 우리를 돌봤다. 그들은 서로 헤어져야 하는지 하는 문제로 씨름하고 있었다. 나는 이런 문제를 이해할 정도는 아니더라도 조금은 자란 때였는데, 댄시 씨 아파트에서 안쪽 마당을 통해 댄시 씨가 우리 아파트에서 엄마를 품에 안고 있는 광경을 쳐다보면서 이상하다고 생각할 정도는 되는 나이였다.

길쭉한 주방에는 댄시 씨의 두 살짜리 아들이 높은 의자에 앉아서 플라스틱 주방용기를 장난감 삼아 놀고 있다. 댄시 씨 부인은 그 주방과 거실 사이 문틈에 새끼를 밴 물방개가 뒤집혀서 등을 바닥에 대고 있는 걸 물끄러미 쳐다보고 있다. 아주 작은 새끼들이 그 몸속에서 쏟아져 나오더니 나무판 바닥 사이 틈새로 재빨리 사라졌다. 애나가 뒤쪽 침실에서 댄시 씨의 딸인 블라이드와 함께 뛰어나온다. 애나는 울고 있다. 블라이드가 가위로 그녀의 앞머리를 싹 다 잘라버렸던 것이다. 애나는 이마를 훤히 다 드러내고 있었고, 얼마 안 남은 짙은 갈색 머리칼이 고르지 못한 초승달 형태로 덮여 있었다. 블라이드의 의기양양한 웃음을 보고 있자니 마요네즈 샌드위치 생각이 났다. 그녀의 엄마는 어떤 것에도 신경을 쓰고 있지 않았다. 몸이 터질 듯한 벌레를 보고 있는 그녀의 뺨 위로 눈물 한 방울이 굴러떨어졌다.

오전 8시 50분

나는 소파로 가서, 엄마가 앉아 있어서 온기가 남아 있는 자리에 앉았다. 연못 저쪽 끝으로 벌써 사람들이 모여드는 게 보인다. 렌트를 해서 온 사람들이 대부분이다. 어쩌다가 숲속으로 들어서서 발견한 아늑한 이곳을 마음에 들어 하는 관광객들. '무단 침입자들,' 나는 이렇게 생각하면서 짜증이 났다.

우리가 어렸을 때만 해도 백우즈에 오는 사람들은 다들 서로 아는 사람들이었다. 집마다 돌아가며 칵테일파티를 했고, 맨발의 여자들은 헐렁한 무무 드레스*를 입고 다녔고, 잘생긴 남자들은 발목까지 접어 올린 흰 바지를 입었고, 진 토닉에 싸구려 크래커, 체더 치즈, 모기떼, 쿠키 모양을 찍어내는 틀, 효과가 직방인 살충제가 있던 시절. 숲을 가로지르는 도로는 모래로 잔뜩 어질러졌고, 작은 소나무와 독미나리를 통과하면서 색이 연해진 햇빛에 덮여 있었다. 물가로 걷다 보면 붉은 점토 먼지가 일어나면서 여름 냄새로 가득해진다. 건조하고, 햇볕에 그을린, 영원하고, 감미로운 냄새. 도로 복판에는 키 큰 풀과 덩굴옻나무가 자랐다. 하지만 우리는 피해야 할 게 무엇인지 정도는 알고 있었다. 지나가던 차들은 속도를 멈추고는 우리더러 데려다 줄 테니 발판이나 차 앞쪽 후드 위에 올라타라고 했다. 차에서 떨어져서 깔린다는 생각

---

* 무무muumuu — 하와이 여자들이 입던 길고 헐렁하고 화려한 색깔의 옷

따위는 아무도 하지 않았다. 자기 자식들이 거친 물살에 빠질 수 있다고 생각하는 사람도 없었다. 우리는 거침없이 뛰어다녔고, 백우즈에 점점이 박혀 있는 케틀*의 맑은 민물 속에서 수영을 했다. 우리는 거기를 연못이라고 불렀지만 실은 호수에 가까웠는데 — 어떤 건 깊고 넓었고, 어떤 건 얕고 바닥이 보일 지경이었다 — 빙하기 말에 빙하가 물러날 때 그 거대한 얼음덩어리들이 지표면을 움푹 들어가게 만들면서 생겨난 속이 깊은 그릇 같이 생긴 고대의 유적지로서, 말할 수 없이 깨끗한 물이 담겨 있었다. 우리가 지내던 숲에는 총 9개의 연못이 있었다. 우리는 9개 전부를 돌아다니며 수영을 하고, 다른 사람들의 사유지 경계선을 지나서 모래로 된 작은 만에 도착하면 물에서 나와서, 쓰러져 있는 나무 몸통을 기어올랐다. 신나는 놀이가 시작되었다. 아무도 우리를 신경 쓰지 않았다. 모든 사람이 통행의 자유라는 오래된 권리를 존중했고, 비포장도로가 처음 닦일 무렵에 지어진 오래된 집들의 뒤쪽으로 연결되는 작고 그늘진 길은 여전히 눈과 바닷바람과 더운 여름 날씨 속에서 깨끗하게 정돈되어 있었다. 물속에서는 손으로 미나리를 끄집어 올릴 수 있었다. 다른 사람 소유의 물속에 있는, 다른 사람 소유의 미나리 말이다.

만灣 쪽으로 가보면, 바다로 돌출된 곳 주변은 목가적이면서 좀 더 개발되어 있었다. 크랜베리 덤불, 벚나무, 월계수들이 낮은 언덕 위에 줄지어 서 있었다. 그러나 여기, 그러니까 바다 쪽으로는 야생의 느낌이 남아 있다. 부서지는 파도는 격렬하고, 모래 언덕은 꽤 높아서 위에

---

* 케틀kettle — 빙하가 물러나면서 땅속에 묻혔던 커다란 얼음덩어리가 녹아서 생긴 웅덩이

서부터 뛰어 내려와도 될 정도이고, 바닥 쪽으로 오면 내가 따뜻한 모래에 몸을 던지기 전에 달려들 듯한 기세이다. 그때를 생각하면, 엄마 친구 중에 그 누구도 요즘 엄마처럼 아이들에게 모래 언덕이 무너지니 그 위에서 뛰어다니지 말라고 소리 지르는 이는 없었다. 요즘 엄마들은 애들이 발로 밟으면 거센 겨울 폭풍처럼 모래를 단박에 없애버리기라도 하는 줄 아는 걸까.

밤이면 모래밭에 모닥불을 피워 놓고, 어른 아이 할 거 없이 이동식 목제 테이블 위에 차려 놓은 모래가 씹히는 햄버거에 케첩과 소스를 뿌려 먹었다. 우리 부모들은 큰 유리병에 담긴 진을 따라 마시고는, 백사장의 키 높은 풀 속에 들어가 사랑하는 사람과 키스하기 위해 모닥불 너머 어둠 속으로 사라지곤 했다.

세월이 흐르면서, 다들 문을 걸어 닫기 시작했다. "사유지" 표지판이 내다 걸렸다. 처음에 정착했던 이들의 후손들 — 이곳을 자기들 식민지 정도로 생각하는 예술가, 건축가, 지식인들 — 은 곳에서 보낼 수 있는 시간을 놓고 서로 싸웠다. 연못 주변의 소음 문제로도 분쟁이 생겼고, 이곳을 누가 더 사랑하느냐는 문제보다는 누가 더 많은 권리를 가지고 있느냐는 문제로 다퉜다. 개들조차 밥을 먹다가 짖어댔다. 그즈음 바닷가에도 "출입금지" 표지판이 나붙었다. 알을 낳는 물새들을 보호하기 위해 상당히 넓은 지역에 출입이 통제되었다. 이제는 피리 물떼새 정도만이 통행의 자유를 보장받는다. 그래도 여기는 여전히 내 숲이고 내 연못이다. 내 인생의 지난 50년간 해마다 찾아왔던 곳. 조너스와 내가 처음 만난 곳.

나는 베란다에 있는 소파에 앉아서 엄마가 연못을 가로질러 1.6킬로미터 넘게 헤엄쳐 가는 걸 지켜본다. 엄마의 스트로크는 가지런해서 물살을 가르는 팔 동작은 거의 기계에 가까운 완벽함이 있다. 엄마는 수영할 때는 물 밖을 보지 않는다. 자신이 늘 다니던 길로 나아가는 고래처럼, 어디로 가고 있는지 육감으로 알고 있는 듯하다. 엄마가 가지고 있는 음파탐지기가 고래의 노랫소리보다 더 많은 정보를 얻는 게 아닌지 궁금하다. "걔는 그 여자와 헤어져야 해." 이건 내가 원하던 바가 아닌가? 지나와 조너스는 우리와 상당히 오래 사귄 친구이다. 우리는 어른이 된 후로 거의 매년 여름을 같이 보냈다. 조개껍데기를 따고, 껍질에 붙어 있는 생조개를 함께 먹었고, 바다 위로 보름달이 떠오르는 걸 보면서 지나가 저 달 때문에 생리통이 더 심해진다고 불평하는 소리를 들었고, 어부들이 바다표범 숫자를 줄이기 위해 도태시키는 시즌이 시작될 때면 기도를 드렸고, 추수감사절 칠면조 고기를 너무 익혀 태우기도 했고, 우디 앨런에 대해 열띤 토론을 한 적도 있었다. 아, 그리고 빌어먹을, 지나는 내 딸 매디의 대모이기도 하다. 조너스가 지나와 헤어지면 어떻게 되는 건가? 내가 그녀를 배신한 셈인가? 배신이라면 이미 해버린 셈이다. 지난밤에 그녀의 남편과 잤으니까. 그 생각이 나니 한 번 더 하고 싶었다. 수은등 불빛 같은 은은한 한기가 나를 훑고 지나간다.

"오, 마누라." 피터가 내 목덜미에 입맞춤을 한다.

"아, 왔어." 나는 살짝 놀랐지만 아무렇지 않은 척 자세를 바로잡는다.

"무슨 생각을 그렇게 깊이 하고 있어?" 그가 말한다.

"커피 끓여 놨어."

"좋지." 그는 셔츠 주머니를 뒤져서 담배를 꺼낸다. 한 대에 불을 붙인다. 그러고는 소파의 내 옆으로 와서 앉는다. 나는 그의 미끈한 두 다리가 색이 바랜 반바지 아래로 쭉 뻗어 나온 모습을 좋아한다. 남자답다. "어젯밤에 내가 소파에서 자는데도 그냥 내버려 뒀던 거야?"

"완전히 곯아떨어졌던데."

"시차 때문일 거야."

"나도 그래," 나는 그를 응시하며 말한다. "여기와 멤피스는 딱 한 시간 차이인데도 거의 죽음이야."

"맞아. 오늘 아침도 나는 제대로 눈을 못 뜨겠더라. 시계는 9시인데 8시 같더라고."

"웃겨."

"어젠 너무 퍼마셨어."

"그 이상이었지."

"내가 뭐 엉뚱한 짓을 안 했나 몰라."

"애나를 위해 셸리의 시를 읽는 걸 못 하겠다고 하고, 퀘이커 교도들에 관해 이야기하다가 싸우려고 했던 것 말고?"

"뭐, 그 사람들이 기본적으로 파시스트라는 점에 대해서는 다들 동의할 거야," 그가 말한다. "아주 폭력적인 사람들이지."

"당신은 정말 엉망이야," 나는 그의 사랑스럽고 푸석한 뺨에 키스를 한다. "면도를 해야겠네."

그는 안경을 콧등 위로 밀어 올리고, 이제는 정수리 부근이 회색으로 변하고 있는 짙은 금발 머리를 손으로 쓸어 넘겨서 정리를 했다. 내 남편은 잘생겼다. 아름답다고까지 할 수는 없지만, 옛날 영화배우 스타일로 멋지다. 큰 키에, 우아하고, 영국인 느낌이 난다. 존경받는 언론인이고. 정장을 걸치면 섹시해 보이는 유형. 고대 그리스인 느낌. 인내심이 많지만 화가 나면 무섭다. 비밀을 지킬 줄도 안다. 박자를 놓치는 일도 드물다. 지금은 내가 치른 섹스의 냄새를 맡기라도 하려는 듯 나를 쳐다보고 있다.

"애들은 어디 있어?" 피터는 창문 아래 선반에 줄지어 둔 크고 하얀 바닷조개 껍데기 하나를 집더니, 움푹 들어간 부분이 위로 올라오도록 뒤집고는 거기에 담배를 비벼 껐다.

"애들은 재웠어. 엄마가 당신이 이러는 걸 알면 정말 싫어할 거야." 나는 그에게서 조개껍데기를 건네받은 다음 부엌으로 가서, 꽁초는 쓰레기통에 버리고 깨끗이 씻었다. 엄마는 저쪽 백사장까지 거의 다 갔다.

"세상에, 정말 수영을 잘하시네." 피터가 말했다.

내가 아는 한 수영에서 엄마를 이길 수 있는 사람은 애나밖에 없다. 애나는 연못을 가로질러 수영을 하는 정도가 아니다. 날아간다. 모든 사람을 제치고 나아갈 정도였다. 나는 하늘 위로 물수리 한 마리가 작고 검은 새 한 마리에 쫓기듯 날아가는 모습을 쳐다본다. 바람이 불어와 연못 수면 위에 뜬 수련의 잎을 흔든다. 수련의 잎이 한숨을 토했다.

오전 9시 15분

피터는 주방에서 스크램블드에그를 만들고 있다. 베란다에 앉아 있는데 양파 굽는 냄새가 난다. 카운터 위에는 사과나무 향이 배어 있는 두꺼운 베이컨에서 기름이 흘러나와 그 밑에 깔린 키친타월에 스며들고 있다. 베이컨과 달걀보다 숙취에 더 좋은 게 있으랴. 엄밀히 말하자면, 베이컨이 최고이다. 신들이 먹는 음식. 아루굴라*와 거르지 않은 올리브유 그리고 파탁스**에서 나온 가지피클과 동급. 무인도에 간다면 가져가고 싶은 음식. 그리고 파스타가 있다. 나는 가끔 무인도에서 혼자 살아남게 되었을 때를 상상하곤 했다. 물고기를 잡아먹고, 야생 동물의 습격을 피해서 땅에서 높이 올라간 나무 위에 집을 짓고, 살은 쪽 빠지겠지. 내 상상 속에는 해안에 밀려온 《셰익스피어 전집》 한 권은 반드시 있기 마련이어서, 달리 소일거리가 없으니 한 줄 한 줄 꼼꼼히 읽는다. (그리고 음미한다.) 나는 어쩔 수 없는 상황 속에서 마침내 가장 참된 자아 — 내가 될 수 있는 가장 멋진 나 — 에 도달한다. 가끔은 감옥이나 군대에 있는 상상도 했다. 다른 선택이 없고, 그저 미리 정해진 대로 하루를 보내야 하고, 아무리 무서워도 시키는 대로 하지 않을 수 없는 상태. 독학으로 공부하고, 팔굽혀펴기를 100개씩 하고, 소량의 과자류가 생수와 함께 제공되는 삶. 이런 게 내가 어릴 때 꿈꾸던 거였다. 그 그림 속으로 조너스가 밀고 들어온 건 그러고도 세월이 꽤 흐른 뒤였다.

    나는 주방으로 가서 베이컨 한 점을 집으려고 손을 뻗는다. 피터가 내 손을 쳐서 막았다.

---

* 아루굴라arugula — 겨잣과(科) 무의 일종. 샐러드에 넣는 향이 강한 채소

** 파탁스Patak's — 인도 음식 전문 브랜드

"손으로 집어 먹지 마." 그는 달걀 속에 잘게 간 치즈를 집어넣고, 피망을 썰어 넣었다.

"왜 속이 깊은 그 냄비를 쓰고 있어?" 나는 영국인이 달걀 요리하는 방식을 싫어한다. 눌어붙지 않는 프라이팬에 버터를 잔뜩 퍼 넣는다. 이 미련하면서도 시간도 늘어지고 텁텁하게 만드는 방식으로 요리를 하고 나면, 냄비는 도무지 씻을 방도가 없다. 이틀은 물에 담가야 겨우 씻을 수 있다. "어휴." 나는 주걱으로 그를 푹 찌른다.

피터의 윗옷은 기름이 튀어서 엉망이다. "저리 잠깐 가 있어봐. 멋지게 달걀 요리를 해줄 테니." 그는 식빵 바구니에서 잘려져 있는 식빵 몇 개를 꺼낸다. "이거나 토스트 해봐."

나는 그 식빵 바구니 뒤에 검은 레이스가 달린 속옷을 숨겨 뒀던 게 생각났고, 치마 속에 아무것도 입지 않은 상태로 조너스의 손가락이 내 허벅지를 쓰다듬던 게 떠올라서 얼굴이 달아올랐다.

"아니, 왜 그렇게 멍하니 있어?"

엄마가 갖고 있는 토스트기는 한 번에 두 개씩만 할 수 있다. 한쪽은 타고, 한쪽은 그대로 있다. 그래서 오븐을 "굽기" 모드로 켜고 식빵을 쿠키 종이 위에 줄 맞춰서 넣었다. 버터를 손에 쥐고는, 굽고 나서 발라야 할지 바르고 구워야 할지 잠시 고민한다.

"몇 분 해야 하지?"

"8분이면 돼," 피터가 말한다. "12분이 가장 좋고. 애들도 깨워봐."

"엄마를 기다려야지."

"달걀이 다 굳을 거야."

나는 바깥으로 연못 쪽을 쳐다본다. "이제 돌아오는 길이 반쯤 남으

셨네."

"수영하러 가셨으니 못 기다려."

"오케이. 결과는 당신이 책임져." 엄마는 자신이 무시당한다고 느끼면 언제나 주변 사람들도 똑같이 마음 상하게 한다. 그러나 피터는 엄마의 그런 성향에 전혀 신경을 쓰지 않는다. 대놓고 놀리기도 하고, 그런 식으로 괴팍하게 굴지 마시라는 말도 직접적으로 하는데도, 무슨 이유인지 몰라도 엄마는 순순히 받아들인다.

1952년, 뉴욕시

엄마는 외할머니 나네트 샐튼스톨이 재혼할 때 8살이었다. 외할머니는 뉴욕 사교계의 명사였는데, 이기적이고 아름다울 뿐 아니라, 풍성하면서도 냉혹해 보이는 입술 때문에 유명했다. 외할머니는 어렸을 때만 해도 부유했는데, 은행원인 아빠가 애지중지 키웠다. 그러나 1929년 주식시장 대폭락이 모든 걸 바꿔버렸다. 외할머니 가족은 5번가의 타운하우스를 떠나 요크빌에 있는 철길 근방의 어둑어둑한 아파트로 이사를 해야 했는데, 그곳에서 외증조부인 조지 샐튼스톨이 계속 누릴 수 있는 사치라고는 오후 6시쯤에 크리스털 셰이커 속에다 길고 멋진 은수저로 휘저어 마시는 보드카 마티니 한 잔이 유일했다. 그분들로서는 아름다운 장녀가 당신들에게 남아 있는 마지막 자산이었다. 외할머니는 부자랑 결혼해서 집안을 일으켜야 했다. 그게 계획의 전부였다. 하지만 파리에 있는 패션 디자인 학교에 입학해서는 보스턴 출신의 상류층이지만 돈 한 푼 없는 조각가이자, 가진 거라고는 매사추세츠 숲속 깊은 곳에 있는 케틀 연못가에 되는대로 지어 올린 낡은 집 한 채가 전부인 내 외할아버지 에이머리 쿠싱과 사랑에 빠져버렸다. 그는 그 집과 연못을 먼 친척 아저씨에게 물려받았다.

외할아버지는 외할머니와 사랑에 빠지고 얼마 되지 않은 시기에 지금 우리가 쓰는 이 캠프를 만드셨다. 할아버지는 길고 좁은 해안선을 따라, 자기 집에서 급하게 꺾여 들어가 보이지 않는 곳을 선택했다. 여름에는 그 집들을 다른 이들에게 대여해 과외의 돈도 벌어 매력적인 아내와 아직 어린 두 아이를 위해 쓸 생각이었다. 집들은 바깥에서 보면 단단하게 지어져 있다. 해마다 매섭게 닥치는 겨울바람과 북동풍과 늘 티격태격하는 가족들을 다 받아내고 이겨낸 물샐틈없이 탄탄한 소금통형* 가옥. 하지만 돈이 얼마 없었기에 내부의 벽과 천장에는 호마소테라는 싸고 실용적인 프레스 판지를 써야 했고, 그 바람에 캠프에는 페이퍼 팰리스라는 별명을 붙였다. 다만 할아버지가 미처 예상하지 못했던 건 그걸 다 짓기도 전에 할머니가 그를 떠나게 되었다는 것. 또 하나, 호마소테는 쥐들이 아주 좋아해서 매년 겨울이면 벽에 구멍을 내고, 부서져 나오는 종이는 가져다가 자기들이 서랍 속에 낳아 둔 손가락 만한 새끼들에게 아침에 먹는 뮤즐리**처럼 먹인다는 것. 여름이 되어 캠프 문을 처음 여는 사람은 누구든 쥐들의 둥지를 숲속에 내다

---

* 소금통형 가옥 saltbox — 앞에서 보면 2층, 뒤에서 보면 1층인 것처럼 지은 집. 지붕은 앞쪽보다 뒤쪽이 길고 낮다.

** 뮤즐리 muesli — 곡식, 견과류, 말린 과일 등을 섞은 것으로 아침 식사로 우유에 타 먹는다.

버리는 일을 해야 했다. 쥐를 욕할 필요는 없다. 필그림들*은 이미 겪어서 알고 있듯이 케이프** 지역의 겨울은 혹독하니까. 다만 쥐들이 싼 오줌에는 고약한 냄새가 날 뿐 아니라, 나무로 만든 서랍에서 수풀 속으로 떨어지면서 쥐들이 내는 찍찍거리는 비명이 그렇게 듣기 싫었다.

이혼 후에 할머니는 몇 달 동안 유럽을 돌며 지냈는데, 카다케스***에서는 토플리스 차림으로 일광욕을 즐기고, 유부남들과 차가운 셰리주를 마셨고, 그럴 동안 엄마와 엄마의 남동생 오스틴은 호텔 로비에서 기다려야 했다. 돈이 다 떨어지고 난 뒤에야 할머니는 이제 집으로 돌아가서 부모가 자신에게 기대하는 일을 하기로 했다. 그래서 은행원과 결혼했다. 이름은 짐. 점잖은 스타일이었다. 앤도버와 프린스턴 출신. 그는 할머니에게 센트럴 파크가 내려다보이는 아파트와 긴 털을 가진 샴 고양이를 사주었다. 엄마와 외삼촌은 맨해튼의 근사한 사립학교에 다녔는데, 상류층 남자아이들은 정장을 입어야 하는 곳이었고, 거기서 엄마는 프랑스어를 익히고 베이크드 알래스카**** 만드는 법을 배웠다.

엄마는 9살 생일 1주일 전에 처음으로 블로우잡을 했다. 우선 엄마는 6살 먹은 동생인 오스틴이 새아버지의 페니스를 양손으로 잡고 딱딱해질 때까지 흔드는 걸 지켜봤다. 짐은 그들에게 이건 대단히 자연스

---

* 필그림들 The Pilgrims — 1620년에 메이플라워호를 타고 미국으로 간 영국인들

** 미국 매사추세츠에 있는 반도 케이프 코드 Cape Cod를 말한다.

*** 카다케스 Cadaqués — 스페인 카탈루냐 지방의 도시

**** 베이크드 알래스카 Baked Alaska — 아이스크림과 케이크로 만들고 그 위에 갈색 머랭을 토핑으로 얹는 디저트

러운 일이며, 너희들은 아빠를 기쁘게 해주고 싶지 않으냐고 말했다. 그 이야기를 처음 털어놓을 때 엄마가 했던 말에 의하면, 가장 최악은 그 끈적끈적하고 하얀 액체가 분출되어 나올 때라는 것이었다. 나머지는 어떻게든 참을 수 있었다고 했다. 하지만 그 액체, 페니스의 열기, 그리고 거기서 나는 연한 오줌 냄새는 정말 견디기 어려웠다고 했다. 짐은 그들에게 엄마한테 말하면 가만두지 않겠다고 협박했다. 그래도 그들은 엄마에게 일러바쳤지만, 엄마는 거짓말하지 말라고 나무랐다. 할머니는 갈 데가 없었고, 수중에 돈도 없었으니까. 남편이 주방 옆에 딸린 식모방에서 가정부와 섹스하는 걸 봤을 때는 지저분하게 놀지 말라며 문을 닫아주고 말았다.

어느 토요일, 할머니는 클럽에서 점심을 먹고 일찍 집으로 돌아왔다. 친구인 모드가 두통이 심했기에 할머니 혼자 프릭 박물관에 가고 싶지는 않았기 때문이었다. 아파트에는 아무도 보이지 않았고, 고양이만 문 앞에서 할머니의 발 주변을 감싸고 돌면서 등을 매혹적으로 구부렸다. 할머니는 모피 코트를 소파 위에 던지고, 하이힐을 벗은 다음, 곧장 복도를 지나 침실로 들어섰다. 짐은 등 달린 두툼한 안락의자에 앉아 있었고, 바지는 발목까지 내려와 있었다. 엄마는 그의 앞에 무릎을 꿇고 앉아 있었다. 할머니는 그쪽으로 걸어간 다음 엄마의 얼굴을 세게 갈겼다.

엄마는 이 이야기를 내가 17살 때 해줬다. 나는 그때 엄마가 언니에게는 짐벨스*에 가서 새 립글로스를 살 돈을 주고, 나더러는 집안일을 하라고 한 것 때문에 분이 차 있었다. "아, 엘, 제발," 엄마는 접시가 잔뜩 쌓인 주방 싱크대 앞에서 부글부글 끓는 나를 보면서 말했다. "설거지를 해야지 … 너는 립스틱을 못 사. 나는 새아버지에게 블로우잡도 해줬어. 네 외삼촌은 마스터베이션을 해줘야 했고. 뭘 더 말해줄까? 인생은 공평하지 않아."

오전 9시 20분

애들이 자고 있는 집으로 건너가면서, 나는 왜 엄마는 여자들은 존중하지 않으면서 남자들은 여전히 존중하는 건지 궁금했다. 새 아버지의 변태 성향은 엄연한 사실이었지만, 나약한 의지 때문에 자기를 배신한 할머니 탓에 엄마는 냉정해졌다. 엄마의 세계관 속에서 남자들은 존중되어야 했다. 엄마는 유리 천장이 있다는 걸 인정했다. 피터는 잘못을 저지를 리가 없다. "피터가 퇴근했을 때 그를 행복하게 해주고 싶으면," 몇 년 전에 엄마는 내게 이렇게 조언했다. "깨끗한 블라우스를 받쳐입고, 페서리**를 끼우고, 웃어주면 돼."

보티첼리를 생각해라.

---

* 짐벨스Gimbels — 1842년부터 1987년까지 미국 전역에서 운영했던 백화점

** 페서리 — 성관계 전에 피임용으로 여성의 질에 끼우는 기구

3

1971년 4월, 뉴욕

　댄시 씨는 우리 아파트 주방 옆에 달린 햇빛이 들지 않는 식모방의 욕실에 놓인 작은 사각형 욕조 속을 처다보고 있다. 댄시 부인은 이미 이사를 나갔다. 댄시 씨는 근육질 팔뚝이 드러나게 셔츠 소매를 걷어 올린 채 우리 집에 자주 왔다. 방금 아저씨가 잠근 에나멜 수도꼭지에는 냉, 온 표기가 되어 있다. 차가운 물 아래로 구리로 만든 오래된 배수구가 보인다. 욕조 안에는 작은 악어 한 마리가 헤엄치고 있다. 댄시 씨가 자기 자식들에게 애완동물로 주려고 차이나타운에서 산 것이다. 그걸 팔았던 사람은 아무리 커도 30센티미터 정도밖에 안 자라는 종이라고 말했다. 아저씨는 자기가 속았다는 걸 깨달았다. 지금 이 악어는 새끼이다. 곧 위험하게 될 것이다. 지금 이 작은 욕조 안에 있는데도 벌써 눈빛이 위협적이다. 나는 물속으로 나무젓가락을 하나 집어넣고서 그게 겁먹은 듯 파닥거리면서 젓가락을 낚아채려 맹렬하게 움직이는 걸 지켜본다.

"젓가락 줘봐." 애나가 위험하게 몸을 물 쪽으로 기울이고 들여다보면서 말한다. "줘보라니까!" 애나의 길고 검은 머리채가 물 위로 미끼처럼 늘어진다.

내가 젓가락을 건네자 애나는 그걸로 악어를 쑤시기 시작한다. 댄시 씨는 말없이 지켜보면서 버터스카치 색깔의 콧수염을 만지작거린다. 잠시 후에 그는 꼬리 부분을 잡고 새끼 악어를 집어 들더니 변기 위로 가져간다. 악어는 공중에 뜬 채 댄시 씨의 손목이라도 붙들려는 듯 몸부림친다. 나는 댄시 씨가 그걸 변기 속으로 떨어뜨리고 물을 내리는 걸 놀라움 속에 지켜본다.

"저건 키울 수가 없어." 그가 말한다. "금방 괴물처럼 커질 거야."

"칼." 아파트 어딘가에서 엄마가 부르는 소리가 났다. "마실 거 줘? 저녁은 조금만 있으면 돼."

1971년 6월, 뉴욕

아빠가 새로 장만한 아파트에서 애나와 내가 보낸 첫 주. 애스터 플레이스*에 위치한 엘리베이터가 없는 지저분한 아파트였는데, 아빠는 여기를 이국적이고 흥미진진하게 꾸몄다. 공기는 텁텁하고 더웠고, 에어컨도 없었기에 — 전선이 너무 오래되어 설치할 수 없었다 — 아빠는 우리를 위해 선풍기를 장만했다. 다음에 돈이 생기면 우리 각자에

---

* 애스터 플레이스Astor Place — 뉴욕 맨해튼에 있는 거리 이름

게 외국 인형을 선물로 주겠다고 약속했다. 나는 네덜란드 인형이 갖고 싶었다. 아빠는 그 외에 많은 걸 약속했지만, 우리는 그게 다 이루어지지 않으리라는 걸 차차 알게 되었다. "이제부터 나는 내 딸들만 있으면 돼." 우리는 새로 산 바퀴 달린 침대 위를 뛰어다니고, 몽키스* 음악에 맞춰 춤을 추고, 다농에서 나온 블루베리 요거트를 먹었다. 바닥에 깔린 과일을 계속 저으면 요거트 색깔이 점점 진해진다고, 아빠가 저녁 뉴스를 보면서 우리에게 알려줬다.

월요일 아침, 아빠는 파란 세로줄 무늬가 있는 브룩스 브러더스** 정장에다 갈색 구두까지 정식으로 차려입었는데, 섀미*** 천으로 하도 잘 닦아서 구두코에서는 반질반질 광택이 났다. 아빠에게서 올드 스파이스****와 면도 거품 냄새가 난다. 아빠는 복도에 있는 거울로 자기 모습을 보면서 거북 등 같은 빗으로 머리를 손질하고, 넥타이도 풀 먹인 칼라 사이에 정확하게 자리를 잡도록 맸고, 소매도 걷어 올리고, 소매에 달린 금빛 단추도 매만진다. "너희 아빠가 젊었을 때는 너무 잘생겨서 유명했어," 엄마도 이렇게 말했던 적이 있다. "예일 다닐 때 미식축구 선수 중에서 단연 돋보였고. 그런 말도 안 되는 운동을 하는 바람에 무릎이 나갔지만."

어둡고 끽끽 소리 나는 계단을 내려가면서 나는 아빠 양복 상의의

---

* 몽키스The Monkees — 1966년 결성된 미국 록 밴드

** 브룩스 브러더스Brooks Brothers — 미국에서 가장 오래된 의류 회사. 1818년 설립되었고, 본사는 뉴욕 맨해튼에 있었다.

*** 섀미chamois — 특히 셔츠를 만드는 데 쓰이는 부드럽고 두꺼운 면직.

**** 올드 스파이스Old Spice — 미국에서 나온 남성 화장품 전문 브랜드

끝을 붙잡았다. 내 머리는 헝클어져서 엉망이었다. 아무도 빗질을 하라는 말을 해준 적이 없었다. 신경성 복통이 느껴졌다. 오늘은 우리가 트라이엄프 데이 캠프에 참석하는 첫날이다. 언니와 나 둘이서 버스를 타야 했다. 둘 다 캠프의 유니폼을 입고 있었다. 네이비블루색 반바지에, 흰 티셔츠 앞쪽에는 트라이엄프라는 글귀가 쓰여 있다. 등 뒤로는 "여자는 모두 챔피언이다"라는 문구가 있었다.

"이 셔츠를 입을 수 있는 여자는 세상에서 몇 명 없어," 아빠가 우리더러 이렇게 말했다. 버스 타러 가는 길에 아빠는 척풀오넛 도넛 가게에 들러서 점심때 우리가 먹을 도시락으로 크림치즈와 대추와 너트를 섞어 만든 빵으로 만든 샌드위치를 샀다. 아빠를 화내게 하고 싶지 않았지만, 나도 모르게 내 눈에서는 눈물이 흘러내렸다. 왜 그러냐고 아빠가 물어보길래 크림치즈를 먹기 싫어서 그렇다고 둘러댔다. 아빠는 너도 분명히 좋아하게 될 거라면서 포장한 봉지를 내게 건넸다. 아빠가 속상한 것 같아서 나도 불편했다. 캠프로 가는 버스에 올라탈 무렵, 나는 아빠더러 가지 말라고 애원했다. 하지만 아빠는 자기가 두 곳에 동시에 있을 수는 없지 않냐고 말했다. 아빠는 돈을 벌어야 한다고. 서평을 써야 한다고. 타임 라이프 출판사가 기다리고 있다고. 하지만 버스가 돌아올 즈음에는 여기서 틀림없이 기다리고 있겠다고. 그리고 너는 분명히 캠프를 좋아할 거라고.

버스가 6번가에 들어설 때 돌아보니 아빠는 점점 작아졌다. 나는 내 점심 도시락이 담긴 봉지 끝을 조금 뜯어 입에 넣고 씹어서 공처럼 만들었다. 오줌 누고 싶을 때는 어떻게 하지? 어디로 가야 하는 거지? 나도 수영을 잘해서 배지를 달고 싶지만, 이건 내 능력 밖이다. 애나는 나를 무시하고, 옆에 앉은 여자애랑 떠들면서 버스가 웨스트체스터에 도착하기도 전에 샌드위치를 절반이나 꺼내 먹은 상태였다.

트라이엄프 데이 캠프는 호수에서 열린다. 우리가 탄 버스가 야구 시합을 할 수 있는 다이아몬드 운동장을 지나서, 커다란 다트판이 잔뜩 설치되어 있고 거대한 천막까지 설치된 곳에 이르렀다. 운전기사는 줄지어 있는 노란 버스들 뒤쪽으로 차를 댔다. 주차장은 온통 여자애들 천지다. 다들 똑같은 트라이엄프 티셔츠를 입고 있다.

안내 요원들은 자기들 이름은 준과 피아라고 소개했다. 둘 다 트라이엄프 티셔츠를 입고 있지만, 그들의 옷은 밝은 빨간색이다.

"안녕, 우리 5세에서 7세 친구들! 여기 처음 온 친구들도 있으니까 알려주자면, 무슨 일이 있거든 이 빨간 티셔츠를 보고 우리를 찾아요!" 준이 말했다. "작년에 트라이엄프에 참석했던 사람 손들어 보세요."

내가 속한 그룹의 여자애들이 대부분 손을 들었다.

"그렇다면 여러분들은 이미 챔피언이에요! 일단 가장 먼저 할 일을 합시다. 우리 방으로 가서 점심부터 먹기로 해요. 우리 방 이름은 리틀 애로우예요." 그녀는 자기 뒤로 우리를 줄 세운 다음, 큰 갈색 건물 쪽으로 데려갔다. 피아는 줄 맨 뒤쪽에서 걸었다. "낙오하는 사람은 한 명도 없어야 해요. 규칙 제1번. 절대 무슨 일이 있어도 이 그룹에서 벗어나면 안 돼요. 혹시라도 혼자 떨어지게 되더라도, 움직이지 말아요. 거기 앉아서 기다리면 돼요. 우리가 즉시 찾으러 갈 테니." 피아가 말했다.

방마다 한 구석에는 매직펜으로 우리 이름과 생일을 적어 놓은 마스킹 테이프가 있다. "엘리너 비숍, 1966년 9월 17일생." 나는 손가락을 깨문다. 이렇게 되면 다들 내가 아직 5살이 안 되었다는 걸 알게 될 거고, 아무도 나랑 놀려고 하지 않게 된다. 바버라 더피는 옆방에 있다. 그 애는 7살이고, 비틀스가 그려진 도시락을 가지고 있다.

"자 각자 배낭을 챙겨요." 준이 외친다. "이제 화장실 잠시 갔다 온 다음에는 수영복으로 갈아입을 거예요. 물속에서 서 있을 줄 아는 사람? 이곳은 아트 스튜디오예요." 그녀는 우리가 공작용 판지와 풀 냄새가 나는 방을 지날 때, 그 방을 가리키며 말했다.

탈의실에는 커튼을 친 작은 칸들이 줄지어 있었다. 나는 그중 한 군데에 들어가서 커튼을 쳤다. 팬티만 입은 채, 그제서야 아빠가 내 수영복을 싸주는 걸 잊어버렸다는 걸 깨달았다. 내가 옷을 다시 입었을 때는 다들 이미 호수로 가버린 뒤였다. 나는 나무로 만든 벤치에 앉았.

준과 피아는 수영 후 간식 시간에 인원 점검을 하고서야 비로소 내가 없어진 줄을 알았다. 나는 탈의실에 앉아 그들이 내 이름을 계속해서 부르는 소리를 들었다. 호루라기 소리가 날카롭고 다급했다. "다들 물에서 나오세요!" 나는 안전 요원이 고함치는 소리를 들었다. "지금 당장!"

나는 그렇게 가만히 앉아서, 누군가가 나를 데리러 올 때까지 기다렸다.

오전 9시 22분

오두막의 계단 — 소나무로 만든 널빤지 세 개에, 내가 태어나기 전부터 그 가장자리에 덧대 놓은 지지대에는 녹이 슬어 구멍이 생기고 있다 — 이 내 몸무게 때문에 삐걱거린다. 나는 아이들이 자고 있는 방문을 두드린다. 쇠로 테를 두른 문인데, 올리거나 내릴 수 있는 스크린과 유리창이 설치되어 있고, 여닫을 때 상쾌한 소리가 난다. 세 아이는 자기들 침대에 푹 파묻혀 있고, 밝은 노란색으로 칠한 바닥에는 젖은 수건과 수영복이 널려 있다. 엄마 말이 맞는다. 이 애들은 정말 사랑스러운 돼지들이다.

"아침 먹어야지!" 나는 문을 두드리며 말한다. "다들 일어나서 나와."

장남인 잭은 몸을 돌리고 멸시하는 표정으로 나를 쳐다보더니 깔깔한 양모 이불을 머리 위로 다시 뒤집어쓴다. 엄마가 잭이 쓸 오두막의 왕개미를 잡으려고 소독을 하겠다고 며칠 동안 동생들과 방을 같이 쓰라고 하는 바람에 마지못해 같이 지내고 있다. 17살짜리는 고약하다.

두 동생은 멍한 눈으로 침대에서 일어나서 아침 햇살 속에서 눈만 껌벅거린다.

"5분만 더 잘게요," 매디가 신음하듯 말한다. "배도 안 고파요," 매들린은 10살이다. 내 엄마를 닮아서 놀랄 만큼 예쁘다. 하지만 우리 집안 다른 여자들과는 달리 덩치가 작고 선이 가늘고, 피부는 영국 장미처럼 희고, 눈은 피터를 닮은 초록빛에, 머리칼은 애나처럼 검고 숱이 많다. 나는 얘를 볼 때마다 어떻게 저런 아이가 내 배에서 나왔는지 궁금하다.

핀은 축 늘어진 예쁜 팬티를 입은 채 일어나더니, 눈에 붙어 있는 모래를 비벼 댄다. 아, 나는 얘를 정말 사랑한다. 볼에는 베개에 파묻혀 자는 동안 생긴 주름이 나 있다. 겨우 9살이라 아직도 소년이 되려는 단계에 있다. 하지만 머지않아 이 아이도 나를 멸시하듯 대할 것이다.

잭이 태어났을 때만 해도 나는 돼지 새끼같이 사랑스러운 그 젖먹이를 품에 안고, 눈썹에 키스를 하며 말했다. "나는 너를 말할 수 없이 사랑하지만, 머지않아 분명 너는 나를 미워하게 되겠지. 적어도 얼마 동안은." 그게 삶의 엄연한 현실이다.

"자, 내 새끼들. 일어나든 말든 마음대로 해. 아빠가 달걀을 만들고 있어, 그게 무슨 말인지 알지?"

"아주 끔찍한, 엿 같은 폭망이죠," 잭이 대답한다.

"그렇지," 나는 계단을 내려가며 말한다. "말 좀 예쁘게 하고," 나는 뒤돌아보며 말한 뒤 솔잎이 깔린 길로 내려섰다.

나는 우리가 쓰는 오두막에 돌아와 등 뒤로 문을 닫은 다음에야 피터가 베란다에서 나를 놀라게 한 이후로 여태 참고 있던 숨을 깊이 들이마셨다. 우리 오두막의 모든 게 예전 그대로라는 게 도무지 말이 안 되는 느낌이다. 임시변통으로 만든 나무 폴대 사이에 걸어 놓은 오래된 쇠 옷걸이 위로 옷가지가 널려 있다. 비가 올 때면 맨 아래쪽 서랍이 열리지 않는 오크나무 서랍장도 그대로다. 숱한 세월 동안 피터와 내가 같이 잠들었던 침대의 이불은 땀과 섹스와 키스에 뒤엉켜서 뱃머리의 소용돌이 양식처럼 말려 올라가 있는데, 그의 몸에서 나는 달콤새큼한 땀 냄새가 난다. 그가 아까 침대를 정리하지 않고 나온 모양이다.

나는 옷걸이처럼 쓰는 녹슨 못에 내 목욕 가운을 걸었다. 그 옆에는 전신을 비추는 거울이 반세기의 습기와 서리에 시달려 뿌옇게 서 있다. 나는 이 거울 앞에 서면 흐릿하게 보이는 것이나 움푹 팬 곳 같은 게 고마울 지경이다. 이 얼룩덜룩한 은빛 표면으로 보고 있자면 내 몸의 불룩하고 흉한 부분이 잘 안 보이는 까닭이다. 피터와 내가 살던 집에 도둑이 들어온 날 내 턱에 생긴 우둘투둘한 흉터 자국, 50년이 지났는데 아직도 배에 남아 있는 가늘고 긴 수술 자국, 그리고 그 아래쪽에 있는 작고 하얀 흉터까지도.

잭은 곧바로 태어났다. 하지만 잭 다음에는 소식이 없었다. 아무리 애를 쓰고 자세를 바꾸고, 다리를 들어 올렸다 내렸다, 몸을 풀었다가 힘을 주고, 위를 보고 누웠다가 엎드렸다 해도 마찬가지였다. 아무 일이 없었다. 처음에는 잭 때문인 줄 알았다. 애를 낳으면서 뭔가 찢어졌나 싶었다. 내가 그 애를 너무 사랑해서 다른 아이를 낳을 생각을 안 했거나. 결국 의사는 내 치골 위쪽을 절개하고 카메라를 집어넣고는 들여다봤다.

"음, 부인," 그는 내가 마취에서 깨어났을 때 이렇게 말했다. "어렸을 때 누가 부인 배 속을 좀 휘저어 놨더군요. 상처 난 조직 부위가 아주 엉망이에요. 더 심각한 건, 그때 의사가 왼쪽 난소도 잘라버렸고. 하지만 좋은 소식도 있어요," 내가 울음을 터트리려 하자 그가 말을 이었다. "건강한 나팔관 쪽으로 꼬불꼬불한 부위가 있어요. 상처 난 조직에 덧대듯 자란 부위. 그 뒤쪽으로 난소가 쌓이네요. 그래서 그걸 풀어냈어요."

1년 뒤에 매디가 태어났다. 11개월 뒤에 핀이 나왔고.

"축하합니다," 의사는 내가 진찰대 위에 누워 있을 때 나와 피터에게 말을 건넸다. "아이리시 트윈스*네요."

---

* 아이리시 트윈스Irish twins — 같은 엄마에게서 12개월 이내에 태어난 자녀들을 가리키는 말

"아이리스 트윈스요?" 피터가 말했다. "그럴 리가 없는데요."

"그럴 리가 있죠," 의사가 말했다.

"음," 피터가 말했다. "선생님 말이 맞는다면, 술에 잔뜩 취해서 내 아내와 잔 그 아일랜드 놈을 찾아내 킬케니*의 가장 높은 절벽으로 끌고 가 바닷속으로 던져버려야겠군요."

"킬케니는 육지에 둘러싸여 있죠," 의사가 말했다. "몇 년 전에 골프 치러 가서 잘 알아요."

나는 남아 있는 거울의 가장 큰 조각에 몸을 비추고 내 알몸을 응시하면서, 그 안에 감춰져 있는 두려움, 허기, 후회, 좀 더 원하는 숨 가쁜 갈망이 드러나는지 살펴본다. 그러나 내 눈에 들어오는 건 온통 거짓뿐이다.

"아침 먹자!" 빅하우스에서 피터가 소리친다. "냠냠."

나는 수영복을 입고, 사롱**을 챙기고, 길을 달려가며 아이들 방문을 두드린다. 빅하우스 가까이 와서는 숨을 고르면서 속도를 줄여 걷는다. 피터도 잘 알고 있듯, 단박에 시선을 끌어들이는 건 내 스타일이 아니니까. 덤불을 지나 축축한 물가로 가서 젖은 모래에 발가락을 파묻어 본다. 연못에는 엄마가 일정한 속도로 발차기를 하며 앞으로 나가면서 하얀 자취가 생긴다. 물은 점점 파란색이 짙어지고 있다. 이제부터는 속이 들여다보이는 갈색과 녹색이 섞인 얕은 지역에도 미러링

---

* 킬케니Kilkenny — 아일랜드 동부에 있는 주, 그리고 그 주의 주도

** 사롱sarong — 말레이시아, 인도네시아 등지에서 남녀 구분 없이 허리에 둘러 입는 천

이 생기는 때이다. 앞으로 몇 시간 동안은 모래 속에 동그랗게 만들어 둔 자신의 둥지 주변을 돌아다니는 피라미나 입 큰 농어도 보이지 않게 된다. 수면 아래에 있는 것들이 다 가려지는 것이다.

1972년 6월, 백우즈

나는 면 잠옷을 입은 채, 숲속으로 우리 캠프와 외할아버지 에이머리의 집을 연결하는 좁은 길을 따라 뛰어간다. 이 길은 연못 주변의 들쭉날쭉한 호안선 주변으로 오르락내리락하는 지형을 따라 연결되어 있다. 아빠와 엄마가 둘이서 처음 여기 왔을 때, 아빠가 두 곳을 연결하는 이 길을 만들었다. 외할아버지는 이 길을 "지식인의 길"이라고 이름 붙였는데, 하도 꼬불꼬불 이어져서 도무지 목적지에 이를 것 같지 않았던 까닭이다. 할아버지 집에 가까워질 즈음이면 언덕을 가파르게 내려가야 한다. 나는 그 길을 맨발로 달리면서 아빠가 예전에 베어 넘긴 나무 그루터기에 발가락이 차이지 않도록 조심한다. 이 고약한 그루터기들은 아빠가 이곳에 남겨놓은 또 다른 유산인 셈이다.

나는 외할아버지가 깨지 않도록 발끝으로 걸어서 외할아버지 방 창문을 지난 다음, 나무로 만든 선창까지 뛰어간다. 거기 앉아서 물속에 두 발을 집어넣고 대롱거리면서, 배의 가려운 부위를 긁으면서도 최대한 가만히 앉아 있는다. 미세한 거품이 일어나더니 마치 탄산으로 만든 덮개처럼 내 발을 덮는다. 이제 곧 그들이 올 것이다. 숨을 참고 가만히 기다린다. 움직이지 말고. 발을 미끼로 드리운 채로. 마침내 그늘진 곳에서부터 쏜살같은 움직임이 일어난다. 그들은 자신들의 두려움을 용기로 이겨냈다. 마침내 내 발을 빨아대는 느낌이 온다. 개복치들이 한 마리씩 내 발에 입을 갖다 대고, 각질은 물론이고, 숲속 바닥에 깔려 있다가 내 발에 들러붙어 있던 것들까지 빨아먹는다. 나는 개복치를 좋아한다. 몸통은 연못의 물 색깔에, 등에는 얼룩무늬가 있고, 입은 부드럽게 오므라든다. 매일 아침 나는 그들에게 내 신선한 발을 아침 식사로 제공한다.

집으로 돌아와 보니 엄마와 댄시 씨는 아직 자고 있다. 두 분이 머무는 오두막에는 판유리가 달린 창이 있어서 연못을 굽어볼 수 있다. 나는 노크도 없이 두 분이 있는 침실로 뛰어들어서는 모래가 잔뜩 묻은 젖은 발 그대로 매트리스 위에 올라가서 뛰었다. 뛰었다가 내려올 때마다 내 잠옷은 펄럭거린다.

"나가," 댄시 씨는 잠이 덜 깬 채로 으르렁거린다. "월리스, 어떻게 좀 해봐, 아 이런 세상에."

창밖으로 보니 애나가 여름마다 만나는 가장 친한 친구 페기와 함께 벌써 물속에서 서로 물을 튀기며 놀고 있다. 페기는 오렌지색 머리칼과 주근깨가 있다.

"이게 뭐야?" 엄마가 내 배를 가리키며 묻는다. "가만히 있어봐!"

나는 뜀질을 멈추고, 엄마가 내 배를 살펴볼 수 있도록 잠옷을 들어 올린다. 빨간 반점이 수두룩하다.

"아휴, 세상에," 엄마가 말한다. "수두구나. 어디서 이렇게 된 거지? 애나도 확인해 봐야겠어."

"가려워요," 나는 그렇게 말하고는 침대에서 뛰어내린다.

"여기 가만히 있어," 엄마가 명령하듯 말했다. "칼라민 로션*을 발라 줄 테니."

"수영하고 싶어요."

"이 방에 있어. 페기에게 옮기지 않도록."

나는 엄마를 밀어내고 방문 쪽으로 뛰어간다.

댄시 씨가 내 팔을 붙잡는다. "엄마가 하는 말 들었잖아."

나는 빠져나가려 애쓰지만, 댄시 씨의 손아귀에 힘이 들어간다.

"칼, 하지 마, 애가 아파하잖아," 엄마가 말한다.

"애는 통제를 해야 해."

"제발," 엄마가 말한다. "이제 겨우 5살이야."

"나더러 이래라저래라하지 마."

"그런 말이 아니잖아," 엄마는 달래듯이 말한다.

그는 이불을 걷어차고 나오더니 옷을 집어 걸친다. "버릇없는 애들을 상대하느니 그냥 내 애들이랑 같이 있겠어."

"뭐 하는 거야?" 엄마의 목소리가 날카롭고 높아졌다.

"돌아가서 보자. 여기 있으니까 내가 예민해져서 안 되겠어."

"아, 칼, 제발."

그가 나가고, 문이 쾅 하고 닫힌다.

"여기 가만히 있어," 엄마가 말한다. "방 밖으로 나오는 순간, 알아서 해." 그러고는 그를 잡으려고 달려간다.

나는 침대에 앉아서 애나가 물안경과 스노클 끼는 걸 지켜본다. 애

---

* 칼라민 로션calamine lotion — 햇볕에 탔거나 따가운 피부에 바르는 분홍색 약물

나는 연못을 등지고 물가에 쭈그리고 앉아서 물안경을 물속에 집어넣어 씻어내고 침을 뱉는다. 그녀 뒤쪽으로 페기가 물속으로 걸어가고 있다. 한 걸음씩 내디딜 때마다 몸이 조금씩 사라진다. 차의 시동 걸리는 소리가 들린다. 댄시 씨의 차를 따라 뛰어가며 고함치는 엄마의 목소리가 점점 작아진다. 나는 페기의 붉은색 양갈래머리가 사라지는 걸 지켜본다. 이제 머리 꼭대기만 물 위에 떠 있고, 몸은 사라졌다. 그러더니 거품만 남기고 사라진다. 나는 개복치들이 페기 몸에 부드럽게 입을 갖다 대는 걸 상상한다. 거품도 사라진다. 그녀가 다시 나타나기를 기다린다. 나는 유리창을 두드려 애나를 부른다. 그 소리를 들었다는 걸 알고 있지만, 애나는 쳐다보지도 않는다. 내가 다시 한번 더 세게 두드린다. 애나는 혀를 날름 내밀더니 물가에 앉아서 노란색 오리발을 신는다.

4

오전 10시 정각

　피터 옆에 놓인 재떨이에는 담배꽁초가 벌써 다섯 개가 놓여 있다. 그의 손에는 카멜 라이트 한 가치가 끼워져 있다. 피터는 무심하게 담배를 피우면서 커피를 마신다. 손을 사용하지 않는다. 서커스 같다. 커피를 마실 때면 연한 담배 연기가 아랫입술에서 흘러나온다. 셔츠 주머니에 손을 넣어 오렌지색 빅 라이터*를 꺼내 손에 쥔 채 묵주처럼 돌리면서 신문을 이리저리 훑어보고 베이컨 조각을 더듬어 찾는다. 그는 잠을 자면서도 담배를 피울 수 있다면 그렇게 할 것이다. 우리가 처음 만났을 때만 해도 나는 그를 쫓아다니면서 제발 담배를 끊으라고 다그쳤다. 하지만 그건 닭에게 날라고 하는 소리 같았다. 지금도 나는 그의 건강에 신경을 쓰고 있지만, 결국 자기 건강은 자기가 챙겨야 한다.
　아이들은 소파에 들러붙듯이 누워서 모든 전원에 충전기를 꽂은 채 각자 자기 폰에 빠져 있고, 먹고 남은 접시는 테이블 위에 그대로이고,

---

* 빅Bic 라이터 — 미국에서 가장 흔한 휴대용 라이터 상표명

엄마가 읽는 낡은 소설책은 바닥에 굴러떨어져 있다. 베이긴은 다 먹었고, 달걀도 거의 다 먹었다. 나는 엄마가 연못에서 걸어 나와서 몸을 흔들며 물기를 털어내는 걸 지켜본다. 공중으로 밝은 물방울들이 반원을 그리며 날아간다. 엄마는 시뇽* 스타일로 묶었던 머리를 풀어내어 쥐어짠 다음, 다시 재빠르게 예전 모양으로 만든 뒤, 머리핀으로 고정한다. 나뭇가지 위에 걸어 뒀던 오래된 민트 그린 색 수건을 집어 들더니 그걸로 몸을 두른다. 나는 토스트를 한 입 베어 물었다. 일흔셋인데도 엄마는 여전히 아름답다.

페기가 물에 빠지던 그날 아침에도 나는 지금 내가 서 있는 여기쯤에서 페기가 물속으로 사라지는 걸 지켜보고 있었다. 그때 엄마는 여전히 속옷 바람인 채로 오더니 애나에게 고함을 치고는 연못 속으로 뛰어들었다. 다시 나왔을 때 엄마는 페기의 머리채를 잡고 있었다. 페기는 새파랗게 질려 있었다. 엄마는 페기의 양갈래머리를 끌고 물가로 나오더니 그 애 가슴을 세게 누르고, 인공호흡으로 입에 공기를 불어 넣었는데, 마침내 페기가 쿨럭하더니 꺽꺽 숨을 쉬고, 물을 토하면서 살아났다. 엄마는 젊었을 때 수상 안전 요원 일을 했기에 어떻게 해야 하는지 알고 있었다. 엄마가 구해서 죽다 살아난 사람이 여러 명 있었다. 나는 가만히 지켜봤다. 엄마가 하느님처럼 사람을 구하는 모습을. 댄시 씨가 그렇게 우리의 일상에서 영원히 사라져 가는 모습을. 애나가 페기를 깨우기 위해 나뭇가지로 발을 쿡쿡 찌르던 모습을.

이제 엄마가 따뜻한 바람 속에서 얼굴을 드는 모습이 보인다. 엄마

---

* 시뇽 chignon — 뒤로 모아 틀어 올린 머리 모양

의 팔 뒤쪽으로는 나이 들면서 생긴 반점들이 있다. 무릎과 허벅지 뒤로는 거미줄처럼 정맥*이 튀어나와 있다. 엄마는 잠시 주변을 둘러보더니, 평소에 엄마가 "아하!"라는 의미로 하는 행동인 어깨를 한번 으쓱한 다음, 카누 끝에 올려 두었던 선글라스를 집어 든다. 나는 이런 모습을 지금까지 백 번도 넘게 봤는데, 오늘 아침에는 조금 달라 보인다. 늙어 보이는 것이다. 그게 나를 슬프게 한다. 엄마에게는 뭔가 그윽한 데가 있다. 엉덩이 쪽에 통증이 있지만, 여전히 기품이 있다. 막스 브라더스** 영화에 나오는 마거릿 듀몬트***를 연상시킨다. 굳이 허세를 떨지 않아도 자연스럽고 근사하다. 엄마가 오기를 기다렸다가 아침을 먹었어야 했다.

"그 토스트 내게 주거나, 메뚜기가 다 먹게 하든가." 엄마가 베란다로 올라와 의자에 앉으면서 말한다.

피터는 신문을 읽다가 넘겨다보면서 말한다. "장모님, 수영 괜찮았어요?"

"아니. 통발들이 잔뜩 생겨났어. 낚시꾼들 때문이야. 그 사람들이 어디서 왔는지 배 밑바닥에 붙여서 여기까지 끌고 온 거야."

"그나저나 오늘 아침에는 얼굴에서 빛이 나시네요."

---

* 거미양 정맥류 spider vein — 말초 혈관 확장증에 따라 실핏줄이 튀어나오는 증상

** 막스 브라더스 Marx Brothers — 가족으로 이루어진 코미디 배우들로서 브로드웨이에서 큰 성공을 거두었고, 1905년부터 1949년 사이에 영화도 만들었다.

*** 마거릿 듀몬트 Margaret Dumont (1882–1965) — 미국 영화 배우 및 연극배우. 막스 브라더스가 만든 일곱 편의 영화에 출연했다.

"흥," 엄마는 토스트 한 조각을 집으면서 말을 이었다. "아부는 소용 없어. 아부한다고 다 먹은 베이컨이 생기는 것도 아니고."

"제가 좀 만들어 드릴게요."

"네 남편이 오늘 이상하게 기분이 좋은가 보네," 엄마가 내게 말한다.

"정말 그래요," 피터가 말한다.

"멤피스에 여행 한 번 다녀온 걸로 '나아지는' 사람은 이 세상에서 자네가 유일할 거야."

"사랑합니다, 장모님," 피터가 웃는다.

나는 테이블에서 일어섰다. "내가 베이컨을 좀 만들어 올게. 달걀이랑. 이건 다 식었어."

"아냐, 하지 마," 엄마가 말한다. "그래서 설거지할 거 산더미로 만들겠다고? 안 쓴 냄비가 있긴 한 거야?"

"스크램블로 해드려요, 아니면 반숙으로 해드려요?" 나는 엄마가 다시 미워졌다. "잭, 너 테이블에 있는 이 그릇들 다 치우고, 할머니한테 잼 좀 가져다드려."

"매디, 월리스에게 잼 좀 가져다드려," 잭은 쳐다보지도 않고 동생에게 시킨다. 엄마는 늘 아이들에게 자신을 이름으로 부르라고 말했다. "나는 할머니가 될 준비가 아직 안 되어 있어," 잭이 말을 시작하기도 전에 엄마는 그렇게 말했었다. "내가 애를 봐 줄 거라는 기대는 하지도 마라."

매디는 잭의 말을 들은 척도 안 한다.

"얘들아, 뭐 하니?" 나는 엉덩이 쪽에 양손을 갖다 댄다.

"엄마가 이미 일어섰네." 잭이 내게 말한다. "엄마가 해."

나는 폭발하지 않으려고 10초 정도 숨을 참는다. 물속에 들어가서 어둑어둑한 해초류 사이로 물고기가 지나가는 걸 지켜보고 있다고 생각한다. 눈을 감는다. 나는 지금 페기라고, 해초처럼 조용히 넘어가기로 한다.

피터가 새로 담배에 불을 붙인다. "잭, 엄마가 시키는 대로 해. 삐딱하게 굴지 말고."

"그래, 잭," 엄마도 동의한다. "지금 네가 하는 행동은 형편없어. 볼썽사나워."

1956년, 과테말라

외할머니는 세 번째 남편과 헤어지고 중앙아메리카로 이사를 했다. 할머니는 그 징그러운 집과는 끝내 갈라섰지만, 재정적으로 받쳐줄 남자가 없으면 생존할 길이 없었다. 빈스 코르코란이 할머니가 찾은 타개책이었다. 백만장자였고, 그 시대에는 대단한 사람이었다. 빈스는 수출입 ― 과일과 커피 ― 으로 재산을 모았다. 잘생기지는 않았지만 좋은 사람이었다. 너그럽고, 아이들에게 친절했으며, 아이들 엄마에게 빠져 있었다. 할머니는 돈을 보고 그와 결혼했다. 할머니는 그의 입냄새가 도저히 견딜 수 없었는데, 섹스할 때는 그의 이마에서 할머니 얼굴로 땀방울이 뚝뚝 떨어졌다. 그게 너무 혐오스러웠다. 자신이 바나나나 파는 남자와 결혼했다는 사실에 치욕을 느꼈지만, 그래머시 파크*에 있는 타운하우스와 짙은 적포도주 색깔의 롤스 로이스가 생겼다. 할머니가 이런 내용을 일기장에 써 놨다가 빈스가 읽는 바람에 이혼했다는 소문이 돌았다. 이혼 합의를 통해 할머니가 얻은 것은 그 차와 매달 지급되는 소액의 생활비, 그리고 한 번도 가본 적 없는 과테말라에 있는 거대한 빌라가 전부였다. 그 빌라는 빈스가 몇 년 전에 포커 게임을 하다가 동료에게서 땄던 것이다. 이리하여 혼자가 된 여자이자, 이제 겨우 33살에 세 번 이혼한 할머니는 뉴욕 사교계를 떠났다. 모피 코트도 다 팔고, 가죽 트렁크에 짐을 챙겨 넣고, 그때 각각 12살과 11살이었던 엄마와 외삼촌을 롤스 로이스에 태운 뒤, 화산 그늘 속에 자리 잡은 작고 아름다운 스페인 식민 도시 안티과 외곽에 있는 계곡까지 차를 몰았다.

 나란할이라고 이름 붙인 그 집은 이구아나가 출몰하는, 다 쓰러져 가는 넓은 사유지였다. 땅은 오렌지, 라임, 아보카도 과수원으로 채워져 있었다. 봄이 오면 자카란다 나무에서 연보라색 꽃이 만발했다. 펄럭이는 잎사귀 사이로 바나나 뭉치가 주렁주렁 매달렸다. 우기에는 강이 불어나서 둑을 무너뜨렸다. 사유지 주위로는 동네 사람들의 호기심 어린 눈길을 피하기 위해 벽이 둘려 있었다. 이가 다 빠진 노인이던 에세키엘 씨가 나무로 만든 거대한 문 앞에서 경비를 섰다. 그는 대부분 시간을 점토로 만든 오두막 그늘에 앉아 칼등으로 프리홀**을 벗겨 먹

---

* 그래머시 파크 Gramercy Park — 뉴욕에 있는 고급 주택가

** 프리홀 frijole — 미국산 강낭콩의 품종

으며 보냈다. 엄마는 그의 옆 땅바닥에 나란히 앉아서 그가 먹는 모습을 지켜보는 걸 좋아했다.

할머니는 그 사유지에다 하인 여러 명, 전임 요리사, 풀어놓아 자유롭게 돌아다니는 말 세 필까지 합쳐서 물려받았다. 온통 흰옷만 입는 흑발의 잘생긴 정원사는 아침 식사용으로 망고스틴을 따다 줬고, 잔디밭에 나타난 아르마딜로를 쫓아내기도 하고, 속이 시키면 연못에서 큰 벌레 같은 물고기를 낚시로 잡았다. 할머니는 자신을 구해준 이 낯선 세계가 두려워 온종일 침실에서만 생활했는데, 자기 자식 둘만 빼고는 그 누구와도 의사소통이 되지 않았던 까닭이었다. 할머니 침실은 자주색 부겐빌레아*에 뒤덮인 팔각형 건물 위층에 있었다. 아래층에는 거대한 거실이 있었는데, 높다란 천정에 밖으로 밀어서 여는 큰 문이 있었다. 평소에 자식들이 엄마에게 가장 가까이 다가가는 경우란 할머니가 위층에서 살티요 타일**이 깔린 바닥 위를 왔다 갔다 하는 소리를 들을 때였다.

거실과 주방 사이로는 일렬로 선 기둥이 떠받치는 테라스가 있었는데, 주방에서는 아침이면 요리사가 토르티야를 만들기 위한 반죽을 준비하고, 그린 토마토를 으깨어 파슬리 소스 안에 집어넣었다. 테라스식으로 연결된 아치들 사이의 공간에 널려 있는 금박을 입힌 새장 속에는 밝은 색깔의 앵무새들과 왕관앵무새들이 들어 있었다. 엄마와 외삼촌은 그 긴 식탁에 단둘이 앉아서 밥을 먹었고, 앵무새들이 스페인어

---

* 부겐빌레아 bougainvillea — 분꽃과에 속하는 남아메리카 원산의 덩굴 식물

** 살티요 Saltillo 타일 — 멕시코 살티요 지방의 점토로 만든 타일

로 재잘거릴 때면 자기들이 먹던 튀긴 채소를 조금 뜯어서 나눠줬다. 엄마는 이때 처음으로 스페인어를 배웠다고 말하곤 했다. 엄마가 처음 배운 말은 "우에보스 레부엘토스? 우에보스 레부엘토스*?"였다.

 석 달 동안 그들은 학교도 다니지 않았다. 할머니는 어떻게 입학을 시키는지도 몰랐다. (엄마는 내가 애들 교육 걱정을 할 때면 이 이야기를 꺼낸다. "엘, 너무 평범하게 살려고 하지 마. 너한테 어울리지 않아. 계산자를 갖다 대는 건 깍쟁이들이나 하는 거야." 이건 내가 평소에 늘 받아치듯, 엄마가 덧셈을 겨우 할 수 있다는 사실 하나만으로 충분히 반박할 수 있는 말이다.)

 오스틴은 거기를 벗어나는 걸 겁냈기에 엄마는 혼자서 예전에 아빠가 선물로 줬던 낡은 라이카 카메라로 들판에 있는 하얀 소 떼나, 물이 마른 강바닥에 서 있는 못 먹어서 갈빗대가 앙상하게 드러난 야생마들이나, 장작더미에 숨어 있는 전갈들을 찍으며 돌아다녔다. 그럴 동안 남동생은 풀장 옆에서 레모네이드를 마셨다. 엄마가 가장 좋아하는 장소는 마을 외곽에 있는 묘지였다. 엄마는 케이지 속에 넣어 둔 성모상이나 마을 사람들이 한 아름 가져다 놓은 강한 향이 나는 천수국, 인형의 집에 있는 성당같이 생긴 분홍색 벽토로 만든 묘비, 고인이 좋아했던 색깔 — 터키석 색깔, 오렌지색, 레몬 같은 노란색 — 로 칠한 지하 묘소 위쪽으로 휘장처럼 늘어뜨려져 있는 종이꽃 등을 좋아했다. 엄마는 묘지에 가서, 묘지의 그늘 속에 웅크리고 앉아 죽은 자들의 영혼에게 위로를 얻으며 책을 읽었다.

---

* Huevos revueltos — '스크램블드에그'라는 의미.

오후에는 주로 자기가 좋아하는 말을 타고 계곡을 가로지르고 가파른 언덕을 넘어 안티과까지 달렸다. 거기 말뚝에 말을 매어 놓고는 자갈이 깔린 거리를 걸으며, 오래전에 지진으로 파괴된 채 도시 곳곳에 남아 있는 교회와 수도원 유적을 살펴보기도 했다. 엄마는 광장에서 늙은 여인들이 파는 밀라그로 — 절단된 다리와 팔, 눈, 양쪽 폐, 새, 혹은 심장 같은 모양의 작은 부적 — 를 좋아했는데, 은목걸이에 걸어서 달고 다닐 수 있었다. 그다음에는 성당에 들어가서, 향을 사르며 기억에 남지도 않는 기도를 드렸다.

어느 날 저녁, 엄마가 말을 타고 가파른 산길을 따라 집으로 가는 중이었는데, 큰 바위들 사이로 길이 좁아지는 지점에 이르렀을 때, 남자 하나가 바위 뒤에서 뛰어나오더니 길을 막았다. 그는 엄마가 타고 있는 말의 고삐를 잡더니 내리라고 했다. 차고 있는 큰 칼에 손을 대고는 자기 가랑이 사이를 쓰다듬었다. 엄마는 암소처럼 아무 말도 없이 앉아 있었다. '이제 이런 건 정말 지겨워.' 엄마는 이렇게 생각했다. 엄마는 박차를 세게 가하고는 그 남자를 향해 돌진했다. 엄마는 그때 그 남자 다리뼈 부러지는 소리하며, 말발굽이 그 남자 배를 밟을 때 났던 뻑, 하는 소리가 아직도 기억난다고 말한다. 그날 저녁으로 칠면조 수프를 먹으면서 엄마는 할머니에게 그 이야기를 했다.

"아예 죽여 놓지 그랬니," 할머니는 수프에 토르티야를 찍어 먹으면서 말했다. "하지만 윌리스," 할머니는 덧붙였다. "여자애가 그러는 건 보기에 안 좋아."

오전 10시 15분

할머니에게 형편없다는 말을 듣고 나서야 잭은 소파에서 일어났다. 내가 그렇게 말하면 아마 서로 고래고래 고함치며 싸우게 되고, 결국 나는 눈물을 흘리고, 잭은 의기양양한 승리감에 도취되는 식으로 끝난다. 나는 엄마에게 있는 도도한 근엄함이 부족하다.

내 폰이 울렸다. 내가 잡기 전에 피터가 테이블로 손을 뻗어 집었다. "조너스가 문자를 보냈네." 그가 클릭해서 메시지를 읽는다.

쿵, 쿵, 쿵, 쿵. 심장이 쿵쿵거린다.

"히긴스 할로우에서 만나자고 하네. 11시에. 자기들이 샌드위치 준비하겠다고."

세상에, 천만다행이다.

"어젯밤 필름 끊기기 전에 내가 지나하고 약속을 잡았던 듯해," 피터가 말한다.

"백사장에서 시간을 보내자는 거야? 나는 그냥 해먹에 파묻혀 있었으면 좋겠는데."

"거절할 수 없어. 지나가 짜증 낼 거야."

"상관 안 할 거야. 다들 숙취에 시달리고 있을 테니." 그러나 내가 들어도 내 말은 구태의연하다.

피터가 커피를 마저 마신다. "생각할수록 신기해. 조너스는 전도유망한 화가잖아. 영화 속에 나오는 아이돌처럼 근사하게 생겼고. 소피아 로렌과도 결혼할 수 있었을 텐데. 내 생각에는 자기 엄마를 화나게 하려고 지나랑 사고를 치지 않았나 싶어."

"그럴듯하네," 엄마가 말한다.

피터가 웃는다. 피터는 엄마가 남들 흉볼 때 무척 즐거워한다.

"아, 둘 다 제발," 내가 말한다. "거기까지."

"자, 내 새끼들? 백사장에 갈 거지?" 피터가 말한다.

"썰물이 언제예요?" 매디가 묻는다.

피터는 지역 신문을 뒤적이더니 조수 시간표를 손가락으로 집어 가며 읽어 내려간다. "1시 23분."

"부기보드* 가져가도 되죠 Can we?" 핀이 물었다.

"가져가도 돼요 May we? 라고 해야지," 엄마가 고쳐 준다.

"나는 안 가요," 잭이 말한다. "레이싱 클럽에서 샘이랑 만나기로 했어요."

"거기까지 어떻게 가려고?" 내가 물었다.

"엄마 차로 갈 거야."

"그건 안 돼. 자전거 타고 가."

"농담해요? 거기까지 24킬로미터는 될 건데."

"지난번에 네가 내 차를 쓰고 기름을 안 채워 놓는 바람에 차가 중간에 서는 줄 알았어. 주유소까지 기어갔잖아."

"이미 약속했어요. 샘이 기다리고 있을 거예요."

"문자 보내. 계획이 바뀌었다고."

"엄마."

"이 얘기는 여기서 끝." 다시 폰이 윙윙거린다. 이번에는 내가 받았

---

* 부기보드 boogie board — 엎드려서 타는 서프보드

다. "바닷가에 갈 거지?" 조너스가 묻는다. 폰 저 너머로 그가 폰을 통해 나를 만지는 듯, 문자를 치는 그의 손가락이 느껴지면서 한 마디 한 마디가 은밀한 말을 건네는 듯하다. "피트, 조너스에게 답 문자 해줘야 해. 몇 시에 보자고 할까?"

"11시 반."

잭은 거실로 들어가더니 테이블에서 내 지갑을 집었다. 나는 걔가 그 안에서 차 열쇠를 꺼내는 걸 지켜본다.

"너 지금 뭐 하는 거야?" 내가 물었다.

"기름 꽉 채워서 드릴게요. 약속해요."

"그거 내놔," 내가 열쇠를 달라고 손을 내민다. "너 이 자식, 다 같이 바닷가에 가든가 아니면 레이싱 클럽까지 자전거를 타고 가든가 해."

"아니 왜요? 엄마가 지금 괜히 어긋나가면서 나를 괴롭히고 있잖아요." 잭이 내 차 키를 바닥에 집어 던지고는 베란다 문을 쾅 열고 나간다. "아빠는 어떻게 저런 암캐랑 같이 살아요?"

"정곡을 찌르는구나," 피터가 웃으며 대답한다.

"여보, 지금 농담하는 거야?"

"진정해. 쟤 이제 십대잖아. 엄마한테 막 대하게 되어 있어. 이게 다 부모에게서 떨어져 나가는 과정이고."

내 온몸이 곤두선다. 진정하라는 말보다 나를 더 긴장시키는 말은 없다. "막 대한다고? 쟤 지금 나더러 암캐라고 했잖아. 당신이 웃어주니까 저러는 거야."

"그러니까, 내 잘못이다?" 피터가 눈썹을 치켜뜬다.

"물론 그 말은 아니지," 내가 날카로워져서 대답한다. "하지만 당신이 그러니까 저러잖아."

피터가 일어난다. "담배 사러 갔다 와야겠어."

"이야기하던 중이잖아."

"더 필요한 거 없어?" 그의 목소리가 얼음처럼 차갑다.

"뭐 하는 거야."

매디와 핀은 물웅덩이에서 물소에게 스멀스멀 다가가는 코모도왕도마뱀을 지켜보는 작은 짐승들처럼 완전히 얼어붙었다. 저 아이들은 아빠가 화를 내는 걸 좀체 보지 못했다. 피터는 자제력을 잃는 경우가 드물다. 웬만해서는 웃어넘기는 편이다. 그러나 지금은 내 주변의 공기가 평소와는 다른 주파수로 떨리고 있다는 걸 감지하기라도 한 듯, 사건 현장에서 나를 붙잡았는데 정확히 뭘 하고 있는지는 아직 파악을 못한 듯, 실눈을 뜨고 나를 노려보고 있다.

"적당히 좀 하면 안 되니?" 주방에서 커피를 다시 데우는 척하지만 실은 가만히 다 듣고 있던 엄마가 소리친다. 내 머릿속에서 엄마의 목소리가 들려온다. '보티첼리를 생각해라.' 내 속의 멀쩡한 자아는 엄마 말이 옳다는 걸 안다. 지금은 진정할 필요가 있다. 나는 지난밤 으슥한 곳에서 오래된 친구와 섹스를 했다. 피터가 한 거라고는 십대 아들이 나를 무시하자 웃은 것뿐이었고, 이건 늘 있는 일이다. 하지만 피터의 목소리 속에 담겨 있는 경고하는 듯한 어투 때문에 나는 발끈하고 만다.

"당신 문제로 만들지 마, 여보."

"내 문제라고? 거기 갈 거야 말 거야?"

아침 먹은 게 목구멍에서 밀고 올라올 듯하다. 별안간 밀려드는 공포. 소파에 있는 매디와 핀을 건너다보니, 둘 다 굳은 표정이다. 저 착한 아이들. 저 아이들의 근심하는 모습. 지난밤 내가 저지른 일. 되돌릴 수 없는 참담한 실수.

"미안해," 내가 말한다. 그렇게 숨을 참고, 앞으로 다가올 일을 기다렸다.

5

1972년 8월, 코네티컷

　코네티컷 전원 지역은 늦여름에는 후텁지근하게 변한다. 아침 8시만 되어도 육지로 둘러싸인 지역 특유의 습도와 사방이 온통 초록색으로 변해버리는 환경 속에서 공기 자체가 답답해진다. 점심을 먹고 나면 나는 할아버지가 가꾸는 옥수수밭 그늘에 숨기도 하고, 이 끝에서 저 끝으로 내달리면서 축 늘어진 옥수수 껍질이 내 몸에 부딪히는 걸 즐기기도 하고, 줄 맞춰 갈아 놓은 땅의 짙은 고랑 속에 안온함을 느끼며 누워서 바스락거리는 고요한 소리에 귀를 기울이기도 하고, 짐을 잔뜩 짊어지고 바퀴 자국과 고랑을 가로질러 가는 병정개미들을 지켜보기도 한다. 느지막한 오후가 되면 어디선가 각다귀 떼가 몰려오는데, 그것들이 아직 덜 익은 자두나무 그늘 속으로 사라져 갈 때까지는 어디든 안에 들어가서 기다려야 한다.
　할아버지 할머니가 계시는 농장에서 우리는 매일 저녁을 먹고 난 뒤 날이 선선해질 때를 기다렸다가 산책을 나간다. 더운 낮에는 길에 포장된 아스팔트가 녹아서 물집이 잡힌 듯이 끓어오른다. 좀 더 시간이 지나면 여전히 말랑말랑하지만 끈적거리지는 않아서 걸을 만하게 되는데, 마시멜로 위를 걷는 듯한 느낌에다 끓어오르는 용암의 냄새가 감미롭기까지 하다. 내 아버지의 아버지인 윌리엄 할아버지는 파이프와 담배통을 바지 주머니에 대충 집어넣고 히코리나무로 만든 지팡이를 들고 다닌다. 우리는 다 같이 옥수수밭을 지나고, 농장 집에서 길을 건너 오래된 묘지를 지나고, 창이 어둡게 칠해져 있는 작고 하얀 교회도 지나고, 독서용 등이 켜져 있고 레이스 달린 커튼은 처져 있는, 담당 목사가 기거하는 작은 판잣집도 지나간다. 걸어서 언덕에 오르면, 어스름한 골짜기에 자리 잡은 이웃 농장 쪽에서 양들이 달고 있는 방울 소리가 들린다.

애나와 나는 주머니에 각설탕을 넣고 앞서 뛰어가서 얼룩무늬가 있는 말에게 손바닥에 올려놓고 먹인다. 그 말은 들판 가장자리, 허리까지 오는 쐐기풀 속에 서서 우리를 기다리고, 우리 몸에서 나는 냄새를 맡느라 그 따뜻한 코를 킁킁거린다. 애나가 미간 쪽을 쓰다듬어 주면 히잉 하면서 발을 구른다. 집에 돌아오면 언제나 할머니가 사이다와 수제 쿠키를 준비해 놓고 기다린다. 할머니는 우리가 계속 여기서 지냈으면 좋겠다고 말했다. 이혼은 아이들에게 좋을 리가 없다고. "나는 너희 엄마를 볼 때면 언제나 감탄했다." 할머니가 말했다. "월리스는 정말 미인이거든."

교회에는 주일학교를 위한 작은 놀이터 — 그네와 정글짐 — 가 있었지만, 애나와 나는 큰 나무 그늘과 잘 깎은 잔디가 있는 묘지에서 노는 쪽이 더 좋았다. 끝없이 줄 맞춰 이어져 있는 묘비들이 숨바꼭질하기에 제격이다. 우리가 가장 좋아했던 장소는 어느 자살한 사람의 묘지였다. 그건 언덕을 반쯤 올라간 곳에 별도로 마련되어 있었다. 자살한 사람은 죄를 지었으므로 다른 사람 묘 근처에 묘를 쓸 수 없다. 할머니가 그렇게 말했다. 그 자살자 묘에는 내 키보다 큰 커다란 표지석이 세워져 있었고, 그 양쪽으로 사이프러스 나무가 있었다. 그의 부인이 심었다고 할머니가 알려줬다. "처음에는 그저 관목 정도 크기였지. 그것도 이제 꽤 오래전 일이네. 너희 할아버지가 구멍을 파줬지. 그녀는 그러고 나서 뉴헤이븐으로 가버렸고." 애나가 할머니에게 그 사람이 어떻게 죽었는지 물었더니 할머니는 이렇게 말했다. "너희 할아버지가 줄을 자르고 내려줬어."

그 무덤 뒤쪽으로 큼지막한 대리석 계단 같은 게 하나 있었다. 할머니 말에 따르면 꽃을 갖다 놓는 곳인데, 할머니는 거기에 찾아오는 사람을 아직 한 번도 본 적이 없다고 했다. 몹시 더운 날이면 애나와 나는 도로에서 보이지 않는 곳에 있는, 묘비석의 시원한 그늘에 놓인 그 계단에 앉아 지내는 걸 좋아했다. 우리는 종이 인형을 만들었다. 종이 위에 그림을 그리고 잘라낸다. 항상 애나가 얼굴과 헤어스타일 쪽을 맡았는데, 말총머리, 아프로 스타일*, 삐삐 롱스타킹**의 땋은 머리, 단발머리 등 다양했다. 우리는 네모난 색인표가 붙은 작은 옷도 만들어 인형 주변으로 둘렀다. 줄무늬가 있는 보랏빛 나팔바지와 골반바지, 주

---

* 아프로Afro 스타일 — 흑인들이 주로 하는 둥근 곱슬머리 모양

** 삐삐 롱스타킹Pippi Longstocking — 스웨덴 작가 아스트리드 린드그렌Astrid Lindgren이 쓴 동화 속에 나오는 자유분방한 주인공 이름. 나중에 TV 드라마와 영화로도 만들어졌다.

방용 앞치마, 가죽 재킷, 크레용으로 하얗게 칠한 무릎까지 오는 부츠, 맥시스커트, 넥타이, 비키니까지. "인형마다 자기 옷장이 필요해," 언니는 아주 작은 핸드백을 조심스레 오려내면서 말했다.

무덤 계단에 앉아 있을 때, 도로를 지나 자갈이 깔린 우리 집 진입로로 들어서는 차 소리가 들렸다.

"아빠 왔다!" 언니가 말했다.

아빠는 일주일 동안 같이 지내려고 오는 것이다. 출장 때문에 꽤 오래 아빠를 보지 못했다. 할머니가 우리더러 전화를 넘겨줬을 때 아빠는 토끼 같은 내 딸들이 너무 보고 싶다고 말했다. 못 기다리겠다고. 아빠는 댄버리*에서 열리는 박람회에도 같이 가고, 캔들우드 호수에서 수영도 하자고 말했다. 아빠를 보면 깜짝 놀랄 거라고. 우리가 아빠를 못 알아볼 거라고. 콧수염을 길렀다고.

우리는 종이 인형을 챙겨 넣고, 아빠 이름을 부르며 언덕을 뛰어 내려가면서, 우리를 깜짝 놀라게 할 모습을 기대했다. 진입로 끝에서 아빠가 차에서 내렸다. 그때 조수석 문이 열렸다.

오전 11시 정각

말싸움을 한 뒤에 피터는 차에 시동을 걸고 도로로 나가버렸고, 핀과 매디는 한바탕 폭풍우 몰아친 후의 바닷새들처럼 다시 자기들이 읽던 책과 장난감에 정신이 팔렸다.

---

* 댄버리 Danbury — 코네티컷 서남부의 도시

"우리 토실이들, 엄마가 끼어 앉아도 돼?" 아이들은 나를 보지도 않고 자리를 내준다. "조금만 더 비켜봐."

"엄마!" 다시 방해를 받자 매디가 소리친다.

나는 아이들 사이에 등을 기대고 앉아 눈을 감고, 아이들에게서 나는 익숙한 체취와 특유의 숨결을 맡으면서 잠시나마 형 집행이 유보된 듯한 행복감에 젖는다. 잭은 여전히 잔뜩 부은 채, 안 나가겠다면서 자기 오두막에 처박혀 있다. 늘 저런 식이다. 잭은 내 배 속에 있을 때부터 고집이 셌다. 내가 대구 간유*를 아무리 많이 마셔도 양수 가득한 보금자리에서 나오려 하지 않았다. 결국 2주가 지나서, 도무지 끝날 것 같지 않은 심한 산통 끝에 겨우 나왔다. 그때 어느 순간에 이르러 나는 이렇게 애를 낳다가 죽을 것 같다는 생각을 했다. 그다음 날 아침에는 아이가 분명히 배 속에서 죽었을 거라고 확신할 정도였다. 의사가 내 온몸에 17개의 모니터를 연결해 놓고 잭의 심장박동 소리를 또렷하게 들려주었는데도 말이다. 그건 내가 세상에서 가장 사랑하는 것을, 제대로 사랑해 보지도 못하고 잃는 느낌이었다. 하지만 결국 아기가 나와주었다. 분홍색에 악을 바락바락 쓰고, 다리는 개구리 다리처럼 길쭉했는데 주름이 쭈글쭈글 잡혀 있는 데다, 물고기 눈을 깜빡거리고 있었다. 물에서 태어난 생명체. 그 태곳적인 느낌. 물기를 닦아내고, 파란색 포대기에 감쌌다. 내게로 건네졌다. 부드러운 천 속에 담긴 그 부드러움이 내 품 안에 안기자, 내 안팎으로 부드러움이 가득 차올랐다.

---

* 대구나 명태 등의 간 속에 들어 있는 지방유. 황색 또는 갈색을 띠고 비타민 A, D를 함유하고 있어 의약품으로 쓰인다.

내가 쉴 수 있도록 간호사들이 잭을 떼어냈을 때, 나는 피터를 집으로 보냈다. 우리 둘 다 너무 오래 잠을 못 자고 깨어 있었다. 나는 정신이 몽롱한 상태로 잠에서 깼다. 내 머리 옆쪽에서 꿈결에서나 볼 법한 작은 생명체인 잭이 새근거리며 숨 쉬는 소리가 들렸다. 내가 자고 있을 동안 간호사들이 아기가 담긴 카트를 내 옆에 갖다 놨던 것이다. 아기 침대에서 아기를 안아서 내 가슴 쪽으로 갖다 대면서도 내가 지금 뭘 하고 있는지 제대로 이해하지 못했다. 진짜 엄마인 듯 연기하는 사기꾼 같은 기분이 들었다. 아기와 교감하려 애쓰다 보니 눈물이 쏟아졌다. 말할 수 없이 행복하고, 말할 수 없이 슬픈 느낌이 안팎으로 밀려왔다.

누군가 문에 노크를 했다. 간호사다 싶어서 마음이 편해졌다. 그러나 문을 열고 들어온 사람은 지난 4년 동안 만나지도 이야기한 적도 없는 조너스였다. 내가 피터와 결혼하겠다고 했을 때 상처를 입고 내 인생에서 나가버렸던 사람. 이제는 지나와 결혼해버린 사람. 내 가장 오래된 친구 조너스가 갈색 종이에 싼 하얀 작약 꽃다발을 든 채 문가에 서서, 내가 아기를 보며 우는 모습을 지켜보고 있었다.

그는 침대로 오더니, 내게 묻지도 않고, 이미 허락을 받기라도 한 듯이 내 품에서 잭을 가만히 받아서 들었다. 잭의 가슴께에서 파란 포대기를 살짝 헤치고는 코에 입을 맞추며 말했다. "이거 완전히 나 아니야? 남자 같이 생긴 여자애인가?"

"헛소리하지 마," 내가 웃었다. "웃기지 마. 아파."

"사타구니 쪽이 아프다는 거야?" 그가 염려하는 듯이 물었다.

"아 좀." 나는 눈물을 흘리면서 웃었다. 행복감과 상실감이 같이 찾아왔다.

　지금쯤 잭은 양손을 머리 뒤에 받치고 이어폰을 끼고 세상과 단절된 채 침대에 누워서 나를 용서해야 할지 말지 고민하고 있을 게 뻔하다. 내가 자기를 용서해 줄지 아닐지도 궁금할 것이고. "나야 당연히 용서하지," 나는 걸어가면서 이렇게 고함이라도 쳐줄 수 있다. 사랑하는 사람 사이에서 '용서할 수 없는' 일 따위는 없으니까. 그러나 생각해 보니 항상 그런 건 아니다.
　파리 한 마리가 베란다 안쪽에 갇혔다. 윙윙거리면서 방충망에 부딪히고, 팔다리로는 방충망의 금속 필라멘트를 계속 건드렸다. 그게 잠시 생각을 가다듬는지 멈출 때면 베란다 전체가 조용해지면서 책장 넘기는 소리만 들리고, 게임에 열중해 있는 핀에게서 침이 튀는 모습까지 보인다. 연못 건너편 조그마한 공영 비치에는 사람들이 벌써 모래 위에 자기 자리를 표시하고, 면 테이블보 위에 피크닉 용품을 풀어 놓아 다른 사람이 침범하지 못하게 하고 있었다. 피터가 해변에서 조너스와 지나랑 같이 지내자고 했을 때 싫다고 해야 했다는 생각이 들었다. 대낮에 조너스와 마주 앉아, 지나가 싸 온 참치 샌드위치를 먹으면서 지난밤에 있었던 파티에 대해 다시 이런저런 이야기를 늘어놓을 생각을 하니 아찔했다. 얼굴에는 위선적인 미소를 품고서 말이다. 내가 거기 꼭 가야 할 이유는 없다. 피터가 세운 계획이니까. 그에게 아이들을 데리고 가라고 하면 그만이다. 아무도 신경 쓰지 않을 것이다. 나만 빼고 말이다. 하지만 그렇게 되면 다들 조너스와 가까이 지내는 셈이고, 나는 빠지게 된다. 다들 뜨거운 모래 위에서 그의 옆에 자기들 타월을 펼치고 앉아 있겠지. 그를 못 보게 될 거라는 생각만으로도 내 안에서 쓰라린 느낌이 일어나면서, 파도 속에서 그를 만지고, 그의 손을 어루만지고 싶다는 갈망이 생겼다. 그에게 중독된 것이다. 사이렌*. '페니스가 달린 사이렌.' 생각이 여기에 미치자, 나는 큰 소리를 내고 웃었다.

"뭐가 웃겨요?" 매디가 물었다.

"아니야." 나는 정신을 차렸다. "아무것도 아니야."

"엄마, 이상해요." 매디는 그렇게 말하고는 다시 책을 읽는다. "까닭 없이 웃는 건 소름 돋게 하는 광대 같아요." 매디는 자기 발목 쪽에 모기가 문 자리를 긁었다.

"긁을수록 가려워." 아이들은 아직 파자마 차림이다. 핀의 소매에는 촛농 자국이 있는데, 지난밤 어른들이 잔뜩 술에 취해 있었을 때 자러 가겠다고 말하러 왔을 때 생긴 것이다.

"다들 노래하시는 소리를 들었어요." 핀이 이렇게 말하면서 베란다 문을 열고 들어섰는데, "물론 지금은 자고 있어야 하는 시간이지만, 이렇게 여기 왔지요." 하는 표정이었다.

"아니 이런. 벌써 몇 시간 전에는 잠들었어야 할 시간인데." 내가 말했다.

"다들 너무 시끄럽게 했잖아요." 매디가 말했다. "잭 오빠는 벌써 잠들었어요.

---

* 사이렌 — 여자의 모습을 하고 바다에 살면서 아름다운 노랫소리로 선원들을 유혹하여 위험에 빠뜨렸다는, 고대 그리스 신화 속 존재

완전히 곯아떨어졌어요."

"이리 올라와 봐." 내가 핀을 무릎 위에 앉히면서 말했다. "딱 5분만이야."

핀은 몸을 기울여서 촛대 옆에 흘러내린 촛농을 벗겨내려고 한다. 소매에 촛농이 떨어졌다. "불어서 촛불을 꺼도 돼요?"

"아냐, 안 돼."

"엄마, 우리랑 같이 가서 잘 때까지 봐주면 안 돼요? 수풀 속에 뭔가 있는 거 같아요. 늑대일지도 몰라요."

"여기는 늑대 같은 건 없어, 바보야," 매디가 말했다. "나는 우유를 한 잔 먹어야겠어요."

핀은 내 무릎에서 내려가더니 피터 옆의 소파에 푹 하고 앉았다. 피터는 지나와 이야기를 이어가면서 고양이 쓰다듬듯 핀의 등을 쓰다듬었다. 내가 앉은 테이블 건너편에는 애나의 대부인 존 딕슨 씨와 내 새 할머니 패멀라가 조너스의 엄마와 함께 바닷가에 둥지를 틀고 있는 새들에 관해 한참 이야기를 나누고 있었다.

"여긴 우리가 소유한 백사장이에요," 패멀라가 말했다. "도대체 공원 관리 사무소가 무슨 권한이 있어서 출입을 통제한다는 거죠?"

"저는 동의하기 어렵네요. 새들 때문에 그런 거죠," 딕슨 씨는 자신의 말장난에 즐거운 듯 웃으면서 말했다.

"백사장은 대자연에 속한 거예요," 조너스의 엄마가 말했다. "멸종 위협에 처한 동물보다는 수건 걸어 놓을 곳을 확보하는 게 더 중요하다고 생각하시는 거예요?"

"베란다 문 좀 열어주세요," 매디가 팬트리에서 우유 두 잔을 들고 균형을 잡으며 나왔다.

피터가 약간 갸우뚱거리면서 일어서서 베란다 문을 열어주면서 매디의 머리를 손으로 헝클어뜨렸다.

"아빠! 우유 쏟겠어요!" 우유를 쏟으면서 매디가 웃었다.

핀이 엎드려 기어가더니 바닥에 있는 우유를 후루룩 마셨다. "나는 고양이야," 핀이 말했다.

"징그러워." 매디가 내게 입 모양으로 키스를 보냈다. "안녕히 주무세요. 엄마. 사랑해요. 다들 안녕히 주무세요."

"잘 자라, 우리 요정들," 피터가 소파에 등을 기대며 말했다. "이제 다시 훔쳐보지 말고."

나는 조너스가 아까 핀이 했던 것처럼 양초 촛농을 벗겨내는 걸 쳐다봤다. 그는 별생각 없이 촛농을 손가락 사이에 놓고 주물렀다. 찰흙으로 뭘 만들 때처럼 처음에는 공 모양, 그다음에는 백조, 거북, 큐브, 심장 모양으로 바꾸어 갔다. 그때 문득, 내가 조너스를 처음 만났을 때 그의 나이가 핀의 나이 정도였다는 생각이 들었다. 사랑스럽고 자그마한 소년이었다. 내 작고 귀여운 아들도 나중에 커서는 누군가의 삶에 폭풍우가 될 수도 있겠다는 생각이 들자 믿기지 않았다. 조너스가 눈을 들어, 자기를 쳐다보고 있는 나를 쳐다봤다.

"이러면 애들 버릇이 나빠져," 아이들이 길을 따라 내려가 어둠 속으로 사라진 뒤에 엄마가 말했다. "예전에 아이들은 눈에 띄거나 목소리가 들리게 하지 않았어."

"그런 규칙이라면 장모님께도 적용되어야 하겠죠," 피터가 대답했다.

"네 남편은 정말 끔찍해," 엄마가 즐거운 듯이 말했다. "어떻게 저런 남자랑 같이 사니?"

"사랑은 맹목적이니까요, 감사하게도. 적어도 제 아내는 그래요," 피터가 웃으며 말했다. "그게 제 행복의 비밀이죠."

"우리 때는 그냥 깨끗하게 이혼하고 재혼했지," 엄마가 말했다. "지금보다 훨씬 간단했어. 기분 전환도 되고. 새 옷 한 벌 사는 느낌이랄까."

"흠," 내가 말했다. "내 기억과는 얘기가 다르네요. 언니가 여기 있다면 내 말에 동의하겠죠."

"아, 제발," 엄마가 내 말을 일축했다. "너는 아주 잘 자랐어. 네 아빠와 내가 계속 같이 살았다면 네가 어떻게 되었을지는 아무도 모르지. 약간 행복하고 감상적인 멍청이가 되었을 수도 있고. 호텔 매니저가 되었거나. 이혼은 아이들에게 좋은 거야." 엄마는 일어서서 남아 있는 포크 따위를 치웠다. "불우한 사람이 언제나 더 흥미로우니까."

나는 속에서 예전처럼 욱하고 일어나는 걸 느꼈지만 조너스가 내게 몸을 기대면서 속삭였다. "그냥 무시해. 어머니가 술에 취하면 마음에 없는 말을 하시잖아. 너도 잘 알잖아."

나는 고개를 끄덕이고 그라파*를 한 잔 따른 다음 조너스에게 병을 건넸다. 병을 받아 들던 조너스의 손가락이 내 손가락과 닿았는데, 그도 자기를 위해 한 잔을 따랐다.

"건배하자," 그가 잔을 들었다.

"뭘 위해?" 내가 잔을 부딪치며 물었다.

"맹목적인 사랑." 그의 눈이 내 시선을 피하지 않았다.

---

* 그라파grappa — 포도로 만드는 독한 이탈리아 술

나는 몇 분 정도 기다렸다가 테이블에서 일어났다.

엄마는 등을 보인 채 싱크대에 서 있었다. "엘리너, 내가 설거지 도와주마. 온수가 잘 나오지 않네."

"잠시만요. 화장실 좀 다녀오고."

"수풀에서 볼일 봐. 나는 늘 그렇게 해."

나는 뒷문으로 나와서, 그늘 속에서 기다리면서 내가 조너스의 마음을 제대로 읽은 게 맞는지, 애처로운 16살짜리처럼 여기에 서서, 만약 내가 틀렸으면 어찌해야 할지 생각을 거듭했다. 베란다 문이 열리더니 모래 깔린 길을 걸어오는 발소리가 들렸다. 조너스가 멈춰 서서 어둠 속에서 두리번거리더니 나를 발견했다. 우리는 연못으로 바람이 지나가고, 황소개구리 우는 소리가 들리는 그곳에 서 있었다.

"엘, 나를 기다리고 있었던 거야?"

"쉿." 나는 그의 입에 손을 갖다 댔다. 머릿속으로 은은한 목소리가 들려왔다. 레코드플레이어로 음악을 튼 듯이.

"뒤로 돌아봐." 그가 내 치마를 들어 올리며 속삭였다. "양손으로 벽을 짚고서 서봐."

"체포하려는 거야?"

"그렇지," 그가 말했다.

"빨리 해."

"엄마!" 누가 내 치마를 잡아당긴다. "엄마! 내 말 듣고 있어요?" 매디가 말하고 있다. "우리 스노클링 가도 되냐고요."

"어제 물고기 둥지를 발견했어요," 핀이 말한다. "알이 잔뜩 있을 거예요."

"우리 가도 되죠?" 매디가 말한다. "엄마!"

나는 머리를 흔들며 정신을 차린다. "수경이랑 오리발은 첫 번째 오두막에 있어," 나는 간신히 대답했다. 스스로 더러워지고 오염된 기분이 들면서, 내 속을 박박 문질러 닦아내고 싶었다. 마음이 무너져 내렸다. 눈물 속에서 내 몸속에 쌓인 위험 물질에 불이 붙어 타고 있는 것을 느꼈는데, 이걸 내가 계속 견딜 수 있을지 모르겠다.

1973년 5월, 뉴욕 브라이어클리프

늦은 봄의 아름다운 아침. 아빠가 결혼하는 날. 나는 레이스 달린 드레스에, 값비싼 가죽 신발, 무릎까지 올라오는 불투명한 흰 양말까지 신었다. 나는 여섯 살. 아빠는 여자친구 조앤과 결혼한다. 조앤은 베스트셀러 소설가. 우리가 처음 그녀를 만났을 때 아빠가 쓴 표현으로는 "탐나는 사람"이다. "강인한 여자보다 매력적인 건 없지," 아빠가 말했다. 그녀의 머리칼에서는 허브 에센스 향이 난다.

"너희 아빠는 내가 시키는 대로 하는 걸 좋아해," 조앤이 웃으며 말한다. 그리고 우리가 보는 앞에서 둘이 키스를 했다.

조앤은 25살밖에 안 되었다. "우리는 자매라고 해도 되겠네!" 그녀가 애나에게 말했다. 그녀는 예쁘고 다부진 체격에, 양털 코트를 입고 있다. 나는 털 없이 살아야 할 양이 걱정스러웠다. 둘은 시외로 이사를 했다. 아빠는 매일 차로 직장까지 통근을 했는데, 그곳으로 이사를 간 뒤로 우리는 아빠를 만나기 어려웠다.

   조앤은 새로 뽑은 빨간 무스탕을 몰았다. 그 차를 처음 봤을 때 나는 그녀에게, 엄마가 빨간색은 싸구려 같다고 했다고 말했다. 파란색을 골랐어야 했다고. 그녀가 애써 웃었다. 파란색이 우아하다고 내가 말했다. 무슨 의미인지도 모르고 그런 말을 쓴다며 애나가 내 팔을 세게 꼬집었다.

   조앤은 애나를 좋아했지만, 나와는 "좀체 안 맞는다"라고 애나에게 말했던 걸 애나가 내게 알려줬다. 종종 그녀는 우리 동네로 찾아와서 "여자들만의 날"을 위해 애나를 데리고 나갔다. FAO 슈바르츠*에서 윈도쇼핑을 하고, 슈라프츠**에서 점심을 먹고, 울만 링크에서 스케이트를 탔다. 마리메꼬 매장***에 가서 애나에게 은빛 단추가 동전처럼 빛나는 가방도 사줬다. 그녀는 애나의 숱 많은 밤나무 색깔 머리칼을 좋아해서, 하루에 한 번 10분씩 윤기 나게 빗질하는 법도 가르쳐 줬다.

   매일 저녁 정확히 6시가 되면 조앤은 스카치 소다 위스키를 마셨고, 아빠는 저녁을 만들면서 와인을 따서 공기에 접하게 놔뒀다. 아빠는 샬롯**** 요리를 좋아했는데, 나를 부엌에 있는 높은 의자 위에 앉혀 놓고 당근 껍질 까는 걸 돕게 했다. 아빠는 세제와 물 대신에 기름으로 씻어내야 하는 시커멓고 큼지막한 무쇠팬에 요리를 했다. 안 그러면 팬

---

* FAO 슈바르츠 FAO Schwarz — 고가 장난감, 실물 크기의 박제 동물, 게임 기기 등을 파는 전문점

** 슈라프츠 Schrafft's — 매사추세츠에 본사를 둔, 아이스크림, 케이크, 과자류 전문점

*** 마리메꼬 Marimekko — 핀란드에서 시작된 패션과 리빙 전문 브랜드

**** 샬롯 shallot — 작은 양파의 일종

이 망가진다고 아빠가 말했다. 기름은 팬을 치료한다고 말했는데, 그러면 나는 물었다. "뭘 치료한다고요?"

조앤은 아빠가 양육비를 지급해야 한다는 사실에 몹시 짜증을 냈다. 우리를 기차역에 데리고 가야 하는 일요일 저녁마다 그녀는 우리에게 잘 접은 종이 한 장을 건넸다. 엄마에게 갈 돈에서 차감해야 할 비용 목록이었다. 빵 8조각, 땅콩버터 4큰술, 요거트 6개, 냉동 치킨 포트 파이 2개, 스완슨 샐리스베리 스테이크….

지금 나는 아빠가 결혼식 올리는 모습을 지켜보고 있다. 긴 의자 내 옆자리에는 할머니가 필박스햇*을 비스듬히 쓰고, 입술은 굳게 다문 채, 꼿꼿하게 앉아 있다. 할머니는 조앤을 좋아하지 않는다. 지난번에 조앤과 아빠가 우리를 할아버지 할머니 집에 데려다줬을 때, 우리 집 가방 속에는 입었던 옷가지가 그대로 잔뜩 들어 있었다. "그 여자는 게을러," 할머니가 말했다. "일광욕하는 고양이처럼. 너희 아빠가 예일은 최우수 성적으로 졸업했는지 몰라도, 허리 아래쪽은 전혀 몰라. 어쩌다 저런 여자를 골랐는지 모르겠다. 너희들 진드기 검사부터 해야겠구나."

나는 내 무르팍의 하얀 레이스 주름을 내려다보고, 무릎에 생긴 상처의 딱지를 뜯어낸다. 양쪽 다리는 놀이터 정글짐에서 놀다가 그 아래 콘크리트 바닥에 떨어질 때 생긴 흉터와 딱지로 뒤덮여 있다. 할머

---

* 필박스 햇pillbox hat — 약상자처럼 동그랗고, 각을 이루면서 꺾이는 형태의 모자. 세련된 느낌을 주기에 정장과 함께 입는다.

니는 내 손을 잡더니 꼬옥 쥐었다. 나는 할머니의 은으로 만든 결혼반지가 내 관절을 지그시 누르는 게 좋았다. 할머니는 우리 손을 내 무릎 위에 올려놓았다. 나는 할머니 손등으로 파란 정맥이 지나가는 길을 훑어본다. 나는 할머니를 몹시 사랑한다.

애나는 네이비 색깔 옷을 입고 있다. 애나는 체형이 땅딸막하게 변했기에, 조앤은 그 색이 어울릴 거라고 생각했다. 나는 신발로 바닥을 신경질적으로 툭툭 찬다. 애나가 내 정강이 쪽을 발로 찼다. 나더러 꼼지락거리지 말라고 했다. 붉은 빛줄기가 교회 앞쪽 제단으로 내려와 비추고 있다. 나는 시선으로 그걸 따라가다 보니 높이 설치된 스테인드글라스 창에 이른다. 그리스도의 상처에서 흘러나오는 피였다. 아빠는 내 옆을 지나 신부님 앞에 선다. 나는 통로로 달려가서, 아빠 발치에 몸을 던지고, 바짓가랑이 한쪽을 붙잡고 늘어진다. 아빠는 하객들에게 웃음을 보이면서 나를 떼어내려 하지만, 나는 놔주지 않는다. 나는 하얀 레이스 옷을 입고, 콧물 눈물에 범벅인 채로 분노하고 있다. 아빠는 자기 발목에 붙어 있는 작은 애를 애써 무시하고 끙끙 앞쪽으로 나아간다. 나는 빨판상어가 되었다.

아빠와 나는 제단까지 도착했다. 오르간 연주자가 〈웨딩마치〉를 연주한다. 하객들이 무슨 일인가 하는 표정을 감추지 못한 채 일어선다. 조앤이 뭉게구름처럼 부풀어 오른 베일 아래로 열받은 걸 감추고, 스팀을 뿜어내며 우리 쪽으로 걸어온다. 그녀는 새틴으로 만든 미니드레스를 선택했기에 두꺼운 다리가 그 아래로 다 나와 있다. 작은 신발 속에 쑤셔 넣은 소시지 같이 생겼다. 그녀는 내 몸을 타고 넘어가서 아빠의 손을 붙잡고, 신부님에게 고개를 끄덕인다. 그들이 서약을 할 때 나는 바닥에 누워서 아빠의 발목 주변으로 몸을 웅크렸다. '이 여자는 왜 속옷을 안 입었지?' 그들이 "네"라고 대답할 즈음 나는 이런 생각을 했다.

1973년 11월, 뉴욕 태리타운

　아빠가 오는 주말이다. 애초에 아빠는 격주로 우리를 데리러 오기로 했지만, 오늘이 한 달 만에 처음 보는 날이다. 그들은 계속 약속이 잡혀 있었다. 아빠 말에 따르면, 조앤은 친구가 상당히 많은데, 그 친구들 모두가 그녀의 나이 많은 남자를 만나고 싶어 한다고 했다. "그 나이 많은 남자가 누구야?" 내가 묻는다. "내가 만난 적 있는 사람이야?"
　집은 갈색이었다. 마당에 들어서니 그녀가 있었던 곳이지 싶은 나무에 줄이 매달려 있었다. 거기를 지나 울퉁불퉁한 돌이 깔린 길을 따라 아래로 내려가면 물 색깔이 탁한 작은 연못이 나왔다. 아빠 말에 따르면, 수영은 할 수 없지만, 겨울에 얼면 스케이트를 탈 수는 있다. 거실은 길고 좁은데, 판유리로 되어 있는 커다란 창으로 내다보면, 조앤의 표현으로는 "호수"가 내려다보였다. "물가의 집은 구하기가 어렵지," 그녀가 말했다. 이 집에서 사방 벽에 온통 털이 북슬북슬한 카펫이 덮여 있지 않은 곳은 주방밖에 없었다.
　토요일 오후. 애나와 나는 주방 바닥에 앉아서 공깃돌 놀이를 하고 있었다. 바깥에는 비가 내리면서 창을 때렸고, 날은 꽤 어둑어둑했다.

내가 집중해서 막 뒤집기를 하려는 참인데 조앤이 솔빗을 휘두르면서 들어왔다. 거기서 머리카락 몇 올을 집어내더니 내게 흔들었다.

"엘리너, 너 내 빗 썼지. 쓰지 말라고 그렇게 말했잖아."

"안 썼어요." 썼지만, 나는 그렇게 말했다.

"네가 새로 입학한 그 학교에 머릿니가 유행이잖아. 이건 삶아야겠네." 그녀는 화가 잔뜩 나 있었다. "이 빗이 망가지면 네 엄마한테 청구서를 보낼 거야. 수퇘지 털로 만든 거란 말이야."

"안 썼다니까요."

"머리카락 색깔이 금발이잖아. 이 집에서 거짓말하는 사람은 용납할 수 없어." 그녀는 몸을 숙이고는 우리가 하던 공깃돌을 싹 훑어가 버렸다.

"돌려줘요!" 내가 소리쳤다.

아빠가 차고에서 허청거리며 들어온다. "아, 둘 다 제발 싸우지 말아. 서로 물어뜯지 말라고."

"나를 애 다루듯 하지 말아요, 헨리," 조앤이 말한다.

"우리 공깃돌을 아무 이유 없이 가져가더니 안 돌려줘요." 내가 말한다.

"엘이 조앤의 솔빗을 물어보지도 않고 썼어요." 애나가 말한다.

"아니에요." 내가 말한다.

"그냥 솔빗이잖아," 아빠가 말한다. "조앤이 괜찮다고 할 거야. 할머니가 어렸을 때 공깃돌에는 선수였다는 거 아빠가 말해줬나?" 아빠는 냉장고 문을 열고 안을 들여다본다. "저녁으로 치킨파이 어때? 조앤과 아빠는 오늘 저녁에 외출을 해야 해."

"두 분이 나가는 거 싫어요." 내가 말한다. "늘 외출하잖아요."

"바로 옆집으로 가는 거야. 그리고 베이비시터 해줄 멋진 여학생을 섭외해 뒀어."

"텔레비전 봐도 돼요?" 애나가 말한다.

"뭐든지."

"나는 여기 있기 싫어," 내가 말한다. "집이 엉망이야. 우리 집에 가고 싶어."

"입 닥쳐," 애나가 말한다. "일을 다 망치지 마."

나는 방으로 뛰어 들어가서 운다.

내 뒤로 조앤이 화를 참느라 눈물을 흘리며 말하는 소리가 들린다. "이제 나는 더 이상 못 하겠어요, 헨리. 내가 엄마가 되려고 결혼한 거 아니잖아요."

나는 침대에 몸을 던지고 베개에 얼굴을 파묻었다. "나는 저 여자가 싫어, 저 여자가 싫어, 저 여자가 싫어," 나는 기도하듯 앙앙 노래를 불렀다. 아빠가 나를 다독이려고 들어오자 나는 몸을 돌이켜 쥐며느리처럼 몸을 동그랗게 말았다.

아빠는 나를 들어 무릎 위에 앉히더니 울음이 그칠 때까지 내 머리카락을 쓰다듬었다. "오늘 밤에는 아무 데도 안 갈 거야. 내 토끼. 괜찮아. 괜찮아."

"저 여자는 못됐어요."

"그러려고 그런 거 아니야. 너희 둘 다 지금은 힘든 시기라서 그래. 조앤은 좋은 사람이야. 기회를 줘봐. 아빠를 위해서."

나는 아빠의 품속으로 더 깊이 파고들며 고개를 끄덕였다. 그 말이

거짓말이라는 걸 알면서도.

"그래, 착하지, 우리 딸."

"헨리, 제발." 아빠가 우리와 함께 집에 있겠다고 하자 조앤이 말한다. "스트립스 씨 가족과의 이 약속은 몇 주 전에 잡은 거예요."

"괜찮아. 스트립스 씨 가족은 당신 친구들이니까. 실라가 맛있는 걸 많이 준비했겠지. 나는 몇 주 동안 내 딸들을 보지 못했어."

"토요일 저녁이잖아요. 나 혼자서는 못 가요."

"그럼 더 잘 되었네. 나와 애들이랑 집에 같이 있자. 영화도 보고 팝콘도 만들어 먹고."

"베이비시터가 벌써 출발했어요. 이젠 취소할 수도 없어요." 그녀는 아빠에게서 등을 돌린 채 홀에 걸려 있는 거울을 쳐다보면서 커다란 금귀걸이를 하고 있다. 눈썹을 그리고, 양쪽 볼은 세게 꼬집어 본다.

"왔다 갔다 한 시간은 계산해 줘야지. 그 친구도 이해할 거야."

거울 속에 비친 조앤의 얼굴을 보니, 콧구멍이 커졌다가 작아졌다가 다시 커졌다가 작아지는 모습에 매료될 지경이다. 그녀의 입이 심하게 일그러진다. 내가 자기를 보고 있다는 걸 그녀가 알아차렸을 때, 나는 승리한 자답게 웃어줬다.

그러나 결국 승자는 그녀였다. 그 후로 매주 아빠가 기차역으로 우리를 데리러 와서는 차에 우리를 태운 뒤에 거기서 30분 정도 떨어진 곳에 있는 조앤의 부모님 댁으로 갔다. 그때그때 변명은 늘 새로웠다. 조앤이 몸이 안 좋다거나, 그 집의 벽을 이루고 있는 나무가 썩어서 고치고 있다거나, 록스베리에 있는 어느 집 파티에 초대를 받았는데 조앤은 우리가 거기 가면 지루해할 거라는 식이었는데, 그러나 다음 주에는 아빠가 반드시 같이 있어 주겠다는 약속을 곁들였다. 차에서 우리에게 손을 흔들며 작별할 때 아빠의 표정은 슬퍼 보였고, 나는 이게 내 탓이라는 것을 알았다.

조앤의 아빠 드와이트 버크는 유명한 시인이다. 약간 긁히는 듯한 멋진 목소리에, 아침 먹을 때도 스리피스 슈트*를 입었다. 오전에 서재로 올라갈 때는 버번 잔을 들었다. 아내인 낸시는 체격이 크고 마음씨 좋은 여성이다. 가톨릭교도이고. 앞치마 주머니에 묵주를 넣고 있었는데, 나에게 하느님을 믿는지 물었다. 버터 바른 둥그런 빵을 구웠고, 점심 lunch을 "런천 luncheon"이라고 불렀다. 머리는 언제나 깔끔하게 정돈되어 있었다. 책에서나 본 적 있는 유형의 부모였다. 트위드** 옷감 같은 느낌에 마음씨 좋은 사람들. 이런 분들이 어쩌다 저런 사나운 암소를 키우게 되었는지 나로서는 이해할 수가 없었다.

조앤의 남동생 프랭크는 아직 이 집에서 같이 지낸다. 15살이다. 프랭크는 놀라운 구석이 있다. "축복이었지," 왜 프랭크가 조앤과 나이 차이가 이렇게 크냐고 애나가 물었을 때 낸시가 했던 말이다. "실수였다는 의미야," 프랭크가 말했다. 그는 금발에 군인 같은 머리를 하고, 여드름이 있었다. 군복 같은 옷을 입고 허리를 숙일 때면 엉덩이의 골이 우리 눈에 들어왔다.

---

* 스리피스 슈트 three-piece suit — 세 가지가 갖추어진 한 벌의 옷. 남성용은 상의 조끼 바지, 여성용은 상의 블라우스 스커트 혹은 슬랙스가 동일한 천으로 만들어진 슈트.

** 트위드 tweed — 간간이 다른 색깔의 올이 섞여 있는 두꺼운 모직 천으로 스코틀랜드나 영국식 전통 정장을 만드는 데 쓰인다.

버크 씨 가족은 파키산드라*가 피어 있는 강둑과 참제비고깔**에 둘러싸인 3층짜리 흰 벽돌집에 살았는데, 굽이치는 허드슨강이 내려다보였다. 집 안에는 코라와 블루라는 이름의 초콜릿 색깔 래브라도가 있었고, 효모가 발효하며 나는 냄새로 가득했다. 일요일 아침이면 우리는 언제나 성당에 갔다.

애나와 나는 주방 뒤쪽 1층과 2층 사이 조그만 공간에 있는 방을 썼다. 팬트리 안쪽의 청소도구 넣어두는 벽장에서부터 시작되는 눈에 보이지 않는 계단을 따라 올라가면 나오는 방이다. 낸시는 "식모방"이라고 불렀다. 집 안의 이쪽 부분은 아무도 쓰지 않고 있었다. 그 방의 다이아몬드형 창으로 내다보면 깎아지른 듯한 회색의 기반암이 보이고, 그 바위 속에서는 차가운 물이 흘러내리고 있었다.

애나와 나는 다시 친구가 되었다. 우리는 정원에서 붉은 신호등, 푸른 신호등 놀이를 하고, 벤치에 앉아서 종이 인형도 만들고, 침대에 누워 책도 읽었다. 아무도 우리를 간섭하지 않았다. 우리에게 소리 지르는 이도 없었다. 런천 시간이 되면 낸시가 소 목에 다는 방울을 흔들었고, 우리가 아래층 식당으로 내려와 보면, 초여름에도 언제나 불이 밝혀져 있었다. 낸시는 우리가 여기 있는 게 좋다고 우리에게 말했다. 그녀는 우리를 가만히 안아주고, 키스해주고, 우리가 주말을 보내기 위해 가져온 여행 가방을 풀어서 히코리나무로 만든 서랍 속에 넣어줬다.

프랭크는 집 뒤쪽에 자신만의 놀이방을 갖고 있었는데, 거기서 쥐와

---

* 파키산드라pachysandra — 파키산드라속(屬)의 상록 관목. 회양목과(科).

** 참제비고깔delphinium — 짙은 파란색 계열의 꽃이 피는 키 큰 화초

햄스터를 기르고, 어항에는 게르빌루스쥐까지 키웠다. 그것들은 자기들이 있는 그 방 한복판의 커다란 유리 케이지 속에 있는 왈도라는 이름의 보아뱀을 뚫어져라 응시했다. 프랭크는 우리가 싫다는데도 자기가 뱀에게 작은 새끼 쥐들을 먹이로 주는 광경을 억지로 지켜보게 했다. 분홍색이었다. 나는 방 밖으로 나가고 싶다고 했지만, 그는 방문을 가로막고 섰다. 방안은 온통 삼나무 톱밥과 공포의 냄새로 가득 찼다.

"너희들 그 안에서 재미있게 지내고 있는 거지?" 낸시가 주방에서 설거지를 하면서 소리쳐 묻는다.

"왈도에게 먹이를 주고 있어요." 프랭크가 고함을 친다. "자, 이거 잡아봐." 그가 꿈틀대는 분홍색 새끼 쥐 한 마리를 애나 손에 쥐여 준다.

"싫어." 애나는 그에게 쥐를 돌려주려고 하지만 그는 주머니에 양손을 집어넣고 서 있다.

"네가 만약 왈도에게 먹이를 안 주면, 왈도는 오늘 밤 배가 고플 거야. 그러면 밖으로 나오려고 하겠지. 보아뱀은 몇 초 만에 사람도 질식시켜 죽인다는 거 알고 있지?"

애나는 뱀이 들어 있는 케이지 뚜껑을 열고, 눈을 질끈 감고, 새끼 쥐를 떨어뜨렸다. 나는 그게 폭신폭신한 사시나무 톱밥 위에 떨어지는 모습을 지켜봤다. 5초 정도 지났을까, 그것은 눈을 깜빡이며 주변을 돌아보더니 살았다는 안도감을 느끼는 듯했다. 이때 왈도가 스르르 다가오더니 덥석 물었다. 쥐는 흔적도 없이 사라졌다. 왈도의 목이 구슬 크기로 볼록 솟아 있는 것이 보일 뿐이다. 우리는 왈도의 목 근육이 꿀렁거리며 배 속으로 밀어 넣는 모습을 지켜봤다. 숨이 막힐 듯이 꿀렁거렸다.

프랭크는 그 뱀을 좋아했지만, 햄스터들을 더 좋아했다. 그는 햄스터를 길러 팔아서 용돈을 벌었다. 그것들이 프랭크가 가장 자랑스러워하는 재산이었다. 어느 주말인가 그가 아끼는 햄스터인 골디가 도망쳤다. 프랭크는 정신이 나갈 정도가 되었다. 위층과 아래층을 뛰어다니고, 소파 아래쪽을 찾아보고, 책꽂이에서 책을 내려놓으면서 햄스터의 이름을 불러댔다. 기르는 개 중 하나가 잡아먹은 게 분명하다고 확신하고는, 가장 늙은 래브라도인 마벨의 다리를 걷어찼다. 마벨은 깽깽하고 다리를 절며 달아났다.

"무슨 일이야?" 비프스튜를 만들던 낸시가 주방에서 소리친다.

프랭크는 나를 쳐다본다. 골디를 왈도에게 먹이로 준 게 아니냐고. "네가 나를 싫어한다는 건 나도 잘 알고 있어," 그가 말한다. "네가 그렇게 말하는 걸 들었으니까." 그는 나를 계단 쪽 벽으로 몰아붙였다. 그의 숨결에서 치토스와 우유 냄새가 났다. 나는 그의 입술 주변에 묻은 오렌지색 부스러기를 쳐다보며, 나는 절대 그런 적 없다고 말했다.

그날 밤, 낸시가 애나에게 잘 덮어주려고 이불을 끌어 올리는데 골디의 축 늘어진 몸이 침대 위로 툭 떨어져 나왔다. 애나가 그때까지 침대와 벽 사이에 끼워 놓고 짓누르고 있었던 것이다. 낸시는 빗자루와 쓰레받기를 가져와 담은 다음, 창문을 열고, 수국이 잔뜩 피어 있는 덤불 속으로 골디를 던졌다.

프랭크가 문간에 서서 지켜보고 있었다. 그의 목에서부터 끼룩끼룩하는 새된 소리가 흘러나왔다. 얼굴은 일그러지고, 여드름은 검붉은색으로 변했다. 나는 그가 숨이 막혀 죽는다고 생각했다. 나는 거기에 얼어붙은 듯이 서서 그가 정말로 죽으려나 싶은 마음으로 지켜봤다. 그러나 그는 죽는 게 아니라 목이 졸린 듯이 흐느껴 울기 시작했다. 애나와 나는 공포에 질려 서로 쳐다보다가, 끝내 웃음을 터트렸다. 프랭크는 창피한 듯 도망쳤다. 나무 계단을 내려가는 그의 발소리와, 멀리서 쾅 하고 문 닫는 소리가 들렸다. 낸시는 우리에게 등을 돌린 채, 저 먼 어둠 속을 지켜보고 있었다.

그다음 주에 우리가 기차역에 도착했을 때, 아빠는 이제부터 주말은 아빠와 조앤이랑 같이 지내게 되었다고 말했다. 드와이트와 낸시는 이게 최선이라고 생각했던 것이다.

6

오전 11시 30분

    내 외가 쪽 사람들에게 이혼이라는 말은 두 글자짜리 단어에 불과하다. 이 단어는 "지겨워졌다" 혹은 "운이 나빴다"라는 말로 쉽게 대체될 수 있다. 외할아버지와 외할머니 두 분 모두 결혼을 세 번 했다. 페이퍼 팰리스를 세운 외할아버지 에이모리는 죽을 때까지 연못가의 자기 집에서 지내면서, 등산화를 신고 나무를 하고, 낚시를 하고, 카누를 타고, 연못 주변의 생태계가 변하는 풍경을 지켜봤다. 할아버지는 수련이 피어 있는 곳을 찾아가고, 커다란 왜가리를 따라가고, 얕은 곳에서 썩어 회색으로 변하는 나무 둥치에 붙어서 일광욕을 즐기는 담수 거북이 몇 마리나 되는지를 세었다. 아내는 들어왔다가 나가고, 또 다른 아내가 들어오곤 했지만, 연못은 언제나 할아버지의 것이었다. 여기는 할아버지가 18살이던 때, 사냥총을 들고 깊은 숲을 돌아다니다 우연히 발견한 곳이었는데, 깨끗한 담수에다 바닥에는 하얀 모래가 깔려 있는 걸 보고서 할아버지는 그 물을 마셨다. 돌아가실 때 할아버지는 자기 집을 자신의 세 번째이자 마지막 부인이던 패멀라에게 유산으로 남겼다. 그녀만이 진정으로 이 집을 받을 자격이 있었고, 이 집이 가진 강력하고 비밀스러운 매력이자, 연못의 영혼이라고 할 그 무엇을 이해하는 유일한 사람이었다. 할아버지는 페이퍼 팰리스는 엄마에게 남겼다. 엄마 동생인 오스틴은 과테말라를 벗어나지 않았기에, 이곳과는 아무런 관련이 없었다. 하지만 엄마에게 이곳은 모든 것이었다.

뉴욕대학교에 있는 내 사무실 벽에는 엄마가 어린 소녀였을 때 과테말라에서 찍은 흑백사진이 걸려 있다. 내 사무실은 편집증적 수집가의 천국이라 할 만한데, 책꽂이에 꽂힌 책들은 쌓여서 쏟아지기 직전이고, 책상은 대학원생들이 쓴 논문, 몽당연필, 채점해야 할 비교문학 수업 페이퍼들, 거기에다 매디가 6살이던 해의 내 생일에 "만들어" 주는 바람에 버릴 수가 없어 키우고 있는, 지극히 우울하고 늙은 여자를 닮은 아보카도 화분에 뒤덮여 있다. 그나마 비어 있는 공간이 하얗게 칠한 벽인데, 거기에는 다른 것은 없고 그 사진만 걸려 있다. 사진 속에서 엄마는 팔로미노* 종자의 말 위에 올라타고 있다. 머리는 양 갈래로 길게 땋고, 수를 놓은 페전트 블라우스**를 받쳐 입고, 접어 올린 청바지에, 가죽끈 달린 샌들을 신었다. 8살이었다. 엄마 뒤쪽으로 흰옷을 입은 소년이 나무로 만든 외바퀴 수레를 밀면서 먼지 이는 길을 걸어서 내려온다. 탁 트인 평원이 구름에 덮인 화산 아래 바위로 이루어진 언덕의 용암이 만든 절벽까지 이어져 있다. 엄마는 안장의 윤기 나

---

* 팔로미노 palomino — 갈기와 꼬리는 흰색이고 털은 크림색이나 황금색인 말

** 페전트 블라우스 peasant blouse — 유럽이나 미국의 농민들이 애용하는 소박한 블라우스. 손으로 짠 목면 등을 사용하며, 느슨한 소매와 헐렁한 몸판에 주름 장식을 가한다. 그 지방 특유의 색실 자수를 배합하기도 한다.

는 뿔을 한 손으로 붙잡고 있다. 다른 한 손에는 옥수수 한 대를 들고 있다. 카메라를 보며 편안하고 행복하게 웃는다. 내가 엄마의 얼굴에서 한 번도 본 적 없는 홀가분함과 자유로움. 드러난 치아는 하얗고 고르다.

엄마가 해준 말에 의하면, 그 사진은 잘생긴 정원사가 찍어줬는데, 아까 그 소년이 그의 아들이었다. 그 사진을 찍고 몇 초 지나지 않아서 그 소년이 수레로 말을 치는 바람에 말이 놀라 뛰기 시작했고, 엄마는 말에서 떨어져서 한쪽 팔과 갈빗대 두 대가 부러졌다. 그 후로 엄마는 다시는 말에 올라타지 않았다. 그해 가을에 엄마는 과테말라를 떠나서 뉴잉글랜드의 상류층 기숙학교에 들어갔고, 거기서는 흰옷을 입고 테니스를 치고 매일 아침 채플에 참석했다. 엄마는 결코 지나온 날을 돌아보지 않았다.

나는 그 사진이 늘 마음에 들었다. 그 사진을 보고 있으면 미켈란젤로의 다비드상이 떠오른다. 영원한 시간에 새겨진 찰나의 순간, 굴러떨어지기 1초 전, 모든 것이 바뀌기 직전, 오른쪽으로 가거나 왼쪽으로 가거나, 아니면 먼지 이는 길바닥에 주저앉아 움직이지 않기로 하거나 하는, 그 모든 일의 우연성 말이다. 그 소년, 그 수레, 그 말, 낙마, 과테말라를 떠나기로 한 엄마의 결정, 그 모든 일이 있었기에 이 연못이 내 것이 되었다.

베란다에서 내다보니 핀과 매디는 얕은 물속에 쭈그려 앉아 있다. 매디가 수련 잎 근방에서 움직이고 있는 무엇인가를 손으로 가리킨다. 핀이 한 걸음 물러났지만, 매디는 엄마처럼 핀의 손을 잡아 준다. "괜찮아. 물뱀은 독이 없어." 매디가 말하는 소리가 들린다. 애들은 물뱀의 조그만 머리가 갈대 사이로 S자 커브를 그리며 사라지는 모습을 지켜본다. "여기 봐! 피라미들이야." 핀이 이렇게 말하고, 둘이서 물속으로 사라진다. 둘이 쓰고 있는 밝은 노란 색깔 스노클이 수면 위에서 8자를 그리며 움직인다.

"내 선글라스 본 사람 없어?" 엄마가 주방에서 베란다로 나오며 말했다. "책꽂이 위에 올려놨는데. 누가 치웠나 보네."

"여기 테이블 위에 있어요." 내가 대답한다. "엄마가 둔 그대로."

"옆집에 갈 거야. 패멀라에게 우유 한 통이랑 달걀 두 개 갖다주기로 했거든."

"아까 피터더러 패멀라를 데리고 슈퍼에 가라고 했으면 되는데."

"싫어. 눈치가 있는 사람이라면 네 남편이 열받아서 김이 나오는 때는 피해야 한다는 걸 알고 있지. 그리고 엘리너, 너는 계속 불장난을 하면서 다른 사람들 머리까지 다 태울 작정인 거니? 나는 일단 우유와 달걀 들고 몸을 피해야겠다. 너랑 네 남편이 애들 앞에서 애들처럼 구는 짓을 그만두면 돌아올 거야. 그렇게 까다롭게 굴지 마라. 네 남편은 좋은 사람이야. 합리적이고. 그런 남편이 있다는 건 네게 행운이야."

"나도 알아요."

"그리고 숙취를 위해서 뭘 좀 먹어라." 엄마가 말했다. "안색이 안 좋아 보인다. 냉장고에 진저에일 있어."

엄마는 피터에게 조금 과할 정도의 애정을 갖고 있다. 엄마 말은 틀린 게 없다. 남편은 대단히 멋진 남자다. 히코리나무처럼 우람하고. 부드럽지만 약하지 않고. 강 같은 힘을 갖고 있다. 고집 있고, 사려 깊고,

많은 걸 생각하게 한다. 영국 악센트는 섹시하다. 그리고 우리를 웃게 만든다. 나를 정말 사랑한다. 아이들도 사랑한다. 나는 나무의 뿌리처럼 깊고 강한 사랑으로 그의 사랑에 답한다. 물론 남편의 사지를 찢어 버리고 싶을 때도 찾아오지만, 결혼생활이란 원래 그런 것이니까. 화장실 휴지 하나 때문에 3차 대전이 벌어지기도 한다.

엄마가 한 손에는 달걀 바구니, 한 손에는 우유 한 통을 들고, 우리 백사장 끝에 있는 숲 안쪽으로 사라진다. 3분쯤 지났을까, 엄마가 숲 저쪽으로 나와서 할아버지 집 앞에 서서 "유-후!"라고 부르는 소리가 들린다. 할아버지가 세상을 떠난 지 여러 해가 지났지만, 여전히 거기는 "할아버지 집"이다. 스크린 도어가 열렸다가 닫히고 희미한 웃음소리가 들리고, "어머 세상에!"라고 외치는 패멀라의 목소리가 이어진다. 패멀라가 10살가량 많지만, 그녀와 엄마는 아주 친한 친구가 되었다. "내가 이 숲에서 같이 잘 지낼 수 있는 유일한 사람은 그녀뿐이야," 엄마가 말했다. "물론 보라색 아닌 다른 색깔 옷을 입어 준다면 한층 편하겠지만. 내 생각에는 패멀라의 조리법 때문에 보툴리누스 중독*이 일어나는 듯해. 지난번에 냉장고 속에 보니까 파란색 치즈가 있던데 버터가 그렇게 된 거였어. 아빠가 나이 많아서 돌아가셨다고들 하지만, 내가 보기엔 그녀가 잘 모르고 상한 음식을 해 먹인 것 같아."

자갈과 모래 밟히는 소리가 들리면서 피터의 차가 들어온다. 이제 닥쳐올 일을 예상하며 나 자신을 가다듬는다. 난리가 날까? 아무 일 없을까? 그 중간일까? 무력한 순간이다. 어떤 일이 벌어질지 알 길이 없

---

* 보툴리누스 중독botulism — 음식물 안에 있는 보툴리누스균에 의하여 생기는 식중독.

다. 남편이 내가 있는 쪽으로 걸어오는 소리가 들리고, 심장은 쿵 떨어져 내린다. 나는 남편이 내 표정을 읽지 못하도록 문 쪽으로 등을 돌리고 소파에 태연한 듯 앉아서 책을 들고 읽는다. 유도 시합 같은 것이다. 그런데 그는 베란다를 지나쳐 오두막들이 있는 쪽으로 걸어간다.

"잭, 문 열어봐!" 그는 잭이 있는 오두막 문을 쾅쾅 두드린다. "당장 나와."

나는 고개를 돌리고 내가 앉아 있는 자리에서 피터의 표정을 읽으려고 해본다. 잭이 나오더니 계단에서 자기 아빠 옆에 앉는다. 소리가 여기까지 들리지는 않지만, 피터가 열정적으로 말하는 모습은 보인다. 잭이 부은 표정으로 듣더니 이내 웃음을 터뜨린다. 내 온몸이 안도감에 확 풀린다. 남편과 키가 커서 흐느적대는 아들이 일어서더니 내 쪽으로 걸어온다. 둘 다 웃고 있다.

"이제 좀 진정이 되었나, 부인?" 피터가 주머니에서 담배를 꺼내더니 라이터를 찾느라 주머니 이쪽저쪽을 뒤적인다. "여기 멋쩍어하는 당신 아들을 데려왔어. 자기가 했던 멍청한 행동을 후회하고 있으니, 다시는 엄마한테 그런 식으로 말하지 않을 거야. 엄마한테 사과해." 그가 잭의 머리를 헝클어뜨린다.

"엄마, 잘못했어요."

"그다음…." 피터가 재촉한다.

"그리고, 두 번 다시 그런 식으로 말하지 않을 거예요." 잭이 말했다.

피터가 양손으로 나를 잡더니 소파 위로 들어 올린다. "이제 기분 풀어, 투덜이 아줌마. 봐, 당신 아들은 당신을 사랑하잖아. 이제 바닷가로 가볼까?" 그는 베란다 문 쪽으로 가서 매디와 핀을 소리쳐 부른다.

"자, 연못에서 나와. 5분 후에 출발할 거야."

아이들은 아빠 말을 듣는 둥 마는 둥 철벅거리면서 물속으로 자맥질을 했다.

"그럼, 차를 써도 되나요?" 잭이 묻는다.

"어림도 없는 소리, 친구."

"그럼 샘 집 앞까지라도 태워 주실 거죠?"

불과 몇 초 만에 잭은 자기 권리를 부당하게 박탈당한 십대로 되돌아가 있다. 나로서는 귀찮았을 법한 일이다. 하지만 내 마음이 궤도를 벗어나 휘청거리는 지금은 속이 환히 들여다보이는 아들의 모습이 마음을 편안하게 잡아주는 묘약이다. 나는 아들에게 볼을 내민다. "여기다 키스해 줘, 그러면 엄마 마음이 나아질 거야."

잭은 마지못해 볼에 입을 맞추지만, 걔가 나를 사랑한다는 것 정도는 나도 알고 있다.

피터가 시계를 들여다본다. "이런, 벌써 많이 늦었어. 엘, 애들 좀 챙겨봐. 나는 차에 짐을 실을 테니. 잭 너는 샘더러 10분 후에 도로 끝에서 너를 태우라고 연락하고."

나는 핀과 매디에게 소리치며 세면실로 걸어간다. 우리가 쓰던 썬 블록 크림이 담겨 있는 지퍼백이 보이지 않는다. 어제 팬트리에 내가 넣어뒀다. 나는 엄마가 집 안에서 보기 싫은 물건을 밀어 넣어 두는 빌트인 서랍장 맨 아래쪽 서랍을 열었다. 역시 그게 거기에 들어 있고, 여태내가 찾고 있던 매디의 슬리퍼는 물론이고 사흘 동안 세탁기에 집어넣지 않아서 곰팡내가 나는 피터의 젖은 수영복도 들어 있다. 서랍 맨 밑바닥에는 내가 매디보다 어렸을 때부터 엄마가 쓰던 빨간 격자무늬 보온병이 놓여 있다. 예전에는 그 뚜껑 위에 딱 들어맞는 세련된 베이지색 플라스틱 커피 잔도 있었다. 뚜껑을 열고 보온병 안의 냄새를 맡아본다. 엄마가 마지막으로 쓴 게 20년도 넘었을 듯한데, 단단한 플라스틱 안쪽 벽에는 아직도 퀴퀴한 커피 냄새가 희미하게 남아 있다. 물로 헹구고, 욕실의 수도에서 물을 받아 마셔본다. 수도관의 금속 맛이 살짝 난다. 얼음이 필요하다.

길 가장자리에 서 있자니 내 사랑스러운 남편이 머리 위에 부기보드 세 개를 얹고, 팔 아래에는 수건을 잔뜩 낀 채 코너를 돌아 나오는 모습이 보이고, 아이들은 남편 뒤에서 계속 앙앙거리며 따라온다. 나는 저런 남자를 가질 자격이 없다.

"피터," 내가 소리친다.

"응?"

"사랑해."

"당연히 그렇겠지, 뚱딴지."

7

1974년 5월, 뉴욕

 벚꽃 피는 계절. 메트로폴리탄 박물관 뒤쪽 언덕은 분홍색이 바다를 이루고 있다. 먹을 수만 있다면 먹고 싶을 지경이다. 나는 그중 한 나무의 낮게 뻗은 큰 가지 위에 올라가서 꽃들에 뒤덮여 숨었다. 꽃들 사이로 클레오파트라의 바늘*에 쓰여 있는 상형문자가 눈에 들어온다.
 내 밑으로 엄마가 색이 얼룩덜룩한 경사면 위에 체크무늬 모포를 깔고 앉아 바구니에서 종이 접시를 꺼내고, 껍질을 깐 완숙 달걀을 담은 봉지도 꺼내고 있다. 엄마는 소금과 후추를 섞어 싸놓은 네모난 은박지를 열고, 달걀 꼭지 부분을 찍어서 한입 베어 문다.
 "맛있네," 엄마는 큰소리로 혼잣말을 한다. 바구니에서 빨간 격자무늬 보온병을 꺼내고, 뚜껑 위를 덮고 있던 플라스틱 잔을 풀어서 내려

---

* 클레오파트라의 바늘 Cleopatra's Needle — 뉴욕 센트럴 파크에 있는 거대한 오벨리스크. 1880년에 이집트에서 가져왔다.

놓은 다음, 우유를 섞은 커피를 한 잔 따른다.

"엘리너, 이리 내려와. 온종일 여기 있을 수는 없어."

나는 조심스레 내려온다. 스웨터 안에 입은 발레복이 찢어지지 않도록 신경을 썼다. 우리는 공원에 있다가 내가 처음으로 발레 수업 받을 곳으로 곧장 가려 한다.

"자," 엄마가 내게 갈색 종이봉투와 작은 우유팩을 내민다. "땅콩버터와 버터, 간 소시지가 들어 있어."

오늘은 토요일이고 공원에 사람이 많지만, 바위를 타고 넘어 여기 이 으슥한 수풀 쪽까지 올 생각을 하는 이는 아무도 없다. 나는 잔디밭의 마른 곳을 찾아서 카디건을 내려놓고, 엄마 옆에 앉는다. 엄마가 소설에 빠져 있기에 우리는 말없이 점심을 먹었다. 우리 위쪽으로 하늘은 말할 수 없이 청명하다. 먼 곳에서 야구 시합하는 소리가 들리고, 별안간 크게 웃는 소리도 들려온다. 바위에서는 달콤하고 깨끗한 냄새가 난다. 본격적인 봄이 시작되는 날이라 겨우내 눈과 개똥에 덮여 동면하던 만물이 깨어나고 있다.

"견과류 과자도 가져왔어," 엄마가 말한다. "삶은 달걀 하나 남은 거 먹을래?"

"오줌 누고 싶어."

"바위 뒤로 가서 싸."

"싫어."

"엘리너, 너무 얌전빼지 마라. 너는 일곱 살이야. 누가 신경을 쓴다고 그래?"

"발레복을 입고 있어요."

"그럼 거기 도착할 때까지 참아봐." 엄마는 읽던 책장 모서리를 접고 책을 가방에 넣은 다음, 가져온 짐을 싸기 시작한다. "이거 싸는 거 도와줘."

발레 레슨은 아빠가 보내온 선물이다. 내가 원했던 것이 아니고. 나는 같은 반의 다른 여자애들처럼 체조를 하고 싶었다. 공중 돌기나 평균대 말이다. 애나는 내가 통뼈라 발레에는 어울리지 않는다고 했다. 무엇보다도 나는 첫 레슨 시간에 못 들어갔기에 다른 여자애들은 다 나보다 앞서 있다는 것도 문제다.

엄마가 시계를 본다. "2시 45분이네. 뛰지 않으면 늦겠어."

우리가 레치나 선생님 스튜디오에 도착했을 무렵, 다른 여자애들은 이미 머리를 쪽을 지어 검은 망사로 고정한 채, 거울 달린 벽 앞에 줄 맞춰 서 있었다. 나는 숨을 헐떡이고, 타이츠에는 벌써 얼룩이 잔뜩 묻어 있다.

"엄마, 늦었어요."

"상관없어."

"화장실에 가고 싶어요."

"참아봐." 엄마가 스튜디오 문을 열고 나를 안쪽으로 밀어 넣는다. "한 시간 뒤에 보자."

레치나 선생님이 입술을 꾹 붙이고 나를 보고 웃더니, 여자애들에게 그 방 중앙에 나를 위한 공간을 만들어 보라고 손짓을 한다. 나는 내 자리에 가서 선다. 첫 번째 동작을 위해 발을 모은다. 피아노 치는 이가 미뉴에트 곡을 연주했다.

"쁠리에*, 마드모아젤." 선생님이 다니면서 자세를 교정한다.

"쁠리에 앙코르! 우아하게 팔을 접어주세요!"

나는 내 앞에 있는 여자애를 보며 따라 하려고 애쓴다.

"알라스꽁드**," 선생님이 소리친다.

나는 다리를 넓게 벌리고 무릎을 굽힌다. 그때 일이 터졌다. 내가 서 있는 윤기 나는 나무 바닥 위로 커다란 푸들 모양이 생기더니 번져 나가면서 내가 신고 있는 분홍색 발레화의 끝을 적셨다. 내 뒤에서 비명이 들렸다. 음악이 멈췄다. 나는 눈물을 흘리며 그 방에서 뛰쳐나가면서 새로 깐 듯한 그 바닥에 젖은 발자국을 남겼고, 간신히 세면실에 들어와 문을 잠갔다.

"조세핀!" 선생님이 자기 조수를 부르는 소리가 들린다. "대걸레! 빨리, 빨리."

다음 주에 엄마는 내게 거길 다시 가라고 했다. "엘리너," 엄마는 단호하게 말했다. "우리 집안은 겁쟁이가 아니야. 두려움과 맞서 싸워야 해. 싸움을 시작도 하기 전에 지지 않으려면."

나는 애나와 함께 집에 있게 해달라고 애원했지만 엄마는 거절했다.

"터무니없는 소리 하지 마. 그 계집애들은 오줌을 한 번도 안 쌌을 거라고 생각해?"

"바닥에는 안 쌌겠죠," 애나는 너무 많이 웃느라 배를 움켜쥐었다.

---

* 쁠리에 Plié — 꼿꼿한 자세로 두 무릎을 굽히는 동작

** 알라스꽁드 À la seconde — 제2포지션을 의미함. 몸은 정면으로, 한쪽 다리를 제2포지션으로 뻗고 두 팔을 제2포지션으로 벌린 자세.

오후 12시 30분

바닷가 주차장은 사람이 구워질 정도로 뜨겁다. 나는 차에서 나와서 모래 많은 아스팔트 도로 위로 내리다가 비명을 질렀다.

"아니 이게 뭐야." 나는 우리 사브 자동차 안으로 얼른 다시 기어들어 갔다. "발바닥 벗겨지는 줄 알았어." 나는 내 자리 바닥에서 슬리퍼를 찾아 더듬다가, 조수석 의자 아래에 처박혀 있는 걸 찾아냈다.

"너희 둘 다 양말 신어. 모래가 타는 듯이 뜨거워." 나는 가방에서 흰 스웨터 양말을 꺼내 핀에게 줬다. "매디, 너는?"

"나는 괜찮아요. 샌들 신고 있어요." 매디가 말했다.

"발 옆쪽으로 화상 입을 거야."

"엄마," 매디는 표정이 일그러진다. "양말 신고 샌들 신는 건 싫어요. 구려요."

"양말 신고 샌들 신는 게 뭐 어때?" 피터가 차에서 내리더니 트렁크에서 짐을 꺼냈다. "해외에 나온 영국인은 다 그렇게 입어."

나는 다들 내릴 때까지 기다렸다가 차양을 내리고 거울로 얼굴을 들여다본다. 손으로 머리칼을 정리하고 양쪽 볼도 꼬집어 보고, 엉덩이 주위로 사롱도 매만져 본다. 저쪽에 보니 조너스가 타는 낡은 트럭이 주차되어 있다.

피터가 내 자리 쪽 문을 연다. "자." 내 손을 잡고 끌어 올려 내리게 도와준다.

나는 뒷자리에서 수건 뭉치와 얼음물이 들어 있는 보온병을 꺼냈다.

"한 시간이나 늦게 왔다고 지나가 한 소리 하더라도 가만히 있어. 까칠한 엘리너 말고. 상냥한 엘리너로."

"나는 언제나 상냥해." 그가 옆으로 지나갈 때 엉덩이를 걷어찼지만 그는 요령껏 피했다.

모래 언덕 위에 올라서서 보니 백 개는 넘을 듯한 파라솔이 펼쳐져 있는 게 보였다. 단색도 있고. 줄무늬도 있고. 빨간색, 흰색, 파란색까지. 물은 맑은 터키석 색깔에, 파도는 잔잔하다. 적조도 없고, 녹조도 없다. 해변에서 보내기 완벽한 날. '조스'가 나올 법한 날. 아이들은 프리스비 놀이를 하거나, 모래성을 쌓고 그 주위로 해자를 팠다. 그러자 모래 아래에서 물이 나와 거기를 채웠다. 비키니를 입은 화려하고 젊은 것들이 자기를 쳐다보는 시선을 모른다는 듯이 뽐내며 걸어 다닌다. 나는 조너스를 찾아본다. 그는 항상 왼쪽으로 걷는다.

피터가 먼저 그들을 찾아냈다. 그들은 노란 줄과 흰 줄이 섞인 파라솔을 세워 놓고 있었다. 서커스단 텐트처럼 생겼는데, 삼면은 막혀 있고 한쪽만 바다 쪽으로 열려 있다. 지나가 텐트 옆에서 우리를 향해 푸크시아색 빨간 수건을 흔들었다. 매디와 핀이 그녀를 향해 모래 언덕을 달려 내려가고, 피터가 그 뒤를 따랐다. 나는 잠시 멈춰 서서, 이제 무슨 일이 닥쳐올까 생각하며 마음을 다진다. 피터가 만약 나와 조너스 사이가 조금 이상하다고 느끼면 어쩌지? 그때 우리 둘이 밖으로 나갔던 것을 지나가 알고 있다면? 나는 그때 내가 뒷문으로 나올 때 방 안이 어땠는지 다시 떠올렸다. 조너스는 테이블 옆, 촛불이 비치는 범위 바깥에서 의자에 등을 기대고 앉아 있었다. 피터는 소파에 누워 있었고, 지나는 딕슨 씨가 하는 말에 웃고 있었고, 엄마는 에스프레소 컵에 그라파를 따르거나, 그릇을 치우거나, 싱크대에서 설거지를 하고 있었다. 그때 지나는 분명히 내게 등을 보이고 앉아 있었다. 조너스가 바다를 응시하며 모래 위에 앉아 있다. 나는 숨을 깊이 들이마신다. 우리 집안은 겁쟁이가 아니다.

1976년 7월, 백우즈

　나는 파란 고무보트 위에 떠 있다. 눈을 감고 얼굴은 태양을 향해 있다. 눈 주변으로 먼지들이 붉게 떠돈다. 나는 물살에 실려 떠돌면서, 내뱉고 들이마시는 내 숨소리를 들으며, 소금기 섞인 바람이 나를 연못 중앙 쪽으로 실어 가게 내버려 둔다. 나 외에는 아무도 없다. 오직 나 혼자뿐이다. 이 완벽한 순간. 나는 보트 가장자리로 한쪽 팔을 늘어뜨리고 손가락을 펴서 물살이 손가락 사이로 지나가는 걸 느낀다. 나는 내가 오리라고 상상한다. 금방이라도 저 차가운 물속에서 거북이가 나타나서 내 노란 발을 붙잡고 물속으로 끌고 들어갈 듯하다. 멀리서 누군가 카누 바닥에 나무로 만든 노를 툭 던지는 소리가 들린다. 애나와 애나 친구 페기는 보트를 타고 연못 저쪽으로 노를 저어 나갔다. 거기서 바닷가까지는 조금만 걸으면 된다. 눈을 떴을 때, 물가로 보트를 끌어 올리는 그들이 입고 있는 밝은 오렌지색 구명복이 보이더니, 이내 그들은 숲속으로 들어갔다.
　엄마와 엄마의 남자친구 레오는 레오의 아이들을 데려오려고 그레이하운드 고속버스 터미널에 갔다. 그들은 열흘 동안 우리와 함께 지낼 참이다. 레오는 루이지애나 출신 재즈 뮤지션이다. 색소폰을 분다. 검은색 수염을 잔뜩 기르고, 자주 웃는다. 허약한 자는 운동을 하면 좋다고 믿는 사람이다. 새우를 좋아한다. 애나는 아직 그 남자에 대해 확신이 없지만, 나는 그가 괜찮은 사람 같다.

레오의 아이들인 로즈메리와 콘래드는 멤피스에서 자기들 엄마와 같이 산다. 둘 다 남부 억양을 갖고 있고, 특히 로즈메리는 '욜y'all'이라는 표현을 쓴다. 로즈메리는 7살이다. 소심한 편. "딱히 중요한 건 아닌데," 애나가 말했다. "몸에서 이상한 냄새가 나." 콘래드는 11살이니 나보다 한 살 많다. 키가 작고 땅딸막한 데다, 두꺼운 안경을 쓴 눈은 툭 튀어나와 있다. 그는 사람 옆에 바짝 붙어 서는 편이다. 우리는 그들이 자기들 아빠를 만나러 뉴욕에 왔을 때 작은 식당에서 한 번 만난 적 있다. 그때 로즈메리는 레어로 익힌 스테이크를 주문했고, 원죄에 대한 이야기를 했다.

"전 부인은 그가 죽었으면 하더라고," 엄마가 주방에 있는 전화로 친구와 통화하면서 말한다. "뜻대로 할 수 있었다면, 아마 레오에게 자식들을 만나지도 못하게 했을 거야." 엄마가 목소리를 낮춘다. "솔직히 말하면 나도 그 여자 편이긴 한데, 그래도 이런 소리는 다른 데서 하지 마. 아이들은 그다지 사랑스럽지 않아. 원래 남의 집 자식을 좋아하는 사람이야 드물지. 레오 말로는, 자기 아들이 워낙 물을 싫어해서 이 더운 날 아빠와 함께 연못에서 지내는 걸 끔찍이 싫어할 거라더라고. 그래도 목욕은 하겠지."

엄마는 우리더러 최대한 얌전하게 행동하라고 신신당부했.

물이 가장 깊은 연못 중앙에는 바닥에서부터 올라온 통발이 숲을 이룰 지경으로 자라고 있다. 물고기들은 그 사이로 숨기를 좋아한다.

나는 몸을 뒤집고 엎드린 채로 보트 가장자리 쪽으로 뚫어져라 들여다본다. 내 몸의 그림자가 드리우면서 물 안쪽이 전부 훤하게 보인다. 피라미들이 수련 줄기나 썩어가는 물풀 사이로 재빠르게 획획 지나다닌다. 비단거북 한 마리가 탁한 초록색 사이로 천천히 헤엄치더니 수면 위쪽으로 올라온다. 그 아래로 개복치가 자기 둥지를 지키느라 경계 태세로 느릿느릿 움직인다. 나는 몸을 숙이고 얼굴을 물속에 담근 뒤에 눈을 떴다. 세상이 온통 흐릿하다. 나는 숨을 참을 수 있는 한 공기 속의 소리를 들으면서 계속 이렇게 있는 걸 좋아한다. 물속에서 숨을 쉴 수 있다면 영원히 이렇게 지내고 싶다.

연못 저편에서 차 문이 닫히는 소리가 들리고, 레오의 멋진 웃음소리가 들렸다. 그들이 도착했다.

오후 12시 35분

조너스는 양쪽 팔꿈치를 괸 채 뒤쪽으로 등을 기대고 앉아 있고, 검은 머리칼은 기름진 오리처럼 번드르르하다. 얇은 흰 면셔츠는 어깨 쪽으로 착 달라붙어 있다. 끼고 있는 결혼반지가 햇빛에 반짝인다. 우리가 다가가는데도 그는 돌아보지 않았다. 차마 나를 쳐다보고, 우리가 저지른 일을 직시할 용기가 없는 건가. 오랫동안 나를 원했고, 나랑 같이 잤으니, 이제 수습해야 한다고 생각하는 걸까? 아니면 그도 나처럼 모든 걸 인정해야 하는 순간을 할 수 있는 한 최대한 미룬 채, 모든 게 변해버리기 전까지 예전의 삶을 조금이라도 더 음미하고 싶은 걸까? 어느 쪽이든 일은 생길 참이다.

피터가 그의 옆에 앉아서 저쪽 지평선에 있는 무엇인가를 가리킨다. 조너스가 몸을 기울이고 반응한다. 모래에서는 어지러울 정도의 더운 열기가 일어났다.

"여기요!" 지나가 눈을 가늘게 뜨고 모래 위로 걸어서 내게 다가오면서 소리쳤다. 나는 그녀가 배꼽에 피어싱한 단추가 탱키니* 윗옷 아래로 얼핏얼핏 나타나는 걸 쳐다봤다. 핀과 매디는 한쪽 옆에 자기들 수건을 깔고 앉아 서로에게 선블록 크림을 발라주고 있었다.

조너스는 여전히 돌아보지 않고 있지만, 그의 팔이 살짝 긴장해 있다는 걸 나는 느꼈다.

나는 아이들 쪽을 건너다봤다. 몰려드는 두려움.

"정말 이럴 거예요, 엘?" 지나는 나와 싸울 듯이 말했다.

"엄마," 핀이 소리친다 "제 고글 좀 다시 조여주세요."

나는 무슨 말이든 하려 하지만 아무 말도 나오지 않았다. '하고 싶은 말이 있으면,' 나는 속으로 생각한다. '조용히 말해.'

"무려 한 시간 넘게 기다렸어요. 샌드위치가 다 질척해졌다고요."

나는 목소리를 차분하고 침착하게 유지하고 싶었지만 표정은 전혀 그렇지 못했다. 수건 더미를 들고 있는 양손이 떨렸다. "미안해. 전화를 해야 했는데. 아침에 잭이랑 한바탕 하는 바람에 일이 계속 꼬였어. 일단 이 수건들 좀 내려놓고. 그리고 마트에 가서 샌드위치 새로 사 올게."

지나는 어이없다는 듯이 나를 쳐다봤다. "무슨 소리예요, 엘? 농담

---

* 탱키니 tankini — 짧은 민소매 상의에 비키니형 하의가 한 벌로 된 수영복

이에요. 제가 정말 샌드위치 때문에 화가 났다고 생각하는 거예요?" 그녀는 웃음을 보였지만 아주 찰나의 순간 묘한 표정이 얼굴에 나타났다 사라졌는데, 들끓는 내 속마음을 느낀 게 아닌가 싶었다.

"물론 아니지." 나는 억지로 웃었다. "정신이 없어서 그래. 수면제 때문인지 갱년기라 그런지."

지나가 내 팔짱을 끼더니 사람들 있는 쪽으로 당겼다. "와 줘서 기뻐요. 조너스는 물에는 안 들어가겠다고 저러네요. 정말 아름다운 날씨지 않아요?"

"너무 더워."

"여러분 백우즈 사람들은 좀체 이해가 안 돼요. 세상에서 가장 멋진 곳에서 더할 나위 없이 근사하게 살고 있으면서 할 줄 아는 말이라고는 '너무 더워' 이런 소리밖에 없으니. 조너스는 오늘 아침에 보니 기운이 없더라고요. 자, 수영할 시간이다." 지나가 핀과 매디를 큰 소리로 불렀다. "한 번 더 들어가자, 우리 귀염둥이들. 춤출 시간이야." 그녀는 엉덩이를 살짝 흔들었다. 매디가 나를 쳐다보며 어이없다는 듯한 표정을 짓더니, 이내 그녀를 따라 물속으로 머리부터 다이빙을 했다.

"저기, 부인," 피터가 내게 소리쳤다. "그 물병 좀 던져봐. 여기 오느라 목말라 죽겠어."

나는 잘 겨냥해서 물병을 그에게 던졌다. 슈욱, 하고 날아가더니 피터의 발 앞에 정확히 떨어졌다.

"나이스," 피터가 말했다.

그때 조너스가 돌아봤다. 나를 뚫어져라 응시한다. 일어서더니 손바닥에 묻은 모래를 비벼 털어내고 양팔을 벌리고 내 쪽으로 걸어와서는, 내가 가져오던 수건 다발을 받아 쥐면서 몸을 숙여 볼에 입을 맞췄다. "보고 싶었어." 내 귀에 속삭이듯 말했다.

"그래." 나는 조용히 대답한다. 나로서는 견디기 어려웠다. 참을 수가 없다. "나도 보고 싶었어."

그가 손가락 끝으로 내 팔을 쓸어내리자 몸이 짜릿해졌다.

"물에 들어갈 사람?" 피터가 우리 쪽에 대고 말했다. "진짜 사람 찜 쪄 먹을 만큼 덥네."

1977년 2월, 뉴욕

5학년. 눈 오는 날. 애나와 나는 언니의 대부인 딕슨 씨 집에서 주말 동안 지내는 중이다. 아빠와 조앤은 런던에 살고 있고 — 아빠 직장 일 때문에 그리 파견되었다 — 엄마와 레오는 공연 때문에 디트로이트에 갔다. 그들은 5월에 결혼식을 올리려 한다. 딕슨 씨는 엄마의 "쿨" 한 친구이다. 모든 사람이 딕슨 씨를 좋아한다. 그는 더러운 금발을 말총머리로 묶고, 픽업트럭을 몰고 다닌다. 칼리 사이먼*과도 아는 사이이다. 엄마 말에 의하면, 그는 일을 할 필요가 없다. 엄마와는 두 살 때부터 가장 친한 친구였다. 그러지 않았다면, 내 생각에는, 그가 엄마에게 말을 붙이지도 못했을 것이다. 유치원도 같이 다녔고, 여름에는 백

---

* 칼리 사이먼Carly Simon — 미국에서 1970년대에 유명했던 여자 싱어송라이터. 〈You're So Vain〉이 대표 히트곡이다.

우즈에서 알몸으로 수영도 하고, 썰물이면 펄에서 대합이나 새끼 조개를 파내기도 하면서 함께 지냈다. "나는 조개를 안 좋아하지만," 엄마가 말했다. "딕슨은 자기가 원하는 대로 따라오게 만들 줄 알아." 오래전에 애나가 왜 딕슨 씨와 결혼하지 않았느냐고 엄마에게 물은 적이 있다. "한량이니까." 엄마는 그렇게 말했다. 나는 낙엽을 생각했다.*

딕슨 씨 가족은 공원에 바로 붙어 있는 이스트 94번가의 제멋대로 생긴 아파트에서 산다. 딕슨 씨 딸 베키는 나와 가장 친한 친구이다. 베키의 언니 줄리아는 애나와 동갑이지만 그 둘은 서로 맞지 않았다. 줄리아는 체조 선수이다. 2년 전, 그들의 엄마는 그들을 놔두고 어느 공동체로 들어가 버렸다. 베키와 나는 보호자는 아무도 없이 둘이서 실뜨기 놀이도 하고, 롤러스케이트를 타고 센트럴 파크에도 가고, 맛이 하나도 없는 음식을 해서 서로에게 먹이며 놀았다. 오늘 아침에는 맥주 만드는 효모와 딸기 푸딩 믹스를 믹서기에 넣고 셰이크를 만들었다. 딕슨 씨는 우리가 먹어 없애기만 한다면 자기야 상관없다고 말했다. 지난번에 엄마가 우리를 딕슨 씨 집에 데려다줬을 때 딕슨 씨는 우리를 트랜스 룩스 영화관에 데리고 가서 〈딜리버런스〉를 보여줬다. 그 주 내내 우리는 "돼지처럼 꽥꽥거려"라고 소리 지르며 놀았다. 엄마는 발작했지만, 딕슨 씨는 엄마에게 너무 그렇게 속 좁은 청교도처럼 살지 말라고 했다. 엄마에게 그렇게 말할 수 있는 사람은 딕슨 씨가 유일하다.

마을 전체가 이상하게 조용했다. 창밖을 보니 앞이 보이지 않을 만큼 눈발이 날리고 있었다. 나는 파이프가 수축과 팽창을 거듭하면서

---

* 한량을 뜻하는 rake라는 말은 갈퀴라는 뜻도 있다.

그 속에서 뜨거운 물이 흐르는 소리에 귀를 기울였다. 밀실 공포증을 불러일으킬 정도로 아파트 안의 공기가 건조해지길래 나는 무거운 창문에 체중을 실어서 힘껏 열어보려고 했지만 꿈쩍도 하지 않았고, 앞으로 몸을 숙이다가 쇠로 된 라디에이터 커버에 양쪽 다리 앞쪽이 닿는 바람에 화상까지 입었다.

"좀 도와줘. 환기를 시켜야겠어." 아무도 대답하지 않는다. 우리는 모노폴리 게임 중이고 애나는 방금 마빈 가든스*에 도착했다. 그녀는 어떻게 할지 고민 중이다.

딕슨 씨와 그가 이번에 새로 맞은 아내 안드레아는 아침 내내 방문을 잠그고 방안에 틀어박혀 있었다. "물침대를 들여놨어." 베키는 그걸로 모든 게 설명된다는 투로 말했다. 안드레아와 딕슨은 뉴멕시코에 있는 어느 한증막에서 만났다. 현재 안드레아는 임신 6개월째이다. 둘은 딕슨의 애라고 생각하고 있었다.

"나는 그 여자에게 관심 없어요." 우리 엄마가 베키에게 새엄마에 대해 어떻게 생각하냐고 물었을 때 베키가 한 말이다.

"내가 보기엔 괜찮은 사람 같아요." 내가 말했다.

"괜찮다고?" 엄마는 올리브 씨라도 삼킨 듯한 표정으로 쳐다봤다.

"그 말이 어때서요?" 내가 물었다.

"괜찮다는 말은 '흥미롭다'의 반대말이야."

"그녀는 우리를 어른처럼 대해주는데, 그건 아주 쿨해요." 베키가 말했다.

---

* 마빈 가든스 Marvin Gardens — 모노폴리 게임 중에 노란색 구역 중 가장 비싼 곳

"너희가 어른은 아니지. 11살이잖아," 엄마가 베키에게 말했다.

"지난번에 저녁 먹으면서 그녀가 내게 생리를 시작해서 흥분되느냐고 물었어요," 베키가 말했다.

내 경험상 엄마가 할 말을 못 찾고 헤맨 건 그때가 처음이었다.

"엘," 애나가 소리친다. "네 차례야." 나는 거실 바닥으로 가서 애나 옆에 앉아서 주사위를 굴렸다. 나는 마루로 되어 있는 그 바닥의 향이 좋았다. 엄마가 바닥에 바르는 것과 똑같은 왁스를 발랐다.

내가 복도 저쪽의 방들을 쳐다보면서 감옥을 탈출하는 프리 카드를 써야 하는지 고민하고 있는데, 방문이 열렸다. 딕슨 씨가 홀에 나왔는데, 다 벗은 채였다. 그는 멍하게 자기 불알을 긁어댔다. 그 뒤로 안드레아가 나왔다. 그녀는 고양이처럼 등을 굽히고는 양팔을 높게 쳐들었다. "방금 끝내주는 섹스를 한판 했지," 그녀가 말했다. 불빛은 흐릿했지만 우리 눈에도 모든 게 다 보였다. 거대하고 붉은색을 띤 그녀의 음모, 재니스 조플린을 닮은 그녀의 헤어스타일, 만족한 듯한 그녀의 미소.

딕슨 씨는 우리 옆을 지나 거실을 가로질러 가더니 턴테이블 옆에 쭈그리고 앉아서 LP판을 틀었다. 그의 뒤쪽으로 엉덩이 갈라진 곳에 나 있는 시커먼 털이 보였다.

"이 곡의 백보컬들을 들어봐." 그가 말했다. "클랩튼은 천재야."

나는 내 손에 있는 은손수레 미니어처를 보면서, 마룻바닥으로 스며들어갔으면 좋겠다는 생각을 했다.

베키가 나를 조금 세게 밀었다. "할 거야 말 거야?"

8

오후 12시 45분

"안으로 들어올래?" 피터가 묻는다.

"5분만. 저 거지 같은 사하라를 건너오느라 힘들었어." 나는 그에게서 쿨러를 건네받아 주둥이에 입을 대고 마셨다.

"매력적이네." 피터가 말했다. "내 아내는 늑대들이 키웠거든."

조너스가 웃었다. "알아. 나도 그 늑대 중 하나였어."

피터가 내게 선블록 크림을 내밀었다. "등에 좀 발라줘."

나는 그의 뒤에 무릎을 꿇고 앉아 크림을 손에 짰다. 그는 튜브 위에 앉아 있다가 벌써 모래를 묻힌 뒤였기에, 그의 어깨에 크림을 발라주면서 손에 느껴지는 모래의 질감이 딱히 좋지는 않았다. 조너스는 내가 피터의 피부를 어루만지는 걸 지켜봤다.

"됐어." 내가 피터의 등을 살짝 한 번 때렸다. "이제 완전히 선블록이 된 거지." 나는 수건에 손을 닦고 텐트 안으로 기어서 들어갔다. "여기가 좀 낫네." 내가 말했다.

피터가 일어서더니 부기보드를 잡았다. "너무 오래 있지 말고. 당신 기다리다 목 빠지긴 싫어."

피터가 가고 나서야 나는 그를 따라갈걸 그랬다는 생각이 들었는데, 조너스와 나 단둘만 남고 보니 말할 수 없이 마음이 불편했던 까닭이다. 어릴 때부터 우리는 천 번도 넘게 이 해변에서 같이 지냈고, 모래에 올라오는 파도의 가장자리로 걸어가며 성게와 소라고둥 껍데기를 줍기도 하고, 모래 언덕 위에서 다 벗고 있는 기괴한 독일인들을 훔쳐보기도 하고, 바다에 빠져 죽으면 어떻게 되는 걸까 궁금해하기도 했다. 하지만 지금 여기, 그러니까 그가 쳐 놓은 텐트 그늘에 웅크리고 있으려니 철저히 타인과 함께 있는 듯이 느껴졌다.

텐트 옆쪽으로 작은 그물창이 나 있다. 거기로 조너스를 보니, 불과 몇십 센티미터 떨어져 앉아 있는데도 나와는 완전히 분리된 듯했다. 그는 조개껍데기로 모래 속에서 뭔가를 파내느라 집중하고 있었다. 여기서 봐서는 그게 뭔지 보이지 않았다.

"잭은 어디 갔어?" 그가 쳐다보지도 않고 물었다.

"반항 중이야."

"뭐 때문에?"

"차를 안 줬거든."

"왜?"

"아 그냥 형편없는 놈이야." 내가 이렇게 말하자 그가 웃었다. 파도 너머로 지나가 우리에게 들어오라고 손을 흔들었다. 조너스가 손을 흔들어 줬다. 그가 그물창으로 몸을 기울인다. "안에 들어가도 돼?"

"안 돼."

"그럼 거기서 내 고해성사를 들어줄래?"

"성모송을 세 번 부른다 해도 도움이 될지 모르겠어," 내가 말했다.

그가 텐트 그물창에 손바닥을 대고 누르며 말했다. "엘."

"하지 마," 내가 말했다. 그러면서도 내 손을 그의 손과 마주 대했다. 우리는 그 상태로 말없이, 미동도 없이, 그물 사이로 손바닥과 손바닥을 대고 앉아 있었다.

"8살 때부터 너를 사랑했어."

"거짓말," 내가 말했다.

1977년 8월, 백우즈

내 위에 드리운 나무 그늘 사이로 창이 열려 있다. 나는 어느 개울가 이끼 많은 언덕에 누워서 거의 완벽한 정사각형 모양으로 보이는 하늘을 올려다보고 있다. 짙은 파란색이었다가 이내 구름이 교회 천장화처럼 흘러간다. 바다 갈매기 한 마리가 그 프레임 안으로 날아든다. 시야에서 사라진 뒤에도 그 갈매기가 뭔가를 찾는 듯 구슬프게 우는 소리를 듣는다. 나는 주머니를 뒤져서 사탕을 하나 꺼냈다. 여기는 요즈음 내가 거의 매일 찾아오는 곳이다. 가끔 엄마가 나더러 어디 갔다 오느냐고 묻지만 그럴 때면 나는 "여기저기"라고 대답하고, 엄마는 더 이상 묻지 않는다. 히치하이크를 하다가 연쇄 살인범의 차를 얻어 탔을 수도 있는데, 엄마는 신경을 쓰지 않는 듯하다. 레오와 애나 때문이다. 그 둘은 모든 일에서 부딪치고 있다. 레오와 엄마가 결혼한 이후로 계속 이 모양이다. 나는 저녁 식사 자리에 앉는 게 두려울 지경이다. 처음에는 별문제 없이 시작한다. 레오가 우리더러 중국에 대해 이야기를 하거나 국방성 백서가 왜 중요한지에 대해 연설을 이어간다. 그러다 이내 애나에게 포화를 집중한다. 그는 애나의 친구 린지를 도무지 인정하지 않는다. 창녀처럼 옷을 입는다는 것이었다. 몸은 조숙한데, 지능은 모자란다고. 크메르루주가 립스틱 컬러라고 생각하는 애라고. 그녀의 부모는 제럴드 포드에게 투표했다고. 애나가 수학에서 C+를 받아온 것도 문제였다. 엄마가 식사 준비를 하는데 너는 왜 가만히 있느냐, 치마도 너무 짧다. "아니 왜 쳐다보세요, 변태처럼?" 애나가 이렇게 말하자 그가 의자에서 일어났고, 애나는 방으로 도망가서 문을 잠갔다.

"호르몬 때문에 그래." 둘 사이를 어떻게든 조정해 보려고 엄마가 레오에게 말했다. "십대 때는 다들 끔찍해. 여자애가 더 심하고. 로즈메리가 사춘기가 되면 알 거야." 그는 자기도 노력하겠다고 약속했다. 그러나 우리가 우즈로 온 뒤로 상태는 더 심각해졌다. 레오는 "단호하게" 처리하기로 결심했다. 그는 애나가 말대꾸를 하면 오두막으로 쫓아 보냈고, 엄마는 간섭하지 않았다. "미안하다. 내가 늘 심판 노릇을 할 수는 없어." 엄마는 애나에게 말했다. 애나는 침대에 누워서 울지 않으려고 기를 쓰면서, 내가 안으로 들어가려 하면 내게 소리를 질렀다. 7월의 어느 날 아침, 애나와 레오가 아침을 먹다가 다시 대판 싸웠고, 엄마는 주방 벽에 달걀을 집어 던졌다. "이제 나도 더 이상은 못 참겠어. 아빠와 패멀라가 있는 집으로 갈 거야." 엄마는 내게 바나나를 건넸다. "너도 청각장애인이 되지 않으려면 어디 다른 데 가 있어."

나는 바다로 걸어가면서 어떻게 하면 레오를 독살할까 궁리를 했는데 — 엄마가 애나를 구해주지 않는데 내가 어떻게 할 수 있을까? —

나무뿌리를 잘못 밟는 바람에 슬리퍼가 쪼개져 버렸다. 길바닥에 앉아서 Y자 모양을 단춧구멍에 다시 밀어 넣으려고 애를 썼다. 낮게 드리운 나뭇가지 아래로 흐릿한 발자국이 보였는데, 사슴이 다니는 길인 듯했다. 발자국을 따라 기어서 숲속까지 들어가 보니 발자국은 청미래덩굴 속으로 이어지더니 이내 사라져 버렸다. 뒤돌아서려는데 어디서 물소리가 들렸다. 말도 안 되는 일이었는데, 이 숲속의 이 근방으로는 물이 흐르지 않는다는 것은 다 알고 있는 사실이기 때문이었다. 필그림들*이 케이프에 도착한 뒤로도 플리머스까지 계속 갔던 것도 그 이유 때문이었다. 나는 검은딸기나무 가지를 수건으로 걷어내면서 그 덤불 사이로 걸어갔는데, 다리가 너무 많이 긁히지 않도록 조심하면서 나아가다 보니 마침내 작은 공터가 나왔다. 그 가운데 땅에서 샘이 솟아 나와 작은 개울이 되어 흐르고 있었다. 기괴한 모양의 나무들은 뒤쪽으로 밀려나면서 그 아래로 이끼가 카펫처럼 깔려 있었다. 나는 거기 물가에 앉아서 눈을 감았다. '독을 쓰면 금방 들통날 거야.' 그런 생각을 했다. 그냥 애나와 내가 집에서 도망쳐서 여기로 오면 될 듯했다. 여기에다 단을 만들고 그 위에 나무로 집을 짓고, 지붕은 나뭇가지로 만들면 된다. 맑은 물도 있다. 바닷가에서 고기를 잡아도 되니 사람들이 깨기 전에 일찌감치 나가서 잡으면 그만이다. 크랜베리와 블루베리도 딸 수 있으니 괴혈병에 걸릴 걱정도 없다. 나는 머릿속으로 필요한 물품 목록을 만들었다. 물이 안 닿도록 물건을 넣어 둘 때 필요한 메달

---

* 필그림들The Pilgrims — 1620년에 메이플라워호를 타고 미국으로 간 영국인들

리아 도로*에서 나온 크고 텅 빈 캔과 그 위에 덮을 플라스틱 뚜껑, 성냥, 양초, 물고기 잡을 때 쓰는 바늘과 낚싯줄, 망치와 못, 비누, 포크 두 개, 갈아입을 속옷, 침낭, 벌레 퇴치용 스프레이. 레오가 애나를 때릴 때 내버려 두고 애나 편을 들지 않았던 엄마를 후회하게 만들어야 한다. 당장은 아니더라도 언젠가는 분명히 우리를 그리워할 것이다.

하지만 지금은 노동절이 가까운 때라서 생존에 필요한 물건 중에 내가 구할 수 있는 건 녹슨 커피캔 두 통, 낡은 펜치 하나, 양초 몇 토막뿐이다. 내 위쪽 파란 하늘로는 새 떼가 V자를 그리면서, 스쳐 가는 생각처럼 날아가고 있다. 문득 그림자가 내 얼굴에 드리웠다. 나는 얼어붙었다. 투명 인간이었으면 좋겠다 싶었다.

"안녕." 조그만 남자애 — 7살이나 8살 정도 — 가 나를 내려다보고 있었는데, 너무 소리 없이 다가오는 바람에 그가 오는 줄도 몰랐다. 검은 머리는 숱이 많았고 어깨까지 내려왔다. 연한 초록빛 눈동자. 맨발이다. "나는 조너스라고 해." 그가 입을 열었다. "길을 잃었어." 당황하거나 겁먹은 표정은 아니었다.

"엘이야." 나도 대답했다. 그의 가족을 바닷가에서 본 적 있다. 그의 엄마는 곱슬머리에다, 우리가 먹고 남은 사과를 모래에 버리려 하자 우리에게 소리를 질렀다. 그들은 백우즈 어디쯤에서 살고 있다.

"물수리를 따라다니고 있었어." 모든 걸 다 설명해 주는 말인 듯이 그가 말했다. 이끼 깔린 물가 내 옆에 앉더니 하늘을 쳐다봤다. 오랫동

---

* 메달리아 도로 Medaglia d'Oro — 이탈리아 커피 브랜드

안 둘 다 말이 없었다. 나는 나무들이 사각거리는 소리, 바위 위로 흘러가는 물소리에 귀를 기울였다. 조너스가 옆에 있다는 건 알지만, 그저 그림자 같은 기분이 들었다.

"창이네." 한참 후에 그가 말한다.

"맞아." 나는 일어나 청바지 뒤에 묻은 흙을 털어낸다. "이제 가야 해."

"응." 그가 조금 심각한 표정으로 말한다. "우리 엄마는 지금쯤 난리가 났을 있을 거야."

나는 웃고 싶었지만, 그 대신 그의 손을 잡고 길을 걸어서 그의 엄마에게 데려다줬고, 그녀는 내게 고맙다는 말을 건넸지만 꾸짖는 느낌이 들게 했다.

오후 12시 50분

"거짓말 아니야."

핀, 매디, 지나는 이제 모래톱 너머로, 바다가 갑자기 깊어지는 곳까지 나아갔다. 그 뒤로 피터가 부기보드를 타고 파도를 넘어 따라가고 있다. 나는 울기 직전이다.

"거짓말 맞아. 바닷가에서 피크닉하던 그날 밤, 그러니까 내가 지나를 처음 본 날 얘기를 한번 꺼내 볼까? 그때 너는 내게 지나와 완전히 사랑에 빠졌다고, '감사하게도' 나와는 깨끗하게 끝났다고 말했지. 그게 아마 20년 전쯤이네."

"그때는 너한테 상처를 주려고 그랬지."

"그때 내가 어디 있었는지도 나는 정확히 기억해. 기가 막히는 일이지만, 바로 이 바닷가였지. 내가 뭘 입고 있었는지도 기억나. 네가 뭘 입고 있었는지도. 내 몸은 순간적으로 무너져 내렸어, 롤러코스터 탔을 때 심장이 떨어지듯이."

"그때 너는 청바지를 입고 있었지," 조너스가 부드럽게 말한다. "바짓단이 젖어 있었고."

매디가 파도를 잡아타고서 해변까지 서핑을 하고 있다. 백사장에 가까워지자 일어나더니 의기양양하게 춤을 추면서 다시 바다 쪽으로 방향을 틀어 나갔다.

"아 정말이지, 대체 우리가 무슨 짓을 저지른 거야?" 나는 당황스럽고 숨이 막혔다. 그때도 그랬고. 지금도 그렇고. 모든 게 그렇다.

"오래전에 해야 했을 일을 한 거지."

"아니," 내가 말한다.

"어젯밤이 내 인생에서 최고의 밤이었어. 첫날 밤."

나는 머리를 흔들었고, 온몸은 흐느꼈다. "이러기에는 너무 늦었어."

그가 자기 손을 내 손에서 떼어냈다. 나는 따귀라도 얻어맞은 기분이 들면서, 그를 다시 갈망했다. 그때 뭔가 내 다리를 쓸고 지나간다. 조너스가 텐트 아래로 손을 집어넣었다. 그는 내 다리를 아래에서 위로 쓰다듬더니, 내 허벅지 안쪽까지 이르렀다. "나는 여기가 좋아," 그가 말했다.

"하지 마," 내가 그의 손을 찰싹 때려 밀어냈다.

"부드럽고, 아기 피부 같아." 그의 손가락이 내 수영복을 잡아당겼다.

"조너스, 나 지금 심각해. 다들 바로 저기 있잖아. 애들도 저기 있고."

"100미터는 떨어져 있잖아. 누워 봐. 눈을 감고. 내가 잘 보고 있을 테니."

"싫어," 내가 말했다. 말은 그렇게 하면서도 나는 엉덩이 쪽을 수건으로 가리고 모래 위에 누웠다. 머리맡 쪽의 나일론 텐트 너머로 지나가는 사람들의 발소리가 들렸다. 느슨한 찍찍이 신발을 신은 사람이 모래 위로 지나가는 소리를 듣는다. 나무채로 고무공을 때려 주고받는 사람들 소리. 연하게 퍼지는 코코넛오일 향.

조너스가 내 수영복 아래쪽을 옆으로 당기고, 내 몸의 윤곽선을 더듬어 가더니, 내 몸속으로 손가락을 밀어 넣었다.

"지나가 바로 저기 있잖아," 내가 속삭였다. "피터도."

"쉬잇…." 그가 말한다. "멀리 가고 있어. 파도 너머로. 네 남편은 내가 잘 보고 있어." 그는 손가락을 내 몸속 깊이 집어넣었다가 천천히 꺼냈고, 나는 숨을 쉴 수 없는 상태로 그의 손가락 끝을 따라 몸을 열었다. 내 입에서 신음이 새어 나왔고, 나는 바람이 이 소리를 흩트려 주기를 바랐다. 그는 손가락으로 나를 강하고 빠르게 애무했다. 나는 엉덩이를 움직이면서 그의 손가락에 따라 몸을 들었다 놨다 하며 그의 손 전체를 내 몸속에 받아들이고자 했다. 이렇게 사람 많은 해변에서. 아이들은 파도를 타고 있는 곳에서. 지나와 피터가 아주 가까이에 있다는 생각이 내 평생 나를 가장 뜨겁게 달아오르게 했다.

"지나가 물 밖으로 나오네," 조너스가 속삭였다. 그가 손가락으로 내 클리토리스를 세게 꼬집었다. 나는 지나가 우리 쪽으로 걸어올 동안 파들파들 떨면서 신음을 삼켰다.

"너무 늦은 건 아니지." 그가 말했다. 그가 손을 모래에 비벼 닦은 다음, 일어나 아내 쪽으로 걸어갔다.

9

1978년 9월, 뉴욕

여름이 끝나고 학기가 시작되기 직전의 침울함. 스트라이드 라이트*에 가서 신발을 새로 사야 하는 날이다. 짭짤한 프레첼과 만화책도. 폭우가 내리거나 번개가 칠 일은 없고, 우박이나 유황불이 쏟아지는 것도 아니다. 그냥 고요하게 가라앉는 그런 날. 오늘은 애나가 뉴햄프셔에 있는 기숙 고등학교로 가야 하는 날이다. 애나가 타고 갈 버스는 79번가와 렉싱턴 교차로에서 정오에 출발한다. 우리가 집에 돌아왔던 그 주에 레오는 공연을 끝내고 집으로 오다가 애나와 애나의 친구 린지가 집 앞 골목에 서서 구걸하는 걸 목격했다. 그들은 정장을 차려입은 남자더러 강도를 당해서 집에 가는 버스 탈 돈이 없다고 말하고 있었다. 그 남자는 주머니에서 10달러를 꺼내 주면서 택시를 타고 가라고 했다. 레오는 그 남자가 가기를 기다렸다가 그들 앞으로 다가갔다.

---

* 스트라이드 라이트 Stride Rite — 미국 아동용 신발 가게

"애나," 그가 부드럽게 물었다. "여기서 뭘 하고 있지? 늦었다. 집에 들어갔어야 하지 않아?"

"린지가 버스 타는 걸 바래다주고 있어요." 애나가 말했다.

"아닌 것 같은데."

"그건 아저씨 생각이죠." 애나가 말했다.

"너희들이 하는 거 다 봤다."

"뭘요?"

"거짓말. 강도질. 14번가에 서 있는 싸구려 매춘부들처럼 구는 것 말이다."

"변태 같군요." 애나가 말했다.

그가 손을 내밀었다. "그 돈 내놔. 당장. 널 어떻게 해야 할지 네 엄마와 상의해 봐야겠다."

"이 아저씨는 자기가 내게 뭘 해야 할지 가르칠 자격이 있다고 생각하나 봐," 애나가 조롱조로 린지를 보며 말했다. "아빠도 아니면서. 정말 다행이지. 다른 데 가자."

"네 아버지는 이미 떠났어," 그가 말했다.

"아니요. 런던에 있죠."

"너를 보고 싶었으면 벌써 왔겠지."

"씨발," 애나가 말했다. "아, 잠깐. 그러고 보니, 지금 어떻게 해보고 싶어서 그러는 거예요?"

레오는 자기는 따귀를 때리려고 손을 들어 올렸던 기억은 없다고 말했지만, 린지가 내게 한 말로는, 그럴 표정이었고, 분명히 때리려 했다는 것이었다. 그 뒤로 레오는 애나를 볼 때마다 괴물을 대하는 느낌이라고 말했다. 둘 중 한 명은 떠나야 한다. 그게 애나였다. 그녀가 떠나야 한다는 것이 나는 나쁘지 않았다. 지난주에 내가 자기 브래지어를 차고 있는 걸 보고 애나가 내 여름방학 독서 과제물을 반으로 쪼개버렸으니까. 하지만 그녀가 불쌍하긴 하다. 아직 집을 떠나기 전이지만, 벌써 두렵고 집이 그리워질 게 분명하다. 그리고 내가 알기로 그녀는 엄마가 자기를 선택할 거라고 생각하고 있었다.

나는 애나의 침대 가장자리에 앉아 있고, 그녀는 이제 짐을 거의 다 쌌다. 나는 그녀 방문 손잡이에 걸려 있던 딱딱이 장난감 한 벌을 집어 들었다.

"내 물건에 손대지 마." 그녀는 그걸 내게서 빼앗아 벽장 안쪽에 집어 던졌다. "내 옷 꺼내 입으면, 죽여버릴 거야."

"이건 가져도 돼?" 내가 쓰레기통에 처박혀 있는 오래된 타이거 비트 잡지를 꺼낸다. 도니 오즈먼드*가 나를 쳐다본다.

"좋아." 애나는 여행 가방 위에 걸터앉아 지퍼를 닫고는, 뭔가 잃어버린 듯한 어두운 표정으로 방안을 둘러봤다. 책상 위에 조그만 러브스 프레쉬 레몬 향수병이 있다. 그녀는 그쪽으로 걸어간다. "자," 내게 건넸다. "네 생일 때는 내가 없을 거니까."

벽에 걸었던 포스터들은 이미 다 뜯어낸 상태지만, 여기저기 압정은 그대로였고, 짙은 사각형 테두리 자국도 여전했다. 다 뜯어져 나가고 남은 번쩍거리는 사진 조각이 압정에 꽂혀 있었다. 이게 애나가 남겨

---

* 도니 오즈먼드Donny Osmond(1957–) — 미국 가수이자 배우, 텔레비전 호스트이며, 10대에는 아이돌이었다.

놓은 유일한 것이다. 나머지 부분은 다 뜯겨 쓰레기통에 처박혔고, 남아 있는 건 스위트 베이비 제임스 앨범 사진뿐.

"왜 이 방을 내가 쓰면 안 돼?" 내가 물었다. "왜 걔가 써?"

애나가 울기 시작했다. "나는 네가 진짜 싫어." 그녀가 말했다.

최악은 애나가 다른 사람으로 대체된다는 사실이라 하겠다. 콘래드의 엄마는 이제 자기는 이 13살짜리 남자애를 감당하지 못하겠다고 했다. 로즈메리는 비록 기괴하고 그레고리오 성가와 원죄에 집착하긴 해도 계속 키울 생각이지만, 콘래드는 데려가라는 것이었다. 키가 작고 레슬러처럼 땅딸막한 몸매에, 끔찍하고, 사람을 뚫어지게 쳐다보는 콘래드. 애나는 걔가 변기에 대고 자위하는 걸 걔 엄마가 봤다고 했다. 애나가 기숙학교 버스에 타는 걸 배웅한 다음에는 공항에 가서 그 애를 데려와야 한다. 애나는 혼자 떠나야 하는 여행에 겁을 먹은 상태였고, 엄마도 그걸 알고 있지만, 레오는 자기 아들이 한 식구가 되려고 오는 자리에 엄마도 반드시 같이 가야 한다고 말했기에 엄마는 애나를 뉴햄프셔까지 데려다 줄 수 없었다. "내가 두 군데에 동시에 있을 수는 없잖아." 엄마가 애나에게 말했다.

"아빠 집에 가서 살아." 내가 말했다.

애나가 책상으로 가서 맨 밑에 있는 서랍을 열더니 항공우편으로 날아온 파란색 봉투를 꺼냈다. "여름에 아빠한테 편지를 썼어. 나와 레오 사이가 얼마나 안 좋은지 다 말했어. 런던에 가서 살 수 없겠냐고." 그녀가 내게 봉투를 건넸다.

아빠가 보내온 편지는 짧다. 애나에게, 그 사람과 잘 지내기를 바란다며, 지금으로서는 더 큰 아파트를 구입할 형편이 안 된다는 말이었다. 사정이 빡빡하고, 조앤은 글을 쓰려면 혼자만의 공간이 필요하다고. 아빠가 결정할 수 있는 일이라면 당연히 같이 살았을 거라고. 조금만 더 있으면 다 괜찮아질 거라고. 레오는 좋은 사람이라고. 마지막에 서명은 이렇게 되어 있었다. "사랑한다, 아빠가."

"나를 원하지 않는 거지," 애나가 말했다.

"아빠가 결정할 수 있는 일이라면, 라고 했잖아." 내가 말했다.

"아빠가 결정할 수 있는 일이야, 멍청아." 애나가 말했다.

이제 가야 할 시간이다. 애나가 세면실에 들어가서 문을 잠갔다. 수도꼭지를 있는 대로 틀었지만, 나는 그녀가 우는 소리를 들을 수 있었다. 레오는 급한 볼일이 있어 나가는 바람에 서로 성난 상태로 마지막 말을 나눌 일은 없었다. 엘리베이터를 타고 내려가는 동안 누구도 입을 열지 않았다. 우리는 매 층 바닥이 위로 올라가는 것을 지켜봤고, 마침내 엘리베이터 운전원이 놋쇠로 된 핸들을 삐걱거리며 멈춰 세웠고, 철창문이 열렸다.

"즐거운 여행 되세요," 말랐지만 강단 있는 체격의 도어맨 지오가 그렇게 인사를 건넸고, 우리는 흑백 무늬가 되어 있는 대리석 바닥에 시선을 고정한 채 로비를 지나갔다. "얼른 돌아와요, 애나. 보고 싶을 거예요."

애나가 억지로 웃었다. "나를 보고 싶어 하는 사람은 아저씨뿐이네요." 애나가 엄마를 차갑게 쳐다봤다.

"우리 아가씨들, 택시가 필요하신가요?"

"아니, 괜찮아요, 지오." 엄마가 말했다. "우리가 알아서 할게요. 남편이 돌아오면, 버스 타는 곳까지 애나를 데려다주러 갔다고 말해주세요. 엘리너, 너는 언니 가방 좀 들어주고."

우리는 렉싱턴가를 걸어서 램스턴스 가게를 지나고, 드러그스토어도 지나고, 루트 비어 플로트를 파는 커피숍도 지나고, 언덕을 내려가 기숙학교 버스가 서 있는 코너에 도착했다.

"캠프에 가는 거라고 생각해," 내가 애나에게 말했다. "자고 오는 캠프에 가고 싶어 했잖아."

"그럴지도 모르지," 애나가 말했다. 그녀가 내 팔을 잡고 팔짱을 끼었다. "너도 같이 갔으면 좋겠어," 그녀가 말했다. 언니가 지금까지 내게 했던 말 중에 가장 친절한 말이다.

"미안해," 내가 말했다.

우리는 버스 아래쪽에 그녀의 가방을 밀어 넣은 후 같이 서 있었다. "그 사람이 기고만장하도록 만들지 마," 그녀가 말했다. 엄마에게 한마디 말도 없이 버스에 올라타더니 뒤돌아보지도 않았다.

오후 1시 15분

나는 무릎 높이까지 물이 올라오는 바닷속에 서 있었다. 파도가 내게 와서 부서질 때마다 다리에 힘을 주고 균형을 잡고, 옆으로 몸을 돌리고, 발가락으로 모래를 움켜잡았다. 쓰러지지 않도록.

피터와 아이들은 여전히 저 먼 곳에서 부기보드를 타고 있다. 나는 그들 주변 바다를 둘러보며 지느러미가 보이는지 확인한다. 움직이는 검은 형상이 있는지 확인한다. 여기서 아무 생각 없이 수영을 즐긴 게 꽤 오래전 일이다. 해변에 올 때마다 나는 상어가 다가오는 상상을 하곤 했다. 내가 제일 처음으로 상어를 발견한다. 고함을 지르면, 다들 미친 듯이 물을 튀기며 내가 서 있는 안전한 해변으로 반은 뛰고 반은 수영을 해서 나오는 광경을 상상한다. 나는 다른 사람들에게 도와 달라고 소리 지르지만, 주위에 아무도 없기에 미친 듯이 그쪽으로 달려 들어 가는 상상을 한다. 목숨을 걸고 달려들어 상어로부터 애들을 건져내는 상상. 그럴 때면 매번 또 다른 상상이 끼어든다. 만약 피터만 물속에 있다 해도 그를 구하러 물에 들어갈까?

마침 피터가 내게 손을 흔들었다.

"점심 먹어야 해!" 내가 소리 지르며, 그에게 애들을 데리고 나오라고 손짓을 했다.

그는 고개를 돌려 다가오는 커다란 파도를 향해 온 힘으로 패들링을 시작했다. 파도 꼭대기에 올라타더니 그 파도를 타고 나를 지나쳐 갔다. 피터의 얼굴에는 즐거움이 가득하다.

지나가 텐트 그늘에 도시락을 차려 났다. 모래 위에 아까 내가 앉아 있던 움푹 들어간 자리가 보이고, 그 옆으로 종이 접시에 담긴 참치 샌드위치가 쌓여 있다.

"조너스는 화장실 갔어요." 지나가 레모네이드를 담은 컵을 진열했다. "이거 봐요," 그녀가 말한다. "정말 사랑꾼이에요." 그녀는 조너스가 모래 위에 그린 걸 가리켰다. 이건 아까 내가 텐트에 있을 때는 못 봤다. 하트가 그려져 있다. 그 안에는 글귀가 있다. "나는 오직 너만 사랑해."

지나가 아이들에게 미니당근이 담긴 봉지를 건넸다. "이렇게 낭만적인 남편을 상상해 봤니?" 그녀가 매디에게 물었다.

"운이 좋으세요, 지나 아주머니." 매디가 말했다.

"정말 그래." 내가 거들었다.

"그럼 나는, 다진 간 요리*인가?" 피터가 말했다.

"그렇죠." 매디가 말했다. "하지만 멋지게 다진 간이죠."

"나는 간 요리는 싫어." 핀이 말했다. "간 요리는 절대 안 먹어요. 진짜 싫어요."

조너스가 화장실 갔다가 돌아오는 모습이 언덕 위로 보였다.

"헤이, 맨." 피터가 그를 불렀다. "진짜 멋진 파도였는데 너는 못 탔네. 완벽했는데."

"네 집사람 꼬시느라 바빴어." 조너스가 내 옆 모래에 머리 뒤로 손을 깍지 낀 채 누웠다. 그의 몸에서 열기가 전해진다. 우리 둘 사이의 좁은 공간이 빽빽해지는 느낌이다. 공기가 아니라 물로 채워지는 듯하다. 불륜의 짜릿함이 내 몸을 찌르듯 지나갔다.

"가격만 맞으면 집사람을 내주지." 피터가 웃었다. "괜찮은 바이어를 찾고 있었거든." 그가 샌드위치 마지막 한 조각을 입에 털어 넣었다.

"사람 보낼 테니 이야기 진행시켜 보자." 조너스가 피터에게 말하면서, 자기 팔로 내 팔을 비볐다. 나는 그의 냄새를 살짝 들이켠 뒤, 자세를 바로잡고 자리를 조금 옮겼다.

"참 내." 내가 말한다.

피터의 볼에 마요네즈가 묻어 있다. "뭐 묻었어." 내가 수건 끝에 침

---

* 다진 간 요리 chopped liver — 양파 달걀 따위를 넣고 다진 간 요리. 패배자, 쓸모없는 인간이라는 뜻도 있다.

을 발라 닦아줬다.

"으," 핀이 말했다.

"그냥 침이야, 아들. 그리고 피터, '헤이, 맨'이라는 말 좀 쓰지 마, 제발."

지나는 모래 위에 조너스가 나를 위해 그린 하트 주위로 돌멩이와 까맣고 쉽게 바스러지는 해초 장식을 하느라 여념이 없다. 매디가 그녀를 도와준다고 조약돌과 조개껍데기를 모아 왔다. 손에 성게를 쥔 채 뛰어왔다.

"이거 봐요!" 매디가 시에라 마드레 산맥*에서 보물이라도 찾은 듯 외친다.

"아주 좋아," 지나는 이렇게 말하면서 그걸 받아서 '사랑'이라는 말 가운데 놓았다.

나는 도무지 조너스를 쳐다볼 수가 없었다.

"이제 가야지," 내가 피터에게 말했다.

"좀 더 있고 싶어요," 핀이 칭얼거렸다.

"칭얼대지 말고," 내가 말했다.

"나도," 매디가 말했다.

"엄마는 너무 타서 감자칩이 될 정도야."

피터가 시계를 봤다. "애들이 재미있어하니, 30분만 더 있자."

그의 말이 옳다. 애들은 즐거워했다. 내가 조너스와 섹스한 게 아이들 잘못은 아니다.

---

* 시에라 마드레 Sierra Madre 산맥 — 멕시코를 횡단하는 산맥

"애들은 두고 가세요." 지나가 말했다. "나중에 가는 길에 데려다줄게요."

"그러면 되겠네." 내가 아니라고 하기 전에 피터가 선수를 쳤다. "연못에서 수영 한번 하세요. 소금기도 씻어낼 겸."

"멋지네요." 지나가 말했다.

나는 안 된다고 해주기를 바라며 조너스를 쳐다봤다. 그는 즐거운 듯 웃기만 했다.

피터가 우리 물건을 챙겼다. "셋이서?"

"좋아." 조너스는 모두에게 말했지만, 시선은 나를 향해 있었다. "오후 수영을 위해 기다려주면, 내가 연못을 헤엄쳐서 갈게, 엘."

"마가리타 만들어줄게." 피터가 말했다.

"제 잔에는 소금도 발라줘요." 지나가 말했다.

차에 타자 피터가 내 허벅지에 손을 올렸다. "이제야 둘이 남았네, 아가씨."

"당신 덕분은 아니야. 나는 걔들을 떼어 놓으려 했어. 나중에 캠프에 오면 저녁까지 계속 있겠지."

"하지만 아직 몇 시간 남았잖아. 블랙 폰드에서 수영하자."

그는 몸을 기울여 내 목에 코를 비볐다. "다 벗고 수영하는 거야." 그가 은밀한 목소리로 말했다. "그 수영복이 흥분시키네."

"추레하고 오래된 검은색 수영복이 흥분시킨다고?"

"추레하고 오래된 백인 아내는 그래, 정말로."

내가 웃었다. 피터다운 말이다.

"가자, 재미있을 거야." 그가 내 다리 사이, 사롱이 벌어진 틈으로 손을 밀어 넣더니 허벅지를 쓰다듬었다. "공개된 장소에서 마지막으로 섹스한 게 언제야?"

나는 다리를 움찔하며 피했다. 조너스 손이 생각난 까닭이다. "당신은 언제야? 좋은 생각이긴 하네." 나는 내 생각을 감추려고 말을 이어갔다. "거기 안 가본 지도 꽤 오래되었네."

"좋아." 그는 그렇게 말하면서 손을 거두어들였다.

10

1979년 6월, 코네티컷

　할아버지 할머니 댁에서 저녁상을 차리면서 거실에 뚫린 큰 통유리창으로 내다보면 낮은 언덕은 물론 이웃집 농장까지 다 보인다. 철조망 너머로 그 집 소들이 되새김질을 하고 있다. 여름날 갈색을 띠고 사라지는 마지막 햇살이 그 너머 나무들 꼭대기를 때렸다. 아빠와 조앤은 이혼을 하려 한다. 아빠는 우리가 너무 보고 싶은데 조앤이 미국으로 돌아오고 싶어 하지 않아서 그런다고 말했다. 아빠는 우리를 선택했다고. 6월은 우리와 같이 지내겠다고.

　아빠와 할머니는 거실에서 6시 뉴스를 보면서 낮은 목소리로 언쟁 중이다. 나는 발끝으로 걸어서 저녁 식사 테이블 주변을 돌아다니며 냅킨 위에 은수저를 놓고, 오른쪽에 나이프를 놓으며, 소리 내지 않고 가만히 귀를 기울인다.

　"형편없는 것," 할머니가 아빠에게 하는 말이 들렸다. "그 거지 같은 년이 바람을 피웠다고? 차라리 잘된 거야." 할머니가 텔레비전 볼륨을 높였다. "늙으니까 귀가 먹는 모양이다."

"엄마, 그게 아니에요." 아빠가 말했다. "나는 내 새끼들이 보고 싶었다고요." 그러나 아빠 목소리는 축 늘어져 공허했고, 듣고 있으니 눈앞에 빈방들이 떠오를 정도였다.

"네 두 딸이 네가 지금까지 살면서 이룬 유일한 업적이다." 할머니가 말했다.

아빠가 일어나 바 쪽으로 걸어갔고, 버번 잔에 얼음 담는 소리가 들렸다.

애나는 주방 옆 우리 방에 있는 트윈 베드 한쪽에 누워서 천정을 올려다보고 있었다. "여기서 나가야겠어." 내가 들어서자 그녀가 말했다.

여기 온 지 이제 겨우 이틀 지났는데 그녀는 벗어날 궁리를 했다. 언니가 다니는 기숙학교 룸메이트 릴리가 뉴포트에 있는 자기 가족 여름 별장에서 3주간 지내자고 초대했다. "그 집안은 컨트리클럽 회원이래. 걔 오빠 리앤더는 테니스 교실 프로 선수이고."

"언니는 테니스 칠 줄 모르잖아." 내가 말했다.

"너는 진짜 밥맛이야."

"언니 가고 나면 나는 할 게 아무것도 없어."

"나는 아빠가 집에 왔다고 여기 갇혀 한 달을 지낼 생각은 눈곱만큼도 없어." 언니는 일어나 가방에서 잡지를 하나 꺼내더니, 다시 털썩 드러누웠다.

나는 언니가 읽는 걸 쳐다봤다.

"그만 쳐다봐." 언니가 말했다.

"내일 수영하러 갈래?"

"싫어."

"자전거 타러 갈래?"

언니는 내 말을 무시한다.

나는 내 침대 가장자리에 앉아서 방을 둘러본다. "앞으로 평생 탭과 프레스카* 중 하나만 마셔야 한다면, 둘 중 하나만 택해야 한다면, 어떤 걸 할 거야?"

"선택해야 할 이유가 없지."

"알아, 그래도 만약에 말이야."

"만약에, 너 계속 떠들면 패버린다."

"언니가 가버리면 아빠는 슬퍼할 거야."

"아 제발," 그녀가 말했다. "아빠는 우리더러 죄의식을 느끼게 할 권리가 전혀 없어. 우리를 버렸으니까. 이제 다시 돌아왔다고 우리가 '감사해줘야' 해?"

누가 문에 부드럽게 노크를 했다. 아빠가 머리를 들이밀었다. "내 아가씨들이 여기 있네," 아빠가 밝게 웃으며 말했다. "저녁이 다 되었다. 할머니가 고기찜을 만들었어."

"배 안 고파요," 애나가 말했다.

아빠가 언니 옆에 와서 앉는다. "음, 뭐 읽고 있니?"

"잡지예요." 언니는 쳐다보지도 않고 말했다.

"우리 아가씨들이 지난번 부활절에 본 이후로 머리 하나는 더 컸구

---

* 탭Tab과 프레스카Fresca — 탭은 다이어트 콜라, 프레스카는 스파클링 소다수

나, 봄 학기는 어땠어?" 아빠가 애나에게 물었다. "엄마 말로는 프랑스어에서 A를 받았다고. Mademoiselle, tu es vraiment magnifique(아가씨, 정말 아름다우세요)!"

아빠의 형편없는 발음이 방안을 채웠다.

애나가 인상을 쓰며 아빠를 쳐다봤다.

"음," 아빠가 말했다. "둘 다 손 씻고 와. 저녁 먹자."

"나가면서 문은 닫아주세요," 애나가 말했다.

새벽인 게 분명하다. 창문에 친 베네치아 스타일의 블라인드 틈을 통해 들어온 연한 빛줄기가 내 침대 시트에 줄무늬로 내려앉았다. 비둘기가 자기 짝을 찾아 구슬피 우는 소리가 들렸다. 나는 침대에 누워서 슬피 우는 공허한 울음소리를 들었다. 애나는 자고 있다. 주방에서 낮은 목소리가 들렸다. 나는 침대 밖으로 나와서 리놀륨 바닥을 가만히 걸어갔다. 방문이 조금 열려 있다. 아빠는 양손으로 머리를 감싸고 주방 식탁에 앉아 있다. 할머니는 아빠에게 등을 돌린 채 주방 카운터에서 파이 크러스트를 만들고 있다. 나는 할머니가 찬물을 부으면서 버터를 가루로 만드는 걸 구경했다.

"금요일 아침 11시 20분에 버스가 있다. 내가 시간표로 확인했어. 뉴헤이븐에서 갈아타고." 할머니가 찬장을 열고 설탕 봉지를 꺼냈다.

"애나는 나한테 화가 나 있는 모양이에요."

"헨리, 아니 넌 대체 뭘 기대한 거야? 걔도 벌써 15살이야, 아빠와 친하게 지낸 적도 없고. 애나에게 테니스 치마가 필요할 거야. 내일 댄버리*에 가서 사면 돼."

"엄마, 나는 이제 어떻게 해야 좋을까요?"

"나는 해줄 말이 없다. 너는 이미 네 삶을 살아왔고, 이제 와서 되돌릴 방법은 네가 알아서 찾아야 해."

내 방 창문으로 보니 할아버지는 벌써 언덕 아래 이슬에 젖은 채소밭에서 무릎을 꿇고 작업을 하고 있다. 대황을 뽑고 계셨고, 할아버지 옆에는 바구니 한가득 깍지완두가 담겨 있다. 베란다 문이 닫히는 소리가 들렸다. 아빠가 잔디를 지나 할아버지 쪽으로 걸어간다. 할머니는 아래쪽 서랍에서 나무로 된 밀반죽용 방망이를 꺼냈다.

나는 청바지에 티셔츠를 입고, 아침밥을 먹으러 나왔다. 테이블 내 자리에는 그레이프푸르트 반쪽이 놓여 있는데, 껍질을 깐 다음 분홍색 삼각형 모양 속살 위에 흑설탕을 뿌려서 달콤한 크러스트로 만들었다. 그 옆에 놓인 리넨 냅킨 위에는 숟가락이 있다. 나는 오리털 느낌이 나는 부드러운 할머니 뺨에 입을 맞추고, 자리에 앉았다.

"이따가 베셀만 풀장에 수영하러 너와 애나를 데려가마." 할머니가 내 머리 위에 입을 맞췄다. "모자를 쓰도록 해라, 엘리너. 하도 햇볕을 쬐어서 머리 색이 다 빠졌네. 내 머리만큼 하얘졌어."

"모자를 쓰면 이마가 간지러워요."

"나중에 도서관에서 책도 몇 권 빌리자. 저녁에는 양고깃살 만들어줄게. 밭에서 아스파라거스 딸 때 도와다오."

"언니가 안 갔으면 좋겠어요," 내가 말했다.

---

* 댄버리Danbury — 코네티컷 서부 도시

"너도 알다시피 아스파라거스는 키우기 쉽지 않아. 할아버지는 지난봄에 사슴과 토끼가 싹을 다 먹어 치울까 봐 걱정을 많이 하셨다."

"다른 사람과는 같이 있고 싶지 않아요."

"네 아빠가 그 끔찍한 여자와 결혼했다고 네 언니가 여름을 다 날려야 하는 건 아니잖니." 할머니는 내게 버터 바른 식빵과 집에서 만든 야생 능금 잼 통을 건넸다. "네 아빠는 좋은 사람이지만, 강단이 부족해." 할머니가 내 옆에 앉았다. "우리 엘리너는 강단이 있지. 애나는 소가죽처럼 억세지만, 너는 인내심이 강해." 할머니는 우유를 따라 마셨다. "네 아빠가 물러 빠진 건 내 잘못이야. 너무 오냐오냐 키웠어."

우리 뒤로 바닥이 삐걱하는 소리가 났다. 아빠가 거기 서 있었다. 난로 위에 걸린 벽시계에서 초침 소리가 들렸다. 나는 아빠 때문에 당황해서 토스트를 내려다봤다. 아빠가 민망하지 않도록 어디론가 사라지고 싶었다.

"엘리너와 나는 수영하러 가자고 얘기 중이었다." 할머니는 아무 일도 없었다는 듯 아빠에게 말했다. "베셀만 풀장에는 전화를 해뒀다. 조이 말로는 자기들 블루베리가 다 익어서 난리가 날 지경이라더라."

"오늘은 애들 데리고 채석장에 가서 수영할까 싶어요." 아빠가 말했다.

"파이 크러스트는 벌써 만들어 뒀다." 할머니가 일어나서 찬장 문을 여기저기 열었다 닫았다. "베리를 따서 담을 플라스틱 통을 여기 어딘가 두었는데."

나는 아빠가 다시 반대할 거라고 예상했지만, 의외로 아빠는 양손을 바지 주머니에 집어넣은 채 주방 창밖을 쳐다보기만 했다. "작년에 아버지랑 내가 심은 검은 호두나무가 아주 잘 자랐어요." 아빠가 말했다.

"할머니, 저는 아빠랑 채석장에 가고 싶어요. 블루베리는 다음에 따 올게요."

아빠가 몸을 쭉 펴며 내 쪽을 쳐다보는데, 너무 기쁘게 웃는 바람에 얼굴이 굳어 보일 지경이었다.

"그럼 그렇게 해," 할머니가 내게 말한다. "그러고 싶으면 그렇게 하는 게 좋지."

채석장은 벽돌 농장 뒤쪽으로 솟아 있는 두 언덕이 서로 겹치는 곳에 있다. 나는 애나에게 같이 가자고 졸랐다. 금요일이면 여기를 벗어날 수 있게 된 지라 애나는 기분이 좋았다. 우리 셋은 손에 수건을 들고, 넓은 목초지로 연결되는 소들이 다니는 길을 따라 언덕을 올랐다. 언덕 꼭대기 평지에는 얼룩소들이 젖통은 풀을 먹어서 만든 젖이 가득해서 축 늘어진 채, 궁둥이에 붙은 파리를 꼬리로 때리면서, 풀을 뜯고 있었다. 여기저기 소똥이 가득했는데, 바짝 말라서 태울 수 있는 것도 있고, 아직 축축하고 김이 모락모락 올라오는 것도 있었다. 그 평지를 가로질러 가면 잡목림 그늘진 곳에 채석장이 나온다. 깊고 맑은 물이 고인 곳으로, 화강암으로 된 주변은 이끼와 물기로 미끄럽고, 투박하게 생긴 바위가 있어서 상쾌할 정도로 차가운 물속으로 뛰어드는 다이빙대로 딱 좋았다. 하지만 일단 소똥밭은 지나가야 한다.

아빠가 신발을 벗어 나란히 각을 맞춰 세웠다. "저기까지 달리는 거야," 아빠는 우리를 쳐다보고 빙그레 웃더니 사방치기 놀이하듯 능숙하게 평지를 가로질러 가기 시작했다. 아빠는 어렸을 때부터 여기를 다녔던 것이다. "제일 늦게 오는 사람이 술래야." 아빠가 뒤돌아보며 소리 쳤다. 아빠가 행복하고 근심 없어 보여서 나도 행복했다. 애나가 운동화를 발로 차듯 벗더니 아빠 뒤를 따라 저편으로 냅다 달리기 시작했다. 나도 언니 뒤를 따라 얼굴로 바람을 맞으며 뛰어가려니 웃음이 나왔고, 수건은 내 뒤로 깃발처럼 펄럭였다. 소들은 우리 주변에서 우적우적 씹으면서 느릿느릿 움직이느라 굽은 등이 가만히 춤을 추는 듯했고, 자기들 옆으로 쏜살같이 지나가는 여자애들 따위는 신경도 쓰지 않았다.

오후 2시 정각

블랙 폰드로 가는 길은 눈에 보이지 않을 지경이었다. 길 가운데 잡초가 무성하게 자란 탓에 운전해서 가는 동안 차 바닥이 쓸리는데 대초원에 바람 지나가는 소리가 날 정도이다. 우리 앞에서 길이 한번 접어들었고, 다시 갈라지고, 또 갈라지고, 또다시 갈라지더니, 급기야 다 부서진 철길 펜스가 가로막고 있는 막다른 길이 나왔다. 그 펜스 너머로 흐릿한 길이 보인다. 나는 차에서 내려서 피터 뒤를 따라 언덕을 내려갔는데, 토끼털과 엉겅퀴에 덮여 색이 바랜 코요테 똥을 피해 가면서 내려가 마침내 작은 백사장에 이르렀다. 블랙 폰드는 우즈에서 가장 작은 케틀 연못인데, "우즈 사람들"만 아는 장소이다. 우리만 아는 이 연못은 넓고 투명하다. 그 넓은 크기는 물론 1.6킬로미터가 넘는 자연 그대로의 푸른 물과 파란 하늘까지 말할 수 없이 아름답다. 연못은 수많은 비밀을 간직한 듯 오래되고 지혜롭고 쭈글쭈글해 보인다. 수심을 알 수 없이 깊이 파인 연못 주변으로 수풀이 워낙 빽빽해서 낮에도 한나절은 그늘이 드리워 있다.

연못가는 솔잎만 우거져 있을 뿐 그대로이다. 꽤 오래 아무도 이곳에 오지 않았다. 내가 어렸을 때만 해도 여기로 소풍을 왔다. 특별한 야유회가 있을 때만 오는 곳이었다. 여기 올 때마다 길이 갈라지는 곳에서 어느 쪽으로 접어들었는지 항상 기억해야 했다. 길을 잃기에 십상이기 때문이다. 언젠가 애나와 함께 여기 왔을 때, 백사장에서 다 벗은 채 섹스를 하는 커플을 봤다. 여자는 바닥에 누워 엄청나게 두꺼운 다리를 벌린 채였고, 남자는 달아올라 올라탄 상태였다. 음란한 데가 있는 광경이었다. 섹스하는 모습이 겁나기보다는 매혹적으로 느껴졌는데, 섹스 자체보다도 백사장에 누운 채 덜 반죽이 된 밀가루처럼 퍽퍽 소리를 내는 그녀의 육체나, 우리가 보고 있는데도 전혀 신경을 안 쓰는 그녀가 훨씬 충격적이었다. 우리는 도망치듯 뒤로 물러나 집으로 뛰어가면서 부끄러움과 즐거움으로 킥킥거렸다.

피터와 나는 물가에 앉았다. 그가 주머니에서 담배를 꺼냈다. 불을 붙인다. "당신이 나를 여기 처음 데려온 게 언제였는지 기억나?"

"우리가 처음으로 같이 여름을 보냈던 때였지."

"그때가 내 인생에서 가장 로맨틱한 때였지 싶어."

"음, 그렇게 말하면 그 이후로 우리가 함께한 인생은 다 무시하는 거야."

피터가 웃었지만, 나는 진심으로 하는 말이다. 그때 늦은 오후에 그를 여기 데려와 함께 수영을 했다. 그다음에 백사장에서 사랑을 나누었는데, 예전에 봤던 그 알몸 커플, 잔뜩 벌어져 있던 그 여자의 두 다리, 그 살집이 생각나서, 나는 연못이 메아리쳐 울릴 만큼 신음을 내뱉었다. 그때 피터가 사정을 했다. 내 안에는 피터가 모르는 은밀한 변태 기질이 있다. 그가 영영 그걸 몰랐으면 싶다.

"저기," 그가 내 손을 잡으며 말했다. "사과할 일이 있어."

"무슨 사과?"

"오늘 아침 일. 그리고 어젯밤 일도. 내가 애나를 위한 시를 안 읽은 걸로 당신 기분이 상했던 거 알고 있어."

"그 당시에는 그랬지. 하지만 조너스가 멋지게 읽었으니까 됐어. 매년 언니를 위해 시를 낭독하는 자체가 중요한 일이니까."

"그래도, 미안해. 그때는 내가 촌스럽게 행동했던 거야, 지금은 후회하고 있어."

"그땐 우리 다 많이 마셨어. 당신이 사과할 일은 없어. 정말이야." 정말 전혀.

"아까 차에서 당신 허벅지에 손을 대니까 움찔하며 피했잖아."

"피한 거 아니야," 거짓말하는 나 자신이 싫었지만 그렇게 말했다. "실은 당신이 좀 더 자주 그래 줬으면 싶어."

그는 모래에 담배를 눌러 끄고는 못 믿겠다는 표정으로 내 말이 진심인지 확인하려는 듯이 나를 쳐다봤다. "그러면 됐어." 그가 내 쪽으로 몸을 기울여 키스를 했다. 그의 입술에서 담배와 소금기가 느껴졌다. 우리에게서 몇 발짝 떨어진 곳에서 상자거북 한 마리가 통나무에서 미끄러지듯 떨어져 얕은 물속으로 들어갔다.

나는 일어서서 수영복을 벗었다. "수영할까?" 지금 그와 섹스를 하고 싶지는 않았다. 조너스와 그 짓을 한 직후에 말이다. 이런 식으로 남편을 모욕할 수는 없으니까. 그가 나를 붙잡았지만 나는 물로 쏜살같이 달려갔다. 나를 깨끗이 정화해 줄 물속으로. 피터가 알몸으로 물보라를 일으키며 나를 쫓아왔다. 나는 숨을 참고 연못의 그늘진 저쪽까지 헤엄쳐 나가면서 스트로크 열 번 정도의 거리를 유지하려 애썼다. 하지만 그가 더 빠르고 힘도 센 까닭에 뒤에서 나를 붙잡고는 웃었다.

"잡았다." 그가 후들거리는 내 등에 발기한 자기 몸을 갖다 댔다.

"다음에." 내가 몸을 비틀어 그에게서 빠져나오며 말했다. "이젠 집에 가야 해."

"5분 늦는 정도는 상관없어." 피터가 말했다.

"맞아." 내가 웃었다. "나는 10분은 필요한데." 그리고 나서 나는 그를 피해 물가로 헤엄쳐 나갔다. 내 옷이 있는 물가로, 내 영혼을 찾기라도 하려는 듯이.

1979년 7월, 버몬트

끝없이 이어진다. 물결치는 초록빛 바다. 나는 이렇게 많은 옥수수를 지금까지 본 적이 없다. 윌리엄 휘트먼의 옥수수밭은 끝없이, 정말이지 놀랄 만큼 넓게 펼쳐져 있었다. 언덕 위로는 물론이고 그 너머로도 그의 집 농장에 이를 때까지 적들의 대대처럼 이어져 있다. 휘트먼은 레오의 오랜 친구이다. 초등학생 때부터 친했다. 일요일이 휘트먼의 생일인데, 우리는 주말 동안 버몬트에 있는 그의 1.2제곱킬로미터 넓이의 농장에서 같이 지내자는 초대를 받았다.

"휘트먼은 몇 년 전 아내가 죽었을 때 필라델피아에서 여기로 왔어," 레오는 지저분한 흙길로 운전을 계속하면서 우리에게 말했다. 이 길로 가면 언젠가는 그의 농장에 도착한다고 엄마를 타이르면서. 엄마는 길을 잘못 들어섰다고 확신했다. "모든 걸 다 내버려 두고 말이야. 환상적인 로펌도, 체스트너트힐에 있던 아름다운 집까지 전부 다."

"아까 왼쪽 길로 가야 했던 것 같아," 엄마가 말했다.

"아내는 어쩌다 죽었어요?" 내가 물었다. 콘래드와 나는 뒷자리 중간에 세워 둔 큼지막하고 다 낡은 기타 케이스 때문에 차창 쪽으로 붙어 앉아 있다.

"음, 그건 끔찍한 이야기야," 레오가 말했다. "휘트먼과 걔 아들 타이슨이 어느 주말에 아빠와 아들 남자들만의 여행을 떠났더래. 그때 타이슨이 11살쯤 되었을 거야."

"남자들만의 여행?" 엄마가 저물어 가는 햇빛 속에서 지도를 읽으려 애쓰면서 말했다. "썩 좋은 어감은 아니야. 음흉한 기분이 드는 말이네."

레오가 웃었다. "그런 거 아니야. 인디언이 가이드를 하고, 큰 올빼미, 작은 올빼미가 있고, 늑대도 나오고, 늑대 새끼도 있는 그런 거. 캠프파이어, 구슬, 깎아 만든 화살촉도 있고."

엄마는 그게 어떤 개념인지 이해하지 못한 듯 멍하게 그를 쳐다봤다.

"보이 스카우트 같은 거야," 레오가 설명을 이어갔다. "아무튼, 캠핑 여행을 마치고 일요일 밤에 집으로 돌아왔대. 루이자는 현관에 쓰러져 있었어. 여러 번 칼에 찔려서 옷이 피로 물든 채로. 휘트먼 말로는 타이슨이 가만히 서 있더래. 아무 말도 안 하고. 울지도 않고. 그러더니 대리석 바닥 엄마 시체 옆에 웅크리고 누워서 코를 맞대고 엄마의 뜬 눈을 살펴보더래. 엄마 영혼이라도 찾으려는 듯이. 이게 휘트먼이 해준 말이야."

"너무 슬퍼요." 내가 말했다.

"그 뒤로 애가 회복이 안 됐어. 말도 잘 안 하고."

"지진아야." 콘래드가 읽고 있던 〈매드〉 잡지에서 눈을 떼지도 않고 말했다.

"콘래드." 레오가 낮은 목소리로, 말조심하라는 뜻을 담아 말했다.

"완전히 지진아야." 콘래드는 무대에서 속삭이듯 내게 말했다. "나는 만난 적 있어."

레오가 양손으로 운전대를 꽉 잡았다. 작년부터 콘래드가 우리와 같이 살게 된 뒤로 레오는 될 수 있으면 갈등 상황을 만들지 않으려고 애썼다. 콘래드가 우리와 함께 지내면서 불행해지지 않는 게 그에게는 가장 중요했다. 그러나 레오가 아무리 신경을 쓴다 해도, 콘래드는 멤피스에 있는 자기 집에 돌아가고 싶어 했고, 애나처럼 엄마가 자기를 선택해 주기를 바라고 있었다. 그는 대부분 시간은 문을 잠근 채 자기 방 — 예전에 애나가 쓰던 방 — 에 틀어박혀 아바나 미트 로프 노래를 듣거나, 아령을 들어 올리거나, 토끼 귀 같은 안테나가 달린 텔레비전으로 〈매쉬〉*를 시청했다. 방에는 발냄새가 진동했다. 토할 것처럼 눅눅

---

* 매쉬 M*A*S*H — 1972년부터 1983년까지 미국 CBS에서 방영된 코미디 드라마

하고 시큼한 냄새.

어둑어둑해져서야 농장에 도착했다. 휘트먼과 타이슨은 차 들어오는 길에 나와서 우리를 기다리고 있었고, 그들 발치에는 개 세 마리가 폴짝거렸다.

"네 고물차 오는 소리가 2킬로미터 전부터 들렸어. 걸어갔어도 만났을 거야." 휘트먼은 레오를 곰처럼 안았다. "그리고, 월리스, 여전히 먹기 좋아 보이네."

"진짜 오랜만이다." 레오가 휘트먼 등을 두드리며 말했다.

타이슨은 깜짝 놀랄 만큼 잘생겼다. 키가 크고, 낡은 멜빵 바지에, 부드러운 인상.

"나는 엘이라고 해." 내가 손을 내밀며 말했다.

하지만 그는 수줍은 듯 내 시선을 피했다. 발로 땅을 차면서.

"타이슨이 너랑 나이가 비슷하지, 콘래드." 휘트먼이 우리 짐을 집어 들었고, 우리는 그를 따라 안으로 들어갔다. "다른 가방들 들고 와요. 다락에 올려놓으면 돼."

휘트먼은 자기 아들과 정반대로 생겼다. 키가 작고, 경쾌하고, 끊임없이 말을 이어갔다. 말이 너무 빨라서 어떻게 숨을 쉬는지 모를 지경이다. 그를 보고 있으니 만화에 나오는 수탉이 떠올랐는데, 수탉처럼 새된 웃음소리하며, 남부 사투리에, 재빠르고 홱홱 움직이는 모습이 딱 그랬다. 나는 그가 마음에 들었다.

낡은 농가 안으로 들어가니 그가 저녁을 차려냈다. "신선한 토끼 고기 스튜에 옥수수콩 요리. 필라델피아에서 온 이후로 나는 거의 이 지역 농사꾼이 다 되었지." 그가 자랑스럽게 말했다. "오늘 아침에 빵도 내가 직접 구웠어. 이 식탁에 있는 음식은 전부 우리 정원에서 나온 거야. 토끼도."

"토끼를 길러요?" 콘래드가 고기를 찔러보며 물었다.

휘트먼이 웃었다. "토끼는 사냥을 하지. 아주 골치 아파. 채소를 조금이라도 남기려면 덫을 놓지 않을 수가 없어. 여기서는 우리가 잡은 걸 먹어. 원하는 만큼 자주 토끼 요리를 먹지는 못해. 내가 보지 않을 때는 타이슨이 돌아다니면서 덫을 다 풀어버려. 토끼 비명을 질색하거든."

그의 아들은 오크나무로 만든 긴 식탁 끄트머리에 눈을 내리깔고 앉아서 자기 앞의 토끼 고기 스튜를 먹고 있었다.

휘트먼이 나를 보며 말했다. "토끼 비명 들어본 적 있니?"

나는 없다고 머리를 흔들었다.

"듣기 좋지는 않아. 내 아들이 그러는 걸 뭐라 할 수는 없어." 휘트먼이 자기 의자에 앉았다. "골치 아프기로는 올해는 사슴이 더해." 그가 콘래드를 보며 말했다. "무슨 말인지 너는 이해하지?"

콘래드는 모르겠다고 머리를 흔들었다.

"내일 저녁은 사슴 고기로."

콘래드가 당황한 표정을 지었다. 휘트먼은 호탕하게 웃는다.

"콘래드는 먹을 걸 찾아 모험을 떠나는 타입은 아니야," 레오가 빵 한 조각을 새로 뜨으며 말했다. 그의 턱수염에는 벌써 빵 부스러기가 잔뜩 달려 있다. "먹고 살아야 한다면 쟤는 아마 피시 스틱이랑 햄버거로 살아가려고 할 거야."

나는 내 스튜에서 고기 한 조각을 베어 물었다. "너도 먹어봐, 콘래드."

"먹었어." 콘래드가 말했다. "아주 맛있어."

"안 먹었잖아. 접시 위에서 이리저리 밀쳐내기만 하고."

"쓸데없는 소리," 콘래드가 쏘아붙였다.

"거짓말쟁이," 나도 받아쳤다.

"엿이나 먹어."

타이슨은 그냥 여기서 사라졌으면 좋겠다는 듯이 한마디 말도 없이 조용했다.

"걱정하지 마." 휘트먼이 어색한 분위기를 풀려는 듯 말을 이어갔다. "나도 12살 전까지는 그냥 크림 속에 든 삶은 달걀처럼 아무것도 하지 못했어. 내일은 스파게티와 미트볼을 만들어 주겠어요. 아, 그렇다고 내가 소를 잡았다는 뜻은 아니에요. 그리고 숲속으로 산책을 갈 때는 반드시 밝고 빨간 옷을 입도록. 시즌도 아닌데 사슴 사냥꾼들이 내 사유지까지 들어와 다녀서 문제가 좀 있었어."

"나는 사냥꾼이 싫어요." 내가 말했다.

"음, 자기들 먹으려고 사냥을 한다면 문제 삼지 않겠는데," 휘트먼이 말했다. "이 사냥꾼들은 그냥 놀이 삼아 사냥을 해. 윤리 의식이 없어. 사슴이 피를 흘리는데도 그냥 거기 놔두고 가버려. 머리를 겨냥해서 쏜 것도 아니고. 형편없는 사람들이야. 개들이 숲속에서 발견해서는 주둥이에 피 칠갑을 해서 돌아와."

"나 지금 토할 거 같아요." 콘래드가 말했다.

"콘래드." 레오가 폭발 직전이다.

"어렸을 때 과테말라에서 살 때 우리도 개를 한 마리 길렀어요." 엄마가 말했다. "그놈이 닭장에 들어가서 닭 머리를 물어뜯곤 했어요. 정원사가 쏴 죽이고 말았죠."

"과테말라요?" 휘트먼이 눈썹을 씰룩하더니 자기 잔을 채웠다.

"내가 12살 때 엄마가 우리를 데리고 거기로 갔어요."

"왜 하필 과테말라로?"

"이혼 때문이죠. 도우미 월급은 얼마 안 했어요. 시급 30원 정도면 개인 요리사를 고용할 수 있던 때니까. 엄마는 집안일은 할 줄 몰랐어요. 엄마는 과테말라를 끔찍이 싫어했어요. 큰 칼을 찬 마을 사람이 언제 자기를 덮칠지 모른다고 불안해했으니까."

"아직 거기 계신가요?"

"몇 년 전에 돌아가셨죠. 큰 칼 때문은 아니고. 내 동생 오스틴은 거길 떠나려고 하지 않았어요. 거기서 만난 여자랑 결혼도 하고. 동생은 미국을 싫어해요. 우리를 야만인으로 생각해요." 엄마는 웃으며 마시던 잔을 내려놓았다. "걔는 조류학자예요. 앵무새 전문가이고, 끝이 뾰족한 건 싫어하고."

"나는 앵무새 좋아해요." 타이슨이 조용히 말했다.

저녁을 먹은 뒤, 휘트먼이 거의 수직으로 세워진 계단을 따라 2층처럼 생긴 다락으로 우리를 데려갔는데, 높은 천정은 서까래까지 다 보이도록 탁 트여 있었다. 바닥에는 매트리스 세 개가 마련되어 있었다.

"아래층 화장실은 불을 켜 둘게." 그가 말했다. "불 없이 움직이지 말 것. 박쥐가 있을지 모르니."

"아빠, 아니 이게 뭐야," 휘트먼이 내려간 뒤에 콘래드가 말했다. "우리 다 한방에서 자는 거야?"

"재미있겠네, 캠핑 온 것처럼," 엄마는 곤혹스러운 표정이면서도 말은 그렇게 했다.

밤중에 나는 어둠 속에서 속삭이는 소리에 잠을 깼다. 낮고 쉰 목소리. 나는 그 소리에 적응하느라 시간이 조금 걸렸다. 엄마와 레오가 싸우는 중이다. 엄마 목소리는 슬프게 들렸다.

"그만해, 윌리스, 됐어." 레오가 엄마에게서 떨어지면서 이불을 잡아당기느라 부스럭거리는 소리가 났다.

"우리 안 한 지 벌써 몇 주가 지났어."

"아 좀," 레오가 쉿소리를 냈다. "애들 있는 데서는 하기 싫어."

"소리 안 낼게. 진짜로."

나는 오줌이 마렵지만, 지금 일어나면 이야기하는 소리를 내가 다 들었다는 걸 엄마가 알게 된다. 그러면 엄마가 몹시 부끄러워지고, 나는 그러고 싶지는 않았다.

"당신 지금 취했어," 레오가 차갑게 말했다.

"아 제발, 여보." 엄마가 애원했다.

나는 엄마가 애원하는 소리를 듣지 않으려고 귀를 막고 이불을 머리까지 뒤집어썼다. 너무 애처롭고, 전전긍긍하고, 간절한 목소리였다. 토끼가 비명을 지를 때도 이렇지 않을까?

눈을 떴을 때는 이른 새벽인 듯했다. 모두 잠들어 집 전체가 조용하다. 어스름한 여명이 작은 지붕창으로 스며들어 왔다. 콘래드는 옷을 다 입은 채 덮는 이불 위에 누워 있다. 그는 신발도 벗지 않았다. 레오와 엄마는 서로 등을 돌리고 누워 있다. 나는 그들이 깼을 때 레오가 엄마에게 사랑한다고 말해줬으면 좋겠다고 생각했다.

나는 맑은 공기를 마시려고 발끝으로 조심스레 걸어서 아래층으로 내려갔다. 밖으로 나오니 아침 공기가 차가웠다. 아직 농장을 빛 속에서 보지 못했는데, 이렇게 보니 아름답다. 쪼개진 가로장 울타리 위로 들장미 덤불이 올라와 뒤덮고 있다. 주방에 딸린 정원에는 애호박꽃이 만발하고, 여기저기 기둥에는 꼬투리째 먹는 완두콩, 그 아래 발목 쪽에는 오렌지색 한련이 자란다. 토끼 세 마리가 상추를 뜯고 있다.

정원을 지나가니 옥수수밭이 산 아래까지 펼쳐지고, 산 아래쪽에는 짙은 숲이 날이 밝느라 불그스름한 하늘로 솟아 있다. 나는 스웨터를 여며 입고 옥수수밭 옆 감자밭을 가로질러 나아갔다. 사향 냄새를 닮은 감자밭의 달콤한 향이 땅에서 올라와 떠돌았다.

밭 가운데로 나 있는 트랙터가 지나다니는 널찍한 길로 걸었다. 옥수수의 바다를 가르며 나 있는 길. 내 양쪽으로 옥수수 줄기들이 울타리처럼 서 있다. 거기서부터 나오는 쉭쉭 거리는 소리, 그들의 속삭임에 귀를 기울여 본다. 엄마가 했던 말을 머릿속에서 지울 수 있었으면 좋겠다.

한 시간쯤 걸었을까, 급하게 굽어진 길로 접어들었다가 멈춰 섰다. 10미터 앞, 길 한가운데에 엄청나게 큰 수사슴 한 마리가 서 있다. 밤비의 아버지 같은 수사슴, 늠름하게 뻗은 뿔이 겨울에 잎이 다 떨어진 나무 같았다. 사슴은 나를 응시했고, 나는 그게 놀라서 달아나기를 바라면서 그 시선을 받아줬다. 그 순간 총성이 울렸다. 사슴이 놀라서 눈이 커다래지더니, 이내 쓰러졌다. 목에 생긴 구멍에서 피가 쏟아졌다. 거기 그렇게, 조용하고 슬픈 침묵 속에 누웠다. 옥수수밭 쪽에서 기척이 나더니 총신이 나타났다. 나는 사냥꾼들을 피해 짙은 초록빛 옥수숫대 사이로 숨었다. 타이슨이 길 위로 나타났다. 손등으로 입가를 훔쳤다. 텅 비고 몽롱한 몽유병 환자 같은 눈빛이다. 그가 몸을 숙이더니, 죽어가는 짐승 옆에 누웠다. 사슴 옆에 누우니 몸집이 어린아이처럼 조그맣다. 그는 눈 한번 깜빡이지 않고 수사슴의 눈을 들여다보고, 사슴의 생명이 다할 때까지 지켜봤다. 일어나 무릎으로 서더니, 아름다우면서도 소름 돋는 몸짓을 했다. 몸을 기울여 죽은 사슴 입에 키스를 했던 것이다. 내가 숨을 가쁘게 들이마시는 소리를 타이슨이 들었다. 그가 총구를 위로 한 채 일어섰다.

"타이슨, 잠깐만!" 내가 길 위로 올라오면서 외쳤다.

그는 나를 잠시 쳐다보더니 내가 무슨 말을 더하기 전에 가버렸다. 나는 그가 가는 길 쪽 옥수수 줄기들이 뱀처럼 구불구불하게 흘러가는 광경을 지켜본다.

농장으로 돌아와 보니 콘래드가 휘트먼과 함께 채소밭에 있었다. 콘래드가 물이 담긴 양동이를 휘젓는 동안 휘트먼이 짙은 갈색 가루를 탔다. 타이슨은 그 옆에 서 있었다. 부츠 코에 피가 한 방울 묻은 채로.

"굿모닝, 엘," 휘트먼이 나를 보고 인사를 건넸다. "어디 갔다 왔어?"

"옥수수밭으로 산책 갔다 왔어요."

타이슨이 나를 뚫어져라 쳐다봤다. 집으로 돌아오는 동안 내가 봤던 것이 도대체 뭔지, 그가 왜 그리 잔인한 짓을 하는지 이해하려고 애를 썼다. 그가 아직도 자기 엄마를 죽인 살인자가 처벌을 받지 않고 살아 있다는 사실에 분노하고 있는 걸까? 그러나 내가 본 광경은 엉뚱한 데 복수심을 쏟아붓는 모습이라기보다는 사랑의 표현에 가까웠다.

휘트먼이 내게 양동이를 건넸다. "이리 와서 이거 뿌리는 거 좀 도와줘."

"냄새가 고약해요." 내가 말했다. "이게 뭐예요?"

"말린 소 피야. 사슴과 토끼 쫓을 데 쓰지. 걔들은 이 냄새를 못 견디거든. 채소 주변에 조금씩 흩뿌려 주는 거야. 오래 안 걸려. 너희들 배고프겠구나. 오븐에 베이컨 한 통 있다. 닭장에서 가져온 달걀은 아까 집어 올 때만 해도 따뜻하더라."

콘래드와 내가 휘트먼이 피를 작물에 뿌리는 걸 도와주는 동안, 타이슨은 어린 상추와 오이를 심은 곳에 서서 우리를 지켜봤다. 일을 다 마치고 나니 휘트먼 집 정원에 살아 있는 것들에게서 온통 죽음의 냄새가 나는 듯했다.

11

오후 4시 정각

"한잔하실래요?" 피터가 멕시칸 스타일 유리잔의 코발트블루빛 가장자리로 둘러 가며 라임을 눌러 짠 다음, 껍질은 코셔 소금*이 담긴 접시에 내려놓았다.

"우리 법적으로 마실 수 있는 거야?" 엄마가 시계를 보며 들어왔다.

"당연히 아니죠." 피터가 마티니 셰이커에 테킬라를 잔뜩 부어 넣었다.

"그렇다면, 안 마실 수 없지."

세상에, 나는 술에 대한 와스프** 스타일의 이런 농담이 정말 거슬린다. "그런데 이 사람들은 다들 어디 있는 거야?" 내가 말했다. 애들을 데리고 오기로 한 조너스와 지나가 아직 나타나지 않았기에 시간이

---

* 코셔 소금 kosher salt — 요오드 같은 첨가물을 넣지 않은 거친 소금

** 와스프 WASP — White Anglo-Saxon Protestant. 미국 사회 주류인 앵글로 색슨계 백인 신교도

갈수록 나는 신경이 날카로워졌다. 피터와 함께 블랙 폰드에서 돌아온 뒤로 나는 계속 조너스를 기다리고 있다. 잭과 주사위 게임도 하지 않고, 진작 다시 발라야 하는 매니큐어를 바르면서 시간을 보내지도 못하고, 그저 오래된 〈뉴요커〉지 기사를 다시 읽으면서 손톱만 물어뜯었다. 24시간이 지난 것도 아닌데, 그가 없으니까, 그가 나타날 때까지 못 견디는 것이다. 어느덧 내 삶은 없어졌고, 이제 내 삶이란 그와 같이 있을 때와 다시 그를 만날 때, 그 사이를 뜻할 뿐이다. 끝없이 보채는 내 마음이 나를 괴롭혔다. 내 배 속이 물어뜯은 손톱으로 가득 찬 듯하다. 소화가 안 되어 생기는 무지막지한 고통. 누가 내 배를 가르면 알게 되리라. 속에 남아 있는 날카롭고 잘 부러지는, 이상한 퇴적물.

소파의 내 옆에는 잭이 머리를 내 무릎 위에 올리고 웅크리고 누워 폰을 들여다보고 있다. 여기서 내려다보니 참 사랑스러운 사내아이라 가슴이 뛴다. 내가 몸을 숙여 키스하려고 하자 걔는 손등으로 나를 때리며 밀어냈다.

"아직 엄마한테 화 풀린 거 아니야." 잭이 말했다.

"여태 기다리게 하다니, 사람들도 참. 내 자리 좀 만들어 봐." 피터가 손에 든 잔을 쏟지 않으려 조심하면서, 우리 옆으로 밀고 들어와 앉았다. "마셔볼래?"

"수영하고 나서."

"나는 마셔볼래요." 잭이 말했다.

피터가 잭에게 잔을 건네려 했다.

"꿈도 꾸지 마." 나는 두 사람 다 밀어내면서 일어섰다. "수영하러 갈 거야. 조너스와 지나가 오면 다음에 보자고 해."

"걱정되니?" 엄마가 주방에서 물었다.

"당연하죠, 엄마. 다 물에 빠져 죽었을까 봐. 아니면 차 사고가 나서 불에 타 죽었거나." 나는 나가면서 문을 쾅 닫았다.

"자네 집사람이 오늘 아침 일어나서부터 계속 까칠하네," 엄마가 피터에게 말했다. "저주를 받은 건가?"

"다 들려요." 나는 고함을 치고 물가 쪽으로 뛰어갔다.

스트로크를 열두 번쯤 하자 깊은 곳에 이르렀다. 몸을 뒤집어 배영 자세로 바꾸고, 양팔을 허리에 대고 개구리 헤엄치듯 양발만 사용해서 더 먼 곳으로 나아갔다. 물살이 갈라지며 나는 부드러운 소리에 귀를 기울였다.

연못 가운데쯤에 와서 나는 다시 몸을 뒤집어 죽어서 떠 있는 사람처럼 얼굴을 물속으로 한 채, 눈을 떠서 둘러봤다. 연못 속 어스름한 초록빛에 눈이 아직 적응하지 못했다. 감각이 모두 사라지는 듯하다. 물에 빠져 죽는다는 게 어떤 느낌일까 상상해 본다. 수면으로 올라가려 몸부림치지만 계속 바닥으로 가라앉으면서 물을 공기처럼 들이마시는 느낌.

1979년 10월, 뉴햄프셔

차창 밖으로 뉴잉글랜드의 가을이 노랗고 빨간 색으로 휙휙 지나가고, 간혹 소나무의 짙은 색이 섞여 들었다. 애나의 기숙학교에서 여는 부모님 초대 주간이다. 딕슨 씨, 엄마, 베키, 그리고 나는 저녁에 그녀를 만나려고 가는 중이다. 나는 뉴햄프셔에 가본 적이 없다. "나도 안 가봤어," 우리가 간다고 전화했을 때 애나가 내게 말했다. "캠퍼스를 벗어난 적이 없으니까. 필드하키나 하고 변비약을 달고 사는 여자애들이랑 여기 빨간 벽돌집으로 만든 시간 왜곡 속에 갇혀 지내니." 말은 그렇게 해도, 요즘 애나는 한결 행복하게 살고 있다. 집에도 잘 오지 않는다. 연휴가 길 때는 학교 근처에 집이 있는 룸메이트와 같이 지낸다.

부모님 초대 주간에 가보자는 건 딕슨 씨의 아이디어였다. 엄마는 가고 싶어 하지 않았지만, 딕슨 씨는 계속 가야 한다고 주장했다. 애나가 그의 대녀代女니까. 그는 레오를 퍽 좋아한다고 하면서, 엄마에게 결혼 생활은 끝이 나도 아이들과는 끝나지 않는다고 말했다.

"아직 안 끝났어," 엄마가 말했다.

"심각하게 말하지 마. 이럴 때면 꼭 네 엄마처럼 말하더라." 딕슨 씨가 엄마 옆구리를 찌르며 말했다.

프리지 안드레아와 딕슨 씨는 이미 갈라섰다. 그들 사이에 아이가 태어났을 때(자기들 집에 있는 욕조에서 낳았다), 누가 봐도 딕슨 씨의 애가 아닌 게 분명했다. "나는 아주 다채롭지," 딕슨 씨가 우리에게 말했다. "명석하고, 섹스의 신에다. 월트 휘트먼 전문가이지. 하지만 아시아인은 내 전문 분야가 아니야."

"또 금방 다른 사람 만나게 될 거야," 엄마가 말했다. "늘 그래 왔으니. 2초 안에 생길 거야."

"응." 딕슨 씨가 말했다. "하지만 관계가 오래가질 않네."

"그건 네 그 망할 본능 때문에 항상 멍청한 것들과 데이트를 하니까 그런 거고."

"아킬레스건을 건드리시네." 딕슨 씨가 말했다. "내가 생각이 제대로 박혔다면 너랑 결혼했을 건데."

"당연하지."

"안드레아 입장을 생각하면, 그녀도 자신만의 진실을 좇아가고 있는 거야."

"나는 딱히 할 말이 없네."

딕슨 씨가 웃었다. "뭐 아무렴, 그런데 베키, 아기는 정말 예뻤지?"

"그렇긴 했어요." 베키가 대답했다. "머리 모양이 좀 이상했지만."

"곧 달라져. 안드레아의 산도가 너무 좁아서 그래."

베키가 웃음을 참느라 소리를 냈다. "안드레아의 질말고 다른 얘기 하면 안 돼, 아빠?"

베키와 나는 차 뒷자리에, 딕슨 씨의 방수 캔버스 더플백과 애나가 지난 9월에 학교로 돌아갈 때 챙기지 못했던 물건이 담긴 엄마의 멕시칸 밀짚가방 사이에 끼어 앉아 있다.

"이건 왜 트렁크에 싣지 않았어요?" 내가 물었다.

"트렁크엔 다른 박스가 잔뜩 들어 있어. 돌아오는 길에 사과 따기를 할 거야," 엄마가 말했다. "애플버터를 만들 거니까," 내가 한숨을 쉬자 엄마가 말한다. "딕, 이따가 펙틴* 줍는 거 잊어버리게 않게 얘기해 줘."

"좋아," 딕슨 씨가 말했다. "애플버터라." 그는 라디오를 켜고, 지역 방송 주파수를 잡으려고 주파수 손잡이를 빙빙 돌렸다.

---

* 펙틴 pectin — 과일 속에 들어 있는 다당류 중 하나

"앞을 봐야지," 엄마가 그에게 말했다.

"운전하는 데 옆에서 잔소리 좀 하지 마."

주파수가 잡힌 방송국에서 〈타임 인 어 보틀〉이 흘러나왔다.

"이거 말고 다른 거," 엄마가 말했다. "짐 크로스 노래는 도저히 못 듣겠어. 너무 감상적이야."

"불쌍한 가수 노래도 한번 들어봐, 월리스. 피칸 나무*에 부딪혀 죽었잖아."

"그렇다고 노래가 나아지는 건 아니야."

딕슨 씨가 한번 씩 웃더니 볼륨을 있는 대로 키웠다. 엄마는 손가락으로 귀를 막았지만, 얼굴은 웃고 있었다. 엄마는 딕슨 씨와 함께 있으면 편안해 보인다.

시골길로 접어들자 길 양옆으로 바위와 단풍나무들이 스쳐 갔다. 굽이치는 길을 따라 탁 트인 평지와 빨갛게 칠한 곳간, 끊임없이 이어지는 사과밭을 지나갔는데, 나무에는 사과가 잔뜩 달려 있었다. 애나의 기숙학교는 좁은 잔디밭에 자리 잡고 있는데, 입구에는 거대한 화강석 기둥이 양쪽으로 있었고, 차분한 청동 장식판이 달려 있는데, 변색이 심해 글씨는 읽기 힘들었다. "러몬트 아카데미." 자갈 깔린 긴 찻길을 따라가니 넓은 잔디가 나타났는데, 아름드리나무가 간격을 두고 서 있고, 나무 몸통은 세 사람이 팔을 벌리고 둘러서도 될 정도였다.

러몬트는 내가 상상했던 것보다 넓고 훨씬 거대했다. 빨간 벽돌로 지은 기숙사와 교실 건물은 담쟁이덩굴에 덮여 있고, 대리석 기둥이 세워

---

* 피칸pecan 나무 — 미국과 멕시코에서 자라는 커다란 나무. 피칸이라는 견과류가 나온다.

진 도서관 옆으로 비막이 판자를 댄 하얀 채플 건물이 있었다. 주차장에 들어서니 학생과 학부모가 잔뜩 즐거운 표정으로 모여 있다. 애나는 어디를 봐도 보이지 않았다. 우리는 기숙사로 올라가는 계단에 햇빛을 받으며 앉아 있는 애나를 봤다. 무릎에는 책이 한 권 놓여 있었다. 언니는 울고 있었다.

"비느하스가 왜 죽어야 해?" 그녀는 책을 덮고 일어서며 말했다. "이 책 정말 싫어."

"《분리된 평화》*는 슬픈 청춘 이야기의 끝판왕이지. 다들 알고 있어," 딕슨 씨가 입을 열었다.

"걔는 너무 잘생겼어요," 애나가 말한다. "완벽했어요."

"착한 사람들이 일찍 죽어," 딕슨 씨가 말했다.

"말도 안 돼," 엄마가 말했다.

애나와 엄마는 약간 거리를 둔 채, 학교 댄스 수업 시간에 서로 상대가 먼저 움직여 주기를 기다리는 학생들처럼 서 있었다. 애나가 쫓겨간 이후로 둘 사이는 예전 같지 않다. 엄마는 어떻게든 관계를 회복하려 했지만 애나는 계속 거리를 뒀고, 좀체 녹지 않는 얼음을 품고 있는 듯했다. 백미러로 저기 과거가 보이는데도 앞만 보고 달리는 사람처럼.

엄마가 먼저 애나가 있는 쪽으로 다가갔다. "보니까 좋구나," 애나를 껴안으며 말했다. "얼굴이 좋아 보이네."

"오실 거라고 생각 안 했어요," 애나가 말했다.

"당연히 와야지," 엄마는 살짝 발끈했다.

---

* 《분리된 평화A Separate Peace》 — 1959년 나온 존 노울스John Knowles 의 성장소설

"작년엔 안 오셨잖아요."

"지금은 왔잖아." 딕슨 씨가 한 팔로 애나를 두르면서 말했다. "날씨도 이렇게 좋은 날. 나는 오줌 싸기 전에 얼른 화장실부터 찾아봐야겠다. 그다음에 투어를 하자."

"아 아빠 좀," 베키가 말했다.

"릴리 부모님이 숙소에서 같이 점심 먹자고 하셨어요," 애나가 말했다.

"우리끼리 점심을 먹으려 했는데, 그것도 나쁘진 않겠네," 엄마는 웃으며 말했지만, 실망한 기색은 역력했다.

"엘에게 기숙사 내 방부터 보여주고 싶어요," 가장 친한 친구 사이라도 되는 듯 애나가 내 손을 잡았다.

베키가 따라오려 했지만 딕슨 씨가 말렸다. "베키, 저 나무 크기 봤니? 200살은 되어 보인다."

애나의 방은 3인실인데, 여러 개의 큰 창이 나 있고, 낡은 나무 바닥에, 싱글 침대 3개는 벽 쪽으로 붙여 놓았다. 창턱에 놓인 뿌연 물이 담긴 유리 물병 속에는 아보카도 씨에서 하얀 뿌리가 나와 있었다. 애나의 침대는 정리가 안 된 채 보라색 인디언 침대보가 내 눈에 들어왔다. 침대 위쪽 벽에는 사진 두 장이 압정으로 고정되어 있다. 한 장은 수영장 앞에서 애나와 룸메이트들이 같이 찍은 사진. 다른 한 장은 우리 둘이 센트럴 파크에서 나무에 올라가는 장면. 둘 다 웃고 있다.

애나가 자기 침대에 책상다리로 앉는다. 자기 옆쪽을 손으로 톡톡 치며 앉으라고 한다. 내가 앉자 매트리스 가장자리가 쳐졌다.

"무슨 일이 있었는지 알아?" 그녀가 말했다. "절대 다른 사람에게 말하면 안 돼."

"알았어."

"농담 아니야," 그녀가 말했다. "목숨 걸고." 그녀가 내게 몸을 기울였다. "나 지난주에 순결을 잃었어." 큰 업적을 달성한 듯이 자랑스럽게 말하는데, 나는 입바른 소리, 틀에 박힌 어른들이 하는 소리를 해주고 싶었다. 애나는 나를 믿고 털어놓는 것이다. 하지만 내 머릿속에 떠오르는 건 구닥다리에, 눅눅하고, 엄마 잔소리 같은 이야기뿐이었다. 나는 애나 침대 시트에 삐져나온 실밥을 잡아당겼다. 아코디언처럼 실밥이 잔뜩 따라 나왔다.

"남자친구 있는 줄 몰랐어," 내가 말했다.

"없어. 릴리 오빠 친구야. 19살. 콜럼버스 기념일*에 같이 있었어."

"어땠어?"

"딱히 별거 없어. 중요한 건, 이제 나는 처녀가 아니라는 거지."

"임신하면 어떻게 해?"

"아니야. 릴리가 쓰는 페서리 빌렸어."

"으윽."

"야, 씻어서 했어, 두 시간 정도," 언니가 웃었다.

"그래도 이상해."

"뭐 어때. 임신하는 쪽보다는 낫지." 언니는 침대에서 일어서 창가로

---

* 콜럼버스 기념일 Columbus Day — 크리스토퍼 콜럼버스가 아메리카 대륙 발견한 걸 기념하는 미국 국경일. 10월 둘째 월요일

가더니 아보카도를 집어 햇빛에 비춰본다. "물을 갈아줘야겠다."

"나는 기다릴 거야," 내가 말했다.

"뭘 기다려?"

"사랑에 빠질 때까지."

언니가 물병을 내려놓고 내게 등을 보인 채 말없이 서 있었고, 나를 향해 열었던 문이 닫혔다.

"기다리지 못할지도 모르지. 아, 모르겠어," 나는 되는대로 주워 담았다. "바보 같은 소리네."

"아니야, 좋은 생각이야." 언니가 내게 돌아서며 말했다.

"그래?"

"너에게는. 나에게는 아니야. 나는 내가 사랑에 빠질 거라고는 생각하지 않아. 나는 그런 타입이 아니거든."

우리는 해가 다 진 뒤에 집으로 향했다. 차에서는 사과 냄새가 난다. 베키와 나는 뒷자리에서 종이접기 점치기 놀이*를 한다.

"숫자를 말해," 그녀가 먼저 시작했다.

"3."

그녀가 부리처럼 생긴 종이 입구를 세 번 벌렸다 닫았다.

"색깔 선택해."

"파란색."

---

* 우리나라에서는 동서남북 종이접기 놀이로 불린다. 미국에서는 동서남북 자리에 색깔이 표시되어 있다.

그녀가 파란 삼각형에 쓰여 있는 내 행운에 대해 말했다.

베키는 거기에 이렇게 썼다. "피둥피둥하고 기름진 돼지를 들고 3루까지 간다." 그녀 글씨는 8살짜리처럼 엉망이다.

"너는 진짜 엽기적이야." 내가 웃었다. "네 차례야." 나는 내 종이접기를 들고 삼각형 구멍 속에 손가락을 집어넣었다. 열었다. 닫았다. 열었다. 닫았다. 열었다. 그녀가 빨간색을 가리켰다.

내가 덮개를 열었다.

"정체를 알 수 없는 낯선 사람이 네 인생에 나타난다." 내가 쓴 글을 베키가 속삭이듯 읽었다. "그리고 네 몸속에 자기 페니스를 집어넣는다."

"그건 내가 쓴 게 아니잖아, 싸이코야." 내가 말했다.

"잠깐만." 베키가 나를 넘어 몸을 숙이더니 자기 아빠 더플백을 열었다. 아빠 듣지 못하게 조심하면서. 거기서 표지가 없는 하얀 책을 꺼냈다. "내가 엽기적이라고?"

책에는 흑백 그림이 가득하다. 남녀 한 쌍이 그걸 하는 그림이 계속 나왔다. 여자는 〈밥뉴하트쇼〉*에 나오는 아내같이 생겼다. 다 벗었다는 것만 빼고. 남자는 긴 흑발에 턱수염을 길렀다. 그 남자도 단추를 푼 셔츠 외에는 아무것도 안 입었다. 페니스가 셔츠 아래쪽으로 덜렁거렸다. 혐오스러웠다. 나는 애나가 그 대학생이랑 섹스하는 장면을 생각했다. 잘 알지도 못하는 사람이랑 그런다는 게 슬프게 다가오면서, 후

---

* 밥뉴하트쇼 Bob Newhart Show — 1972년 9월부터 1978년 4월까지 CBS에서 방영된 미국 시트콤

회하고 있지는 않을까 싶었다. 그건 한번 하고 나면 되돌릴 수 없는 거니까.

베키가 페이지를 넘겨 다른 그림을 보여준다. 여자가 벽에 기대어 서 있다. 남자는 무릎을 꿇고 그녀 가랑이에 얼굴을 파묻고 있다.

"윽," 베키가 속삭였다. "이거보다 역겨운 게 있을까? 분명히 오줌 맛이 날 건데."

"으으으." 우리는 둘 다 웃느라 쓰러질 지경이었다.

"뭐가 그리 재미있어?" 딕슨 씨가 앞자리에서 물었다. "나도 끼워줘."

베키가 책을 아빠 더플백에 다시 집어넣었다.

"책 읽고 있어요." 내가 말했다.

"엘, 차에서 책 읽으면 멀미 나." 엄마가 말했다. 엄마가 조수석 도구함을 열더니 비닐봉지를 꺼냈다. "혹시 모르니." 엄마가 내게 그걸 건넸다. "하지만, 느낌이 안 좋을 땐 차 세울 때까지 참아. 나는 토한 냄새만 맡아도 토할 것 같으니."

오후 4시 10분

나는 1초만 더 참으면 죽을 것 같다 싶을 만큼 폐가 아팠을 때 물 밖으로 머리를 내밀고 숨을 쉬었다. 뭔가 날카롭고 빠르게 내 발목을 물었다. 나는 공포에 질렸는데, 그게 밑에서 나를 끌어당겼다. 조너스가 내 앞쪽 물속에서 올라왔다. 겁에 질린 내 얼굴을 보며 웃었다.

"미쳤어? 도미인 줄 알았어." 나는 화가 나서 그에게서 멀어졌지만, 그가 내 비키니 아래쪽을 붙잡았다.

"놔."

"싫어."

"멍청이."

"아니." 그가 나를 자기 쪽으로 끌어당겼다. "아니라는 걸 너도 알잖아."

"늦었네."

"네 아이들은 완전히 물고기야. 물에서 나올 생각을 안 해."

"나도 알아." 내가 한숨을 쉰다. "가끔 걔네들 부기보드를 그냥 갈아 없애고 싶어. 피터는 참 인내심이 많아."

우리는 선헤엄을 쳤다. 따로 떨어져서, 그러나 함께.

"지나가 뭔가 눈치를 챈 듯해," 내가 말했다. "내가 아까 거기 도착했을 때 약간 묘한 느낌이 들었어." 멀리 보니 매디와 핀이 물가에서 서로 잡으러 다니고 있다. 그들 뒤로 엄마가 빨랫줄에 흰 리넨 식탁보를 널고 있었다. 문 닫는 소리가 들리고, 지나가 웃는 소리가 약하게 들려왔다. 조너스도 그 소리를 들었다. 나는 그를 피해 다른 쪽을 쳐다봤다.

"상관없어," 그가 말했다.

"상관있지. 내가 좀 문제야. 응당 죄의식 때문에 고통스러워야 정상이거든. 그런데 바닷가에서 지나와 같이 있으니까 우쭐한 기분이 드는 거야. 싸움에서 이긴 사람처럼. 모래 위에 있던 그 하트 말이야."

"네가 이겼지."

"그런 말 하지 말고."

"사실이잖아," 그가 말했다. 조너스에게서 내가 좋아하는 면은 자신이 가진 균열을 순순히 인정하고, 자기 자신을 있는 그대로 받아들인다는 데 있다. "나는 지나를 사랑해. 하지만 내 핏속에는 네가 흐르고 있어. 이건 내가 선택한 게 아니야."

"선택한 거지."

"아니야, 그렇게 할 수밖에 없었던 거야. 나는 받아들였고. 그게 우리 둘 사이의 차이점이지. 자기가 한 선택을 받아들이느냐 아니냐는 차이."

"그 이야기는 더 이상 하고 싶지 않아." 지난주에 피터와 내가 멤피스에 방문했을 때 내 의붓자매인 로즈메리가 털어놓은 비밀이나, 그 비밀 때문에 지난날에 대해 지금까지 내가 갖고 있던 생각이 아무리 많이 바뀌었다 하더라도 조너스와 나는 그저 희생제물이자 속죄하는 자로서 살아가야 할 뿐이다. "나는 피터와 헤어질 생각은 없어."

"그래? 이게 전부야?" 조너스가 말했다. 그는 내게서 시선을 거두더니 연못 저쪽 아무것도 없는 곳을 쳐다봤다. 갈대와 풀이 있는, 우리가 처음으로 친구가 되었던 장소를 응시한다. 저기 늘어선 나무들 사이로, 그중 한 나무의 늘어진 가지 위에 앉아 있던 차분하고 놀랄 만큼 조용한 작은 소년, 그리고 그날 죽었으면 좋겠다고 화가 났던 꺽다리 소녀가 있었다. 그 나무는 여전히 거기 있지만, 가지는 하늘을 향해 높이 자랐다.

조너스가 말했다. "세월이 많이 흘렀네."

"그래."

"키가 훌쩍 컸네."

"그렇지."

그가 고개를 끄덕였다. "나는 나무가 위로도 자라고 아래로도 자란다는 사실이 마음에 들어. 우리도 그럴 수 있었으면."

 내가 할 수 있는 일은 그에게 입을 맞춰주는 것뿐이다. "이제 수영해서 돌아가."

 "지나에게는 연못을 건너간 다음에 걸어서 집으로 갈 테니 집에서 보자고 했어."

 "아니야. 수영해서 돌아가."

 조너스가 알 수 없는 표정으로 나를 쳐다봤다. "알았어," 그가 말했다. "캠프에서 보자."

 "그래," 나는 이 모든 게 싫었지만 그렇게 대답했다. 그가 내게서 멀어져 가는 것도 싫었고, 오래전부터 내 안에 있던 텅 빈 구멍이 다시 벌어지는 느낌도 싫었다. 하지만 그를 보내줘야 한다. 지금 이렇게 우리 둘이 함께 있는 것이 내가 그토록 원하던 것이었다 하더라도. 조너스는 잘못 생각하고 있으니까. 이러는 것은 잘못이고, 너무 늦었으니까. 나는 피터를 사랑한다. 내 아이들을 사랑한다. 이것보다 더 중요한 건 없다.

 나는 그가 헤엄쳐서 점점 멀어져 가는 모습을 지켜봤다. 그러다 헤엄쳐 가서 그를 따라잡고, 그를 물속으로 끌고 들어가 격하게 그리고 오래 키스를 했다. 우리를 아는 세계에서 벗어나 있는, 눈앞이 흐릿한 물속에서, 이번이 마지막이라고 다짐하면서.

 "물에 빠뜨려 죽일 참이야?" 숨을 쉬기 위해 헐떡이며 수면으로 올라오면서 그가 말했다.

 "그게 차라리 낫겠네."

 "아, 좀, 엘. 나는 평생 어젯밤을 기다려 왔어. 되돌리고 싶지 않아."

"나는 되돌려야 해. 돌아갈 거야. 이대로 계속 갈 수는 없어."

"그러지 마." 그가 말했다.

우리는 함께 접영으로 발차기를 하며 몸을 물 밖으로 내밀며 나아가, 거기 있는 작은 모래사장으로 올라온 뒤, 따뜻한 공기를 느끼며 나란히 앉았다.

12

1980년 4월, 뉴욕 브라이어클리프

 일요일. 이번 봄에는 비가 많이 왔지만 오늘은 날씨도 무척 좋고, 햇빛도 쨍쨍하고, 온통 초록빛에 꽃은 만발했다. 조앤이 아빠에게 자기 부모님 댁 다락에 갖다 놓은 아빠 짐을 가져가라고 연락을 했다. 우리는 차의 창문을 모두 내리고, 허드슨강을 따라 올라갔다. 조앤과 아빠가 갈라선 뒤로 우리는 함께 보내는 시간이 많아졌다. 아빠는 나와 애나를 챙기느라 신경을 많이 썼고, 애나가 있는 기숙학교에도 찾아갔다. 조앤이 계속 함께 있었다면 그렇게 하지 못했을 것이다.
 아빠는 소풍을 위한 도시락까지 준비했다. 햄과 토마토가 든 샌드위치, 배, 달콤한 피클, 아빠가 마실 맥주 한 병, 내가 마실 초콜릿 음료 한 병 이렇게. 아빠는 기분이 아주 좋아 보였다.
 "조앤과 헤어지는 거야 얼마든지 가능하지만, 드와이트와 낸시 두 분을 못 본다는 게 마음이 안 좋구나. 나를 잘 대해줬는데. 일단 어디 가서 점심부터 먹자. 너무 일찍 도착하고 싶지는 않아."

"나도 그 집이 좋았는데. 향기도 나고."

"낸시가 너를 보면 반가워할 거야. 프랭크가 대학에 입학해서 집을 나간 뒤로 약간 우울해하고 있다고 들었어."

프랭크가 거기 없다는 말에 안심이 되었다. 그의 축축한 윗입술이나, 혐오스러울 만큼 두꺼운 몸통을 가진 뱀 생각만 해도 속이 울렁거렸다. "그분들 못 뵌 지 한참 되었어요. 애나와 나는 늘 거기서 지냈는데."

"늘 거기서 지내진 않았지," 아빠가 말했다. 아빠는 태리타운 기차역 주차장에 차를 세웠다. "철길 건너편에 작지만 멋진 피크닉장이 있다."

차에서 내리자, 불분명하지만 슬픔 같은 것이 내 몸을 훑고 지나갔다. 여기 왔던 게 몇 년 전이지만, 여기는 아빠와 조앤이 런던으로 떠나기 전, 애나와 내가 아빠와 조앤을 만나기 위해 할렘–허드슨 노선 기차를 타고 와서 내렸던 곳이다. 그때는 여기에 내린다는 건, 이제 여기서 버크 씨 부부 집까지 오가는 짧은 시간 동안 차 안에서 보는 것 외에는 더 이상 아빠를 볼 수 없다는 뜻이었다.

우리는 철길 너머 허드슨강이 내려다보이는 벤치에 자리를 잡았다. 강은 겨울의 마지막 자취를 털어내며, 봄을 향해 기지개를 켜고 있는 듯했다. 큰 나뭇가지 하나가 천천히 흐르는 물결에 밀려 하류로 떠내려가고 있다. 아빠는 주머니에서 스위스 아미 나이프를 꺼내더니 병따개를 펴서 맥주병을 땄다. 나는 아빠가 가지고 있는 그 나이프가 늘 마음에 들었는데, 조그만 가위부터, 손톱 다듬는 줄, 인형 크기의 톱까지 온통 진귀한 것들이 숨어 있었다. 아빠가 큰 날을 꺼내 잘 익은 배를 깎는데, 정교한 나선 모양으로 깎여 나갔다.

"아빠, 그때 우리는 왜 버크 씨 네 집에서 지내는 걸 그만둔 거예요?"

"아빠가 너희들이랑 같이 지내고 싶었으니까."

"그런데 그전에는 왜 우리를 그 집에 계속 맡겼어요?"

"음," 아빠가 말을 이었다. "조앤 때문이야." 아빠가 배 한 조각을 잘라 칼날 위에 얹어서 내게 건넨다. "조심해. 칼날이 보기보다 날카로워. 가방에 뮌스터 치즈도 있다."

아빠는 늘 다른 사람 핑계를 댄다.

"이 상처가 어떻게 생겼는지 내가 얘기했었나?" 아빠가 엄지손가락을 치켜세웠다. 그걸 가만히 기울였다. 연기하듯 잠시 멈춘다. 아빠는 이야기를 말로 하기보다는 연극처럼 보여주는 쪽이다. 나레이션을 한다. 통 모양으로 부풀어 오른 붉은 가슴을 가진 군함새처럼 잔뜩 허세도 부린다. 듣는 사람이 집중할 때까지 기다린다. 아빠가 했던 얘기를 또 할 때는 나는 처음 듣는 듯한 표정을 지어준다. 아빠 기분 상하게 하는 게 싫으니까. 하지만 지금 이건 콕 짚어줘야 한다. 말도 못 꺼내게 해야 한다. '아, 이 이야기는 스무 번도 넘게 했잖아요.'

"내가 10살이 되었을 때 팝 할아버지가 이 나이프를 주셨어. 애들은 못 쓰고, 남자라야 쓸 수 있다고 하시면서, 신중하게 사용해야 한다고 하셨지. 엄지에 난 이 큰 흉터는 처음 사용하던 그날 생겼다. 이날로 콜라 병뚜껑을 비틀어 따다가. 12바늘을 꿰맸어. 가게가 온통 피범벅이 되었지. 목정맥이 끊어지기라도 한 것처럼. 할아버지가 1년 동안 나이프를 압수해 가셨지. 자기가 큰 실수를 했다고. 병따개와 날도 구분할 줄 모르는 아이가 다 큰 어른 흉내를 내고 있다고. 그때 아빠도 많이 배웠다." 아빠 뒤쪽으로 기차가 천천히 역 안으로 들어왔다. 남쪽으로 가는 기차. "할아버지가 나무 깎는 법을 가르쳐 주셨지. 총 쏘는 법도. 아빠가 만들어 줬던 나무 거북 기억나?"

나는 기억 안 난다고 머리를 흔들었다. 그건 내 침대 위 선반에 항상 놓여 있지만 말이다. 아빠에게 치즈를 건네고, 도시락 가방에서 샌드위치를 꺼냈다. 위쪽 빵을 떼어냈다. 빵은 분홍색 토마토즙에 젖어 있다. 씨를 하나하나 골라낸 뒤에 잔디에 튕겼다. 강에서는 범선 하나가 물살을 헤치며 나아갔다.

버크 씨 집 앞에 있는 자갈이 깔린 둥그런 모양의 차량 진입로에 정확히 2시에 도착했다.

"딱 맞췄다," 아빠가 기쁜 듯 말했다.

초콜릿 색깔 래브라도 한 마리가 현관 앞 햇볕 속에 엎드려 잠을 자고 있었다. 개가 느릿느릿 걸어오더니, 아빠 다리에 몸을 비비고는 멍한 듯 꼼짝도 하지 않고 섰다.

"안녕, 늙은 아가씨," 아빠가 개를 쓰다듬으며 말했다. "너도 코라 기억나지?" 아빠가 내게 물었다.

"그 강아지?"

"이제는 늙었어. 개는 금방 나이가 드니까." 아빠가 문에 노크를 했다. "계세요?" 아빠가 소리쳤다. "장모님? 장인어른? 아무도 없어요?" 집 안에서는 아무런 소리가 나지 않았다. "장모님 차가 여기 있네. 집 뒤쪽 정원에 가셨나 보다." 아빠가 정문을 열었고, 우리는 집 안으로 들어갔다.

모든 게 내가 기억하는 그대로였다. 광택이 나는 놋으로 만든 부젓가락과 재를 뜰 때 쓰는 스쿠프가 하얀 벽난로 벽돌에 기대어 서 있고, 올이 드러난 윙백 체어, 낡은 페르시아 양탄자까지. 정원에서 따온 작약이 담긴 꽃병은 커피 테이블에 놓여 있고, 꽃잎이 화보 위로 떨어져 있다.

"계세요, 아무도 안 계세요?" 아빠가 다시 소리쳐 불렀다. 나는 아빠를 따라 주방으로 갔다. 커피 내리는 기계가 작동 중이고, 볶은 커피향이 연하게 퍼졌다. 아빠가 기계를 끄고 커피 내려오는 꼭지 아래에 놓인 유리 포트를 잡았다. 쉭쉭 소리에 이어 김이 나고, 떨어지는 물이 캐러멜 같은 동그라미를 만들면서 갈색은 더욱 짙어 갔다.

"정원에도 안 계시네. 두 분 다 산책하러 가셨나 보다. 내 짐을 일단 다락에서 내려와야겠다. 너희가 지냈던 방도 한번 보고 와."

"기다려야 하지 않아요? 무단 침입하는 느낌이에요."

"버크 씨 부부는 가족이야. 조앤이랑 어떻게 되든 간에."

눈에 보이지는 않게 가려져 있지만 우리가 지냈던 방으로 이어지는 문은 열려 있었다. 나는 2층으로 올라가다가 애나와 내가 앉아서 인형 놀이를 하던 나무 계단 중간쯤에 멈춰 섰다. 달라진 건 아무것도 없었다. 내가 6살 때 베던 꽃무늬 베갯잇도 그대로이고, 책상 위에 깔린 레이스 달린 덮개도 그대로였다. 물방울무늬 스위스 이불보도. 자기가 기르던 햄스터 골디가 애나가 쓰던 침대 뒤쪽에 쑤셔 박힌 채 발견되었을 때 일그러지던 프랭크의 얼굴이 떠올랐다. 그가 울던 모습도. 그 끼룩끼룩하던 새된 소리도. 격자 창문으로 햇빛이 쏟아져 들어왔다. 산에 수직으로 서 있는 어두운 색깔의 바위 위쪽으로 열린 하늘이 청명했다. 낸시가 기르는 진달래는 만발했다. 변한 건 아무것도 없는데, 우리가 쓰던 방은 슬픔에 찬 듯 텅 비고 단조로웠다. 행복한 유년기를 표현하려는 연극 무대처럼, 그 뒤쪽으로 가보면 가짜로 만든 벽에 아무것도 없는 공간이 드러나듯이. 갑자기 아빠 곁에 있고 싶어졌다.

아래층 팬트리에 가서 나는 프랭크가 햄스터를 기르던 방 앞에 섰다. 매직펜으로 쓴 노란색 표지가 아직도 방문에 걸려 있다. "들어오면 죽을 수 있음". 나는 손잡이를 돌리고 창문도 없는 그 금단의 방에 들어갔다. 어둠에 눈이 적응하느라 시간이 좀 걸렸다. 지금은 창고로 쓰고 있어서 벽마다 상자가 잔뜩 쌓여 있다. 프랭크가 기르던 햄스터 케이지는 없어졌다. 하지만 저 구석에 옅은 네온 불빛을 받아 빛나는 유리 수조가 보였다. 내가 기억하는 정도보다 5배는 더 컸다. 그쪽으로 걸어가니 뭔가 스르륵 움직였고, 몸을 뒤집는 것을 보니 파충류였다. 나는 얼른 방 밖으로 나왔다.

낸시는 주방 테이블에 앉아 사과를 깎고 있었다. "오, 안녕." 그녀가 밝은 목소리로 말했다. "왔구나."

그녀의 빛나고 상냥한 미소에 사로잡히는 느낌이다.

그녀가 사과를 내려놓고, 앞치마에 손을 닦았다. "왈도는 더 커졌지?"

"아까 노크를 했어요." 내가 말했다. "아빠는 일단 짐부터 옮겨야겠다고 하셨어요."

"아. 그러렴. 나는 살짝 낮잠을 잤구나. 너는 이제 예쁘고 젊은 숙녀가 되었구나. 15살쯤 되었겠네."

"13살이에요. 9월에 14살이 돼요."

"차를 타고 왔으니 목이 마르겠구나. 아이스티를 만들어 줬다. 드와이트는 곧 돌아올 거야. 친구 카터 애시에게 빌린 책을 돌려주려고 차 끌고 나갔어." 그녀는 냉장고 쪽으로 가더니, 문을 열지 않고 문득 지나가는 생각을 털어내기라도 하려는 듯 머리를 흔들었다. "드와이트가 점심을 안 먹었네." 그녀가 말했다. "너는 목이 마르겠구나. 아이스티를 만들어 줬다."

다락에 가보니 아빠는 박스와 오래된 사진 더미에 둘러싸여 있었다. 공기는 덥고 탁했다. 지나간 날의 냄새가 나는 듯했다.

"여기 좀 봐." 아빠가 마닐라지로 만든 두툼한 봉투를 건넸다. "밀착 인화지와 원판 사진들이야. 아주 멋지게 나온 네 엄마 사진도 있다." 나는 흑백 인화지 다발을 꺼내 훑어봤다. 칵테일 드레스에 진주 목걸이를 하고, 소파에 누워 카메라를 쳐다보는 엄마 사진이 한없이 쏟아져 나왔다. 머리에 소쿠리를 뒤집어쓰고 비누 거품이 잔뜩 덮인 욕조에 들어 있는 애나 사진도 있었다. 놀이터에서 찍은 엄마와 내 모습. 엄마는 유아용 그네에 나를 태우고 밀고 있다. 내가 신은 벨트로 조이는 타입의 빨간 신발 한 짝이 벗겨져 있다. 쌓여 있는 더미 아래쪽에 보니 우리 넷이 함께 찍은 사진도 보였다. 우리 모두 자연사 박물관 계단에 앉아 있고, 애나와 나는 맞춰 입힌 주름 장식 드레스에다 메리 제인스* 구두를 신고 있다. 아빠는 나를 어깨 위에 올려놓고 있다. 나는 이 사

---

* 메리 제인스 Mary Janes — 굽이 낮고 앞이 막히고 발등 위를 가로지르는 줄이 한두 개 달린 소녀용 구두

진을 찍을 때에 대한 기억이 전혀 남아 있지 않다.

처마 그늘이 덮이는 공간 쪽에 열린 박스 세 개가 보이는데, 박스에는 아빠 이름이 검은색 마커로 휘갈겨져 있다. 거기에는 음반이 가득했다. 아빠가 수집한 갈색 표지의 78회전 컬렉션, 판지로 만든 낡은 표지의 LP판도 있다. 나는 그것들의 등을 손가락으로 쓰다듬어 본다. 나는 여기 담긴 소리를 좋아한다. 음악이 기억난다.

아빠는 자기 앞에 있던 더미에서 색이 바랜 컬러 사진을 꺼냈다. "이것도 좀 봐." 아빠가 내게 건넨다.

아빠가 엄마와 함께 찍은 사진이다. 두 분 모두 무척 젊었다. 야외였다. 엄마는 아빠 무릎에 머리를 올리고 잔디에 누워 있다. 세일러 반바지에 주름 많은 흰 블라우스를 입고 있고, 블라우스 단추는 세 개가 풀어져 있다. 엄마는 눈을 감고 있다. 아빠는 엄마를 내려다보고 있다. 아빠는 내가 못 알아볼 정도로 행복한 표정이다. 그들 뒤쪽 멀리 흐릿한 하늘 속에 화산이 솟아 있다.

"아카테낭고야." 아빠가 화산을 가리키며 말했다. "네 엄마와 내가 비행기를 타고 과테말라로 가서 네 외할머니와 외삼촌을 만났을 때야. 그러고 보니 너는 외할머니를 본 적이 없지? 이런 세상에."

"뵌 기억이 없어요. 내가 태어난 지 몇 달 안 되었을 때 한 번 오셨나요?"

아빠가 고개를 끄덕였다. "맞아. 네가 아직 병원에 있을 때였다. 수술하고 나서. 외할머니는 크리스마스를 같이 보내러 오셨지. 그때 내게 선물로 나귀를 타고 가는 마리아와 요셉을 수놓은 태피스트리를 주셨지. 마야 시대의 값비싼 유물이라고 우기셨어." 아빠가 웃었다. "그것도 아마 이 박스 어디에 있을 거야. 자연의 힘 같은 게 느껴지는 분이셨어. 나를 마음에 안 들어 했어. 네 엄마가 신분이 낮은 사람과 결혼하는 거라면서. 그 말은 맞아. 네 엄마는 내게 과분했지." 아빠가 잠시 말을 끊었다. "네 엄마와 레오는 아주 행복해 보이더라."

"그런 것 같아요."

아빠가 내게서 사진을 받았다. 아빠는 그 사진을 한참을 쳐다봤다. "나는 이때 네 엄마를 정말 사랑했다."

"그런데 어떻게 된 거예요? 떠난 건 아빠잖아요."

"결코 내가 원한 게 아니야. 아빠 말을 믿어줘."

"그런데 왜 이혼했어요?"

"네 엄마가 어느 순간부터 외할머니가 나에 대해 했던 말이 맞는다고 깨달은 모양이지," 아빠는 웃었지만, 아빠가 그걸 사실이라고 생각하고 있다는 게 느껴졌다.

"말도 안 되는 소리예요," 내가 말한다. "게다가 외할머니는 정말 재수 없게 말해요."

아빠가 미소를 지었다. "음, 우리 엘 아가씨, 그건 네 말이 맞아." 아빠가 일어서면서 바지에 묻은 먼지를 털었다. "자 이제 짐을 다 싣고, 추억의 구렁텅이에서 벗어나야지."

문에서 낸시는 작별의 의미로 우리를 포옹했다. "가지 않았으면 좋겠어," 그녀가 말했다. "드와이트가 곧 올 거야. 책을 돌려주러 갔거든." 그녀는 현관에 서서 손을 흔들었다.

나는 그녀가 작아져 가는 모습을 지켜봤다. "낸시가 슬퍼 보여요. 외로워 보이고."

"드와이트는 좋은 사람이야. 위대한 시인이고. 하지만 그도 자기만의 어둠이 있지. 결혼생활이라는 건 늘 행복하기만 할 수는 없어," 아빠가 말했다.

이틀 뒤 조앤이 아빠에게 전화를 했다. 드와이트 버크 씨 시신을 허드슨강에서 찾았다고. 그는 월요일 아침부터 실종 상태였다.

"친구 카터 애시 집에 갔었다네요," 조앤이 아빠에게 말했다. "두 분이 버번을 너무 많이 마셨고. 아빠가 어떤 스타일인지 알죠? 엄마는 취한 채 운전하지 말고, 자고 오라고 했어요. 카터 씨 말로는 아빠가 새벽에 강으로 차를 끌고 갔다는 거예요. '지난밤 숙취를 씻어내려고.'"

"찬물에서 수영하는 것보다 숙취 해소에 좋은 건 없으니까," 내게 그 익사 사고에 대해 설명하면서 아빠가 해준 말이었다. "하지만 물살이 너무 셌던 거지."

오후 4시 30분

수영하고 막 나온 조너스보다 아름다운 건 없다. 대충 커트한 까만 머리칼이 물을 뚝뚝 흘리며 목을 감고 있다. 맨발에, 오래된 반바지 외에는 아무것도 안 입은 채, 빛나는 피부하며, 깊이 응시하는 듯한 연초록색 눈빛. 그가 덤불에서 나뭇잎을 하나 집더니, 조심스레 잎줄기를 제거하고 남은 부위를 내 손바닥 위에 올려놓는다. 그가 뜯어낸 부위를 내 코 아래에 대고 흔든다.

"음," 나는 날것 그대로의 그 민트향을 맡았다. "사사프라스*구나."
"아메리카 원주민들은 여드름 치료할 때 이걸 쓴다는 거 알아?"
"로맨틱하다," 내가 웃었다.
"바다까지 걸을까?"

햇빛을 잔뜩 받은 강이 바다로 합류되고 있다. 가마우지 한 마리가 황금빛으로 빛나는 물속으로 잠수한다. 파도는 용마루를 만들어 내지는 않고 일렁였다. 물떼새들이 바다이**와 맛조개를 찾아 모래밭 여기저기 쪼며 다닌다. 늦은 오후에 바닷가에 나온 사람들이 아직 몇 명 보였다. 우리는 해변에서 자라는 풀이 차단막 역할을 해주는 뒤쪽 편에 있는 모래 언덕 꼭대기의 움푹한 곳에 함께 앉았다. 나는 사랑을 느꼈다.

"아까 해변에 물개 한 마리가 올라왔어," 조너스가 말했다. "핀과 나는 자세히 보려고 가까이 갔더랬어. 몸에 깊은 상처가 나 있더라. 상어가 살점을 뜯어먹은 모양이야."

"요즘도 바닷가에서 물개를 보면 흥분하는 촌스러운 사람들이 있어? 물개는 어디에나 널려 있어. 바다의 비둘기 같은 거야."

"물개는 특별해. 걔들은 바닷물을 마시면 민물로 증류해 내지. 방광에서 소금을 걸러내는 거야. 5학년 때 거기에 관해 페이퍼를 썼어. 내 기억에 물개 방광을 사용해서 바닷물을 담수화하는 기계를 만들어야

---

* 사사프라스 Sassafras — 남아메리카산 나무. 향이 좋아 차로 쓰이기도 한다.
** 바다이 sea lice — 요각류 중에서 어류에 기생하는 종 전체를 가리킨다.

한다는 아이디어를 덧붙였던 것 같아."

"너는 참 희한한 아이였어."

조너스가 모래를 집어 손가락 사이로 흘러내리게 했다. "그래, 아까 피터와 같이 해변을 떠나서 뭐 했어?"

"몰라. 아무것도 안 했어."

"아까 우리가 도착하니까, 피터가 애들 데리고 있어 줘서 고맙다고 하던데. 둘이서만 같이 있어서 좋았다고."

"조너스."

"아, 미안." 그가 열 살은 어려 보인다. "안 물어볼 수가 없었어."

"참을 수 있어."

그가 양쪽 엄지로 비벼서 풀잎을 날카롭게 만들어 단단히 묶고, 그 구멍 사이로 후 불자 뱃고동 소리가 났다.

"알았어." 내가 말한다. "물어보니까 대답해 줄게. 숲속 막다른 골목에서 차를 세우고, 차 뒤에 젖은 수건을 펴고 섹스를 했어. 좋았어. 오랜만이었어."

"거짓말."

"그 사람은 내 남편이야, 조너스."

"제발." 얼굴이 머리에 덮인 채 그가 땅을 쳐다보며 말했다. 나는 그의 눈을 쳐다볼 수가 없었다.

내가 한숨을 쉬었다. "잠시 수영하려고 같이 블랙 폰드에 갔고, 그다음에는 베란다에 앉아서 너를 기다리면서 오래된 〈뉴요커〉지 사건 섹션을 읽었어. 왜 그렇게 오래 걸렸어? 기다리다 미치는 줄 알았어."

그제서야 조너스는 고개를 들어 쳐다보며 웃었다. "음, 내가 너를 너무 사랑하고 있나 보다."

저 멀리 유리처럼 맑고 잔잔한 바다 위로 뚱뚱한 물개 한 마리가 고개를 내밀었다. 나는 그게 해안을 따라 나타났다 사라지는 모습을 지켜봤다.

"나도 너를 사랑해," 내가 말했다. "하지만 이래선 안 되는 거잖아."

1980년 10월, 뉴욕

오케스트라 연습이 늦게까지 이어진다. 우리는 중학교 겨울 콘서트 연습 중이다. 나는 세컨드 플루트를 맡았다.

"다들 물러나," 학생들이 문 쪽으로 몰려드니까 독신이자 우리에게 음악 과목을 가르치는 무디 선생님이 소리친다. "이 방에선 합창단이 가장 먼저 움직이는 걸로." 그녀가 플루트를 분해하고 있는 내 쪽으로 다가왔다. "엘리너, 주말 동안 첫대목을 연습해 와. 지난주 레슨 시간에 내준 연습도 해오고. 높은 C 소리를 내려면 취구에 입을 대고 힘을 줄 수 있어야 해. 소리가 날카로워도 안 되고, 알았지?"

나는 미스 무디를 좋아하지만, 그녀는 좀 성가실 때가 있다. 나는 오리털 재킷을 걸쳐 입고, 플루트를 책가방에 집어넣었다.

4시 반밖에 안 되었지만 바깥은 벌써 저녁이 된 듯하다. 이래서 나는 서머타임제를 싫어한다. 매디슨가를 따라 집으로 걸어가려니 10월 하순의 바람이 옷 속으로 파고들었다. 88번가에 있는 문구점에 들러 초코바를 세 개 샀다. 가게에서 나오는데 그 건물 벽에 등을 기대고 서 있는 젊은 남자애가 보였다. 키가 크고, 얼굴은 여드름 자국이 가득하고, 학교 로고가 박힌 농구 재킷을 입고 있다. 근방에 있는 세인트 크리스토퍼 가톨릭 고등학교 로고.

"헤이," 그가 나를 보고 웃기에 나도 웃어줬다. "젖꼭지 멋지네," 그의 옆으로 지나가는데 내게 이런 말을 건넨다.

"파카 입고 있거든, 멍청아." 어깨를 움츠리고, 어두워지는 거리를 따라 최대한 빨리 걸었다. 뛰다시피 했지만, 겁먹은 표정은 보이지 말아야 한다는 정도는 알고 있었다. 신호등이 바뀌길 기다리고 있는데 뒤에서 발소리가 들렸다. 그 인간이었고, 얼굴에는 뒤틀리고 음산한 웃음이 깔려 있었다. 나는 같이 걸어갈 만한 어른이 있을까 주변을 두리번거렸지만, 길에는 아무도 없었다. 그가 주머니에 손을 집어넣었다. 잭나이프를 가지고 있다.

"야, 귀염둥이," 그가 소리 낮춰 말했다.

차들이 양쪽에서 오고 가는 중이지만, 그래도 차들 사이로 들어가는 게 가장 안전하다 싶었다. 택시가 가까스로 나를 피하고, 운전석 창문이 열리더니 고함이 날아왔다. 하지만 나는 찬 바람이 폐에 불을 낼 정도로 달렸다. 언덕 아래에서 급히 꺾어서 도어맨이 있는 건물 안으로 뛰어 들어갔다.

"뭘 도와드릴까, 아가씨?"

나는 숨을 몰아쉬었다. "어떤 남자가 나를 쫓아와요," 숨을 헐떡이며 말했다.

도어맨이 밖으로 나가더니 이쪽저쪽을 살폈다. "아무도 없어," 그가 말했다.

나는 라디에이터 위에 설치된 벤치에 앉았다.

"누구한테 전화해 줄까?"

"아니에요, 감사합니다." 내가 말했다. 엄마는 빌리지 게이트 나이트 클럽에서 음향 기기를 점검하고 있는 레오와 같이 있다. 목요일이니까 콘래드는 아직 레슬링 연습 중일 것이다. "저 코너만 돌면 집이에요."

도어맨이 다시 밖에 나가 살펴보더니 양쪽 엄지를 치켜세웠다. "이제 괜찮아, 아가씨."

나는 그를 따라 나와서 파크 애비뉴 쪽 도로를 쳐다봤다. 거기 모퉁이에 교회가 하나 있다. 교회에는 불이 켜져 있다.

"가도 될 것 같아요." 내가 말했다.

하지만 등 뒤에서 그 무거운 문이 닫히는 소리가 나는 순간, 그냥 안에 있을 걸 그랬다는 생각이 들었다. 나는 모든 건물의 비상계단을 확인하고, 최대한 차들에 붙어서 걸었다. 파크 애비뉴 가운데 아일랜드에는 벌써 크리스마스트리가 여러 개 세워져 있고, 거기 밝혀진 불빛이 도로 중앙까지 환하게 비치면서, 그랜드 센트럴까지 불빛이 뻗어 있었다. 봄이면 저기서 튤립이 만발한다. 매년 벚꽃과 함께 핀다. 우리 집 블록에 피는 튤립은 밝은 빨간색이다. 꽃잎이 떨어진 뒤에 그 줄기에는 작고 검은 점들이 속눈썹처럼 줄줄이 박혀 있는 게 보인다.

파크가에 들어서자, 그 인간이 교회 건물 벽에 등을 기댄 채 그늘 속에서 나를 기다리고 있었다. 그가 손을 내밀어 내 팔을 붙잡는다. "야, 귀염둥이." 그가 잭나이프를 꺼내 들었다.

학교에서 틀어주는 공익 광고 영상을 시청한 적이 있다. 짧은 흑백 영화는 풍진, 납 성분이 든 페인트 가루를 먹는 것이나 헤로인의 위험에 대해 경고하거나, 자신을 방어하는 게 얼마나 중요한지 가르쳤다. 나는 지금이 바로 나를 덮치려는 이 인간과 맞서야 할 때라고 느꼈다.

"나는 가톨릭교도인 남자애는 밥맛이야," 내가 말했다. "피부도 분홍색이라 혐오스럽고." 나는 그의 야비하고 가늘게 째진 눈과 여드름투성이 얼굴을 정면으로 응시했다. 그의 발등을 내 신발 발굽으로 있는 힘껏 찍어 눌렀다. 그리고 뛰기 시작했다. 공포에 질린 채, 숨을 헐떡이며, 내 인생에서 가장 악착같이 뛰어 집에 도착할 때까지.

오후 5시 정각

"이제 가봐야 해." 내가 일어서며 모래를 털어냈다.

"보여줄 게 있어."

"핀에게 카누 태워주겠다고 했어."

"10분이면 돼."

나는 그를 따라 모래 언덕 위로 걸어서 숲이 시작되는 곳까지 왔다. 그가 내 손을 잡아줘서 우리는 같이 나무 사이로 들어갔다. 조너스는 무성하게 자란 잡목 더미 앞에 오더니 멈췄다. "여기야."

무성한 풀 외에는 달리 아무것도 없었다.

"아래로 봐봐."

나는 바닥에 엎드려서 수풀 안쪽을 들여다봤다. 잡초에 덮여 있는 오래된 폐가가 하나 보였다. 조너스와 내가 어렸을 때 우리가 발견했던 그 집이었다. 지금은 집 토대와 돌로 만든 벽 두 면만 남아 있다. 나머지는 모두 검은딸기나무와 청미래덩굴에 뒤덮여 있다. 무너져 가는 벽을 타고 퍼져 나가는 쪽빛 잡초가 아름다웠다.

"여길 어떻게 찾아냈어?"

그가 내 옆 바닥에 누웠다. 그러더니 한때 문이 있던 자리를 가리켰다. "주방 기억나? 가운데 있던 방은 우리가 결혼하면 침실로 쓰려고 했잖아."

"당연히 기억나지. 네가 이중 바닥 냄비를 사주겠다고 약속했지. 그러고 보니 내가 속았던 거네."

그가 몸을 돌려 내 위로 덮치더니, 이빨로 비키니 끈을 풀고 덩치 큰 개처럼 내 가슴을 핥았다.

"그만해." 나는 그를 밀어내면서 웃었다. 하지만 내 그곳이 부풀어 오르는 느낌은 어쩔 수 없었다.

"미안해. 하지만 해야겠어." 그는 내 눈을 뚫어져라 쳐다보더니 시선을 피하지 않고 내 몸을 펼쳐 열었다. 그가 내 안으로 들어왔다. 그가 사정을 하자 그에게서 시작된 약동이 내 안까지 가득 채우는 느낌이 들었다.

"움직이지 마." 내가 속삭였다. "내 안에 가만히 있어." 조너스는 움직이지 않고 가만히 아래로 손을 내리더니 미세한 숨결처럼 내 그곳을 스치듯 만졌고, 나는 흐느끼다가 끝내 영원할 것 같은 고통을 느끼며 울음을 터트렸다.

우리는 그렇게 서로 엉켜, 두 몸이 한 영혼이 되어 누워 있었다.

나는 양 다리를 그의 몸에 감고 조이며 내 안으로 더 깊이 들어오게 했다. 내가 먹을 양식이자 물이었다. 욕망이자 슬픔이었다. "너는 나를 떠나지 말아야 했어." 내가 말했다. "지금 이러는 건 재앙이야."

"피터를 좋아한다고 했던 건 너였어."

"그건 그때가 아니지. 그 여름이 지나고 나서야. 너는 돌아오지 않았고."

"너를 위해서 떠났던 거야. 네가 인생을 새로 시작할 수 있도록."

"아니야, 나는 새로 시작하지 못했어. 너 말고는 얘기할 사람도 없었고, 머릿속에서 그 생각을 지울 수도 없었고. 다른 나라로 이민을 가더라도 소용없었을 거야."

그가 먼 곳을 바라봤다. 밀려드는 슬픔이 우리 사이를 채웠다. 바람이 불어와 나무들이 물결쳤다. 얼룩덜룩한 오리나무가 흔들리더니 초록빛 솔방울 같은 작은 알갱이를 우리 위에 뿌렸다. 조너스가 내 머리칼 한 올을 손으로 뽑았다. "콘래드 얘기를 피터에게 한 적 있어?"

"당연히 안 했지. 절대 말하지 않기로 우리 서로 맹세했으니까. 그때 네가 내 손가락 끝이라도 자르려 했잖아."

"내가 하고 싶은 말은," 그가 주저하며 말을 이었다. "네가 결혼생활을 참 오래 하고 있다는 거야. 물론 나는 충분히 이해해."

"피터도 알고 있을지도 몰라. 나는 우리 사이에 거짓말을 한 부분이 있다는 사실 자체가 싫어. 이건 그 사람에게 온당하지 않아. 하지만, 아마 그는 모를 거야. 앞으로도 계속." 나는 숲속의 고요함에 귀를 기울이며, 하루가 지나가는 소리를 들었다. 숲의 바닥으로 시럽 색깔을 띤 햇빛이 쏟아져 솔잎이 마치 쇠로 만든 가시처럼 보이게 했다. 내가 했던 말이 후회스러워졌다. 나는 조너스를 밀어내고 앉아서 수영복 끈을 다시 묶었다. 개진드기 한 마리가 풀 이파리 위로 기어오르고 있었다. 작은 수박씨처럼 생겼다. 그걸 내 엄지 위에 올리고 허리께를 꾹 눌러 다리가 펴질 때까지 죽는 것을 지켜봤다. 땅에 구멍을 파고 그걸 거기에 떨어뜨려 묻고 흙을 톡톡 두드렸다. "아무튼," 내가 말했다.

조너스가 일어나더니 양팔로 나를 감쌌다. "미안해."

"이제 가야 해. 피터가 걱정할 거야."

"싫어." 그의 목소리에서 내 괴로운 심정까지 들리는 듯했다. 그가 내 머리채를 잡더니 내게 키스를 했다. 거칠고 강렬하고 막무가내였다. 받아주고 싶지 않았지만 끝내 나도 물에 빠져 죽을 듯한 사랑의 힘을 느끼면서 그에게 다시 키스를 돌려주고 만다. 숨이 막힐 지경이다. 달빛과 감미로운 망상과 상어와 죽음과 연민과 구토와 희망, 이 모든 게 범벅이 된 듯하다. 도무지 감당할 수가 없다. 나는 이제 아이들에게 돌아가야 한다. 피터에게 돌아가야 한다. 필사적으로 그를 밀어내고 일어섰다.

"엘, 잠깐만." 그가 말했다.

"콘래드가 모든 걸 다 망쳤어." 내가 할 수 있는 말은 그것뿐이었다.

제2권

조너스

13

1981년 6월, 백우즈

우리 연못에는 악어거북이 산다. 선사시대부터 연못 바닥 차가운 진흙 아래 파묻혀 지내는 거대한 생명체. 늦은 오후가 되면 진흙에서 기어나와, 범선처럼 재빠르고 미친 듯이 움직이는 물벌레들이 잔뜩 퍼져 있는 맑은 연못 수면 위로 올라온다. 베란다 유리를 통해 지켜보면 거북이 올라오는 게 보인다. 처음에는 그 시커멓고 흉측하게 생긴 주먹 만한 머리가 솟아오르고, 그다음에는 껍질의 가장자리가 시야에 들어온다. 껍질의 가장자리 양쪽 사이의 거리를 보면 얼마나 큰 거북인지 감이 오는데, 큰 놈 — 모든 악어거북의 조상 격 — 도 있고, 그 후손인 갈라파고스에서 볼 법한 크기의 후손도 있다. 큰 놈을 본 사람은 별로 없다. 백우즈 사람들은 큰 놈은 그저 신화일 뿐이라고 말하기도 하고, 이미 오래전에 죽었다고 말하기도 하지만, 아무튼 악어거북은 해롭지는 않다. 지난 백 년간 개한테 물렸다는 사람은 아무도 없으니까. 하지만 나는 보기는 했다. 걔는 지금도 저 속에서 살고 있으며, 황소개구리와 작은 새를 잡아먹고, 물갈퀴가 달린 오리의 오렌지색 발이 물을 휘저으며 나타나기를 기다리고 있을 것이다.

내가 연못가에서 조너스를 처음 봤을 때 그는 새를 따라가다가 길을 잃고 헤매는 헝클어진 머리의 어린아이였다. 나는 11살이 채 되지 않은 때였으니 기껏해야 3살 정도 많았지만, 그런데도 나는 엄마 같은 심정으로 그 아이 손을 잡고 길을 걸어 집으로 돌아갔었다. 그때만 해도 나는 우리가 다시 만나게 될 4년 후에는 이 낯선 아이가 내 인생을 돌이킬 수 없이 바꿔 놓으리라고 예상하지 못했다.

그날은 몹시 불안한 상태로, 가슴 속에 구멍이 뚫리고 집에 가고 싶다는 느낌이 든 채로 잠을 깼다. 악몽을 꿨던 것이다. 어떤 남자가 나더러 통감자를 먹으라고 하는 꿈. 그 남자가 나를 죽이겠다고 말하는 꿈. 나는 마지막으로 엄마를 한 번만 보게 해달라고 애원했다. 밴조를 연주하는 사람들이 있었다. 내가 아무리 유리창을 두드려도 아무도 듣지 못했다.

애나는 아직 자고 있었다. 스프링 제본된 그녀의 일기장은 펼쳐진 채 침대 옆 바닥에 굴러떨어져 있었다. 그걸 읽어보고 싶기도 했지만, 뭐라고 적혀 있는지는 이미 알고 있었다. 나는 매트리스 아래에 손을 집어넣어 내 일기장을 꺼냈다. 옥색 실크 커버에, 작은 열쇠와 자물쇠가 달린 일기장. 차이나타운에서 새해 첫날 기념 딤섬을 먹고 나서 엄마가 사준 것이다. 애나는 중국어처럼 보이는 글씨에 뒤덮인 빨간 티셔츠를 골랐는데, 고개를 숙이고 자세히 들여다보면 "Go Fuck Yourself!"라고 되어 있었다. 엄마는 자기를 위해서는 라벤더 색깔 목욕 가운을 골랐다. 집에 돌아왔을 때 나는 벌써 일기장 열쇠를 잃어버린 뒤였다. 결국 옷핀을 열쇠 구멍에 쑤셔 넣어 연 다음에 부숴버렸다. 딱히 잠글 필요가 없었는데, 거기 내가 써 두는 내용이라고 해봐야 더 나은 사람이 되는 데 필요한 목록 따위였기 때문이다. "매일 한 시간은 플루트 연습을 한다"라거나 "《미들마치》를 읽자!" 이런 것들.

전날 밤에 비가 많이 왔기에 공기는 아주 눅눅했다. 새벽의 열기 때문에 캠프 주변으로 축축한 솔방울이 깔린 길에서 아지랑이 같은 게 피어올랐다. 우리가 지내는 오두막에서는 벌써 곰팡내가 나기 시작했다. 오줌을 누고 싶었다.

나는 조용히 오두막 문을 닫고, 다람쥐들이 뜯어 먹은 날카로운 솔방울을 맨발로 차면서 화장실을 향해 걸었다. 말리려고 빨랫줄에 걸어 놓은 수건은 다 젖어서 무겁게 늘어진 데다, 주변의 가지를 늘어뜨린 나무에서 떨어진 이물질이 묻어서 얼룩덜룩했다.

화장실 변기에 앉아 있다가 내 정강이를 보니 피가 묻어 있었다. 화장실 휴지를 한 움큼 뜯어 닦아내고, 화장실 찬장 구급약통에서 일회용 밴드를 꺼냈다. 한쪽 다리를 변기 위에 올리고, 미끌미끌한 밴드 포장재를 벗기려 애를 쓰는데 바닥 여기저기 떨어져 있는 핏방울이 눈에 들어왔다. 내 잠옷 아래 단을 들어 올렸다. 뒤쪽에 피가 얼룩져 있었다. 드디어 때가 온 것이다. 나는 친구들을 따라잡기 위해 매일 팬티를 확인하면서 이 순간을 기다려왔다.

나는 수건이나 침대 시트 따위를 넣어두는 벽장을 열고, 애나의 생리대 통을 찾아냈는데, 변기에 앉으니 피가 물속으로 방울져 떨어졌다. 나는 뭘 해야 하는지 알고 있었다. 애나가 쓰는 탐폰을 예전에 몇 번

훔쳐서 삽입하는 연습도 했으니까. 베키는 나더러 말도 안 되는 소리라고 했지만, 나는 자칫하면 탐폰이 질 입구 주름을 찢을까 봐 신경이 쓰였다. 그 통 안에 들어 있는 작은 소책자에 나와 있는 폐처럼 생긴 질관 그림은 물론, 정확한 위치를 찾기 위해 스쾃 자세로 무릎을 구부린 그림도 자세히 살펴봤었다.

포장재를 벗기고 있는데 화장실에 누가 노크를 했다.

"들어오지 마!" 내가 소리쳤다. "내가 여기 있어!"

"좀 빨리 해, 오줌 싸겠어." 콘래드였다.

"수풀에 가서 싸. 네가 여자야?"

"아 씨발."

나는 그가 허청허청 숲속으로 걸어가는 소리를 들었다. 콘래드는 참아줄 만한 때도 있긴 있다. 미안한 생각이 들 때도 가끔 있다. 하지만 뭔가 음산하고 야릇한 분위기를 띠고 있는 데다 항상 손을 씻는 습관까지 있었다. 최근에는 나와 애나가 해변에 갈 때면 안 보이는 거리에서 우리를 따라오곤 했다. 우리는 뜨거운 모래 위에 누워 있다가, 그가 우리 가슴을 훔쳐보려고 모래 언덕 위에 숨어 있는 걸 본 적도 있다.

나는 화장실 문이 잠겼는지 확인했다. 변기에 다시 앉아서 잠옷을 허리까지 추켜 올리고 팬티를 벗은 다음, 다리를 벌렸다. 분홍색 플라스틱 몸체를 집어넣고, 안으로 밀어 넣고 있는데 부스럭하는 소리가 들렸다. 화장실 맞은편 높은 창에 착 달라붙어 눈을 크게 뜬 채, 벌어진 내 다리 사이를 쳐다보는 콘래드의 얼굴이 보였다. 내가 탐폰 몸체를 떨어뜨리자, 그게 화장실 바닥으로 데굴데굴 굴러갔다.

"꺼져, 이 변태 새끼야!" 소리를 질렀지만, 분노와 수치심에 온몸이 바들바들 떨렸다. 콘래드는 달아나면서 역겹게 킥킥거렸다. 내일이면 하나같이 머저리인 그의 친구들이 모두 알게 될 것이다. 나는 변기에 앉아서 죽고 싶은 심정으로 울었다. 그의 오두막 문이 닫히는 소리가 들리고, 나는 내 오두막으로 가서 피 묻은 잠옷을 벗어 침대 밑에 숨기고 수영복을 꺼내 입고 연못으로 향했다. 그저 나와 콘래드 사이의 거리를 늘이고 싶다는 생각뿐이었다. 다시는 개 얼굴을 볼 수 없을 것이라는 점은 확실했다. 나무에 기대 놓은 노가 여러 개 보였다. 그중에 하나를 손에 쥐고, 섬유유리로 만든 우리 카누를 스펀지 같은 초록색 덤불에서 물속까지 있는 힘껏 끌어다 놓고 카누 바닥에 누워 있자니, 카누가 물가에서 점점 멀어져 갔다. 양팔을 가슴 쪽에 모은 채 이른 아침 하늘을 올려다봤다. '바이킹들은 사람이 죽으면 이런 식으로 눕혀 뒀겠지,' 운전하는 사람도 없이 흘러가는 보트에서 그런 생각을 했다.

물가에서 충분히 떨어졌다 싶을 때쯤 나는 일어나 앉아 최대한 빠르게 노를 저어 나갔다. 연못 중앙쯤 왔을 때는 간단하게 물에 빠져 죽어 버리기로 결심했다. 몸에 매달 만한 무거운 게 필요했다. 나는 수영을 잘하니 마지막 순간이 되면 물 밖으로 나오려고 기를 쓸 테니까. 큰 바위가 있으면 보트 매는 밧줄로 발목에 묶어서 뛰어내리면 된다. 콘래드는 결코 자기가 저지른 짓을 말하지 않겠지만, 그 싸이코는 평생 자기 때문에 내가 죽은 걸로 괴로워하겠지.

아무도 없는 습지대 쪽으로 노를 저어 갔는데, 속새풀이 군대처럼 연못 속으로 줄기를 뻗고 있었고, 머리카락처럼 가는 수련 잎줄기가 뻗쳐 있어서 노가 쉽게 걸렸다. 이쪽 물가를 따라 빙하로 생긴 잔해, 그러니까 천천히 움직이던 빙하가 지나간 자리로 아주 오래된 바위나 자

같이 여기저기 퇴적되어 있었다.

얕은 곳에 이르러서는 물속으로 노를 세게 밀어 넣고 지렛대 삼아 보트를 들어 올려서 거미줄처럼 퍼져 있는 수련 줄기를 피했다. 연못 바닥의 모래에 카누 밑바닥이 긁히는 소리가 났다. 그래서 뛰어내려 배를 끌어내리려고 했는데 낮은 목소리가 들려왔다.

"움직이지 마. 보트 안에 가만히 있어."

나는 깜짝 놀라서 쳐다봤다. 조너스가 내 머리 위쪽으로 물 위까지 튀어나온 소나무의 가장 아래쪽 가지에 조용히 앉아 있었다. 거의 완벽하게 위장한 상태였다. 웃통은 벗었고, 색이 바랜 연한 국방색 반바지에, 긴 다리를 대롱거리고 있었다. 지난번에 봤을 때보다 한층 더 가녀린 몸매였다. 물론 키도 더 커졌고, 이제는 적어도 12살은 되었을 텐데, 까만 머리칼은 어깨 아래까지 내려와 있었다. 그러나 지난번 숲속에서 만났을 때처럼 눈빛은 나이에 비해 깊었다.

"노를 줘봐." 그가 소리 낮춰 말했다.

"왜 속삭이듯 말해?" 나도 소리 낮춰 대답했다.

그가 내 보트 아래 갈대 쪽을 가리켰다.

나는 카누 가장자리로 몸을 숙여 뭘 가리키는지 알아보려 했지만, 내가 서 있는 각도에서는 아무것도 보이지 않았다.

"노 달라고." 그가 다시 소리 낮춰 말했다.

나는 일어나서 카누가 흔들리지 않게 조심하면서 노를 나무 위쪽으로 올려 보냈다. 조너스는 주머니에서 안 익힌 햄버거 패티 같은 게 담긴 비닐봉지를 꺼내더니 노 끝에 잔뜩 발랐다.

"잘 봐." 그가 그걸 내 앞쪽으로 내렸다.

그때 그 소리, 갑자기 우지직하며 노가 부서지는 소리는 지금도 내 머릿속에 남아 있다. 조너스가 가지 위에서 있는 힘껏 뒤로 몸을 젖혀 노를 들어 올렸다. 그때, 컴컴한 데서 튀어 올라온 것은 노를 꽉 깨물고 있는 그것이었다. 보트만큼 크고 흉측한 바로 그 큰 놈 — 조상 거북 — 말이다. 선사시대부터 존재해 온 그 모습. 닭대가리를 닮았다. 그리고 화가 잔뜩 나 있었다. 조너스가 연못가로 뛰어내리더니 있는 힘껏 노를 끌어당겼다. 이를 악문 채로.

"도와줘."

나는 거북을 멀리 피하면서 조너스에게 다가가서 둘이 같이 거북을 땅으로 끌어냈다.

"배 묶는 밧줄을 풀어와야겠어," 그가 말했다. "놓치지 마." 그가 카누로 달려가더니 뱃머리에 둘러 있던 굵은 밧줄을 풀었다.

"서둘러 빨리," 내가 말했다. 거북이 노를 씹어 먹으면서 내 쪽으로 기어오르고 있었다.

조너스가 밧줄에 매듭을 짓고는 가만히 거북 뒤로 가더니, 두꺼운 비늘이 덮인 꼬리를 묶었다.

"잡았다," 그가 말했다.

"이제 어떻게 할 거야?"

"보트 안으로 집어넣어야 해."

거북이는 쉭쉭 소리를 내며 자기를 묶은 줄을 끊으려는 듯 몸부림을 쳤다. 날카로운 면도칼 같은 턱으로는 노를 꽉 문 채로, 긴 목을 뒤틀면서 줄을 찾아 이리저리 움직였다. 텅 빈 눈에 분노를 가득 담은 채 — 자기가 잡혔다는 사실에 대한 치욕스러움, 존엄 따위는 다 벗겨진 채로 세상 밖으로 드러나고 말았다는 노여움에 범벅인 눈빛 — 이번에는 나를 쳐다보더니, 다시 노를 기어 올라왔다. 복수하겠다는 듯이 나를 향해 진격하는 거북을 보면서 나는 그 거북이 어떤 감정인지 알 듯했다.

"풀어줘." 내가 말했다.

"안 돼." 조너스가 줄을 더 세게 당겼다.

"이러면 안 돼." 내가 말했다. "나를 잡아먹으려고 하잖아."

"이놈을 잡으려고 지난 2년 동안 고생했어. 내 형들은 이놈은 세상에 존재하지 않는다고 했다고."

"뭐, 잡았으니 됐네."

"아니, 형들은 안 믿어줄 거야."

"그건 그들이 멍청해서 그런 거고."

"형들은 내가 멍청하다고 봐."

"지금 그런 걸로 싸울 때가 아니야." 거북이 점점 내게 다가오는 걸 보면서 내가 말했다. "하지만 이렇게 화가 잔뜩 나서 사람을 죽이려는 45킬로그램 무게의 거북을 우리 둘이 들어서 저 작은 카누에 실으려는 게 네 계획이라면, 네 형들이 정확하게 말한 거네."

조너스는 서서 상황을 살펴봤다. 자기를 묶고 있는 밧줄을 끌어당기고 있는 거대한 짐승, 겁에 질린 내 얼굴, 섬유유리로 만든 카누. 깊은 한숨을 한 번 쉬더니 결국 그는 자기 전리품을 풀어줬다. 나는 노를 버렸고, 우리 둘 다 뒤로 물러섰다.

얼마 동안은 거북이 계속해서 우리를 따라왔다. 그러더니 자기가 풀려났다는 것을 깨달은 뒤로는 노를 입에서 뱉어내더니 마지막으로 우리를 한번 서늘하게 쳐다본 다음, 그 거대한 몸집을 돌려 깊은 물속으로 들어갔다. 우리는 그게 얕은 물가까지 갈 때는 관절염에라도 걸린 듯 기어가더니 물이 충분히 깊어지자 헤엄을 쳐서 사라지는 모습을 지켜봤다.

노는 이제 조각난 막대기 부분만 남아 있는 지경이었다. 우리는 밧줄을 다시 제자리에 걸고, 카누를 끌고 연못가를 돌아서 캠프로 왔다. 그 중간 어디쯤부터 예전에 내가 그를 숲에서 데리고 갔을 때처럼, 조너스가 내 손을 잡았다.

콘래드가 물가에 앉아서 우리가 걸어오는 모습을 지켜보고 있었는데. 비열한 조소가 그 무기력한 얼굴을 스쳐 갔다. 오늘 아침 역겹게 킥킥거리던 그 웃음소리가 여전히 내 머릿속에 남아 있었지만, 괴로움과 수치심은 이제 차가운 분노로 변해 있었다.

"누구야?" 조너스가 물었다.

"징그러운 의붓오빠야. 내가 아주 싫어하는."

"싫어한다는 말은 되게 강한 말인데," 조너스가 말했다.

"그렇다면, 끔찍하게 싫어해," 내가 잠시 끊고 말을 이었다. "변태 새끼야. 오늘 아침에 내가 화장실에 있을 때 훔쳐보다가 나한테 걸렸어. 나중에 기회 봐서 죽여버릴 거야."

"항상 고상한 길을 택하는 게 좋다고 엄마가 그랬어."

"저 인간은 그냥 처리하는 길 외에 다른 수가 없어. 항상 저급하게 구니까."

"노는 어쩌다 그렇게 된 거야?" 우리가 자기 옆을 지나가려 할 때 콘래드가 물었다.

나는 대답하지 않고 그냥 지나갔다.

"거북이가 물어뜯었어요," 조너스가 말했다.

"흥미진진하네," 나는 콘래드의 비꼬는 목소리를 들으니 노를 얼굴에 집어 던지고 싶었지만 그냥 걸었다.

"그랬죠," 조너스가 말했다. 우리 둘이서 카누를 땅에 올려놓고, 비 올 때를 대비해서 뒤집어 놨다.

"오늘 아침에는 나도 흥미진진했는데," 콘래드가 말했다.

나는 얼굴이 굳어졌다. 무슨 일이 일어나든 간에 나를 건드리는 걸 그냥 내버려 둘 생각은 없었다.

"그 광경이 머릿속으로 계속 떠오르네," 콘래드가 말했다. "저 애는 누구야?"

"조너스, 이쪽은 내 의붓형제 콘래드야. 쟤 엄마가 다시 쟤를 받아들일지 말지 결정할 때까지 잠시 우리랑 살고 있어. 내 예감으로는 우리 집에 아예 눌러앉지 않겠나 싶긴 해."

"네가 원한다면," 콘래드가 말했다. 물론 내가 저급하게 공격하긴 했지만, 그의 얼굴에 나타난 뼈아픈 표정은 탐폰 때문에 겪은 치욕을 상쇄할 만했다.

"가자," 나는 조너스에게 말했다. "네 형들에게 무슨 일이 있었는지 얘기해줘야지."

그해 여름, 조너스는 내게 그늘이 되어주었다. 내가 연못을 헤엄치거나 카누를 타고 바다 쪽으로 건너가면 어김없이 그가 해변에서 나를 기다리고 있었다. 숲속으로 나 있는 길을 걸어서 해변으로 가면, 그가 쓰러진 나무 몸통에 올라앉아서 늘 가지고 다니는 작은 스케치북에 솔방울 위에 올려놓은 나뭇가지나 색깔이 점점 짙어지는 딱정벌레를 그리고 있었다. 그는 머릿속에 컴퍼스라도 들어 있는 듯했는데, 정확하게 북쪽을 가리키는 나침반 같은 것 말이다. 아니면 편지를 전달하는 비둘기 마냥, 바람결에 내가 오는 냄새를 맡을 수 있거나.

종종 그는 코요테가 싼 똥이나 지나다닌 발자국을 가리켰는데, 따라가 보면 월귤나무가 자라는 곳이어서 조금 전까지 사슴이 있었던 흔적이 남아 있었다. 우리는 넓게 펼쳐진 바닷가 백사장의 뜨거운 모래 위에 누워 지내거나, 저류에 휩쓸리지 않게 조심하면서 누가 더 높은 파도를 헤치고 멀리 헤엄쳐 나가는지 시합을 했다. 서로 별다른 말을 하지 않을 때도 있었다. 그러나 말을 하기 시작하면, 무슨 말이든 쏟아냈다.

나는 우리 사이에 우정이 존재한다는 게 말이 안 된다고 생각했다. 나는 외톨이도 아니고, 외로움을 느끼지도 않았다. 언제든지 찾아가면 만날 수 있는 베키가 있었고, 애나도 있었으니까. 나는 14살 반이었고 조너스는 12살이었다. 그러나 무슨 이유였는지 몰라도 여러 가지 안 좋은 일이 많았던 그해 여름, 비참한 기분에 시달리던 나를 조너스가 지켜줬다.

우리는 어울리지 않는 한 쌍이었다. 나는 키가 크고 흰 편이며, 아빠에게서 받은 깃이 다 해어진 셔츠로, 부풀어 올라 거추장스러운 가슴과 몸매의 곡선을 가린 채, 닥터 숄스 슬리퍼에 비키니를 입고 터벅터벅 돌아다니는 스타일이었다. 조너스는 키는 나보다 30센티미터 정도 작고, 늘 맨발에, 항상 똑같은 지저분한 초록색 반바지에 올맨 브라더스 티셔츠를 입고 있었다. 언젠가 그렇게 입고 다니는 게 너무 혐오스러우니 세탁기에 한번 돌리라고 했더니, 그는 어깨를 으쓱한 다음, 바다나 연못에서 수영을 하면 자연스레 살균이 된다는 거였다.

"그리고," 그가 말했다. "너 지금 상당히 무례한 거야."

"내가 엄마 같아서 하는 말이야," 내가 말했다. "너를 돌봐야 할 듯해서."

"나는 아기가 아니야."

"알아," 내가 말했다. "어린아이지."

"그건 너도 마찬가지지," 그가 말했다.

"이제 더 이상은 아니거든."

"무슨 말이야?"

나는 대답하려고 입을 여는 순간 나를 자책하고 싶어졌다. "아무것도 아니야," 내가 말했다. "그냥 내가 너보다 나이가 많다고."

조너스가 나를 물고 늘어졌다. "아니, 방금 너는 더 이상 어린아이가 아니고 나는 어린아이라고 했잖아. 나랑 같이 다니기 싫으면 그렇게 해. 나는 네가 돌봐 줘야 할 애가 아니니까."

"아기처럼 굴지 마."

"어이쿠, 그래, 나는 완전 아기야," 조너스가 말했다.

"알았어, 얘기해 줄게," 내가 말했다. "우리 엄마가 늘 하는 말처럼, 나도 이제 '여자'라고. 엄마가 그 말을 할 때면 솔직히 나는 토하고 싶어. '엘리너, 자랑스러워해라. 이제 너도 여자야.'"

그는 진지하면서도 흔들리지 않는 표정으로 나를 쳐다봤다. 그러더니 손을 내 어깨 위에 얹더니 뜨겁게 껴안았다.

"미안해," 그가 말했다. "그 말을 들으니까 정말 끔찍하다. 자, 이리 와봐, 내가 어제 근사한 걸 하나 발견했거든. 아 그런데," 같이 걸어가면서 그가 고개를 옆으로 돌리며 말했다. "5학년에게는 성교육이 있거든, 그래서 여자들 생리는 나도 알아."

"징그러워."

"생명을 낳는 힘은 아름다운 거야."

"아 제발 좀," 내가 그를 찰싹 때렸다.

"엘리너, 자랑스러워해라. 이제 너도 여자야," 그가 내 엄마 흉내를 최대한 가깝게 내더니, 내가 발을 걸어 땅에 메다꽂기도 전에 달아났다.

숲속 깊은 곳, 메뚜기 떼가 잔뜩 서식하는 수풀 속에서 조너스가 폐가를 하나 발견했는데, 벽과 지붕은 오래전에 삭아 내렸고, 작은 방 두 개가 있던 자리에 해당하는 토대만 남아 있었다. 사방으로 들장미와 담쟁이가 뻗어나가고 있었다. 우리는 무너져 얼마 남지 않은 벽을 뛰어넘어서, 한때는 누군가의 집이었던 곳의 중앙부에 섰다. 조너스가 작대기를 하나 주워서 진흙더미를 팠더니 바닷가에서 발견되는 유리석 같은 사파이어 빛깔의 병이 하나 나왔다. 조너스가 마루에 해당하는 부위를 치운 다음, 우리는 서로 나란히 누워 고등어 모양의 하얀 구름을 응시했다. 나는 눈을 감은 채 소나무에서 들려오는 소리에 귀를 기울이고, 미나리와 향나무에서 퍼져 나오는 냄새를 음미했다. 아무 소리도 들리지 않는 곳에서 그와 나란히 누워 있으니 편안한 느낌이 들었다. 고요하지만 서로 연결되어서, 말이 없어도 대화하는 듯했고, 서로의 생각을 읽을 수 있었기에 말을 하지 않아도 되었다.

"여기에 부부 침대가 있었을 것 같지?" 잠시 있다가 조너스가 말했다.

"너는 참 괴상한 애야."

"여기가 얼마나 사랑스러운 곳인지 생각하고 있었어. 우리가 결혼해서 이 집을 다시 짓고 같이 살면 좋겠다는 생각도 하고."

"야, 너는 이제 겨우 12살이야. 징그럽게 굴지 마." 내가 말했다.

"나이가 더 들면, 이 정도 나이 차이는 전혀 문제가 안 돼. 지금도 거의 문제가 안 되고."

"그건 그래."

"결혼하겠다는 말이라고 생각할게." 조너스가 말했다.

"좋아," 내가 말했다. "그러면 일단 나는 이중 바닥 냄비가 필요해."

"형들이 자꾸 너 때문에 나를 놀려," 어느 날 오후, 연못에서 집까지 조너스를 데려다주는 길에 그가 말했다. 그의 형들을 본 적이 있긴 하다. 일라이어스는 열여섯이다. 그와 애나는 2년 전 여름에 요트 운전 수업을 같이 들었고, 병돌리기 게임 중에 키스를 한 적도 있다. 호퍼는 나와 동갑인 14살이었다. 키가 크고, 굵고 빨간 머리칼에 주근깨가 있다. 금요일 저녁에 있었던 요트 클럽 댄스파티에서 한두 번 인사를 했는데, 그게 다였다.

"내가 네 베이비시터를 할 만큼 나이가 많으니까 놀리는 거야. 걔들이 생각하는 게 맞긴 하지. 우리 사이는 조금 이상하긴 해."

"호퍼 형이 너를 좋아해." 조너스가 말했다. "그래서 나를 그렇게 못 살게 구는 게 아닌가 싶어. 일라이어스 형은 그런 이유 때문은 아닌 것 같고."

나는 웃었다. "호퍼가? 나랑 말도 제대로 해본 적 없는데."

"호퍼 형한테 같이 춤추자고 얘기해 봐." 조너스가 말했다. "이거 봐." 그가 몸을 숙이더니 길가에 높게 자란 풀 위에 떨어져 있는 작고 파란 새알 껍질을 들어 올렸다. "로빈 새가 돌아왔구나." 그가 내게 그걸 조심스레 건넸다. 무게가 거의 없고, 종이처럼 얇았다. "어치들 등쌀에 다른 데로 간 게 아닌가 걱정했는데."

"걔가 너를 괴롭히는데도 내가 걔한테 잘해줘야 해?"

"나를 경쟁자로 보니까 괴롭히는 거니까."

"그렇다면 너를 괴롭히지 말라고 얘기해 둬야겠네."

"아 그러지 마." 조너스가 말했다. "쪽팔려."

길이 구부러지는 곳에 이르러서는 속도를 늦췄다. 이 길 너머는 귄터 씨 집인데, 백우즈에서 자기 땅 주변으로 울타리를 두른 유일한 집이다. 귄터 씨 부부는 조금 특이했다. 오스트리아 사람들이었다. 은둔형이었다. 둘 다 조각가였다. 자기들이 기르는 셰퍼드 두 마리를 산책시키는 길에 마주칠 때가 있었다. 개들은 내게 달려들 듯 굴었다. 그 집 앞을 지나갈 때면, 개들이 침을 흘리고 짖어 대면서 울타리 위로 뛰어오른다. 그중 한 마리가 거기서 빠져나와서 베키의 다리를 문 적도 있었다.

귄터 씨 집 진입로 가까이 가니 벌써 개들이 짖으면서 언덕을 내려오는 소리가 들렸다.

"알았어," 내가 말했다. "춤추자고 얘기할게. 그런데 걔가 너를 경쟁자로 보는 건 아닌 것 같은데." 내가 웃으며 말했다.

우리는 귄터 씨 집을 지나갈 때는 보통 뛰어간다. 그런데 지금은 조너스가 길 한가운데에 우뚝 서버렸다. "어이쿠, 감사하군요, 엘. 그렇게 명확하게 알려줘서."

울타리까지 내려온 개들이 미친 듯이 짖어댔다. 자신들이 무시당한다는 사실에 열받은 듯 울타리에 몸을 거세게 부딪치고 있었다.

"가야 해," 내가 말했다. "쟤들이 울타리를 뚫고 나올지 몰라." 개들이 짖는 소리가 점점 높아지는데도 조너스는 거기 가만히 서 있었다. "조너스!"

"여기서부터는 나 혼자 집에 가겠어," 그가 냉정하게 말했다. 그러고는 나에게서 멀어져 갔다.

언덕 위에 있는 작업실에서 나오는 귄터 씨가 보였다. "아스트리트! 프리다!" 그가 자기 개들을 불렀다. "헤어콤먼! 예츠트!*"

다음 날 걸어서 해변에 나갔더니, 조너스는 오지 않았다.

"아빠," 콘래드가 말했다. "엘리너가 연하 킬러라는 거 알아요? 쟤 요즘 10살짜리 애와 연애하고 다녀요."

이제 늦여름이다. 엄마는 문 닫기 전에 쓰레기 처리장에 갔다. 레오는 싱크대에서 오늘 아침에 잡은 고등어의 뼈를 발라내고 있다. 고등어는 이맘때 하얀 물보라를 일으키면서 해안에 가깝게 붙어서 올라온다.

---

* 헤어콤먼Herkommen! 예츠트Jetzt! — 이리 와! 지금!

"나를 따라다니는 애일 뿐이야. 10살이 아니고 12살이고," 말은 이렇게 했지만 내 뺨은 빨갛게 달아올랐다.

"누가 너를 따라다닌다고?" 레오가 물었다. 그는 거의 한 달가량 재즈 밴드와 함께 투어를 하고 돌아왔다. 그가 집에 있는 게 나는 좋다. 레오가 집에 있을 때 엄마는 한층 행복해하니까.

"늘 찾아오는 조너스라는 애야," 콘래드가 말했다. "엘의 남자친구."

"잘되었네," 레오는 그렇게 말하면서 팬트리에 들어갔다.

물건이 쿵 떨어지는 소리가 들리고, 레오가 욕하는 소리가 났다.

"바보처럼 굴지 마. 그냥 애일 뿐이야," 나는 식탁에서 의자를 뒤로 물리고 일어나서 내가 먹던 접시를 치운다.

"말 잘했네," 콘래드가 말한다. "연하 킬러."

"너희 엄마가 비닐 랩을 어디에다 뒀는지 아니?" 레오가 소리쳐 불렀다. "너희 엄마는 왜 자꾸 파라핀지를 사는 거야? 요즘 누가 파라핀지를 쓴다고?"

애나는 소파에 앉아서 퍼즐처럼 맞추게 되어 있는 반지를 맞추고 있다. 그녀가 수상한 낌새를 눈치챘는지 고개를 들고 쳐다봤다. "오호, 콘래드," 애나가 말했다. "질투하는 거야 응?" 애나가 웃었다. "엘, 콘래드가 너를 좋아하는가 보네."

콘래드의 얼굴이 묘하게 일그러졌다. 억지로 웃음을 보인다.

"엘, 어떻게 생각해?" 애나가 말했다. "콘래드 좋아해? 쟤는 너를 여자친구로 삼고 싶어 하는 눈치인데."

"그만해, 언니," 내가 말했다. "역겨워." 그러나 언니가 하는 말을 듣고 있자니 여태 알고 있었지만 잊고 있었던 무엇인가가 새삼 떠올라 불편한 느낌이 들었다.

"좆까지 마." 콘래드가 애나에게 쏘아붙인다.

그녀는 그의 약점을 잡았다 싶었는지 결정타를 날렸다. "콘, 근친상간은 연하 킬러보다 몇 배는 더 심각한 일이야."

콘래드가 애나를 덮치더니 팔을 세게 잡았다. "씨발, 입 닥치지 않으면 팔을 부러뜨릴 거야."

"진정해, 진정." 애나가 화를 돋우려는 듯이 말했다. "널 도와주려 했을 뿐이야. 후회할 일을 저지르기 전에 죄라는 걸 알려주려고 하는 거야."

콘래드가 애나 얼굴에 주먹을 날리는 순간, 레오가 현관에 들어섰다.

"콘래드!" 레오가 두 걸음 만에 달려와 우악스럽고 생선 냄새 나는 양손으로 자기 아들 셔츠를 움켜쥐더니 애나에게서 떨어뜨려 놨다. "이게 무슨 일이야?" 그가 아들을 질질 끌고 현관으로 가더니 문밖으로 세게 밀어내는 바람에 콘래드가 땅에 쓰러졌다. "일어나!"

우리는 콘래드가 눈물을 참고 있는 걸 지켜봤다.

"애 같기는," 애나가 경멸하는 웃음을 띤 채 말했다. 그녀는 소파로 돌아가서 책을 잡고서, 자기가 방금 온 집 안에 불을 질렀다는 걸 잊어버린 듯이 다시 읽기 시작했다.

여름이 끝날 무렵 해변에서 딕슨 씨가 여는 피크닉은 언제나 내가 좋아하는 멋진 여름밤을 선사한다. 백우즈 사람들 전체가 히긴스 할로우에 모여 거대한 모닥불을 밝힌다. 우리는 불쏘시개로 쓰기 위해 햇볕에 바짝 마른 해초를 물가에서 집어 와서 모으고, 여기저기 흩어져 있는 울퉁불퉁한 나뭇가지도 모아서 쌓고, 밤하늘을 배경으로 타오르는 불을 지켜본다. 다들 춤을 추며 노래를 부른다. 해가 진 뒤에는 폭죽에 불을 붙이고 반딧불처럼 뛰어다닌다. 어른들은 술을 엄청나게 마신다. 우리는 모래 언덕 위에서 어른들을 지켜보면서 깃발 뺏기 게임을 했다. 다들 랍스터를 요리하고, 얼룩덜룩한 에나멜 색깔의 어마어마하게 큰 솥에 다랑조개를 넣고 찌고, 생옥수수는 바닷물에 담근 뒤 꺼내 은박지에 싸서 불 속에 던져 넣는다.

우리는 햄버거라면 사족을 못 쓴다. 엄마는 항상 달콤한 소스와 머스타드, 생양파를 챙겨오는데, 그 바람에 엄마 입냄새는 참을 수 없을 정도가 된다. 게다가 엄마는 소금에 절인 무를 좀체 맛보기 어려운 별미라도 되는 듯 사람들에게 나눠준다.

콘래드는 올해 같이 오지 못하게 되었다. 일주일간 외출 금지 처분을 받았다. 그는 자기 아빠에게 자기를 두고 가지 말아 달라고 사정을 했다. 엄마까지 나서서 레오에게 다시 생각해 보라고 달랬지만, 레오는 꿈쩍도 하지 않았다.

"요즘 되게 말썽을 피우기는 했어," 엄마가 말했다. 두 분은 방금 수영을 마치고 연못에서 올라오고 있었다.

애나와 나는 베란다에 앉아 딸기 아이스크림을 먹고 있다.

"그리고 방 안을 꽉 채우고 있는 그 발 냄새는 어떻고. 그 냄새 좀 어떻게 할 수 없으려나? 시중에 파는 운동선수용 발 치료제가 도움이 될까? 전에 내가 탤컴 파우더*를 줬더니, 자기는 그거 바르면 간지럽다고 하더라고. 당신이 좀 얘기해 봐요."

나는 레오가 크고 하얀 차에 광을 내는 듯이 수건으로 자기 몸을 닦는 걸 지켜본다. 그의 수영복은 축 처진 데다, 수건으로 여기저기 닦을 동안 배는 출렁거린다. 덩치 큰 어린아이 같다. 레오는 수영을 잘하는 타입은 아니지만, 엄마는 그를 이 새로운 운동 요법에 입문시켰다.

"우리 집에서 적응하기는 쉽지 않아. 우리 집 여자들을 봐. 당신은 여름 절반은 집을 떠나 있고. 자기 가족 아닌 사람들에게 적응하기란 힘들어. 당신이라도 자기편을 들어줬으면 싶을 거야."

"자기 행동에 책임지는 법도 배워야 해."

"당신이 그렇게 하는 게 애를 더 소외시키는 거야. 그럴수록 우리는 더 힘들어지고."

"월리스, 당신이나 당신 딸들 문제가 아니야. 내 아들 문제잖아."

"여기로 오라고 해. 당신이랑 곰사냥 게임을 하면 좋아할 테니. 전통이잖아."

"내 새끼가 여자애를 때리는 걸 그냥 놔둘 수는 없어," 레오가 말했다.

"맞을 짓을 했겠지," 엄마가 대답했다.

다음 날 아침, 나는 침대에 누운 채 천장에 나 있는 채광창을 바라보고 있었다. 그 가장자리로 노란 꽃가루가 덩어리져서 흩날렸다. 저걸

---

* 탤컴 파우더 talcum powder — 주로 땀띠약으로 몸에 바르는 분

없애려면 비가 한바탕 내려야 할 듯하다. 근래 며칠 동안 파란 하늘이 이어졌다. 나는 자기가 친 거미줄을 계속 매만지고 있는 거미 한 마리를 지켜봤다. 늘어뜨려진 거미줄 끝에 달린 바짝 마른 나방 한 마리가 바람 불 때마다 흔들린다. 내 머리카락에서는 모닥불 연기 냄새와 케첩 냄새가 났다. 누군가 샤워를 하고 있다. 낙엽 위로 물이 튀고 있다. 나오던 물이 멈춘다. 콘래드가 청미래덩굴을 밟았는지 욕을 한다. 나는 책을 집어 들고, 접어 둔 페이지를 펼쳤다. 온수 탱크가 다시 채워지려면 몇 분은 걸릴 것이다.

우리 캠프에는 샤워기가 하나뿐인데, 화장실 바깥에 서 있는 좀 자그마한 나무에 부착하고, 낡은 널빤지 울타리로 둘러 둔 상태인데, 그 위쪽으로 장님거미들이 잔뜩 기어 다닌다. 이제는 다 썩어서 흔들리는 못에는 아무도 수건을 걸어 두지 않는다. 그 대신 낮게 내려온 나뭇가지에 걸어 둔다. 비눗물은 몸에서 잎사귀로 바로 튀어서 길바닥으로 흘러 나가게 되어 있고, 그 물이 흘러가면 솔잎이 같이 떠서 흘러가는 식이라서, 우리끼리는 샤워 중에는 절대 오줌을 싸지 않는다는 규칙을 엄격하게 지키고 있다. 그렇게 하지 않으면, 화장실까지 가는 길이 그레이하운드 버스 뒷자리에서 나는 냄새로 진동하게 되니까.

10분이 지난 뒤, 나는 수건과 웰라 발삼 컨디셔너를 쥐고 나섰다. 가는 길에는 비눗물이 웅덩이처럼 고여서 땅속으로 스며들고 있었다. 나는 뛰어 건너다가 그 가장자리를 철벅하고 밟는 바람에 물이 몸에 튀었는데, 오줌물이라는 걸 깨달았다. 나는 화가 잔뜩 나서 돌아가 엄마가 있는 오두막 문을 쾅쾅 두드렸다.

엄마는 몇 초 후에 잠옷을 여미면서 나타났지만, 얼굴에는 피곤이 잔뜩 끼어 있었다. "레오가 아직 자고 있어." 엄마가 속삭이듯 말했다.

"냄새나지?" 내가 다리를 내밀었다.

"엘리너, 지금 네 다리에서 나는 냄새 맡을 기분 아니야." 엄마가 말했다. "어젯밤 늦게까지 있었다. 진토닉도 잔뜩 마셨고."

"콘래드가 샤워하면서 오줌을 쌌어."

"아, 그래도 최소한 샤워는 했네. 그러면 됐지."

"엄마, 이거 봐, 내가 밟았다고."

"걔한테 엄마가 얘기할게. 하지만 지금 이미 징계를 받는 상태잖아. 이 얘기를 하는 게 효과가 있을지 모르겠다."

"도대체 걔는 왜 여기 있어야 하는 거야?"

엄마가 오두막 문을 닫고 밖으로 나왔다. "잘 들어, 너와 애나가 조금만 더 잘 대해주면 콘래드가 이렇게까지 하지는 않을 거야." 엄마가 양손으로 관자놀이를 비볐다. "주방에 가서 물이랑 아스피린 좀 갖다 줄래?"

"걔가 왜 우리 집에 문제를 일으켜야 하는 거야? 그냥 멤피스에 가서 자기 가족이랑 살면 되잖아?"

"우리가 걔 가족이잖아."

"나는 아니야."

"노력해봐, 엘. 레오를 위해서." 엄마는 레오가 자는지 확인하려고 방안을 들여다봤다. "가끔 같이 수영하자고도 해봐. 주사위 게임도 같이 하자 그러고. 그런다고 죽는 거 아니니까."

"걔는 자꾸 속이려 들어. 그리고 연못 가운데까지도 못 가고."

"그래도 해봐. 나를 위해서."

"알았어," 내가 말했다. "오늘 바닷가에 가자고 해볼게. 하지만 또 변태처럼 굴면 그때는 내게 100달러 줘야 해."

"지금이라도 당장 줄게," 엄마가 한숨을 쉰다. "그래도 고마워."

지난밤에 피운 모닥불이 다 꺼지지 않고 모래에 아직 남아 있다. 누군가 그 주위에 나뭇가지로 바리케이드를 쳐서 발이 데지 않게 해두었다. 뒤집힌 일회용 그릇, 반쯤 탄 옥수숫대도 보인다.

"그래서," 콘래드가 물었다. "재미있었어?"

"그래."

"누가 있었어?"

"늘 오는 사람들이지."

콘래드가 엄지발가락을 사용해서 일회용 그릇에 모래를 끼얹었다. 모래가 그릇 위에 떨어져 미끄러지면서 구르는 소리가 난다. "아빠가 곰사냥 게임을 했어?"

"당연하지."

콘래드의 표정이 안 좋아졌다. "걔는 누구였어?"

"나는 몰라. 애들 중 한 명이었겠지. 네가 못 와서 유감이다," 나는 억지로 말을 밀어내듯 뱉었다.

우리는 물이 올라오는 경계 위쪽에 수건을 펼쳤다. 밀물이 들어오는 때이다. 나는 앉아서 가방에서 물이 방울져 있는 프레스카 음료 캔을 꺼냈다. 뚜껑의 고리를 잡아당기자 고리만 뚝 떨어져 버렸고, 입구를 막고 있는 뚜껑은 그대로 남았다.

"줘봐," 콘래드가 이렇게 말하더니, 조개껍데기 뾰족한 부분으로 뚜껑을 눌러 따서 다시 내게 건넸다.

"고마워."

"물에 들어갈래?"

"나는 일단 몸을 데워야 해. 안 들어갈지도 몰라. 파도가 거칠어 보이네."

"거친 거 좋아하는 줄 알았는데," 콘래드는 자기가 말해 놓고서 웃었다.

나는 그 소리를 무시하고 책을 펼쳤다. 그는 거기 앉은 채 모기에 물린 다리를 긁었다. 잠시 뒤에 그가 일어서더니 물 쪽으로 걸어갔다. 나는 그가 자리를 떠서 편해진 마음으로 엎드려 있었다. 눈을 감고, 양팔에 머리를 올려놓는다. 정신이 몽롱해질 무렵 뭔가 축축한 게 내 등에 떨어진다.

"내가 찾은 거 좀 봐," 콘래드가 말한다. "이거 지난밤에 너와 조너스가 쓴 거 아니야?"

나는 등에 손을 뻗어 떼어냈다. 쓰고 버린 콘돔이다. 나는 비명을 지르면서 벌떡 일어났다. "너는 도대체 왜 이러는 거야?" 나는 고함을 치면서, 몸을 씻어내려고 바다로 뛰어들었다.

첫 파도에 앞이 안 보이면서 물속으로 빠져든다. 간신히 일어섰지만, 다시 빠지고, 또 빠진다. 숨을 쉬어야 하지만, 그냥 물속으로 들어갔다. 바닥을 확인하고는 있는 힘껏 발로 박차고 올라왔다. 숨을 쉬기 위해 수면으로 올라와서, 물가로 나가기 위해 또 다른 파도가 덮치기 전에 용을 쓰며 앞으로 나아갔다. 어른들 몇 명이 내가 허우적대는 꼴을 보더니 달려와 끌어냈다.

"괜찮아요," 내가 말했다. "괜찮아요."

내 수영복은 흡사 샌드백처럼 되었다. 몸에 붙은 모래, 크릴새우, 해초를 털어냈다. 분홍색 돌멩이 하나가 내 발목 주위로 떨어졌다. 콘래드는 몸을 반으로 접고는 웃어댔다. 나는 그를 아는 체도 하지 않고 지나쳤다.

"장난이었어," 그가 말했다. "화 풀어."

나는 수건과 책을 집어 들어 가방에 넣었다. "너는 수영이나 하러 가," 내가 말했다. "물에 빠져 뒈지기 딱 좋은 날씨니까."

"100달러 줘," 나는 집에 도착해서 엄마에게 말했다.

"콘래드는 어디 갔어?" 엄마가 물었다.

"죽었겠지, 내게 행운이 있다면."

"저녁에 클램 차우더 만들어 줄게," 엄마가 말했다.

아침밥 먹으러 메인 하우스로 걸어가는데 조너스가 데크 밖에 앉아 있었다. 콘래드는 언제나 입고 다니는 테리 직물로 만든 역겨운 목욕용 가운을 입은 채 집 안쪽 식탁에 앉아서 콘플레이크를 먹으며 《스파이 대 스파이》를 읽고 있다.

"야," 내가 조너스 옆에 앉으며 말을 건넸다. "여기서 뭐 하고 있어?"

"작별 인사하러 왔어."

"오."

"원래는 토요일에 갈 생각이었는데, 일라이어스 형이 모래 언덕에서 모닥불을 피워 놓고 어떤 여자애랑 있는 걸 엄마가 붙잡았어. 엄마는

'내 눈으로 본 걸 나는 좋아하지 않아'라고 하시더라고. 그러니까, 다 벗고 있던 형의 엉덩이를 본 거지." 그가 한숨을 쉬었다. "아무튼, 오늘 오후에 케임브리지로 돌아가."

베란다에 있던 콘래드는 읽던 만화책을 내려놓고, 숟가락을 그릇 위에 올려놓은 채, 먹던 것도 멈췄다. 그가 엿듣고 있다는 걸 알았지만, 신경 쓰지 않았다.

"학교 수업은 언제 시작해?" 내가 물었다.

"2주 후일 거야."

"중학교에 올라가는 거지?"

"응."

"와."

"그래," 조너스가 약간 구슬픈 표정으로 웃었다. "다 큰 애들이 다니는 학교야."

지금까지 늘 조너스와 같이 지냈는데, 처음으로 약간 어색한 느낌이 들었다. 백우즈를 벗어난 학교 생활과 현실 생활 — 그는 케임브리지에서, 나는 뉴욕에서 — 을 생각하니 새삼 우리 나이 차이가 너무 커서 극복하기 어렵다고 느껴졌다.

"나도 알아," 조너스가 내 생각을 읽기라도 한 듯 말했다. "이상하지." 그는 축축한 모래에 발가락을 비볐다. "마지막으로 연못 저쪽까지 같이 헤엄쳐서 건너가 볼까?"

"애나와 엄마랑 같이 시내에 가야 해."

"아 그래, 그럼," 조너스가 일어서더니 손을 내밀어 악수를 청한다. "내년 여름에 봐."

"작별 키스를 해줘야지?" 콘래드가 베란다 창 안에서 소리쳤다.

"입 닥쳐, 콘래드," 나는 그렇게 말하고, 조너스의 손을 잡았다.

"혀를 밀어 넣고 키스해 줘."

"쟤는 무시해," 조너스가 말했다.

"아 잠깐만," 내가 조너스에게 말했다. "짧게 수영할 시간은 되겠어. 잠시만." 나는 뛰어가서 수영복으로 갈아입고 나왔다. 내가 돌아오니 조너스는 이미 헤엄쳐서 저만큼 나가 있었다. 나는 물에 뛰어들어 뒤따라갔다. "미안, 저 인간은 형편없는 멍청이야."

"저 나이대 남자애들은 다들 머릿속에 한 가지 생각밖에 없어," 조너스가 말했다.

내가 웃었다. "너는 참 희한해."

"멋진 여름이었어, 엘. 고마워," 조너스가 내 앞에서 물살을 가르고 나가면서 말했다.

"나도 즐거웠어," 내가 말했다. "마지막으로 시합 한판 할까?"

"내가 늘 이기는데 시합은 무슨 시합," 조너스가 말했다. "물론 네가 한 뼘 정도 더 빠르다는 것은 인정."

"웃기지 말고," 내가 웃었다. "나는 주 대표잖아."

"하나, 둘, 셋 하면 물속으로?"

나는 고개를 끄덕였다.

우리는 물속으로 들어간 다음, 숨을 참았다. 그때, 아무 생각도 없이, 나는 그를 끌어당겨 키스를 했다.

조너스가 떠난 다음, 나는 콘래드와 한바탕을 했다. "왜 그따위로 구는 거야?"

"뭘?" 콘래드는 만화책을 넘기면서 잔뜩 불어 있는 시리얼을 먹고 있다. 입가로 우유가 흘러나온다. 나는 우유가 하얀 땀처럼 턱과 목을 타고 내려가는 것을 지켜봤다.

"돼지 새끼처럼."

"너도 12살짜리 애와 어울려서는 안 되는 거지."

"네가 상관할 일은 아니야."

"역겨워서 그렇지."

"네가 무슨 상관이야?"

"나는 상관 안 해," 콘래드가 말했다. "네가 가족을 부끄럽게 만들고 있는 거지." 그가 일어나더니 내 얼굴을 응시했다. "네가 걔를 꼬신 거지?"

엄마와 애나는 집을 지나쳐서 차 쪽으로 가고 있었다. "사야 할 물건 목록에 콩도 넣어," 엄마가 하는 말이 들렸다. "얇게 저민 스테이크도. 아 참, 버번도 다 떨어졌어."

"손가락을 집어넣게 해줬어?" 콘래드가 말했다.

나는 그에게 대들었다. "너랑 같이 있는 것 자체가 부끄러워," 내가 말했다. "너는 이 집안의 수치야. 내가 아니라."

"아니, 맞아."

"솔직히, 여기선 아무도 너를 좋아하지 않아. 여드름이 잔뜩 난 역겨운 얼굴로 변태 새끼처럼 엉큼하게 기어서 돌아다니기나 하고. 왜 네 엄마한테 돌아가지 않는 거야? 아 맞다," 내가 말했다. "네 엄마도 너를 싫어하지."

콘래드의 얼굴이 시뻘게졌다. "거짓말하지 마."

"거짓말이라고? 그럼 네 엄마 전화번호 뭐야? 전화해서 물어보자." 나는 까만색 다이얼 방식 전화기 있는 데로 가서 수화기를 들었다. 책꽂이에는 중요한 번호를 따로 적어 압정으로 꽂아 놓은 종이가 있었다. 나는 그 종이를 쭉 훑어 내려가다가 번호를 찾아냈다. 전화를 걸었다. "신호 가네."

"좆까 씨발." 콘래드가 이렇게 말하고는 뛰어나갔다. 울고 있었다.

"양아치 새끼!" 나는 그의 등에 대고 소리쳤다.

내 손에 들린 수화기로 멀리서 쇳소리 같은 목소리가 들려왔다. "여보세요? 여보세요?" 누군가 말을 했다. 나는 수화기를 내려놓았다.

콘래드에게 심하게 한 일에 대한 보복은 금방 찾아왔다. 눈꺼풀이 가려운 증상으로 시작되었다. 목도 부어올랐다. 늦은 오후쯤 되니 얼굴에 온통 물집이 생겼다. 눈을 뜰 수가 없었다. 의사 말로는 이렇게 덩굴옻나무 독에 감염되는 경우는 딱 하나라는 것이다. 피크닉 가서 누가 덩굴이 잔뜩 감겨 있는 나무를 모닥불 속에 집어넣는데, 연기가 오는 쪽에 앉아 있다가 연기에 섞인 독성 기름이 귀와 입과 코로 들어오는 경우. 엄마는 나를 위해 어두운 팬트리에 간이침대를 설치했다. 칼라민 로션을 듬뿍 바른 무명천으로 내 얼굴과 목도 덮어줬다. 나는 〈벤허〉에 나오는 나병환자처럼 보였다. 엄마가 캐모마일 차와 빨대를 갖다줬다. 침대 옆에는 얼음물 한 대접을 놔줬다. 마시는 것도 고역이었다.

거실에서는 다들 포커 게임을 하고 있었다. 나무칩이 항아리로 들어

가는 소리가 들렸다. 애나와 레오는 누가 블러핑을 더 잘하는지를 놓고 말싸움을 하고 있었다. 엄마가 웃고 있다. 콘래드도 웃고 있다. 무명천이 말라서 상처에 들러붙었다. 나는 소리쳐서 부르려고 했지만 목소리가 나오지 않았다. 더 큰 웃음소리. 내가 발로 바닥을 쾅쾅 치자 마침내 누가 찾아왔다.

"엄마?"

"엄마가 나더러 가보라고 했어." 콘래드였다.

"엄마 좀 불러줘!" 내가 속삭였다. "붕대가 들러붙으니."

"알았어." 그는 말은 그렇게 하더니 가지도 않고, 침대 가장자리에 앉았다. 내 목구멍에서는 공포가 거품처럼 끓어올랐다. 여기 이렇게 손쓸 수 없이 누워서, 이제부터 일어날 일을 받아들일 수밖에 없다.

"엄마 불러오라니까!" 내가 꺽꺽대며 말했다. 그가 나를 뚫어져라 보고 있는 게 느껴졌다.

"자," 그가 말했다. 그가 내 얼굴에 붙은 무명천을 부드럽게 벗겨내더니, 적신 무명천을 덮어줬다. "엄마 데려올게."

애나가 소리쳤다. "콘래드, 네 차례야!"

"지금 가!" 그러면서도 그는 움직이지 않았다. "책이라도 읽어줄까?"

"그냥 엄마나 데려와."

그가 일어섰다. 모래가 있는 나무 바닥 위를 왔다 갔다 하는 그의 발소리가 들렸다. 나는 그가 갈 때까지 기다렸다.

"콘돔은 미안해." 마침내 그가 입을 열었다. "왜 그랬는지 나도 모르겠어."

"다른 사람들이 다 너를 싫어하길 원하니까."

"그건 아니야."

"그게 아닌데 왜 늘 바보처럼 구는 거야?"

"나를 미워하지 않았으면 좋겠어," 그가 조용히 말했다.

"그런 말 하기는 이미 늦지 않아?" 애나가 문에서 말했다. "내 동생 좀 그만 괴롭혀, 콘래드."

"괜찮아," 내가 말했다.

"너 지금 눈을 못 뜨니까 쟤가 저기서 변태처럼 너한테 치근덕대고 있는 게 안 보여서 하는 소리지."

콘래드가 얼어붙는 게 느껴졌다.

"빨리 와, 사랑꾼, 다들 기다리고 있잖아."

"그만해, 애나," 내가 말했다. "나를 괴롭히지는 않았어."

"알았어," 그녀가 말했다. "너만 골치 아파지는 거니까. 그리고 콘래드, 지금 안 오면 너 빼고 할 거야."

"금방 갈게," 그가 말했다.

"그건 정말 싫었어," 나는 잠시 끊었다가 말을 이었다. "그리고 나도 네 엄마에 대해 했던 말은 진심으로 사과할게."

콘래드가 내 침대 옆에 앉았다.

14

1982년 1월, 뉴욕

나는 침대에 올라가서 기다렸다. 책이 잔뜩 진열된 우리 아파트 복도를 따라 스타킹을 신은 엄마가 걸어와 내 방 앞에서 멈추는 기척이 들렸다. 엄마는 신발을 신고 있을 것이다. 양말만 신고 다니다 보면 오래된 마룻바닥에서 쪼개져 나온 나뭇조각에 찔리기 십상이다. 홀을 뛰어가다가 미끄럼이라도 타면 가느다란 나무 조각이 핀셋으로는 뽑아낼 수 없을 만큼 예리하게 발바닥에 깊이 박힌다. 내 발바닥에도 여기저기 흉터가 엉망이다. 이제 나는 혼자 치료할 정도가 되었다. 성냥을 켜고, 바늘 끝이 빨갛게 될 때까지 달군 다음, 살 속에 나무가시가 박힌 검은 부분을 찢고, 후벼 파내면 된다.

엄마가 내 방을 지나가면서 복도의 불을 다 껐다. 엄마는 전기 낭비를 극도로 싫어한다. 나는 엄마 침실 문이 닫히는 소리가 들릴 때까지 기다렸다. 거실에 있던 레오가 책을 덮고, 오래된 명나라 도자기 스타일의 꽃병 램프에 달린 줄을 잡아당겨 불을 끈 다음, 나무로 만든 묵직한 안락의자를 뒤로 밀어내며 일어섰다. 그들의 침실 문이 열리고, 이번에는 더욱 굳게 닫힌다. 잘 자라는 낮은 목소리가 들리고, 침실 안 화장실에서 물 내려가는 소리가 들리고, 자기로 만든 세면대 가장자리에 플라스틱 비누통이 부딪히는 부드러운 소리가 들린다. 나는 몇 분 동안 기다렸다. 레오가 침대에 몸을 올려놓을 때 나는 소리에 귀를 기울였다. 내 호흡은 가빠졌다가 가라앉았다. 나는 면으로 만든 내 이불의 사각거리는 소리를 들었다. 기다렸다. 또 기다렸다. 사방이 고요해졌다. 조심스럽게 소리 내지 않고 침대에서 나와서 방문을 천천히 열었다. 여전히 고요하다. 나는 칠흑처럼 어두운 복도로 나와서 형광등 스위치를 더듬어 찾아서 다시 불을 켰다. 기다렸다. 아무 일도 없었다. 두 분 다 잠이 들었거나, 피곤해서 간섭하기 싫은 모양이다. 나는 내 방문을 닫고 다시 침대로 올라와 이불을 목까지 올려 덮었다. 나는 내가 할 수 있는 걸 다 했다. 복도에 불이 켜져 있으면 좀 더 안전하다.

10월의 어느 날 밤, 그러니까 케이프에서 지내다 돌아온 지 한 달쯤 되었을 때, 나는 뭔가에 놀라서 깊은 잠에서 깼다. 허벅지에 바람이 느껴졌던 까닭이다. 이불을 발로 차서 그런가 싶었지만, 다시 덮으려고 손을 더듬다가 잠옷이 위로 돌돌 말려 올라와서 다리와 배와 가슴까지 드러나 있는 걸 깨달았다. 그리고 내 팬티 주변은 온통 축축했다. 생리가 일찍 찾아오긴 했다. 나는 손을 잠옷에 비벼 닦은 다음 화장실에 가려고 일어나려다 문득 한 가지 생각이 스치고 지나갔다. 피가 배어 나온 흔적도 없고, 손을 닦을 때 손에도 없었다. 당황해서 코에다 손을 가져다 대봤다. 처음 맡는 강하고 역한 냄새가 났다. 끈적거리는 죽 같은 느낌. 그때야 나는 내 벽장 안에서 뭔가 움직이는 걸 발견했다. 누군가 거기, 그 어둠 속에 숨어 있었다. 얼굴은 보이지 않았지만, 어둠에 대조되는 흰 살색의, 아직 발기한 상태의 페니스가 보였다. 그는 페니스를 쥐어짜고 있었고, 마지막으로 남아 있던 정액이 끄트머리에 달려 있었다. 나는 놀라서 얼어붙었다. 숨쉬기조차 무서웠다. 지난 석 달 동안 우리 마을에서 네 명의 여자가 강간을 당한 뒤 살해된 상태로 발견되었고, 아직 살인자를 잡지 못한 때였다. 가장 최근의 희생자는 18살밖에 안 된 나이였다. 온몸은 발가벗겨지고 양손은 뒤로 묶인 채 강에 떠 있는 상태로 발견되었다. 나는 조심스럽게 그리고 천천히 다시 누웠다. 그는 내가 자기를 보지 못했다고 생각하고, 나를 해치지 않고 도망갈지도 모른다. 나는 눈을 꼭 감고 기도했다. 제발 그냥 가라. 제발 그냥 가라. 소리 지르지 않을 테니. 아무한테도 말하지 않을 테니. 나는 아무 소리를 내지 않았지만 속으로는 온통 비명을 질렀고, 견딜 수 없는 공포가 밀려들었다. 몇 분쯤 지났을까? 마침내 움직이는 기척이 있었다. 내 방문이 열렸다. 나는 그가 나갔는지 확인하려고 실눈을 떴다. 방문이 닫히려는 순간, 콘래드가 뒤를 돌아봤다.

2월

문밖에서 마룻바닥이 삐걱거리는 소리가 들린다.

"엘?" 콘래드가 내 이름을 부르면서 내가 자는지 확인한다. "엘, 자?"

그는 방문을 열고 들어와 어둠 속에서 내 침대 옆에 섰다. 몇 초쯤 지난 뒤, 그는 몸을 숙이고 내 잠옷을 허벅지까지 끌어 올린 다음, 바지의 지퍼를 열고 자기 몸을 주물렀다. 낮고 끈적한 신음. 나는 가만히 누워서, 침을 삼켰다. 움직여서는 안 된다. 잠들어 있는 체해야 한다. 콘래드는 자기가 밤에 내 방에 들어오는 걸 내가 모른다고 생각한다. 그가 나를 뚫어지게 쳐다봤다. 자위를 한다. 그는 내가 자신이 하는 짓에 대해서는 전혀 모르고 자고 있다고 생각한다. 나도 차라리 수면제라도 먹는 게 나았을 것이다. 내가 알고 있다는 것을 그가 알아차리지 말아야 한다. 이렇게 내 방에 찾아오는 것을 혼자만의 비밀로 가지고 있어야 나도 아무렇지 않은 듯 가족들이 모인 저녁 식사 자리에 같이 있을 수 있고, 그의 방을 지나서 화장실에 갈 수도 있다. 나로서도 아무 일도 안 일어난 셈이 되니까. 물론 첫날 밤에 공포에 질려 얼어붙지만 않았다면 소리치고 비명을 질렀을 것이다. 그러나 그렇게 되면 일이 다 드러나게 되고, 수치스러움과 더러움도 감수해야 한다. 그날 밤 내가 깼을 때, 그는 이미 자위 후에 내 팬티에 사정을 한 뒤였다. 그의 페니스 끄트머리도 봤다. 이건 소리 지른다고 없던 일이 되는 게 아니다. 우리 식구 전부 그 역겨운 장면을 기억하며 살아야 한다. 나는 더럽혀진 자로 영원히 동정을 받으며 지내야 하고. 그래서 나는 고자질하기보다는 혼자 이 수치를 감수하며 살고자 한다.

내가 침묵을 지키면 그를 보호하는 꼴이 된다는 걸 나도 알고 있다. 그러나 나를 보호하는 일이기도 하다. 콘래드는 들키는 걸 두려워한다. 아빠가 알게 되어 영원히 쫓겨나는 것 말이다. 이게 내가 가진 힘이기도 한 셈이다. 그가 너무 가까이 다가올 때면 나는 깨는 시늉을 하고, 그러면 그는 안 들키려고 물러난다. 그가 쥐구멍에 기어들어 가면 나는 안전하다. 물론 다시 잠들지는 못한다.

3월

레오와 콘래드가 다투고 있었다. "아 빌어먹을," 레오가 소리쳤다. "나는 도무지 이해할 수가 없어. 도저히…." 벽을 쿵쿵 치는 소리가 들렸다. "정말 수치스러워," 레오가 소리 지른다. "알아먹었니? 알아먹었냐고?"

"아빠, 제발."

"이 방이나 정리해." 부서지는 소리가 들리고, 발로 차는 소리도 들렸다.

베이비시터 일을 마치고 방금 집에 돌아온 나는 소변이 급했다. 나는 복도 쪽을 쳐다봤다. 콘래드의 방문이 활짝 열려 있었다. 내가 엿들었다는 사실을 알면 그는 분명 당황하겠지만, 화장실에 가려면 좌우지간 그의 방을 지나가야 한다. 나는 소지품을 내려놓고, 옷걸이에 코트도 건 다음, 안 들키기를 바라면서 발끝으로 걸어서 복도를 지나갔다.

"아빠, 제발요. 해봤다니까요. 그런데 안 되는 거예요."

"뭐가 안 된다는 거야?" 레오가 고함을 쳤다. "아이오와주의 수도가 디모인이라는 게 안 돼? 로켓 과학도 아니고, 그냥 지리잖아? 너 한 번만 더 낙제하면 퇴학이야. 알고 있어?"

"알아요."

"재시험도 없어."

"일부러 떨어진 게 아니잖아요. 아빠." 콘래드가 열받은 듯이 말했다. "그냥 나는 그걸 못하는 거예요."

"지리를 못 한다는 게 말이 되냐? 그건 게으른 거야."

"아니죠." 콘래드의 목소리가 갈라졌다.

"내가 거짓말한다는 거야?"

"아니, 제 말은…."

레오가 몰래 지나가려던 나를 발견했다. "엘리너에게 가정교사 좀 해달라고 해. 쟤는 이번 학기에 전부 A를 받았어. 엘리너, 이리 좀 와 봐라."

나는 멈춰 섰지만, 들어가지는 않았다.

"쟤 도움은 필요 없어요." 콘래드가 말했다. "더 잘할 수 있어요. 믿어주세요."

"네 여동생은 진취적이라서 잘하는 거야. 늘 열심히 공부하고, 우리가 기대하고 있다는 것도 잘 알고 있으니까."

"내 여동생은 아니죠." 콘래드가 말했다. 나를 쳐다보는 눈에 독기가 담겨 있다.

"화장실이 급해요." 내가 말했다.

"레오?" 엄마가 아파트 저 어디선가 그를 불렀다. "마실 거라도 줘?"

나는 눈을 감고 있지만 콘래드의 축축한 숨결은 느낄 수 있다. 그는 살아 있는지 살펴보기라도 하려는 듯이 내 얼굴에 얼굴을 바짝 붙이고 살피는 중이다. 나는 숨을 고르고 천천히 뱉는다. 그는 더 가까이 몸을 숙이더니 내 머리칼을 만졌다. 나는 움찔하며 깨려고 시늉한다. 그가 손을 치우더니 어둠 속으로 숨어 들어간 뒤에 내가 다시 움직이는지 보면서 기다렸다. 나는 옆으로 돌아누워 자세를 다시 잡았다. 그를 불안하게 만드는 것으로 충분하다. 그가 나가면서 내 귀에 겨우 들릴 만큼 아주 작게 무슨 말을 중얼거렸다. 하지만 들리긴 들렸다. "언젠가는 네 몸 안에 실제로 집어넣을 거야." 그렇게 속삭였다. "임신시켜 버릴 거야. 그때가 되면 누가 너를 착한 아이라고 생각할지."

목구멍으로 구토가 올라왔지만 눌러 삼켰다. 움직이면 안 된다.

4월

진료소는 여자들로 가득했다. 나이 많은 여자부터 젊은 임산부까지. 내 맞은편에는 푸에르토리코 여자애 세 명이 앉아 있었다. "어, 예쁜 아가씨." 그중 한 명이 놀렸다. "남자친구 생겼어?" 그러자 다른 두 명이 웃었다. 나는 내가 앉아 있는 플라스틱으로 만든 오렌지색 의자를 쳐다보기만 했다.

밖에는 눈이 내리고 있어서 나온 지 얼마 안 된 벚꽃이 다 시들게 생겼다. 내가 신은 하이킹 부츠도 눈에 다 젖었다. 지하철에서 이곳 무료 진료소까지 쏟아지는 눈발을 헤치고 걸어오면서 나는 거의 정신을 잃을 지경이었다. 아무튼 지금 여기 도착했고, 내가 쥐고 있는 분홍색 번호표의 번호가 불리길 기다리고 있다. 배스킨라빈스 매장에라도 온 것처럼 말이다.

간호사는 한 번에 다섯 명씩 부른다. 나는 엄마가 쓰는 편지지에 내 피임을 허락한다는 내용을 적고 엄마 사인을 위조해 만든 위임장을 간호사에게 건넸다. 나는 15살밖에 안 되었으니까. 간호사는 위임장에는 눈길도 안 주고, 비슷한 내용이지 싶은 위임장 더미 위에 올려놓았다. 그 푸에르토리코 여자애들과 임신한 여자 한 명과 같이 커튼이 쳐진 곳으로 들어갔다. 상담사가 우리에게 피임의 위험성이나 입양하는 방법 등에 대해 설명하더니 임신 테스트기를 나눠줬다. 임신한 여자는 시간 낭비라고 말했지만, 간호사는 정해진 규정의 일부일 뿐이라고 설명했다. 세 명의 여자애가 계속해서 음탕한 눈으로 나를 쳐다봤다. "금발 아가씨, 뭐가 문제야? 아빠가 병원비 못 주겠다고 그래?" 나는 테스트기를 들고 화장실에 가서 테스트기에 대고 소변을 봤다.

엄마는 오늘 내가 베키와 같이 〈빅터/빅토리아〉*를 보는 줄 알고 있다. 팝콘이랑 음료수 사 먹으라고 돈까지 줬다. 나는 엄마에게 사실대로 말하고 나를 도와 달라고 애원하고 싶었지만, 도저히 그럴 수가 없었다. 엄마 마음이 찢어질 거고, 결혼생활은 그대로 끝날 테니까. 엄마는 레오와 함께 살면서 몹시 행복한 상태이고, 나는 엄마보다 강하니 이 모든 걸 견딜 수 있다. 이건 내가 알아서 짊어져야 하는 짐이다. 내가 콘래드에게 잘해준 바람에 방문을 열어준 셈이다. "너만 골치 아파지는 거니까." 덩굴옻나무 독에 걸려 앓던 그날 밤 애나는 그렇게 말했다. 그 말이 맞았다. 이제 나는 세상 어디를 가더라도 콘래드의 몸무게와 그 축축한 숨결과 냄새나는 손과 끔찍하게 생긴 길쭉한 살덩어리에

---

* 빅터/빅토리아 Victor/Victoria — 1982년에 나온 뮤지컬 코미디 영화

시달리며 살아야 한다.

 우리는 안내실을 지나서 옷 갈아입는 방으로 들어갔고, 종이로 만든 일회용 옷을 건네받았다. "옷은 다 벗어요. 신발은 신고." 간호사가 우리에게 말했다. 얇은 종이옷에 두꺼운 겨울 부츠를 신은 여자들이 긴 벤치에 한 줄로 앉아 차례를 기다렸다. 두 시간이 지나서야 간호사가 내 이름을 부르더니 검사실로 데려간다.
 의사는 입에 마스크를 하고 있었다. 얼굴을 보이지 않고, 흐트러진 눈만 보였다.
 "환자더러 검사대 위에 올라가서 발걸이에 발을 집어넣으라고 하세요." 그가 간호사에게 말했다.
 "그냥 피임약만 받으면 돼요." 내가 말했다.
 그가 간호사에게 말했다. "검사하기 전에는 약 처방을 할 수 없다고 설명하지 않았어요?"
 간호사는 고개를 끄덕이면서 나를 향해 인상을 썼다. "했어요, 선생님. 저분도 양식에 사인까지 했고."
 검사대 위에 올라가는데 옷이 찢어졌다. 내 벗은 몸을 드러내지 않고 탈의실까지 돌아갈 수 있을까? 내가 눕자 간호사가 내 젖은 부츠를 쇠로 된 발걸이에 집어넣었다. 방은 더운데 몸이 계속 떨리는 건 어쩔 수가 없다.
 누군가 방문에 노크를 했다.
 "들어와요." 의사가 말했다.
 흰 가운을 입은 젊은 아시아 남자가 들어왔다.

"우리 피임법을 연구하려고 교토에서 온 의대생이 있어요. 같이 봐도 괜찮죠?" 의사가 말했다. 그가 내 눈에 담긴 공포 따위는 무시하고, 그 남자에게 검사대 가장자리로 오라고 손짓을 했다. 그 남자에게 마스크를 건넨다.

그 남자는 내게 형식적인 인사를 하더니 양팔을 자기 옆에 붙인 채 내 다리 사이로 머리를 집어넣고 질을 응시했다.

"흥미롭네요." 그가 말했다. "질 입구 주름이 아직 그대로 있어요."

"그렇네요." 의사가 대답한다. "좀 차가울 거예요."

15

1982년 11월, 뉴욕

창문으로 비가 세차게 부딪친다. 내 방은 봉인된 무덤 같다. 하품을 하고 침대에서 일어나 앉아서 안쪽 마당을 내려다봤다. 폭우가 마당 가운데 네모난 호수를 만들었다. 그 표면으로 방수 처리된 종이컵이 휙 지나가더니, 해파리 꼬리 같은 비닐 랩이 그 뒤를 따라간다. 시계를 쳐다봤다. 1교시에 역사 과목 시험이 있어서 아침 7시 45분까지 암기를 끝낼 수 있도록 6시에 알람을 맞춰 뒀다. 알람 소리를 못 들었다는 사실이 새삼 가슴 서늘하다. 방을 돌아다니면서 백팩에 이것저것 챙겨 넣고, 암기한 내용을 소리 내어 반복한다. 인지 조례 의회*, 대표자 없는 과세, "총성이 온 세상에 울려 퍼졌다"** 등등. 바닥에 던져뒀던 옷

---

* 인지 조례 의회 — 영국 의회가 아메리카 식민지에 부과한 최초의 직접세인 인지세에 항의하기 위해 식민지 대표들이 1765년 10월 뉴욕에서 개최한 의회

** "총성이 온 세상에 울려 퍼졌다The shot heart round the world" — 이 관용구는 통상 미국 독립전쟁의 서막인 1775년 4월 19일 렉싱턴과 콩코드에서 전투가 개시될 때의 총성을 가리킨

가지를 주워 입고 현관문까지 나왔을 때 피임약이 생각났다. 내 방으로 다시 돌아와서 옷장 안쪽, 낡은 스케이트화 안에 숨겨 놓은 타원형 용기를 꺼내 피임약을 삼켰다.

내가 약을 먹기 시작한 그 주부터 콘래드는 내 방에 찾아오지 않았다. 처음에는 타이밍 때문이라고 생각했다. 내가 진료소에 갔다 온 지 엿새가 지났을 때 콘래드는 자기 엄마와 괴짜 로즈메리와 함께 보내려고 멤피스로 떠났다. 나는 로즈메리는 못 본 지 3년이 넘었는데, 아마 지금쯤이면 그리스도의 신부가 되어 있지 않을까 싶었다. 콘래드가 가고 나서 처음 몇 주 동안 나는 잠들지 않으려 애를 쓰면서 침대에 누워 마룻바닥 삐걱거리는 소리와 그의 옷이 사각거리는 소리, 바지 지퍼 내리는 소리를 기다렸다. 그러나 아무 일도 일어나지 않았다. 마법을 부리는 약이라도 먹은 듯했다.

멤피스에서 돌아온 콘래드는 사람이 달라져 있었다. 행복해 보였다. 여행이 무척 좋았던 것이다. 그의 엄마가 6월에 다시 멤피스로 와서 여름 내내 같이 지내자고 했다는 것이다.

"외삼촌이 사는 뉴멕시코까지 차로 갈 거예요." 저녁 먹으면서 그가 우리에게 말했다. "로즈메리 말로는 멤피스에서 산타페까지 정확히 999마일이래. 1마일을 다른 길로 돌아서 1,000마일에 맞추려고."

"멋지네." 레오가 말했다. "제프 삼촌 말이지?"

"네."

다.

"아직 스튜어디스랑 살고 있나?"

"린다."

"맞아. 머리숱이 많았지."

"이혼했어요." 콘래드가 말했다.

"네 엄마가 린다를 못마땅하게 생각했지. 돈 보고 결혼한 여자라고. 정형외과 의사랑 결혼하는 게 땡잡은 수준까지는 아닌데 말이다." 레오가 으깬 감자를 크게 한 숟가락 떠서 자기 접시에 놓았다. "누가 버터 좀 건네줘."

콘래드는 외모도 달라져 보였다. 셔츠 단추를 목젖까지 잠그는 버릇이 있어서 늘 연쇄 살인범 같은 분위기였는데, 이젠 그러지 않았을 뿐 아니라 화장실에 엄마가 둔 비듬 제거 샴푸까지 쓰기 시작했다. 학교 레슬링 대표팀에도 들어갔다. 학교에서는 좋아하는 여자애도 생겼다. 이름은 레슬리. 학기 중에 전학 온 2학년.

6월이 되어 콘래드가 여름을 보내기 위해 테네시주로 떠나기 전에, 콘래드와 레슬리, 나, 이렇게 셋이서 〈E.T.〉를 봤다. 불 꺼진 영화관에 앉아 팝콘을 먹으면서, 영화 속에 나오는 작은 아이가 손가락으로 의사소통하는 장면을 보고 있는데, 이제 모든 게 정상으로 되돌아가는 듯했다.

이제 6개월 이상 지났지만, 더 이상 방문을 가만히 두드리는 소리, 내 침대 옆에 서 있는 어두운 그림자, 속삭이듯 위협하는 말도 없다. 자기 엄마와 로즈메리와 함께 여름을 지내면서 자신이 얼마나 역겨운 변태인지 깨달은 것인지, 아니면 레슬리와 서로 충분히 애무를 하기 때문인지, 내가 먹는 호르몬제 때문에 내 몸에서 나는 냄새가 달라져서 그런 건지 정확히 알 수는 없지만, 좌우지간 피임약이 효과가 있는 셈이다.

나는 학교까지 여덟 블록을 뛰어갔다. 우산 위로 비가 쏟아졌고, 더러운 물웅덩이를 지날 때 물이 발목까지 튀었다. 이 시험은 낙제할 듯하다. 폴 리비어*가 왜 중요한 사람인지 그 이유가 생각나지 않았다.

12월

"우리 딸 여기 있었네." 엄마가 벨벳으로 만든 묵직한 무대 커튼을 밀고 들어오더니, 비올라 파트 쪽 비어 있는 접이식 의자에 풀썩 앉으며 말했다.

"여기로 오시면 안 돼요." 내가 말한다.

"콘서트가 아주 멋졌어." 엄마는 내 말은 완전히 무시하며 말했다. "지휘자가 리듬감이 전혀 없긴 했지만. 이 정도 입장료를 받으려면 학교에서 좀 더 음악적으로 재능이 있는 지휘자를 고용해야 해."

"엄마!" 나는 엄마에게 화난 표정을 지으면서 입 모양으로 '조용히 좀 해요'라고 말했다. 학교 오케스트라 단원 중 아직 절반 이상이 무대 뒤에서 악기를 정리하고 있다. 우리 지휘자인 셈플 씨는 오보에 주자와

---

* 폴 리비어 Paul Revere(1735–1818) — 은세공사이며, 1775년 4월 18일 밤새도록 말을 달려 영국군의 진격을 재빨리 알린 인물로 유명하다.

이야기를 하느라 바로 옆에 서 있다.

"지휘자에게 내가 한마디 해야겠어. 자기가 박자를 놓치고 있다는 걸 모르나 봐."

"한마디만 해봐, 내가 가만있지 않을 거야." 나는 플루트를 분해해서, 흰 손수건을 소지봉 끝에 맨 다음, 은빛 파이프 속으로 밀어 넣었다. 바로 세우니까 플루트 머리 부분에서 침이 흘러내렸다.

"너는 브란덴부르크 5번을 연주할 수 있는데 4번의 일부를 연주하는 이유가 뭐냐?" 엄마는 지갑에서 입술 크림을 꺼내 입술에 발랐다. "아무튼, 엘리너, 네가 이 콘서트의 주인공이었다. 네가 한 피콜로 독주는 〈호두까기 인형〉에서 내가 가장 좋아하는 부분이야. 그 빠르게 움직이는 스케일 연주 말이야. 바다 바다 바다 바 … 브럼, 바 바 바드라드라드 블럼-파," 엄마는 목청껏 노래를 불렀다.

"엄마 제발, 이제 그만." 나는 플루트와 피콜로를 백팩에 밀어 넣었다.

"바순은 무슨 굳은 우유 같은 소리가 나더라."

레오와 콘래드는 강당 밖 로비에서 우리를 기다리고 있었다.

"브라보!" 레오가 소리쳤다. "이제 아주 멋진 플루트 연주자가 되었네, 아가씨." 그가 콘래드를 돌아보며 말했다. "네 생각은 어때?"

"좋았어요."

"그게 다야? 내가 보기에 엘은 엄청나다."

"제가 클래식 쪽에는 관심이 없어서."

내 친구들이 축하하러 뛰어오더니 흥분한 듯 재잘거린다. "야, 너무 멋있었어 … 이렇게 잘할 줄 누가 알았냐 … 고생했지?" 물론 나는 친구들을 좋아하지만 애네들이 내가 관악기 연주하는 걸 보러 온 게 아니라, 학교에서 제일 잘생긴 남자애 제프 포터가 오케스트라 팀파니 치는 모습을 보러 왔다는 것 정도는 나도 알고 있다.

우리가 모여 있는 곳으로 콘래드가 다가왔다. "안녕," 그가 내 친구들에게 인사를 건넸다. "반가워," 그가 내 어깨 위로 손을 얹으며 말했다. "나는 엘의 오빠, 콘래드라고 해."

"의붓오빠지," 내가 말했다.

1983년 1월 1일, 뉴욕시

이제 만두 하나만 더 먹어도 배가 터질 듯하다. 우리는 차이나타운에 있는, 사람들로 붐비는 딤섬 집, 커다란 원형 테이블에 앉아 있다. 엄마와 레오는 술에 취해서 다른 사람들에게 살짝 성가실 지경이 되었다. 쇠로 만든 커다란 스팀 카트를 모는 웨이터가 식당 안을 돌아다니며 테이블마다 정확히 뭔지 알 수 없는 음식이 담긴 하얀 그릇을 내려놓고 있다. 담배 연기와 땀과 소음이 뒤섞여 공기가 탁하다. 웨이터가 엄마 앞에 맥주 한 병을 내려놓자 엄마는 병째로 마신다.

"해장술이야," 엄마가 말했다. "술을 끊겠다고 다짐했는데 24시간도 안 되어서 깨트리는구나."

나는 애나를 쳐다보며 신음한다. "배가 너무 불러."

"야," 애나가 말한다. "나는 무슨 진드기가 된 느낌이야."

애나는 대학을 다니다가 집에 와 있다. UCLA 1학년이다. 예전에 애나가 쓰던 방을 콘래드가 쓰고 있기에, 그녀는 겨울 방학 동안 내 방에서 같이 지내는 중이다. 엄마가 접이식 침대를 갖다줬지만, 매트리스는 울퉁불퉁하고, 가운데 부분은 얇아서 그 아래 쇠로 된 가로대가 느껴질 정도였다. 그래서 나는 내 침대를 애나에게 내주었다. 밤이면 우리는 잠에 곯아떨어질 때까지 같이 누워서 수다를 떨었다. 그녀의 기숙사에 방문했을 때 처음으로 애나가 내게 자기 비밀을 털어놓은 이후로 우리는 친구가 되었다.

"포크번 좋아하는 사람?" 레오가 카트에서 두 접시를 집었다. 콘래드가 하나를 받으려 하지만 레오는 주지 않는다. 요즈음 레오가 살이 많이 찐 까닭이다. "로즈메리, 먹을래?"

로즈메리는 연휴에 우리와 같이 지내려고 와 있다. 여전히 소심하고, 탁하고 지저분한 금발 머리를 하고 있다. 나이에 비해 덩치는 작다. 14살이지만 레이스가 달린 갈색 신발에 주름 잡힌 울스커트를 입었다. 자기 엄마가 입혀주는 대로 입는 모양이다. 그녀는 크리스마스에 여기 오고 싶어 하지 않았지만, 레오가 강하게 밀어붙였다. 그는 지금 자기 자식 두 명이 같이 있는 게 무척 행복해 보이지만, 엄마는 술에 완전히 취한 듯하다. 계속해서 슈퍼마켓에 가자고 말하는 중이다. 크리스마스 때 로즈메리는 우리 각자에게 그레이스랜드*에서 사 온 서로 다른 모양의 세라믹 종을 선물했다. 레오는 색소폰으로 캐럴을 연주했고 우리

---

* 그레이스랜드Graceland — 로큰롤 황제 엘비스 프레슬리 생가로, 나중에 엘비스 프레슬리 기념박물관이 되었다. 멤피스에 있다.

모두 노래를 불렀다. 그때 로즈메리가 불쑥 〈룰리, 룰레이〉*를 독창해도 되겠냐고 나섰는데, 내 귀에는 누가 피리를 부는 소리 같은 곡이었다. 로즈메리는 눈을 감고, 가사 한 줄 한 줄 음미하며, 음악에 맞춰 몸을 앞뒤로 움직이며 불렀다. 어느 대목에 이르자 눈물이 그녀의 뺨을 타고 흘러내렸다. 애나가 내 허벅지를 하도 세게 꼬집는 바람에 비명을 지를 뻔했다.

"걔는 그동안 전혀 자라지 못한 것 같아," 그날 밤 침대에 같이 누워 이야기하면서 애나가 말했다. "피부는 속이 다 보일 정도로 투명하고. 이게 다 종교 때문일 거야."

"여름 계획에 대해 얘기 좀 하자, 로즈메리," 레오가 입을 열었다. "올해 여름에는 우리랑 한동안 같이 지냈으면 좋겠다. 다들 너를 보고 싶어 했어."

나는 엄마가 마음속으로는 레오의 발을 걷어차고 싶어 한다는 걸 느꼈지만, 엄마는 로즈메리에게 미소를 보이며 그랬으면 좋겠다는 듯 고개를 끄덕이더니, 맥주를 다 비운 다음, 웨이터를 향해 손을 흔들었다.

"아뇨, 안 돼요. 6월에 밴드 캠프가 있어요," 로즈메리가 말했다. "그리고 나서 엄마랑 레이크플래시드**에 가기로 했고."

"레이크플래시드에 간다는 말은 엄마가 나한테는 안 했는데," 콘래드

---

* 〈룰리, 룰레이〉Lully, Lullay — 영국 코번트리 캐럴로서, 신약성경 〈마태복음〉에 나오는 헤롯왕의 무고한 영아 살해 사건을 노래한다.

** 레이크플래시드Lake Placid — 뉴욕주 동북부, 플래시드 호수 남쪽에 있는 휴양지

가 말했다.

"여자들만 가는 여행이야. 오빠는 초대 안 했어."

콘래드가 그녀의 접시에 놓인 포크번을 포크로 찍어서 집더니 베어 물었다. 흰 밀가루 틈새로 갈색 육즙이 흘러나왔다.

"먹고 싶어서 그러는 거 맞지, 콘래드?" 레오가 물었다.

2월

운동장에는 아직 아이들이 많았다. 바깥 날씨는 차고, 해가 지려는 데도, 내가 수업 마치고 베이비시터 아르바이트를 하는 집의 슈트라우스 부인은 5살 난 페트라를 공원에 데리고 가서 바깥 공기를 마시게 하라고 우겼다. 내 손은 동상에 걸려 있고, 내 코는 떨어져 나갈 듯한 걸 뻔히 보면서도 말이다. 그녀는 겉으로 보기에는 정말 멋진 유형의 여자이다. 있어 보이는 벤델스*나 버그도프스**에서는 쇼핑을 해도 블루미스에는 절대 가지 않는 부류. 슈트라우스 가족은 이스트 75번가에 있는 모던한 흰 벽돌집에 살고 있는데, 인도에서 경계석까지 드리워진 널찍한 베이지색 차양이 있어서 거기 사는 사람들은 비를 맞지 않고 택시를 탈 수 있다. 그 아파트에서 슬라이딩 도어를 열고 발코니로 나가면 공원이 내려다보인다. 슈트라우스 부인과 남편은 너무 게을러

---

* 벤델스Bendel's — 1895년 뉴욕시에 세워진 여성 전용 백화점

** 버그도프스Bergdorf's — 1901년에 세워진 명품 브랜드숍

서 기르는 바이마라너 품종 개가 그냥 거기서 똥을 싸게 놔두는데, 똥은 얼어붙어서 흉측한 회갈색 덩어리가 된다.

나는 페트라를 앞장세우고 놀이터로 가서 정글짐부터 미끄럼, 그네까지 태워준다. 아이들은 두꺼운 울코트와 손모아장갑을 끼고, 목에는 목도리를 두르고, 콧물을 줄줄 흘리면서 뛰어놀고 있다. 공원 벤치에는 유모들이 아이들에게는 전혀 신경도 안 쓰고 모여 앉아서, 방과 후부터 저녁 먹을 시간까지 최소한의 노력으로 때우는 중이다.

"밀어 줘!" 페트라가 말했다.

나는 장갑을 갖고 오지 않았다. 쇠로 만든 그넷줄을 잡고 얘를 높이 밀어 주느라 손이 파랗게 얼 지경이다. 나무들은 다 헐벗었다. 내 외투 안주머니에는 지하에 있는 세탁기를 돌릴 때 가정부가 쓰라고 슈트라우스 부인이 주방 서랍에 모아 놓은 쿼터 동전을 잔뜩 훔쳐 온 게 묵직하게 들어 있다.

나는 엘리베이터에서 내리면서 우리 아파트 엘리베이터 운전원인 페페에게 인사를 건넸다. 몇 층 위에서 누군가 벨을 눌렀다. 페페가 무거운 쇠문을 닫았다. 엘리베이터 바깥 문이 내 등 뒤에서 닫힌다. 나는 현관에 서서, 책가방에서 집 열쇠를 찾으려고 손을 집어넣고 더듬었다. 집 바깥에 서 있는데도 콘래드와 레오가 싸우는 소리가 들렸다. 얼마나 큰지, 이 건물에 있는 모든 사람에게 다 들리지 싶다. 콘래드는 아빠가 아무것도 모른다고 소리를 지르고 있다. 학교의 다른 애가 줘서 가지고만 있었다고. 자기 마리화나가 아니라고.

나는 현관에 깔린 낡은 흑백 모자이크 문양의 타일 바닥을 따라 내려가서 정문에 등을 기대고 섰다. 지금 들어갈 수는 없는 노릇이다.

"너 한 달간 외출 금지야," 레오가 소리쳤다.

"안 돼요. 매디슨 스퀘어 가든에서 열리는 레슬링 경기 티켓이 있어요. 자이언트 안드레*가 나온다고요." 콘래드가 비명을 지르다시피 했다. "레슬리랑 같이 가기로 했어요."

"엘에게나 줘."

"엄마가 크리스마스 때 준 돈으로 샀어요," 콘래드가 흐느끼기 시작한다. "아빠는 정말 꼰대예요. 나는 아빠가 정말 싫어요."

책상에 앉아서 대수학 숙제를 하고 있을 때, 콘래드가 내 방문 가에 나타났다. "여기 있다, 개 같은 년아," 그가 내게 티켓을 던지며 말했다.

"내가 뭘 어쨌다는 거야?" 내가 대답했다. "나는 스포츠 안 좋아해."

3월

바스락거리는 종이 소리가 나를 깨웠다. 잠금장치를 새로 달아 놓은 내 방의 닫힌 문 틈새로 오렌지색과 흰색이 섞인 책 표지가 밀고 들어온다. 나는 공포에 질려서 《생쥐와 인간》에서처럼 그게 천천히 위로 올라가는 걸 지켜본다. 쇠로 만든 걸쇠를 밀어 올려 풀어낸다. 책 표지가 사라진다. 내 방 손잡이가 돌아간다.

---

* 자이언트 안드레 — 유명 레슬러였던 안드레 르네 루시모프(1946–1993). 덩치가 커서 자이언트 안드레로 더 많이 알려졌다.

"엄마?" 그가 문을 열기 전에 내가 말했다. "엄마야?"

문이 다시 닫히더니 그가 복도로 가만히 걸어갔다.

4월

코네티컷에 있는 할아버지 할머니 댁에 도착한 이후로 쓸쓸한 느낌의 보슬비가 누그러들지 않는다. 할머니는 4월에 내리는 비는 봄꽃을 피운다고 말씀하시지만, 이런 비는 섬세한 초록빛 봄의 느낌을 주기보다는 마음이 무거워지게 하는 편이다. 애나와 나는 2주 동안 할머니 할아버지 댁에서 지낼 생각이다. 할머니는 섬유성 연축 증상이 생겨서 몸이 약간 불편하다. 할머니로서는 집안일을 거들어 줄 사람이 생기는 셈이다. 애나는 봄 방학 동안 할머니 할아버지와 함께 지내고 싶어 했다.

"캘리포니아에서 내가 언제 다시 이리 오겠어? 그 전에 두 분 다 돌아가실지도 모르고." 언니는 학교에서 내게 전화를 걸어서 자기 계획을 설명했다.

"좋네, 다들 언니를 보고 싶어 해."

"너는 특히 그렇겠지," 언니가 말했다.

"진짜로."

애나와 나는 낡은 트윈 베드에 누워 있다. 지난 사흘간 우리는 여기 누워서 할머니가 서재에서 골라 준 책을 읽으며 보냈다. "날씨가 좋아질 때까지 이 책이면 충분할 거다." 할머니가 우리 각자에게 두꺼운 책을 한 권씩 주면서 말했다. 애나에게는 《전쟁과 평화》, 내게는 《폭풍의 언덕》.

나는 얼굴을 책에 대고 페이지를 넘기며 냄새를 맡았다. 나는 서재에 꽂혀 있는 책에서 나는 냄새를 좋아한다. 보통의 책들보다 훨씬 중요한 서적에서 나오는, 오래전 멋진 시절의 냄새, 대리석으로 만든 성의 계단이나, 아니면 상원 의원에게서 날 법한 냄새.

애나가 하품을 하면서 기지개를 켰다. "이 책은 너무 길어. 너무 러시아 스타일이고. 문체도 남성적이고 너무 세. 도저히 끝까지 못 읽겠다. 책장에 가서 다른 책을 찾아봐야겠어."

방에 홀로 앉아서 나는 창을 타고 흘러내리는 비를 지켜봤다. 창밖 안개를 내다봤다. 자욱한 안개 속에서 사과나무는 유령처럼 서 있고, 젖은 까만 가지들이 유리창을 두드리고 있다. 비가 한 달 동안 내린다 해도 별 상관은 없다. 나는 그저 웃기고 퉁명스럽고 빈정대기 잘하는 언니와 함께 이곳에서 안전하게 지내면 그만이니까. 두려움을 느낄 필요 없이 잠들 수 있고, 이제 몸이 쇠약해지시긴 했지만 할머니가 여전히 한없이 나를 사랑해 주시고, 신선한 와플을 만들어 주시고, 어렸을 때 그랬듯 지금도 한사코 주방 싱크대에서 자기로 만든 싱크대 테두리에 목이 눌린 채 고개를 부자연스러운 각도로 숙이게 하고는, 존슨즈 베이비샴푸로 머리를 감긴 다음, 따뜻한 물이 나오는 수도꼭지에 대고 헹궈 주시는 이곳. 물론 여기서도 나는 매일 밤 무의식적으로 어디 찔린 듯이 잠을 깼다. 그러면 다시 애나의 코 고는 소리에 안심하고는, 불안에 시달리며 잠에 빠져들었다.

"얼굴이 개판이네," 언니가 캘리포니아에서 돌아와 나를 처음 봤을 때 이렇게 말했다.

"요즘 잠을 잘 자지 못해서 그래," 나는 그렇게 말했다.

"누가 두 눈을 주먹으로 갈긴 줄 알겠다."

콘래드가 처음 내 방에 들어오기 시작했을 때만 해도 나는 언니에게 전화를 걸까 생각했다. 그러나 그러면 아무리 말하지 말라고 해도 언니는 엄마에게 말할 것이다. 언니는 나와는 스타일이 다르다. 언제나 맞서는 타입이다. 다른 사람이 어떻게 생각하는지 조금도 개의치 않는다. 사랑받으려고 애쓰지도 않는다. 전사 같은 유형이다. 절대 콘래드가 아무 일 없었다는 듯 지내도록 내버려 두지 않을 것이다. 언니는 내가 왜 그 짓을 계속 방치했는지 이해하지 못할 것이다. 나로서는 그 사실 자체를 부정하는 것만이 치욕과 부끄러움에서 스스로 보호하는 방법이었지만 말이다. 애나에게 털어놓았다면 분명히 그녀는 그를 공격하고 모든 걸 다 까발려서, 또 다른 방식으로 그가 보는 앞에서 나를 발가벗길 것이다. 콘래드는 자기가 하는 더러운 짓을 내가 이미 다 알고 있었다는 사실을 알게 될 것이다. 그러나 멈춰 서서 다시 생각해 본다. 따지고 보면, 심각한 일은 아직 일어나지 않았다. 콘래드는 자위를 하긴 했지만, 내 몸에 손을 대지는 않았으니까. 그런 사실을 굳이 누가 알아야 할 필요는 없다. 하지만 최근에 그가 내 방을 다시 찾아오기 시작하면서, 애나에게 말을 해야 했나 싶긴 하다.

애나가 손에《위대한 개츠비》를 들고 돌아왔다.

나는 방에 들어오는 그녀를 쳐다보며 말했다. "그 책은 이미 백 번도 넘게 읽은 거 아니야?"

"이건 초판이야," 그녀가 경의를 표하듯 대답했다.

"할아버지에게 이거 가져간다고 말씀드렸어?"

"귀찮게 해드리고 싶지 않아. 지금 위층 서재에 계시거든." 애나는 침대 위에 자리 잡고 앉았다. "뭐, 이걸 읽을 생각은 아니고, 그냥 침대에 누워서 쓰다듬기만 할 거야. 누가 알아, 개츠비가 내 가슴이라도 어루만져 줄지."

"멍청한 소리," 내가 웃으며 말했다.

"바로 그거야," 애나가 말했다. "이 세상에서 여자가 도달할 수 있는 최고의 인간형은 예쁘고 약간 멍청한 여자지."

"너희 중 누가 저녁 준비 좀 도와주지 않을래?" 할머니가 주방에서 우리를 불렀다. "감자 껍질을 벗겨야 해."

"내가 할게," 내가 애나에게 말했다. "언니는 그냥 여기서 책에게 애무나 받고 있어."

당근 껍질 벗기면 안 돼요?" 내가 방을 나서며 말했다. "감자 껍질은 잘 못 깎아요." 내가 감자 껍질을 벗기면 속살까지 뭉텅이로 떨어져 나가서 오각형 모양의 덩어리만 남고 만다. 그러면 할머니가 실망하게 될 건데, 할머니를 실망시키기는 싫다.

"밖에 나가서 우편함 좀 살펴보고 와라," 할머니가 말했다. "하루 종일 안 챙겼네."

할머니는 싱크대로 가서 감자 껍질을 까기 시작했다. 껍질이 면도날처럼 얇게 벗겨져서 싱크대 안으로 우아하게 떨어졌다. 나는 할머니 뒤로 다가가서 할머니 볼에 코를 비비면서 조랑말처럼 히힝 소리를 냈다.

"아이고 세상에, 이 못생긴 새끼," 할머니가 말했다. 그러나 할머니는 웃고 있다.

"고무장갑은 현관홀에 있다. 필요하면 가져다 써."

밖에서 부슬부슬 내리던 비가 후드득 쏟아지기 시작했다. 하늘에서 번개가 번쩍이더니 길 건너편 묘지의 윤곽을 드러냈다. 몇 초 뒤, 천둥소리가 들렸다.

5월

문 쪽으로 등을 돌리고 자던 나는 식은땀을 흘리며 잠에서 깼다. 신경이 곤두선 채 경계하고 있다가 잠이 들었었다. 거리의 가로등 불빛을 받은 나무들의 그림자가 내 위쪽 벽에 드리워져 있는 게 마녀의 손가락 같았다. 그가 보이지는 않지만, 내 뒤에, 침대 옆에 서 있다는 것은 알 수 있었다. 나를 지켜보고 있다. 결심을 한 듯이. 나는 자세를 바꾸고, 잠결에 웅얼거리듯 말을 하며 그가 도망가기를 기다렸다. 그러나 그는 꼼짝도 하지 않았다. 손가락 같은 게 내 발목에 와 닿더니, 다리를 따라 쭉 올라와 내 속옷 가장자리까지 이르렀다.

그러더니 허벅지를 가만히 눌렀다. 축축하고 질척한 느낌. 그제야 나는 이게 손가락이 아니라는 걸 알아차렸다. 나도 모르게 휙 움직였다. 표가 날 정도로 빠르게.

"엘?" 소리 죽인 목소리.

나는 무릎을 가슴에 대고, 어깨는 펴고, 몸을 웅크리며 악몽이라도 꾸듯이 훌쩍거렸다.

"이건 공작새가 아니야." 내가 중얼거렸다. 허공으로 팔도 뻗어 허우적거렸다. "네 집은 여기잖아."

콘래드가 어둠 속으로 물러났다. 그는 내가 다시 깊이 잠들기를 기다렸다. 내 숨소리가 차분해지자 그가 가만히 밖으로 나갔다. 그의 뒤로 방문이 소리 없이 닫혔다.

16

1983년 6월, 뉴욕

아침 8시인데 벌써 도시는 숨 막힐 듯 후텁지근하고, 달아오른 인도에서 올라오는 먼지 냄새, 개가 싼 오줌 냄새, 기름 얼룩진 아스팔트, 라임나무에서 나오는 달콤한 냄새까지, 모든 게 한데 뒤섞인다. 우리는 오늘 백우즈로 간다. 차는 이중 주차가 되어 있다. 나는 레오가 짐 싣는 걸 도왔다. 레오는 도로 사정을 걱정했다. 6시간은 족히 달려야 하기에 그는 차가 막히는 시간을 피하고 싶어 했다. 하지만 엄마는 아직도 고양이를 붙잡지 못했을 뿐 아니라, 우리 짐을 아래층까지 옮겨다 놓는 일을 맡은 콘래드가 꿀 속을 헤엄치듯이 너무 느려 터지게 움직이는 바람에 차에 짐을 절반도 못 실은 상태였다.

"그 짧은 다리를 좀 더 빨리 움직일 수 없니?" 레오가 말했다.

"재수 없네요."

레오는 더 이상 아무 말도 하지 않았다.

엄마가 3층에 있는 우리 아파트 창문에서 몸을 내밀고 말했다. "엘,

네 구강 세정기도 챙겨줘? 아 참, 너 슈퍼마켓 가서 박스 하나만 얻어와. 차 안에서 고양이 화장실로 쓰게."

마침내 차에 짐을 다 실었을 때, 엄마는 소풍 가방과 고양이를 담은 이동장을 들고 건물 밖으로 나왔다.

"침대 뒤에 숨어 있더라." 엄마는 고양이 이동장을 뒷자리에 넣고, 내게 소풍 가방을 건넸다. "엘, 네 발치에 내려놔. 레오는 점심 먹으러는 어디 들르지 않을 생각이래. 사과 하나랑 천도복숭아 세 개가 들어 있다. 땅콩버터와 마요네즈, 로스트비프도 만들었고." 엄마는 앞좌석으로 들어가 앉아, 조수석 대시보드 위에 있는 전단지로 부채질을 했다.

나는 고양이 이동장을 뒷자리 가운데로 옮겨서 나와 콘래드 사이에 벽을 만들었다.

"우리는 에어컨 있는 차를 언제 사요?" 콘래드가 말했다.

"몇 시간만 참으면 연못에서 수영하게 될 테니 참아." 레오가 뒷자리 문을 쾅 하고 닫았다.

나는 창문을 내려서 눅눅한 바람이라도 들어오게 했다. 백우즈가 보고 싶어 미칠 지경이었다. 애나는 여름 내내 캘리포니아 북쪽에 있는 키부츠에서 지낼 계획이었기에 우리 둘이 같이 쓰던 오두막을 나 혼자서 쓸 수 있다. 나는 보트 운전 수업도 등록했다. 그리고 이번 여름에는 조너스도 온다. 작년에 그의 부모님은 피렌체로 안식년을 떠났다. 그의 엄마는 단테 전기를 집필 중이다. 그를 다시 본다는 사실만으로도 흥분된다. 얼마나 많이 변했을지도 궁금하고, 내 키가 그보다 훨씬 더 커지지 않았을까 싶기도 하다.

차는 꼬리에 꼬리를 물고 일렬로 서 있었다. 로드아일랜드주를 지날 무렵, 라디에이터가 과열되었다. 레오가 욕을 하면서 풀이 잔뜩 자란 길가에 차를 세웠다.

"일단 다리를 좀 뻗을 수는 있겠네." 엄마가 말했다.

우리 20미터쯤 앞에는 다른 차가 고장이 나서 서 있었다. 그 차 너머로 보이는 거대한 옥외 광고판에는 얼룩말 무늬 양복을 입은 남자가 자동차 대리점 광고를 하고 있었다. 나는 차들이 천천히 줄지어 기어가는 모습을 보면서 그 줄에 있던 우리 자리를 빼앗긴 듯한 기분에 은근히 열이 받았다.

"혹시나 몰라서 1.5리터 우유병에 물을 채워 오긴 했지." 엄마가 말했다. "콘래드, 네 바로 뒤쪽에 있다."

"콘, 그 물 좀 줘봐." 레오가 안전띠를 풀며 말했다. "보닛을 열어서 열을 좀 빼내야겠어. 라디에이터도 식히고."

콘래드가 어깨 너머로 자기 뒤를 돌아봤다. "너무 멀리 있어요. 손이 안 닿아요."

"그럼 차에서 내려서 돌아가 봐."

"아빠가 어차피 내릴 거잖아요."

"내가 할게요." 레오가 뭐라고 더 말하기 전에 내가 말했다. 나는 몸을 비틀어 시트 뒤로 넘어가서, 먹을 거를 싼 종이백, 여행 가방, 배를 담은 바구니 등을 지나서 물병을 잡았다. "잡았어요." 내가 끙 소리를 내며 말했다.

"엘, 너는 정말 천사야." 레오가 말했다. "콘래드, 너는 나중에 따로 얘기하자." 그의 목소리에 경멸하는 느낌이 차갑게 담겼다.

"너는 나중에 따로 얘기하자." 콘래드는 소리 죽여 자기 아빠 흉내를 냈다. 혐오스럽다는 표정으로 나를 쳐다봤다. "좆까."

우리 가운데 시트에서 엄마가 기르는 고양이가 우는 소리를 내며 박스를 긁어댔다.

거의 자정이 다 되어서야 우즈에 도착했다. 캠프는 겨우내 잠겨 있었다. 우리 카누들은 현관에 쌓여 있다. 모든 게 꽃가루와 거미줄에 덮여 있다. 겨울에 큰 짐승이 어떻게 안으로 들어왔는지, 문이 없는 선반에 놓여 있던 접시들이 다 결딴 나 있다. 거실 바닥에는 철광석 조각들이 흩어져 있다. 은식기류를 넣어 둔 서랍에는 쥐들이 둥지를 틀었다. 포크 가지 사이로 쥐가 똥을 싸 놨고, 티스푼에는 탯줄이 남아 있다. 온수는 다시 작동시켜야 한다. 손전등은 하나 같이 불이 들어오지 않는다. 아무도 이 상태로는 잠을 자고 싶어 하지 않을 것이다.

나는 덤불 속에 가서 소변을 보고, 내 오두막까지 걸어가서 아무것도 없는 매트리스 위에 몸을 던졌다. 여기 와 있는 게 행복하다. 누워서 황소개구리의 개굴개굴하는 울음소리를 듣고, 나무의 고요한 소리에 귀를 기울이는 동안, 천장에 나 있는 채광창으로 보름달 빛이 들어왔다. 잔가지가 부러지는 소리가 들렸다. 내 오두막 바깥에서 뭔가 움직였다. 나는 숨을 참았다. 기다렸다. 연못 가장자리로 걸어가는 발소리가 들린다. 첨벙첨벙하는 소리가 나고, 아기 울음소리 같은 소리가 조용하게 들렸다. 나는 침대에서 일어나 베란다 문까지 가만히 걸어간 다음, 어둠에 익숙해질 때까지 바깥을 내다봤다. 커다란 어미 너구리와 새끼 네 마리가 얕은 물가에서 고기를 잡고 있다. 어미가 멈춰 서서 공기 속으로 냄새를 킁킁 맡으며 내가 있다는 걸 인식하더니, 다시 자기가 하던 일에 집중한다. 앞발을 물속으로 내려치더니 고기를 잡아 올렸다. 나는 소리 나지 않게 조심하면서 길 쪽으로 나갔다. 어미가 행동을 멈추고 경계했다. 나는 한 발짝 앞으로 내디뎠다. 어미가 강도 같이 생긴 얼굴을 내 쪽으로 돌리더니 으르렁거렸다. 몇 초 후, 너구리 가족이 숲속으로 사라졌다. 흔적도 없이. 연못에는 낮은 물소리만 남아 있을 뿐이다. 달이 밝아서 연못 바닥에 깔린 자갈까지 보일 정도이다. 나는 잠옷을 벗고 물속으로 들어가, 갈대 사이로 물이 허리춤까지 올라오는 부근까지 걸어간 다음, 물속으로 몸을 던졌다. 이렇게 밤에 혼자 알몸으로 수영을 한 적은 지금까지 한 번도 없다. 아주 근사하고 은밀한 느낌이다.

밖으로 나와 몸을 말리고, 나뭇가지에 걸어 놓은 잠옷을 집어 들고, 오두막까지 계단을 올라간 다음, 등 뒤로 문을 닫았다.

그때 어둠 속에서 손이 나와 내 입을 막았다.

"내가 다 보고 있었지," 콘래드가 내 귀에 대고 속삭였다.

심장이 쿵 떨어지는 듯하다. 온몸이 공포로 얼어붙었다. 비명을 질렀지만, 입이 막혀 있어서 신음만 나올 뿐이다.

"매일 밤 다 벗고 수영해 봐." 그가 손으로 내 알몸을 쓰다듬으며 탄식하듯 말했다. "부드럽고 탄력적이네."

그가 나를 침대 쪽으로 밀었다.

나는 빠져나가려고 애를 쓰지만, 그의 손아귀가 너무 억세다.

"너도 내가 보고 있다는 걸 알고 있었던 거지," 그가 말했다.

"그만해 콘래드," 내가 애원했다.

"앙큼한 년. 너도 즐기고 있었던 거지. 밤에 내가 네 방에 들어오게 놔뒀지. 나가라는 말을 한 적도 없고. 자는 척하고 있었다는 거 나도 다 알아."

나는 허우적대며 절박하게 고개를 가로저으며 아니라고 말했다. "아니야." 나는 간신히 말을 뱉었다.

"네가 만지게 허락했다고 내 친구들에게 다 말했어."

그러더니 찌르듯이 삽입을 했다. 그가 내 질 입구 주름을 찢고 들어올 때 불에 타는 아픔이 밀려왔다. 쪼개듯이 나를 열어젖혔다. 아기가 우는 듯한 내 비명을 저 나뭇가지 위에서 엄마 너구리가 듣고 있지 않을까 싶었다. 그가 사정을 끝냈을 때, 나는 울고 있었다.

파랑새 한 마리가 이 나무에서 저 나무로, 하늘을 가로지르며 날아간다. 나는 우즈 깊은 숲속, 나만 알고 있는 물가의 축축한 땅바닥에 태아처럼 웅크리고 누워 있다. 콘래드가 나간 뒤에 나는 화장실로 달려가서 뜨거운 물에 온몸을 씻었다. 내 몸에서 그를 벗겨내고자 했다. 아무런 소용이 없었다. 나는 더 이상 내가 아니었다. 이제는 집으로 돌아갈 수 없다. 여기 있을 수도 없다. 나 때문에 그가 이곳을 망치도록 내버려 둘 수는 없다. 이곳은 내 것이다. 이 숲은 나의 숲이다. 눈을 좀 붙여야 한다. 밤이 나를 보기 싫어한다. 나는 산 송장이 되었다.

몇 시간 뒤 정신이 돌아왔을 때, 온몸은 얼어붙고, 이빨이 딱딱 마주쳤고, 옷은 땀에 범벅이었고, 아무런 감각이 없었다. 방향 감각도 없고, 그저 꿈속같이 밀려왔다가 사라지는 안개 속에 갇혀 있을 뿐이었다. 여기 계속 머물고 싶지만 이곳이 나를 받아주지 않는다. 나는 차가운 개울 물에 얼굴을 씻고, 머리를 가다듬었다. 내 살이 나를 역겨워한다다. 집으로 가야 한다. 그러나 집으로 갈 수가 없다.

나는 아무도 모르게 캠프 가까이 와서, 팬트리 바깥 수풀 속에서 서성였다. 그 누구의 눈에도 띄고 싶지 않았고, 그저 가만히 기어서, 은신처를 찾아 들어가, 눈을 감고, 눈 안쪽의 부유물 외에는 아무것도 보고 싶지 않았다. 레오의 스테이션왜건은 어디 가고 없다. 엄마는 혼자 주방에서 저녁을 준비 중이다. 나는 수풀 더미에 숨어 엄마를 지켜봤다. 엄마는 콧노래를 흥얼거리며 커다란 물병에 물을 채우고 있다. 나는 한 걸음 엄마 쪽으로 걸어갔다. 엄마가 돌아보다 나를 발견하고는 사슴처럼 놀란다. 수도꼭지를 잠그고 창문 쪽으로 와서 밖을 내다본다. 나는 엄마가 안으로 들어갈 때까지 기다렸다가 수풀에서 나와서 팬트리 문으로 들어섰다.

"여기 있었구나!" 엄마가 말했다. "온종일 찾았어. 걱정했잖아."

"시내에 걸어갔다 왔어요."

"아까 네 친구 조너스가 왔었다."

"다들 어디 갔어요?"

"레오와 콘래드는 술 사러 나갔다. 내가 맥주를 잊어버리고 안 가져왔거든. 블루피시 타코를 만들어 먹을 거야."

"나는 저녁 안 먹을래요. 배가 너무 아파요."

엄마는 조리대에서 양배추를 자르고 있다. 연한 연두색 무더기가 쌓이고 있다.

"엄마."

"응," 엄마는 나를 돌아보지도 않고 대답했다.

"할 얘기가 있어요."

"거기 사워크림 좀 집어줘." 엄마는 행주로 칼날을 닦고는 씻어 놓은 파슬리 단을 집어 들었다. 그리고 살짝 털었다.

"엄마."

"그렇게 부르지 좀 마. 그렇게 부르는 거 엄마가 싫어하는 거 너도 잘 알잖아."

진입로에 차가 들어오는 소리가 들렸다.

"아." 엄마가 말했다. "돌아왔구나. 블루피시는 그릴에 올려야겠다." 엄마는 철판에 올리브오일을 두르더니 으깬 마늘을 흩뿌렸다. "이제, 얘기해 봐." 엄마가 말했다.

차 문이 닫히는 소리가 들렸다.

"몸에 열이 있어요."

엄마가 손등으로 내 이마를 만져본다. "약간 열이 있긴 하네." 엄마가 싱크대로 가더니 물을 한 잔 받아왔다. "마셔. 생선 올려놓고 아스피린 갖다줄게."

나는 걸어서 내 오두막까지 내려간 다음, 이 안에 무엇이 있을까 싶어서 바깥에 서 있었다.

놀랍게도 아무것도 달라진 게 없다. 그 어떤 폭력과 두려움의 흔적도 남아 있지 않다. 밝고 쾌활한 노란색 바닥도 그대로이다. 매트리스 가장자리에 엄마가 갖다 놓은 깨끗한 면이불과 꽃이 그려진 베개가 보였다. 아무것도 변한 건 없다. 나 말고는.

나는 꼬박 나흘 동안 울고, 떨면서, 콘래드를 피해 방에서만 지내는 중이다. 밤이면 방문을 잠그고 문 앞에 의자를 받쳐 둔다. 엄마는 내가 설사에 걸렸다고 생각했다. 나는 손가락을 목구멍으로 집어넣어 엄마가 가져다준 음식을 다 쓰레기통에 토했다. 변기 물을 내리고 또 내려서 설사에 시달리는 척했다. 엄마는 내 오두막에 아무도 오지 못하게 했다. "다른 사람까지 감염시키면 안 되잖아." 엄마가 밥과 닭죽, 그리고 시원한 압착포를 갖다줬다. 엄마는 비록 따뜻한 스타일은 아니더라도 훌륭한 간호사이다. 매일 조너스가 찾아왔지만 엄마가 돌려보냈다.

보트 운전 강좌 첫 수업이 있는 월요일 아침, 나는 놀랄 정도로 많이 회복되었다. 엄마는 반신반의했으나, 나는 몸이 안 좋으면 전화를 하겠다고 약속했다. 바닷바람을 쐬는 게 유익할 거라고도 말했다. 엄마가 베이사이드 요트 클럽까지 차로 나를 태워주고, 부두에서 내려준다.

"5시에는 레오가 여기로 너를 데리러 올 거야."

"두 분이 같이 올 줄 알았는데."

"레오는 지금 우즈에 없어. 콘래드 수영복 새로 사주겠다고 올리언스로 갔어. 콘래드가 가져온 수영복은 이제 맞지 않아."

"콘래드가 수영복이 왜 새로 필요해요? 물에는 들어가지도 않는데? 레오와 단둘이 차에 타고 어색하게 있는 거 싫어요."

엄마가 한숨을 쉬었다. "알았다. 5시."

나는 스테이션왜건이 사라지는 걸 지켜본 뒤, 배들이 정박된 곳으로 향했다. 몸이 어딘가 어색하고, 약해져 있고, 속이 다 비치는 느낌이 들었다. 하지만 캠프와 '그 인간'에게서 멀리 벗어나 있다는 사실만으로 기뻤다.

부둣가에는 아이들이 모여서 강사를 기다리고 있었다. 그들 저편으로 보니 물속에 두 다리를 담근 채, 항구에서 자기 눈에 보이는 것들을 스케치하고 있는 조너스가 보였다.

"어, 안녕." 어제 만났던 사이처럼 조너스가 말했다.

"어, 이방인. 여기서 뭐 해?"

"보트 조종법 배우려고."

나는 그에게서 몇 발짝 떨어진 곳에 멈춰 섰다. 혹시 내 몸에서 날지 모르는 수치의 냄새를 맡지 못하도록. 그러나 그가 활짝 웃는 얼굴로 내게 뛰어와 허그를 했다. 나는 그가 변한 모습에 꽤 충격을 받았다. 여전히 햇볕에 그을려 있고, 정돈이 안 된 용모에, 웃통은 벗은 채였지만, 열넷 치고는 훨씬 성숙해 보였다. 키가 180센티미터는 넘을 듯하고, 아주 훤칠해졌다. 허그를 했던 몇 초 동안 내가 수줍은 기분이 들 정도였다. 머리라도 감고 올 걸 그랬나 싶었다.

"달라 보이네." 내가 밀어내면서 말했다. "바지는 여전히 꾀죄죄한데."

그가 웃었다. "치수가 십 이상 커지긴 했지. 하지만 늘 입던 대로 입는 건 너도 알잖아. 어떻게 지냈어?"

요트 강사가 도착하는 바람에 거짓말을 둘러대지 않아도 되었다. 강사가 우리더러 구명복을 걸치고 보트 하나에 세 사람씩 올라타라고 소리를 쳤다.

개복치 다섯 마리가 만(灣) 안으로 들어와 있다. 딱딱한 사탕처럼 생겼는데, 몸통은 초록색, 터키색, 레몬색, 오렌지색, 빨간색, 라벤더색이 섞여 있다.

"내가 와도 괜찮은 거지?" 보트에 올라타려는데 조너스가 물었다. "네 엄마가 너 여기 등록했다고 알려줬어. 네가 보내준 엽서는 다 잘 받았어. 고마워."

"무슨 그런 말을. 나야 당연히 너를 보니 반갑지." 내가 대답했다. 진심으로 반가웠다.

"너도 달라 보여." 조너스가 말했다.

"장염으로 고생을 좀 했어." 아무도 나를 건들 수 없다.

그가 나를 가만히 살펴봤다. "아니," 그가 말했다. "설사 때문에 그런 건 아닌 듯한데?"

"웩."

"정말이야."

"살쪘나 보네."

"그런 게 아니야. 예전보다 아름다워졌어."

"너는 진짜 못 말려." 내가 웃으며 말했다. 하지만 그 말을 들으니 기뻤다.

나보다 나이 많아 보이는 여자애가 보트에 올라타더니 우리 사이로 비집고 들어왔다. "내 이름은 카리나야," 그녀가 말했다. "나는 작년에도 이 수업 들었으니까," 그녀가 메인 시트*를 잡으면서 우리를 옆으로 밀어냈다.

우리는 파도가 일렁이는 만의 바다로 나아간다. 우리 앞에서 보트

---

* 메인 시트 mainsheet — 주돛 mainsail 을 조종하는 밧줄

하나가 뒤집혔다. 누군가 센터보드*에 올라가서 일으켜 세운다. 젖은 돛이 돛대에 부딪히며 철썩거린다. 물에 빠졌던 아이들이 행복하게 웃으며 밖으로 나와 티셔츠에서 물을 짜냈다. 그들은 다시 돛의 아래 활대를 세우고, 줄을 잡았다. 선체 밖에 모터가 달린 작고 하얀 보트에 올라탄 강사가 수강생들이 타고 있는 수많은 보트 사이로 돌아다니며 지도하고 있었다.

"바람 부는 쪽으로 준비! 바람길로 힘차게! 아래 활대 조심해요! 시트**를 당겨요!"

"지금 중국어나 고대 그리스어로 말하는 건가?" 조너스가 말했다. "무슨 말인지 하나도 못 알아듣겠네."

우리는 함께 웃었지만 한 시간도 못 되어 조너스는 거들먹거리던 카리나를 밀어내고 프로처럼 보트를 능숙하게 조종하면서, 나에게 줄을 잡으라, 매듭을 묶으라, 몸을 밖으로 눕히라고 소리쳐 지시를 내렸다. 우리가 탄 보트의 돛들이 펄럭이고, 우리는 방향을 틀고 나가기도 하면서 거침이 없었다. 그러나 이런 게 중요한 건 아니다. 나는 숨을 쉴 수 있다는 그 자체로 행복했다. 조너스와 함께 여기 있다는 것이 행복했다. 콘래드에게서 멀리 벗어나 있었다. 점점 먼 바다로 나아가면서 나는 '할 수 있어'라고 다짐했다. 이 모든 걸 이겨낼 수 있어. 다른 사람들에게는 아무 말도 안 할 거야. 매트리스 아래에 부엌칼을 숨겨 둘 거

---

* 센터보드 centerboard — 돛이 바람 부는 방향으로 진행할 때, 바람에 요트가 밀리는 것을 억제하는 판. 선체 중앙 하단부를 관통하여 물밑으로 장착한다. 항해할 때는 수중에 내리거나 올릴 수 있다.

** 시트 sheet — 돛의 방향을 조정하기 위해 돛 아래쪽에 다는 것

야. 다시 한번 내 몸에 손대면 죽여버릴 거야. 이런 생각만으로도 힘이 솟는 듯했다. 나는 눈을 감고, 얼굴을 훑고 지나가는 짭조름한 바람을 음미했다.

17

7월

　일요일. 캠프를 떠나서 보내는 하루. 조너스와 나는 바닷가로 피크닉을 가기로 했다. 카누를 타고 연못을 건넌 다음, 걸어서 바다까지 갔다 오는 길에는 조너스가 낚시를 할 수 있을 것이다. 그가 우리 집에 왔을 때 나는 주방에서 햄과 뮌스터 치즈로 샌드위치를 만들고 있었다. 딜*로 양념한 오이 피클은 병에 담아 바구니에 넣고, 아이스티는 보온병에 담았다. 체리 한 팩과 냅킨도 챙기고, 밀라노 쿠키도 비닐봉지에 담았다. 파라핀지로 샌드위치를 싸면서 삼각형 모양을 만들고 있는데 조너스가 조리대 너머로 몸을 기울이고 쳐다봤다.

　그때 베란다 문이 휙 열리더니 쾅 닫혔다. 콘래드가 베란다 테이블에 털썩 앉았다. 나는 팬트리로 가서 아이스박스에 머리를 파묻고 뭔가를 찾는 척했다.

---

* 딜dill — 허브의 일종으로 흔히 야채로 피클을 만들 때 넣는다.

그날 밤 이후로 나는 오두막 문을 계속 잠그고 지내는 중이지만, 단둘이 있어야 할 때가 아니라면 낮이 더 안전한 기분이 들었다. 내가 그를 쳐다보는 일은 절대 없다. 눈가리개를 한 경주마처럼 지내고 있다. 콘래드는 아무 일 없었던 듯 굴지만, 저녁 먹을 때면 내 의자를 빼주고, 물잔에 물을 다시 따라주면서 눈에 띄게 나를 챙겼다.

"젠틀맨이네." 엄마는 그를 보고 웃으며 말했다.

"콘래드, 안녕." 조너스가 인사를 한다.

"어쩐 일이야?" 콘래드가 퉁명스럽게 대답한다.

"별일 아니야. 엘이랑 바닷가로 피크닉 가려고."

"엘이 지금 뭘 만들고 있어?"

"햄과 치즈 넣은 샌드위치."

"나도 같이 가자."

"좋아." 조너스가 말한다.

내가 들고 있던 겨자 병이 손에서 미끄러지면서 바닥에서 박살이 나고, 노란색 겨자가 사방으로 튀었다.

내가 웅크리고 앉아 깨진 유리 조각을 치웠다.

"괜찮아? 안 다쳤어?" 조너스가 팬트리로 뛰어오며 묻는다.

"괜찮아." 내가 짜증스레 대답한다. "겨자 병이 깨졌어."

"콘래드가 같이 가고 싶어 해."

"카누에 세 명은 못 타."

"낚시는 다음에 하면 돼. 농어가 어디 가는 것도 아니고."

"나한테 먼저 물어봤어야지."

"어떻게 그렇게 해? '엘에게 물어보고 올 테니 잠깐만 기다려' 그렇게 말해 놓고, 그다음엔 '엘이 안 된다고 하네' 이렇게? 웃기지 않아?"

"물에 적신 신문지랑 빗자루가 필요해," 내가 말을 자르며 말했다.

"괜찮은 거 맞지?"

"괜찮다니까," 그에게서 돌아서며 내가 말했다. "그만 물어."

우리는 캠프에서 바닷가까지 숲을 통과하는 길을 따라 한 줄로 걸었다. 콘래드 다음에 조너스, 그다음에 나 이렇게.

조너스는 콘래드와 이런저런 대화를 한다. 나는 속도를 늦추고, 그 둘이 먼저 가도록 했다. 그들이 시야에서 사라졌을 때, 나는 몸을 숙이고 헛구역질을 했다. 내 생각이 틀렸다. 나는 이것을 할 수 없다. 그와 같이 있는 걸 견딜 수가 없다. 비키니 빼고는 몸을 다 드러낸 채 웃으며 수영을 한다. 그가 알고 있다는 걸 알면서 말이다. 내 안에서 공포가 뱀처럼 미끄러지듯 입 밖으로 튀어나올 듯했다.

저 앞쪽에서 조너스가 나를 불렀다.

"발가락을 찧었어," 내가 소리쳤다. "곧 따라갈게."

그냥 여기서 집으로 돌아가서 문을 잠그고 방에 틀어박히고 싶었다. 하지만 두 눈을 질끈 감고 마음을 가라앉히고 앞으로 걸어갔다. 이 길로는 숱하게 다녀봤기에 나무 한 그루까지 눈에 훤하다. 다음 모퉁이를 돌면 포도 덩굴이 나무와 덤불 사이로 뻗어나가고, 월계수 위로 주렁주렁 달린 달콤한 콩코드 포도송이가 보이는데, 이제는 숲이 된 이 언덕이 경작지였던 100년 전부터 거기 남아 있는 작물이다. 그 포도나무 있는 곳을 지나면 길이 넓어지고 가팔라진다. 언덕을 올라간 다음에 내려가면 모래 언덕 사이로 움푹 들어간 곳이 나오고, 소방도로가 바다와 나란히 이어진다. 거기를 지나서 다음 모래 언덕 위에 올라가면, 다 허물어지긴 했지만 아직까지 서 있는 오두막이 하나 나온다. 전쟁 때 독일 잠수함을 감시하기 위한 초소로 쓰인 오두막. 애나와 나는 어릴 때 거기서 인형 놀이를 했다. 이제 나는 거기 서서 탁 트인 바다, 내 바다를 둘러볼 참이다. 나는 이곳을 잘 안다. 이곳은 나의 것이며, 저 인간은 여기 속할 수 없다.

해변은 아름답고 넓게 펼쳐져 있었다. 물결은 잔잔했다. 콘래드는 벌써 물이 무릎까지 올라오는 바다에 들어서서 점점 더 멀리 걸어 나가고 있었다. 그의 등은 흉하게 생긴 빨간 수영복에 대조되어 밝고 하얗게 보였다. 양쪽 어깨에 여드름이 잔뜩 나 있다. 나는 바다 쪽을 둘러보며 상어 지느러미라도 보이지 않을까 찾아본다. 나는 수건이 돛처럼 뒤로 휘날리게 하면서 가파른 모래 언덕을 달려 내려간다.

나는 조너스와 약간 사이를 두고 앉았다.

"이리 와." 조너스는 자기가 앉은 수건 옆자리를 두드리며 말했지만 나는 무시했다.

콘래드가 파도 속으로 잠수하다가 물에 고꾸라졌다. 물 밖으로 튀어 나온 그 뚱뚱한 다리는 그를 응징하기 직전에 평화의 V자를 그리는 거인의 손가락 같다.

"너희 둘이 싸웠어?"

"아니. 그냥 예전과 똑같아. 저 인간은 쓰레기이고 나는 저 인간을 싫어할 뿐이야."

"그런데 왜 내게 화를 내는 거야?"

"화낸 적 없어. 네가 좋은 날을 망쳤을 뿐이야. 대단한 일도 아니야."

"나는 망친 적 없어, 엘. 아름답고 멋진 날씨잖아. 바다 좀 봐. 콘래드도 같이 와서 저렇게 즐거워하고."

"오, 그래 참 잘 됐구나." 나는 일어섰다. "해변이나 좀 걸어야겠어. 너희 둘이 즐겁게 놀아. 셋이 먹기엔 샌드위치도 부족하니까."

"자꾸 이상하게 굴지 말고, 내 샌드위치는 네가 먹어."

"소리치지 마." 나는 말을 자르고 대답한 다음, 나를 미워하면서 물가로 달려갔다. 콘래드는 이 연못을 망쳤고, 페이퍼 팰리스를 망쳤고, 나를 망쳤다. 하지만 나와 조너스 사이에 그가 끼어들게 두지는 않을 것이다. 아직은 여전히 내 것인 유일한 것을 그 시커먼 먹물로 망치게 두지 않으리라.

콘래드는 내게 등을 보인 채 파도를 타고 있었다. 나는 물가에서 부서진 조약돌을 집어 들었다. '내 마음'이라고 생각하며 그의 머리를 겨냥해 있는 힘껏 던졌다. 돌은 빗나갔고, 그에게서 1미터쯤 떨어진 물속으로 사라졌다. 나는 항상 여자애처럼 돌을 던지는 편이고, 그게 늘 싫었다. 누가 봐도 약해 보이니까. 나는 몸을 숙이고 더 좋은 돌을 찾아 두리번거렸다. 파도가 물러갈 때마다 젖은 모래 위로 수백 개의 작은 구멍이 나타나는데, 조개들이 자기를 찾으려는 갈매기를 피해 서둘러 구멍을 파고 들어간 흔적이다. 나는 딱 좋은 돌을 발견했다. 회색에, 귤 정도 크기에, 가운데로 흰 줄무늬가 있는 돌. 내가 일어서자, 콘래드가 나를 쳐다보고 있었다. 나는 나중에 쓸 생각으로 돌을 주머니에 집어넣고, 바닷가를 따라 한참을 걷다 뒤를 돌아보니 그는 저쪽에 보잘것없는 점처럼 서 있었다.

바닷가를 걸어 집에 도착했을 때, 조너스가 양손으로 뭔가를 덮어

쥐고는 내 오두막 계단에 앉아 나를 기다리고 있었다. "이거 봐." 단추 크기 만한 청개구리를 내밀었다.

"예쁘네," 내가 말했다. "너는 분명히 개구리 오줌을 만진 거야. 청개구리는 사람이 집으면 손에 오줌을 싸니까." 나는 그를 옆으로 밀어내고 내 오두막 문을 열었다.

"맞아," 조너스가 말했다. "두려울 때면 본능적으로 오줌을 싸지."

"자, 그럼 이제 월요일에 봐."

"엘, 잠깐만. 미안해." 그가 개구리를 바닥에 내려놓고, 개구리가 저쪽으로 뛰어가는 것을 지켜봤다.

"뭐가?"

"몰라. 네가 화가 잔뜩 나 있잖아. 제발 화내지 마. 나는 충분히 괴로웠으니까. 걔는 레슬링이랑 반 헤일런* 이야기만 줄곧 해댔어. 내가 제일 듣기 싫은 두 가지 주제."

지금 보니 어린 남자애였다. 나는 착잡한 심정을 곱씹었다. 조너스가 잘못한 건 아무것도 없지만, 그가 이해할 수 있게 해줄 말이 아무것도 없었다. 말해서는 안 되는 이야기니까. "최악이었겠네," 그의 옆에 앉으면서 내가 말했다. "쌀쌀맞게 굴어서 미안해."

요트 운전 수업 3주 차에 조너스와 나는 중급반으로 올라갔다. 우리 둘 다 작은 배지를 받았다. 조너스는 선천적으로 타고난 요트 항해사이지만, 나도 꽤 우수한 이등 항해사는 되는 실력인 데다, 함께 바다에

---

* 반 헤일런Van Halen — 1972년 결성된 미국 록 밴드

나가 있으면 마음이 편안했다. 보트는 6명을 태울 만한 크기이지만 강사는 우리더러 "단독" 2인조로 움직여 보라고 했다. 그래서 오늘은 조너스와 둘이서 팀을 꾸리기로 했다. 오전 내내 보슬비가 내렸고, 우리는 밝은 노란색 우비를 걸치고, 만의 먼 곳까지 나갔다. 바람은 변덕스러워서 10초에 한 번씩은 방향이 바뀌었다. 조너스가 돛의 아래 활대에 숱하게 얻어맞는 나를 보며 웃음을 터트렸다.

"아 짜증 나." 내가 소리쳤다.

"그래. 돌아가자." 그가 시트를 조정하면서 방향을 바꾸려 했지만, 바람 때문에 여의찮았다. 우리가 탄 보트가 파도 위에서 일렁였고 돛은 펄럭거렸다.

"끌어가 달라고 얘기해야겠어," 내가 말한다. 강사는 우리가 요청만 하면 도와주러 올 것이다.

"아니야, 처음으로 둘이 나온 거잖아. 내가 알아서 해볼게."

그러나 비가 퍼붓기 시작하면서 내 머리에서 흘러내린 빗물로 양쪽 귀가 다 젖을 지경이 되었다. 더 이상 부두가 보이지 않았다. 물안개 속으로 보니 가까이에서 강사가 다른 보트를 끌어주고 있었다.

"선생님께 도와달라고 할게."

"5분만 기다려 봐."

"추워 죽겠어."

그가 일어나서 작은 돛을 매만졌다.

"5분, 5분." 나는 상의의 깃을 세우고 조종석에 몸을 웅크리고 앉았다.

조너스가 돛대에 몸을 기댄 채, 해결책을 찾기라도 하는지 쏟아지는 빗속을 응시했다.

"무슨 생각을 하는 거야?" 내가 말했다.

갈매기 한 마리가 안개 속에서 날아오더니 뱃머리에 내려앉았다. 머리를 들고 눈도 깜빡하지 않고 조너스를 쳐다본다. 조너스가 먼저 시선을 다른 데로 돌린다.

"화나게 할 생각은 없어," 그가 말했다.

"화 안 내."

그가 숨을 고르면서 내 옆에 앉았다. "혹시 말이야, 너와 콘래드 둘 사이에 무슨 일 있었던 거야?"

"무슨 일이 있었냐고?" 내가 놀라서 되물었다. "뭔 일? 무슨 일 말하는 거야? 왜 그런 말을 하는 거야?"

"그냥, 네가 바닷가에 우리만 두고 갔을 때, 걔가 했던 말 때문에."

내 몸에 힘이 들어갔다. "뭔데? 뭐라고 했는데?"

"네가 자기더러 몸을 만지게 해줬다고. 같이 즐겼다고. 나더러 희망을 품지 말라고."

내 입에서 히스테리컬한 웃음이 터져 나왔다. 숨통이 조여드는 기분이 들었다. "구역질 나는 소리네."

그가 안심한 듯이 웃었다. "그래, 너와는 상관없는 이야기인데, 생각만 해도 토할 것 같아."

"그 새끼는 도대체 왜 그런데? 나는 걔 정말 싫어. 걔가 내 몸을 만지게 하느니 차라리 죽어버릴 거야," 나는 이렇게 대답했지만 목소리는 떨렸다.

"네가 그랬을 거라고 생각한 적은 없어."

조너스 앞에서 울지 않으려고 애를 썼지만 의지와 상관없이 눈물이 쏟아지기 시작했다.

"엘, 잊어버려. 등신처럼 헛소리나 하고 다니는 인간이니까." 그가 자기 티셔츠 아랫단으로 내 뺨에서 빗물과 눈물을 닦아줬다. "그럼, 나는 다시 희망을 품어도 되는 거지?"

"나는 나이가 많아서 너랑 어울리지 않아." 말은 이렇게 나가는데도 내 말이 진심으로 느껴지지 않았다.

"네가 그렇게 생각할 거라고 예상은 하고 있지만, 꼭 그런 건 아니야."

"그리고 너는 내게 과분해." 이 말은 진심이다.

그가 자기 우비 주머니를 뒤져 다 부서진 페퍼민트 초콜릿 과자를 꺼내더니 반으로 쪼갠 뒤 건넨다. "점심?"

조너스가 하는 행동에는 언제나 달콤함이 있는데, 그 몸짓이 내 마음을 새삼 아프게 하는 바람에 다시 눈물이 터졌다.

"왜? 민트 안 좋아해?"

내 안에서 흐느낌이 터져 나왔다. 웃음과 고통이 뒤섞인 흐느낌. 콘래드가 내게서 모든 것을 앗아가 버렸다. 이제 더 이상 나는 달콤할 수 없다. 더 이상 깨끗하지 않다. 첫 경험은 사랑하는 사람과 하고 싶었다. 조너스 같은 사람. 더 이상 감당할 수 없는 울음이 터지더니, 지금까지 억누르고 있던 괴로움과 수치심이 한꺼번에 쏟아져 나온다.

"엘, 이제 그만. 괜히 말 꺼내서 미안해. 내가 멍청한 놈이야."

나는 울음을 멈추려고 숨을 가다듬었지만, 그럴수록 더 크게 울음이 터져 나왔다. 바다 안개가 밀려들며 내 울음소리를 삼켰고, 우리 둘은 유령처럼 거기 있었다.

"그 인간이 나를 놀려먹었던 거야. 우리가 이미 알고 있듯이. 그런 말은 하지 말았어야 했는데 미안해. 그러니 이제 그만 울어."

나는 조너스의 마음의 짐을 덜어주기 위해 사실을 다 털어놓고 싶지만, 그럴 수가 없다. 이제 겨우 14살인 아이, 내 마음속에서 소리치는 까마귀는 나 혼자 감당해야 한다. 마음속 상처는 언젠가 딱지가 생기면서 나을 것이다. 흉터야 남겠지만. 그리고 다음번에는 피임약만 먹는 정도로 끝낼 생각은 없다. 멀리서 경보음이 들려왔다.

"이제 돌아가야 해," 나는 눈물과 콧물을 흘리며 꿀꺽거리는 소리로 흐느꼈다.

"엘, 나는 이해할 수가 없어. 일단 그만 울어. 네 말이 사실 같지 않아." 조너스가 화를 참으면서도 혼란스러워한다. "나한테 말 못 할 일이 있었던 거야?"

나는 다 젖은 내 운동화만 내려다봤다. 보트 바닥에는 바닷물이 찰랑거릴 정도로 들어왔다. 나는 신발로 물을 찰싹거리면서 우비 소매로 눈물을 닦았다.

그가 나를 쳐다보면서 속으로 헤아리고 있는 게 느껴졌다. "콘래드가 너를 폭행한 거야?"

"아니야," 내가 속삭이듯 말했다.

"아니라고 맹세할 수 있어?"

나는 고개를 끄덕였지만, 그가 문득 뭔가를 깨닫고는 **뼈**가 부러지기라도 한 듯이 갑자기 주저앉는 바람에 내 표정은 지금껏 감추던 것을 다 드러내고 말았다.

"오, 이런."

"아무 말도 하지 마. 아무도 몰라."

"엘, 약속할게, 두 번 다시 그 인간이 네 몸에 손 못 대게 할 거야."

나는 웃었지만, 웃음소리는 공허하고 쓰라렸다. "그가 처음 내 방에 들어왔을 때 내가 나에게 했던 약속도 그거였어."

보트 아래로 크고 검은 그림자가 지나갔다. 잠시 거기서 맴돌더니 안개 속으로 미끄러지듯 사라졌다. 조너스에게 모든 걸 털어놓는 동안, 우리가 탄 보트는 부드럽게 흔들리며 흘러갔다.

18

8월

    여름에는 폭우가 내린 뒤에 멋진 날씨가 찾아온다. 한층 깊어진 파란 하늘 속으로 흰 뭉게구름이 떠다니고, 공기는 들이마시기 좋을 만큼 산뜻해진다. 오늘이 바로 그런 날이다. 어제 닥쳤던 폭우가 하늘을 깨끗하게 씻어 놓았다. 나는 모든 걸 잊은 채 잠에서 깼다. 의식 속에서 기억이 되살아나서 그 기억이 사라지길 바라기 전까지는 얼굴에 미소도 머물러 있을 것이다. 내가 지내는 오두막 바깥 계단에서 삐걱거리면서 나무 쪼개지는 소리가 들려온다. 엄마 얼굴이 베란다 문에 나타났다.
    "왜 이게 잠겨 있어?" 엄마가 손잡이를 돌리며 물었다.
    "가끔 그렇게 잠겨." 나는 일어나서 문을 열었다.
    "이거 좀 치워봐." 엄마가 빨아서 접은 빨래를 내 침대 위에 잔뜩 올려놓았다. "레오가 오늘은 할아버지 보트 타고 놀러 가자고 하네." 할아버지의 돛 달린 소형 보트는 트레일러 위에 얹혀 진입로에 세워진 채 여름 내내 솔잎만 쌓이는 중이다. "썰물을 타고 11살짜리 애들처럼 놀아보자. 일어나 준비해. 꾸물거리지 말고."

"괜찮다면 나는 빼줘. 그럴 기분 아니야."

"레오가 가족 여행으로 가자고 했어. 도시락도 싸고, 포인트까지 갔다 오자고."

포인트는 케이프의 가장 끄트머리, 그러니까 넓은 항구 주변을 감싸듯 둘러싸고서 끝으로 갈수록 점점 사라져 가는 모래곶의 끝을 말하는데, 말 그대로 문명과 대양 사이를 가르고 있는 마지막 장벽 같은 곳이다. 타운비치에서 출발해서 포인트까지 배로 간 다음, 안으로 들어와 있는 만의 따뜻하고 물 맑은 해변에 배를 세우고, 해초 사이로 종종걸음을 치는 게들을 지켜보고, 썰물 때는 조개를 잡으면 된다. 하지만 포인트 주변을 돌아서 3분만 걸어도, 간간이 안전한 항구를 찾아 돌아오는 요트나 저 멀리 스텔바겐 뱅크* 바다까지 참다랭이나 넙치를 잡으러 떠나는 고깃배, 물을 뿜어내는 고래를 빼면 당신과 포르투갈 사이에 아무것도 없는 망망한 바다가 펼쳐진다.

"내가 왜 가야 해? 엄마와 레오 둘만 가면 안 돼? 아무튼, 우리가 모두 잘 맞는 사이는 아니잖아." 할아버지의 소형 보트는 2명이 타기에 적당하고, 아무리 많아도 3명만 탈 수 있다. 게다가 레오는 덩치가 커서 거의 2인분에 해당한다.

"한 번에 두 사람씩 타는 거야. 콘래드도 갈 거야."

---

* 스텔바겐 뱅크Stellwagen Bank — 국립 해양 보호 구역으로 지정된 매사추세츠 만 앞쪽, 케이프 코드Cape Cod와 케이프 안Cape Ann 사이의 바다

"절대 안 돼. 콘래드랑 배를 같이 탈 생각은 눈곱만큼도 없어."

엄마가 한숨을 쉰다. "엘, 부탁할게."

"절대 안 돼. 걔는 물에 들어가면 피둥피둥한 고양이 같아질 뿐이야."

"까칠하게 굴지 말고, 너답지 않게."

"사실이야."

"아니 왜 그렇게 싫어하는 거야? 콘래드가 네게 뭐 잘못한 거라도 있어?" 엄마가 당황해서 고개를 흔들었다.

"좋아. 그 대신 조너스도 가야 해."

"말했잖아. 가족 여행이라고."

"엄마, 나도 진담이야. 엄마도 생각해 봐. 바다에서 보트가 뒤집히면 콘래드는 아무 쓸모가 없어. 파도가 험하면 나 혼자 힘으로는 보트를 세울 수 없고. 그러니 보트에 엄마, 나, 레오, 콘래드 한꺼번에 같이 끼어 타거나 ─ 물론 그러면 분명히 가라앉겠지만 ─ 내가 조종하려면 조너스가 필요해."

"알았다." 엄마가 말했다. "이렇게 좋은 날 싸우지는 말자."

진입로에서 콘래드와 레오가 보트 트레일러를 차에 연결하고 있는데, 계속해서 손에서 미끄러지는 모양이다. 그들이 자기들의 서툰 솜씨에 웃음을 터트리는 걸 지켜보면서, 아무 일도 없었다는 듯 일상이 이어지는 이 낯선 느낌에 숨이 막힐 듯했다.

"색소폰 연주자더러 이런 일을 시키니까 그렇지," 레오가 그렇게 말하면서, 서 있는 나를 쳐다봤다. "이리 와서 좀 도와줘. 콘래드 너는 엘이 핀을 집어넣을 때까지 잡고 있고."

나는 못 하겠다는 변명거리를 생각하느라 잠시 머뭇거렸지만, 딱히 떠오르는 게 없었다.

"지금, 엘," 레오가 말했다. "트레일러가 영 연결이 안 되네." 레오가 나에게 쇠로 만든 핀을 건넸다. "콘래드와 내가 들어 올릴 테니 이걸 잡고 있어봐."

"잘 해보세요, 우리 학생들." 엄마가 웃으며 나오더니 뒷자리에 쿨러를 집어넣었다.

콘래드와 레오가 트레일러를 구멍에 맞춰 끼웠다. 콘래드가 일어서다가 내 손에 들려 있던 트레일러 핀을 쳐서 바닥에 떨어뜨렸다. 그가 다시 몸을 숙이고 집더니 내게 건넸다. "엘, 미안." 나는 제대로 알아듣지도 못할 만큼 작은 목소리였다.

진입로 끝 도로 가장자리에 조너스가 앉아서 우리를 기다리고 있었다. 그는 여유로운 표정에, 늘 그렇듯 웃통은 벗은 채였지만, 눈에서는 조금 경계하는 느낌이 보였다.

"어서 타라, 조너스." 엄마가 말했다. "콘래드, 자리 좀 만들어 주고."

조너스가 콘래드 옆으로 앉으면서 그에게서 멀어지듯 차창 쪽으로 몸을 기울이고는 바깥으로 지나가는 나무를 쳐다보는 척했다. 조너스가 시선을 피하는 모습은 여태 한 번도 본 적 없었는데, 핼쑥한 모습도 처음이었다. 나 때문인 것이다. 내가 그에게 단검을 찔렀다가 뽑고, 골수에서 청춘의 푸른 샘물이 말라붙게 했으며, 나와 한패가 되도록 강요하고, 내가 감추고 있던 비밀도 견디게 했기 때문이다. 내가 그의 순결을 망쳐버린 셈이다.

"돛이 하나 더 필요하지 싶어," 내가 그에게 말했다. "그래야 바람을 타고 갈 수 있을 테니."

우즈는 아름답고 조용하다. 딱 알맞은 바람만 불어왔다. 그러나 만으로 나가자, 바람이 한층 강해졌다. 파도가 십자포화처럼 항구에 부딪히며 정박 중인 배들을 때렸다. 배를 타고 나온 사람은 거의 없었다.

배를 물에 띄우려고 했지만 몇 번이고 다시 해변으로 밀려오는 바람에 수하 용골을 내리지도 못했다. 콘래드는 배에 자기 정강이가 부서질 듯이 부딪히자 아파서 비명을 질렀다. 해변에서 지켜보던 엄마는 의미 없이 이래라저래라 지시를 했다.

"너희 전부 올라타." 레오가 말했다. "내가 마지막으로 한번 밀어 줄 테니."

"레오, 그렇게 해서 될 일이 아니에요." 보트에 탄 채 내가 말했다. "파도가 너무 거세요."

"맞아. 그런데 이미 여기까지 왔잖아."

"나는 빠져야겠어," 콘래드가 신경질적으로 변했다.

"같이 가. 재미있을 거야," 조너스가 말했다. 목소리에는 전에 없던 야비함이 묻어 있었다.

그때 마침 파도가 잠잠해졌고, 레오가 힘껏 밀어 준 덕에 우리는 기우뚱하면서 대번에 바다로 나갔다. 하얀 돛이 팽팽해질 만큼 바람이 불었다. 콘래드는 뱃머리에 앉아 두 다리를 큼지막한 분홍색 미끼처럼 물속에 드리운 채 물살을 가르고 있었다.

"나는 저 인간을 도저히 못 보겠어," 조너스가 소리를 낮춰 내게 말했다.

"아무 일도 없는 척해. 약속했잖아."

"왜 그래야 해?" 조너스가 속삭였다. "너는 저 인간이랑 얘기를 나눌 수 있어?"

"못 해. 하지만 대안이 없잖아? 있어? 나는 저 인간이랑 같이 살아야 한다니까."

"대안이야 있지. 네 엄마에게 말하면…."

"엄마가 알아서는 안 돼, 절대로."

"그렇다고 저 인간이 이대로 아무 일 없었던 듯이 계속 지내게 할 수는 없어, 엘."

"조용히 좀 해!" 내가 소리 낮춰 말했다. "다리 들어 올려!" 내가 콘래드에게 소리쳤다. "상어가 물어뜯을 수 있으니." 조너스가 화를 참느라 입술을 꾹 다문 채 내게서 고개를 돌렸다. 우리가 탄 작은 보트가 속도를 낼수록 파도가 거품을 일으키며 더 거세게 부딪쳐왔다.

콘래드는 결국 다리를 들어 올려 양반다리 자세로 앉았다. 그의 발바닥에는 두꺼운 굳은살이 박여 있는데, 죽은 피부를 벗겨낸 발꿈치 쪽으로 실금이 나 있는 게 보였다. 그가 나를 돌아보면서 웃었다. "네 말이 맞아. 물이 차."

그가 씹던 껌을 바다에 뱉었다. 나는 우리 배가 지나간 자리에 생기는 거품 속으로 껌이 가라앉는 걸 지켜봤다. 내가 쿨러에서 음료수 한 캔을 꺼냈다. "마실래?" 콘래드에게 건넸다.

"고마워." 그가 캔의 알루미늄 꼭지를 따더니 배 밖으로 던졌다.

"그러면 안 돼," 조너스가 소리쳤다. "새들이 집어 먹고 질식한다고."

"그렇지. 누구나 나를 볼 수 있는 것처럼 말이야." 콘래드가 비웃었다.

"그런 말이 아니잖아." 조너스가 말했다. "나는 네가 보여."

"나는 살아남을 거야."

"쓰레기 같은 자식," 조너스가 소리 죽여 중얼거렸다.

해안선이 우리 뒤로 점점 멀어졌다. 해변에서 손을 흔드는 엄마가 알아볼 수 없을 만큼 작아졌다.

큰 파도가 우리를 힘껏 들어 올리더니 쿵 하고 떨어뜨렸다.

"이런 세상에." 바닷물을 흠뻑 뒤집어쓰고는 콘래드가 조너스에게 소리쳤다. "네가 배를 조종할 줄 안다고 해서 여기까지 데려온 걸로 아는데."

"내게 맡겨." 조너스가 그렇게 말하더니 키의 손잡이를 손에서 놓아버렸다.

"이 새끼가." 콘래드가 일어서더니 우리 쪽으로 다가왔다.

조종하는 사람이 없으니 배가 파도에 부딪히며 크게 흔들렸다. "조너스, 장난치지 마. 배가 부서질 거야."

조너스는 아무 말도 하지 않고 다시 키의 손잡이를 잡았다.

또 다른 큼지막한 파도가 우리를 덮쳤다.

"너무 멀리 나왔어." 내가 말했다. "시트를 풀어봐. 포인트를 넘어가지 않도록."

"알아." 조너스가 말했다. "내가 알아서 할게." 그가 줄을 끌어당기고 방향을 바꾸려 했다. "콘래드, 앉아. 크게 흔들릴 테니," 그가 소리쳤다.

콘래드가 가운뎃손가락을 들어 올렸다. 그가 나를 보며 웃는데, 그의 치아가 치클렛* 껌처럼 보였다.

배가 한번 크게 흔들리는 순간, 그가 기우뚱하더니 바닷속으로 빠졌다. 잠시 후 보트 뒤쪽 물 밖으로 허우적거리면서 나타났다.

"멈춰," 나는 조너스에게 소리쳤다. "배를 멈추라고."

조너스가 메인 시트를 느슨하게 하면서 배의 속도를 줄였다. 통로에 오렌지색 구명구가 있어서 내가 풀어내려고 애를 썼지만, 물에 젖은 매듭이 내 손가락 힘으로는 풀리지 않았다.

"도와줘!" 보트가 점점 멀어져 가자 콘래드가 소리를 질렀다. "꺼내 달라고!" 숨을 못 쉬고 꺽꺽거리면서 겁에 질려 있었다.

"윗옷을 벗어, 무거우니까," 내가 소리치면서 구명구를 풀려고 애를 썼다.

"아, 이, 미친년. 그거나 얼른 던져."

"그러려고 하잖아," 내가 말했다. 그러다 나는 결국 멍해져서 주저앉았다. 조너스가 자기 손으로 내 손을 덮더니 가만히 붙잡았다.

다음 파도가 일어났을 때, 콘래드가 공포에 질린 창백한 얼굴로 물 밖으로 떠올랐다. 그가 나를 향해 손을 내밀었다.

---

* 치클렛Chiclets — 캔디처럼 만든 추잉검 상표

제3권

피터

19

1989년 2월, 런던

나는 지금 마일 엔드*까지 가는 막차를 놓치지 않으려고 엘긴 크레센트**를 따라, 래드브로크 그로브 지하철역으로 뛰어가고 있다. 시간은 늦었고, 축축한 밤공기는 뼈가 시릴 정도이다. 술을 너무 많이 마셔서 방광이 터질 듯하다. 주차된 차들 사이에 앉아서라도 볼일을 볼까 생각하고 있는데, 불쑥 내 앞으로 거대한 몸집의 사내가 나타나더니 지갑을 달라고 했다. 머리는 다 밀었고, 목에는 나치당 무늬 문신을 하고 있다. 술집들이 문을 닫아서 사람들이 거리로 쏟아져 나오고 있었지만, 칼을 쥐고 있는 남자에게 주기 싫다고 말할 엄두는 나지 않았다. 주머니에 있는 현금을 건넸다.

"반지도 빼," 그가 말했다.

---

* 마일 엔드 Mile End — 영국 런던 동쪽 끝 지명
** 엘긴 크레센트 Elgin Crescent — 런던 노팅힐에 있는 도로명

"이건 아무것도 아니에요." 내가 말했다. "싸구려예요."

"그냥 내놓으라니까, 씨발년이." 그는 그렇게 말하면서 주먹으로 내 배를 갈겼다.

나는 그대로 고꾸라졌다. 머릿속으로는 '멍청하게 굴지 마'라는 대본이 돌아갔지만, 대본대로 움직여지지 않았다.

남자가 내 손을 잡더니 손가락에서 반지를 뽑으려 했다.

"좆까." 내가 그의 얼굴에 침을 뱉으며 말했다.

그가 소매로 얼굴을 쓱 닦고 날린 백핸드 주먹을 얻어맞았더니 앞니가 덜렁거렸다.

맞을 짓을 하긴 했다.

1983년 8월, 백우즈

사흘 뒤, 몇 킬로미터 떨어진 해변으로 콘래드의 시신이 밀려왔다. 그 동네에 사는 아주머니와 그녀의 두 아이가 발견했다. 불어 터진 시신을 보고 처음에는 물개가 죽은 줄 알았다고 했다. 게들이 양쪽 귀를 다 뜯어먹은 상태였다. 레오의 울부짖는 소리를 피해 내 오두막에서 이불을 덮어쓰고 있자니, 문이 열리면서 조너스가 들어왔다. 그는 얼굴이 창백하게 질린 채 몸을 부들부들 떨었다. 나는 이불을 걷어내고 침대에서 나와서 양팔로 그를 감쌌다. 그의 어깨 위에 내 머리를 올려놓았다. 그의 얼굴을 볼 수 없었지만 상관없었다. 그가 울고 있다는 건 알 수 있었다. 나도 울고 있었으니까.

"미안해." 내가 속삭이듯 말했다. "정말 미안해."

우리는 그렇게 껴안은 채 한참 동안 같이 앉아 있었다. 조너스의 심장이 내 심장에 맞춰 쿵쿵거렸다.

"아무도 모를 거야." 조너스가 말했다. "맹세코."

"맹세코." 나도 말했다. 내 책상 서랍에 옷핀이 하나 있었다. 그 핀으로 우리는 엄지손가락을 따서 피를 낸 다음 서로 대고 눌렀다.

조너스가 바지에 손을 닦았다. 주머니를 뒤지더니 초록색 유리 장식이 박힌 은반지를 꺼내 내 손바닥 위에 올렸다. 나는 그걸 손가락으로 꼭 쥐었다. 차가웠다. 유리 장식을 붙들고 있는 쇠로 된 갈래가 내 생명선을 찌르는 듯했다.

"사랑해, 엘." 그가 말했다.

나는 그 반지를 내 약지에 끼우고, 내 손을 그의 손 위에 올렸다.

나도 그를 사랑한다.

다음 해 여름, 조너스는 우즈에 오지 않았다. 전화를 걸었더니 메인주 북쪽에서 하는 캠프에 참석 중이라고 걔 엄마가 퉁명스럽게 대답했다. 그해 여름, 조너스는 내게 딱 한 번 편지를 보냈다. 파리가 끔찍할 지경이라고, 하지만 자작나무로 카누 만드는 법을 배우고 있다고. 엄청나게 큰 무스도 봤다고. 나무늘보가 곰의 일종이라는 걸 나는 알았던가? 호수에는 도미가 있다고도 적었다. 무엇보다 내가 보고 싶지만 지금으로서는 이게 최선이라고 쓰여 있었다. 나 역시 그 말이 옳다는 것을 알았고, 일을 이렇게 만든 건 내 책임이 컸지만, 그런데도 비참했고, 버림받은 기분이었다. 나를 생각해서가 아니라, 캠프가 더 좋아서 선택한 게 아닌가 하는 기분이 들었다.

1989년 2월, 런던

나는 땅에 쓰러져, 입안 가득 들어 있던 피를 길에 뱉었다.

"알아서 기어, 멍청한 년아." 그가 말했다.

내 손가락에서 조너스가 준 반지를 빼서 주려고 하는데, 그의 뒤쪽 어둠 속에서 누군가 나타났다.

"어이, 그만하지."

"좆까지 마, 개새끼야." 돼지같이 생긴 강도가 그렇게 말하는가 싶더니 내 앞에서 그대로 고꾸라졌다.

그를 내려다보는 남자도 약간은 충격을 받은 듯했다. 손에는 자동차 타이어 떼어낼 때 쓰는 지렛대가 들려 있었다. "트렁크에 싣고 다니던 거예요." 그가 자기 뒤쪽에 세워져 있는 낡은 랜드로버를 가리키며 말했다. 키가 크고 팔다리도 길고, 20대 후반 정도에, 구닥다리 코듀로이 재킷을 걸치고, 추위가 매서운 2월의 밤에 얇은 울스카프를 맸다. 영국인들은 날씨에 전혀 신경을 안 쓰는 듯이 행동한다. 비가 쏟아지기 시작하면 옷깃을 올리는 정도이다. 일어나려는데 그가 신고 있는 갈색 가죽 구두가 주문 제작한 거라는 게 눈에 보였다.

"어서 여기를 빠져나가는 게 좋아요." 그 남자가 말했다. "저 작자가 정신을 차리면 골치 아프게 다시 달려들 테니. 어디로 모셔다 드릴까요?"

"경찰을 부르면 안 될까요?"

"아," 그가 미소를 보였다. "미국인이시군요. 한밤중에 런던 거리를 혼자 돌아다니는 멍청한 짓도 이제 이해가 되네요."

나는 아직 호흡이 돌아오지 않은 상태였지만 간신히 입을 열었다. "여기서 저 사람과 같이 있는 편이 더 안전하지 않을까 싶군요."

"좋으실 대로 하세요, 그럼." 그가 재킷 주머니에서 로스먼스 담배를 꺼내 불을 붙이고, 자동차 타이어 지렛대는 트렁크에 다시 집어넣고 문을 닫았다. "진짜 안 태워 드려도 괜찮아요? 아, 씨발." 그가 앞유리에 붙어 있는 주차위반 딱지를 떼어내며 소리를 질렀다.

내 발치에 쓰러진 돼지 같은 남자는 아직 정신을 못 차리고 신음을 냈다. 그가 숨을 내쉴 때마다 벌어진 입에서 가느다랗고 하얀 입김이 담배 연기처럼 나왔다. 발로 한 대 차고 싶은 충동이 일었다.

"도끼 살인마세요?"

그가 웃으며 말했다. "맞아요. 하지만 오늘은 생각이 없네요. 너무 추워서."

"솔직히 말하자면, 태워주시면 감사하죠."

"피터라고 합니다." 그가 손을 내밀었다.

1983년 8월, 테네시주 멤피스

장례식은 멤피스에서 있었다. 엄마는 아직 흙으로 메우지 않은 무덤 앞, 오래된 목련 그늘에서 레오의 전 부인을 처음 만났다. 나는 신부님

목을 두른 흰 옷깃에 땀이 스미는 걸 보았다. 레오는 콘래드의 관이 축축한 땅속으로 내려갈 동안 색소폰을 연주했다. 연주 중간, 그의 호흡이 흔들렸다. 색소폰은 들쭉날쭉 흐느끼며 울려 퍼졌다. 나는 눈물을 흘리지 않았다. 울어야 한다는 건 알았다. 울고 싶었다. 하지만 뜻대로 되지 않았다. 나는 그럴 자격이 없다. 콘래드의 엄마는 증오하듯 나를 쳐다봤고, 나는 그녀가 사실을 알고 있다는 것을 알았다. 그녀는 투명 스타킹에 앞이 막힌 펌프스 구두를 신고 있었다. 그녀는 얇고 까만 면드레스를 입은 채 눈을 크게 뜨고 있는 창백한 얼굴의 로즈메리를 자기 쪽으로 바짝 당겨 안고 있었다. 로즈메리는 야구 경기장 관람석에서 저 멀리에 아는 사람을 봤을 때처럼 나를 보고 미소를 지으며 손을 흔들었다. 그녀의 엄마가 다리에 힘이 풀리는지 휘청거렸다. 로즈메리가 엄마를 부축하느라 시선을 돌렸다.

장례식 후에 레오는 어느 중국 식당에서 간단하게 점심을 먹기 위해 나와 엄마와 애나를 데리고 갔는데, 식당에서 나온 접시에는 종려나무순*이 가득했지만, 우리 중 누구도 입을 열지 않았다. 3시가 되었을 즈음, 우리는 조문객을 맞이하러 레오를 예전에 살던 집에 데려다주었다. 하얀 비막이 판자로 지어진, 지붕 덮인 현관을 커다란 기둥들이 떠받치고 있는, 거의 다 허물어져 가는 집이었다. 코린트 양식이라고, 경황없는 중에도 레오가 우리에게 말했다. 집에 비해 기둥들이 너무 화려하고, 너무 희망찼고, 그게 외려 나를 슬프게 했다. 앞뜰에는 백일홍 나무 두 그루가 있고, 그 아래 땅에는 떨어져서 이젠 색종이처럼 변해

---

* 종려나무순은 샐러드 등 요리 재료로 쓰인다.

버린 꽃이 깔려 있었다. 정문 옆에 세워 놓은 우산꽂이는 입을 넓게 벌린 악어처럼 생겼다. 나는 레오가 여기서 살았다는 게 상상이 되지 않았다.

엄마가 레오의 손을 꼭 쥐었다. "같이 안 들어가도 괜찮겠어?"

"그러는 게 좋아. 내가 그들과 같이 있어 줘야 해."

엄마가 고개를 끄덕였다. "언제 데리러 올까?"

"모텔까지 택시 타고 갈게," 그가 말했다.

우리는 렌터카 안에 앉아서, 나무로 만든 낡은 그 집으로 들어가는 레오의 모습을 지켜봤다. 집 안에서 바닥에 놓인 선풍기가 돌아가는 소리가 들려왔다. 누군가 흐느끼는 소리도.

모텔에 거의 다 왔을 무렵, 엄마는 고속도로에서 스트립몰*로 접어들었다.

"여기서 잠시 쉬어야겠다." 엄마가 언니와 나에게 각각 5달러씩 주었다. "먹고 싶은 거 사 먹어." 그러더니 엄마는 약국으로 들어갔다.

"아니, 멤피스 스트립몰에서 10달러로 뭘 할 수 있다는 거야?" 애나가 말했다.

"아이스크림?"

"지금 이 상태에서 칼로리를 더 흡수하는 건 정말 아니야. 그러느니 죽어버릴 거야."

"좋네," 내가 말했다.

"뭐라고?" 그녀가 말했다. "너는 뚱뚱해지고 싶어?"

---

* 스트립몰 strip mall — 상점과 식당들이 일렬로 늘어서 있는 곳

"그러면 그냥 죽으라고?"

애나가 나를 망연하게 쳐다봤다.

"아주 예민하시군 그래," 내가 말했다.

"아, 알았어. 씨발." 잠시 애나의 얼굴이 굳어졌다. 그러더니 웃기 시작했다. 나도 갑자기 높은 소리로 히스테리컬하게 웃기 시작했는데, 너무 심하게 웃는 바람에 눈물이 얼굴을 타고 흘러내렸다.

"아가씨들?" 엄마가 우리에게 걸어왔다. 약국에서 받은 조그만 흰 종이봉투를 들고 있었다. 엄마의 예쁜 얼굴은 피로에 젖어 지치고 여위었다. "무슨 웃긴 얘기를 했던 거야? 엄마도 좀 웃게 해봐."

"콘래드가 죽기 1주일 전이었을 거예요," 나는 엄마가 침실에서 전화하는 소리를 들었다. "그 이후로는 관계를 안 했어요."

뉴욕으로 돌아온 지 며칠이 지났다. 뉴욕은 끈적끈적하다. 도로에서는 토할 듯한 썩는 쓰레기 냄새가 올라왔다. 뭘 하든 간에 옷 겨드랑이 쪽에 땀이 차서 번지는 자국이 생겼다. 에어컨에서 나오는 악취 섞인 물이 아래쪽 도로로 떨어져 내렸다. 우리가 사는 아파트는 먼지와 좀약 냄새와 벽에서 나오는 바퀴벌레의 은근한 냄새에 둘러싸인 채 더워서 숨이 막힐 지경이다. 다들 여기 있는 걸 싫어했지만, 레오는 도저히 우즈로 돌아갈 수가 없다고 했다. 레오는 사고에 대해 자책하고 있었다. 그날 배 타러 가자고 고집을 부렸던 게 자신이라고. 파도가 그렇게 거친데도 자기가 보트를 밀어 줬다고. 밤이면 자책하는 정도가 더 심해졌다. 거실에서 스카치 잔을 손에 들고 왔다 갔다 하면서 엄마에게 계속해서 "만약에"라는 말을 쏟아내고 있었고, 찾을 수 없는 답을 찾으려고 몸부림쳤다. 왜 내가 구명복을 입으라고 하지 않았을까? 왜 구명구는 이중으로 묶여 있었을까? 어떻게 아무도 못 봤을까? 콘래드는 자기를 덮치는 파도를 봤을까? 죽는다는 걸 알았을까?

"아뇨." 나는 내 목구멍으로 올라오는 걸 내리누르며 말했다. "못 봤어요."

콘래드가 죽고 나서 애나는 예전에 쓰던 방을 되찾았다. 레오는 그 방을 지나갈 때마다 거기에 애나가 있다는 사실을 못 견디겠다는 듯이 그녀를 쳐다봤다.

"씨발, 빨리 여기를 떠나서 LA로 가야 해." 애나가 내게 말했다. "성난 염소랑 영안실에 같이 있는 느낌이야."

말도 안 되는 소리였지만, 나는 무슨 말인지 이해가 되었다.

"그만 좀 보채." 레오가 소리쳤다. "참을 수가 없네. 참을 수가 없어."

"내 잘못이 아니잖아." 엄마가 애원했다.

그들이 있는 방문은 닫혀 있지만, 고함이 내 방 벽을 통해 들려왔다. 와자작 부서지는 소리가 들리더니 유리가 깨지는 소리도 들렸다.

"이거 치워." 레오가 소리쳤다.

"그만해." 엄마가 비명을 지른다. "그만하라고. 이건 내 할머니가 쓰던 램프야."

"네 할머니는 무슨 씨발."

"제발, 여보, 당신을 사랑해."

침실 문이 열리더니 레오가 쿵쿵거리며 내 방을 지나, 우리 아파트를 나가더니, 건물을 벗어나 뜨거운 밤거리로 사라졌다. 나는 방에서 엄마가 흐느끼는 소리를 조용히 참고 들으면서, 도저히 못 견딜 듯해서 베개를 머리 위로 덮었다.

5주 후, 레오는 우리더러 여기서 나가겠다고 말했다. 짐을 싸고, 색소폰을 챙기더니, 엄마에게 작별의 키스를 했다.

"가지 마, 제발, 가지 마." 엄마가 애원했다.

엄마는 그의 팔을 붙잡고 서 있었고, 그가 아직 떠나지 않았는데도 벌써 외로워 보였다. 마침내 그가 나가고 문이 닫히자, 엄마는 창가로 가서 그가 나타나길 기다렸고, 그가 거리로 걸어 나와 점점 멀어지는 모습을 지켜봤다. 이제 배가 불러오고 있었다.

1984년 5월, 뉴욕

엄마가 밴 아기는 분만 중에 죽었다. 탯줄을 잘랐을 때 아기는 숨을 쉬지 않았고, 양수 속에서 질식한 상태였다. 병원에서는 아기를 살리려고 할 수 있는 모든 걸 다 했다. 제왕절개를 해서 꺼내다가 질벽과 회음부도 절개했다. 의사들은 소리치고, 간호사들은 뛰어다녔다. 남자아이였다. 피카소 그림 속에 나오는 아이처럼 조그맣고 파랬다. 레오는 연락처를 남기지 않고 떠났기에, 자기 아들 두 명이 모두 물에 빠져 죽었다는 사실을 알 길이 없었다.

아빠가 나와 함께 엄마를 데리러 병원에 왔다. 아빠는 도로의 연석에 부딪히지 않게 조심하면서 엄마가 앉아 있는 휠체어를 밀었다. 우리가 타고 갈 택시가 서 있었다. 세탁해서 접어 넣은 아기 옷이 들어 있는 출산용품 가방이 휠체어 뒤쪽에 걸려 있었다. 우리가 탄 차가 떠날 때, 아빠가 그걸 그냥 걸어 두고 잊어버린 걸 엄마는 알아차리지 못했다. 나는 차 뒤쪽 창문으로 그게 이리저리 흔들리다가 멈추는 모습을 지켜봤다.

5번가를 따라 쏟아지는 햇볕 아래 벚꽃이 만발했다.

"일 년 중에 이때가 나는 정말 좋아," 엄마가 말했다. "피크닉을 가야지. 오이 샌드위치를 만들어서." 엄마의 눈이 퀭했다.

"일단 집에 가자," 아빠가 말했다. "엘이 수프를 만들었고, 내가 잘 익은 아보카도와 보스턴 상추* 한 포기를 냉장고에 넣어 뒀어. 당신을 데려다 놓고, 내가 다시 나가서 버번을 사 올게. 다 먹어 치워야지."

"레오와 연락이 되어야 해. 얘기는 해줘야지."

"알아," 아빠가 말했다. "찾는 중이야."

아빠 목소리에는 전에 없던 위엄과 부드러움이 있었다. 집으로 가는 택시가 속력을 높일 무렵, 나는 내 인생에서 처음으로 부모님 두 분과 함께 있다는 사실을 깨달았다.

택시 미터기가 천천히 올라갔다. "당신은 레오가 계속 있었어도 이런 일이 있었을 거라고 생각해?" 엄마가 말했다. 머리는 착 달라붙은 채, 강인하고 아름다운 얼굴은 부기가 안 빠지고 붉게 상기되어 있었다.

아빠가 엄마의 손을 잡았다. "쓸데없는 생각 하지 마," 아빠가 말했다. "병원에서는 할 수 있는 걸 다 했어. 잘못한 사람은 아무도 없어."

---

* 보스턴 상추Boston lettuce — 양상추의 일종으로 윗동아리는 둥글게 돌아오르고 잎은 노르스름하다.

"누군가는 잘못한 거지." 엄마가 말했다.
나는 엄마 말이 맞는다고 생각했다.

20

1989년 2월, 런던

마일 엔드로 가는 길에 나는 피터에게 오줌을 싸야 하니 차를 세워달라고 요청했다. 여기는 런던, 그러니까 11시가 넘으면 모든 건물이 문을 닫는 곳.

"5분만 참으면 안 돼요?" 그가 말한다.

"그럴 수 있으면 길바닥에서 생판 처음 보는 사람 앞에서 바지를 내리고 오줌을 싸겠다고 말하지는 않겠죠."

"아, 네. 알겠습니다. 아가씨." 피터가 자갈이 깔린 좁은 길 한쪽에 차를 세웠다. "자 이제 나가세요."

나는 내 뒤쪽으로 쭉 서 있는 집에서 창밖으로 내다보는 사람이 아무도 없기를 바라면서 거기 서 있는 나무 뒤로 가서 쭈그려 앉았다. 내 허벅지가 가로등 불빛에 반사되어 하얗게 빛났다. 돼지 얼굴을 한 남자에게 얻어맞은 배의 통증 때문에 신음이 나왔다. 내 아래 얼어붙은 땅에 웅덩이가 생겨 흐르기 시작했다. 신이 젖지 않도록 두 다리를 옆쪽으로 더 벌렸다. 이렇게 편안해지는 경험을 해본 적이 없다. 일어서서 청바지와 팬티를 끌어 올리고 있자니 차 안에서 피터가 나를 쳐다보고 있었다. 내가 쳐다보자 그는 웃으면서 당황스럽다는 듯이 눈을 가렸다.

오후 5시 45분

머릿속에 벌 떼가 들어선 듯 복잡하다. 한낮의 날것 그대로의 감미로운 쓰라림. 복잡한 심경을 떨쳐버릴 수가 없다. 연못 반대쪽에서 집까지 수영을 했더니 조너스의 체취는 몸에서 씻겨 나간 듯했지만, 젖은 수영복을 입은 채 수건으로 닦으면서 주방의 레인지 옆에 서서 주전자의 물이 끓기를 기다리는 동안 머릿속에는 여전히 그가 박혀 있다. 그 굳은 얼굴이 떠오른다. 연못 가운데, 수심이 깊어져 초록빛 물 색깔이 짙어지는 곳에 이르러, 숨을 돌리느라 멈춰서 선헤엄을 치고 있었을 때, 저쪽에 있는 조너스를 돌아보는 것도 두려웠고, 피터가 있고 내 삶이 있는 집으로 가는 것도 두려웠다.

"새까맣게 탔네," 엄마가 선반에서 후콰* 홍차 잎이 들어 있는 오래된 까만 통을 꺼내면서 말했다. "너와 조너스 둘이 몇 시간째 안 돌아와서 너희들 찾을 원정대를 보내려던 참이었어."

"원정대가 얼마나 도움이 될 거라고," 내가 웃었다. "몇 시간까지는 아니잖아요. 둘이 걸어가서 잠깐 바다를 보고 왔어요. 오후 햇빛이 무척 예뻐서."

---

* 후콰Hu-Kwa — 대만 홍차 브랜드

"오늘은 보름달이 뜨는 날이지." 엄마가 말했다.

우리 뒤쪽으로 피터와 세 아이가 주사위 게임을 하고 있다. 피터가 듣고 있는가 싶어 쳐다봤더니 그는 두 배짜리 보너스에 걸려서 블록을 세우느라 정신이 없다.

"사람들이 좀 나와 있었어?" 엄마가 물었다.

"비들 씨 가족이 히긴스 쪽으로 캠핑 나와 있었어요. 보라색 치마 입은 걸로 보니 패멀라가 해변에 산책을 나온 것 같고. 그 외에는 없었어요. 출입금지 표지판은 다 없어졌고."

"감사할 일이네." 엄마가 숟가락 등으로 차가 들어 있는 통의 뚜껑을 비틀어 열었다. "자." 엄마가 그걸 내게 건네면서 레인지에서 주전자를 집어 들었다. "이만하면 물이 충분히 뜨거워졌을 거야."

"아 제발, 장모님." 피터가 말했다. "물이 다 끓을 때까지 놔두세요. 차라리 뜨뜻한 오줌물을 주던가. 그리고 나는 그 랍상 수총* 차는 사절이에요. 맛이 너무 형편없어요."

"솔방울 위에서 훈제한 거야." 엄마가 말한다.

"그래서 더 안 좋아요."

"네 남편은 사람을 쥐고 흔드는 경향이 있어." 나는 엄마가 말은 이렇게 하면서도 좋아한다는 것 정도는 알고 있다. 엄마가 주전자를 레인지 위에 올려놓고, 영국 홍차라도 찾으러 자리를 떴다.

핀이 테이블에서 일어나더니 나에게 안겼다. "바닷가에서 상어알을 찾았어요."

---

* 랍상 수총Lapsang Souchong — 연기 향내가 나는 중국 고급 홍차.

"상어알?" 내가 미심쩍어 물었다.

핀이 주머니에 손을 집어넣더니 바스락거리는 작고 바삭바삭한 주머니 같은 걸 꺼냈는데, 양쪽 끝에 악마의 뿔처럼 생긴 게 달려 있다. "이거, 지나 아줌마가 알집이라고 했어요. 새끼 상어를 위한."

"다들 그렇게 생각하지. 하지만 이건 홍어 새끼집이야. 인어의 지갑* 이라고 해."

"인어가 고트족이 아닌 다음에야 말도 안 되는 말이지." 피터가 웃었다.

나는 그걸 핀에게 다시 돌려줬다. "찢어지지 않게 선반 위에 잘 올려놔."

"올해 핼러윈 때는 인어 분장을 하고 싶어요." 매디가 말했다.

"좋은 생각이네. 다리가 없이 이웃집으로 돌아다니려면 조금 힘들긴 하겠지만." 피터가 거들었다. "여보, 이리 와서 같이 게임해."

"지금 주사위 놀이할 기분 아니야. 젖은 수영복부터 벗어야 해."

"그래야지. 안 그러면 요도감염증 걸리기 쉬우니." 엄마가 팬트리에서 10개들이 화장지 묶음을 꺼내 오면서 말했다. "이거 욕실에 갖다 놓을래? 다 떨어졌어. 다들 왜 그렇게 금방 써서 없애는지 모르겠다. 메뚜기 떼도 아니고."

"따님께서 방광이 콩알 만해서 그래요." 피터가 말했다. "저 사람이 다 써요."

---

* 상어나 홍어 중 일부 종은 산란할 때 그 알을 보호하기 위한 막이 생긴다. 이걸 인어의 지갑mermaid's purse이라고 부른다. 해안가에 올라오는 경우가 종종 있는데, 해초로 오인하기도 한다.

"말도 안 되는 소리," 내가 말했다. "당신은 평생 화장실 휴지 한번 갈아 끼운 적 없잖아."

피터가 아이들 쪽으로 고개를 돌렸다. "엄마 아빠가 처음 데이트했을 때, 너희 엄마가 내 눈앞에서 바지를 내리고 오줌을 쌌었다."

"으윽," 잭이 말했다.

"데이트는 아니지," 내가 말했다. "그때 당신은 그저 기숙사까지 나를 태워줬던 사람이었을 뿐이야. 그리고, 그렇게 하지 않았으면 당신 차 안에서 쌌을 거야. 뭐 그랬더라도 딱히 표시도 안 날 만큼 차 안이 엉망이긴 했지만. 고기 썩은 냄새가 진동했잖아."

"뭐라는 거야, 그건 아니지." 피터가 웃었다. "당신이 나를 좋아했지. 나무 아래 쭈그려 앉아 있는 당신 하얀 팬티를 보이는 순간 내가 알아봤지."

"전혀 아니네요."

"좀 제발요." 잭이 숨 막힌다는 듯 소리를 질렀다.

"아 참, 그리고 그때 내가 당신 생명을 구해줬잖아."

"너희 아빠가 진짜 영웅이긴 했어," 내가 말했다. 이 말에도 애들은 웃었다.

"딕슨과 안드레아가 햄버거 먹으러 오라고 초대했다," 엄마가 말했다. "즉석 바비큐도 준비했다고. 6시 반이나 7시까지 걸어서 도착하겠다고 얘기해 뒀다."

"어이쿠," 내가 말했다.

"나중에 잊어버리지 않게 얘기해 줘. 빨간 양파 가져가겠다고 했거든."

"그냥 집에서 조용히 저녁 먹으면 안 돼요? 나는 어젯밤 숙취에서 아직 덜 깼는데."

"우리 찬장은 텅텅 비어 있다." 엄마가 말했다. "장을 봐온 사람은 아무도 없고." 엄마 말에서 비난하는 기색이 묻어 나왔다.

"파스타 한 팩이 있어요. 냉동한 콩도 있고."

"아무튼, 나는 요리할 기분 아니다."

"내가 할게요. 오늘 밤에 비 온다는 예보도 있고."

피터가 주사위 게임 보드에서 눈을 들어 쳐다봤다. "당신이 집에 있겠다면 애들을 돌보는 일은 흔쾌히 내가 맡지."

"가만히 생각해 보니까 멤피스에서 여기 온 지 24시간도 안 되었는데 계속해서 사람들을 만나고 있어요. 오늘은 일찍 자고 싶어요." 나는 생각할 시간이 필요하다.

"그래 그럼," 피터가 말했다.

나는 피터에게 걸어가서 그의 어깨에 양손을 올리고 몸을 숙여 입을 맞췄다. "당신은 참 멋진 사람이야."

"아 집중력 흐트러지게 하지 마," 피터가 말했다. "지금 이거 아주 중요한 게임이거든," 그러면서 핀의 작고 노란 말을 잡았다.

빅하우스 바깥에 서서 나는 잠시 숨을 고르면서 내 가족을 지켜봤다. 핀이 판지로 만든 작은 주사위 통에서 주사위를 굴렸다. 엄마는 오래된 갈색 찻주전자에 뜨거운 물을 따르고 있다. 주둥이로 김이 뿜어져 나왔다. 엄마는 찻잎이 물속으로 가라앉은 걸 지켜보다가 대나무 여과기를 통해 이가 빠진 머그잔에 차를 따랐다. 엄마가 설탕 담는 통을 들여다보더니 인상을 쓰며 찾으러 다녔다.

피터는 옷소매를 걷어 올리고 근육을 보여준다. "자 보이지?" 그가 아이들에게 말했다. "보여? 이 남자는 아무도 못 건드리지." 그가 매디의 머리카락을 헝클어뜨렸다.

"아빠, 하지 마."

"까칠하기는." 그가 매디를 곰처럼 껴안고는 머리 위에 입을 맞추면서 으르렁거렸다.

"진심이라니까." 매디가 웃는다.

잭이 테이블에서 일어나 주방 조리대로 가더니 과일 그릇에서 자두를 하나 꺼내 베어 물었다.

"아빠한테 그 차 좀 가져다주겠니, 허니?" 피터가 잭에게 말한다. "연로하신 너희 할머니께서 그걸 내게 갖다주시는 걸 잊어버린 모양이다."

"다 들려," 엄마가 팬트리에서 소리 질렀다.

오두막으로 가는 길에 맨발 아래로 솔잎이 바스러지는 익숙한 소리가 들린다. 대기에서 비가 올 듯한 냄새가 난다. 아이들 오두막 계단에 젖은 수건이 떨어져 있다. 나는 그걸 집어서 나뭇가지에 걸었다. 애들이 불도 켜 놓은 채 나왔다. 나는 안으로 들어가서, 나방과 달그락거리는 풍뎅이들이 베란다 문을 새까맣게 뒤덮기 전에 불을 껐다. 오두막 안은 엉망으로 헝클어져 있다. 애나와 내가 여기서 지낼 때도 그랬다. 비키니 아랫도리, 립글로스, 나막신 따위가 뒤엉켜 나뒹구는 채, 서로 말싸움에 정신없었다. 나는 아이들이 바닥에 벗어 놓은 옷은 집어서 세탁 바구니에, 스웨터는 매디의 옷 서랍에 넣고, 축축한 수영복은 옷걸이에 걸었다. 이렇게 하는 건 애들을 망치는 첫걸음이라는 건 알고 있지만 — 아이들도 자기 방은 자기가 정돈해야 한다 — 지금으로서는 단순하고 직접적인 일에 집중하는 게 나로서는 위로가 되었다. 엄마가 슬픔을 위한 처방 삼아 늘 하던 말은 이것이었다. "마음이 우울할 땐 속옷 서랍을 정리해 봐."

잭이 아무렇게나 내팽개친 오트밀 색깔 이불이 바닥에 떨어지기 직전이다. 베개는 매트리스와 벽 사이에 쑤셔 박혀 있다. 나는 잭의 침대를 정리했다. 쿵, 하면서 저쪽으로 뭔가 떨어졌다. 거미줄이 처져 있는 바닥을 한 손으로 더듬거려 꺼내 보니 잭이 쓰는 까만 노트이다. 일기장. 요즈음 부쩍 나를 무시하고, 말도 못 붙이게 하는, 속을 알 수 없는 내 아들. 지금 내 손 안에 거기에 대한 모든 답이 들어 있다.

책꽂이에 올려져 있는 여행용 갈색 시계에서 초침 돌아가는 소리가 들린다. 나는 눈을 감고 그 노트를 코에 대고 잭의 지문과, 감춰 둔 생각과, 갈망의 냄새를 맡으려고 해본다. 잭은 결코 모를 것이다. 나는 얼마든지 알아볼 수 있다. 그러나 아는 건 힘이지만 독이 되기도 한다. 나는 노트를 아까 찾았던 곳에 도로 갖다 놓고, 침대를 벽에 다시 갖다 붙인 다음, 이불을 원상태로 돌려놨다. 내 현재 상태로는 더 많은 비밀을 감당하고 싶지는 않으니까.

1984년 10월, 뉴욕

어둑어둑하고 무겁게 가라앉은 우리 아파트에서 요리하는 냄새가 난다. 바라기는 햄버거와 냉동한 옥수수, 크림을 바른 시금치였으면 싶다. 하지만 기대는 하지 않는다. 지난밤에 엄마가 닭을 통째로 요리했는데, 지금도 여전히 셀로판지에 싸여 있으니. 요즘 엄마는 정신이 반쯤 나간 상태이다.

"나 왔어요." 내가 소리쳤다.

엄마가 청치마 위에 앞치마를 두르고, 프라이팬에 닭의 간과 양파를 요리하는 게 보인다. 식탁에는 밥을 담은 그릇과 케첩이 놓여 있고, 벽에는 유약을 바른 테라코타 냄비가 걸려 있고, 한 번도 쓰지 않은 향신료와 후추가 담긴 유리통도 보인다. 냄비 잡을 때 쓰는 헝겊은 뭐가 잔뜩 묻은 채 바닥에 떨어져 있다.

"오케스트라가 늦게 끝났어요." 내가 그걸 집으면서 말했다.

"오레가노* 좀 꺼내줄래?" 엄마가 쳐다보지도 않고 말했다.

내가 찬장 문을 열었다. 찬장 유리는 투명해서 안에 뭐가 있는지 다 보인다. 아침식으로 먹는 곡물, 젤리 상태의 콩소메 세 캔, 고양이 사료, 유통기한이 지난 메트리칼** 한 캔이 들어 있다. 나는 콜먼즈 머스타드 통을 옆으로 밀치고 오레가노를 꺼냈다.

"아까 애나와 통화했어." 엄마가 말했다. "로스앤젤레스에서 전화했더라. 목소리는 좋아 보이더라. 커뮤니케이션이 대학 전공이라는 게 엄마는 이해가 잘 안되네. 먹는 걸 전공하는 거랑 비슷한 거 아니야? 걷는 걸 전공하는 거나. 손 씻고 저녁 먹자."

아파트는 어두웠다. 나는 복도로 가서 불을 켰다. 작년에 레오가 떠

---

* 오레가노 oregano — 허브의 일종. 지중해 음식에 널리 쓰이며 향이 좋다.

** 메트리칼 Metrecal — 비만 방지용 저칼로리 정력 증진제

난 뒤 엄마는 전기 사용을 병적으로 줄였다. 불을 자꾸 껐다 켔다 하기보다는 그냥 계속 켜 둬야 전기료가 덜 나온다고 아무리 얘기해도, 엄마는 도시에나 있는 전설 같은 소리라고 말했다.

화장실 수도꼭지에서 뜨거운 물이 나오려면 시간이 조금 걸리는데, 나올 때는 손이 델 만큼 뜨겁다. 나는 청바지에 손을 문질러 닦고, 가방은 내 방에 던졌다. 고양이가 내 침대 위에 웅크리고 앉아 있다. 안쪽 뜰 너머로 보이는 주방 창을 통해 보니, 엄마가 우리 둘을 위해 저녁상을 차리는 모습이 보인다. 접시 옆에 포크와 나이프를 놓고, 와인 잔을 놓는다. 나는 주방으로 가다가 돌아와서 내 방의 불을 껐다. 사소한 일이지만, 엄마가 신경을 쓰니까.

'저게 언제부터 저기에 있는 거지?' 나는 속으로 생각했다. 내 낡은 일기장이 책상 위에 펼쳐져 있는 것 말이다. 나는 그게 뛰어올라서 나를 물기라도 하는 것처럼 조심스럽게 일기장 쪽으로 다가갔다. 그걸 집어 들고는 엄마가 뭘 읽었을까 싶은 마음에 가슴 속에서 심장이 요동쳤다.

> 오늘은 이번 학기 마지막 날! 베키와 나는 내일 수영복 사러 짐벨스*에 간다. 나는 내 용돈을 쓸 참이다. 엄마가 15달러를 보태주겠다고 했다. 베키가 이번 여름 매주 수요일 밤마다 타운홀에서 초월 명상 강좌가 있다고 같이하자고 한다.

---

* 짐벨스Gimbels — 1842년부터 1987년까지 운영되었던 미국 백화점

나는 몇 장 더 앞으로 넘겨봤다.

내일이면 백우즈로 간다! 조너스를 보고 싶어 미칠 지경이다.

이번 여름 해야 할 일
책 12권 읽기
매일 플루트 연습하기
채식주의자?
보트 조종법 배우기
몸무게 7킬로그램 줄이기

그 목록 아래에 이렇게 쓰여 있다.

너무 무섭다. 그가 내게 다시 그러면 어쩌지? 다시 내 방에 들어오면? 그가 정말 싫다. 죽고 싶다 … 절대 엄마가 알아서는 안 된다. 엄마가 알면 엄마 인생이 완전히 망가질 테니.

그가 정말 싫다.
그가 정말 싫다.
그가 정말 싫다.

다음 장으로 넘겨봤다.

생리가 늦다. 임신인가? 하느님 제발, 임신은 안 돼요.

그다음에 한 꼭지 더 있었는데, 페이지에 눈물 자국이 있고 파란색 잉크는 번져 있다.

오늘 해변에서 콘래드의 시신이 발견되었다. 발견한 여자의 말로는 두 눈을 뜨고 있었다고 한다. 숨을 쉴 수가 없다. 나는 왜 구명구를 던져주지 않았던가? 속이 울렁거린다.

그 뒤로는 비어 있다.

나는 내 방 불을 끄고 창밖을 내다봤다. 위층 어디서 누가 노래를 부르기 시작했는지 소프라노 소리가 안쪽 뜰의 벽을 타고 흘러나왔다. 엄마가 주방 창문을 닫고, 와인을 한 잔 따르더니, 입에 대고 단숨에 마신다. 다시 한 잔을 따른다. 엄마가 알고 있는 것이다. 안쪽 뜰은 한동안 청소를 하지 않았다. 바닥으로 식당 배달음식 메뉴판, 비닐봉지 등이 나뒹굴고 있다. 가장자리로는 빈 통만 남은 고양이 사료통 두 개가 보였다. 경비원 중 한 사람이 길고양이에게 먹을 걸 주는데, 건물 관리 규정에 어긋나는 일이다. 위층 어디선가 초록색 콩이 비처럼 후드득 쏟아져 내린다. 바닥의 콘크리트를 우박처럼 때린다. 예전에 애나와 나도 저런 짓을 했다. 콩이나 브로콜리, 삶은 당근, 생선 조각 등 먹기 싫은 음식이 나오면, 엄마가 안 보는 틈에 몰래 창문 밖으로 내밀어 안뜰에 버렸다. 엄마는 그걸 알았을 때도 별말은 하지 않았다.

주방에 도착했는데도 엄마는 나를 쳐다보지 않았다. 주방 안은 공기가 부족한 듯 답답했다. 나는 창문을 약간 밀어서 열었다. 내 앞에 놓인 접시에는 밥과 닭의 간 그리고 양파가 차려져 있다. 주방 문 너머로 엘리베이터가 우르릉거리며 움직이더니, 위층 어딘가에 멈춰 서는 소리가 들렸다.

엄마가 나무로 만든 식탁 위에 와인 잔을 내려놓고, 내 의자를 빼주고는, 케첩 병을 건넸다. 우리는 말없이 앉았다. "오늘 네 방에 들어갔었다." 마침내 엄마가 입을 열었다. "네 낡은 스케이트를 학교 자선 바자회에 내놓을까 싶었지. 이제 너한테 작아서 못 쓰니까." 엄마는 떠오르는 영상을 지워버리기라고 하려는 듯이 머리를 흔들었다. "어떻게 그런 일이 있었던 거야?" 엄마 목소리에 감당하기 어려운 절망감이 묻어나왔다.

"죄송해요. 죄송해요." 내 눈에서 나온 짠 눈물이 밥 위로 떨어져 하얀 바닷속으로 스며들었다.

"엄마한테 왜 말 안 했어?" 엄마가 내 표정을 살피면서 말했다.

"엄마가 나를 미워할까 봐." 나는 주방 바닥을 뚫어져라 쳐다봤다.

"내가 너를 왜 미워해. 그 인간을 증오하지."

"미안해, 엄마."

"네가 잘못한 게 아니야. 내가 네 삶에 그 인간을 끌어들인 거니까. 너한테 그런다는 걸 미리 알았더라면 … 아무튼 그 인간이 없어져서 다행이야." 엄마가 내 손을 잡더니 꼭 움켜쥐었다. "아 하느님. 진작 알았어야 했는데. 왜 그걸 눈치 못 챘을까?" 내 손가락 끝이 빨갛게 충혈되더니 하얗게 변했다. 엄마 얼굴에 꽤 오래 본 적 없는 표정이 떠올랐다. 강철 같은 느낌. 스파크가 튀었다.

"그 인간을 다시 만나면 내가 죽여버릴 거야."

"그게 무슨 말이야?"

"레오를 빨리 잡아달라고 해야겠다. 경찰에 연락해야겠어."

오후 6시 15분

나는 아이들 방의 불을 끄고, 모기가 들어가지 않도록 얼른 문을 닫고 나왔다. 호수 표면은 잔잔한 잉크색으로 진하고, 저녁 공기는 약간 남아 있던 오후의 더운 기운을 밀어내고 있다. 나는 수영복을 벗으려고 우리가 쓰는 오두막으로 갔다. 빅하우스에서 피터가 웃는 소리가 우렁차게 들려온다. 예전에, 그날 밤 이후 언젠가, 한번은 피터가 어느 술집에서 잔뜩 취한 채 엄마에게 전화를 걸었다. 엄마더러 제발 자기를 다시 받아 달라고, 당신을 사랑한다고, 자기가 가장 사랑하는 사람은 당신이라며 애원을 했다. 엄마는 전화를 끊어버렸다.

21

1989년 3월, 런던

피터와 나는 세 번째 데이트 만에 섹스를 했다. 피터가 브릭 레인*에 있는 코딱지만 한 인도 식당에 나를 데려갔는데, 식당 안은 스팀과 정향 냄새로 가득 차 있었다. "웨스트본 그로브**는 관광객들이나 가는 데예요. 여기가 진짜 인도 식당이고," 그가 내게 했던 말이다. 그다음에는 술 한잔하자면서 자기 아파트로 데려갔는데, 나는 그러자고 대답하는 나 자신에게 조금 놀랐다. 나는 남자가 사는 집에 가는 건 둘째 치고, 데이트라는 걸 해본 적도 없었다. 하지만 피터는 금융 전문 기자였고, 어찌 보면 상당히 엉뚱하고 구닥다리 같은 이유이겠지만, 돈에 관한 기사를 쓰는 사람이라는 사실 때문에 그에게 믿음이 갔다. 그렇

---

* 브릭 레인Brick Lane — 영국 런던에 있는 예술가들의 거리. 화가 조각가 디자이너 등 다양한 분야의 젊은 예술가들의 작업실이 곳곳에 있다.

** 웨스트본 그로브Westbourn Grove — 런던 서부 노팅힐의 가게들이 많이 모여 있는 거리 이름.

게 지겨운 일을 하는 사람이 위험한 사람일 리는 없다는 믿음.

우리는 차를 타고 하염없이 쏟아지는 빗속을 뚫고 달렸는데, 차창으로는 김이 서리고, 디젤 냄새가 따뜻한 느낌을 주었다. 피터는 런던의 정반대 쪽인 햄스테드에 살고 있었다. 횡단보도에서 피터는 어느 노인이 길을 건너는 동안 멈춰 섰다. 그가 창문을 조금 열고 담배에 불을 붙였다. 노인은 쏟아지는 비에 옷깃을 있는 대로 세우고, 주름지고 창백한 손으로 찢어진 우산을 움켜쥔 채, 시내 중심가로 느릿느릿 건너갔다. 피터가 나를 쳐다보지도 않고 처음으로 내 손을 잡았다. 깜빡이는 황색 신호등과 쏟아지는 비를 응시한 채로.

"잡아도 되죠?" 수줍게 묻는 바람에 내가 놀랐다.

우리는 좁은 거리를 타고 내려가다가 급히 꺾어서 자갈이 깔린 퍽 아름다운 길로 들어갔고, 조지 왕조풍의 주택이 일렬로 서 있는 곳에서 멈춰 섰다.

차에서 몸이 다 나오지도 않았는데 이미 나는 흠뻑 젖었다. 정말이지 정신없이 비가 쏟아졌고, 차 앞유리는 웅덩이가 될 지경이다. "비가 미친 듯이 퍼붓네요." 내가 말했다.

"무슨 비 말하는 거예요?" 비를 피해 함께 달리면서 피터가 웃었다.

피터가 사는 아파트는 아름답고, 내가 생각했던 것보다 훨씬 컸다. 높은 천장에는 화려한 석고 문양이 가득하고, 커다란 창밖으로 어두운 황야가 이어져 있고, 비가 부딪치는 창유리는 오래되었고, 패널 6개를 붙여 만든 문은 달걀 모양의 구리 손잡이가 달려 있고, 바닥은 투박한 소나무 재질이었다. 지금도 쓸 수 있는 벽난로도 있었다. 복도 앞쪽으로 쭉 박혀 있는 나무못에는 트위드 옷, 코듀로이 재킷, 흙 묻은 방수 코트 따위가 걸려 있었다. 그 아래쪽에는 낡았지만 예쁜 가죽 구두와 부츠들이 발끝을 벽 쪽으로 해서 놓여 있었다.

"먼저 사과를 하자면," 피터가 현관 앞에 놓인 통에 열쇠를 던져 넣으며 말했다. "약간 쓰레기장 같을 거예요." 날짜 지난 신문이 온통 흩어져 있고, 담배꽁초가 잔뜩 담긴 재떨이들하며, 커피 테이블 위에는 씨가 들어 있는 머스타드 통이 뚜껑도 닫지 않은 채 놓여 있는 데다, 안이 잔뜩 채워진 의자 등받이에는 줄무늬 양복이 아무렇게나 널려 있었다.

"엄마가," 내가 묵직한 벨벳 커튼이나 선조들의 초상화, 여기저기 놓여 있는 터키 양탄자 등을 둘러보고 있자니, 그가 설명을 시작했다. "취향이 좀 까다로우셔서."

"그러시네요. 돼지우리가 따로 없네요." 내가 말했다.

"솔직히 말하면, 여기에 다른 사람을 데려올 생각은 없었어요."

"고마워요."

"당신네 미국인들은 참 이상해요."

"비꼬는 거 아니에요."

"아," 피터가 웃었다. "나를 너무 형편없는 놈이라고 생각하지는 말아요. 이리 와봐요. 침실을 보여줄 테니."

나는 몸의 한쪽으로는 따라가고 싶었지만 다른 한쪽으로는 도망쳐야 하나 싶어서 잠시 주저했다. 하지만 따라갔다.

거실과 달리 침실은 놀라울 만큼 깔끔했고, 침대도 잘 정돈된 게 병원 침대 모서리처럼 각이 잡혀 있었다.

"이런 세상에, 사랑스러워요," 그가 말했다. 그의 목소리는 솔직하고 직설적이고 거침이 없었다. "일단 그 젖은 옷부터 벗읍시다."

내 셔츠 단추를 풀려고 하길래 나는 살짝 움찔했다. 콘래드 이후로 6년이 흘렀다. 그 사이에 술에 취해서 키스를 한 적은 몇 번 있지만, 남자가 내 옷 안쪽을 만지게 한 것은 이게 처음이다.

피터가 내 청바지 단추를 풀려고 할 때 나는 그의 손을 막았다.

"아, 미안해요. 나는 이제 우리가," 그가 말했다.

"그게 아니라. 그냥 … 내가 할게요." 손가락이 떨렸지만 셔츠 단추를 풀고, 청바지를 내린 다음, 한 발짝 옆으로 나왔다. 팬티와 브라만 입은 채 피터 앞에 섰다. 빗줄기는 더 거세져서 커다란 창을 타고 개천을 이루며 흘러내렸다. 피터 뒤에 있는 튜더 양식으로 만든 커다란 서랍 위에는 아직 따지 않은 로스먼스 담뱃갑과 반쯤 먹다 만 배가 놓여 있었다. 나는 브라를 풀어 바닥에 떨어뜨렸다. 그가 내게 다가오더니 양손으로 가슴을 컵 모양으로 동그랗게 잡았다. 나는 온몸으로 떨었다.

"추운가 보군요." 그가 나를 번쩍 들더니 침대로 데려갔다.

피터는 천천히 손가락으로 내 몸의 곡선을 훑어 내려가면서 그 손길에 반응할 수 있는 시간을 줬고, 우리 둘이 서로의 몸을 감싸고 조심스레 움직이는 동안, 창으로는 비가 계속 부딪쳤고, 톡 쏘는 담배 냄새에 이어 남자다운 강한 팔이 나를 감쌌다. 나는 눈을 감았고, 그의 몸이 내 안에 들어올 때도 버티며 받아냈다. 하지만 날카롭게 내뱉은 숨결이 내가 긴장하고 있었다는 걸 드러냈다.

"하지 말아요?" 그가 속삭였다.

"아니요."

"지금이라도 멈출 수 있어요." 그가 말했다.

"약간 아파서 그랬던 것뿐이에요."

피터가 멈춘다. "엘, 처녀예요?"

사실대로 말하고 싶었지만 나는 "네"라고 말했다.

그렇게 우리 관계는 거짓말 위에서 시작되었다.

1989년 12월, 뉴욕

86번가에 있는 지하철역은 여기저기 붙은 껌 자국하며, 온통 쓰레기가 나뒹구는 선로까지, 음산하고 지저분한 곳이다. 거리 사방의 넓고 더러운 출구로 사람들이 쏟아져 나온다. 애나와 내가 북서쪽 출구를 통해 도로로 올라오는데 외투 아래로 얼음송곳 같은 바람이 파고들었다. 뉴욕의 겨울이 얼마나 추운지 잊고 있었다. 거리로 나서자 군밤 파는 아저씨가 화로를 끼고 앉아 통통하게 벌어진 밤을 굽고 있다. 밤공기는 감미로웠다.

우리는 하이힐을 신은 채 길모퉁이를 돌아 렉싱턴가로 들어서서, 검은 진눈깨비가 날리는 길을 재촉해 걸었다. 오후 6시, 해는 졌고, 시큼한 가로등 불이 켜져서 눅눅한 어둠을 밝혔다.

"아주 무례한 여자야." 애나가 입을 열었다.

우리는 조금 전, 그리니치빌리지에 있는 아빠 아파트에서 매년 하는 크리스마스이브 티타임을 하면서, 아빠의 새 여자친구를 만났다. 메리 케터링은 마운트 홀리요크 출신으로, 빨강 머리에, 가는 입술, 연필같이 날카로운 코를 가진 여자였다. 우리를 보며 웃을 때면 입가에 성난 듯한 주름이 지면서 어떤 성격인지 단번에 드러났다.

나는 우리가 받은 선물이 잔뜩 들어 있는 쇼핑백을 들고 있다. 다 포장되어 있지만, 무게로 보아 이것들도 책이라는 것쯤은 나도 알고 있다. 아빠는 우리를 위해 특별히 골랐다고 했지만, 아빠가 일하는 출판사에서 공짜로 나눠주는 책이 분명하다. 매년 그렇게 아빠는 아무 의미도 없는 책을 잔뜩 가져와서, 파란 잉크 만년필로 많은 의미를 실은 글을 써서 우리에게 선물한다. 다른 건 몰라도 아빠의 글씨체는 우아하고 멋질 뿐 아니라, 기억해 둘 만한 문구가 있긴 하다.

"그 여자도 우리를 못 견뎌 하는 눈치더라고," 내가 말했다.

"그건 너무 좋게 말하는 거지," 애나가 말했다. "그보다 심하게 우리를 미워할 수 있는 거야? 특히 햄튼즈*에 대해 얘기할 때?" 애나가 손가락을 목구멍에 집어넣고 토하는 시늉을 했다. "그리고 사우샘프턴에 대해 말할 때, 워터밀은 말할 것도 없고. 아빠는 도대체 그런 여자랑 키스를 어떻게 할까? 으윽. 조그만 새 해골같이 생긴 여자랑."

"언니는 정말 엉뚱해," 내가 웃었다. 나는 런던에서 지낼 동안 언제나 언니가 보고 싶었다. "그 여자가 입을 열 때마다 언니가 눈을 까뒤집지만 않았어도 우리에게 한결 다정하지 않았을까."

아빠 편을 들어주자면, 아빠는 어색한 수준 이상으로 말을 더듬으면서도, 우리를 한자리에 모았다는 사실 때문인지 무척 행복해 보였다. 차를 마신 뒤에는 찻잔에 버번을 약간 따르더니 새로 산 턴테이블에서

---

* 햄튼즈The Hamptons — 롱아일랜드 동쪽 지역 이름

〈록 더 카스바〉라는 곡을 틀고는 멋쩍고 어색한 몸짓으로 춤을 추었다. 아빠는 맨발에, 리바이스에서 나온 코르덴 바지를 입고 있었고, 발등에는 털이 잔뜩 나 있었다. 발가락마다 털이 촘촘했다. 보는 사람 넋을 빼놓을 지경이었다. 메리는 벨기에 스타일의 로퍼를 신은 채 장단을 맞추었다.

"그 여자는 지금까지 아빠 인생에서 이어 온 최악의 이야기에 보태진 또 하나의 최악이야." 애나가 말했다.

"우리가 생각하는 것보다는 괜찮은 사람일지도 몰라." 나는 살얼음 위에서 미끄러지는 바람에 길바닥에 대자로 뻗었다.

"거봐, 하느님께서 네 생각이 틀렸다고 말씀하시잖아." 애나가 웃었다.

쇼핑백이 벌어지는 바람에 우리가 받은 선물이 눈이 녹아 엉망인 길바닥으로 쏟아졌다.

나는 무릎과 양손으로 엉금엉금 기면서 선물을 주웠다. "좀 도와줘." 애나는 벌써 10미터 앞서 걸어가고 있었다. "그냥 버려. 추워 죽겠다. 그런 말도 안 되는 책은 읽고 싶지 않아." 애나는 그렇게 말하고 계속 걸어갔다.

"진심이야?" 내가 소리친다. "알았어. 아빠한테 언니가 아빠 선물 안 좋아한다고 말해줄게."

"마음대로 해." 언니가 뒤돌아보며 말했다. "우리 말고 메리에게나 주면 될 일인데. 울-랄-라. 그 여자가 얼마나 기뻐했을까. 좋다고 웃었겠지. 무려 《바틀렛의 격언집》* 양장본이라니. 참나 씨발."

내가 엎드려서 떨어진 짐을 챙기고 있는데, 그레이하운드에게 새발 격자무늬 스웨터로 짠 모자와 신발까지 신겨서 데리고 나온 여자가 멈춰 서서 쳐다봤다. 내 옆에서 개가 뒷다리로 바들바들 떨면서 버티고 서서 눈에다 똥을 쌌다.

나는 우리가 사는 건물 입구에 들어설 때쯤에야 애나를 따라잡았다. "좋네," 내가 말했다. "도와줘서 고맙네."

양쪽에서 여는 문을 열고 들어서는 우리를 따라 매서운 바람이 들어오자 새로운 도어맨인 마리오가 뛰어와서 얼른 문을 닫았다. 로비에 세워 놓은 모조 전나무에서는 색색의 불빛이 반짝였다. 그 옆에 있는 벽난로의 대리석 선반 위에는 메노라**의 오렌지색 전구마다 불이 들어와 두툼하게 깜빡거렸다.

"아가씨들," 마리오가 우리를 엘리베이터로 안내하면서 말을 붙였다. "메리 크리스마스."

"해피 하누카***," 애나가 정정해 줬다.

마리오가 당황한 기색이다.

"우리는 유대인이에요," 애나가 말했다.

그러고는 엘리베이터에 올라탔다.

"유대인이라고? 무슨 소리야?"

---

* 《바틀렛의 격언집 Bartlett's Quotations》 — 1855년에 처음 나와서 아직도 출간되는 유명한 미국 격언집
** 메노라 menorah — 유대교 전통 의식에 쓰이는 여러 갈래로 나뉜 큰 촛대
*** 하누카 Hanukkah — 11월이나 12월에 8일간 진행되는 유대교 축제

"그럴 수도 있잖아. 마리오는 모르겠지만."

"왜 그렇게 삐딱하게 구는 거야?" 내가 말했다.

"그가 마음에 안 드니까."

"마리오?"

애나가 '어떻게 그렇게 멍청할 수 있어?'라는 듯한 표정으로 나를 쳐다보며 말했다. "아빠 말이야."

우리는 발을 쾅쾅거려 눈을 떨어낸 다음, 부츠를 벗어 문밖의 매트 위에 올려놓았다. 아파트 정문은 언제나처럼 열려 있다. 불은 다 꺼져 있다. 엄마는 거실에 켜 놓은 등 하나의 불빛을 배경 삼아 복도 중간에 놓인 의자에 앉아 있고, 무릎 위로는 얼룩무늬 고양이가 웅크리고 있다.

"엄마, 그러고 있으니까 앤서니 퍼킨스 같아," 애나가 코트를 벗으며 말했다. "진저 쿠키 좀 사 왔어요."

"아파트 안으로 한 발짝도 들어오지 마," 엄마가 말했다.

"엄마 지금 인질로 잡혀 있는 거야?" 애나가 연극 무대 위에서 속삭이듯 내게 말했다. "엄마," 애나가 다시 예전 목소리로 말했다. "이상해, 그러지 마." 애나가 옷장에 코트를 건 다음 지나가려고 했지만, 엄마가 못 가게 막았다.

"너희 아빠가 너희들 간 다음에 전화했다. 새로 만나는 여자친구 메리가 커피 탁자에 마리화나 한 통을 놔뒀는데, 너희가 가고 나서 보니 없어졌다고."

"메리가 대마초를 해요?" 애나가 말했다. "농담하지 마세요."

"나도 농담이면 좋겠다. 하지만 진담이야," 엄마가 말했다. "이러기 싫지만, 너희 아빠에게 약속했다. 둘 다 옷을 다 벗고, 가방에 있는 것도 다 꺼내."

"엄마, 제정신이야?" 애나가 웃었다. "내가 다섯 살짜리 애야?"

엄마가 한숨을 쉬었다. "알아. 웃긴다는 거. 하지만 너희 아빠가 메리에게 약속했다고, 나더러 그녀가 원하는 대로 해줬으면 좋겠다고 하더라."

"나는 대마초를 피우지도 않아요." 내가 말했다.

"그 여자더러 대마를 사서 질에다 쑤셔 넣으라고 해요." 애나가 말했다.

"애나야."

"엄마는 그 여자 만나본 적도 없잖아요. 구역질 나는 여자야. 이빨은 익룡처럼 날카롭게 생겨 가지고."

"엄마도 너희를 의심하는 건 아니야." 엄마가 고양이를 무릎에서 내려놓고 일어섰다. "그렇더라도 네 아빠에게 너희들 몸과 소지품을 보자는 말은 꼭 하겠다고 약속했고, 지금 말을 했으니까 됐어. 실제로 조사하겠다는 말은 안 했으니까. 나는 이제 에그노그* 한잔 만들어서 자러 갈 거야."

"잠깐만," 내가 말했다. "그러니까 아빠가 정말로 우리를 다 벗기고 찾아보라고 그랬던 거야? 크리스마스이브에? 이게 무슨 소리인지 알아요? 웃기지 말라 그래. 참 대단하셔." 나는 속옷까지 전부 다 벗어서 엄마에게 던졌다.

---

* 에그노그eggnog — 맥주나 포도주에 달걀과 우유를 섞은 술

엄마는 사면초가에 빠진 듯한 한숨을 쉬면서 내게 옷을 돌려줬다.
"이제 나는 이러기에는 너무 늙었다."

"엄마가 늙었다고? 엄마, 나는 23살이야. 진짜 신경질 나. 아빠하고 다시는 말도 하기 싫으니까 아빠한테도 그렇게 말해."

"너는 왁싱을 좀 해," 애나가 그렇게 말하고는 복도를 따라 걸어가 버렸다.

나는 내 방에서 피터에게 전화를 걸었다. 런던은 자정에 가깝지만, 그는 마감 시간에 맞추느라 아직 깨어 있을 것이다.

"조금 전에 엄마가 내 옷을 다 벗기고 소지품 검사까지 했어. 정말 개떡 같은 메리 크리스마스야."

"뭐 어쨌다고?" 그가 말한다.

"아빠의 새 여자친구가 자기 물건을 우리가 훔쳐 갔다고 의심하는 바람에."

피터가 웃었다. "뭐 나온 게 있긴 있어?"

"헛소리하지 마, 피터. 안 웃겨."

"무지하게 웃기는데. 당신 집안이 이런 식이라면 새해 맞이하러 당신 집에 가는 건 다시 생각해 봐야 하나 싶어."

"오지 마," 내가 말했다. "런던에 가는 가장 빠른 비행기 잡아타고 갈 테니까. 나는 여기 사람들에게 완전히 질렸어."

"그것도 좋은 생각은 아니야. 여기 오면 우리 엄마가 만든 토할 것 같은 맛이 나는 딜* 마요네즈랑 차가운 연어 요리를 먹어야 해. 자정에

---

* 딜dill — 허브의 일종으로, 야채 피클을 만들 때 넣는다.

미사도 드려야 하고. 돌로 만든 벽과 중세풍 창문이 달린 얼음같이 차가운 방에서 자야 하고. 그것도 혼자서. 둘이 같이 자는 건 우리 엄마가 허락 안 할 거니까."

"당신 엄마가 이제는 나를 좋아하잖아."

피터의 부모는 몹시 우아한 사람들이다. 아빠는 하원 의원이다. 시골인 서머싯에 있는 집에 머무르지 않을 때는 첼시에 있는 템스강이 내려다보이는 집에서 지낸다. 사냥을 하고, 점심 식사에는 핌스컵*을 한잔 곁들인다. 트위드로 만든 옷을 입고 황야를 상쾌하게 걷는다. 엄마는 보석 장식을 걸치고 있는, 꽤 사나운 스타일이다. 피터와 다섯 번째 데이트를 했을 때, 그녀가 나를 좀 봐야겠으니 꼭 데려오라고 했다. 우리는 매끈하게 잘 닦인 단단한 나무 바닥 — 마호가니에 과일나무로 상감세공을 했다고 그녀가 설명을 덧붙였다 — 이 깔린 커다란 응접실에서 함께 셰리주**를 마셨다. 취향이 고급스러운 추상화 한 점이 대리석으로 만든 벽난로 위에 걸려 있었다. 그녀는 최근에 와서야 "현대 미술"에 관심이 생겼다고 했다. 나는 회록색 벨벳 소파에 앉아서 다리를 꼬았다 풀었다 하면서 베키 샤프***를 떠올렸다. 내가 아직 한 번도 말을 타본 적 없다고 말하자 피터의 엄마는 경멸하는 눈빛을 숨기지 않았다. 퀸메리대학교에서 불문학 석사 과정을 밟고 있으며, 가르치는 직업을 가지려 한다고 말했을 때야 비로소 나를 조금은 좋게 쳐다봤다.

---

* 핌스컵 Pimm's Cup — 진을 섞어 만드는 칵테일

** 셰리주 sherry — 스페인 남부 지방에서 생산되던 백포도주. 주로 식사 전에 마신다.

*** 베키 샤프 Becky Sharp — 윌리엄 새커리가 쓴 소설 《베니티 페어》 속 여주인공

"그건 그렇다 쳐도, 독일어 작품을 읽는 게 좋아요. 훨씬 깊이가 있고, 경박한 과장도 한결 덜하니까." 그녀는 그렇게 말한 다음, 자기 잔만 채웠다.

"엄마는 당신을 좋아해." 피터가 말했다. "미국인치고는 상당히. 그렇긴 한데," 그는 여기서부터 특별히 강조했다. "아무리 그래도 길에서 만난 젊은 여자와 사귀는 건 마땅치 않다고 생각하신다는 거야. 엄마 눈에도 당신은 괜찮은 사람이긴 한 거지."

"하하."

"가만. 내가 나흘 뒤에 거기 도착할 거야. 같이 생각해 보자고, 그러니까…" 피터가 웃었다. "나는 당신 아버님이랑 잔뜩 마실 생각 중이야."

"당신이 내 아버지랑 만날 일은 없어," 내가 말했다. "나는 앞으로 아빠와는 얘기도 안 할 거고, 다시 볼 생각도 없으니까."

"이번 방문의 목적이 아버님을 만나는 것인데," 피터가 말한다. "결혼하겠으니 딸을 달라고 하려고."

"아 제발 웃기지 마. 모든 걸 장난으로 만들지 말고. 수화물 찾는 곳 바깥에서 만나." 나는 전화를 끊고, 침대에 누워서 천장을 쳐다봤다. 회반죽에 금이 가 있다. 페인트칠이 벗겨진 곳도 몇 군데 보인다. 아파트 위층에서는 마늘과 양파 요리하는 냄새가 난다. 안쪽 뜰에 온통 그 냄새가 가득하다. 내가 누워 있는 싱글 베드 — 다섯 살 때부터 쓰고 있는 침대 — 는 이제 내게 너무 작다. 책상 위에 놓인 책꽂이에는, 내가 어렸을 때 아빠가 깎아준 나무 거북 옆으로, 내가 열 살쯤 되었을 때 엄마가 쓰레기통에서 챙겨온 브리태니커 백과사전 한 질이 꽂혀 있다. 너무 오래된 내용이라 누군가 버렸던 것이다. "지식은 여전히 지식이야." 엄마는 그렇게 말했다. 나는 일어나서 보타에서 카르타고까지 다룬 제4권을 선반에서 꺼냈다. 그 안쪽에는 글씨를 빼곡히 적은 뒤에 여러 번 접어 조그만 사각형으로 만들어 끼워 둔 종이가 있었다. 한 문장을 수도 없이 쓰고 또 썼다. 형벌 같은, 그리고 주문 같은 문장. "그를 구해야 했어." 나는 그걸 다시 접어 넣고, 백과사전도 책꽂이에 도로 꽂았다. 바깥을 보니 바람이 불어와 시멘트 바닥에서 마른 눈을 휘몰아 일으켰다. 나는 홀을 따라 애나에게 갔다. 애나의 방문은 살짝 열려 있었다. 언니는 내 쪽으로 등을 보이고 책상에 앉아서 마리화나 담배를 말고 있었다.

22

1989년 12월, 뉴욕

피터가 탄 비행기는 정시에 도착했지만, 내가 너무 늦었다. 공항까지 가는 지하철이 록어웨이*에서 끝나는 바람에 다음 기차를 기다리느라 사람들은 모두 야외 플랫폼에서 기다려야 했다. 진눈깨비는 폭설로 변했고, 내 눈썹 위로 얼음이 덮이는 게 느껴졌다. 이래서 나는 공항까지 마중 나가는 걸 싫어한다. 마중하다 보면 언제나 뜻하지 않은 일이 벌어진다. 피터는 8시간 동안 비행기를 타고 와서 국제선 터널 밖으로 나왔다가 내가 안 온 걸 알면 짜증이 나서 못마땅한 얼굴로 여기저기 뛰어다니겠지. 얼굴을 찌르는 얼음 같은 진눈깨비를 뚫고 JFK 공항으로 죽어라 뛰어가면서 나는 미안하면서도 화가 치밀어 올랐다. 택시를 타고 오라는 말만 했어도 되었을 일을.

국제선이 도착하는 게이트에 이르렀을 때 나는 숨이 가쁘고 온통 땀

---

* 록어웨이Rockaway — 뉴욕시 남쪽의 지명

에 젖은 채 한바탕 싸움을 각오하고 있었다. 지저분한 공항 벽에 등을 기대고 더플백 위에 걸터앉아서 책을 읽고 있는 피터를 내가 먼저 발견했다. 그가 나를 보더니 웃음을 보였다.

"시간 맞춰 왔네." 피터가 그렇게 말하면서 일어나서 키스를 퍼부었다. "보고 싶었어. 예쁘다."

나는 피터에게 우리 아파트가 조금 어둡다는 것이며, 우울증이 심한 엄마가 전기를 아낀다는 것, 그리고 엄마가 자기 몸무게에 짓눌리기라도 하는 듯 축 처진 채 무겁게 느릿느릿 움직인다는 것 등을 미리 말했다.

"크리스마스를 아주 즐겁게 보냈나 보네." 그가 말했다.

하지만 집에 도착해 보니 아파트에 불이란 불은 다 켜져 있었다. 벽난로에서는 듀라플레임*에서 나온 장작이 소리도 없이 타고 있었다. 약간 긁히는 소리가 나는 LP판에서는 보사 노바가 흘러나왔다.

"엄마, 우리 왔어요." 내가 소리쳤다.

"여기로 와." 엄마가 주방에서 노래하듯 말했다. "부츠는 젖었으면 밖에 벗어 두고."

나는 당황해서 머리를 흔들었다. "메리 대마초를 엄마가 훔쳤나?"

주방으로 가면서 피터가 우습다는 듯한 표정으로 나를 쳐다봤다.

엄마가 냉장고 쪽에 서 있었다. 머리는 말아 올려서 쪽을 졌다. 립스틱을 바르고, 빨간색 실크 블라우스까지 입었다.

---

* 듀라플레임 Duraflame — 장작 브랜드

"피터?" 엄마가 피터의 양쪽 볼에 키스를 했다. "도착했구나. 비행기 여행은 어땠니?"

"괜찮았습니다. 약간 덜컹거리긴 했지만, 별일 없었어요."

"온종일 눈보라가 일어났다 가라앉았다 하고 있어. 비행기가 다른 쪽으로 선회하지 않을까 걱정했다."

"언니는 어디 있어요?" 내가 물었다. "오늘 같이 있기로 했는데."

"법대 친구들에게 전화가 왔어. 뛰어나가더라."

"미안," 내가 피터에게 말했다. "당신이 왔을 때 언니도 같이 있었으면 했는데."

엄마가 냉장고에서 은빛 셰이커와 마티니 잔 세 개를 꺼냈다. "올리브를 줄까, 아니면 흔들어서?"

"흔들어서 주세요," 피터가 말했다.

"내 취향이네." 엄마가 피터에게 한 잔 따라준다.

주방 식탁 위에는 치즈, 파테*, 작은 그릇에 담긴 절인 오이가 놓여 있다. 엄마는 로즈우드로 만든 특별한 치즈용 도마와 까마득한 옛날 아빠와 엄마가 결혼할 때 선물 받은 짜증스러울 만큼 작고 구불구불하게 생긴 칼을 함께 꺼냈다.

엄마가 잔을 들어 올렸다. "자, 새해를 기념하며. 마침내 얼굴과 이름을 매치할 수 있게 되어서 좋구나. 엘, 너는 남자친구가 이렇게 잘생겼다고 왜 미리 말을 안 했어?" 엄마는 정말이지 눈웃음까지 쳤다. "건

---

* 파테 pâté — 고기나 생선을 곱게 다지고 양념하여 차게 해서 상에 내는 것으로 빵에 퍼 발라 먹는다.

배."

나는 천장 높이가 4~5미터는 족히 되는 아파트에서 다들 모피로 된 숄을 두른 채 점심식사를 하는 사교 모임 장면이 나오는 흑백 영화 속에 들어간 느낌이 들었다. 언제라도 시드 카리스*가 문 뒤쪽에서 까만 스타킹을 신은 발을 내밀고, 유니폼을 입은 하녀가 카나페를 가져오고, 하얀 강아지가 돌아다닐 듯하다.

엄마와 피터 둘이서 잔을 부딪친다. 나도 잔을 들었지만 둘은 벌써 들이켰다. 엄마가 피터의 팔짱을 끼었다. "거실에 가서 앉아요. 내가 불을 피워 뒀으니. 엘, 오르되브르** 가져와. 내가 아까 자바르스***에 가서 스틸턴**** 한 덩어리도 사 왔다. 그래도 그게 가장 믿을 만하니까."

피터가 엄마를 따라가는 바람에 나는 손에 잔을 든 채 혼자 서 있는 꼴이 되었다.

"아, 그리고 네 아빠한테 전화 왔어. 두 번이나." 엄마가 돌아보며 말했다. "시간 될 때 전화 좀 해달라더라. 집 안에 남자가 있으니 좋구나, 피터." 엄마가 하는 말이 들리더니 둘이 다른 방으로 사라져 버렸다.

물론 엄마가 피터를 환대하기 위해 이렇게 노력하는 이유가 다 나

---

* 시드 카리스Cyd Charisse(1922–2008) — 미국 배우이자 댄서. 대표작으로는 〈싱잉 인 더 레인〉(1952), 〈밴드왜건〉(1953) 등이 있다.
** 오르되브르hors d'oeuvres — 애피타이저를 가리키는 말
*** 자바르스Zabar's — 훈제 생선이나 캐비어, 커피, 치즈, 주방용품 등을 파는 고급 식료품 전문 매장
**** 스틸턴Stilton — 영국 치즈. 더비셔, 레스터셔, 노팅엄셔 세 군데에서 생산되는 치즈에만 스틸턴이라는 이름을 붙여 관리한다.

를 위해서라는 것 정도는 나도 안다. 피터가 이 집에 찾아왔다가 "음산한 성에서 탈출"해야겠다고 느끼게 하고 싶지는 않으니까. 하지만 피터가 하는 말에 자지러지듯 터져 나오는 엄마 웃음소리를 듣고 있자니 가서 엄마를 한 대 때려주고 싶다는 생각밖에 안 들었다.

"나는 당신 어머니가 마음에 들어." 복도를 따라 내 방까지 자기 더플 백을 끌고 가면서 피터가 말했다. "당신 말과는 전혀 다른 분이던데."

"자아도취에 빠진 짜증스러운 아줌마?"

"당신이 했던 말은 아주 우울한 상태라는 게 전부였지. 전기요금을 아낀다는 것 하고. 이토록 매력적인 분이라는 말은 안 했어."

"하이고, 스틸턴 치즈? 당신이 영국인이라서? 크리스마스부터 지금까지 우리는 짭짤한 크래커랑 땅콩버터, 캔에 든 수프만 먹고 살았어. 지금 이건 정상이 아니야."

"음, 내가 뿜어내는 영국적인 매력 때문인가?"

"아니. 엄마가 남성우월주의에 물든 돼지이기 때문이야. 크리스마스이브에 나더러 자기 앞에서 팬티까지 까보라고 했던 양반이고. 크리스마스 선물이라면서 보기에도 끔찍한 장갑이랑 병따개를 선물하는 양반. 그러고 보니 크리스마스에 느끼는 죄책감 때문일 수도 있겠네."

피터가 멈춰 서더니 복도에 진열된 책장을 살펴본다. 초등학생 때 내가 쓰던 낡은 교과서를 하나 꺼낸다.《북미산 순록과 알래스카 툰드라》라. 잘 때 읽기 딱 좋은 책이네." 책을 펼치고 후루룩 훑어본다. "오 좋아. 당신이 중요한 곳에는 밑줄을 쳐 뒀네. 시간 절약할 수 있겠어."

"엄마가 책을 버리는 걸 질색해."

피터가 책이 빽빽하게 꽂힌 책꽂이에 책을 도로 밀어 넣었다. "엄마가 되게 글래머러스하시네. 우아하고, 아직 재혼하지 않았다는 게 놀라워."

"오늘 밤은 엄마 방에서 자든가. 엄마 침대가 내 침대보다 크니까."

"어허."

"기껏 남자를 데려왔더니 엄마가 추파를 던져? 이게 뭔 일이래? 엄마는 지난 몇 해 동안 머리도 제대로 감지 못할 만큼 기력이 없었어. 레오가 떠나고, 아기도 유산하는 바람에. 인생에서 철저히 실패한 사람 몰골로 집 안에서 돌아다니느라 나는 엄마가 얼마나 아름다운 여자인지도 잊어버렸어. 온종일 잠옷 차림으로 지냈다고. 엄마가 옷을 차려입는 경우는 길 건너 슈퍼마켓에 유통기한이 다 된 고기 사러 갈 때뿐이었어."

"아슬아슬하게 살아오셨구먼," 피터가 웃었다.

"아니," 나는 그렇게 말하고 복도 쪽으로 걸어가 버렸다.

피터가 나를 따라 내 방으로 들어오더니 나를 껴안으려고 했지만 나는 밀쳐냈다.

"엘, 나는 조금 전에 사정없이 몰아치는 폭풍 속을 뚫고 대서양을 건너왔어. 예쁜 여자친구를 보고 싶어서. 내가 너무나 사랑해서 병이 날 정도인 여자친구 말이야. 나 지금 무척 피곤해. 지난 12시간 동안 먹은 거라고는 곰팡내 나는 치즈뿐이야. 양말은 다 젖어서 축축하고." 그가 내 침대에 앉더니 나를 자기 무릎 위로 끌어당겼다. "그러니 살살 좀 해."

"으음. 알았어." 나는 그의 가슴팍에 머리를 파묻었다. "엄마가 다시 기운을 차리게 해줬으니 당신에게 고맙다고 해야 하는 건데. 고마워. 근래 며칠 동안 정말 엉망이었어. 보고 싶었어."

"나도 알아. 그래서 내가 이렇게 왔잖아." 피터가 오래된 내 트윈 침대 위에 누웠다. 다리가 침대 밖으로 60센티미터는 더 튀어나왔다. "음," 그가 말했다. "아무래도 당신 엄마 침대로 가야 하는 건가."

"죽여버릴 거야, 피트."

"나도 다 알아. 여자들은 다 그래. 내 매력이 워낙 특이하니까."

어느새 나도 웃고 있었다.

1990년 1월 1일, 뉴욕

새해 첫날, 올해가 만약 오늘만 같다면, 개떡 같은 한 해가 된다는 뜻이다. 날씨는 영하로 떨어지고, 나는 가족 전체가 매년 딤섬을 먹으러 찾아가는 차이나타운의 시끄럽고 더운 식당에서 좋아하지도 않는 쪄낸 고기를 잔뜩 집어넣은 딤섬을 10개나 쑤셔 넣어서 힘든 데다, 엄마는 계산서 때문에 웨이터와 시비가 붙었다. 게다가 피터는 나더러 아빠에게 전화를 하라고 압박을 가한다.

"새해 첫날이잖아. 화해하기엔 딱 좋은 타이밍이야," 그가 그렇게 말했고, 우리는 살을 에는 바람 속을 가르고 모트 스트리트 쪽으로 걸었다.

"아, 씨. 장갑 한 짝을 식당에 놓고 나왔어."

"식당에서 알아서 불쌍한 호구에게 주겠지." 피터가 말했다.

"짜증 나게 굴지 마."

20분 후, 우리는 아빠가 사는 아파트에서 몇 블록 떨어진 곳에 있는 공중전화 부스에 같이 들어가 꽉 끼어 서 있었다. 피터를 한 대 걷어차고 싶은 기분이 들었다. 나는 한 손으로 수화기를 가린 채이다. "그건 정말 말도 안 되는 생각이었어요," 내가 말했다.

"너와 메리 사이의 문제였어," 아빠가 말했다.

"이게 나와 메리 사이의 문제라고요?" 내가 말을 끊었다.

"너희 두 사람이 해결해야 할 일이었다고."

"나와 메리 사이에는 아무 일도 없어요. 나는 그 여자를 딱 한 번 만난 게 전부예요."

"나도 알아," 아빠가 말했다. "그래서 바뀌어야 한다 싶었어. 메리는 아빠에게 중요한 사람이야."

"그럼 나는요?"

"엘!"

"그 여자는 아빠 두 딸이 약에 중독된 도둑년들이라고 확신했어요."

전화 저쪽에서 아빠가 아무런 말이 없다. "그래, 메리가 분명히 잘못했어. 아빠도 알아. 나도 잘못했고. 그래서 아빠가 미안해. 그러니 이제 그 일은 그냥 넘어가면 안 되겠니?"

"알았어요. 하지만 닭처럼 생긴 입술을 가진 그 여자랑 내가 두 번 다시 한 방에 같이 앉아 있을 거라는 기대는 절대 하지 마세요."

"얘기를 자꾸 심각하게 꼬아가지 마."

"내 탓으로 몰아가지 마세요."

아빠가 한숨을 쉬었다. "메리와 아빠는 약혼했다. 3월에 결혼할 거야."

"만난 지 얼마 되지도 않았잖아요."

"조금 빠르긴 하지만, 메리는 기다릴 필요가 있냐는 입장이야. 서로 사랑하니까."

"와." 만두 속이 목구멍으로 메슥메슥 밀고 올라올 지경이었다.

"그러라고 말해주렴."

"아빠는 정말 딱해요." 나는 전화기를 내려치듯 끊었다.

"얘기가 참 잘 되었군," 피터가 말했다.

나는 손에 들고 있는 수화기를 쳐다봤다. 누군가 수화기 뒤쪽에 '쿤트*'라고 낙서를 해뒀다. 웃는 얼굴까지 그려 놨다.

"결혼하시겠다네."

"오."

"내가 왜 당신이 하자는 대로 했을까? 아빠가 그 여자 이름을 들먹일 때 바로 끊었어야 했어."

"내 탓으로 몰지는 말고," 피터가 말했다.

"놀리는 거야? 그게 당신이 할 말이야? 조금 전에 내 아빠라는 사람이 언니와 나는 딱 한 번 본 여자랑 결혼하겠다고 했다고. 형편없고, 속이 빤히 보이고, 가면을 쓰고 있는 여자랑 말이야."

내 입김이 앞에 있는 창을 덮었다. 나는 내 장갑 손등으로 문질러 작

---

* 쿤트 cunt — 여자 성기, 성교를 뜻하는 비속어

은 창을 내고 길거리를 쳐다봤다. "그러니까 이번에도 아빠는 우리를 선택하지 않았어." 눈물이 터져 나오기 직전이었는데, 새삼 그 사실이 나를 더욱더 분통 터지게 했다. 내가 아빠에게 물려받은 거라고는 연약함이 유일하다. 오후의 하늘은 잿빛으로 변했다. '해피 뉴 이어' 장난감 나팔이 거센 돌풍에 밀려 인도를 따라 굴러갔다. 나는 나팔이 도로 경계석을 넘어 사라질 때까지 지켜봤다.

"엘, 당신은 지금 문제를 계속 둘 중 하나를 선택해야 하는 일로 만들고 있어."

"무슨 소리야?"

"의심한 것은 당신 아빠가 아니라 그 여자였어. 당신 아빠는 지금 무척 곤란한 상황인 거야. 당신 아빠는 당신을 사랑해. 하지만 그녀도 사랑하지."

"당신은 내 아빠를 만나본 적도 없잖아." 내가 말을 잘랐다. "피터, 지금 나는 공평무사한 증인이 필요한 게 아니라 내 편이 필요해."

"지금은 배신감이 들겠지만, 진정하고 생각해 봐. 이건 당신이 관여할 일이 아니야."

"진정하라고? 충고 참 고맙네."

피터가 뭐라고 말을 하려고 하다가 다시 생각하는 눈치다. "알았어, 당신 말이 맞아. 미안해. 이제 우리 이 전화 부스에서 나가면 안 될까? 땀이 날 정도로 당신이랑 바짝 붙어 있는 건 좋긴 하지만, 이젠 무슨 사창가 냄새가 나려고 하네."

"사창가 냄새는 어떻게 알아?" 나는 아코디언처럼 생긴 문을 열고 길로 나왔다.

피터가 나를 따라 차디찬 추위 속으로 나왔다. 눈이 내리려 하고 있었다. "엘, 잠깐만." 그가 내 옷소매를 붙잡았다. "아 좀. 나는 당신 사랑해. 이건 우리가 싸울 일이 아니잖아." 그가 바람을 피해 옆 건물의 문 쪽으로 나를 끌고 갔다. "내가 당신 아빠 편을 드는 건, 둘이 화해했으면 싶어서 그래. 그게 전부야. 이기적이지. 그러나 그럴 수밖에 없잖아. 이렇게 추운 도시에 다시 오고 싶지는 않아."

한 블록 위에 택시가 나타났다. 피터가 도로로 내려가서 택시에 손짓을 했다. "일단 집에 가자. 엄청 작은 당신 침대에 둘이 이불 뒤집어쓰고 누워서 새해 계획이나 세워보자." 택시가 멈춰 섰다. "내 계획은 당신과 말싸움할 때 이기는 걸 포기하는 거야."

"당신은 가. 집에서 만나."

"엘!"

"아니야, 괜찮아. 우리 둘 다 괜찮아. 당신 말이 맞아. 나는 좀 진정할 필요가 있어서 그래. 그러니 나는 걸어서 갈게."

"그러면, 일단 올해 첫 말싸움에서는 내가 이겼네." 피터가 내 목도리 양쪽 끝을 잡고 목 주변으로 감아주더니, 머리에 쓰고 있는 모자도 더 깊이 눌러 씌웠다. "늦지 말고."

나는 택시 꼬리등이 코너를 돌아 눈보라 속으로 사라지는 모습을 지켜봤다. 거리에는 사람이 전혀 없다. 정신 나간 사람 아니고서야 이 날씨에 밖에 나올 리가 없다. 눈물이 흘러내리다 뺨 위에서 오줌 줄기 만한 고드름이 되었다. 나는 머리를 숙이고 아빠가 사는 건물이 있는 뱅크 스트리트까지 걷기 시작했다.

건물 2층의 아빠가 사는 아파트에는 불이 있는 대로 다 켜져 있었다. 나는 벨을 누르고 기다렸다. 두꺼운 마호가니로 만든 현관문에 있는 에칭 유리창으로 들여다보니 계단통에 유모차가 한 대 서 있었고, 그 뒤에는 아빠가 타는 자전거가 잠금장치가 된 채로 칠이 벗겨진 라디에이터에 기대 세워져 있었다. 건물 안은 따뜻하면서도 어질러져 있었다. 다시 한번 벨을 눌렀다. 부츠 안에 있는 발가락은 얼음 조각처럼 느껴졌다. 나는 혈액순환이라도 시키려고 발을 구르면서, 한 번 더 벨을 누르고 귀를 기울였다. 아무런 응답이 없었다. 아빠는 집에 있는 게 분명하지만, 안방 문을 닫으면 벨 소리가 들리지 않을 것이다. 길모퉁이를 돌아가면 있는 그리스 스타일 커피숍에는 나도 예전에 한 번 쓴 적 있는 공중전화가 있다.

나는 소금을 뿌려 놓은 현관 계단을 내려가서, 진흙을 튕기며 걸었다. 아파트 내 집 대부분에는 불이 켜져 있고 유쾌해 보였다. 지나가면서 나는 복도 천장하며, 이것저것 흩어져 있는 주방, 벽돌을 노출해서 지은 벽 따위를 훑어봤다. 공기에서는 벽난로의 안온함과 평화로움이 느껴졌다. 내 입에서 나온 하얀 입김이 회갈색 소용돌이 속으로 사라져 갔다. 빈 샴페인 병과 배달용 피자 박스 등이 잔뜩 처박혀 있는 쓰레기통이 온통 눈을 뒤집어쓴 채 서 있었다. 정말이지 개떡같이 추운 날이다.

한 블록밖에 안 되지만, 커피숍에 도착했을 때 내 얼굴은 추위에 완전히 얼어붙어 있었다.

"문을 닫아주세요." 안으로 내 몸이 다 들어오기도 전에 계산대에 앉아 있는 남자가 말했다.

자리는 반쯤 비어 있었다. 빨간색 비닐로 만든 자리에는 슬픈 얼굴을 한 사람들이 숙취를 해소하느라 달걀과 베이컨 요리를 먹고 있었다. 카운터에서는 나이 많은 남자 둘이 커피를 마시는 중이다.

공중전화는 맨 뒤쪽, 화장실 옆에 설치되어 있었다. 나는 자리들을 지나고, 끈적끈적한 게 묻어 있는 유아용 식탁 의자를 쌓아 놓은 곳도 지나고, 담배자판기도 지났다. 어떤 남자가 전화기를 붙잡고 한참 열을 내어 말싸움을 하고 있었다. 기름기 가득한 머리숱이 점점 빠지고 있는 남자. 쥐꼬리 모양으로 뒤를 묶었다. 그의 옆에 있는 선반에는 동전이 여러 개 쌓여 있었다. 나는 장갑을 벗고, 모자도 벗고, 지갑 속에서 동전을 찾아봤다. 그가 투입구에 동전을 몇 개 더 집어넣고는 뒤로 돌아 나를 쳐다봤다. 나는 벽에 기대어 서서, 통화가 끝나기를 기다렸다.

여자 종업원이 카운터에 바나나 크림 파이 한 조각을 올려놓고, 커피 잔을 다시 채웠다. 매니저가 귀 뒤에 연필을 꽂고는 계산대에서 피스타치오 색깔 수표를 등록하고 있었다.

"저기요," 전화 거는 남자가 새로 동전을 집길래 내가 말했다. "더 길게 통화하실 건가요?"

"전화하고 있잖아요, 아가씨."

"급하게 한 통만 하면 안 될까요? 2초면 돼요."

그가 수화기를 손으로 막으면서 말했다. "내 통화가 끝나고 하면 되잖아요." 그가 다시 전화기 쪽으로 몸을 돌리고 이야기를 계속했다. "미안," 그가 말했다. "웬 미친년이 있어서."

내 옆쪽 벽에는 코카콜라에서 제공한 싸구려 낡은 거울이 걸려 있었다. 거울로 내 몰골을 살펴봤다. 머리는 사방으로 흐트러지고 엉켜 붙은 데다, 뺨은 찬바람과 건조한 히터 바람을 잇달아 맞아서 빨갛다.

노숙자가 따로 없었다. 등 뒤로 커피 내리는 기계에서 커피 나오는 소리가 들렸다. 종소리와 함께 문이 열리고, 찬 공기가 목덜미를 때렸다.

이렇게까지 해서 아빠에게 전화를 걸어야 할 가치는 없다고 생각할 때쯤, 공중전화를 붙잡고 있던 남자가 고함을 쳤다. "좆까, 개 같은 년아." 전화기에 대고 퍼붓더니 수화기를 내려치듯 끊었다. 오늘은 일진이 이런 날이다. 그 남자는 동전 반환 레버를 수차례 내려치면서 하나라도 남겼을까 싶어 반환구 안쪽을 살뜰하게 확인했다. 나는 동전을 꺼내고 전화기 쪽으로 갔다.

"그렇게 급하신가요, 아가씨?" 그 남자가 내 앞을 막고 서서 외투 단추를 채우면서 뜸을 들였다.

"씨발 새끼." 문 쪽으로 가는 그 남자에게 대고 내가 말했다. 몇 사람이 쳐다봤지만, 대다수는 그저 먹던 걸 계속 먹고 있었다.

벨이 여섯 번 울리더니 누군가 전화를 받았다. 메리였다.

"안녕, 엘. 해피 뉴 이어." 그녀의 목소리는 설탕물 같다. 전화기 너머로 그 가식적인 웃음이 보이는 듯하다.

"해피 뉴 이어, 메리. 아빠 좀 바꿔주시겠어요?"

"아빠는 지금 쉬고 있어."

"아빠와 할 얘기가 있어요." 그녀가 입고 있을 진한 황록색 카디건 세트는 물론, 작고 계산에 빠른 그녀의 눈이 보이는 듯했다.

"방해하고 싶지 않아."

"조금 전에 도로 쪽으로 내려왔어요. 아까 벨을 눌렀는데 아무도 문을 안 열어줘서."

"맞아."

"아빠 좀 바꿔주시겠어요?" 나는 최대한 침착하려고 애썼다.

"그건 좋은 생각이 아니야. 네가 아빠 속을 잔뜩 뒤집어 놨잖아. 네 아빠가 신발도 안 신고 집 밖으로 나가려고 하더라. 나는 토할 지경이었고."

"아 그냥 아빠나 좀 바꿔주시죠." 내 목소리에서 짜증이 묻어나는 걸 감출 수가 없었다.

"내가 보기엔 너희 두 사람 모두 진정할 필요가 있어."

"뭐라고요?"

"네가 아빠한테 너무 무례했잖아."

"이건 나와 아빠 사이의 일이에요."

"아니지," 그녀가 말했다. 이번에는 독기를 숨길 생각도 하지 않았다. "이건 너와 나 사이의 일이지."

나는 숨을 깊이 들이마시며, 그녀에 대한 내 악감정은 물론, 아빠의 지키지 못한 약속, 그러니까 조앤과 갈라서던 그해 여름 아빠가 했던 그 약속을 떠올리며 비통한 심정을 내리누르느라 애를 써야 했다.

그건 8월이었다. 애나는 여름 방학에 어느 집에서 도우미 아르바이트를 하느라 아마간세트로, 콘래드는 멤피스로 떠났을 때, 엄마와 레오가 프랑스로 여행을 갈 동안 나는 아빠와 함께 지내야 했다. 아빠는 여름 동안 지내겠다고 딕슨 씨 아파트를 빌렸다.

엄마와 레오는 로건으로 가는 길에 나를 그레이하운드 버스에 태워주면서 버스가 휴게소에 서면 샌드위치와 음료수 사 먹을 돈과, 목적지에 도착한 다음 아빠가 있는 아파트까지 택시를 타고 갈 비용까지 포함해서 넉넉히 주었다.

"왜 내가 버스 내리는 곳에 아빠가 데리러 오지 않는 거야?" 내가 물었다.

"아이고, 세상에," 엄마가 말했다. "너도 이제 13살이잖아. 아빠가 저녁은 준비해 두겠다더라."

"알았어요. 내가 가출한 애들을 노리는 포주에게 납치되어 14살짜리 매춘부가 되더라도 뭐라고 하지 말아요."

"텔레비전을 너무 많이 봤구나," 엄마가 말했다.

다음 날 눈을 떴을 때, 내가 어디 있는지 알아차리느라 시간이 좀 걸렸다. 어두운 방. 통풍창을 통해 들어오는 은은한 빛. 누군가 풀어 넣은 세제 냄새. 2단 침대에, 벽에는 크레용 낙서가 되어 있고, 벽지는 갈색에 꽃무늬가 덮여 있었다. 마지막으로, 아빠가 내게 침낭을 줬던 게 생각났다. 나는 꿈도 꾸지 않고 푹 자고 일어나 눈을 비비고, 아빠를 찾아 긴 복도를 걸어갔다. 아빠는 딕슨 씨 아파트의 햇빛이 잔뜩 들어오는 휑뎅그렁한 거실에 놓인 큼지막한 오크나무 테이블에 앉아 원고를 읽고 있었는데, 주말이면 늘 입는 복장 그대로, 청바지에 맨발, 낡은 네이비블루 색깔 라코스테 상의를 입고 있었고, 옅은 페퍼민트 비누향이 풍겼다.

아빠가 나를 올려다보고 웃었다. "오, 일어났어."

"몇 시예요?"

"3시야. 무려 17시간을 자는구나. 배고프지? 냉장고에 터키 샌드위치 반 정도 남아 있다."

"아뇨, 괜찮아요. 왜 안 깨웠어요?"

"커피 한 잔 줄까?" 아빠가 원고를 내려놓았다. "커피 마시니?"

"아직 마시면 안 돼요."

"이제는 마셔도 돼."

나는 아빠를 따라 주방으로 들어서서 카운터에 놓인 스툴에 앉았다. 아빠가 냉동실에서 커피콩 봉투를 꺼냈다.

"냉동실에 보관하지 않으면 향이 날아가."

나는 아빠가 커피 가는 모습을 지켜봤는데, 아빠는 전기 그라인더를 두 번 멈추고 흔들었다. "골고루 갈리게 해야 해," 그렇게 말하더니 찬장에서 커피 잔을 두 개 꺼내고, 우유는 냄비에 넣고 데웠다. 아빠는 요리할 때면 디테일까지 꼼꼼하게 신경을 쓴다.

"아빠는 이 노래 좋아해," 아빠가 라디오를 켜더니 〈리안논〉이라는 곡을 흥얼거렸다. "잉글리시 머핀 먹을래?"

"네."

아빠가 서랍에서 포크를 꺼내 머핀 여기저기에 작은 구멍을 낸 다음, 반으로 잘라 토스터에 집어넣었다. "너랑 여기 같이 있으니까 좋구나," 아빠는 그렇게 말하더니 주머니를 뒤졌다. "너 주려고 열쇠를 만들었다." 아빠는 무척 근사한 걸 이룬 사람처럼 의기양양하게 내 옆에 있는 스툴을 끌어당겨 앉았다. "아빠 이혼이 이제 진짜 마무리되었어."

나는 무슨 말을 해야 할지 몰랐다. 아빠를 위해 잘 되었다고 말해야 하나, 유감이라고 해야 하나. 그냥 아무 말도 안 하기로 했다.

"조앤이 결정을 수월하게 해줬어. 나한테 최후 통보를 했지. 결혼생활을 계속할 건지 딸들을 선택할 건지. 그건 어려운 문제가 아니지." 아빠는 드라마틱하게 잠시 말을 멈췄다. "너와 애나는 모르고 있었지만, 조앤은 내게 너희들이 있다는 걸 정말 싫어했지."

나는 놀란 척하면서 웃지 않으려고 애를 썼다.

토스터에서 머핀이 튀어나왔다. "너희들에게 신경 못 썼던 거 미안해. 조앤 때문에 일이 복잡해졌던 거야. 아무튼," 아빠가 냉장고에서 버터와 잉글리시 마멀레이드 통을 꺼냈다. "괴로운 일에서 잘 빠져나왔다. 두 번 다시는 그런 일 없을 거야. 앞으로는 너와 애나만 생각할 거야. 아무도 아빠와 너희 사이에 끼어들지 못하게 할 거야. 약속하마."

"메리," 내가 공중전화에 대고 말을 이었다. "아빠에게 내가 통화를 하고 싶어 한다고 얘기해줘요. 그리고 이 전화를 안 받으면 두 번 다시 아빠랑 얘기하지 않을 거라고도." 나는 그녀가 생각하느라 잠시 뜸을 들이는 걸 느꼈다. "메리, 아빠 대신에 당신이 이 일을 결정하려고 하지 말아요. 지금 그런 생각이라면. 나중에 후폭풍이 불 수 있으니."

그녀가 수화기를 탁자 위에 내려놓았다. 그녀가 안방으로 걸어가는 소리가 들렸다. 아빠에게 얘기하는 소리가 났다. 몇 분 후에 그녀가 다시 수화기를 들었다. "아빠 말은 '그러라고 해, 그러고 싶으면'이야."

"제 말을 제대로 전한 거 맞아요?"

"물론," 그녀가 부드럽게 대답했다. "네가 했던 말 그대로 전했다."

나는 일격을 당해 현기증이 났다. "그렇다면 더 할 말이 없네요. 결혼식 잘하세요. 지난번에 아빠가 결혼할 때는 신부가 속옷을 안 입었어요. 아빠는 여자 사타구니가 보이는 쪽을 좋아하나 보죠."

나는 전화를 끊고 커피숍에 있는 화장실로 뛰어가서 메스꺼움이 가라앉을 때까지 변기에 대고 몇 번이나 헛구역질을 했다. 아무리 애를 써도 구토가 나오지 않았다. 나는 아빠가 정말 싫다. 아빠의 그 유약함이 싫다. 아빠가 우리를 위해 하지 않았던 모든 일. 약속했던 모든 것. 계속되는 배신. 나는 찬물에 얼굴을 씻었다. 얼굴이 온통 울긋불긋 충혈되었지만, 다행히 숨은 다시 쉬어졌다. 여기서 나가야 한다. 피터가 필요하다.

가게 문을 거의 다 나왔는데, 안에서 누군가 부르는 소리가 들렸다.
"엘?"

목소리는 변했다. 한층 깊어졌다. 하지만 천 명이 합창을 하고 있더라도 그의 목소리는 구분할 수 있다. 이 순간을 나는 몇 년이나 기다렸다. 만나는 장면이 어떨지 늘 상상했다. 어떤 모습으로 만나게 될지도. 나는 보들레르에 대한 논문 초안을 들고서 코듀로이 정장을 입은 교수님을 만나기 위해 뛰어간다거나, 연못에서 한참 수영을 한 뒤에 물에서 올라오는 ― 잘 그을리고 탱탱하고 성숙한 몸매로 ― 내 모습을 떠올리곤 했다. 후회할 일 따위는 하나도 없는 모습으로 말이다. 나는 헝클어진 내 머리칼을 손으로 쓸어 넘겼다. 이렇게 그냥 문을 열고 나가면 그는 아마 사람을 잘못 봤나 생각하게 되리라.

"엘," 조너스가 다시 한번 그 부드럽고 편안한 목소리로 나를 불렀다. 단음절이지만, 잘 다린 셔츠처럼 완벽한 목소리.

나는 돌아봤다.

모습이 달라져 있었다. 숲에서 돌아다닐 때의 모습은 많이 옅어졌다. 숱이 많은 검은 머리는 짧게 잘랐다. 하지만 눈빛은 여전히 초록빛 바다색이었다. 흔들림 없고, 순수하고.

"와," 내가 말했다. "와. 뜻밖이네."

"진짜," 그가 말했다. "와."

"여기서 뭐 해?"

"배가 고파서."

"가족과 함께 케임브리지에 있어야 하는 거 아니야? 새해 첫날이잖아."

"일라이어스 형이 애가 생겼어. 모두 클리블랜드에 있어. 호퍼 형이 대부야. 나는 너무 바빴어. 지금 여기서 뭐 하는 거야?"

"방금 아빠와 절교했어. 아빠는 저 길모퉁이 돌면 거기 살아."

그가 고개를 끄덕였다. "뭐 늘 그렇지. 아까 네가 고함치던 머리 떡진 그 남자는 누구야?"

"쓰레기 같은 놈이지."

그가 웃었다. "남자친구는 아니라는 거네?"

"말도 안 돼," 나는 그렇게 말하면서 그의 맞은편에 앉았다. "너라는 게 믿기지 않네. 어른스러워 보인다."

"나도 나이가 들 거라고 늘 얘기했지만, 네가 안 믿었잖아." 그는 울로 만든 추레한 외투 안쪽으로 색이 바랜 셔츠와 청바지를 입었는데, 온통 물감으로 얼룩져 있었다.

"정신 나간 사람처럼 보이네," 나는 말을 이렇게 하지만, 솔직히 말하자면, 놀랄 만큼 멋있어 보였다.

"너도 좋아 보여," 그가 말했다.

"지금 내 몰골이 얼마나 엉망인지는 나도 알아." 나는 테이블에 놓인 쇠로 만든 냅킨 통에서 냅킨을 몇 장 뽑아서 코를 풀었다. 그를 쳐다보면서 지금 내 눈에 보이는 모습을 받아들이려고 애를 썼다. 내 시선을 받아내면서 쳐다보는 그의 표정은 나와 처음 만났을 때처럼 약간 모호

하면서도 사람을 긴장시키는, 젊은 사람의 얼굴에 박힌 노인의 눈빛 그대로이다.

"영국에 살고 있다는 소식을 예전에 들었어." 그가 말했다.

"지금도 거기 있어. 런던에서 살아."

조너스가 거리 모퉁이에 있는 멋없게 생긴 공동주택을 가리켰다. "나는 저기서 살아."

"너는 도시를 싫어하잖아."

"쿠퍼 유니언*에 다녀. 미술 전공. 1년 더 남았어."

여종업원이 와서는 우리가 아는 체할 때까지 기다렸다.

"커피 마실래?" 조너스가 내게 물었다. "이제는 차를 마시나?"

"커피 마실게."

"커피 두 잔 주세요." 조너스가 종업원에게 말했다. "설탕 입힌 도넛도 두 개 주시고."

"나는 도넛 안 먹어."

"알았어. 그럼 도넛은 한 개만 주세요." 그가 종업원에게 말했다. "한 개를 나눠 먹지 뭐. 그나저나. 런던에서는 뭐 해?"

"대학원 다녀. 불문학 전공."

"왜 거기서 다녀? 여기서 안 다니고?"

"멀리 떠나고 싶었으니까."

조너스가 고개를 끄덕였다.

---

* 쿠퍼 유니언 Cooper Union — 1859년 설립된 뉴욕에 있는 대학. 예술 건축 공학 분야로 유명하다.

"음," 내가 말했다. "7년 만이네."

"7년이구나."

"너는 그 뒤로 우즈에 한 번도 안 왔어. 완전히 사라졌지."

"캠프 가는 게 좋아서."

"거짓말하지 말고. 너는 둘러댈 때 표시가 다 나."

그가 내 손을 잡더니 반지를 만졌다. "아직 끼고 있네."

나는 반지를 손가락에서 빼서 테이블 위에 올려놓았다. 은도금은 벗겨졌고, 쇠로 된 갈래가 중간에 있는 초록빛 유리 장식을 간신히 붙들고 있었다. "네가 나한테 준 이후로 처음 손에서 빼는 거야."

"살이 썩어 문드러지지 않은 게 기적이네."

"작년에 강도를 만났어. 런던에서. 스킨헤드족. 반지를 빼앗으려고 했는데 내가 안 줬지. 싸구려라고 말했는데도 배를 갈기더라."

"이런 세상에."

"그때 거기에 남자가 한 명 있었는데 나를 구해줬어. 그 사람 때문에 이 반지를 아직 가지고 있는 셈이야."

여종업원이 우리 사이에 놓인 테이블에 커피 두 잔을 내려놓았다. "설탕 바른 도넛은 다 떨어졌다네요. 계핏가루 뿌린 꽈배기나 보스턴 크림 파이는 있어요."

"괜찮아요," 내가 말했다. "우유가 좀 있을까요?"

그녀가 빈자리 쪽으로 팔을 뻗더니, 모조 커피 크림이 들어 있는 통을 집었다.

"계핏가루 뿌린 꽈배기 주세요," 조너스가 말했다.

나는 그녀가 멀어져 가는 걸 지켜봤다. "지금 그 남자와 같이 있어.

반지를 지켜준 사람. 피터라고 해. 여기 와 있어. 우리 엄마 집에."

"멋지네." 조너스는 개의치 않는 표정이었다. 통에서 작은 커피 크림을 하나 집더니, 뚜껑을 벗기고, 커피에 부었다. "뭐 하는 남자야?"

"저널리스트야."

"진지한 사이야?"

"그렇지."

조너스가 꽈배기를 한 입 베어 물었다. 입술에 계핏가루가 묻었다. "음, 그 사람에게 네가 이미 약혼했다는 사실을 분명히 알려주긴 한 거지?"

나는 웃으면서 그를 쳐다봤지만, 그의 표정은 진지했다.

"가봐야 해. 그 사람이 기다리고 있으니."

"있어봐. 그 사람이 너를 사랑한다면 계속 기다릴 거니까. 나는 그랬으니까. 지금껏."

"조너스, 그런 말 하지 마."

"사실이야."

"너는 기다리지 않았어. 떠났잖아."

"엘, 내가 달리 뭘 할 수 있었겠어? 아무 일도 없었다는 듯이 그다음 해 여름에 다시 오라고 해야 했다는 거야? 보트 운전 수업도 듣고? 너와 나 사이에 거짓말을 하며 지내야 했다는 거야? 나는 그런 스타일이 아니라는 건 너도 잘 알잖아."

나는 오랜 시간 동안 조너스를 생각하고, 그리워하고, 그의 곁에 서서 조용한 거리를 함께 걷고 싶었다. 영혼이 서로 하나로 결합된 채로 말이다. 그러나 막상 지금 여기에 그와 같이 있으니, 서로 얼마나 멀어져 버렸는지 느껴졌다.

"네 말이 맞을지도 몰라. 나도 이젠 모르겠어. 하지만 이제 '우리'는 없다는 건 확실해." 그 사실이 새삼 못 견딜 만큼 괴롭게 다가왔다. "그리고 지금 우리는 서로를 잘 알지도 못해. 나는 네가 어디 사는지도 몰라."

"알고 있잖아. 도로 저쪽 저 형편없는 건물에 산다니까."

"내 말이 무슨 뜻인지 알잖아."

"나는 예전 그때와 똑같아. 그때보다 덜 이상해지긴 했지만."

"안 그랬으면 좋겠어," 내가 웃었다. "기묘한 게 네가 가진 가장 멋진 자질이니까."

조너스가 초록색 유리 반지를 집어 들더니 불빛에 비추었다. "아주 조심해서 간직해. 이거 비싼 거야. 그때 용돈을 다 털어서 산 거야."

"알아. 비싼 거."

"나는 그때 그렇게 된 거 전혀 후회하지 않아."

"아니, 후회해야 해. 우리 둘 다."

"그 인간이 너를 아프게 했잖아."

"나는 이겨냈을 거야."

조너스가 반지를 다시 내 앞쪽에 갖다 놓았다. 반지가 우리 둘 사이에 놓여 있다. 몹시 흉하고, 몹시 아름다운 자그마한 것 말이다.

"나는 네가 준 거라서 이걸 끼고 있었던 게 아니야. 우리가 했던 일을 기억하려고 끼고 있었을 뿐이야."

여종업원이 커피 담은 보온병을 들고 우리 쪽으로 다가왔다.

"더 드릴까요?" 그녀가 물었다.

"괜찮아요." 내가 말했다.

"더 필요한 거 있으세요?"

"계산서만 주세요." 내가 외투를 걸치며 일어섰다. "이제 진짜 가야 해."

조너스가 내게 반지를 건넨다. "가져가. 네 거잖아. 그 인간 생각이 나게 하더라도."

"안 할래."

"왜?"

거짓말을 둘러댈 수는 있다. 다른 사람에게라면 얼마든지 거짓말을 했으리라. "네 생각이 나게 하니까," 나는 슬프게 말을 이어갔다.

조너스가 펜을 꺼내더니 냅킨을 찢었다. "내 전화번호야. 마음이 안 정되면 전화해. 잃어버리지 말고."

나는 찢어지기 쉬운 그 종이를 받아서 내 지갑에 넣었다. "밖은 온몸이 얼 만큼 추워." 나는 모자를 쓰고, 목도리도 둘렀다.

"보고 싶을 거야," 그가 말했다.

"나도," 내가 말한다. "늘 그랬듯이." 나는 몸을 숙이고 그의 뺨에 입을 맞췄다. "갈게."

"잠깐만," 조너스가 말했다. "지하철까지 같이 가줄게."

밖에 나오니 눈이 주먹 만한 크기로 쏟아지고 있었다. 조너스가 내 팔에 자기 팔을 끼우더니, 장갑도 끼지 않아 차가운 내 손을 자기 외투 주머니 속으로 집어넣었다. 우리는 일곱 블록을 아무 말도 하지 않고, 소리 없이 내리는 눈을 보며 걸었다. 둘 사이에 흐르는 침묵은 편안하고 친근했다. 숲을 빙 돌아 바닷가까지 이어진 길을 한 줄로 걸어갈 때처럼, 말하지 않아도 울림이 있었다.

내가 들어가야 할 우중충한 지하철 입구가 곧 나타났고, 탁한 공기가 뿜어져 나오는 그 속에서 후줄근한 사람들이 쏟아져 나왔다. 조너스가 양손으로 내 양손을 붙잡았다.

"이제 나를 그리워할 필요가 없어, 알아?"

나는 한 손을 빼서 그의 뺨에 갖다 댔다. "나도 알아."

그가 나를 갑자기 끌어당기는 바람에 반응할 시간이 없었다. 그러더니 오랫동안 서로 사랑하는 사람들이 매일 매달 매년 나누는 것처럼 뜨겁게 키스했다. 이게 우리의 첫 번째 키스는 아니다. 첫 키스는 오래전, 어렸을 때, 물속에서, 처음으로 작별할 때, 이게 마지막은 아니라고 생각하며 했었다. 그에게서 떨어지려니 마음이 아팠다. 찾았지만, 잃어버린 사랑이니까. 나는 잠시 숨을 멈추고 기억의 벼랑 끝에 서서 그 기억 속으로 다시 뛰어들고 싶었지만, 그럴 수 없다는 것도 느꼈다. 조너스는 동물 같다면, 피터는 광물 같은 사람이다. 지금 내게는 바위가 필요하다.

"또 봐," 내가 말했다. 우리 둘 다 그 말이 무슨 뜻인지 알고 있었다.

"엘…." 내가 지하철 입구로 내려가는데 조너스가 입을 열었다.

나는 멈춰 섰지만 뒤돌아보지는 않았다.

"반지를 준 사람은 피터가 아니야," 그가 말했다. "반지를 준 건 나야."

23

1991년 2월, 런던

히스*는 텅 비어 있다. 굳은 표정으로 개를 데리고 나온 몇 사람이 서로 멀찍이 떨어져서, 줄을 풀어준 자기 개가 덜덜 떨면서 닭 뼈 같은 다리에 진흙을 묻히고 뛰어다니는 모습을 지켜보고 있는데, 나중에 주인이 알아서 닦아줘야 할 것이다. 비가 내리고 있다. 풍성하게 쏟아지는 정도는 아니지만, 낮게 내려앉은 납빛 하늘에서 끝없이 내리는 보슬비라서 양말을 끌어 올리게 만든다. 내리는 빗속으로 검은 개가 빨간 공을 따라 들판을 뛰어간다.

나는 햄스테드에 있는 피터의 아파트, 높은 천장에 석고 문양이 되어 있는 그 아파트에 들어와서 같이 살고 있다. 사방의 벽에는 책꽂이가 늘어서 있고, 거기 꽂혀 있는 가죽으로 만든 책들은 피터가 실제로

---

* 히스The Heath — 런던에 있는 오래된 황야 지역인 '햄스테드 히스Hampstead Heath'를 줄여서 부르는 이름. 면적이 3.1제곱킬로미터에 이른다.

다 읽은 선박 제조와 아그리파* 관련 서적이다. 밤에 피터가 시티**에서 퇴근해서 돌아오면, 우리는 벽난로에 불을 지피고, 소파에서 깃털 이불을 같이 덮어쓰고 부둥켜안고서, 자기가 직접 골라온 책을 낭독하는 피터의 책 읽는 소리를 듣다가 지루해지면, 나는 이제 그만하고 섹스를 하자고 조르곤 했다.

피터의 아파트는 피터의 엄마가 갖다 놓은 그 끔찍한 벨벳 소파만 아니었어도 천국 같은 곳이 아닐까 싶은데, 소파에는 사자 앞발 모양의 다리가 달려 있고, 입에 죽은 사냥감을 물고 있는 사냥개들이 그려져 있다. 그중에서도 끔찍한 장면인 토끼가 죽는 장면 위에는 피터가 클래시*** 포스터를 붙였다. 등받이 쪽으로는 융단을 깔아 두었다. 그런데도 나는 그녀가 여기 있는 것 같고, 우리 침대 위에 걸려 있는 끔찍하게 생긴 피터 집안 조상들의 초상화를 통해서 감시하고 있는 느낌이 들었다. 동거하기로 했다는 말을 전해 들었을 때 피터 엄마는 좋아하지 않았다. 젊은 미국 여자친구는 끔찍할 만큼 형편없는 자기 나라로 돌아가서 관계가 끝나야 받아줄 만하니까.

오늘처럼 피터는 아직 사무실에 있고, 나 혼자 집에 앉아 논문을 끝내답시고 이 방 저 방 돌아다니며 병에 든 누텔라 초콜릿이나 축내며 진도는 전혀 나가지 않는 날이면, 피터의 엄마가 사방 벽과 천장에서 나를 멸시하듯 쳐다보는 기분이 들었다. 그녀가 사람을 제대로 봤다는

---

* 아그리파Agrippa(63-12 B.C.) — 로마의 장군, 정치가

** 시티The City — 런던의 관공서와 기업체가 모여 있는 도심 지역을 런던 사는 사람들끼리 줄여서 부르는 말

*** 클래시The Clash — 1976년 결성된 영국 록 밴드

걸 다른 사람은 아무도 몰랐으면 좋겠다 싶었다.

도로 저 끝에는 맑은 날에 앉아 있기에 딱 좋은 근사한 테라스가 달린 낡은 펍이 하나 있다. 그 너머로 거대한 히스 지역이 이어지는데, 말 그대로 도시 한복판에 야생의 거친 평지와 숲이 펼쳐져 있는 것이다. 이곳의 나무들은 온통 울퉁불퉁하고 드루이드교 승려 느낌이 나며, 뿌리는 아직 기억에 남아 있는 과거 속에서 헤매고 다니는 손가락처럼 뻗어 있다. 나무들 사이로 좁은 길이 나 있고, 사람들이 많이 다닌 길들은 움푹 꺼진 곳으로 이어지며, 그 깊고 비옥한 지역에서는 썩어가거나 무성하게 자라는 나무들이 여우가 사는 굴도 가려주고, 어둠이 내리면 오럴섹스를 하러 차를 몰고 찾아오는 이들도 가려준다.

오후에 나는 곧잘 히스를 걸으며, 몇 시간 동안 타이핑하느라 지친 정신에 바깥바람을 쐬어주곤 한다. 오늘 오후에는 국회의사당 언덕에서 켄트우드 하우스까지 좀 길게 걸을 생각이었지만, 비가 내리기 시작하더니 지금은 빗발이 굵어져서 땅에 물이 고일 정도가 되는 바람에, 계획을 바꿔서 들판을 대각선으로 가로질러 사람들이 수영하는 연못을 지나서 집으로 돌아가기로 했다.

누구나 이용할 수 있는 그 연못가에는 주름 종이처럼 하얗고 투명한 피부의 나이 든 남자 두 명이 서로 짝을 맞춘 파란색 수영모에 헐렁한 바지를 입고 앉아 있는데, 그들의 등을 두드리며 비가 쏟아지고 있었다. 나는 여기서 그들을 거의 매일 봤다. 이렇게 추운 날에도 공원에 있는 그다지 매력적이지 않은 연못에서 수영하는 건 시민의 권리이므로 '할 수 있기 때문에' 즐긴다는 것은 꽤 영국적인 일이다. 피터의 엄마가 이웃집 정원이나 농가의 돼지우리를 그냥 가로질러 가는 이유도 똑같은데, 나무로 만든 회전식 문을 밀고 들어가 오리와 거위들을 놀라게 할지라도, 굳이 길을 돌아가는 것보다는 불법일지라도 남의 사유지를 침범해서 통과하는 공공의 권리가 더 소중하다고 여기기 때문이다.

그 연못을 지나가면서 보니, 노인들은 완벽하게 보조를 맞춰 스트로크를 하면서 헤엄쳐 건너가고 있었다. 음울한 바다를 향해 나아가는 밝은 파란색 악어거북 두 마리 같았다. 정말 추울 듯한데.

공원을 거의 다 벗어날 즈음 내 뒤에서 누군가 고함치는 소리가 들렸다. 작은 개를 데리고 나온 여자가 양손을 흔들며 소리치고 있었다. 들판 저 건너편에 있던 남자도 그 소리를 듣고 뛰어왔지만, 내가 먼저 도착했다.

"저기, 사람이 물에 빠졌어요." 그녀가 제정신이 아닌 듯 소리치면서 연못을 가리켰다. "나는 수영을 못 해요."

연못 쪽을 보니 파란 머리가 하나밖에 안 보였다.

"저기에 있었어요." 그녀가 손가락으로 가리키며 말했다. "저기서 도와달라고 소리치더라고요. 그런데 나는 수영을 못 해요."

"999에 전화 좀 걸어주세요." 내가 소리쳤다.

나는 더 생각할 겨를도 없이, 신발을 내팽개치듯 벗고, 우비와 두툼한 스웨터를 벗어 땅바닥에 내려놓은 뒤에 연못에 뛰어들었다. 생각했던 것보다 물은 따뜻하고 깨끗했다. 그 노인 몇 미터 앞에서 나는 물 위로 떠올랐다. 그는 공포에 질린 채 물속에서 선헤엄을 치고 있었다. 겁에 질린 그의 눈은 자기 친구를 찾느라 수면 위를 두리번거리고 있었다.

"세 번째 바퀴를 돌고 있었어요." 그가 말했다. "우리는 늘 여섯 바퀴는 돌았으니까."

"일단 물 밖으로 나가세요," 내가 말했다.

나는 물속으로 들어가서 눈을 뜬 채 뿌연 물속에서 색깔이 다른 부분이 있는지 찾아봤다. 숨을 쉬기 위해 물 밖으로 한 번 나왔다가 다시 잠수를 했는데, 이번에는 좀 더 깊이 수초가 깔린 바닥까지 내려갔다. 저 앞에 파란색이 보였다.

내가 가쁜 숨을 쉬며 노인의 축 늘어진 몸을 이끌고 물가로 나왔을 때, 응급구조원들이 도착했다. 구조원 두 명이 걸어와 나를 끌고 나오려 했지만 나는 뿌리쳤다. "저 사람부터 구해요," 내가 숨을 헐떡이며 말했다. "저 사람부터."

그 사람의 친구는 나무로 만든 작은 도크에 와들와들 떨며 서 있었다. 아까 그 여자가 자기 외투를 벗어서 남자에게 덮어줬다. 우리는 구조원들이 그 사람의 애처로울 만큼 하얀 가슴을 계속 누르며 심폐소생술을 하는 걸 지켜봤다. 나는 숨을 멈춘 채, 마침내 그가 기침을 하며 폐에서 물을 토해내더니 방금 살아있는 개구리라도 뱉어낸 사람처럼 놀란 듯 눈을 뜨는 걸 지켜봤다. 개펄 같은 물가에 놓인 그의 파란 수영모가 물결에 찰싹거리고 있었다.

집에 와보니 피터가 이미 도착해서 불편한 소파에 누워서 책을 읽고 있었다. 재떨이에 담배꽁초가 하나밖에 없고, 들고 있는 찻잔에서 김이 나는 걸로 봐서 조금 전에 도착한 모양이다. 문 앞에 도착한 나는 맨발인 채 코이어*로 만든 매트에 물을 뚝뚝 흘리며 섰다.

"비를 쫄딱 맞았네." 피터가 책을 내려놓으며 말했다. "난로에 불을 피워야겠어."

나는 그 자리에 얼어붙은 듯, 흠뻑 젖어 무거워진 마음으로 서 있었다.

"빨리 들어와." 피터가 내게 다가오더니 질펀한 키스를 하면서 말했다. "젖은 옷부터 벗어야겠다."

"수영하는 연못에서 노인이 물에 빠졌어."

"방금?"

"매일 거기서 수영을 하는 사람이야. 친구랑 같이."

"그걸 봤어? 오 이런 불쌍한 생쥐 같으니." 그가 말했다.

나는 아무런 감각이 없었다. "연못 바닥까지는 내려가지 않았더라. 내가 들어갔을 때 물속에 떠 있었어."

"뭐라고, 잠깐만." 피터가 말했다. "그러니까 그 사람을 구하러 물속에 들어갔다는 거야? 수영하는 연못에?"

"물속은 어두웠어. 하지만 수영모가 보였어."

"이런 세상에, 엘." 피터가 담배를 찾아 불을 붙였다.

"물가로 나오니까 응급구조원들이 도착했어. 그 사람, 영락없이 태아처럼 생겼더라. 포름알데히드에 보존된 것처럼."

"당신도 물에 빠져 죽을 뻔한 거야? 아니, 왜 그랬어?" 그렇게 말하는 그의 목소리는 애정과 걱정이 뒤섞여 거칠어졌다.

---

* 코이어 coir — 코코넛 열매 겉껍질로 만든 거친 섬유. 밧줄이나 바닥 깔개 등을 만들 때 쓴다.

나는 그에게서 시선을 돌려 먼 곳을 쳐다봤다. 그에게 이유를 말해주고 싶었다. 다 털어놓고 싶었다. 그 사람을 구해주고 싶었다고. 그런다고 달라지는 건 없더라도. 하지만 말할 수가 없었다.

그가 나를 양팔로 두르더니 꼭 껴안았다. "뜨거운 물로 목욕을 해야겠다."

"싫어, 물은 싫어."

내가 서 있는데 피터가 젖은 내 옷을 다 벗겨내고는 나를 안고 침대로 갔다. 그는 옷을 입은 채 나와 함께 이불을 덮고 누워서 나를 애무했다. 나는 내 알몸에 지긋이 와서 닿는 그의 셔츠와 벨트 버클, 바지의 감촉까지 다 좋았다.

"신발은 벗어야지," 내가 말했다.

"가서 차를 한 잔 만들어 올게. 움직이지 말고 가만히 있어. 이제부터 이 아파트 밖으로 못 나가게 할 거야."

내 몸은 좀체 따뜻해지지 않았다. 이불을 잔뜩 끌어당겨 덮었는데도 몸이 계속 떨렸다. 그의 몸이 물속으로 가라앉던 장면, 양수 속에 들어있는 듯 죽음을 맞이하는 장면, 그 우아하기까지 한 표정이 계속 생각났다. 피터가 전기 주전자에 물을 채우고 서랍에서 은식기를 꺼내는 소리가 들렸다. 눈에 보이지 않아도 그의 몸동작 하나하나까지 알 수 있었다. 내가 좋아하는 찻잔을 조심스레 꺼내고, 피지 팁스* 홍차 팩을 한 개가 아니라 두 개를 넣고, 내가 하는 것보다 40초 더 길게 물에 담가 둔 다음, 너무 하얗게 되지는 않고 핑크-베이지 색깔이 돌 정

---

* 피지 팁스PG Tips — 영국의 홍차 브랜드

도로 우유를 충분히 붓고, 설탕 한 숟가락을 넣고 젓는다.
"위스키를 넣어줄까, 따로 줄까?" 그가 차를 건네며 말했다.
"집에 가고 싶어," 내가 말했다. "비 오는 거에 질렸어."
"무슨 비 말하는 거야?" 그가 말했다.

24

1993년 9월, 뉴욕

빨간 제라늄 화분 옆, 햇볕이 잔뜩 내려오는 창턱에 고양이가 늘어져 있다. 긴 꼬리가 늘어진 덩굴 마냥 왔다 갔다 하고, 창턱에 놓인 꽃에서 떨어진 잎사귀가 그 아래 딱딱한 나무 바닥에 흩어져 있다. 잎사귀 하나가 고양이 등에 내려앉아 거북이 등 색깔의 부드러운 털에 빨간 물감처럼 도드라진다. 전화벨이 울리지만 나는 무시했다. 지금 이 기분으로는 그 누구와도 통화하고 싶지 않다. 오늘은 정말이지 다들 꼴도 보기 싫다.

우리가 사는 이스트 빌리지의 엘리베이터가 없는 아파트에서 피터는 커피를 마시면서 신문을 읽고 있다. "전화 좀 받아보지 그래?" 피터가 말한다. "사무실에서 온 전화일 수도 있잖아."

피터도 정말 싫다. 아파트는 온통 담배 냄새에 절어 있다. 사방의 벽은 물론이고 형광등 켜는 스위치나 의자 뒤쪽까지 온통 신문 잉크가 묻은 지문이 찍혀 있다. 이번 주 내 생일에 맞춰 북부로 떠나기로 했지만, 피터는 결국 취소하고 말았다. 요즘 들어 일을 너무 많이 한다. 그러면서도 일요일 신문 보며 커피 마실 시간은 있다. 침대 옆에는 그가 벗어 놓은 팬티가 수북하게 쌓여 있는데, 그걸 세탁기에 집어넣을 사람은 나밖에 없다. 피터가 탈지유를 사 왔다. 나는 탈지유를 싫어한다. 그 얇은 느낌이며, 파란 정맥 색깔 포장지까지.

나는 피터가 짜증 나도록 일부러 두 번 더 울릴 때까지 기다렸다가 수화기를 들려고 했는데, 응답기가 먼저 작동했다.

"엘리너?" 당황한 듯한 작고 떨리는 목소리가 들렸다. "엘리너? 거기 있니?" 나는 얼른 수화기를 들었다.

"할머니, 저 여기 있어요." 전화를 끊으실까 싶어서, 끊다가도 내 목소리가 들리도록 큰 소리로 말했다.

할아버지가 돌아가시고 나서 아빠와 그녀는 코네티컷의 농가에서 지내던 할머니를 양로원으로 보냈다. 딱히 좋지는 않은 곳이었지만, 좋은 냄새가 나는 쥐똥나무가 늘어서 있는 진입로가 커다란 원형으로 나 있고, 따뜻한 수프를 먹여주고 책을 읽어주는 간호사들이 있긴 했다. 소변기에서 냄새가 나고, 낮은 임금을 받는 간호사들이 이런저런 간호 업무를 하고, 콘크리트 건물에다, 바닥은 지저분하고, 창이 없어서 복도는 어둑어둑한, 한 마디로 댄버리*에 있는 거지 같은 곳이었다.

나는 할머니께 절대로 그렇게 내버려 두지 않겠다고 약속했다. 할머니가 자기 집에서 지내게 해드려야 한다. 할머니는 이미 아빠와 메리에게 설령 그럴 일이 생길지라도 24시간 돌봄 간호사 비용은 걱정하

---

* 댄버리Danbury — 코네티컷주 서남부에 있는 도시

지 않아도 된다고 말씀하셨다. 할머니는 아주 민첩한 분이다. 자기 몸은 알아서 챙길 수 있다. 할머니가 사는 동네에는 장을 봐서 들여놔 주거나, 전구를 갈아주고, 언덕 아래의 메일 박스에서 편지를 챙겨다 주는 일을 해줄 지역 소녀도 있다. 얼마든지 혼자 알아서 살아갈 수 있다. 하지만 바로 그게 그녀가 신경 쓰는 부분이기도 했다. 유산으로 물려받을 돈에서 개인 간호사 월급이 나가는 것 말이다. 아빠는 내가 모두가 편안할 수 있는 방법을 찾아낸다면 할머니를 시설에 보내지는 않겠다고 약속했다. 아빠 말인즉, 자기들은 주말마다 내가 할머니와 함께 지내면서 그 소녀와 교대를 해주지 않으면 할머니가 낙상 사고라도 당할까 싶어서 걱정이라는 것이었다. "내가 다 알아서 할 거예요." 나는 그렇게 말했었다.

"엘리너." 할머니의 목소리가 떨리고 있었다. "거기 있니?"

"할머니, 저 여기 있어요."

"무서워." 할머니가 울기 시작했다. 지금까지 살면서 할머니가 우는 걸 한 번도 본 적이 없다.

"할머니, 무슨 일이에요?"

"여기가 어딘지 모르겠어." 할머니의 울음이 흐느낌으로 바뀌었다.

"울지 마세요, 할머니, 울지 마요."

"그 사람들이 나를 여기로 데려왔어. 여긴 추워. 독서용 스탠드도 없고. 다들 어디로 간 거야? 무서워. 엘. 이리 와서 나를 좀 꺼내줘."

내 안에서 시뻘건 분노가 치밀어 올랐다. "잠시만요, 할머니 지금 거기가 어디예요? 누가 할머니를 그리 데리고 간 거예요?"

"모르겠어. 나는 모르겠어. 그 사람들이 나를 이리 데려왔어." 할머니 목소리는 어린애처럼 약했다.

"누가 왔었어요?"

"메리가 자기 친구랑 왔어. 메리는 내 혈압이 너무 높다는 거야. 병원에 예약을 해뒀다고 가자고 했어. 그래서 헨리에게 전화를 걸었어. 그랬더니 메리랑 같이 가라고 하더라. 이제 어떻게 해야 할지 모르겠구나. 내 이불은 어디 있는 거니?"

"할머니, 아빠랑 통화해 볼게요. 내가 알아서 할게요. 오늘 밤 안으로 나오게 해드릴 테니 걱정하지 마세요."

"여기는 어두워. 창문도 없어. 숨을 쉴 수가 없구나. 빨리 좀 와!" 할머니는 불타는 마구간 안에 묶여 있는 말처럼 공포에 질려 있었다.

나는 앙상하게 흔들리는 할머니의 마음을 붙들어 주고 싶었다. "제가 다 알아서 할게요. 지금 할머니 모시러 갈게요."

"누구세요?" 할머니가 말했다.

"몇 시간 정도면 도착해요. 그때까지 차분히 계세요."

"누구신가요?" 할머니가 말했다.

"저예요. 엘리너. 지금 간호사 사무실에 전화를 걸 거예요. 창문 있는 방으로 옮겨달라고 얘기할게요."

"누구신지 모르겠네요," 다시 할머니가 말했다.

그때 수화기 너머로 남자 목소리가 들리더니 할머니더러 조용히 하라고 말했다. 수화기를 떨어뜨리는 소리가 나고, 할머니가 침대에서 요동치는 소리가 들렸다. "저리 꺼져," 소리치는 할머니. 누군가 수화기를 집어서 끊었다.

내가 자동차 렌트 사무실에 도착해 보니 대기 줄이 길었다. 카운터에 있는 여직원은 여기가 우체국쯤 되는 줄 아는 모양이다. 뒤쪽 사무실에서 매니저가 걸어 나올 때 우리는 비로소 모두 안도의 한숨을 쉬었다. 하지만 새로운 줄을 만들기는커녕 그 매니저는 여직원 컴퓨터에 무슨 비밀번호 같은 걸 쳐서 넣으면서 뭐라고 말을 했고, 그녀는 크게 웃었다. 그러더니 다시 뒤로 사라져 버렸다.

"저기요." 내가 소리쳤다. "다른 직원은 없나요?"

"아가씨, 제가 최선을 다해 일하고 있잖아요." 그러고는 그 사실을 강조하기라도 하려는 듯이 의자에서 일어나더니, 진흙이 흘러가듯 느릿느릿 걸어서 프린터기 쪽으로 갔다. 거기 서서 계약서가 출력되어 나오기까지 기다렸다.

"죄송해요." 나는 그녀의 호의를 회복하기 위해 어조를 바꾸었다. "할머니 계신 병원에 가야 해서요. 소란스럽게 할 생각은 아니었어요."

"우리는 다들 자기가 있어야 할 자리를 지키고 있죠." 그녀는 자기 앞에 서 있는 남자를 향해 지긋한 미소를 보이면서 눈알을 굴렸다. 그 남자에게 다정하게 굴면서, 그 남자도 그걸 알아줬으면 좋겠다는 듯한 몸짓이었지만, 내게는 다정해질 생각이 없었다.

면회 시간 15분을 남겨두고 가까스로 양로원에 도착했을 때, 나는 지갑만 들고 뛰기 시작했다. 프런트에 도착했을 때는 숨이 턱밑까지 차올랐다.

"할머니를 보러 왔어요."

프런트에 있던 여자는 방문객이라는 걸 한 번도 본 적이 없는 듯한 표정으로 나를 멍하니 쳐다봤다. 그러더니 자기 시계를 쳐다봤다. "면회 시간은 끝났습니다."

"아뇨. 15분 남았어요. 할머니 성함은 머틀 비숍이에요."

그녀는 한숨을 쉬었다. 이런 상황까지 처리할 만큼 넉넉하게 월급을 받지는 않는다는 뜻인가? "죄송해요," 그녀가 말했다. "너무 늦게 오셨어요."

나는 발을 쿵쿵 굴렀다. "지금 뉴욕에서 왔어요. 꽉 막힌 도로를 뚫고. 할머니는 연세가 많고 몸도 안 좋으세요. 나를 기다리고 계세요. 제발 일 처리 좀 제대로 해주시면 안 될까요?"

"아가씨," 그녀가 말했다. "비숍 여사는 한 시간 전에 세상을 떠났어요."

할머니는 도로 건너편 오래된 묘지에 있는 할아버지 옆자리에 묻혔다. 그러고 보니 할머니는 오랜 세월 자기가 묻힐 곳을 보며 사셨던 셈이다. 우리는 하늘이 잔뜩 내려앉은 날, 땅에 판 구멍 옆에 서 있다. 묘지는 언덕까지 쭉 펴져 있다. 예전에 애나와 내가 놀던 자살자 묘지는 이제 정상적으로 죽은 착한 사람들의 묘비에 뒤덮여 있다. 애나는 검은 울드레스를 입고 우아한 자태로 내 옆에 서 있다. 할머니가 보셨다면 고개를 끄덕이셨으리라. 첫 삽으로 뜬 흙이 흑단색 나무관 위에 떨어질 때 애나는 내 손을 꼭 쥐었다. 비가 내리기 시작하더니 반주처럼 관 위로 후드득 떨어졌다. 건너편에 서 있는 아빠는 어깨를 들먹이며 울고 있었다. 아빠가 받쳐 쓴 우산은 기울어져 있다. 아빠의 까만 중절모 위로 빗방울이 쏟아져 내렸다. 할머니가 세상을 떠난 이래 나는 줄곧 후회와 자책감에 괴로워했다. 왜 좀 더 빨리 움직이지 못했을까? 왜 아빠와 메리가 할머니를 데리고 가려고 했을 때 막지 못했을까? 할머니는 내가 어렸을 때 안전감을 제공해 준 유일한 사람이었다. 귀신을 무서워하는 나를 지켜주고, 잠들기 전에 책을 읽어주고, 단백질과 채소를 챙겨 먹여준, 한결같이 나를 사랑해 준 사람. 하지만 나는 할머니를 지키지 못했다. 말 그대로 할머니는 공포에 질린 채 돌아가셨다.

신부님이 책장 모서리가 잔뜩 접힌 《공동 기도서》를 덮었다. 아빠의 흐느낌은 슬픔을 토해내듯 목에서부터 울려 나오는 울음으로 바뀌었다. 아빠가 메리 쪽으로 몸을 기울였다. 그녀는 양팔을 벌리고 아빠를 안으려 했지만 아빠는 그녀를 지나와서 나를 안았다. 나는 그녀의 빨갛고 얇은 입술이 민망함에 굳어지는 모습을 보면서 잠시나마 승리감을 느꼈다.

나는 아빠를 안았다. 빗줄기에 흠뻑 젖은 아빠 트렌치코트의 차가운 감촉이 뺨으로 전해졌다. "아빠는 울 자격도 없어," 나는 아빠 귀에 대고 속삭였다.

장례식 후에 우리는 모두 걸어서 길을 건넌 다음, 가파른 진입로를 올라 집 안으로 들어왔다. 빗줄기는 누그러졌지만, 정원에 서 있는 나무들 — 따지 않은 열매가 잔뜩 달려 있는 야생 능금나무와 자두나무 — 은 가지 아래에 있는 잔디에 눈물을 쏟아붓고 있었다.

거실에서 애나와 피터가 음료를 만들면서 지금 애나가 맡은 사건에 대해 이야기를 나누는 동안 나는 자리를 떴다. 애나는 로스앤젤레스 다운타운에 있는 어느 근사한 로펌 소속 소송 전문가이다. "음, 나는 네가 예술가가 되었으면 했지만, 말싸움에서 절대 지지 않는 네 기질을 살리는 것도 나쁘지는 않겠지," 이게 애나가 변호사가 되기로 했다고 전화를 했을 때 엄마가 건넨 축하의 말이었다. 나는 복도를 지나서 주방 옆에 있는, 우리가 지냈던 방으로 갔다. 예전 그대로였다. 우리가 쓰던 트윈 베드는 잘 정돈되어 있고, 우리가 좋아했던 아동용 문고도 책꽂이에 그대로 있고, 빨간 담뱃갑 속에는 쓰고 남은 크레용 토막이 잔뜩 들어 있었다. 손님들이 쓰는 화장실에 가서, 변기 위에 있는 서랍 위쪽, 눈에 보이지 않는 곳을 손으로 더듬어 보면, 할머니가 아무도 모를 거라고 생각하고 숨겨 놓은 멘톨 담배가 아직 있으리라. 할머니는 다른 것도 다 놀랍지만, 가장 놀라운 것은 모든 게 변함이 없다는 것이다. 집 안에 풍기는 달콤한 레몬 나무 향, 더운 날 꺼내 쓰려고 냉장고 안쪽 깊이 진열해 놓은 진저에일 병들. 할머니 방의 라벤더 색깔 상자 속에 고이 간직된, 할머니가 어렸을 때 할머니의 엄마가 주셨다는 은빛 골무까지.

나는 우리가 쓰던 방에 있는 찬장을 열었다. 내가 예상하건대, 결국 아빠와 그녀가 모든 걸 상속받을 것이다. 그들이 다 가져갈 것이다. 애나는 사주식 침대*와 《개츠비》의 초판 정도는 악착같이 싸워서라도 가져갈 수 있으리라. 내가 갖고 싶은 건 딱 하나다. 나는 잔뜩 쌓아 둔 보드게임들 — 내 인생의 게임이라 할 수 있는 오래된 〈스크래블 박스〉나 〈다이아몬드 게임〉 — 뒤로 손을 뻗었다. 나는 애나와 내가 만들었던 종이 인형이 가득 들어 있는 보물 상자를 찾으려고 계속 뒤졌다. 하지만 그 상자는 온데간데없었다. 찬장에 있는 모든 것을 다 꺼내 마루에 쌓았다. 벽장도 뒤지고, 침대 밑까지 찾아봤다. 없다.

애나는 주방에서 휴대폰으로 통화 중이었다. "아니야. 22번가에서

---

* 사주식 침대 four-poster bed — 네 귀퉁이에 기둥을 세워 커튼이나 장식을 달 수 있게 한 침대

멈춰야지. 폴링을 지나서." 나는 애나 곁을 지나가면서 애나가 하는 말을 들었다. 애나가 새로 사귄 남자친구 제러미가 LA에서 비행기로 도착한 모양이다. "급하게 오지 마. 도로가 미끄럽고, 장례식은 이미 끝났으니까."

거실에서 다른 사람들은 손에 독한 술잔을 들고, 비스킷과 치즈 조각을 함께 먹고 있었다. 아빠는 소파에 혼자 앉아 멍하게 허공을 응시하고 있었다. 광이 나도록 잘 닦은 아빠의 까만색 구두 한쪽에는 진흙이 묻어 있었다. 당황한 표정의 아빠는 자기 엄마가 허리에 앞치마를 두른 채 슈거쿠키를 접시에 담아서 주방에서 걸어 나오기를 기다리기라도 하는 듯했다.

"아빠." 나는 아빠 옆에 가서 앉았다. "우리가 쓰던 방 찬장에 있던 놋쇠로 만든 박스를 찾고 있어요. 지난번에 봤을 때는 분명히 있었어요. 할머니가 다른 곳에 치웠을까요?"

"종이 인형 든 거 말이야?" 아빠가 말했다.

"맞아요." 내가 말했다. "여기저기 다 찾아봤어요."

"메리의 조카가 몇 주 전에 여기 왔다. 걔가 그걸 좋아하더라. 메리가 가져가라 그랬어."

나는 일어섰다. "그럼, 이제 나는 가봐야겠어요. 다들 여기서 나가줘야 이 집을 파실 테니."

나는 아빠 머리 뒤쪽에 있는 책꽂이에서 할아버지가 애지중지하던 《위대한 개츠비》 초판을 꺼냈다. "이건 언니 줄 거예요."

피터가 운전을 했는데 아스팔트 도로의 미끄러운 커브에서 급하게 차를 꺾었다. 상향등이 비 내리는 밤길 앞쪽을 비추었다. 우리 앞쪽으로 보니 나무들이 커다란 그림자 인형처럼 양쪽으로 기울어져 있었다. 라디오는 꺼져 있었다. 나는 눈을 감고 있었다. 차창의 와이퍼만 좌우로 왔다 갔다 했다. 아무 말도 할 수 없었다. 눈물도 나지 않았다. 차가 급하게 꺾인 S자 커브에서 수상비행기처럼 방향을 틀었지만, 피터가 이내 중심을 잡고 다시 속도를 붙였다. 나는 속도를 줄이라는 말도 하지 않았다. 과거로부터 멀어질 수 있게 나를 데리고 가는 피터가 고마울 뿐이었다.

"아빠가 너무 미워." 마침내 내가 입을 열었다.

"그렇다면 나도 미워." 피터가 핸들에서 한 손을 떼더니 내게 팔을 둘렀다. "가까이 와봐." 그렇게 말하면서 나를 자기 쪽으로 바짝 끌어당겼다.

차가 약간 기우뚱했지만 나는 신경 쓰지 않았다.

25

1994년 4월, 뉴욕

나는 내 책상에서 의자를 뒤로 빼고 등을 폈다. 페이퍼를 교정하면서 보낸 시간이 10시간은 족히 넘을 듯하다. 수화기를 들고 사무실에 있는 피터에게 전화를 걸었다.

신호가 한 번 울린 후에 피터가 받았다. "여보세요, 달링. 보고 싶었어."

"응, 곧 보게 될 거니까 참아. 나는 할 일 다 했어. 학부생이 쓴 '페미니즘과 콜레트*'니 '지드 작품 속 동성연애 옹호론' 따위의 페이퍼를 여기서 하나라도 더 읽어야 한다면 차라리 죽어버릴 거야. 내가 당신 사무실로 가서 같이 갈까?"

"지금 하는 거 마무리해야 해. 내가 제때 못 끝낼 수 있으니, 그냥 거기서 보자."

---

* 콜레트 Colette (1873–1954) — 프랑스의 여성 소설가

"제때 끝내봐. 아 하기 싫어." 예술에 대해 아는 체하는 이들이 잔뜩 모여들 참이다. 피터의 부모님은 휘트니 비엔날레* 개막식에 맞춰 비행기를 타고 오시는 중이고, 우리는 거기서 만나기로 했다.

피터가 담배를 꺼내 불붙이는 소리가 들렸다. "당신이 추상화를 좋아하지 않는 거지, 세상 사람들이 문제가 있는 건 아니야."

"세 마디만 할게. 마이클. 잭슨. 버블스."**

"엄마는 이번 전시회가 상당히 '정치적'이라고 하더라고."

"저녁은 어디서 먹을 거야?"

"아주 근사한 데. 부모님이 당신을 보고 싶어 해."

"당신을 보고 싶어 하는 거야. 나는 자기 아들을 납치해서 야만인들 사이에서 살게 한 여자일 뿐이고."

피터가 웃었다. "최대한 빨리 갈게. 약속."

나는 기차를 타고 77번가와 렉싱턴 애비뉴에서 내렸다. 주엽나무에서 풍기는 황금빛 향기, 저물어가는 햇빛을 머금은 브라운스톤으로 지은 아파트까지, 가히 완벽한 봄날 저녁이었다. 휘트니 앞에 있는 코너를 돈 다음, 건물 입구 계단에 앉아서 운동화를 벗고 굽 낮은 구두로 갈아 신은 뒤, 립스틱을 바르고, 가슴도 다시 한번 정돈하고 내밀었다. 내가 좋아하는 옅은 파란색 칵테일 드레스를 입고 나왔지만, 목둘레가

---

* 휘트니 비엔날레 Whitney Biennial — 미국 휘트니 미술관에서 2년마다 개최되는 종합 국제 미술전

** 마이클 잭슨과 그의 반려동물 버블스를 같이 조각한 제프 쿤스 Jeff Koons의 작품을 말한다. 엘은 명료하게 이해할 수 있는 작품을 선호한다는 의미이다.

살짝 깊게 파여 있기에 가슴을 신경 써서 들어 올리면서 좌우로 벌리지 않으면 아기 엉덩이처럼 보이고 만다.

휘트니는 인산인해였는데, 입구까지 이어지는 통로에 연결된 콘크리트 브리지에는 사람들이 가득 차서, 러시아워 때의 급행열차를 연상시켰다. 안에 들어가기도 전에 멀미가 날 지경이었다. 문에서 어떤 여자가 단추 같은 걸 주었는데 "나는 감히 백인이 되는 상상 따위는 할 수 없어요"라는 문구가 쓰여 있었다. 나는 지나가는 쟁반에서 와인 잔을 하나 잡고 인파 속으로 들어갔다. 화재라도 발생한다면 밟혀 죽겠다 싶었다.

피터의 부모님과는 엘리베이터 타는 곳에서 만나기로 약속했는데, 그들은 아직 도착 전이었다. 나는 벽의 빈 곳을 찾아서 거기 기댄 채 와인을 홀짝거리면서, 지나가는 아름다운 사람들을 구경했다. 짙은 색 머리를 한 웨이터가 샴페인 잔이 올려진 쟁반을 들고 나를 지나 인파 속으로 들어가고 있었다.

"저도 한 잔 주시겠어요?" 내가 말했지만, 그는 소음 때문에 듣지 못했다. 나는 그가 인파 속으로 사라지기 전에 얼른 그의 소매를 붙잡았다. 그의 손에서 쟁반이 휘청거렸고, 순간적으로 다 쏟아질 뻔했는데, 그는 하나도 떨어뜨리지 않고 요령껏 균형을 다시 잡았다. 잔 밖으로 넘쳐 나온 것도 하나 없었다.

"미친년," 그는 그렇게 혼자 중얼거리며, 샴페인은 주지도 않고 가버렸다.

그 목소리가 귀에 익었다. "조너스?"

웨이터가 고개를 돌리고 나를 노려봤다. 조너스는 아니었다.

그가 가는 걸 보고 있는데 문득 슬픔이 덮쳐 오더니 내 안에 있는 줄 몰랐던 실망감, 배를 걷어차이는 듯한 괴로움이 밀려왔다. 사형 선고를 받았다가 사면을 받았는데, 곧이어 그 사면은 실수였다고 전해 들었을 때의 느낌. 커피숍에서 만난 뒤로 4년이 흘렀다. 조너스가 내게 그렇게 키스한 이후로 4년. 그다음 날 그가 엄마 집 자동 응답기에 남긴 메시지를 지우면서 — 그때 나는 베이글을 구워서 침대에 누워 있는 피터에게 커피와 함께 갖다주는 길이었다 — 이제 조너스는 비껴간 인연이라고 생각했던 이후로 4년. 마땅히 그렇게 비껴가야 했다. 이젠 너무 늦었으니까.

내게는 피터가 현재이니까. 우리는 함께 멋지게 살고 있다. 아주 멋지게. 서로 있는 그대로 사랑한다. 변기가 막히면 뚫어뻥으로 뚫고, 아침에 일어나 서로의 입냄새를 맡고, 슈퍼에 가서 내가 쓸 생리용 탐폰을 사고, 〈레터맨쇼〉를 보면서 잠이 들고, 와사비를 먹으며 비명을 지르는 삶. 그런데 지금, 이 순간, 그 어떤 것도 중요하게 느껴지지 않았다. 나는 가방에서 지갑을 꺼냈다. 버려야 할 숱한 영수증, 부르지도 않을 거면서 택시 기사가 마음 상할까 봐 받아줬던 명함, 오래된 사진들, 한도까지 꽉 채워 쓴 신용카드 등으로 뚱뚱한 지갑. 나는 지갑의 앞 투명한 포켓 속, 나를 쳐다보고 있는 운전면허증의 끔찍한 내 사진 뒤에 손가락을 집어넣어 헤집듯 더듬었다. 접어 넣어 둔 냅킨 조각이 나왔다. 그의 전화번호는 색이 다 날아갔지만 아직 읽을 수는 있었다.

로비 구석의 선물 파는 가게 옆에 공중전화가 있었다. 벨이 네 번 울리고 조너스가 전화를 받았는데, 그의 목소리는 대번에 알아들을 수 있었다.

"나야," 내가 말했다.

침묵. 내 뒤의 로비를 채우고 있는 소음에 귀가 먹먹할 정도였다. 나는 수화기를 귀에 바짝 붙이고 다른 쪽 귀는 검지로 막아서 다른 소리를 차단했다. "나라고," 다시 한번, 이번에는 좀 더 큰 소리로 말했다. 분홍색 비닐로 만든 옷을 입은 남자가 휘트니 미술관 안으로 들어왔다. 그와 팔짱을 낀 여자는 남자보다 머리 하나는 더 컸는데, 샤넬 재킷에 스타킹만 입은 상태여서 아래가 다 드러났다. 나는 그들이 로비를 지나가며 에어키스*를 하는 모습을 지켜봤다.

"조너스? 듣고 있어? 엘이라고."

한숨 쉬는 소리가 들려왔다. "알아. 술 취해서 전화한 거야?"

"당연히 아니지. 지금 휘트니 미술관이야."

"오," 그가 말했다. "런던인 줄 알았어."

"이리 이사 왔어. 조금 전에 널 본 줄 알았어. 웨이터였는데, 너인 줄 알았어."

"아니지."

"맞아. 너는 지금 거기 있으니."

그는 내가 말을 이어 가기를 기다렸다.

"아무튼, 피오루치** 빈티지 의상을 걸친 정신 빠진 인간들 틈에 혼자 서서 피터를 기다리다가 생각을 했는데."

"생각을 하셨겠지. '등신 같은 조너스. 나는 그의 전화에 한 번도 답

---

* 에어키스air-kiss — 입은 대지 않고 얼굴에 키스를 하듯 하며 인사하기
** 피오루치Fiorucci — 1967년 엘리오 피오루치가 출시한 이탈리아 패션 브랜드

을 한 적이 없지만, 지금 이렇게 남자친구가 도착하기 5분 전이라도 전화해 주면 분명히 좋아할 거야'라고."

"까칠하게 굴지 말고," 내가 말했다. "지금 전화하잖아."

"왜 했어?"

"나도 모르겠어."

수화기 저편에서 그가 침묵했다.

내 등 뒤로는 온갖 소음이 쏟아졌다.

"좋아," 그가 말했다.

"고마워. 계속 삐쳐 있을까 봐 신경 쓰였어."

"삐쳐 있었지. 하지만 나는 뱀처럼 유연하니까. 어떻게 지내?"

"잘 지내. 작년에 이곳으로 왔어. 향수병이 있었거든. 런던은 줄곧 비가 내려."

"그 얘긴 들었어."

"피터는 〈월스트리트 저널〉에 취직했어. 우린 톰킨스 스퀘어파크에 살고 있어서 밖을 내다보면 초록빛이 보여. 약쟁이들도 보이고." 나는 잠깐 숨을 골랐다. "전화하고 싶었어."

"그런데 왜 안 했어?"

"네가 나더러 선택하라고 했잖아," 내가 말했다.

존스가 한숨을 내쉬었다. "그건 나를 선택하라는 뜻이었지."

교환원이 끼어들더니 통화를 3분 더 연장하려면 10센트를 넣으라고 말했다. 나는 동전을 구멍에 집어넣고, 통화가 연장될 때 들리는 소리를 기다렸다.

"아무튼," 존스가 '이제 끊어야겠어'라고 말하는 듯한 톤으로 말을 이어갔다. "지금 작업하던 중이라 가서 계속해야 해."

"만날 수 있어?"

"물론이지. 내 전화번호 갖고 있잖아." 그의 목소리에는 멀어지려는 듯한 냉정함이 깃들어 있어서 날카로운 아픔이 밀려들었다. 아직 그를 완전히 놓친 것은 아니지만, 이제 그가 문을 닫으려 한다는 느낌이 온몸으로 전해졌다.

"내일 어때?"

"다음 주까지 어렵고 그다음 주 정도가 좋겠어," 그가 말했다.

홀 저쪽으로 피터와 그의 부모님이 인파를 밀치고 엘리베이터 쪽으로 오는 게 보였다. 나는 피터가 나를 보지 못하도록 등을 돌리고 섰다. "내가 하고 싶은 말은, 아까 웨이터가 너인 줄 알고 흥분해서 전화를 했다는 거야. 반가웠어. 하지만 네가 아니었고, 그래서 당장 너를 보고 싶다는 생각밖에 안 나더라. 당장이라도 네 목소리를 듣지 않으면 숨을 쉴 수 없었으니까. 지갑 안에 아직도 네 전화번호를 가지고 있었어. 그래서 공중전화까지 와서 번호를 돌렸던 거고."

"그렇게 말하니까 상당히 드라마틱하게 들리네," 조너스가 말했다.

나는 웃었다. "좀 그렇지. 그런데 사실이야."

"그럼 지금 와," 조너스가 조용히 말했다.

피터가 시계를 들여다보고 로비를 쭉 훑어봤다. 나는 자주색 턱시도를 입은 덩치 큰 남자 뒤에 몸을 숙이고 숨었다. 피터가 나를 보기 전에 옆문으로 슬쩍 빠져나갈 수 있다면, 길에서 전화로 몸이 안 좋아서 집에 간다고 하자. 다운타운에 가서 조너스를 만나고, 피터가 집에 오기 전에 아파트에 가 있으면 된다. 덩치 큰 남자가 돌아서더니, 빌어먹을 생쥐 쳐다보듯 나를 내려다본다. 얼굴은 광대 분장을 하고 있다.

"굿이브닝," 그가 말했다. 어린 여자애처럼 새된 목소리였다.

나는 그를 보고 웃으면서, 사람들 많은 데서 쭈그리고 앉아 있는 게 무척 자연스러운 일인 척했다. 남자는 머리를 곧추세우고, 광대처럼 립스틱을 칠한 입술을 오므리고 나를 쳐다보더니, 자리를 옮겼다. 내 이름을 부르는 소리가 났다. 자주색 옷을 입은 그 광대가 지나간 뒤에 피터가 유리 너머로 나를 발견한 것이다.

"오 세상에," 피터의 어머니가 내 양쪽 볼에 에어키스를 했다. "걱정하면서 왔다."

"열쇠를 떨어뜨려서 찾느라고," 내가 피터에게 말했다.

멋진 스타일의 피터 아버지는 피터 옆에 서 있었는데, 숱 많은 은발은 빗질을 해서 잘 넘겼고, 세빌 로* 슈트를 입고 있었다. 지난번 만났을 때보다는 나이가 들어 보였다. 눈가 주위로는 피로가 엿보였다.

"시차 때문에 피곤하시겠어요." 나는 피터 아버지를 어색하게 껴안았다. 시간이 꽤 지났는데도 나는 피터의 부모님을 만나면 여전히 그 품위라든지 영국 상류층만의 오묘한 예의범절 때문에 얼어붙는다. 그 예절을 배우려고 애를 쓰고 있지만, 그런데도 그들을 만날 때마다 내가 뭔가 실수를 저지르고 있는 게 아닌가 하는 느낌을 지울 수가 없다. 더 심각한 문제는, 무슨 실수를 하고 있는지 모른다는 데 있다.

---

* 세빌 로 Sevile Row — 고급 수제 양복점이 늘어서 있는 런던의 거리로 맞춤식 슈트를 만든다. 세계 유명 인사를 비롯, 영국 왕실 귀족이 주요 고객이다.

"호텔에서 낮잠을 살짝 자고 일어났다." 피터 아버지가 말했다.

"우린 시차 같은 건 몰라," 피터 어머니가 말했다.

"늦어서 지하철에서부터 뛰어오느라 거의 죽을 뻔했네." 피터가 내게 진하게 키스를 하며 몸을 쓰다듬었다. 피터 어머니 눈썹이 올라가는 게 느껴졌다. 공개 장소에서의 애정 표현은 분명 인상을 찌푸리게 할 만했다. 팬티 라인이 드러나는 것보다 심각하게 받아들여지는 일.

"담배 냄새 나," 피터 어머니가 말했다. "엘리너, 그만하라고 그래라."

"저는 아까 도착했어요." 내가 말했다. "화장실에 다녀왔어요." 나는 숨을 고르며 여기서 빠져나갈 구실을 찾느라 고심했다. 조너스가 기다리고 있다. 한 번 더 바람맞히면 절대 용서해 주지 않으리라. 피터가 내 손을 잡았다.

"올라갈까?" 피터 아버지가 엘리베이터 버튼을 눌렀다. "르 시르크*에 예약해 뒀다."

엘리베이터가 윙윙 소리를 내며 내려왔다. 엘리베이터가 가까이 오는 소리를 들으면서 나는 지금 아니면 영영 기회가 없다고 느꼈다. "올라가서 봐요." 엘리베이터 문이 열릴 때 내가 불쑥 말을 뱉었다. "화장실 좀 갔다 올게요."

피터가 당황한 표정으로 나를 쳐다본다. "조금 전에 갔다 왔다며."

"속이 안 좋아," 내가 말했다. "설사 같아."

"얼굴이 벌겋네." 피터가 한 손으로 엘리베이터 문이 닫히지 않게 밀고 다른 한 손으로 내 이마를 짚어본다.

---

* 르 시르크 Le Cirque — 맨해튼 여러 곳에 지점을 가진 유명 프랑스 식당

"엘리너, 몸이 안 좋으면 집에 가 있어라. 다른 사람들까지 불편하게 할 필요는 없으니까." 피터의 어머니가 말했다.

"엄마!"

"어머니 말씀이 옳아," 내가 말했다. 어머니는 자기가 이겼다는 것에서 오는 작은 승리감에 도취된 듯이 보였기에, 나는 마음이 한결 가벼워졌다.

"그럼 같이 가줄게," 피터가 말했다.

"아니야. 부모님과 함께 있어야지. 나는 괜찮아. 괜찮아질 거야."

엘리베이터가 신경질이라도 내는 듯이 소리가 났다.

"피터," 어머니가 말했다. "다른 사람들이 기다리고 있잖니."

"얼른 가," 내가 말했다. "집에서 봐."

나는 엘리베이터 문이 닫히고 난 뒤에 거리까지 뛰어나와 택시를 잡아탔다.

조너스는 양손을 주머니에 집어넣은 채 건물 밖에 서서, 인도 쪽에 있는 듬성듬성 자란 나무를 올려다보고 있었다. 못 알아볼 뻔했다. 내가 아는 조너스인 건 분명한데, 어깨가 한층 넓고 근육질이 되었다. 남자가 된 것이다. 그의 시선을 따라가 보니 나뭇가지 위에 커다란 매가 앉아 있는 게 보였다.

"붉은 꼬리 말똥가리," 조너스가 말했다. "쥐를 사냥하고 있는 게 분명해."

"으윽."

"아직도," 조너스가 말했다. "그리니치빌리지에는 맹금류가 살고 있지."

"그 말은 내 계모의 회고록 제목으로 쓰면 어울리겠네."

조너스가 웃었다. "너는 어떻게 그렇게 할 수 있지?"

"어떻게 뭘?"

"내가 너를 그렇게 미워하는데 어떻게 다시 웃게 만들 수 있냐고." 나를 똑바로 바라보는 그의 푸른 물빛 눈동자에는 아무런 거짓도 없었다. "솔직히 말하면, 나는 네가 나이 들어서 뚱뚱해졌을 거라고 생각했어. 둔한 영국인 스타일로. 그런데 실제로 보니 예쁘다." 그가 인상을 쓰며, 손으로 짙은 색 머리칼을 뒤로 넘겼다. 머리는 다시 길고 거칠었다. 작업복인지 청바지에 페인트가 묻은 티셔츠를 입고 있었다. 몸에서는 테레빈유* 냄새가 났다. 뺨에는 황토** 얼룩이 묻어 있었다.

내가 그걸 지워주려고 손을 뻗었더니 그가 손을 잡았다.

"페인트 묻었어," 내가 말했다.

"만지지 마."

"까칠하게 굴지 마." 내가 양팔로 못 빠져나가게 그를 껴안았다. 그와 몸을 맞대고 있으니 좋았다. 한 발짝 떨어져서 보니 내 리넨 드레스에도 페인트가 묻었다.

"그래서 내가 만지지 말라고 했잖아," 그가 말했다.

"아 이런. 이거 내가 좋아하는 옷인데."

도로 저쪽으로 커플 한 쌍이 팔짱을 낀 채 횡단보도를 건너고 있었

---

* 테레빈유(油)turpentine — 주로 페인트 희석할 때 사용한다.

** 황토는 그림물감의 원료가 된다.

다. 순간적으로 아빠와 메리인가 싶은 생각이 들면서 내 안에서 썩어 가는 케케묵은 감정이 다시 일어났다.

"왜 그래?" 조너스가 물었다.

"아빠인 줄 알았어," 내가 말했다. "더 이상 아빠랑 말도 안 하고 있거든."

"무슨 일 있었어?"

"아빠가 할머니를 양로원에 보냈어. 할머니는 가고 싶어 하지 않으셨어. 그다음 날 돌아가셨고. 할머니가 내게 전화를 하셨어. 겁에 질려 외로워하셨어. 기를 쓰고 거기 도착해 보니 이미 세상을 떠나신 후였어. 나는 아빠를 절대 용서하지 않을 거야."

우리 위로 아까 그 매가 날아오르더니 작은 새를 쫓기 시작했다. 나는 매가 공중에서 회전하는 모습을 지켜봤다. "피터와 그의 부모님께는 거짓말을 하고 왔어. 배탈이 났다고."

"미안하네," 조너스가 말했다. 그러나 내가 자기를 만나려고 피터에게 거짓말을 하고 왔다는 사실 때문에 행복한 눈빛이었다.

"나한테는 거짓말하지 마," 내가 말했다. "아무 쓸모 없으니까."

그가 웃었다. 우리 사이에는 진실만 있어야 한다. "저기 가서 맥주나 좀 사서 강까지 걷자."

아빠 아파트에는 창문이 열려 있었다. 누군가 ─ 메리이겠지만 ─ 창가에 담쟁이와 하얀 제라늄으로 화단을 만들었다. 조너스와 나는 팔짱을 낀 채 자갈이 깔린 좁은 거리를 걸었다. 페리가를 따라 내려간 다음, 웨스트 스트리트를 지나고 나니, 말라붙은 개똥과 깨진 유리병이 널린 낡은 잔교*가 나왔다. 깨끗한 자리를 찾아 함께 앉았다. 난간 너머로 다리를 달랑거리면서.

"나는 되게 낭만적일 거라고 생각했는데, 막상 해보니 형편없네," 조너스가 말했다.

"나는 내가 너를 얼마나 좋아했는지 다 잊어버렸어."

"나도 그래," 그가 말했다. "나는 사람들이 싫어." 그가 내게 맥주를 건넸다. 그러고는 자기가 마실 맥주를 땄다.

"네가 술 마시는 모습은 처음 보네. 재밌다," 내가 말했다. 하지만 재밌다는 느낌이 아니라, 우리가 놓쳐버린 모든 것들에 대한 슬픔이 밀려왔다.

"그렇지." 그가 맥주를 한 모금 마셨다. "이런저런 일이 많았네."

우리는 말없이 앉아서 흘러가는 강물을 바라봤다. 작은 분홍색 플라스틱 숟가락이 물에 떠서 흘러갔다. 배스킨라빈스 숟가락이리라. 어색함 따위는 없었다. 긴장해야 할 일도 없었다. 우리 둘 사이에는 어떤 것으로도 대체할 수 없는 친밀감만 흐를 뿐이었다.

조너스가 자기 무릎을 내려다보더니 페인트 자국을 문질렀다. "전화할 거라고는 생각하지 않았어. 뭐 물론 … 한참 기다리긴 했지. 하지만 어느 순간부터는 기다리지 않았어."

"나도 꽤 힘들었어," 내가 말했다.

"지금은?"

"모르겠어."

---

* 잔교 pier — 호숫가 강가 바닷가의 배 대는 곳

그가 맥주를 다 비우고, 새로 한 캔을 땄다. "그 사람이랑 결혼할 거야?"

나는 그에게서 시선을 거두어들였다. 우리 뒤쪽 웨스트사이드 고속도로에는 차들이 잔뜩 정체되어 있었다. 가까운 곳에서 사이렌 소리가 들려왔다. 어느 택시 기사가 경적을 울려댔는데, 이미 불 들어온 엘리베이터 버튼을 다시 누르는 것처럼 의미 없는 몸짓이었다. 다른 차를 운전하던 이가 그 경적에 대꾸하듯 경적을 울리며 창문 밖으로 고개를 내밀고 "좆까, 씨발놈아," 고함을 쳤다. 그들 뒤쪽으로 한 400미터쯤 떨어진 곳에서, 빙빙 도는 불빛을 반짝이는 구급차가 꾸물꾸물 비켜주는 차들 사이에서 어떻게든 앞으로 나가려고 기를 쓰고 있었다.

"그럴 거야." 내가 한숨을 쉬었다. "아마도."

조너스는 무겁게 흘러가는 강 저 너머를 바라봤다. "하게 되면 미리 알려줘."

"알았어."

"놀래지 말고. 놀라는 거 진짜 싫어해."

"알아. 약속할게."

"진심이야."

해는 이미 졌고, 하늘은 붉은 오렌지빛으로 빛나고 있었다. 지금은 철거된 잔교를 예전에 받치고 있던 기둥들이 불타오르는 하늘 아래 검게 두 줄로 서서, 강 저쪽까지 쭉 뻗어 있었다.

"가슴 아플 만큼 아름답다," 내가 말했다.

"이제 우리는 깨끗이 정리가 되는 거네," 그가 말했다. "너를 사랑하는 것처럼 누군가를 사랑할 일은 앞으로 없을 거야."

26

1996년 8월, 백우즈

여름이 끝나갈 무렵 모닥불을 피우고 놀자고 제안한 건 내가 아니라 언니였다. 나는 마지막으로 갔던 게 언제였는지 기억도 나지 않았고, 가고 싶은 마음도 없었다. 하지만 언니는 혼자서 우즈까지 왔다. 사실 언니는 동부에 올 일이 거의 없었다. 파트너급이 되었기에 짬을 내기가 거의 불가능했다. 언니가 사귀고 있는 오렌지 카운티 출신 남자친구이자, 나는 좀체 불편해서 참아주기 어려운 스타일인 제러미는 페이퍼 팰리스를 다 쓰러져 가는 빈민가라고 생각했다. 오두막의 축 처진 계단 하며, 쥐가 싼 오줌이나 쥐 태반 등으로 노란 얼룩이 진 널빤지 천장을 봤으니 말이다. 그 누구도 천장 위쪽에 뭐가 있을지 살펴볼 엄두를 내지 못했다. 4년 전에 처음이자 마지막으로 언니와 함께 여기 왔던 제러미는 맨해튼 비치*에 가면 모기는 한 마리도 없다고 핏대까지 세웠다.

---

* 맨해튼 비치Manhattan Beach — 뉴욕이 아니라, 서부 캘리포니아에 있는 해변 이름이다.

그때 이후로 그는 여기에 발길을 하지 않았다.

"우리가 바닷가에서 살잖아." 그때 그는 이틀 밤을 지낸 다음 날 아침을 먹으면서 언니에게 말했다. "여기도 아주 멋지고 좋아. 하지만 콘도에서 편안하게 지낼 수도 있는데 왜 여기 있어야 하는 거야? 데크에서 추워서 떨 만큼 시원한 에어컨에 샤도네이 포도주를 마실 수 있는데 말이야."

"바로 그게 우리가 여기를 좋아하는 이유죠." 내가 말했다. "샤도네이 따위는 찾아볼 수 없는 곳." 나는 언니가 왜 제러미 같은 남자와 사귀는지 이해가 되지 않았다. 내가 아는 한, 우리가 싫어하는 모든 걸 갖추고 있는 스타일이었다. 그래서 사귀는 건가?

"참 웃긴 게," 엄마가 커피와 소설을 들고 베란다로 나오면서 말했다. "맨해튼과 해변은 이 세상에서 가장 근사한 두 가지 아니야? 그런데 그걸 하나로 합치니까 너무 밋밋해진다."

"엄마!" 언니가 말했다.

"너희 둘이 같이 있으니까 참 보기 좋구나." 엄마는 말총으로 만든 소파에 앉아 책을 폈다. "애나," 엄마가 쳐다보지도 않고 말을 이어갔다. "네 남자친구에게 우리는 소변본 다음에는 물을 안 내린다고 설명해 줬지?" 엄마가 커피를 한 모금 마셨다. "배관공 불러서 정화조 교체 해야 한다는 거 엄마가 까먹지 않게 말해줘. 오염된 지하수가 연못까지 스며드는 모양이다." 엄마가 수련의 잎을 가리키며 말했다. "안 그러고서야 조류가 저렇게 잔뜩 생겼겠니?"

이번 여름에는 웬일로, 제러미와 애나가 케이프에 오려고 항공권 예약까지 한 그 주에 제러미의 상사가 그를 플래그스태프*에서 열리는 마케팅 콘퍼런스에 초대했다.

"아니, 그렇게 멋지고 힐링 되는 풍경에다 산해진미가 잔뜩 나오는 뷔페를 마다하고 이런 '거지 소굴' 같은 곳에 올 생각을 했다니 나는 언니가 도무지 이해가 안 돼." 함께 카누를 타고 연못을 건너면서 내가 말했다. 모닥불을 피우는 밤이면 해변 쪽은 주차가 불가능할 정도가 된다. 카누를 타고 걸어가는 편이 더 빠르다. 우리는 마시멜로와 케이프 코드 감자칩, 레드와인, 그리고 모래가 차가워지면 깔고 앉을 좀먹은 군용 담요를 챙겼다.

애나가 웃었다. "힘든 결정이었지."

"제러미는 내가 가장 좋아하는 곳을 모독했어."

"제러미는 이 연못의 가치를 이해하지 못하니까 그럴 수밖에. 내 잘못이긴 해. 페이퍼 팰리스라는 이름이 실은 역설적인 표현이라고 미리 말했어야 하는데."

"캠프의 문제만은 아니야." 내가 말했다. "세계관이 문제야. 이 세상 모든 건 그 빌어먹을 살티요 타일로 만들어져야 하고, 조리대는 세련된 화강암으로 만들어야 한다는 식의 사고방식 말이야."

"내가 그 남자를 좋아하는 것도 그런 이유야. 예측 가능하니까. 나는 그게 마음에 들어."

나는 눈알을 굴렸다.

"엘, 우리는 인생이 서로 달라. 제러미는 나를 편안하게 해주는 사람

---

* 플래그스태프 Flagstaff — 애리조나주에 있는 도시

이야. 돈 많고 늠름한 영국 저널리스트랑 사랑에 빠지는 건 누구에게나 일어나는 일이 아니야. 약간 지루하긴 하지만 가슴 근육 잘 발달한 캘리포니아 출신 남자로 만족해야 하는 사람도 있어. 그러니 자꾸 사람 평가하는 아줌마처럼 굴지 마."

"그 정도면 훌륭하네." 나는 결코 제러미를 좋아하지 못할 것이다. 그건 그가 언니 말처럼 예측 가능해서도 아니고, 엄마가 하는 말처럼 "부르주아" 같아서도 아니다. 그와 함께 있으면 언니가 초라해 보이기 때문이었고, 그 사실이 나를 짜증 나게 했다.

우리는 한동안 서로 말이 없었고, 유리처럼 투명한 연못 위로 물살을 가르며 노를 젓는 동안 카누는 물에 비친 핑크빛 하늘 속으로 미끄러지듯 나아갔다. 갈대숲에서 왜가리 한 마리가 조각상처럼 가만히 서서 우리가 지나가는 모습을 지켜봤다.

"피터는 차 끌고 내일 언제쯤 도착해?" 애나가 침묵을 깨며 물었다.

"점심 지나면 바로 올 거야. 러시아워는 피하고 싶대."

"메리트 파크웨이 타고 올 거면, H&H에 들러서 베이글 좀 사 오라고 해."

우리가 탄 카누가 연못 건너편에 도착했다. 나는 청바지 단이 물에 젖지 않도록 조심하면서 얕은 물에 뛰어내렸다.

애나가 내리면서 인상을 썼다. "오늘 아침에 자전거를 타고 시내에 갔다 오는 게 아니었어. 흙길 여기저기 온통 구멍 천지였어. 치골이 부러지지 않았나 몰라."

"어휴." 나는 웃고 말았다.

우리는 카누를 물 밖으로 끌어낸 뒤에 카누 바닥의 쇠로 된 부분에 젖은 모래가 긁히는 소리를 들으며 잔디가 잔뜩 자란 곳까지 끌고 올라와서 나무 사이에 잘 숨겨 두었다.

"이곳 사람들을 못 본 지 한참 되었네." 둘이서 붉은색 흙길을 건너 바닷가로 가는 동안 언니가 말했다. "어색할 듯싶긴 하다."

"자전거 타는 것과 별 차이 없어, 덜 지겨울 거고." 내가 말했다. "아프지도 않고."

언니가 웃었다. "살이 안 쪄 보였으면 좋겠는데." 언니는 머리를 말총머리로 묶었다. "여기 사람들이 평가하는 소리를 듣고 싶은 기분이 아니거든."

애나는 늘 모델처럼 마른 몸매이면서도 항상 자기가 뚱뚱하다고 생각한다.

"살찐 허벅지는 환각지*처럼 느껴지게 되어 있어." 애나가 내게 말했다. "살을 뺐는데도 양쪽이 서로 쓸리는 듯하다니까."

"언니, 보기 딱 좋아. 나야말로 겨우내 아파트에서 피터와 함께 밀라노 피자를 먹으며 꼼짝도 안 하고 지냈어. 지금부터 결혼식 할 때까지 굶어야 해."

우리는 언니가 앞서고 내가 뒤따르는 식으로 일렬로 서서 덩굴옻나무 주변을 돌아서 걸었다. 언니가 신고 있는 슬리퍼 뒤쪽으로 붉은 흙먼지가 일어났다.

"네가 보기엔 어느 쪽이 과소 평가된 것 같아?" 애나가 말했다. "브뤼셀."

---

* 환각지 幻覺肢 — 절단된 팔다리가 아직 그 자리에 있는 것처럼 느끼는 증상

"체스먼*도 그렇지."

"아빠가 좋아하는 거네."

"아빠랑 최근에 연락해 봤어?" 내가 물었다. 나는 할머니 장례식 이후로 아빠랑 한마디도 하지 않았다.

"가끔 전화하셔," 언니가 말했다. "어색한 이야기만 하다 보니 나는 얼른 끊고 싶을 뿐이야. 의미도 없는 이야기만 계속하고. 네가 아빠랑 친하지, 나는 아니잖아."

"이젠 아니야."

"아빠가 전화한 건 순전히 메리가 시켜서 그런 게 분명해. 그 여자는 친구들에게 자기 남편이 얼마나 자상한 남편이고 아빠인지 자랑하고 싶어 못 견디거든. 내가 듣기로는 사우샘프턴에 있는 컨트리클럽에 자기 친구들이랑 같이 갈 계획 중이야. 유대인들 없는 곳으로."

"나는 그 여자 정말 싫어."

"아무튼 내가 아빠더러 너한테 전화해 보라고 했어. 명색이 아빠니까."

"나는 사절이야. 솔직히 말할까? 통화 안 하니까 너무 편해. 매번 나를 실망시키는 사람 전화 안 기다려서 좋아."

우리는 높은 곳에 있는 모래 언덕에서 잠시 멈춰 섰다. 우리 아래 오른쪽으로 91미터쯤 떨어진 곳에 리넨을 입은 피서객들이 잔뜩 모여 있었다. 누군가 중국식 물고기 깃발을 깃대에 꽂아 모래밭에 세워 두었다. 밝은색 깃발들이 바람에 흔들리고 있었다. 모닥불은 벌써 불을 붙

---

* 브뤼셀과 체스먼 둘 다 쿠키 이름이다.

여 놓은 상태였고, 아직은 환한 여름 저녁이라 불꽃이 보이지 않았지만, 그 위로 열기가 일렁이며 하늘로 올라가고 있었다.

"아, 한마디 더하자면, 내가 아빠를 용서한 줄 알고 네가 마음에 담아두고 있을까 모르겠는데, 나는 아빠한테 별로 신경 쓰지 않아. 네가 원하면 아빠와는 얼마든지 연락을 끊을 수도 있어," 언니가 말했다.

"그래 주면 좋겠다 싶긴 한데, 다시 생각해 보면 언니가 크리스마스에 그 형편없는 여자랑 같이 거실에 있는 바늘 끝처럼 뾰족하게 생긴 의자에 앉아서, 벨기에 구두를 선물로 받아주는 역할을 해줬으면 싶기도 해."

"좋네."

"메리 크리스마스!" 내가 웃었다. "어머, 여기 책이 잔뜩 와 있네."

"그리고 이건 내 마리화나 주머니." 애나가 메리 흉내를 내느라 새된 목소리를 냈다.

우리는 다리가 감당할 수 없을 만큼 빠른 속도로 가파른 모래 언덕을 뛰어 내려가며 바람 속에 대고 미친 듯이 소리를 질렀다. 언덕을 다 내려왔을 즈음에는 평평한 모래밭에서 발이 푹푹 빠지는 바람에 달리는 속도가 줄어들었다.

애나가 앞으로 쓰러지듯 무릎을 꿇고 앉아 양팔을 의기양양하게 하늘로 들어 올리며 말했다. "이런 게 너무 그리웠어."

"나도." 나는 언니 옆에 드러누워서 팔다리를 휘저었다. 언니의 뺨은 붉게 물들었고, 머리는 바람에 헝클어졌다. "언니, 정말 예뻐 보여."

"나 술 취하면 모래밭에서 잘생긴 남자라면 아무하고나 할지 모르니까 잘 봐," 언니가 말했다.

"그건 안심해도 돼. 여기 사는 사람들은 다들 천 살도 넘은 늙은이들이니까."

"그래도 몰라."

나는 팔꿈치를 괴고 바다 쪽을 쳐다봤다. 물결치는 태양, 부서지는 하얀 파도, 파도의 꼭대기와 너울. 아침 내내 여기 있었는데도 바다는 볼 때마다 늘 새로운 기적 같다. 그 대단한 힘 그리고 압도하듯 다가오는 푸른색까지. 사랑에 빠지는 것과 같은 기적.

바람이 바뀌면서 소금기 머금은 나무가 타는 냄새가 실려 왔다. 언니가 일어나더니 무릎에 묻은 모래를 털어냈다. "자 우리도 리넨을 입어볼까?"

"아, 나는 '우리도 리넨을 입어볼까'라고 말하는 사람과 같이 있는 모습을 들키긴 싫은데," 내가 말했다.

"좀 혐오스럽긴 해 그지?" 언니가 키득거리며 말했다.

나는 정말이지 언니가 사랑스럽다.

둘이서 해변을 걸어가다가 처음 만난 사람은 조너스 엄마였다. 약간 멀리, 내 쪽으로 등을 돌린 채 서 있지만 그런데도 나는 그녀의 염색하지 않은 희끗희끗한 머리하며, 한 손에 들고 있는 낡은 버킨스탁 신발하며, 그녀가 한쪽 엄지발가락으로 모래에 죽 그어 놓은 선까지 다 알아볼 수 있었다. 우리가 모래를 밟으며 다가오는 기척을 느꼈는지 뱀처럼 돌아보더니 웃음을 보였다. 처음 보는 여자와 얘기를 나누고 있었는데, 젊고, 이십대에, 예쁘고, 아담한 몸매에, 짙은 색 머리칼 끝에는 갈색 물이 들어 있었고, 피부는 갈색으로 알맞게 태운 데다, 반바지에 배꼽티를 입고 있었다. 배꼽에는 커다란 다이아몬드 모양 장식이 피어싱

되어 있었다.

"큐빅이네." 그쪽으로 같이 걸어가면서 애나가 말했다. "우리가 아는 사람인가?"

"아니야."

"애나, 엘리너, 어서 와라." 조너스 엄마가 입술을 다물면서 말했다. 그녀는 늘 나를 싫어했다. "너희들이 여기 와 있을 줄은 몰랐네."

"바닷가 쪽으로는 잘 안 와요." 내가 말했다. "올해 여름에는 코니아 일랜드같이 붐벼서요."

"저는 어제 도착했어요." 애나가 말했다.

조너스 엄마가 아까 이야기를 나누고 있던 여자에게 자기 소유라도 되는 듯이 팔을 두르며 말했다. "이쪽은 지나야."

애나가 악수를 하려고 손을 내밀자 지나는 악수 대신 다가와 포옹을 했다. "드디어 이렇게 만나네요." 그녀는 애나 다음에 나를 포옹하며 말했다. 애나가 나를 쳐다보며 질색하는 표정을 지었는데, 조너스 엄마가 그걸 봤다.

"슈퍼에서 너희 어머니를 만났어." 조너스 엄마가 말했다. "네가 '겨울 결혼식'을 준비 중이라고." 그녀는 그 말을 인용한다는 듯이 말했는데, 조롱하는 어감이 풍겼다.

"맞아요." 내가 말했다. "얼음 조각상이랑 초콜릿 연못도 만들 생각이에요."

"너무 늦은 거 아니야?"

"네?" 내가 말했다.

"그러니까, 냉정히 말하면, 이젠 더 이상 그런 거 할 만큼 젊지는 않잖아."

"다 시든 서른 살짜리 아줌마가 되기엔 아직 몇 주 남았죠," 애나가 한 방 날렸다. "무슨 말씀을 하고 싶으신지는 알겠어요. 아드님들도 여기 왔어요?"

"이젠 다들 '아저씨'가 되었지," 조너스 엄마가 지진아에게 설명해 준다는 듯이 말했다. "모래 언덕으로 올라가지 마," 그녀는 가파른 모래 언덕 아래에서 놀고 있는 아이들에게 소리를 쳤다.

"무너질 수 있으니까," 그녀가 지나에게 말했다. "자꾸 신경 쓰이네."

"조너스는 어때요?" 내가 말했다.

"잘 지내지."

"아주 잘 지내요," 지나가 끼어들었다. "첼시*에 갤러리를 열었어요. 우리 둘 다 한참 들떠 있어요. 공장을 개조한 멋진 아파트도 얻었고. 리본 만들던 공장이에요."

"조너스는 요즘 무슨 일 해요?" 애나가 물었다.

지나가 아크릴이니 파운드 오브제에 대해 잔뜩 설명했지만, 나는 집중할 수가 없었다. 조너스가 지나라는 이 여자와 같이 살고 있다는 사실 때문에 나로서는 느낄 권리가 없는 질투심이 일어났다. 속에서 만져질 만큼 뚜렷한 질투심. 조너스는 내 남자야. 그녀의 정강이를 후려 차지 않기 위해 내가 할 수 있는 생각은 이런 것뿐이었다.

조너스 엄마는 방금 맛 좋은 커다란 새라도 잡아먹은 표정을 지었다. "우린 다들 더할 나위 없이 행복하게 지내고 있어."

---

* 첼시 Chelsea ― 맨해튼 서부 지역명

내가 그녀를 싫어하는 모든 이유 — 너그러움이 부족하고, 독실한 체하고, 예전에 내가 조너스더러 한사코 같이 가자고 조르지만 않았어도 자기 아들이 콘래드와 함께 배를 타고 나갈 일은 절대 없었을 것이라고 우즈에 사는 사람들에게 모두 말하고 다녔던 일까지 — 가 새삼 되살아나는 듯했다. "아들을 자기 새끼손가락에 꽁꽁 묶어 놓고 다닌다니깐," 언젠가 조너스 엄마가 하는 말을 엄마가 듣고 와서 전해준 적도 있다. 새삼 나는 내가 사랑하는 멋진 영국인인 피터가 생각났다. 그의 편안한 지성, 적재적소에서 날릴 줄 아는 풍자 감각, 껍질에 소금기가 씹히도록 돼지고기를 요리하는 솜씨, 낡은 가죽 구두, 사랑을 나눌 때 내 머리를 잡아당기는 모습까지. 나는 억지로 유쾌한 미소를 지어 보였다. "멋진 소식이네요. 조너스 때문에 행복하시겠어요."

"맞아," 그녀가 말했다. "물론 지나도 있고."

그때 그가 인파 속에서 우리 쪽으로 걸어오는 모습이 보였다. 한쪽 겨드랑이에는 이것저것 담은 갈색 종이봉투를 끼고 있었다. 봉지 위쪽으로 대형 핫도그용 번이 보였다. 나는 그가 우리 쪽을 훑어보는 모습을 지켜봤다. 자기 쪽으로 등을 돌리고 서 있는 지나를 발견하고는 웃었다. 그러더니 나를 발견했다. 그는 그 자리에 멈춰 섰다. 우리는 모래 위에서 서로를 응시했다. 조너스는 머리를 흔들었는데, 슬픔보다는 분노에 가까웠고, 2년 전 허드슨강의 낡은 잔교에 앉아 우리의 운명을 받아들이며 맥주를 마실 때 내가 했던 약속을 지키지 않은 것에 대해 납득할 수 없다는 듯한 고통과 불신이 담겨 있었다.

조너스가 나에게 시선을 고정하고 있는 모습을 조너스 엄마가 봤다. 그녀는 지나의 어깨를 토닥였다. "조너스가 돌아왔네."

지나의 얼굴이 이렇게 멋진 사람은 처음 본다는 듯이 환해졌다.

그가 내 옆을 지나서 그녀 쪽으로 가더니 길고 진한 키스를 했다. "한참 찾았어," 그가 말했다.

"안녕," 그가 애나에게 포옹을 했고, 자기 엄마에게는 번을 넘겼다. "대형으로 포장된 것은 하나밖에 없더라고요."

"간에 기별도 안 가겠네. 여기에 오면서 다들 번은 충분히 챙겨오지 않으니." 그녀는 조리하는 곳으로 가더니 소시지와 버거 만드는 남자에게 건넸다. "번이야!" 성배라도 찾은 듯 소리치는 그녀의 목소리가 들려왔다.

"안녕!" 마침내 조너스가 내게 아는 체를 했다. 목소리 톤은 친근했고, 아까 얼굴에서 드러났던 감정은 전혀 담겨 있지 않았다. 나를 보며 차분하고 순한 웃음을 보였다.

"안녕," 나는 지금 뭐 하는 거냐는 표정을 담아 인사했다.

그가 지나의 허리에 팔을 둘렀다. "지나, 이쪽은 엘리너. 엘과 나는 어릴 때부터 알던 사이야."

"이미 만났어," 내가 말했다.

"엄마 말로는 너희 집 사람들은 이번 주에 안 올 거라고 했는데."

"너희 엄마는 자기랑 마음에 안 맞으면 다 싫어하시니까," 나는 이렇게 말했는데, 목소리는 내가 의도했던 것보다 한층 성깔이 묻어나왔다. "아무튼 우리도 왔어. 나는 여기 온 지 좀 돼."

"지나와 나는 지난주에 왔어. 엄마 말로는 겨울 결혼식을 준비하고 있다고. 엄마가 윌리스 아주머니를 슈퍼에서 만났다고 하던데." 그의 목소리가 차가웠다.

"너한테 전화하려고 했어."

지나가 바깥에서 안을 들여다보는 사람처럼 우리 둘을 번갈아 쳐다봤다. "조너스가 나중에 나를 오징어 낚시에 데려가겠다고 했어요." 그녀가 말했다.

"멋지군요." 애나가 말했다.

지나가 미심쩍은 표정을 지었다. "한밤에 잔교에서 꼼지락거리는 걸 낚는 건가요?"

애나가 웃었다. "아주 재미있어요. 물속에 플래시 불빛을 비추면 몰려들어요. 지그를 움직일 필요도 없어요. 통에 든 물고기를 총으로 맞히는 일처럼 쉬우니까."

"조너스와 나는 한때 늘 같이 붙어 다녔죠." 나는 분위기를 반전하려고 그에게 미소를 보냈다. "그때 너는 낚시에 한참 빠져 있었는데."

그는 미동도 하지 않고 나를 뚫어지게 쳐다보기만 했다.

"당신이 좋아했다면 나도 좋아할 수 있을 거야." 지나가 그를 자기 쪽으로 끌어당기더니 자기 소유라는 표시라도 하려는 듯 키스를 했다.

"먹물에 맞지 않도록 조심해요." 내가 말했다.

"그리고 굽기 전날 우유에 재워서 하룻밤 동안 놔둬야 해요." 애나가 말했다.

"저는 해산물을 먹지 않아요." 지나가 말했다.

애나가 나와 조너스를 쳐다봤다. 그러더니 지나에게 팔짱을 끼었다. "맥주 마시러 가요. 자. 여기서 만날 수 있는 가장 흥미진진한 두 사람을 소개해 줄게요." 애나는 지나가 가기 싫다는 이유를 대기도 전에 끌고 가버렸다.

내가 고등학교 졸업하던 해 여름, 애나와 나는 파도가 조금 높은 히긴스에 수영하러 가기로 했다. 바다는 더할 나위 없이 완벽한 날씨였다. 녹조도 없고, 흙탕물도 없었다. 너울이 일렁이는 바다 위를 유영하는 동안, 애나는 자기가 요즘 대면 대화를 가르치는 교수에게 빠져 있다는 이야기를 웅얼거렸다.

"무슨 말인지 못 알아듣겠어," 내가 말했다.

"그 교수랑 자고 싶다고."

"대면 대화를 하고 싶다?" 나는 웃으면서 물속으로 잠수했다. 물 위로 올라와서는 선헤엄을 쳤다.

"자, 그러면 '결혼하기 전까지는 기다리기로 한' 아가씨 얘기도 들어볼까?" 애나가 나를 향해 말했다. "너 아직도 처녀야?"

"물론이지," 나는 거짓말을 했다. "그리고 나는 결혼에 관해서는 말한 적 없어. 사랑하는 사람이 나타날 때까지 기다리겠다고 했을 뿐이야."

"그런데 서랍장에 피임약은 왜 넣어 놨어?"

"내 서랍장은 왜 뒤져?"

"속옷 좀 빌려 입으려 했지. 내 속옷은 다 더러워져서."

"으윽."

"말 바꾸지 말고."

"만약을 대비해서 가지고 있었을 뿐이야."

"갑자기 처음으로 사랑에 빠지는 순간을 대비해서?"

"아니," 내가 말했다. 그리고 이건 진심이었다. 나는 잠시 머뭇거리다가 말을 이었다. "하지만, 이미 시작했어."

"뭘 시작해?"

"사랑에 빠지는 거."

"호오. 처음 듣는 소리네. 그런데 왜 섹스는 안 했어?"

"조너스야."

애나는 당황하는 기색이었다. "잠깐만. 너 쫓아다니는 그 어린애?"

나는 고개를 끄덕였다.

"오케이. 약간 변태스럽긴 하네. 이 경우에는 안 하는 게 맞긴 하지."

"이제 걔도 많이 컸어. 하지만."

"그래서?"

익숙한 바닷속에 서서, 한없이 푸른 바다를 배경으로 짙은 색 머리를 늘어뜨리고 아름답게 서 있는 언니를 보면서 나는 언니에게 모든 걸 털어놓고 싶었다. 다 말하고 나면 홀가분할 듯했다. 그러나 나는 그저 "걔 엄마가 메인주에 캠핑을 보냈어"라고 말하고 말았다.

"그 아줌마 진짜 별로야. 나는 그 아줌마 만날 때마다 구두에 똥을 싸주고 싶다니깐," 애나가 말했다.

나는 애나와 지나가 맥주 있는 곳으로 가는 모습을 보면서 속이 울렁거렸다. 조너스와 함께 있을 때면 우리 둘만 공유하는 함께 있는 느낌 외에 다른 걸 느껴본 적이 없었다. 그런데 지금 내 앞에 있는 이 남자는 낯설었다. 지금 내 앞에 서 있는 조너스는 눈빛이 죽어 있었다.

"네가 여기 있을 거라고는 생각하지 못했네," 내가 말했다.

그는 나를 애타게 세워 놓고 그대로 서 있을 뿐이었다.

"조너스. 제발 이러지 마."

그는 나를 뚫어져라 쳐다봤다. 아무 말도 없었다.

"전화를 했는데 연결이 안 되더라. 그래서 네 엄마에게 전화하려고 생각하고 있었어. 미안해."

"뭐가?"

"우리 엄마가 그냥 다 말하고 다녀서 그래. 아무 말도 하지 말고 가만히 있어 달라고 그렇게 당부했는데."

"그건 중요하지 않아." 그는 감자칩 봉지를 뜯더니 한 움큼 집어 입에 넣었다. 그 봉지를 내게도 건넸다.

"나에게 화내고 싶은 만큼 화를 내도 돼."

"아, 좀. 신경 쓰지 마. 이젠 다 끝난 일이잖아."

"아까 네가 나를 봤을 때 네 표정 변하는 거 봤어."

"여기서 널 볼 줄 몰랐으니까. 그게 다야."

"거짓말 좀 하지 마. 거짓말하는 것 정말 싫어."

"거짓말 아니야. 엘. 나는 네가 또 나를 실망시켜서 화가 났어. 그건 무례한 거야. 네가 먼저 내게 전화를 했잖아. 친구로 지내자고 말한 것도 너고. 나는 내가 등신 취급받는 느낌이었어. 하지만 이제 다 끝났어. 백만 년도 지난 일이야. 나는 그냥 등신처럼 누굴 좋아했던 등신 같은 놈인 거고."

"와," 대답하려니 이가 딱딱 부딪칠 지경이었다. "정말 엿같이 말하는구나."

"그러려고 그렇게 말한 거 아니야. 그냥 이제 아무렇지 않다는 말을 하려던 거였어. 지나간 일은 다 지나간 거야. 지금 나는 지나와 잘 지내. 지나를 사랑한다고."

"걔 진짜 별로야."

"그렇게 말하지 마," 조너스가 말했다. "너답지 않아."

"생선도 안 먹는다잖아."

밤하늘이 완전히 어두워지고 다들 모닥불 주위로 몰려들었을 때, 나는 어둠 속으로 들어갔다. 오줌을 누고 싶었다. 큼지막한 모래 언덕 아래 경사진 곳에 쭈그리고 앉아 청바지를 무릎까지 내리고, 발치 쪽으로 구멍을 팠다. 오줌 줄기가 모래 속으로 스며들었다. 애나가 늘 하는 말처럼, 모래밭에 앉아 오줌 누는 게 샤워 중에 서서 누는 것보다 시원하다. 나는 바지를 끌어 올리고, 오른쪽으로 두 발짝 정도 옮겨와서, 바닥에 앉았다. 내 손을 겨우 알아볼 정도로 어두운 곳이다. 달빛도 없이 어두웠다. 조너스와 지나가 불가에 붙어 앉아 있다. 두 사람의 얼굴이 황금빛 오렌지색 불꽃 속에서 밝게 빛났다. 조너스가 모여 앉아 있는 사람들 주변을 둘러보는 모습이 나를 찾고 있는 거였다. 일어나려는 듯하더니 다시 마음을 바꾼다. 타오르는 불 속 깊이 쳐다보는 그의 얼굴이 보였고, 뭔가 괴로운 생각을 하는지 눈썹에 힘이 들어가 있었는데, 내 생각을 하고 있으리라. 나를 구해줬던 남자. 내가 상처를 준 남자. 이제 나는 이 사람의 신뢰를 잃어버렸다. 그러나 어떻게든 모든 것을 바로잡아야겠다고 다짐해 본다.

가장 높은 모래 언덕 위로 하늘에 별이 하나 나타났다. 처음에는 흐리더니 이내 힘을 내고 보석처럼 반짝였다. 하지만 이게 별이 죽어가는 광경이라는 걸 나는 알고 있다. 빛을 내면서 끝나는 것이다. 소리 없는 헐떡임. 폭죽처럼 터지는 아름다움. 마지막 숨을 몰아쉬느라 필사적으로 ― 거대하고, 초월적으로 ― 뿜어져 나오는 불꽃.

27

1996년 12월, 뉴욕

　새벽은 생각보다 빨리 찾아왔다. 나는 이불 위에 알몸으로 누워서, 우리가 사는 이스트 빌리지 아파트 창문 밖을 내다보고, 쉭쉭 거리며 돌아가는 라디에이터 소리를 듣고 있었다. 일기 예보는 폭설이 내릴 거라고 하더니 하늘은 대기가 얼어붙은 듯, 드라이아이스처럼 단조롭고, 생기 없이 펼쳐져 있다. 오늘은 내 결혼식 날이다.
　지난밤 피터는 매디슨가에 있는 칼라일 호텔에서, 들러리를 서기로 한 옥스퍼드 출신의 멋지게 생긴 자기 친구이자, 나를 미심쩍은 눈으로 쳐다보는 사람과 함께 총각 파티를 했다. 그 친구는 내가 미국인이라는 소리를 듣고는, 돈 보고 결혼하는 여자라고 생각하는 표정이었다.
　애나는 거실에서 자고 있다. 그녀가 코를 훌쩍이는 소리가 들렸다. 아마 뻗어서 자고 있을 것이다. 지난밤에 우리는 할머니가 매년 우리에게 크리스마스 선물로 줬던 오래된 란츠 잠옷*을 걸치고 — 나이가 들면서 우리는 더 이상 그 구닥다리 같은 아늑함을 좋아하지 않게 되었다 — 테킬라를 잔뜩 마시면서 밤늦게 떠들고 이야기하느라 지금 내 눈 밑에는 다크서클까지 생겼다. 언니가 내 들러리를 서기로 했다. 언니와 제러미는 엄마 집에서 머물고 있는데, 엄마가 제러미를 끔찍이 싫어하는 게 나로서는 즐거웠다. 제러미는 나와 언니가 단둘이 있을 시간을 좀체 허락하지 않았다. 그는 매일 아침을 먹고 나면 애나에게 한 시간은 꽉 채워서 자기와 같이 요가를 하자고 졸랐고, 심지어 내가 드레스 피팅하는 자리까지 따라오려 했다. 언니와 내가 여자들만의 점심을 위해 러시아 차 전문점에 가려고 했던 지난 수요일에는 윈터가든에서 하는 〈캣츠〉 입장권을 들이밀어서 애나를 놀라게 했다. 애나는 뮤지컬이라면 질색을 할 뿐 아니라, 그건 1982년부터 계속 공연 중인 작품인데 말이다. "정말 피곤해." 내가 전화해서 불평을 늘어놓자 엄마가 말했다. "그렇긴 한데, 캘리포니아에 사는 사람들은 여기만 오면 꼭 저러더라. 왜 그렇게 생각하는지는 몰라도, 무대 위에서 동물 복장하고 움직이는 배우들을 쳐다보는 게 문화를 누리는 일이라고 생각하는 모양이야."

내가 입기로 한 크림색 실크 벨벳 드레스는 옷장 안에, 드라이클리닝백 속에 담겨 있다. 길고, 바닥에 끌리는 옷자락이 달려 있을 뿐 아니라, 내 몸에 딱 붙는 꼭 낀 스타일에, 목이 깊게 파여 있어서 꽤 많이 드러난다. 그 옆 바닥에는 애나가 한사코 사야 한다고 우기는 바람에

---

* 란츠Lanz 잠옷 — 잘츠부르크 란츠Lanz of Salzburg. 잠옷 브랜드로 유명하다.

샀던, 새틴으로 만든 300달러짜리 펌프스*가 놓여 있다. 두 번 다시 신을 일이 없어서, 결혼식 끝나고 나면 당장 까만색으로 염색하겠다고 다짐하지만, 그냥 그대로 처박아 두기 마련인 그런 신발. 결국 먼지가 쌓여서 흰색이 탁해지고, 광택도 사라지고, 신발장 맨 구석에 처박혀 회색으로 변해갈 그런 신발.

모닝코트**를 말쑥하게 차려입은 딕슨 씨가 나를 데리고 식장에 입장했다. 내가 아직도 아빠와 말을 안 하는 상태였기에, 엄마가 꼭 와야 한다고 주장해서 참석은 했어도 가족석의 제러미 옆에 앉아 있었다. 메리 그년은 절대 보고 싶지 않았다. 식장으로 걸어 들어가면서, 혼자 참석하는 데 동의한 아빠에게 그년이 얼마나 사납게 앙앙거렸을까 상상하자니 웃음이 나왔다. 피터는 단 앞에 서서 나를 기다리고 있다가, 내가 긴 통로를 따라 행복하고 의기양양하게 걸어오는 모습을 보며 미소를 보냈다. 나는 그가 지금 내 머릿속에 들어 있는 생각을 알아차리고 나서도 나를 사랑할 수 있을지 궁금했다. 내 안에 있는 옹졸함, 지저분한 생각, 내가 저지른 그 모든 끔찍한 일 말이다. 예배당 안쪽은 블루밍데일스 백화점 향수 코너에서 나는 듯한 향기를 뿌리는 백합과 하얀 서양 장미로 장식되어 있었다. 문득 어렸을 때 애나가 내 손을 잡고 가파른 에스컬레이터를 올라가던 장면이 떠올랐다. 엄마가 크리스마스 선물을 고를 동안 언니는 나를 데리고 가서 케즈 신발을 신어보

---

* 펌프스pumps — 무용할 때 신는 가볍고 부드러운 신발

** 모닝코트morning coat — 남자들의 예복 상의. 앞쪽은 짧고 뒤쪽은 긴 검정 또는 회색 재킷

라고 했다. 우리는 액세서리 코너에서 캐시미어 줄을 댄 빨간 가죽 장갑을 껴보고 있는 엄마를 찾았다.

"근사하지?" 엄마는 그렇게 말하고는 테이블 위에 도로 올려놓았다. 나중에 지하철 플랫폼에서 열차를 기다리는데, 엄마 코트 주머니에서 빨간 색깔이 언뜻 보였다. 크리스마스 아침이 되자 엄마는 초록색 새틴 리본 장식이 달린 가느다란 상자를 열었다. 그 빨간 장갑이었다. "너희 아빠가 보내왔네." 엄마가 말했다. "어떻게 알고 샀을까?"

오르간 연주자는 내가 정말 듣고 싶지 않은 곡인 파헬벨의 캐논을 연주했다. 나는 이 곡이 너무 상상력이 부족한 선택이라고 주장했지만, 피터는 웃으면서 이건 자기 집안 전통이며, 나더러 장모님처럼 말한다고 하는 바람에 동의할 수밖에 없었다. 설탕물을 잔뜩 부어 넣은 듯한 선율을 따라 통로를 걸어가려니 짜증이 밀려왔다.

피터 어머니가 앉아 있는 신랑 측을 보니, 자기 남편을 옆에 끼고 튤*에다 깃털 장식이 달린 흉측한 모자를 눌러쓴 여자들이 몸에 딱 붙은 내 드레스를 보고 마땅치 않은 듯 입술을 다문 채 잔뜩 모여 있었다. 통로를 걸어가는데 대리석 바닥으로 끌리는 드레스 옷자락에 거기 깔려 있던 장미 꽃잎이 딸려 왔다. 나는 조너스가 없기를 바라면서 객석 쪽을 훑어봤다. 조너스 집 사람들을 전부 초대하기는 했다. 이제 눈이 퍼붓기 시작했고, 예배당은 네덜란드 건물처럼 짙은 회색으로 어두워졌다. 나는 잘생기고, 유럽 특유의 자부심을 온몸으로 드러내며 흐느적거리듯 서 있는 피터를 향해 걸어갔다. 나는 그를 사랑한다. 그가

---

* 튤tulle —실크나 나일론 등으로 망사처럼 짠 천. 베일이나 드레스를 만드는 데 쓰인다.

가진 모든 것을. 흥분했을 때 귀가 빨갛게 달아오르는 것하며, 넓은 보폭하며, 나를 진정시키고 안전한 느낌이 들게 하는 것은 물론, 길고 우아한 손가락하며, 걸인을 만나면 언제나 돈을 주고 예의를 갖추어 그들의 눈을 들여다보는 모습까지. 그는 내 안에 있는 나를 들여다보기라도 하려는 듯 나를 쳐다봤다. 피터의 들러리가 피터 곁에 바짝 붙어 있었다. '나로부터 친구를 보호하려는 거라면 잘 생각한 거지.' 피터의 손을 잡으며 나는 이렇게 생각했다.

한밤중인 게 틀림없다. 창밖으로 보니 하늘은 석탄처럼 새까맣다. 눈은 이미 그쳤다. 피터는 샤워 중이었다. 그걸 어떻게 알았느냐 하면, 방금 내가 정신을 차린 플라자 호텔 침대에서 물소리가 들리니까. 나는 여전히 웨딩드레스를 입고 있다. 실크로 만든 펌프스를 신은 두 발이 침대 밖으로 나와 있는 게, 내 위로 집이라도 무너진 형국이다. 여기에 어떻게 왔는지 기억이 없다. 나는 눈을 감고 웨딩 리셉션을 떠올리려 애썼다. 형형색색의 모자들이 흐릿하게 보인다. 잘게 부순 얼음 위에 올려져 있던 굴 접시들. 트위드로 만든 자주색 샤넬 정장을 입은 피터 어머니가 조너스 어머니와 얘기를 나눈다. 턱시도를 입은 웨이터가 샴페인이 담긴 길쭉한 크리스털 잔을 건넸고, 나는 그걸 한입에 털어넣고 쟁반에서 새로 한 잔을 붙잡았다. 어스 윈드 앤드 파이어*의 음악. 애나와 나는 샴페인을 병째 마시면서 느릿느릿 춤을 춘다. 건배 제

---

* 어스 윈드 앤드 파이어 Earth, Wind & Fire — 미국의 유명한 음악 밴드. 〈September〉가 히트곡 중의 하나이다.

의가 시작되기 전에 아빠는 조용히 뒤쪽으로 빠져나간다. "얼간이는 언제나 얼간이야." 예전에 언니가 했던 말이다.

"피터?" 내가 소리쳐 불렀다.
"잠깐만." 그가 대답했다. 허리께에 호텔 타월을 두른 채 자욱한 김에서 나왔다. "방탕한 알코올 중독자께서 이제 정신을 차리셨네." 그가 내 위로 뛰어 올라오더니 키스를 했다. "안녕, 마누라." 그가 내 몸에 대고 킁킁거렸다. "젖을 토한 아기 냄새가 나네. 신발은 벗지 그래. 다 튀었잖아."
"아 세상에."
그가 아래로 내려가서 신발을 한 짝씩 벗기더니 쓰레기통에 집어 던졌다. "저건 이제 다시 못 신어. 새틴으로 만든 하얀 힐이 웬 말이야? 채링 크로스*에 서 있는 매춘부 느낌이다."
"파티에서 내가 토한 거야? 다른 사람들 다 보는 데서?"
"아니, 아니야. 호텔 직원과 리무진 기사 앞에서 토했지. 엘리베이터로 당신을 옮기느라 정장 입은 호텔 직원 세 명이 붙어야 했지만."
"그 사람들이 나를 옮겼다고?"
"내가 짐이라고 했거든."
"치즈버거가 당기네." 내가 신음하듯 말했다.
"어휴, 술 먹고 필름 끊긴 아름다운 신부를 위해서라면 뭐든지 해야지." 피터가 내 이마에 있는 머리칼을 쓸어 넘겼다.

---

* 채링 크로스 Charing Cross — 런던시의 번화가

"샴페인 때문이야. 나는 샴페인 못 마시거든. 설탕 덩어리. 아무튼 미안해."

"사과할 필요 없어. 오늘의 하이라이트는 당신이 가터밴드를 벗어서 내 아버지한테 던진 거였지만."

"죽고 싶네."

"이상형인 여자와 결혼하는데 그 정도야."

나는 일어나 그의 목에 양팔을 감고, 그의 눈을 깊이 들여다봤다. "양치부터 해야겠어."

한참 후에 깼을 때는 머릿속에 꿈의 끝자락이 아직 사라지지 않은 상태였다. 나는 구름 위에 올라앉아 하늘을 가르며 날고 있었다. 내 아래 한없이 펼쳐진 바다는 밝은 파란색이었다. 고래 떼가 북쪽으로 헤엄쳐 가고 있었고, 자기들이 지나가는 자리에 있는 작은 동물은 신경도 쓰지 않았다. 하얀 돛이 나타나더니 빠르게 질주한다. 보트에는 아이가 두 명 타고 있었다. 그들 뒤로 거대한 향유고래 한 마리가 깊은 물속으로 헤엄쳐 나갔다. 나는 물속에 있었다. 그 고래가 삼각형 모양의 보트를 향해 수면 쪽으로 돌진하는 모습을 지켜봤다. 집 한 채가 옆에서 떠내려갔다. 부서진 베란다 문을 통해 빨간 리본 여러 개가 흘러갔다.

침대 옆 테이블에는 룸서비스가 가져다 놓은 쟁반이 올려져 있다. 피터는 내 옆에서 곯아떨어졌는데, 입가에는 케첩이 묻어 있다. 감자칩은 거의 다 먹어버렸다. 나는 정말 결혼한 것이다.

1997년 2월, 백우즈

신혼여행을 다녀온 지 두 달 정도 지났을 때, 애나에게서 전화가 왔다. 무슨 말을 하는지 못 알아들을 정도로 울면서 얘기하는 바람에 처음에는 언니인지 확신하기 어려웠는데, 언니는 좀체 울지 않는 사람인 까닭이었다.

"천천히 말해봐," 내가 말했다. "무슨 말인지 모르겠어."

흐느끼는 소리를 1~2분 정도 듣고 있는데 언니가 전화를 끊었다. 내가 다시 전화를 걸었을 때는 신호가 가다가 음성 녹음으로 넘어갔다. 나는 사무실에 있는 제러미에게 전화를 걸었다.

"괜찮아요," 그는 쾌활하게 말했다. "요즘 일을 너무 많이 해서 그래요."

나는 자동반사적으로 밀고 올라오는 혐오감 때문에 목이 콱 막혔다. "아 참 대단하네요." 나는 내 목소리에서 비판적인 느낌을 빼려고 애를 썼다. "방금 전화가 왔는데 무척 괴로워했어요."

"애나가 오늘 그룹 테라피를 받았어요. 그래서 지금껏 참고 있던 게 쏟아져 나왔을 거예요."

"집에 가면 언니에게 전화 좀 해달라고 해주겠어요?" 나는 이 남자가 정말 싫다.

"잘 지내시죠?" 그는 전화를 끊으려는 생각이 없는 듯이 물었다.

"네, 저는 잘 지내죠."

"결혼식에서는 아주 끝내줬어요."

"언니에게 전화하라고 해주세요." 내가 말했다.

고속도로는 황량한 잿빛으로 뻗어 있고, 노면 살얼음을 없애려고 소금을 뿌려 놓았고, 모래에 덮여 있는 가장자리는 얼어서 평평하다. 숲에는 소나무들이 간격을 두고 검게 서 있는데 잎이 거의 다 떨어졌고, 남아 있는 마지막 잎사귀들은 갈색으로 변해 흔들리는데, 곧 불어 닥칠 찬 바람에 휩쓸려 쓸쓸히 사라질 것이다. 오후 3시도 안 되었는데 겨울 햇살은 약해지고 있다. 내가 차를 빌려서 로건 공항에서 픽업한 이후로 애나는 한마디도 하지 않고 있다. 초췌하고 텅 빈 듯한 표정에, 눈은 눈물을 닦아서 빨갛다. 언니는 본래 강하다. 바위 같은 사람이다. 신랄하고 유머가 넘친다. 〈블랙 라군에서 온 크리쳐〉* 같은 인물이다. 지금 이 모습은 전혀 언니답지 않다. 나는 젖은 도로 위로 미끄러지는 타이어 소리와 소금이 튀어 오르는 소리에 귀를 기울였다. 라디오를 만지작거리기도 했다. AM만 잡혔다. 겨울의 케이프는 이래서 싫다.

우즈로 들어가는 동안 지나쳤던 모든 집은 여름이 올 때까지 폐쇄되어 있다. 사람이라고는 찾아볼 수 없다. 딕슨 씨 네 집에 갈 때 이용하는 도로를 지나가려 할 즈음, 입에 작은 동물을 물고 있는 여우 한 마리가 나타나더니 우리 앞으로 해서 도로를 건너갔다. 헤드라이트 불빛에 잠시 멈춰서 우리를 쳐다보더니, 가던 길을 계속 갔다.

연못에는 두껍게 얼음이 얼었다. 죽은 가지 위로, 그리고 얇은 은빛 가지 위에 달린 빨간 산딸기 위로 서리가 내려앉았다. 캠프는 가릴 것 없이, 모든 흉한 구석이 다 드러나 있었다. 나는 뒷문 옆에 차를 세우

---

* 〈블랙 라군에서 온 크리쳐 Creature from Black Lagoon〉 — 1954년에 나온 흑백 몬스터 무비

고 시동을 껐다. 우리는 거기 그렇게 차의 온기와 짙어 가는 저녁 빛 속에 한동안 가만히 앉아 있었다. 애나가 유리창에 머리를 기댔다.

"앉아 있어봐. 내가 가서 데워 놓을 테니."

뒷문은 자물쇠로 잠겨 있었다. 나는 집 옆으로 돌아가서 낙엽 더미를 헤치고 처마 쪽으로 갔다. 그렇게 오랜 세월이 지났는데도 나는 손으로 더듬어서 거기 녹슨 못에 걸어 둔 열쇠 하나를 용케 찾아냈다. 우리가 어렸을 때부터 쭉 써온 커다란 자물쇠용 열쇠.

"찾았어," 언니에게 소리쳤다. 문을 열고 문지방을 지나 어두운 팬트리에 들어선 다음, 건너편 벽에 있는 퓨즈 박스까지 갔다. 회로 차단기를 손가락으로 더듬어 다른 스위치보다 두꺼운 스위치를 찾아냈다. 메인 스위치. 이걸 왼쪽에서 오른쪽으로 돌리려면 힘이 조금 필요하다. 냉장고는 곰팡이가 피지 않도록 빗자루로 고정해서 문을 열어 뒀는데, 작동하기 시작하면서 내부에 불이 들어왔다. 거실은 깨끗이 청소가 되어 있어서 아무런 색깔이 없는 상태였고, 소파 덮개와 쿠션은 커다란 검은 비닐에 담겨 있다. 안에 들어오니 오래된 공기의 한기 탓인지 대형 냉동고에 들어온 것처럼 바깥보다 추웠다. 수도는 잠가 뒀으니 수도관이 얼지는 않았다. 부동액을 내리고 수도를 다시 틀려면 집 안이 데워질 때까지 조금은 기다려야 한다. 오늘 밤은 연못 물을 길어 와서 마셔야 하리라.

나는 돌아다니며 여기저기 불을 켰다. 너무 추워서 오두막에서는 지낼 수 없지만, 빅하우스에서는 불을 때면 소파에서 잘 만하다. 테이블 아래에 전기 히터가 두 개 놓여 있다. 나는 거실 콘센트에 꽂아 히터를 켰다. 오래된 토스트기처럼 가느다란 코일이 오렌지색으로 빨갛게 달아오르면서 방안에 먼지 타는 냄새가 차오르기 시작했는데, 나는 이걸 볼 때마다 우리가 자는 동안 집을 다 태우지는 않을까 걱정하곤 했었다. 벽난로 옆에는 땔감과 불쏘시개가 쌓여 있고, 색 바랜 신문도 잔뜩 놓여 있는데, 대부분 지난여름에 나온 〈뉴욕 타임스〉이고, 〈보스턴 글로브〉가 일부 섞여 있다. 누군가, 십중팔구는 피터겠지만, 다음 여름을 위해 난로 바닥에 불을 피운 자국이 남아 있다. 나는 벽난로 위 선반에서 성냥통을 집어 들고 무릎을 꿇고 앉아서 불쏘시개 삼아 구긴 신문에 불을 붙였다. 불은 타닥타닥 타는 소리를 내며 타올랐다. 내 뒤로 언니가 들어왔다.

"스케이트를 타도 되겠다." 언니가 말했다.

"수프 캔을 따봐야겠어. 정어리 수프가 있을 거야." 나는 오래된 궤짝에서 큼지막한 깃털 베개와 담요와 차가운 시트를 꺼냈다.

우리는 장작 타는 소리를 들으며 잠을 청했는데, 잉걸 속으로 나무가 한 덩이씩 툭툭 떨어지며 소리가 났다. 겨울달이 뜬 바깥으로 세상은 차갑고 삭막하게 펼쳐진 채, 내게 있어 삶이 시작되고 끝나는 곳인 이곳, 내가 사랑하는 이곳의 메아리만 간신히 울려 퍼지는 듯하다. 하지만 지금 여기, 팔만 뻗으면 손을 잡을 수도 있는 거리에 아파하고 괴로워하는 언니를 두고 함께 누워서 나무 타는 냄새, 곰팡내, 겨울 바다 냄새를 맡고 있자니, 이곳의 맥박까지 느낄 수 있다. 언니가 왜 이렇게까지 무너졌는지 나는 아직 이유를 모른다. 하지만 그게 무엇이든 그것 때문에 언니는 여기로 왔을 것이다. 자기 집을 찾아오는 비둘기처럼 본능에만 의지해서, 300킬로미터 떨어진 산맥을 가로질러 불어오는 바람 소리를 들으며, 방향을 잡아서.

새벽에 베란다 창문을 통해 빛이 스며들어와 나를 깨웠다. 불은 밤중에 이미 꺼졌고, 입김이 하얗게 나왔다. 나는 이불 속에서 양말을 신고 바닥에 놔뒀던 다운재킷을 끌어 올려 잠옷 위에 입었다. 석탄에는 아직 빨간 불이 남아 있다. 나는 마른 장작을 더 올려놓고 잉걸불을 추스른 다음, 언니가 깨지 않게 조심해서 물병을 쥐고 연못으로 나갔다. 커피를 마셔야 하니까. 팬트리에는 분명히 아직 개봉하지 않은 메달리아 도로* 커피가 한 통 있을 것이다. 엄마는 언제나 커피와 올리브 오일, 소금이 떨어지지 않게 신경을 쓰니까. 연못은 얼어붙어 있었다. 얼음이 적어도 15센티미터 두께는 될 것이다. 잔가지와 낙엽이 연못 안에 납작하게 눌어붙어 있어 화석처럼 보인다. 하지만 물가 쪽에는 얼음이 얇아서 쉽게 깨지는 곳이 있다. 나는 나뭇가지를 집어 표면을 깨뜨린 다음, 물병에 물을 담기 전에 양손을 컵 모양으로 만들어 물을 떠서 마셨다.

커피 냄새에 언니가 깼다. "아 좋아." 언니가 하품을 하며 말했다.

"이제 말을 하네."

언니가 겨울 제비처럼 귀엽게 머리를 곤추세웠다. 그러더니 이내 슬픈 기억이 다시 떠올랐는지, 얼굴색이 잿빛으로 변했다.

"이제 다 털어놔." 내가 블랙커피 한 잔을 건네며 말했다. "설탕은 있는데 우유는 없어." 나는 언니 옆의 소파 가장자리에 앉았다. "옆으로 좀 가봐."

언니는 몸을 움직여 자기 옆 공간을 내줬다. "해가 나면 바닷가를

---

* 메달리아 도로Medaglia d'Oro — 이탈리아 커피 브랜드

좀 걷고 싶어."

"궤짝에 스웨터 여분이 있을 거야," 내가 말했다.

언니는 등에 쿠션을 대고 몸을 곧게 세우고 앉았다. "지난주에 산부인과에 갔어. 생리를 건너뛰었거든."

"그래서?"

"임신인 줄 알았지."

"지난주에 통화할 때는 그런 말 안 했잖아."

"입 밖으로 내면 또 안 될까 봐. '삼세번'이라고 계속 곱씹고 있었어." 언니가 커피를 한 모금 마시더니 인상을 썼다. "우유 사러 편의점에 들러야 했어. 뭐 그건 할 수 없고, 아무튼 임신이 아니더라."

"아 씨발, 짜증 난다. 정말로."

언니가 창턱에 잔을 올려놓고는 자기 양손을 내려다보고 뒤집어 보더니, 뚫어지게 쳐다봤다. 언니는 오른손바닥 위쪽의 손금을 훑었다. "어느 게 생명선인지 기억나?"

나는 고개를 끄덕였다. "애정선도 기억해?"

언니가 웃었다. "내 애정선은 이제 다 말라비틀어졌어. 린지는 자기 애정선은 잡년선이라고 하더라고."

"린지는 또 뭔 일이 있어?"

"나는 이제 아이를 가지지 못해," 언니가 말했다.

"당연히 다시 가질 수 있지. 이제 서른셋밖에 안 먹었잖아. 계속 노력하면 돼. 제러미 닮은 아들 넷 정도는 낳을 거야."

언니가 머리를 흔들었다. "실은 빅 오* 때문에 생리가 안 나왔던 거야."

"그게 생리랑 무슨 상관이야?"

"난소암Ovarian cancer 이라고," 그녀가 말했다.

"빅 오는 오르가슴이잖아, 멍청아." 언니가 하는 말을 알아듣기도 전에 내 입에서 얼른 이 말부터 튀어나왔다. 방안 전체가 정지한 듯하더니, 떠다니는 먼지도 얼어붙고, 햇빛도 창에서 들어오지 못하고 멈칫했다. 내 안으로 시멘트 같은 침묵이 덮쳤다.

나는 머리를 흔들었다. "아닐 거야."

"엘."

"유섬유종일 수도 있는 거 아니야?"

"4기래. 이미 다른 곳으로도 퍼졌고."

"다른 병원 가봤어? 안 가봤으면 당장 가봐야 해."

"엘, 내 얘기 잘 들어. 잠시만, 아, 좀 말하지 말고 가만히 있어봐. 간에서도 뭐가 보이는데, 다음 주에 조직검사를 하기로 했는데, 의사가 나쁜 소식을 대비하라고 하더라."

"수많은 가능성 중 하나일 뿐이지. 수술할 수 있는 종양일 수도 있는 거고. 의사들도 아직 모르잖아. 화학 요법과 방사선 치료도 있고. 뉴욕에서 가장 유능한 의사를 찾아가자. 괜찮아질 거야."

"알았어," 언니가 말했다. "네가 그렇게 하자면 그렇게 해야지."

"그렇게 하자."

---

* 빅 오 Big O — 오르가슴을 가리키는 속어로 쓰인다.

"자 그럼, 아무것도 걱정할 게 없네. 바닷가를 좀 걸어보자." 언니는 이불을 걷어내면서 내 엉덩이를 쿡 찔렀다. "좀 움직여봐, 일어나게."

"언니가 애정 표현을 싫어하는 줄은 알지만 그래도 안아줄 테니 참고 있어봐."

"좋아. 마음 준비할 시간을 몇 초만 줘."

나는 언니를 두 팔로 깊이 끌어안았다. "사랑해, 언니. 좋아질 거야. 분명히."

"나도 사랑해," 언니가 말했다. "어렸을 때 내가 왜 너를 그렇게 미워했는지 몰라."

"내가 좀 성가시게 굴었으니까."

"내가 화를 많이 냈지."

"무섭긴 했어. 아직도 그래." 내가 웃었다.

"콘래드가 베란다에서 내게 주먹질했던 때 기억나?" 언니가 물었다.

"응."

"그때 레오가 콘래드를 때려눕히는 바람에 콘래드가 쓰러져서 울었지. 그게 아직도 마음이 아파."

"왜? 그때 콘래드가 언니에게 주먹을 휘둘렀잖아?"

"내가 먼저 시비를 걸었거든. 곤란한 상황에 빠지게 유도한 거지." 애나는 대형 유리창 너머 연못을 쳐다봤다. 햇빛이 완벽한 각도로 얼음을 비추는 덕택에 수정 같은 빛이 스파크를 이루며 반사되어 나왔다. "그땐 내가 너무 매정했어," 언니가 말을 이었다.

"언니는 다른 사람한테도 그랬잖아."

"그때 레오가 콘래드를 자기 오두막으로 쫓아 보낸 뒤에 나는 화장실에 들어가 문을 잠그고 혼자 울었어. 그땐 왜 그랬는지 지금도 잘 모르겠어." 언니는 일어나서 스토브로 가더니 쇠로 만든 물병을 들고 주전자에 물을 부었다. "팬트리에 민트 티가 있더라," 언니가 말했다.

"가져올게," 내가 말했다.

"기억이라는 게 참 이상한 거 같아. 돌아보면 내가 잘못한 일이 백만 개도 넘을 건데, 의사가 암이라고 말하는 순간, 머릿속에 떠오른 건 그날 콘래드의 모습이었어. 내가 얼마나 못된 애였는지. 콘래드가 그다음 해 여름에 죽었잖아."

"2년 후였지," 내가 말했다. "언니는 산타크루즈에 있는 키부츠에 갔었고."

"나는 뭐 한다고 그런 데 갔을까? 키부츠? 한참 허세에 절어 있던 시기였지." 언니가 웃었는데, 그 순간은 온전히 자기 모습으로 돌아온 듯했다. "좀 더 괜찮은 인간이 되었으면 좋겠다는 생각은 늘 있었는데, 그러지 못했어. 카르마라는 게 있다면 어떻게 될까? 나는 지네로 태어나려나. 아니면 피떡 같은 거로."

"언니 잘못은 아니었잖아," 내가 말했다. "그리고 카르마 같은 건 없어."

"너도 모르는 일이야."

아니, 나는 알고 있다. 카르마 같은 게 있다면, 애나가 아니라 내게 암이 생겨야 하는 거니까. 나는 숨을 깊이 들이마시고, 뭘 해야 할지 생각을 가다듬었다. 지금까지 나는 조너스에게 했던 약속을 지켜왔다. 하지만 애나는 그 일이 자기 잘못이 아니라는 걸 알아야 한다. "레오가 온 집 안을 돌아다니면서 '왜'라고 울부짖던 거 기억나? 물건을 다

집어 던지고 부수면서 엄마에게 소리치던 거?"

언니가 고개를 끄덕였다.

"레오도 콘래드가 죽은 일에 대해 자책했지. 하지만 레오랑 아무런 상관없는 일이야. 내 잘못이지." 나는 숨을 깊이 마시며 말했다. "보트에서 콘래드가 죽던 그날…"

"엘, 나는 죽고 싶지 않아." 언니가 내 말을 끊으며 말했다. "무無로 돌아가고 싶지 않아. 시체가 되어 썩어갈 뿐, 나무도 볼 수 없고 너도 볼 수 없게 되는 그런 거. 엄마를 기억할 수 있을까? 벌레들이 파먹겠지?" 언니는 웃으면서 울었다.

"아냐 그럴 일 없어," 내가 말했다. "내가 그냥 내버려 두지 않을 거야."

"불쌍한 콘래드," 애나가 속삭이듯 말했다. "그때 나는 슬퍼하지도 않았어."

28

1998년 5월, 뉴욕

　엄마 집 주방에 있는 식탁은 오래된 헛간 문을 뜯어다 만든 것인데, 수십 년 동안 거기 앉아 밥을 먹으면서 거친 모서리도 반들반들해졌다. 자물쇠를 걸어 두던 구멍도 남아 있고, 나무좀이 갉아먹어 생긴 작은 홈으로 수십 년 동안 들어찼던 음식 찌꺼기는 귀지처럼 변해버렸다. 어렸을 때 나는 그 구멍을 일일이 포크로 후벼 파는 걸 좋아했는데, 나중에는 개미 똥 모양으로 테이블 위를 덮다시피 했다. 지금 나는 거기 앉아서 볼펜 꼭지로 테이블을 후벼 파고 있다. 피터는 벌써 도착해야 했다. 오늘은 엄마 생신이고, 저녁 먹으러 같이 나가기로 했다. 8시에 예약을 해두었다. 나는 주방에 있는 전화를 집어 들고 시간을 조회했다. "삐 … 7시 … 25분 … 50초입니다 … 삐 … 7시 … 26분 … 정각입니다." 새로 들인 새끼 고양이가 주방으로 걸어 들어왔다. 몸통은 마멀레이드 색깔에, 하얀 발바닥, 노란 눈을 가졌다. 나를 쳐다보면서 자기에게 관심을 기울여 달라고 한다. 고양이를 테이블 위에 올려놓았더니, 개미 똥 같은 걸 집어먹는다. 아파트 저쪽에서 쿵, 하는 소리가 들렸다. 나는 의자를 뒤로 밀고 일어나 복도로 걸어갔다.

엄마가 사다리 위에 올라선 채 책꽂이를 정리하고 있다.

"이런 세상에," 엄마가 말했다. "시집 섹션은 네가 알아서 정리해 봐." 엄마가 선반에서 책을 한 무더기 끌어내더니 내게 건넨다.

"피터가 늦네요." 나는 바닥에 앉아서 책을 정리했다. "프리모 레비가 시집 섹션이에요?"

"잘 모르겠어. 일단 철학 섹션에 넣자."

나는 책 무더기 맨 위에 놓여 있는 《드와이트 버크 시선집》을 집어 들어 열었다. 맨 앞 페이지에는 색 바랜 파란색 만년필 잉크로 쓴 글귀가 남아 있다. "파키산드라*보다 더 예쁜 헨리의 딸들에게. 너희들의 삶에 시의 흥취가 가득하기를 바라며. 사랑을 담아. 드와이트."

"이건 내 거네."

엄마가 사다리 위에서 내려다본다. "너랑 애나 거 아니야?"

"맞아. 언니에게 보내줘야겠다."

"그냥 여기 계속 놔둬. 지금쯤 값이 꽤 비쌀 거야. 버크의 친필 사인이 담긴 초판본. 제러미는 분명히 애나에게 팔자고 할 테니."

책의 뒤표지에는 시어서커** 재킷에 물방울무늬 넥타이를 맨 드와이트 버크의 색 바랜 흑백 사진이 실려 있다. 그의 얼굴은 내가 어렸을

---

* 파키산드라 pachysandra — 파키산드라속(屬)의 상록 관목. 회양목과(科)

** 시어서커 seersucker — 줄무늬가 있고 표면이 살짝 울퉁불퉁한 무명천의 일종

때 봤던 그대로, 전형적인 와스프*다운 따뜻한 표정이었다.

"참 좋은 분이었어요." 내가 말했다.

"그렇게 슬픈 일이 일어나다니." 엄마가 말했다.

"동전을 넣은 페니 로퍼**를 신고 계셨어요. 낸시에게도 알려줘야겠어요."

"네 아빠는 늘 그 양반이 동성애자라고 생각했지."

드와이트 버크 씨가 익사한 뒤로 꽤 오랫동안 그가 사실은 자살을 했고, 내가 아빠와 함께 아빠 짐을 찾으러 갔던 그 봄날, 버크 씨가 책을 돌려주려고 찾아갔다는 카터 애시가 버크의 애인이라는 소문이 돌았다. 경건한 가톨릭 신자였던 버크 씨는 그렇게 치욕을 덮어쓰고 죽었다. 아빠는 그 소문은 사실이 아니라고 했다. 시신을 물에서 끌어냈을 때 입고 있던 사각 트렁크만 빼고, 버크 씨가 입고 있던 옷은 모두 다 곱게 접힌 채 허드슨강 변에서 발견되었다. "물에 빠져 죽을 생각이었으면," 아빠가 말했다. "왜 사각 트렁크만 입고 있었을까? 세상에 올 때처럼 나가려고 했던 걸까? 시인이니까. 대칭을 중요하게 생각하는 분이니까."

"작가별로 할까, 주제별로 할까?" 엄마가 말했다. 손에는 간디 책을 들고 있다. 엄마는 벌써 전기 쪽으로 옮겨갔다.

"주제별로 해요. 누가 썼는지는 별로 관심 없어요." 나는 들고 있던

---

* 와스프 WASP — White Anglo-Saxon Protestant. 미국 사회의 주류라고 여겨지는 앵글로색슨계 백인 신교도

** 페니 로퍼 penny loafer — 구두의 목과 혀 부분에 띠 모양을 둘러 그곳에 동전을 하나씩 넣을 수 있게 만든 신발

시집을 펼쳤다. 시는 다들 생생하게 살아 있고, 묘한 구석이 있고, 벌레 소리와 부드러운 풀을 노래하고 있다. 후루룩 훑으며 지나가는데 시 한 대목이 시선을 붙잡았다.

> 산꼭대기에, 넥타르에 씻은 듯한 까만 등을 가진
> 다 자란 종마 두 마리,
> 톡 쏘는 초록빛 클로버를 뜯으며
> 도토리 냄새를 맡는다.
> 우리 둘은 꽃 핀 산사나무 아래 누웠다.
> 당신의 하얀 셔츠 칼라의 단추는 풀어진 채로.
> 문득 물속으로 지나가는 바람 소리가 들리고,
> 나는 바닷바람을 힘껏 들이켜고
> 살아남았다.

나는 드와이트 씨가 사고로 물에 빠졌다는 아빠의 말이 맞았으면 좋겠다. 그날 아침 자기 애인 집을 나와서 상쾌하게 수영을 하려고 했을 뿐이었고, 흘러가는 물소리를 들으며 잔뜩 피어난 크로커스* 향과 시큼한 풀냄새를 맡느라 허드슨강 변에 한참 누워 있었으리라. 옷을 벗고 속옷만 입은 채, 약간 거센 물살 속으로 걸어 들어간 뒤, 몸을 물 위에 싣고 유영하며 하늘에 흘러가는 구름과 새 떼를 바라봤으리라. 다시 돌아가려고 했을 때는 사정이 완전히 달라졌으리라. 이겨낼 수 없

---

* 크로커스crocus — 이른 봄에 노랑, 자주, 흰색의 작은 튤립 같은 꽃이 핀다.

는 세찬 물살에 빠져 낯선 물가까지 떠밀려 가지 않았을까.

문에서 벨이 두 번 울렸다.
"아무도 없어요?" 피터의 목소리.
"여기 있어," 엄마가 대답한다. "고양이가 밖으로 못 나가게 해. 문이 조금만 열려도 튀어 나가니까."
피터가 무척 큰 꽃다발을 들고 들어오는데, 백합과 옅은 분홍빛 장미가 섞여 있다.
"생신 축하해요, 장모님," 그가 엄마에게 꽃다발을 건넨다. 피터는 집 안에 온통 쌓여 있는 책을 둘러보고, 엄마는 사다리 위에서 알파벳 순서로 정리하고 있다. "생일에 아주 잘 어울리는군요."
"생일 챙길 나이는 지났지. 옷을 갈아입고 나올 테니 나가자." 엄마는 꽃을 내게 건넸다. "이거 물 담아서 꽂아봐."

우리가 사는 블록의 가로등은 대부분 꺼져 있는데, 어두운 걸 좋아하는 마약 중독자들이 일일이 등을 깨트린 탓이다. 식사 후에 피터와 나는 덩치가 크게 보이게 만들어서 공격 목표로 삼지 못하도록 서로 팔짱을 끼고 이스트 10번가를 따라 집으로 걸어왔다. 아파트 1층 집 중에 거의 절반 이상은 창문에 "개조심"이라는 표지가 붙어 있다. 개를 데리고 산책하는 사람을 본 적은 별로 없는데 말이다.
"오늘 당신 어머니 정말 아름답더라," 피터가 말했다. "택시에 태워드릴 때 보니까 빛이 날 정도였어."
"엄마는 누가 챙겨주는 걸 좋아해. 싫어하는 척하지만, 계산은 당신이 하기로 하고 아주 비싼 레스토랑에 같이 가봐. 아빠에게 인형 선물 받은 여자애처럼 기뻐하시지. 그리고 엄마는 당신을 정말 좋아해. 당신이랑 같이 있으면 젊어지는 기분이라고."

"너는?" 피터가 물었다.

"나는 젊지."

"나를 좋아하냐고."

"대부분은. 가끔 짜증스러울 때도 있지만."

그가 나를 자기 쪽으로 확 끌어당기며 몸에 코를 대고 냄새를 맡았다. "향기가 좋아. 레몬 향이 나네."

"아까 식당에서 생선 요리에 짜서 먹으라고 망에 담아서 갖다준 레몬 조각 때문일 거야."

"'생선에 뿌리는 물. 여자라면 누구나 가지고 있는.' 이런 식으로 만들어 팔아볼까?" 피터가 웃으며 말한다.

"여자라면 누구나 가지고 있는 건 아니지," 내가 말했다.

우리 아파트 문을 여는데 집 안의 공기가 묘하게 충전되고 얼어붙어 있었다. 쇠가 부딪치는 소리가 나지막이 들려왔다. 전화기는 계속 울리면서 자동응답으로 넘어가지 못하고 있었다. 그 옆에 있는 책꽂이에 올려 뒀던 튤립 꽃병은 바닥에 쓰러져 물이 다 쏟아져 있었다.

"아, 고양이가 또 자동응답기를 건드렸나 보네. 망할 놈의 고양이, 콱 죽여버리든가 해야지." 나는 테이블 위에 코트를 벗어 놓고, 침실로 뛰어 들어갔다. 우리가 쓰는 침실에는 커다란 창이 두 개 있다. 오른쪽 창은 침대 위에 나 있다. 다른 창은 비상계단으로 연결되는데, 무거운 쇠로 만든 창틀이 질려 있어서 비상시에 대피하려고 안에서 열지 않는 한 열리지 않는다. 침대 위쪽 창이 지금은 침대 위에 떨어져 있다. 침대 위쪽 나무 프레임은 쪼개져서 큰 구멍이 생겼고, 창틀에는 웬 남자가 한 명 앉아 있다. 나를 보더니 눈을 게슴츠레 뜨며 씩 웃었는데, 자기가 지금 건물 4층 가장자리에 위태롭게 앉아 있다는 사실을 잊어버리기라도 한 모양이었다. 엉겨 붙은 머리는 감은 지 족히 몇 주는 지난 듯 거미줄이 들러붙어 있었는데, 거미가 그 속에다 집을 짓고, 축축하고 피부병까지 있는 정수리에는 알도 까놓지 않았을까 싶었다. 비상계단을 이용해 건물 옆을 타고 올라와서 훌쩍 뛰어내리면서 유리창을 부수고 들어온 게 분명하다. 열린 창틀 너머 바깥쪽 비상계단 위에 우리 TV와 VCR, 코드가 둘둘 말린 자동응답기가 놓여 있는 게 보였다.

그 남자는 내 시선을 따라가다가 다시 나를 돌아보더니, 도망갈지 계속 있을지 마음속으로 결정하려는 듯 머리를 곧추세웠다. 혓바닥으로 입술을 핥더니, 나를 보며 웃었다. 나는 피터를 부르려 했지만, 목소리는 거의 속삭임에 가까울 정도로 흘러나왔다. 그가 음흉하게 나를 바라보더니, 다시 방 안으로 들어오려 했다. 나는 온몸을 웅크렸다. 지금 내가 달려가 그를 밀어붙이면 분명히 그는 밤하늘을 배경 삼아 시멘트 바닥으로 떨어져 박살이 날 것이고, 거기 뻗어 있으면 또 다른 약쟁이들이 그의 주머니를 뒤져서 챙겨갈 건 다 챙겨갈 것이다. 나는 마음이 바뀌기 전에 곧장 뿔로 들이받는 양처럼 그를 향해 돌진했다. 그때 문득 누가 발을 거는 바람에 나는 앞으로 푹 고꾸라졌다. 피터가 그를 향해 큰 키로 성큼성큼 걸어가며 위협을 했다. 부엌칼을 손에 쥐고 있었다. 피터의 목소리는 잘 가다듬어지고 면도날처럼 차가웠다.

"왔던 길로 나가," 피터가 말했다. "텔레비전은 가져가고 싶으면 가져가고. 안테나 달린 구닥다리니까. 하지만 자동응답기는 놔둬. 내가 필요한 전화번호가 저장되어 있으니까." 그가 앞으로 몇 걸음 걸어갔다. 전에 보지 못한 무섭고 강한 느낌을 뿜어내면서. 보름달 뜰 때 변한 늑대처럼. "지금 당장 꺼져," 그가 으르렁거렸다. "내 손에 네 피를 묻히기 전에."

그 남자는 뒤로 돌더니 고양이처럼 가볍게 창문에서 비상계단으로 뛰어내린 다음, 한쪽 겨드랑이로는 TV를, 다른 쪽으로는 VCR을 집어 들었다. 나는 그가 쾅쾅 소리를 내며 쇠로 만든 비상계단을 내려가는 소리, 전선이 바닥에 끌리며 나는 딸그락거리는 소리를 가만히 들었다. 내 얼굴 옆 바닥으로 빨간 줄이 생겼다. 내 턱 어딘가가 베인 것이다. 방 저쪽으로 벽장 문이 가만히 열렸다.

"피터," 내가 소리쳤다. "당신 뒤쪽!" 그리고 나는 그다음 일을 차마 보지 못하고 눈을 꼭 감고, 나무 바닥을 울리는 묵직한 발소리들을 기다렸다. 그러나 그 대신에 얼굴에 뭔가 부드러운 솔질 같은 느낌이 느껴졌다. 나는 눈을 떴다. 내 곁에서 고양이가 바닥에 흐른 내 피를 핥고 있었다.

경찰이 다녀가고, 자동응답기는 흙을 닦아내고 다시 프린트와 연결하고, 유리 조각과 쪼개진 나무도 치우고, 나를 바닥에 넘어뜨리는 바람에 내가 평생 안고 살아야 할 흉터가 턱에 생긴 일에 대해 피터에게 미안하다는 말을 듣고 난 다음, 피터가 내게 물었다. "내가 말리지 않았으면 그대로 그 도둑놈을 밀쳐서 창밖으로 떨어뜨릴 셈이었어?"

"그랬을 거야. 모르겠어. 그냥 즉각적으로 몸이 반응한 거니까."

피터는 인상을 쓰며 나를 쳐다봤는데, 내 피부 아래로 터진 모세혈관 탓에 생긴 푸르스름한 빛, 그러니까 노출되어서는 안 되는 무엇인가를 보기라도 한 듯한 표정이었고, 나는 발가벗은 몸을 들킨 수치심 같은 걸 느꼈다.

"TV나 VCR 때문에 사람을 죽이려 했던 거야?"

"TV 때문이 아니야. 나를 보더니 다시 안으로 들어왔다고." 내가 말했다. "그 남자 눈빛이 검게 변했어."

"당신이 살인죄로 감옥 가기 전에 얼른 이 동네를 떠야겠네."

"헛소리하지 마, 피트. 정말 무서웠다고."

"농담이야," 피터가 말했다. "백 프로는 아니지만." 그가 웃었다.

나는 책상에 있는 자동응답기를 집어 들고 거실로 나갔다. "당신이 필요한 전화번호가 여기 있다는 거지?"

피터가 내 뒤를 따라 나왔다. "엘, 제발, 좀." 그가 탁자에서 담뱃갑을 집어 들고, 몸 여기저기 두드리며 라이터를 찾았다. "전에는 물에 빠진 사람을 구하겠다고 목숨을 내놓더니. 이번에는 살인자가 될 뻔했어. 나는 칼을 들고 그놈을 위협했고." 피터는 담뱃재를 털 만한 걸 찾아 두리번거렸다. 제라늄 화분을 택했다.

나는 몸을 돌리고 책꽂이에서 뭔가 찾는 시늉을 했다.

"그 새끼가 내 재떨이도 가져갔나 봐."

"식기 세척기 안에 있어," 내가 말했다.

피터가 내게 다가와 내 몸을 돌려서 자기 얼굴을 바라보게 하더니 진지한 표정을 지었다. "당신이 그 돼지 같은 새끼를 끌고 가서 각을 뜨고 내장을 꺼내 깃대에 꽂는다 해도 나한테는 중요하지 않아. 내가 신경 쓰는 건 당신이 안전한가 하는 것뿐이야. 당신은 내 아내잖아. 내가 가장 사랑하는 사람. 당신이 무슨 말을 하고 뭘 하든 간에 그 사실은 변하지 않아. 정말 놀랐어. 그게 다야. 당신한테 그런 면이 있는 줄 몰랐어."

나는 피터가 하는 말을 전부 받아들이려고 애를 썼다. 하지만 잘되지 않았다. 바람을 피거나 모진 말을 내뱉은 경우처럼 어떤 일은 용서가 가능하다. 하지만 창자 속에 기생하는 조충처럼 숨어 있다가 피 냄새만 맡으면 튀어나오는 내 안의 이 사악한 본능은 도저히 용서할 수가 없다. 오늘 밤까지만 해도 나는 그게 다 사라진 줄 알았다. 입에서부터 조금씩, 다리 하나씩 끌어내면서 한 해 한 해 세월이 흐르다 보면 그것이 도사리고 있던 빈자리만 기억으로 남게 될 줄 알았다.

피터가 손가락으로 내 코끝을 푹 찔렀다. "이제 더 이상 투덜거리지 마, 아가씨." 그가 주방으로 가더니 재떨이와 우유 담은 접시를 가져왔다. "자, 우리 야옹이," 접시를 라디에이터 위에 올려놓으며 피터가 말했다.

'전부 다 말하자,' 나는 속으로 생각했다. '그냥 이제는 내 본모습을 다 보여주자. 몸속의 조충을 다 죽이고, 편안해지자.' 그러나 내 입에서 나온 말은 달랐다. "고양이는 우유를 소화 못 해."

그날 밤 침대에 누웠을 때, 나는 피터가 우리 사이에 끼인 이불보다 한참 더 멀리 있는 듯 느껴졌다. 그 단층선을 나는 시멘트로 싸 바르듯 지웠다. 그를 사랑하기에 이대로 그를 잃고 싶지는 않았다.

1999년 7월 31일, 로스앤젤레스

내가 탄 비행기는 황량하고 뾰족하게 솟은 산맥의 마지막 등성이를 넘고 있다. 아래를 보니 칙칙한 이불처럼 지표면을 덮고 있는 전원 지역이 끝없이 펼쳐져 있고, 저 멀리 태평양이 일렁이며 흐릿하게 보인다. 비행기는 나선형으로 흔들리며 내려가더니 덜컹하는 소리와 함께 착륙 장치를 내렸다. 몇 분 후 아스팔트 깔린 곳으로 착륙했고, 승객들은 손뼉을 쳤다. 우리는 지금도 여전히 최악의 상황을 대비한다.

나는 로스앤젤레스 공항에서 병원으로 가기 위해 묵직한 짐가방을 질질 끌면서 사람들 사이로 미친 듯이 헤치고 나아갔다. '늦으면 안 돼. 절대로 늦으면 안 돼.' 제러미가 예약한 택시를 탔지만, 기사는 게으르고 조심성이 없었다. 파란 불일 때도 제때 출발하지 못하고, 느릿느릿 움직이는 바람에 다른 차들이 계속 앞으로 끼어들었고, 머피의 법칙이 작동하는 차선만 골라서 탔다. 병원 앞에 도착했을 때 내 치아는 가루가 된 상태였고, 그 기사 손에 15퍼센트에서 10퍼센트로 줄인 팁을 아무렇게나 주고 나올 때 내 입에서는 낮은 소리로 "등신 같은 새끼"라는 말이 흘러나왔다.

안으로 들어서니 경비가 엘리베이터를 가리켰고, 나는 짐가방을 궁전 같이 잘 닦은 병원 바닥에 내려놓지도 못하고, 들고 뛰기 시작했다. 엘리베이터 타는 곳에 도착하니 사람들이 잔뜩 모여서 다들 위를 쳐다보며 어떤 엘리베이터가 먼저 올지 가늠하고 있었다. 무슨 기적처럼 내 앞에 있는 문이 열렸다. 나는 11층을 누르고는, 다른 사람들이 타기 전에 얼른 닫으려고 닫힘 버튼을 계속 눌렀지만, 변화가 없었다. 문이 닫히려 할 즈음, 머리에 스카프와 가발까지 한 여자가 들어왔다. 암이다. 엘리베이터는 꼼짝도 하지 않더니만, 문이 무덤처럼 닫혔다.

"고장 난 줄 알았어요." 내가 열림 버튼을 누르면서 말했다. 다시 한 번 눌렀다. 나는 폐소공포증에 걸린 사람처럼, 내 몸이 나를 가두고 있기라도 한 듯, 가슴이 답답해졌다. 하지만 그때 비로소 엘리베이터가 움직이기 시작했다. 웅 하며 한 층을 올라가더니 멈추고 문이 열렸다. 아무도 타지 않자 엘리베이터가 닫히더니 다시 한 층을 올라갔다. 그러고는 멈춰 서서 한참을 그대로 있었다.

"애들이 층마다 눌러 놓은 모양이네요." 내가 말했다.

"이건 안식일용이에요." 그 여자가 말했다.

"오 씨발 지금 농담하시는 거죠?" 하필이면 층마다 서는 안식일용 엘리베이터*를 탄 것이다. "이 지랄을 하고 있을 시간이 없는데."

그 여자는 나를 무슨 전염병 환자라도 되는 듯이 쳐다봤다. 내게서 좀 더 멀리 떨어졌다.

"죄송해요." 내가 말했다. "제 말은 그게 그런 뜻이 아니라…" 나는 답답해져서 숨이 제대로 쉬어지지 않았다. "이해 못 하실 거예요. 제가 늦으면 안 되거든요. 지금 제 언니가 죽어가요."

그녀는 경멸하듯 입을 삐죽거리며 천정을 쳐다봤다.

나는 지금까지 내가 꽤나 참을성 있는 사람이라고 생각하며 살아왔다. 다들 그렇게 생각하며 산다. 하지만 밤에 자는데 누가 전등 스위치

---

* 안식일용 엘리베이터 Sabbath elevator — 안식일 관련 율법을 준수하느라 전자기기 작동을 하지 않는 유대인들을 위해 운영되는 엘리베이터

를 켠 것에 대해 욕을 하느냐 마느냐 하는 문제가 아니라, 지금, 이 순간, 그러니까 늦지 않게 내 예쁜 언니에게 도착해서 작별 인사를 할 수 있느냐 없느냐 하는 이 시점 — 언니가 누워 있는 침대에 올라가서 언니를 껴안고, 어렸을 때 언니의 보비 셔먼* 포스터를 찢어버린 게 바로 나라고 고백해서 마지막으로 언니를 웃게 만들 수 있느냐 없느냐 하는 시점 — 에 이르고 보니, 나는 이 세상의 모든 종교에 대해 분노가 치밀었다. 나는 눈을 감고서, 믿지도 않는 하느님께 기도했다. 언니가 나를 기다릴 수 있게 해달라고. 내가 했던 일을 말할 수 있는 시간을 달라고.

---

* 보비 셔먼Bobby Sherman (1943-) — 미국의 가수이자 배우. 응급 구조사이자 경찰로도 일했다. 1960-1970년대에 아이돌 가수로 유명했다.

제4권

올해 여름

29

6주 전. 6월 19일, 백우즈

나는 연못에 오면 이른 아침마다 피터와 아이들이 일어나기 전에, 마룻바닥에서 먼지와 모래와 집게벌레를 조금씩 모으고, 쓰레받기에 차례차례 담아서, 밖으로 가지고 나와 근처 수풀에 한꺼번에 털어서 버린다. 연못에서 아침을 맞이할 때면 늘 언니 생각이 난다. 찰나 같은 섬광이 스쳐 간다. 언니에 대한 기억이라기보다는 이제는 거의 다 지워진 연한 흔적이라 하겠다. 내 안에 남아 있는 언니에 대한 생생한 기억 한 조각. 내가 7살 때, 언니가 빗자루 쓰는 법을 가르쳐줬다. "그렇게 하는 게 아니라니까, 바보야." 내가 빗자루를 시계추처럼 들고 흔드느라 먼지를 잔뜩 일으키며 방을 쓸고 다니자, 베란다에 있던 언니가 교정해 줬다. "바닥에 붙여서 살살 쓸어야지. 조금씩 모아. 안쪽으로 쓸어. 안 그러니까 그렇게 되는 거야."

오늘 아침, 늘 놔두던 자리인 냉장고와 팬트리 벽 사이에 빗자루를 내려놓자, 거미줄이 잔뜩 처져 있는 냉장고 뒤쪽으로 스르륵 쓰러져 버렸다. 나는 한숨을 내쉬었지만 대안이 없으니, 결국 몸을 구부려 거미가 잔뜩 있는 그 어둠 속에서 끄집어낼 수밖에 없었다. 우리가 캠프에 도착하기 전에 엄마가 늘 깨끗하게 청소를 해두지만, 엄마는 자기 눈에 보이는 곳만 청소한다. 이번 여름을 보내려고 우리가 어제 도착했을 때, 매디가 처음 발견한 것은 팬트리 선반 위쪽 서까래에 자리 잡은 큼지막한 쥐 둥지였다.

"못 본 척하고 있었던 거야," 엄마가 매디에게 하는 말을 들으면서 나는 뒷문으로 나가서 차에서 옷 가방을 들고 안으로 날랐다. "네 엄마 보여주려고 내가 아주 끔찍한 것은 남겨 뒀다."

"다 들려요," 내가 말했다.

"수련 속에 사향쥐 가족이 살고 있어." 엄마는 내 말을 못 들은 척 매디에게 말했다. "아주 귀여워. 매일 아침 새끼들이 엄마 뒤를 따라 수영을 해. 원래 네 마리였는데 카누를 타고 나갈 때 보니 한 마리가 수풀 사이에 떠 있더라. 털 많은 통나무 같아. 사후 경직이 와서 뻣뻣하게."

"내 딸에게 그런 정보도 알려주시고, 참 고마워요, 엄마," 내가 뒤를 돌아보며 소리를 높였다.

"여기 완전히 살려고 온 거야? 무슨 짐이 이렇게 많아?"

나는 길 끝에 서서 연못과 화창한 6월의 하늘을 쳐다본다. 수영하기에 더할 나위 없는 날씨이다. "아, 정말 좋다. 너무." 아무도 듣는 사람 없는 곳에서 나는 혼잣말을 이어갔다.

하지만 오늘은 흐리고 구름이 잔뜩 깔린 게 수영하기에는 추웠다.

나는 쓰러진 빗자루를 그대로 두고 오두막까지 걸어가서, 내 더플 백을 뒤져서 운동화와 조깅용 브라를 꺼냈다. 지난밤 피터가 벗어 놓은 옷이 바닥에 쌓여 있었다. 피터의 흰 면셔츠는 옷걸이에 걸고, 낡아서 올이 다 드러난 몰스킨 바지는 접어서 의자 등받이에 걸었다.

피터가 뒤에서 일어나는 기척을 했다.

"아직 새벽이야," 내가 말했다. "좀 더 자."

그가 몸을 돌리더니 나를 보며 미소를 지었다. 머리는 이마에 엉겨 붙어 있고, 뺨에는 베개에 눌린 자국이 생겼다. "응," 그가 말했다. 소년처럼 귀엽다.

"금방 올 거야," 나는 그의 눈꺼풀에 키스를 하고, 그의 몸에서 나는 익숙한 소금기와 담배 냄새를 맡았다.

"아침은 내가 준비해 놓을게," 그가 웅얼거렸다.

나는 가파른 진입로를 따라 올라갔다가, 땅에 나와 있는 나무뿌리와 겨우내 도로에 생긴 움푹 팬 구멍 따위를 피하면서 비포장도로까지 내려왔는데, 이 길은 연못 주변을 빙 돌아 바다로 이어진다. 숲은 조용하고 움직임도 거의 없다. 집 대부분은 여름을 보내려고 찾아오는 사람들이 아직 도착하지 않은 상태라 닫혀 있다. 6월은 비가 많이 내려 습도가 높다. 맑은 아침 공기는 찬물을 끼얹은 듯 정신이 번쩍 든다. 흙바닥으로 한 발 한 발 뛰어가다 보니 몸이 깨어나는 게 겨울잠을 끝내고 밖으로 나와서 클로버 잎 사이의 꿀벌을 보고 코를 킁킁거리며 등을 긁을 나무를 찾아다니는 곰 같은 느낌이 든다. 매년 언제나 이런 느낌이다.

바다가 가까워지면서 속도를 조금 더 붙여 뛰어가는데, **빽빽한 숲을**

지나자 낮은 관목과 크랜베리가 무성한 곳이 나오고, 이내 바다가 보이려 한다. 도로의 마지막 모퉁이를 돌아 나오다가 나는 깜짝 놀랐는데, 조너스가 수경을 목에 낀 채 도롯가에 앉아 있었던 까닭이다.

"여기서 뭐 해?" 나는 숨을 헐떡이며 그에게 다가갔다. "다음 주에나 올 수 있다고 했잖아." 나는 그의 옆에 가서 앉았다.

"마지막에 계획을 바꿨어. 습도도 높고, 도시 전체가 겨드랑이에서 나는 냄새로 꽉 찬 듯하고, 아파트의 에어컨은 작동을 안 하기로 작정한 듯해서."

"야, 솔직히 말해. 내가 보고 싶었던 거잖아." 내가 웃으며 말했다.

조너스가 웃었다. "그런 것도 있고. 도시에서는 도저히 제대로 지낼 수가 없었어. 우리 식구 모두 미쳐나갈 정도였어. 날씨도 갑자기 여름 날씨로 변하고. 세상에. 애들은 여기 와서 좋아해?"

"그렇지도 않아. 어제 도착했는데 벌써 와이파이가 안 되니 어떠니 불평이야. 피터는 자꾸 그러면 사관학교에 보내겠다고 협박하고 있고."

"피터는 계속 있을 거래?"

"2주. 그다음에는 주말마다 왔다 갔다 할 거야. 바다에 가던 길이야, 아니면 벌써 갔다 오는 거야?"

"갔다 오는 거야. 바닷가에 사는 새들이 둥지를 틀었나 보고 왔어."

"어때?"

"둥지를 틀었어."

"울타리도 쳐져 있고?"

그가 고개를 끄덕였다. "바닷가 절반은 출입통제 중."

"나는 피리 물떼새가 정말 싫어."

"너는 네가 여기 백우즈의 실질적 소유자라는 걸 부정하는 사람은 다 싫어하잖아." 조너스가 말했다.

"정말 웃기는 게, 신문은 물떼새를 보호하겠다고 울타리를 쳐서 막은 뒤로 물떼새 개체가 줄었다고 보도하더라."

조너스가 다시 고개를 끄덕였다. "사람 냄새가 나니까 코요테도 알을 먹으려고 오지 않기도 하고."

"그건 그렇고, 너희 집은 어때? 지나는 잘 지내?"

조너스가 대답하기 전에 알아챌 수 없을 만큼 살짝 머뭇거리는 걸 나는 알아차렸다. "여기 와서 아주 좋아하지. 그리고 시어머니와 부딪치지 않으려고 무진장 애쓰는 중이고. 내가 깨기도 전에 보트 타러 나갔어. 삭구 점검한다고."

"보트 타기." 여러 해가 지났지만 이 말은 여전히 내 혀에 들러붙어서 나미비아 사람들이 쓰는 흡착어* 비슷한 느낌이 든다.

"보트 타기," 조너스도 말했다.

그 말은 마치 천천히 추락하는 바위처럼 공중에 걸려 있는 듯하더니, 우리 사이에 있던 부드럽고 끔찍하고 슬프고 부끄러운 무엇인가가 껍질이 벗겨지며 드러나는 기분 — 아까부터 나는 이미 느끼고 있었던 — 이 들게 했다. 하지만 이내 조너스가 그 추락을 멈추었고, 그 순간이 지나갔다.

"지나는 LTE 선을 깔고 싶어 해. 나는 아직 결정을 하지 못했고."

---

* 흡착어 — 흡착음, 즉 들이쉬는 숨에 의하여 발음되는 소리가 섞인 언어. 남아프리카 토착어가 대표적이다.

"지나가 그걸 깔면 잭이 아주 좋아 미치겠네." 꾸며낸 밝은 내 목소리는 공허하게 들렸고, 조너스도 그걸 알아차린 듯했다. 하지만 우리는 지금까지 이런 식으로 지내왔다. 둘 다 족쇄에 채워진 사람들처럼 무거운 짐을 끌며 살아왔지만, 이제는 너무 오래되어서 우리가 그랬다는 걸 인정하지 않아도 될 정도는 된 듯하다.

우리 위로 매 한 마리가 하늘을 날고 있었다. 우리는 그 새가 구름 속까지 올라갔다가 몸을 돌려 땅으로 내려오는 모습을 지켜봤는데, 먹이를 발견한 모양이었다.

조너스가 일어섰다. "이제 가봐야겠어. 엄마가 천수국 심는 거 도와달라고 했거든. 올해는 모기가 극성이야. 나중에 한잔하러 와. 우리는 오늘 집에 있을 거야."

"꼭 갈게."

그가 내 뺨에 가볍게 입맞춤을 하고 떠났다. 나는 그가 길모퉁이를 돌아 시야에서 사라질 때까지 지켜봤다. 이제는 이렇게 수월해진 것이다.

내가 돌아왔을 때 엄마는 베란다 소파의 늘 앉던 그 자리에 앉아 있었다. 피터는 주방에서 커피를 내리고 있다.

"여보, 굿모닝." 그가 들리도록 말했다. "올여름 첫 조깅 어땠어?"

"아주 좋았지. 이제야 비로소 숨을 쉴 수 있을 것 같아."

"커피 내리고 있어. 바다까지 갔다 온 거야?"

"응. 썰물이더라. 이걸 찾았지." 나는 그에게 걸어가서 손바닥을 펴서 보여줬다. "이렇게 조그만 투구게는 처음 봤어."

"수영할 만했니?" 엄마가 물었다.

"수영은 안 했어요. 운동복 입고 나갔다 왔어요."

"벗고 하면 되는데," 엄마가 말했다. 비난하는 어조.

"그러려고 했죠." 내가 말했다. 또 시작인 것이다. "길에서 조너스를 만났어요. 나중에 한잔하러 오래요."

"좋네," 피터가 말했다.

"너 매미나방이 다시 생긴 거 봤니?" 엄마가 말했다.

"바닷가까지 가는 길은 괜찮았어요."

"거기까지 곧 뒤덮일 거야. 걔들은 메뚜기 떼 같아. 여기서부터 패멀라 집 사이에 있는 나무의 절반은 엉망이 되었다. 너무 참혹해. 후드득하고 땅에 떨어지는 소리가 끔찍해. 어제 아침에는 머리 위에 스카프를 쓰고 뛰어야 했어."

"애벌레 똥 말인가요?" 피터가 물었다.

"꼭 베이지색 커피 가루처럼 생겼지." 내가 말했다.

"예전에 한 번 맞은 적 있는데," 엄마가 말했다. "그때 내가 궤양이 생겼어."

"엘, 장모님이 또 방언 같은 말씀을 하시네," 피터가 말했다.

"네 남편은 늘 저렇게 무례해," 엄마가 말했다. "아무튼, 변기 속에 커피 가루가 보이면, 그때는 그런가 보다 해라."

"엄마, 그건 정말 엽기야," 내가 말했다.

"뭐 그러든가."

"장모님, 커피 드실래요?" 피터가 새로 내린 포트를 들고 주방에서 나왔다.

나는 내 남편이 참 사랑스럽다.

4주 전. 7월 4일, 매사추세츠 웰플리트

죽은 아이 소식을 들은 건 7월 4일 독립기념일 축하 퍼레이드를 지켜보던 때였다. 다섯 살 된 여자애가 오늘 아침 히긴스 할로우에서 모래 언덕이 무너지면서 그대로 파묻혀 죽었다. 애 엄마는 그때 모래톱에서 요가를 하고 있었다고 한다. 딸이 뭐 하는지 보려고 고개를 돌렸을 때 엄마 눈에 들어왔던 건 딸이 갖고 있던 빨간 바구니가 전부였는데, 땅 위로 10센티미터 정도 올라와 떠다니는 듯했다는 것이다.

"나는 그 장면을 도무지 머릿속에서 지울 수가 없어. 그 조그만 손이 모래 밖으로 나와서 허우적거리는 장면." 나는 조너스와 조너스 엄마와 함께 커다란 단풍나무 아래 서서 퍼레이드를 지켜보며 말했다. 지나, 매디, 핀은 앞쪽으로 가서 보겠다며 이미 군중 속으로 사라져 버렸다.

"너희들 어렸을 때 모래 언덕에 올라가려고 할 때마다 내가 뭐라고 그랬지?" 조너스 어머니는 의기양양하게 '그거 봐'라는 표정으로 물었다. "이제 이해되지?"

조너스가 나를 쳐다보며 놀라는 듯한 표정을 짓더니 웃음을 터트렸다.

"너희들 정말 예의가 없구나." 조너스 어머니가 그렇게 말하고는 우리에게 등을 돌렸다. "몰상식하게."

나는 담담한 표정을 지으려 애를 썼다. 그런데 그럴 수가 없었다. 14

살 때인가, 명백히 인종차별적인 느낌이 있는 텔레비전 프로그램 〈언덕 위의 작은 집〉을 좋아한다고 조너스 집 거실에 서서 야단맞던 때가 생각났다. 조너스 어머니는 바닷가에서 애나에게도 비키니를 입고 다닌다고 잔소리를 했다. "그러니까 남자들이 너를 대상화하는 거야." 언니는 비키니 브라를 풀어서 스트리퍼처럼 흔들며 춤을 춘 다음, 토플리스 차림 그대로 바다까지 뛰어갔다. 한번은 조너스 엄마가 우리 엄마더러 모닥불 피우는 데 목탄 덩어리 한 통을 가져왔다고 비난하는 엄청난 실수를 저질렀다. "아니, 목탄을 가져온 거예요, 월리스? 콩고에는 나무 한 그루도 남아 있지 않아요. 차라리 비룽가산맥*에 가서 고릴라라도 잡지 그래요?"

"그러고 싶은데 비행깃값이 너무 비싸네요." 엄마가 말했다.

그러더니 엄마는 가지고 온 목탄 한 통을 통째로 모닥불에 쏟아부었는데 그 바람에 불길이 갑자기 활활 타올랐다. "몰상식하구먼." 조너스 엄마가 내뱉듯 말했다. 조너스와 나는 거기 입을 딱 벌리고 서서, 엄마들끼리 싸우는 장면에 스릴을 느끼면서 지켜보다가 바닷가로 뛰어가면서 서로를 향해 "몰상식하구먼!"이라고 소리 지르며 한참을 웃어댔다.

지금도 조너스는 나를 향해 웃는다. "몰상식하구먼." 그가 소리 없이 입 모양으로만 말을 했다.

"몰상식하구먼." 나도 입 모양으로만 대답해 줬다.

랍스터 복장을 한 십대 소녀들이 올라탄 차가 지나갔다. 손을 흔들고 웃으면서 군중을 향해 옥수수 모양 사탕을 던졌다. 그들 뒤로 동네

---

* 비룽가Virunga산맥 — 우간다, 르완다, 콩고의 접경 지역을 이루는 산맥

중학교 밴드부가 제대로 맞지 않는 음정으로 〈호랑이의 눈〉을 연주했다. 지나가 매디와 핀을 데리고 우리 쪽으로 왔다. 셋 다 발사나무 막대기에 스테이플로 고정한 플라스틱 성조기를 흔들고 있었다. 매디는 사탕으로 만든 목걸이까지 했다.

"뭐가 그렇게 재미있어?" 지나가 조너스에게 팔짱을 끼며 물었다.

"이거 봐요!" 핀이 내게 깃발을 흔들며 말했다. "지나 아줌마가 사줬어요."

"아유, 왜 그랬어." 내가 지나에게 말했다. "돈 낭비야."

"참전 용사들에게 기부할 거래요." 지나가 살짝 불쾌한 느낌을 담아서 말했다.

"물론 그렇겠지." 내가 얼른 대답했다. "아무튼 고마워."

"3달러밖에 안 하는데 뭘."

"그래도. 애들이 참 좋아하네." 매디와 핀은 언덕으로 내려가더니 로터리 클럽 깃발이 꽂힌 갈색 올즈모빌 차에 타고 있는 네 명의 후줄근한 노인들을 향해 깃발을 열심히 흔들어댔다.

조너스가 내 팔에 손을 댔다. 나더러 올즈모빌을 보라고 가리켰다. "내가 장담하는데, 저분들, 우리가 예전에 손을 흔들어 드렸던 그분들일 거야."

"내가 보기엔 10년이나 20년 주기로 사람을 교체하는 것 같아. 엉클 샘 모자 쓴 저 사람 예전에 내가 월터 먼데일* 사진이 박힌 셔츠를 입

---

* 월터 먼데일 Walter Mondale(1928-2021) — 미국 변호사이자 정치인. 지미 카터 대통령 시절인 1977년부터 1981년까지 부통령을 지냈다.

고 있다고 고함치면서 우리를 쫓아왔던 그분 맞지?"

조너스가 웃었다.

"자기야," 지나가 다시 대화에 끼어들었다. "뭐가 그렇게 재미있냐고?"

조너스 어머니가 입을 굳게 다물고 이쪽을 보며 돌아섰다. "오늘 오전에 해변에서 어린애가 하나 죽었어. 네 남편이랑 엘은 그게 웃기는가 봐. 아무튼, 나는 이제 가야겠다. 여긴 오븐 속처럼 더워서 안 되겠다. 집에 오는 길에 가게에 들러서 쌀떡이랑 클라마토* 주스 좀 사 와. 파프리카도 필요하고." 그녀는 작별 인사도 없이 성큼성큼 걸어가 버렸다.

"아니," 지나가 말했다. "왜 저러시지?"

"우리가 엄마 보고 웃은 게 못마땅해서 그래," 조너스가 말했다.

"죽은 애 때문에 웃었어?"

"당연히 아니지. 엄마는 우리가 왜 웃었는지 전혀 몰라."

"그러면 … 뭐 때문에 웃은 거야?" 지나가 다그쳤다.

"우리가 어렸을 때 엄마가 늘 하던 말투 때문인데," 조너스가 말했다. "설명하려니 어렵네."

"아, 알았어, 됐어." 지나가 성을 냈다. "여러분 두 분만의 비밀로 고이 간직하세요."

조너스가 괴로운 숨을 내쉬었다. "우리 보고 몰상식하다고 하셨어."

"맞는 말씀 하셨네," 지나가 까칠하게 대꾸했다.

나는 따귀라도 얻어맞은 기분이었다. 나는 조너스에게 설명을 좀 제

---

* 클라마토 Clamato — 토마토와 말린 조개를 혼합한 주스

대로 하라는 표정을 지어 보였지만, 조너스는 지나를 심각하게 쳐다봤고, 눈에서는 불꽃이 타올랐다.

"아 미안해요." 지나가 한 걸음 물러나면서 말했다. "왜 그렇게 말했는지 모르겠어요. 날씨는 덥고 잠도 제대로 못 자서 그랬나 봐요."

"괜찮아." 내가 말했다. 하지만 괜찮지 않았다. 지나가 품고 있는 적대감, 불안감, 이 모든 게 이해가 되지 않았다. 지나는 늘 자기 확신에 차 있을 뿐, 초자아라고 할까 그런 게 전혀 없는 스타일이다. 자기 자신을 사랑하는 유형. 처음 지나와 조너스를 함께 만났을 때도 나는 그녀가 내게 위협을 느끼고 있다는 걸 눈치챘다. 조너스가 말을 하지는 않았을 터이니, 그가 나를 얼마나 사랑했는지는 알지 못했을 것이다. 그때 그녀가 내게 질투를 느낀 건 우리 둘 사이의 우정, 그러니까 자신은 들어설 자리가 없는 오래된 이야기 때문이었으리라. 그러나 그건 이미 백 년도 전에 끝난 일이다. 그 후로 우리는 다 함께 지내며 긴 이야기를 써왔다. 함께 나이가 들었다. 부부로서, 친구로서 말이다. 그런데 이제 와서 갑자기 자제력을 잃고 자신의 솔직한 감정, 나에 대해 지금까지 억눌러 온 분노와 질투심을 폭발한다는 게 말이 되는가? 뭔가 잃어버린 걸 뒤늦게 깨닫고 병에 도로 주워 담으려는 느낌이었다. 이렇게 나오게 만든 계기가 있을 게 분명하다. 수면 부족도 아니고 날씨가 더워서도 아니다. 저 둘 사이에 조너스가 내게 말하지 않는 무슨 일이 있다.

"나는 이제 애들 데리고 가야겠어." 내가 자리를 벗어나려고 말했다. "지나, 당신 말이 맞아요. 여긴 무슨 용광로 같아요. 이따 불꽃놀이 할 때 오는 거죠?"

"우리는 거기 안 갈 거예요." 지나가 말했다. "제가 내일 아침 보트 경주가 있어서요. 아침 6시."

"나는 참석할 거야." 조너스가 말했다.

애들을 태우고 가는 길에 슈퍼마켓 바깥에 서 있는 조너스와 지나를 봤다. 다투고 있었다. 지나가 조너스에게 격렬한 몸짓을 섞어 무슨 말을 퍼부었다. 지나는 울고 있었다. 조너스는 클라마토 주스병을 한쪽 팔 아래 끼고 있다. 토마토 주스에 조개를 섞었다는 게 나는 아직도 적응이 안 된다. 조너스는 잔뜩 화가 난 채 지나가 하는 말에 계속해서 고개를 가로젓고 있었다. 내 앞의 차들은 느릿느릿 움직였다. 이럴 때는 다른 곳을 봐야 한다 싶었지만, 나는 그러질 못했다. 노란 불이 빨간 불로 바뀌었다. 낮게 윙윙대는 에어컨 소리 너머로, 닫힌 창문을 통해 지나의 고함이 들려왔다. "좆까!" 애들이 들었을까 싶어서 뒤를 돌아봤더니, 애들은 폰에 열중해 있었다. 조너스가 지나에게 뭐라고 하더니, 돌아서서 저쪽으로 걸어가 버렸다. 지나가 조너스의 뒤에 대고 가지 말라고 소리쳤지만, 조너스는 듣지 않았다. 지나의 어깨가 풀썩 처졌다. 나 자신이 관음증 환자같이 느껴졌다. 지나는 검은색 셔츠 소매로 콧물을 닦았다. 소매에 묻은 콧물은 햇빛 속에서 달팽이가 기어간 자취처럼 희미하게 반짝였다. 그녀의 몸짓 속에는 참담한 열패감이 담겨 있었는데, 그녀에게서 지금껏 한 번도 본 적 없는 약한 모습을 보고 있으려니 슬픔이 밀려왔다. 나는 고개를 돌렸고, 빨리 불이 바뀌어서 그녀가 우리 차를 알아보기 전에 이 자리를 벗어나고 싶었다. 뒤쪽에서 매디가 창문을 내리고 지나에게 손을 흔들며 소리쳐 불렀다. 파란불로 바뀌는 순간, 지나가 우리 쪽을 쳐다봤다.

"엄마." 퍼레이드가 끝나고 출발한 차들이 끝없이 늘어선 고속도로에 들어왔을 때, 매디가 말했다. "지나 아줌마가 뉴욕 하수도에는 악어가 산다고 했어요. 정말이야?"

"아줌마가 그렇게 말해?" 내가 웃었다. "아줌마가 혹시 〈화이트 앨범〉*을 거꾸로 들으면 "폴이 죽었어"라고 들린다는 말은 안 했어?"

"폴이 누구예요?" 핀이 말했다.

"매디, 엄마는 거기에 악어가 산다고 생각하지는 않아. 물론 알 수 없는 일이지만. 엄마가 4살 때, 할머니 남자친구가 새끼 악어를 화장실 변기에 넣고 물을 내린 적은 있어."

"얼마나 컸어요?" 매디가 물었다. "커서 거기 끼여서 못 내려가지 않았을까?"

"도마뱀붙이만 했지."

"그게 인도로 올라와서 사람을 죽이면 어떻게 해요?" 핀이 물었다.

"너는 안전하니까 걱정 마, 내 새끼."

"앞으로 학교까지 걸어가지 않을 거야."

차들은 계속 기어갔다. 도로변으로 자전거 탄 사람들이 우리 옆을 지나갔다.

"음," 내가 말을 이었다. "애나 이모랑 엄마가 어렸을 때 할아버지가

---

* 화이트 앨범 — 1968년에 나온 비틀스의 아홉 번째 스튜디오 앨범. 앨범 재킷 전면이 온통 흰색에 비틀스 이름만 적혀 있어서 흔히 화이트 앨범이라고 부른다.

우리에게 크리스마스 선물로 바다 원숭이*를 사주셨어. 플라스틱으로 만든 수족관이랑, 바다 원숭이 알이 담긴 팩이 같이 들어 있었어. 박스에 있는 설명문에는 알을 물에 풀면 금방 새끼로 변한다고 되어 있었어. 먹이가 담긴 작은 팩이랑 조그만 스푼도 같이 있었고."

"아직도 팔아요." 매디가 말했다. "우리도 사줘요. 멋있을 거 같아요."

"어휴, 그래?" 내가 말했다. "다리가 사람 다리처럼 길고, 왕관을 쓴 듯한 해마처럼 변해서 수중 궁궐에 산다고 되어 있었지."

"우리도 사줄 거예요?" 핀이 물었다.

"안 돼."

"왜요? 나도 기르고 싶어요."

"다 개떡 같은 소리니까."

"엄마." 매디가 말했다. "예쁜 말 써야죠."

"알았어." 내가 웃으며 말했다. "애나 이모랑 엄마는 이제나저제나 부화하기를 기다렸어. 매일 학교 끝나면, 부화해서 왕과 여왕처럼 변해 있을 줄 알고 집까지 뛰어왔어. 그런데 세상에, 일주일쯤 지나고 나니까 조그만 새우 같은 것들이 물속에서 계속 돌아다니는 거야."

"그다음에는 어떻게 됐어요?" 매디가 물었다.

"그게 다야. 자라지 않았어. 그냥 그대로 있었어. 조그만 크릴새우였던 거지."

"고래가 먹는 거야." 매디가 핀에게 말했다.

---

* 바다 원숭이 Sea Monkey — 브라인 슈림프 brine shrimp 의 별명이다. 아주 조그만 갑각류 절지동물로서, 사육하는 바닷물고기 먹이로 사용한다.

"그건 나도 알아," 핀이 말했다.

"결국 어떻게 되었는지 알려줄게. 어느 날 우리가 학교에서 돌아왔는데 없어졌어. 할머니가 싱크대에 그냥 부어버렸던 거야. 대부분 죽어서 수조 바닥에 가라앉아 있고, 수조가 이제는 모기들이 알 낳는 곳이 되어버렸다고."

"아 슬퍼요." 매디가 말했다.

"그래, 하지만 꼭 그런 것만은 아니야. 그게 자라는 모습은 볼 수 없게 되었지만, 그게 하수도로 내려가서 자랄지 누가 알아? 하수도에는 바다 원숭이 왕국이 있어서, 조그만 왕관을 쓴 왕과 여왕과 공주들이 잔뜩 살고 있을지."

"맞아요." 매디가 말했다. "그게 가장 좋아요."

"엄마도 그렇게 생각해, 우리 딸. 아무튼 엄마가 하고 싶은 말은, 악어가 있다는 지나 아줌마 말이 맞을지도 모른다는 거지. 자그만 바다 원숭이를 잡아먹고 살고 있을지도 몰라."

"안 돼요!" 지나가 말했다. "그건 싫어요. 끔찍해요."

바다 원숭이에 대한 기억을 다시 떠올린 건 참 오래간만이다. 언니와 내가 날마다 그 플라스틱 수조를 들여다보던 때, 얼마나 기대하고 기다렸던가. 마침내 조그만 것들이 꼬물꼬물 움직일 때 우리는 기뻐서 손뼉을 쳤다. 그게 끝이라는 것을 알았을 때 느꼈던 실망감은 쓰라렸다. 그렇듯 기다림은 일찌감치 시작되었다. 거짓말도 일찌감치. 꿈과 희망과 이야기도 일찌감치.

나는 고속도로를 빠져나와 백우즈로 가는 일차선 흙길에 들어서면서, 마주 오는 차가 없기를 바랐다. 후진은 끔찍하게 싫고, 이 길에는 비켜줄 공간도 없으니까.

　매년 이 동네는 부두에 있는 낡은 목조 바지선 위에서 불꽃놀이를 여는데, 운명을 시험하듯 해변을 향해 쏘아 올린 폭죽은 불을 뿜듯 날아가고, 바지선에서는 삐걱거리며 부서지는 소리가 들린다. 내가 불꽃놀이를 구경하는 장소는 늘 잔교 끄트머리, 그러니까 선창에서 만 쪽으로 가장 멀리 뻗어 나온 곳이다. 소금기에 절어 있는 일련의 트롤선 옆을 지나가야 한다. 배들 안쪽에는 축축한 그물이 잔뜩 쌓여 있고, 술집 바깥에 묶어 놓은 말처럼 도크에 밧줄로 매어 뒀다. 정박지에서 물결 위로 까딱까딱 움직이는 작은 보트들도 지나간다. 수심이 깊어져 말뚝 꼭대기까지 물이 차오른 곳에 이르면 사람들이 아무도 없다. 비린내와 물에 젖은 목재 냄새만 날 뿐이다. 사람들은 다들 동네 백사장에 모여서 불꽃놀이를 기다린다. 밤하늘로 쏘아 올린 다양한 색깔의 폭죽이 혜성처럼 꼬리를 끌고 올라가다 거대하게 폭발하면서 만 전체를 수백 개의 별처럼 밝히면 순간적으로 바다가 하늘처럼 보인다. 잔교 끄트머리에 앉아서 짙은 물 위로 다리를 달랑거리고 있으면 우리 발아래로 수많은 별이 나타났다가, 미끄러지듯이 우리를 지나 잔교 아래로, 그리고 알 수 없는 그 너머의 세상으로 사라지곤 했다. 여기로 처음 나를 데려왔던 게 조너스였다.
　터무니없다 싶은 정도로 무덥던 낮의 열기가 더할 나위 없이 아름다운 여름밤으로 연금술처럼 바뀌었다. 어둠 속에서 부드러운 바람이 불어왔다. 아이들은 자기 친구들과 함께 불꽃놀이를 보겠다고 어디론가 뛰어갔다. 피터와 엄마, 그리고 나는 종이컵에 백포도주를 따라 마시며 첫 번째 불꽃이 회전하며 올라가는 순간을 기다리고 있다. 엄마가 언제 시작하느냐고 불평을 하기 시작했다.

"저도 같이 앉아도 되죠?" 조너스가 어둠 속에서 불쑥 나타났다. 우리가 어렸을 때 내가 혼자 바닷가에 걸어가면 늘 그랬듯이, 유령처럼 조용하게. 그가 오는 발걸음 소리도 듣지 못했다.

"9시 정각에 시작한다고 하더니 아직도 기다리게 하네," 엄마가 말했다.

"지나는 안 와요?" 조너스가 자기 옆으로 앉자 피터가 물었다.

"안부 전해달라고 했어요. 정말 오고 싶어 했는데 더위를 먹었나 봐요."

나는 태연한 거짓말에 놀라서 조너스를 건너다봤다. 조너스답지 못한 행동이다. 계속 쳐다보는 내 시선을 느낀 게 분명한데도 나를 쳐다보지 않았다.

한 시간 후, 공기 중에 톡 쏘는 화약 냄새가 가득하고 하늘이 자신의 장엄함을 회복했을 때, 우리는 아이들을 찾아서 돌아가기로 했다. 피터와 엄마는 같이 웃기도 하고 서로 티격태격하며 앞에서 걸어간다. 나는 걷는 속도를 늦춰 피터와 엄마가 좀 더 앞으로 가게 하고, 조너스와 둘이 걸어가면서 아까 거짓말한 것에 대해 따져 물었다.

"거짓말 아니야," 조너스가 인상을 쓰며 말했다. "지나를 위해 변명한 거지. 이런 게 예의라는 거야."

"거짓말은 거짓말일 뿐이지," 나는 놔주지 않고 계속 따져 물었다.

"지나가 오늘 너무 일진이 안 좋아. 그걸 굳이 피터와 네 어머니한테까지 설명해야 해?"

"까칠하게 굴지 마. 그냥 물어보는 거야. 아까 너희 둘이 슈퍼마켓 밖에서 서로 싸우는 거 봤어."

"미안하게 됐네."

"도대체, 무슨 일이야?"

"지나가 5월에 갤러리와 계약이 끝났어. 아무한테도 말을 안 했는데, 지금 자존심이 상한 상태야. 나는 가을에 대형 전시회가 잡혀 있고. 지나는 이 이야기를 내가 너한테 했다고 생각하거든. 그래서 기분이 안 좋아."

"나한테 얘기한 적 없는데?"

"지금 했네."

우리는 천천히 멈춰 서서 정박되어 있는 배들을 함께 쳐다봤다. 나는 그가 말할 때까지 기다렸다.

"다 내 잘못이야," 그가 말했다. "아까 지나가 너한테 그런 식으로 말하길래 화가 났어. 그 바람에 자제력을 잃었던 것 같아."

조너스가 지나보다 나를 더 생각한다는 사실이 나로서는 느끼지 말아야 할 흐뭇한 기분까지 안겨줬지만, 말은 다르게 나왔다. "그러면 안 되지."

"너도 알다시피 지나가 너를 무척 좋아해. 하지만 지나는 우리가 모든 걸 서로 터놓고 지낸다고 생각해. 내 가장 오래된 친구가 남자였으면 지나도 한결 편했겠지."

"말도 안 되는 소리," 나는 소리 내어 웃었다. "지나는 지브롤터 암

벽* 같은 사람이잖아." 하지만 나 역시 조너스의 말이 사실이라는 건 알고 있다. 내 눈으로도 확인했으니까. 그 깊게 팬 상처, 아무도 보는 사람이 없다 싶을 때 그녀가 드러내던 연약함, 조너스가 멀어져 가면서 뒤도 돌아보지 않자 세찬 바람 앞에서 휘청거리던 모습까지. 하지만 지금 이 상황에서 지나와 나 사이에 그 어떤 사소한 균열이라고 생긴 걸 인정하게 되면 더 심각한 일이 생길지 모른다는 동물적인 본능이 작동했다. 그게 무엇인지는 몰라도 말이다. 신경과민의 에너지 같은 것일까?

"오늘은 지나와 같이 있어야지," 내가 말했다. "수습을 해야 하잖아."

"이미 다 했어. 우리는 괜찮아. 그리고 불꽃놀이는 늘 너랑 같이 보던 거였고."

"한 해 정도는 건너뛰어도 돼."

"우리만의 전통이잖아."

"추수감사절에 칠면조 먹는 것처럼? 솔직히 칠면조 고기는 딱딱하고 특별한 맛도 없어. 요즘 누가 그걸 좋아한다고."

"나는 좋아해," 조너스가 말했다. 그가 내 팔짱을 끼었고, 우리는 같이 잔교를 걸어서 다른 이들과 합류했다.

---

* 스페인 남부, 지브롤터 항구 근처의 깎아지른 절벽. '지브롤터 암벽 같은'이라는 표현은 아주 튼튼하고 안전함을 나타낸다.

닷새 전. 7월 27일, 백우즈

일요일. 피터, 엄마, 아이들은 벼룩시장에 갔는데, 남들이 버리려고 내놓은 물건을 뒤져서 진주를 찾아내겠다는 생각으로 매주 치르는 의식 같은 것이었다. 그 진주란 통상 코카콜라를 마시고 있는 깁슨 걸* 화보 혹은, 피터가 언젠가는 문고판으로 나올 거라고 확신하는 플라이 낚시에 관한 책 같은 거였다. 그리고 나서는 아마 다들 클램 샥**에 들러서 점심을 먹을 게 분명한데, 거기 가면 피터는 분명 아이들에게 생굴과 랍스터 롤을 먹어보라고 하겠지만, 아이들은 늘 버터 바른 번에 담긴 길쭉한 핫도그만 주문한다.

나는 연못가로 내려가서 수영복을 벗고, 수건도 따뜻한 모래 위에 내려놓았다. 내 위쪽으로 뻗어 나온 나뭇가지들이 오랜 사귄 친구를 반기기라도 하는 듯 흔들리고 있다. 내가 선블록 크림 대신, 두꺼운 느낌에 그을린 캐러멜 냄새가 나는 오렌지 빛깔 오일을 바르고 — 예전에 언니와 나는 햇빛을 차단하기보다는 살을 태우려고 했다 — 일광욕을 해볼까 생각하고 있을 찰나, 빅하우스에서 전화벨이 울렸다. 무시하려 했지만, 계속 울렸다. 엄마는 자동응답기 따위를 좋아하지 않는다. "꼭 연락하고 싶은 사람은 다시 전화하게 되어 있어."

피터의 사무실에서 온 전화였다. 기사 때문에 아침에 빨리 멤피스로

---

* 깁슨 걸Gibson girl — 19세기 말부터 20세기 초에 걸쳐 유행했던, 펜과 잉크 등을 사용해서 찰스 다나 깁슨Charles Dana Gibson 이 그린 매혹적인 여성 초상화 유형

** 클램 샥Clam Shack — 조개구이를 전문으로 파는 식당

가줬으면 좋겠다는 내용이었다. 비행기 예매 내역을 말해준다. 호텔 정보도 알려준다. 도착해서 전화할 곳도.

나는 펜과 종이를 찾아 주변을 두리번거렸다. 내 눈에 띈 것은 배달 음식 메뉴판이랑 〈실버 코드〉의 상영을 알리는 광고 전단지가 전부였다. 그 옆으로 엄마가 중요한 전화번호를 적어 둔 리스트가 전화기 위쪽 나무 선반에 압정으로 꽂혀 있었다. 내가 어렸을 때부터 거기 꽂혀 있었는데, 지금은 휘갈겨 쓴 글씨와 수정한 내용, 동네 배관공과 전기 기사 이름은 물론, 파크 레인저 역의 전화번호까지 빼곡히 적혀 있다. 볼펜으로 지운 전화번호, 연필로 덮어쓴 번호도 있고, 예전에 언니가 초록색 마커로 그린 V자 표시까지. 리스트 중간에 보니 멤피스의 사는 콘래드 엄마의 전화번호가 색 바랜 파란 잉크로 적혀 있는 게 보였다. 레오의 필체였다.

"당신 새아버지가 멤피스 출신이라고 하지 않았어?" 피터가 들고 갈 가방에 물건을 넣으며 말했다. "양말 줘."

"맞아." 나는 아래쪽 서랍을 열고 양말 네 켤레를 꺼냈다.

"거기 가본 적 있어?"

"한 번. 콘래드 장례식 때."

"그랬구나. 나는 생각도 못 하고 있었네."

"오래전 일이야."

"죽을 때 콘래드가 몇 살이었지?"

"잭 나이였어," 내가 말했다. "속옷도 필요해?"

"세상에. 그런 일을 그동안 어떻게 견뎠어?" 피터가 마지막으로 껌

한 통, 침대 옆 탁자 위에 있던 책까지 가방에 집어넣더니 지퍼를 잠근다.

나는 침대 가장자리에 앉았다. "당신은 이해 못 할 거야."

길 저 아래쪽에서 핀과 매디가 싸우는 소리가 들렸다. "연못을 향해 소리 지르면 안 돼," 엄마가 베란다에서 고함을 쳤다.

"나를 저렇게 억센 아줌마랑 지내게 버려두고 당신 혼자 갈 생각을 한다는 게 믿기지 않네." 나는 빨간색 내 엄지발가락을 살펴봤다. 양쪽 발뒤꿈치는 코뿔소 뿔처럼 거칠어졌다. "발 관리를 좀 받아야겠어."

"같이 가자. 로맨틱한 휴가가 될 거야."

"멤피스에?"

"어디든 당신 어머니 신경 쓰지 않아도 되는 곳에서 섹스를 할 수도 있고."

"당신을 정말 사랑하지만, 멤피스는 두 번 다시 가고 싶지 않아."

피터가 침대로 와서 내 옆에 앉았다. "진심이야. 카타르시스 효과도 있을 거야. 바비큐 스파게티 파는 곳에도 데려가 줄게."

나는 오두막 문 너머로 쳐다보며 안 된다고 말할 구실을 찾아내려 애썼다. 연못은 금빛 유리같이 빛나며 조금씩 저녁으로 접어들고 있다. 여기저기서 작은 거북이들이 엄지손가락 같은 머리를 내밀고, 일몰의 마지막 햇빛을 즐기고 있었다. 나는 피터가 하는 말이 맞는 건지, 카타르시스 같은 게 정말 있긴 한 건지 궁금해졌다.

"가자," 그가 다시 말했다. "미국에서 가장 살인이 많이 일어나는 도시에서 나흘 동안 혼자 우울하게 지낼 나를 구해줄 겸 해서. 마음껏 소리 지르며 섹스도 하고. 당신은 발 관리도 받고."

"엄마가 애들을 봐 줄지 모르겠네," 내가 말했다. 이렇게 한 발 빼려고 하는데 문득 내 머릿속으로 엄마 목소리가 들려왔다. 나와 애나가 뭔가를 무서워할 때면 — 그게 어둠이든, 사회학 수업에서 낙제할 것에 대한 염려이든, 언젠가 엄마가 죽어서 썩을 것이라는 사실에 대한 두려움이든 간에 — 엄마가 우리를 격려하며 해줬던 말. "우리 집안은 겁쟁이가 아니야. 두려움과 맞서 싸워야 해.

"내가 여쭤볼게," 피터가 말했다. "당신도 알다시피 내가 부탁하면 늘 들어주시잖아."

"그건 맞아."

"당신은 콘래드 무덤에도 가볼 수 있고."

30

사흘 전. 7월 29일, 멤피스

무덤은 내가 기억하던 것보다 예뻤다. 꽃을 한참 피운 나무들로 이루어진 수목원과 그늘진 경사면을 따라 내려가면, 죽은 이들의 회색 치아 같은 묘비가 서 있는 넓은 잔디밭이 나왔다. 비석 가장자리에는 천사의 조각상이 붙어 있다. 콘래드의 무덤을 찾는 데 30분이나 걸렸다. 끝없이 줄 맞춰 세워져 있는 중국제 비석들과 공동묘를 지나서 걸었다. 관광객 무리가 〈세상 떠난 이들의 명반〉 음악을 들으면서 묘지를 걸어 다니고 있었다. 나는 그들이 묘비 사이로 돌아다니는 레밍이라도 되는 듯 쳐다봤다.

콘래드의 묘비는 조그맣고, 떨어진 꽃잎에 잔뜩 쌓여 있었고, 덮고 있는 연분홍빛 꽃잎은 갈색으로 썩어갔다. 꽃을 피운 층층나무가 묘 주변에 가지를 드리우고 꽃잎을 흩뿌리고 있었다. 그 옆으로 화강암으로 만든 큼지막한 오벨리스크가 서 있고, 앉을 수 있는 낮고 예쁘장한 선반 같은 게 붙어 있고, 주변 땅은 초록색 풀에 덮여 있었다. 누군가 최근에 새로 꽃을 갖다 놓았다. 나는 꽃을 옆으로 치우고, 돌로 만든 차가운 의자에 앉았다. 언니는 풀이 무성하게 난 묘를 싫어했다. "땅에 벌레가 많은 곳에 풀이 많이 나거든. 그걸 기억해." 하지만 나는 그런 생각보다는, 언니와 내가 어렸을 때 할아버지 할머니 댁에서 소풍 나와서 먹던 점심을 생각했다. 자살한 사람 무덤에 세워진 차가운 대리석 묘비에 앉아 종이 인형 놀이를 하던 그때 생각. 내가 만든 인형은 영 어색해서, 발은 둥그렇고 얼굴은 단조로워, 보기 싫게 둥글납작한 작대기 같았다. 언니가 만든 인형은 수전 데이* 머리 모양을 한 여자아이와 갈색 모직 옷을 걸친 남자아이 등 잡지에 나올 만큼 완벽했다. 인형에게 입히려고 끊임없이 만들어 낸 작은 의상 — 허리뼈에 걸쳐 입는 바지와 보라색 나막신, 프렌치 세일러 스웨터, 반다나 비키니, 페어 아일 스웨터, 작은 압정을 사용해 만든 킬트 — 까지. 우리 둘만 간직했던 그 일차원적 세상, 슬프게 죽은 사람의 묘지 위에 앉아 햄샌드위치와 버터 바른 흰 빵을 먹고, 저쪽 오래된 묘지 너머 언덕에 서 있는 할아버지 할머니 집, 그리고 그 너머 되새김질하는 소 떼가 보이는 평원을 쳐다보며 우리 것이라고 생각했던 그 세상을 생각했다.

나는 일어나 치마 뒤쪽을 털어내고 콘래드의 무덤 쪽으로 걸어갔다. 이쪽에는 풀이 그렇게 많지 않았다. 언니는 다행이라고 생각했으리라. 묘비는 단순했다. 새겨진 글도 없다. 콘래드의 이름과 생몰 연도 1964–1983만 적혀 있다. 죽을 때 열여덟이 채 안 되는 나이였다. 헐크

---

* 수전 데이 Susan Dey(1952–) — 1970년에서 1974년까지 방영된 텔레비전 시트콤 〈The Partridge Family〉에서 로리 Laurie 역할을 맡아 유명한 미국 여배우

호건이 되고 싶어 했고, 엄마가 자기를 사랑하는 것보다 더 많이 엄마를 사랑했으며, 아빠의 인정을 받고 싶어 했던, 어리석은 아이. 자기가 물에 빠져 죽고 나서 아빠가 얼마나 절망하며 무너져 내렸는지 알았더라면, 아빠가 자기를 얼마나 사랑했는지 알았더라면, 기뻐했을까? 콘래드가 자기 방 문간에서 턱걸이하던 모습, 애나와 말싸움하던 장면, 테리 직물로 만든 보기 흉한 목욕 가운을 입고 자기 오두막 계단에 앉아 만화책을 읽던 광경을 떠올려 보려 애썼다. 그 어떤 것이라도. 그러나 내 앞에 보이는 건 보트에서 조너스가 내 옆에 앉아서 내 손을 붙잡고 있을 동안 공포에 질려 두려움에 떨고 애원하던 그의 얼굴이었다. 파도가 마지막으로 자기를 삼키려 하던 그때야 비로소 뭔가를 깨닫던 그 표정. 나는 내가 선택해온 일을 생각했다. 평생 회피하고 살았던 모든 순간을. 바람 거세던 그날 조너스와 내가 했던 선택을. 콘래드의 비밀을 엄마에게 비밀로 하기로 했던 나의 선택을. 만약 그때 용기가 있어서 엄마에게 말을 했더라면, 그래서 내 인생이 아니라 엄마 인생이 무너지게 했더라면, 콘래드는 지금도 살아 있을 것이다. 이제 콘래드의 꿈만 사라진 게 아니다. 어리석고 또 어리석은 아이들. 콘래드가 모든 걸 망쳤다. 조너스가 모든 걸 망쳤다. 내가 모든 걸 망쳤다.

나는 콘래드의 무덤에 엎드려 땅에 입을 맞춘 다음, 듣지는 못하겠지만 그래도 그에게 말을 했다. 미안하다고. '네가 여기 있어야 할 만큼 잘못한 건 없어. 네가 끔찍한 일을 저지른 건 분명하지만,' 나는 이어갔다. '내가 더 끔찍한 짓을 저지른 거야.' 나는 내가 감당해야 했던 대가에 대해서도 말을 했고, 그게 어느 정도 변명은 되어주기를 기대했다. 비밀을 간직하며 사는 게 죽어서 땅에 묻히는 일에 비하면 아무것도 아니라는 것 정도는 알고 있지만 말이다. 피터에 대해서도 말했고, 아이들 이야기도 했다. 그리고, 거의 35년 만에 처음으로, 콘래드를 위해 울었다.

피터는 어깨를 축 늘어뜨린 채 호텔 바에 앉아서, 호박색이 도는 술을 온더록스*로 마시고 있었다. 입구에 들어서면서 한눈에 봐도 무척 힘든 하루를 보낸 듯했다. 괴로운 걸 털어놓고 싶은 마음으로 나를 기다리고 있다는 걸 알 수 있었다. 하지만 지금 나는 그냥 이대로 방에 올라가서 이불을 뒤집어쓰고, 그를 피해 숨고 싶고, 나 자신으로부터도 도피하고 싶다. 뒤로 물러서는데 그가 고개를 돌리고 나를 쳐다봤다.

"멤피스는 정말 쓰레기 같은 곳이야," 내가 피터 옆으로 높은 의자를 당겨 앉자, 그가 말했다. "바에서 담배도 못 피우게 하네."

"뭐 마시고 있어?" 나는 그의 잔을 집어서 한 모금 마셨다. "럼? 왜 이런 걸. 괜찮아? 피곤해 보이네."

"온종일 죽은 사람들과 말하면서 보냈어. 이 도시가 경제적으로 망가진 건 놀라운 일도 아니야. 사람들이 다들 가난과 폭력 때문에 무감각해졌어. 비극이지. 벌써 올해만 자기 반 학생이 세 명이나 살해된 학교 선생과 인터뷰를 했어. 애들이 불쌍해. 전쟁터 같은 곳이야, 아무 의미도 없는 전쟁. 당신은?"

"나도 온종일 죽은 사람과 얘기했어."

---

* 온더록스 on the rocks — 술에 얼음을 띄워 마시는 방법을 가리키는 말

피터가 잔을 비우더니 바텐더를 불렀다. "묘지에 갔다 온 거야?"

"응."

"어땠어?"

"오래간만에 보니까 이상하더라." 나는 무덤을 떠올렸고, 세월을 덮어쓰고 있던 콘래드의 묘비와 내 눈물에 젖었던 흙을 떠올렸다. "찾느라 한참 걸렸어. 내 기억에는 언덕 위쪽에 묻었다 싶었거든. 그런데 찾아보니 아래쪽 움푹 파인 곳에 있었어. 장례식 때 기억나는 건 날씨가 너무 후텁지근했던 것, 언니는 머리가 자꾸 삐쭉거리며 일어서는 것 때문에 짜증을 내면서 주기도문을 따라 하지 않으려 했던 것, 그게 전부야."

"애나답네."

"콘래드 엄마는 우리한테 한마디도 안 했어. 우리 엄마한테도. 로즈메리는 자기 엄마 옆에 착 붙어 있었는데, 조그맣고 창백한 유령 같았어."

"그 사람들 아직 여기 살고 있나?"

"모르겠어. 그 뒤로는 못 봤으니까. 콘래드가 죽고 몇 달 안 되어서 레오가 엄마를 떠났거든."

"그때 로즈메리는 몇 살이었지?"

"콘래드가 죽었을 때?"

피터가 고개를 끄덕였다.

"14살쯤 되었으려나?"

"당신이랑 친했어?"

"로즈메리랑? 전혀 아니야."

"왜?"

"로즈메리는 … 아, 잘 모르겠어. 그냥 이상했어. 기괴하다 싶고, 말하자면, 정상적인 사회관계나 눈치 같은 걸 모르는 애야. 찬송가 부르는 걸 좋아했다는 기억은 나네."

"한번 찾아보지 그래. 아직 여기 살고 있는지."

"오래전에 이사 갔을 거야."

"그럴 수도 있고, 아닐 수도 있고."

"아무튼, 진짜 어색하기도 하고. 지금껏 연락 안 하고 지내다가 뜬금없이 전화한다는 게."

"늦더라도 하는 쪽이 안 하는 쪽보다는 낫지." 피터가 의자에서 일어났다. "담배 한 대 피우고 올게."

"좀 끊어."

"조만간," 그가 말했다. 나는 피터가 나에게서 멀어지며 로비를 가로지른 다음 회전문을 열고 시꺼멓고 더러운 인도로 나가는 모습을 지켜봤다.

이틀 전. 7월 30일, 멤피스

로즈메리는 도시 동쪽의 조용하고 이렇다 할 특징이 없는 동네에 살고 있었다. 깨끗하게 정돈된 앞뜰을 갖춘, 거의 똑같이 생긴 랜치 하우스*가 일렬로 서 있는 블록을 여러 개 지나야 했다. 하지만 택시가 멈

---

* 랜치 하우스 ranch house ― 폭은 별로 넓지 않은데 옆으로 길쭉한 단층집

추는 순간 그녀의 집이라는 걸 금방 알아차릴 수 있었다.

예전에 자기 엄마 집 현관에 있던 악어처럼 생긴 우산꽂이가 여전히 입을 벌린 채 앞쪽 현관 층계에 놓여 있었다. 로즈메리는 강아지 한 마리를 데리고 문밖으로 나왔다. 구조한 개라고 했다. 베이지색 단발머리를 하고 있었다. 음악학 교수가 되었다고 했다. 남편인 에드먼드는 양자 물리학을 가르친다고. 아이는 없다고.

"전공은 바로크 음악이에요." 거실로 따라 들어가는데 그녀가 말했다. "허브차가 있고, 디카페인 커피도 있어요. 나는 카페인을 먹으면 신경이 곤두서는 편이라."

"디카페인 커피 좋네."

"편하게 앉아 있어요. 당근 케이크를 만들었어요." 그녀가 나 혼자 거실에 두고 주방으로 들어갔다. 벽난로 위 선반에는 액자에 넣은 사진이 잔뜩 진열되어 있었다. 캡과 가운을 입은 칙칙한 로즈메리 사진, 결혼식 당일에 찍은 로즈메리와 그녀 남편 사진, 어렸을 때 시내 전차 속에 자기 아빠 레오와 함께 앉아 찍은 사진. 콘래드 사진은 한 장도 없었다. 나는 은빛 프레임에 담겨 있는 사진 하나를 집어 들었는데, 유람선에서 로즈메리가 나이 많은 부부와 함께 찍은 사진이었다. 그 남자가 레오라는 걸 알아차리는 데 한참 걸렸다. 레오는 로즈메리 엄마가 틀림없는 여자에게 팔을 두르고 있었다.

"재결합하셨죠." 로즈메리가 내 뒤로 다가오며 말했다.

"모르고 있었네."

"오빠 죽고 몇 년 지났을 때." 그녀가 내게 사진을 받아서 다시 선반 위에 올려놓았다. "두 분 다 돌아가셨고."

"저런."

"뭐, 인생은 그런 거니까." 그녀가 내게 당근 케이크 한 조각을 건넸다. "설탕 대신에 사과 소스를 넣었어요. 애나는 어때요?"

"언니도 죽었어. 벌써 20년이 지났네. 실은 내일이 언니 기일이야."

"내 기억에는 둘이서 늘 티격태격했던 것 같은데," 로즈메리가 말했다.

그 말에 나는 살짝 발끈했다. "언니는 나한테 가장 친한 친구였어. 날마다 언니가 없어서 허전함을 느끼며 살아."

"산다는 건 외롭죠."

둘이 함께 말없이 앉아서, 먹는 거에 집중하는 척했다.

"맛있네," 조금 있다가 내가 말했다.

"사과 소스가 촉촉하게 해줘요. 그건 그렇고, 멤피스에는 무슨 일로 왔어요?"

"남편 피터 때문에. 남편이 여기 일하러 왔어. 엄마는 연못에서 애들 데리고 계시고. 애가 셋이야."

"그때 이후 처음으로 다시 온 거죠?"

나는 고개를 끄덕였다. "진작 왔어야 했는데. 어제 콘래드 무덤에 다녀왔어."

"나는 한 번도 가보지 않았어요. 묘지에 가면 우울해져요. 엄마는 매주 갔다 오시곤 했어요. 끝내 마음에서 털어내지 못하셨죠. 당신을 원망하셨을 거예요."

내 얼굴에 찬물을 끼얹는 느낌이 들었다.

"미안해," 이 경우에 어울리는 말인가 싶긴 했지만, 나는 그렇게 말했다. "구할 수가 없었어."

"아, 그렇죠. 오빠를 구하겠다고 물에 뛰어들었더라도 오빠가 공포에 질려서 끌고 들어갔을 거예요. 오빠는 그런 타입이니까." 그녀는 케이크를 한입 크게 베어 물고는 천천히 씹었다. "물에 빠져 죽는 모습을 봤겠네요."

"그렇지."

"기억에서 지워내기가 쉽지 않았겠어요."

"아직 지워내지 못했어."

로즈메리가 자기 목에 걸려 있는 작은 십자가를 손가락으로 만졌다. 뭔가 생각하는 눈치였다. "그 장면을 늘 떠올려 보곤 해요. 넓고 차가운 바다로 나가서 오빠가 보트에서 떨어지는 장면. 수영을 전혀 못 하거든요. 물속에 빠져가는 걸 지켜보는 느낌이 어땠어요? 나도 그 자리에 있었으면 좋았을 건데."

말이 이상했다. "무슨 말인지 모르겠네."

"정말요?" 그녀가 굳은 표정으로 한참 동안 나를 쳐다봤다. "여름에 오빠가 나와 엄마랑 같이 지내겠다고 우리 집에 왔을 때 기억나요?"

나는 묵직한 두려움을 느끼며 고개를 끄덕였다.

"오빠에게 오라고 한 건 내 아이디어였거든요. 오빠가 떠나고 나서 나는 무척 외로웠으니까. 엄마는 늘 우울해 있고. 나는 생쥐처럼 조용히 최대한 소리를 내지 않고 현관에 있는 그네만 탔어요. 엄마는 조금이라도 소리가 나면 신경이 날카로워졌으니까. 아무튼 그때는 오빠, 엄마, 나 셋이서 산타페에 있는 외삼촌 집까지 차로 여행을 떠나기로 했어요. 나는 정말 신났죠. 콘래드는 집에 온 첫날 밤, 엄마가 잠들고 나서 내 방에 들어왔어요. 잠에서 깨고 보니 오빠가 내 위에 있었어요. 숨을 쉴 수가 없었죠. 소리를 지르려 했지만 오빠가 손으로 입을 막았어요. 나는 오빠 손바닥에 대고 울었어요." 그녀는 잠시 숨을 고르더니 자기 바지에서 보풀을 떼어냈다. "오빠는 나를 강간하는 내내 당신 이름을 불렀어요."

방안이 온통 피를 쏟아내며 창백하게 변하는 듯했다. 나는 별의 중심부로 천천히 빨려 들어가는 느낌이었다. 에어컨 돌아가는 소리가 낮게 들렸다. 길에서 아이들이 고함치는 소리도 들렸다. 호스를 들고 찬물을 서로 뿌리며 놀고 있는 모양이다. 차 한 대가 지나갔다. 그리고 다른 차 한 대.

"그 여름, 내 방에 매일 들어왔어요. 그때 나는 13살이었어요." 그녀의 얼굴은 무표정하게 텅 비어 있었다. 고양이에 대해 얘기한다는 듯이. "괴물이었어요. 나는 매일 밤 오빠를 죽여달라고 하느님께 기도했죠. 그리고 하느님께서 내 기도를 들어줬어요." 그녀는 잠시 숨을 골랐다. "마음 한쪽으로는 하느님이 아니라, 당신이 내 기도를 들어준 거라고 생각했지만."

로즈메리는 커피포트에 손을 뻗어 디카페인 커피를 자기 잔에 살짝 따르고, 조그만 집게로 각설탕 두 개를 집어 조심스레 안에 넣었다. "에드먼드는 애를 갖고 싶어 했지만, 나는 그 사람 거기를 쳐다보지도 못했어요. 커피 더 드실래요?"

나는 너무 놀라서 대답도 하지 못했다.

정문에서 벨 누르는 소리가 났다. "아," 로즈메리가 일어서며 말했다. "드라이클리닝 맡긴 게 왔나 보네."

───────

로즈메리 집 밖으로 나오니 햇빛이 눈에 부셨고, 공기는 더위와 지친 기운으로 가득 차 있었다. 남자애가 자전거를 타고 따르릉거리면서 지나갔다. 인도의 갈라진 틈새로 잡초가 올라와 있었다. 나는 교차로까지 걸었다. 바나나 껍질 냄새가 풍겼고, 끊어진 러닝셔츠 어깨끈 같은 흰 비닐봉지가 굴러다니는 공터가 보였다. 조너스에게 전화를 해야 했다.

31

어제, 7월 31일, 백우즈

"다들 몇 시에 모이기로 했어요?"

"7시쯤." 엄마는 갈아 놓은 토마토 통을 찾느라 냉장고 속에 머리를 넣고 말했다.

나는 서랍에서 리넨으로 만든 흰 식탁보를 꺼내서 베란다에 있는 테이블에 올려놨다. "다 합쳐서 8명이에요, 10명이에요?"

"아홉이야. 성가신 조너스 엄마까지 합쳐서. 그 여자를 왜 불러야 하는지 모르겠어. 나는 홀수가 싫어."

나는 찬장 선반에서 파스타 담는 그릇더미를 꺼내 조심스레 테이블로 가져가서 늘어놨다. "딕슨 씨와 안드레아는?"

엄마가 내게 면으로 만든 냅킨 다발을 건네며 말했다. "딕슨은 오고, 안드레아는 안 와. 이걸 사용하자. 그리고 놋 촛대도."

"알았어요."

"안드레아의 그 엉터리 같은 아들이 주말 동안 같이 지내겠다고 볼

더*에서 왔다네. 아들을 데려가도 되겠냐고 물어보길래 안 된다고 했지."

"우리 엄마 이럴 때는 참 쌀쌀맞아."

엄마가 빵 도마를 건넨다. "걔를 뭐 하러 초대하니? 애나를 알지도 못하는데."

나는 와인 잔을 두 개씩 테이블 위에 진열했다. 포크와 나이프도. 소금, 후추도 놓았다. 이 사소한 것들이 나를 '지금 이곳' 내 인생의 현실로 데려다 줄 구명 밧줄이라도 되는 듯 정성을 다했다. 내 죄를 사면해주던 로즈메리의 담담하고 꾸밈없는 목소리가 머릿속에서 떠나지 않았다.

"더 필요한 거 없어요?" 내가 말했다.

"클라레** 포도주 몇 병을 미리 따서 숨을 쉬게 해둬. 치즈도 갈아두고. 냉장고 문 안쪽에 보면 파르메산 치즈 덩어리가 있어." 엄마는 라임과 밝은 초록빛 완두콩을 담은 하얀 컴포트 도자기를 테이블 중앙에 놓았다.

"그렇게 놓으니까 보기 좋네요." 내가 말했다.

"너 피곤해 보인다."

"맞아요."

"뭐 하겠다고 피터랑 멤피스에 가겠다고 했는지 나는 이해가 안 되네."

---

* 볼더Boulder — 콜로라도에 있는 도시

** 클라레claret — 프랑스 보르도산 적포도주

"피터가 같이 가자고 했어요. 좀체 그런 말 안 하는 사람이." 나는 팬트리로 들어갔다. "잘 갔다 왔다 싶어요. 엄마, 코르크 마개 따개 어디 있는지 알아요? 여기 안 보이네."

"지난번에 봤을 때는 거기 후크에 걸려 있었어. 바닥에 떨어졌나 보다. 들어간 김에 마늘도 한 다발 가져오고."

"찾았다. 나 로즈메리 보고 왔어." 나는 마늘을 들고나오며 말했다. "걔 집에 갔다 왔어."

"로즈메리…." 엄마가 말했다. "완전히 잊고 살았네."

"피터가 갔다 오라고 그랬어."

"좀 기묘한 여자애였어. 늘 아빠 옆에 붙어 있고. 그 움푹 들어간 눈이 생각나네. 걔가 풍기는 이상한 분위기 때문에 우리 집에 걔가 올 때마다 애나는 나가 있으려고 했잖아."

"언니는 로즈메리 몸에서 나는 냄새를 싫어했어요."

"맞아," 엄마가 말했다. "애나는 걔 몸에서 포름알데히드 냄새가 난다고 하더라. 약간 역한 단내." 엄마는 통통한 마늘 다섯 쪽을 칼등으로 으깬 뒤에 냄비에 넣었다. 다진 당근, 셀러리, 양파가 올리브오일과 갈색으로 변한 버터와 함께 졸여지고 있었다. 엄마는 정육점에서 싸준 포장지를 풀어서 다진 고기 — 송아지 고기와 돼지고기 — 를 꺼내 조금씩 냄비 속에 넣고, 우유를 부어 고기를 연하게 했다. 조리대 위에는 뚜껑을 딴 백포도주 병이 놓여 있는데, 이건 데글레이즈* 용이다.

---

* 데글레이즈deglazing — 고기를 굽거나 볶은 후에 바닥에 눌어붙은 것을 포도주나 코냑 등을 넣어서 끓이는 것을 말한다. 소스로 쓰기 위해 하는 조리법이다.

"그거 좀 집어 줄래?" 엄마가 구멍이 송송 뚫린 숟가락을 가리키며 말했다. "걔는 어떻게 지내고 있더냐?"

"아직도 좀 이상해요. 직설적이고. 음악학 전공자에, 랜치 하우스에 살고. 단발이고 바지를 입고 있었고. 뭐 그래요."

"결혼은 했어?"

나는 고개를 끄덕였다.

"걔 엄마는?"

"몇 년 전에 돌아가셨어요."

"불쌍한 여자야. 불행하게 살았어."

나는 엄마가 소스를 천천히 젓는 모습을 지켜봤다. 나는 조금 주저했다. "레오가 그녀에게 돌아갔어요. 알고 계셨어요? 재결합했던 거?"

"몰랐어. 나는 그 사람이 감옥에 갔거나 죽었다고 생각하고 살았어."

"벽난로 선반 위에 보니까 결혼식 사진이 있었어요. 같이 유람선에서 찍은 사진도 있었고. 평범하게 늙은 다른 부부들처럼."

엄마는 오이를 들고 껍질을 벗기기 시작했다. "레오 얘기는 그만하자. 내 머릿속에서는 이미 오래전에 죽은 사람이니까. 나쁜 인간이야. 생각도 하기도 싫어. 너도 하지 마."

"이거 요리할 때 넣는 와인이에요?"

"그냥 와인." 엄마가 한 모금 마셨다.

"엄마, 나 레오에 대해 할 말이 있어요."

"엘리너, 이제 곧 사람들이 올 거야. 음식 준비를 해야 해. 그러니 나중에 얘기하자."

조너스와 나는 어제 내가 멤피스에서 로즈메리 집을 나와 지저분한 인도에 서서 전화를 했던 이후로 아직 한마디도 하지 못했다. 문으로 들어오는 조너스 엄마와 지나를 보면서 다시 마음이 쿵 떨어지는 느낌이 들었다. 익숙하지만 잊고 있었던 느낌. 이게 뭔지 깨달았다. 지금 그가 온다는 사실 때문에 신경이 쓰이고 흥분해서 기다리고 있는 것이다. 무척 낯선 느낌, 감각에 새겨진 오래전 과거에 대한 기억, 오랜 세월 나 자신에게서 느끼지 못했던 것이지만 지금도 이렇게 살아 있다.

하지만 조너스는 오지 않았다.

"방금 수영을 했으면서도 굳이 샤워를 하고 오겠다네. 물 낭비야." 조너스 엄마가 망으로 된 문을 열고 들어오며 말했다.

"조너스는 금방 올 거예요." 지나가 내 엄마에게 와인을 한 병 건네며 말했다. "화이트와인을 사 왔어요."

"우리는 레드와인을 마시는데," 엄마가 받아서 주방으로 가져가며 말했다.

"그냥 신경 쓰지 마세요." 피터가 지나를 포옹하며 말했다. "오후 내내 계속 저렇게 삐딱하시니."

"말 예쁘게 해," 피터가 틀린 말을 하는 건 아닌 줄 알면서도 나는 이렇게 말했다. "엄마에겐 마음 힘든 날이잖아."

"참 그렇네," 피터가 말했다. "방금 했던 말은 취소."

"애나와 제대로 사귀어 보지 못해서 아쉬워요," 지나가 말했다. "멋진 분이었던 것 같은데."

"응 맞아," 내가 말했다. "아주 멋있었지."

엄마가 치즈와 크래커를 담은 접시를 들고나왔다.

조너스 엄마가 그걸 손으로 물리치며 말했다. "나는 밀가루 음식과 유제품 다 끊었어. 관절염 때문에."

"미리 말을 했어야지." 엄마가 짜증 섞인 목소리로 말했다. "파스타를 만들었단 말이야. 그나마 올리브가 있긴 하네."

"멤피스는 어땠어요?" 지나가 물었다.

피터가 한숨을 내쉬며 말했다. "후텁지근하고, 피곤했어요."

"나는 한 번도 못 가봤는데." 지나가 말했다.

"엘은 좋아하더라고요."

"응, 나는 좋았어. 유령이 잔뜩 사는 도시야." 내가 말했다.

"와인 마실래요, 아니면 그냥 음료?" 피터가 지나에게 물었다.

지나의 뒤쪽 방충망 문 너머로 조너스가 모랫길을 걸어오는 모습이 보였다. 머리칼은 젖어 헝클어져 있다. 맨발에 찢어진 리바이스 청바지, 파란색 샴브레이* 셔츠를 입고 있다. 두 뺨이 붉었다. 어렸을 때 그 모습이었다. 발걸음이 가볍고 상쾌해 보였다. 나를 보더니 미소를 지었다. 어른이 되고 나서 봤던 '오래된 친구를 만나서 반갑다'라는 그런 웃음이 아니라, 한층 친밀하고 열려 있는, 말하자면, 오랜 세월이 지나고 이제야 비로소 어떤 거리낄 만한 장벽도 없이 서로를 응시할 수 있게 되었다는 그런 미소.

피터가 저녁 식사 자리에서 일어서며 기지개를 켰다. "장모님, 맛있었어요. 디저트는 뭐예요?" 그는 담배에 불을 붙이고 안으로 들어가서,

---

* 샴브레이 chambray — 여성복과 셔츠 만드는 데 쓰이는 얇은 직물

엄마가 수집한 LP판이 꽂혀 있는 선반으로 갔는데, 그 옆쪽에는 이 세상에 남아 있는 마지막 제품이 아닐까 싶은 빅터 축음기가 놓여 있다.

"신선한 배랑 셔벗이 있어. 커피 마실 사람?"

플리트우드 맥*의 음악이 긁히는 소리와 함께 울려 나왔다. "장모님, 이 앨범 장모님이 사신 거예요?" 피터가 거실에서 소리쳐서 물었다.

"애나가 산 거야." 엄마가 말했다. "셸리는 안 읽을 거야?"

매년 애나의 기일이면 피터는 애나가 좋아했던 작품이자, 애나가 자기 장례식 때 읽어달라고 부탁했던 〈종달새에게〉를 우리에게 읽어주곤 한다.

하지만 오늘 밤은 피터가 "나 지금 무척 피곤하고 술도 너무 많이 마셨어요. 다른 사람이 좀 읽어줄 수 있어요?"라고 말하더니 소파에 털썩 주저앉았다.

지나가 그에게 가까이 의자를 당겨 앉더니 둘이서 부시윅** 쪽에 있는 식당에 관한 잡담을 나누기 시작했다.

나는 두 사람 얼굴에 한 방씩 먹이고 싶은 심정이었다.

딕슨 씨가 그 낡은 책을 집어 들고 한참을 보더니 조너스에게 넘겼다. "이젠 눈이 예전 같지 않아." 딕슨 씨가 말했다.

조너스가 시가 있는 페이지를 찾았다.

"아름다운 애나를 위해," 조너스가 말했다. "우리는 그대, 명랑한 정령을 찬송하노라." 그가 그렇게 읽기 시작했다.

---

* 플리트우드 맥 Fleetwood Mac — 1967년 런던에서 결성된 영국과 미국 출신 혼성 로큰롤 그룹
** 부시윅 Bushwick — 브루클린 북쪽의 동네

"나는 정신의학 같은 건 안 믿어." 엄마는 찾아온 손님들에게 고집스레 주장했다.

"그건 우리가 장모님을 정신병원에 보낼까 싶어 겁나서 그러시는 거겠죠." 소파에서 피터가 말했다.

"내가 아는 한, 애들은 자기 인생에서 잘못된 일은 전부 부모 탓으로 돌리게 되어 있지."

"내가 엄마에게 원망하는 단 한 가지는 나더러 보트 운전 수업을 들으라고 했던 거야." 내가 그렇게 말하자 다들 왁자하게 웃었다. 조너스만 빼고.

"자, 잘 봐. 쟤 이제 조금 있으면 자기가 어렸을 때 내가 자기를 충분히 사랑하지 않았다는 말을 꺼낼 테니까." 엄마는 그렇게 말하고는 테이블에서 일어나서 설거지를 하러 부엌으로 갔다. "맞는 말이기는 하지만."

"모든 게 엄마 탓만은 아니에요." 내가 말했다.

조너스가 뜨거운 눈빛으로 나를 쳐다봤다.

나는 테이블에서 일어나서 뒷문을 통해 어두운 바깥으로 나왔다. 그리고 차가운 시멘트벽에 등을 대고 서서 기다렸다. 긴 시간이 흐르는 듯했다.

제5권

오늘
오후 6시 30분 – 오전 6시 30분

32

오늘, 8월 1일, 백우즈

오후 6시 30분

나는 오두막 바닥에다 젖은 수영복을 벗어 놓고 침대로 가서 누웠다. 빅하우스에서 들려오는 피터의 웃음소리, 엄마가 애들에게 이제 주사위 놀이 그만하고 바비큐 준비를 하라고 소리치는 것까지 다 들렸다. 곧 닥칠 폭풍 전의 더위 때문에 집 안으로 들어온 왕개미들이 우리 오두막 천장에서 잔뜩 기어 다니고 있다. 피터 쪽 침대 옆 등갓에는 판지로 만든 덮개가 덮여 있다. 나는 천장에 난 채광창을 통해 나무들 사이로 보이는 저녁 햇빛을 쳐다봤다. 얼룩덜룩한 나뭇가지들이 보였다. 비를 잔뜩 담은 먹구름이 흘러가고 있었다.

언니와 내가 아주 어렸을 때, 아빠는 우리가 지내는 오두막 바깥에 자작나무 묘목을 심었는데, 몸통이 갯버들같이 가늘었다. 숲에 심은 나무 한 그루. 아빠는 그게 우리와 함께 자랄 것이고, 키도 같이 클 거라고 했다. 그때만 해도, 그러니까 그 나무가 지붕 위로 자라기 전만 해도, 내 침대 위 채광창으로는 아무것도 가리지 않는 사각형의 파란 하늘만 보였다. 나는 거기 누워서 파랗게 열려 있는 하늘을 올려다보거나, 돌풍을 타고 날아가는 갈매기를 지켜보는 걸 좋아했다. 콘래드가 죽고 난 뒤로는 그 파란 하늘에 대고 기도를 했다. 용서를 구한 것이 아니라, 과거를 벗어나 앞이 또렷하게 보이는 길로 인도해 달라는 기도였다. 그 무렵부터 자작나무 가지 끝이 채광창 가장자리로 보이기 시작했는데, 작고 뾰족한 가지들은 창공을 찌를 듯했다. 매년 조금씩 멋대로 자란 자작나무가 창틀을 다 덮더니, 끝내 하늘을 가렸다. 나는 인생에 대한 해답과 유리같이 투명한 길을 원했다. 그러나 시간이 흐르면서 나타난 것은 치료하지 못한 내 실패와 상처를 드러내기라도 하려는 듯 복잡하게 뒤엉킨 나뭇가지들이었던 셈이다.

"창이네." 오래전 어느 날 물가에 앉아서 조너스가 말했다. 나는 대답했다. "맞아."

어젯밤, 나는 사람들이 함께 모인 테이블에서 조너스를 쳐다봤다. 그의 파란 눈이 촛불 너머로 어둡게 빛났다. 그도 내 시선을 정면으로 받아내며 나를 쳐다봤다. 둘 다 피하지 않았다. 마침내 그의 입술이 예전의 그 묘한 미소를 머금었다. 안도감, 후회, 납득할 수 없이 슬프고 피할 수 없었던 운명을 담은 미소. 우리 둘은 함께할 운명인 것이다. 결혼과 아이들, 그런 것들로 이 본질적인 진실을 바꿀 수는 없다. 내가 저지른 일을 물릴 수만 있다면, 그렇게 했으리라. 갈림길이 나왔을 때 내렸던 숱한 잘못된 결정들 말이다. 그를 떠나려 했던 모든 끔찍한 선택도. 피터를 떠나려 했던 모든 끔찍한 선택도. 지난밤에 조너스와 섹스를 한 일이나 오늘 우리가 했던 일 뿐만 아니라, 지금 내가 계속 생각하고 있는 일, 그리고 내일 내가 하고자 하는 일까지 말이다. 하지만 콘래드는? 그날, 그 밝고 파도가 거세던 날, 바람의 방향이 바뀌던 그날 말이다. 피터에게 말하지 못했던 진실. 우리 결혼생활 속으로 내가 끌고 들어온 거짓까지. 나는 로즈메리의 단정하면서도 생기 없는 거실과 축축한 케이크와 그녀의 눈 속에 일렁이던 분노를 떠올렸다. 내가 자기를 구해줬다며 고마워하던 모습도. 나는 조너스에게 나를 구해준 일에 대해 고마움을 표한 적이 한 번도 없다. 비난만 했을 뿐이다. 나 자신을 비난했고. 피터를 내 곁에 두고 내 죄에 대한 형벌을 대신 받게 했다. 내 일생은 단층선 위에 세워진 건물과 같다. 피터에게 콘래드에 대해, 그리고 그날 보트에서 있었던 일에 대해 다 털어놓으면 틀림없이 나를 용서할 것이다. 그래서 그에게 말을 할 수가 없었다. 용서받고 싶지 않았으니까.

그리고 지금, 나더러 선택하라고 했던 조너스의 말을 생각한다. 이토록 멋진 남편을 버리라는 선택. 아이들을 슬퍼하게 만드는 선택. 피터는 보복하는 스타일이 아니기에 무슨 일이 있어도 아이들을 내게서 떼어 놓거나, 나와 아이들 사이에 틈이 생기게 하지는 않으리라. 그는 우리 모두를 사랑하니까. 피터는 기개가 있는 남자이다. 내가 정신을 못 차리고 휘청거릴 때에도 그의 묵직함 덕분에 나는 안정감을 얻었다. 나는 조너스를 사랑한다. 지금까지 늘 사랑했다. 그가 없이는 도무지 살 수 없고, 지금껏 기다려 왔는데 이제 와서 포기할 수도 없다. 하지만 나는 피터도 사랑한다. 내게는 두 가지 선택지가 있는 셈이다. 내가 가질 수 없는 것 하나. 내가 가질 자격이 없는 것 하나.

나는 침대에서 일어났다. 뜨거운 물에 샤워를 하고 애드빌Advil*을 잔뜩 먹어야 할 듯싶었다. 온몸이 쑤실 지경이다. 두통이 심해서 더 이상 생각을 할 수 없고, 머릿속이 빙글빙글 돌았다. 버린다는 것은 모든 걸 잃는다는 것일까, 아니면 지금까지 갖지 못했던 모든 걸 얻는다는 것일까? 나는 타월을 몸에 둘렀다. 딕슨 씨 집에 가야 한다. 피터와 함께 그리고 아이들과 함께 있어야 한다.

나는 욕실 밖에서 샤워기를 틀어서 뜨거운 물이 나오게 한 다음, 애드빌을 찾으러 갔다. 헝클어져 있는 엄마 캐비닛 속 깊숙이 뒤졌다. 안쪽에서 손에 뭔가 걸렸는데, 그게 뭔지 감을 잡고는 꺼냈다. 오래전에 애나가 넣어 둔 플레이텍스 탐폰이었다. 요즈음 이 브랜드 제품을 쓰는 사람은 아무도 없다. 비닐 포장은 노랗게 변색되었지만, 안에 들어 있는 플라스틱 도포기에는 여전히 분홍색이 남아 있다. 욕실 창문으로 훔쳐보던 콘래드 생각이 났다. 나는 다리를 넓게 벌린 채였고, 욕실 바닥으로 탐폰이 굴러갔다. 조너스를 만났던 날도 떠올랐다. 언니도 떠올랐다. 자기 물건 만지지 말라고 늘 내게 소리쳤지만, 자기가 이제 처녀가 아니라는 말을 나에게만 해줬던 언니. 생의 마지막 몇 달간, 언니는 얼마나 슬퍼하고 두려워했던지. 날마다 우는 나를 피터가 꼭 안아줬다. 나는 샤워 부스로 들어가 쏟아지는 뜨거운 물을 맞으며 서서, 내 배 속에 여전히 남아 있는 짐승 같은 흐느낌과 쓰라린 절망을 씻어내고 싶었다. 이 물이 과거를 껍질처럼 벗겨내고, 나를 정결하게 해주기를 바랐다. 이제 내가 할 수 있는 선택은 하나밖에 없다는 느낌이 들

---

* 애드빌Advil — 미국에서 가장 흔한 소염진통제 상표

었다.

오후 6시 45분

우리는 가파른 진입로를 따라 흙길까지 나간 다음, 삼거리에서 엄마가 따라올 때까지 기다렸다.

"기다리지 말고 가," 엄마가 진입로 중간쯤에서 소리쳤다.

하지만 우리는 기다렸다. 나는 맨발에 리넨 드레스를 걸쳤고, 밀짚 가방에는 슬리퍼와 나중에 집에 오는 길에 사용할 플래시를 집어넣고, 복잡한 심사도 가누었다. 매디는 앞서 뛰어갔고 — 매디는 언제나 가장 먼저 뛰어가길 좋아한다 — 핀이 그 뒤를 따라 흙길로 달려갔다. 나는 천천히 걸어오는 엄마를 지켜봤다. 엄마 무릎 상태가 예전 같지 않다. 엄마는 늘 입는 낡은 청바지 차림이었는데, 약간 짧고 약간 품이 큰 편이었고, 엄마가 늘 강조하듯 엉덩이를 가려주는 인디언 셔츠를 입고 있었다. 올라오는 엄마의 뒤쪽으로 연못이 보이고, 허리 높이 정도로 이어진 유리처럼 파란 지평선이 빽빽한 나무들 사이로 나타났다. 나는 잭과 피터가 화이트 크레스트 해변에 차를 댈 수 있는 주차증을 구하는 문제로 논쟁하는 소리에 집중하는 척했다. 거기가 서핑하기 더 좋을 뿐 아니라 거주민에게는 30달러만 받는다고.

"알았어, 한번 생각해 보자," 피터가 말했다.

나는 발목 주변을 손바닥으로 때렸다. 흑파리에게 계속 물리고 있었다.

팔에는 말파리 한 마리가 날아와 앉았다. 메추라기처럼 반점이 있는 날개를 접고 내려앉았다. 말파리는 흑파리보다 느린 데다 커서 잡기는 쉽지만, 쏘이면 열 배는 더 아프다. 나는 손바닥으로 때려서 잡았다. 흙길로 떨어지더니 한 번 꿈틀거리고 이내 죽었다.

"살충제 가져온 사람 있어?"

피터가 캔버스백을 뒤졌다.

"내가 있다." 엄마가 말했다. "파리들이 다시 극성이네. 같이 가기로 해줘서 고맙다, 내 딸 엘리너." 엄마가 말했다. "머리는 뒤로 넘겨봐. 너는 얼굴이 드러나야 예뻐."

권터 씨 집에 가까이 왔을 때, 엄마가 멈춰 섰다. 권터 씨 네 셰퍼드들도 죽은 지 오래되었다. 권터 씨 부부도. 이 집을 누가 샀는지는 잘 모르겠다. 하지만 지금도 나는 이 집의 하얀 울타리 — 이제는 썩어서 덤불 속으로 쓰러지기 직전인 — 쪽으로 가까이 올 때마다 여전히 신경이 곤두서고, 침을 흘리면서 잡아먹을 듯이 잇몸을 드러내고 높은 톤으로 으르렁거리는 개 소리가 들리는 듯하다.

"아 이런," 엄마가 말했다. "빨간 양파를 안 가져왔네."

"잭이 가서 가져올 거예요." 피터가 말했다. "5분이면 돼요."

"왜 맨날 이런 일은 내가 해야 하는 거야?" 잭이 불평을 늘어놓았다. "매디나 핀더러 갔다 오라고 하면 안 돼?"

피터의 턱 근육이 굳는 게 보였다. "네가 오늘 아침에 엄마에게 개떡 같은 태도를 보였으니까."

"이미 엄마에게 사과했어요."

"아 됐어. 내가 갔다 올게." 나는 피터가 말리는 말을 하기도 전에 뛰기 시작했다. 내가 아는 한, 이 세상의 모든 엿 같은 가족은 각자 엿 같은 방식으로 불행하다. 하지만 지금, 이 순간, 단 몇 시간만이라도 나는 행복한 가족이 필요하다. 내가 해안에 도착할 때까지 이 진실이야말로 내가 꼭 잡고 있어야 하는 구명구 같은 것이다. 절대 놓아서는 안 되는.

"내 스웨터도 가져다줄래?" 피터가 내 뒤에서 말했다. "날씨가 추워질 모양이야."

전에 한 번도 본 적 없는 하얀 고양이가 베란다 바깥 데크에 앉아 있었다. 나는 하얀 고양이를 볼 때면 묘하게 거슬리는 느낌을 받는데, 쥐새끼 같기도 하고 포르노를 보는 것 같기도 한 까닭이다. 내가 다가가자 고양이는 덤불 속으로 들어가 버렸다. 데크 위에는 다람쥐 몸통의 뒤쪽 절반 정도가 놓여 있었는데, 털 많은 꼬리가 널빤지 사이에서 덜렁거렸다. 치워야 한다는 생각이 들었지만 너무 징그러웠고, 고양이가 식사를 마저 하도록 내버려 두는 편이 낫지 않을까 싶기도 했다. 그냥 그대로 내버려 두고, 피터의 스웨터를 가지러 오두막으로 갔다.

옷장의 맨 위 서랍이 열려 있었다. '아 피터,' 나는 짜증이 났다. 나는 서랍에 나방이나 거미가 들어가지 않도록 늘 신경 써서 닫는다. 서랍을 닫았다. 귀중품을 넣어 두는 상자가 서랍 위쪽에 올려져 있다. 이상하다, 나는 여기 둔 적 없는데. 없어진 물건이 있는지 살펴봤다. 없어진 건 없는데, 뭔가 새로운 게 하나 들어 있다. 접힌 종이쪽지가 이리저리 엉켜 있는 내 귀걸이와 목걸이 위에 놓여 있다. 종이는 거북이 모양으로 잘려져 있다. 그 안에 내가 끼던 초록색 유리 반지가 놓여 있었다. 조너스는 지금까지 이걸 가지고 있었던 것이다. 그리스 스타일 커피숍에서 우연히 마주쳤던 그때 이후로. 잔교 위에서 같이 앉아 있던 그 봄날 저녁 이후로. 해변으로 피크닉을 갔다가 지나를 처음 만났던, 그러니까 언니가 연못에서 마지막으로 지냈던 그날 이후로. 조너스가 그동안 이걸 어떻게 계속 가지고 있었는지 궁금했다. 숨겨 뒀을 것이다. 작은 비밀처럼. 아주 작고 값은 전혀 나가지 않는 주석으로 만든, 광택은 오래전에 사라진 물건. 하지만 그걸 손가락에 다시 끼자 이제야 비로소 내가 완성되었다는 느낌이 들었다. 오래전에 잘려 나가서 수백 년 동안 땅에 묻혀 있던 팔 하나를 찾아서 다시 부착한 밀로의 비너스상처럼 온전해진 느낌. 나는 눈을 감고 이 순간을 즐겼다. 조너스가 이걸 내게 처음 줬던 때를 떠올렸다. 그 축축하면서도 떨리던 손. 이제 안녕이라고 말하던 그 광경. 영원히 서로 사랑하게 될 운명의 두 아이 말이다. 나는 반지를 주머니 속에 넣고, 거북이 모양의 종이는 구겨서 쓰레기통에 던진 다음, 피터의 스웨터를 집어 들었다.

오후 7시 15분

나는 다들 딕슨 씨 집으로 가는 길에 접어들어 갈 즈음에 따라잡았다. 딕슨 씨 네 진입로는 엄밀히 말하자면 올드킹즈 하이웨이의 일부이다. 딕슨 씨 집을 지나면 도로는 막다른 길이 되는데, 선황색 국화와 야생 당근에 뒤덮인 넓은 들판에 이르러 끝난다. 하지만 그 들판 저쪽으로 넘어가면, 숲 그늘에 숨어 있어 잘 보이지 않는 오래된 도로가 다시 나타난다. 우리가 어렸을 때는 아무도 모르는 이 길을 따라 마을까지 걸어 다녔다. 6킬로미터가 넘는 길 ― 베키 네 집에서 사탕 가게까지 ― 을 아스팔트 도로는 밟지 않고 걸어갈 수 있었다. 종종 폭우가 내린 후에는 가파른 경사지의 흙이 쓸려나가면서 그 아래 묻혀 있던 도자기 파편이나 화살촉 같은 게 나오기도 했다. 언젠가는 자두 빛 보라색에, 오랜 세월 동안 마모된 작은 약병을 하나 주운 적도 있다. 나는 오래전에 마차나 말을 타고 가던 필그림 중 누군가가 아무도 자기를 쳐다보는 사람이 없는지 고개를 돌려 확인한 다음, 숲속에다 이걸 버리는 장면을 상상했다. 병은 그 누구의 손을 타지 않고 200년 동안 거기 놓여 있다가, 그 사람에게서 내 손으로 바로 전달된 셈이다.

오랫동안 방치된 포도밭에 마련된 필그림들의 묘지에 이르면 숲속에 길이 나타난다. 이곳은 늘 우리를 매혹시킨다. 날개 달린 해골 문양이 새겨진 작고 움푹 꺼진 묘비석이 줄지어 서 있다. 풍상에 시달려 여기저기 패여 있고, 수많은 사람의 이름이 쓰인 글씨를 간신히 알아볼 수 있는 체념 어린 묘비. 대부분 어린아이였다. "온화했던," "늘 감사할 줄 알았던," "오바댜," "메히터블," "생후 3주," "생후 14개월," "생후 24일," "생후 2년 9개월," "생후 5일." 다들 하나같이 동쪽을 향해 있었다. 최후 심판의 날이 오면 이 아이들 모두 무덤에서 일어나 밝아오는 여명을 받고, 하느님의 오른손에 붙들려 의인들 부류에 속해서 심판을 받게 되기를.

진입로를 따라 메스키트*와 햄버거 냄새가 풍겨왔다. "맛있는 냄새," 아이들을 따라잡으며 내가 말했다. "배고파."

---

* 메스키트 mesquite ― 숯을 만들거나 음식 굽는 불을 피울 때 쓰는 남미산 나무

"그렇게 수영을 오래 했으니 배가 고프겠네." 엄마가 말했다.

"나는 햄버거를 세 개는 먹을 거야." 핀이 말했다. "엄마, 햄버거 세 개 먹어도 돼요?"

"엄마가 줄 수 있는 게 아니야," 잭이 말했다. "딕슨 아저씨에게 물어봐야지."

"핫도그는?" 핀이 말했다.

"나는 독한 진토닉 한 잔 생각이 간절하네." 피터가 말했다. "알마덴* 와인만 갖고 있다고 하면 딕슨 씨를 그냥 총으로 쏴버릴 거야."

"딕슨은 그걸 램프에 사용해." 엄마가 말했다.

피터가 당황한 듯 엄마를 쳐다봤다.

"모래랑 같이 섞어서 넣으면 돼," 엄마가 말했다.

"모래."

"자네는 70년대를 안 살아본 모양이야."

"엘, 내가 보기에 장모님이 치매가 시작되는 거 같아."

엄마가 모자로 피터를 찰싹 때렸다. "우리가 같이 마신 양을 생각하면 뭔가 다른 데 사용했던 것 같기는 하네."

"장모님, 혹시 몸이 안 좋으시면 집까지 모셔다 드릴게요."

"네 남편은 정말이지 형편없어." 엄마가 웃었다. "이혼을 생각해 볼 때가 된 거야."

핀과 매디가 당황한 듯 쳐다봤다.

"엄마."

---

* 알마덴Almaden — 캘리포니아 와인 제조사

"아, 아니야, 농담한 거야. 농담." 엄마가 아이들에게 말했다. "할머니는 너희 아빠를 아주 좋아해. 너희 아빠도 잘 알다시피."

"할머니가 유머가 넘쳐서 그런 거야." 피터가 말했다.

나는 핀의 손을 잡고 옆에 쪼그리고 앉았다. "할머니가 그냥 말도 안 되는 얘기를 한 거야. 너도 알겠지만, 아빠와 나는 서로 사랑해. 앞으로도 그럴 거고."

앞마당 잔디에는 대략 15명의 사람이 모여 있었는데, 다들 늘 보던 백우즈 주민들이었고, 체더 치즈를 위에 올린 곡물 과자를 먹으면서 플라스틱 컵에 술을 따라 마시며 이야기를 나누고 있었다. 원형 테이블 위에는 이동식 바가 만들어져 있었고, 시트로넬라* 양초가 여기저기 켜져 있었다.

"자 그럼," 피터가 말했다. "이제 본격적으로 흐트러져 볼까?"

내가 처음 만난 사람은 딕슨 씨 아내 안드레아였다. 수십 년이 지난 지금에 와서도 나는 그녀를 볼 때면 모노폴리 게임판이 생각나고, 딕슨 씨가 알몸으로 거실을 돌아다니던 광경이 떠오른다. 그들은 3년 전, 희귀 서적 경매에서 다시 만났다. 저자 사인이 담긴 《조너선 리빙스턴 시걸》의 초판본을 놓고 서로 계속 비딩을 했다는 것이다. 딕슨 씨 말로는, 처음에는 그녀인지 못 알아봤을 만큼 사람이 변해 있었다. 예전에 있던 풍성한 빨간 곱슬머리는 사라지고, 숱이 얼마 없는 잿빛 단발만 남아 있었다고. 안드레아는 근사한 진주 장신구를 팔아 아프리카 토속

---

* 시트로넬라 Citronella — 식물의 일종. 이것에서 추출한 향료로 향수나 비누, 양초를 만든다.

귀걸이를 샀고, 피터 막스*가 디자인한 비둘기 문양 버튼을 분홍색 리본으로 교환했다. 그녀의 아들은 투자은행에 다닌다. 안드레아 말에 따르면, 아들은 콜로라도에 살고 있고, 청정에너지를 거래하고 있다는 것인데, 환경을 생각해서 그렇다는 말을 하고 싶은 듯했다. 그녀는 아직도 세계 평화를 이룰 수 있다고 믿는다. 안드레아는 뉴올리언스 출신 재즈 가수였다가 지금은 시들해진 마사 커리어와 한참 얘기에 열중하고 있었는데, 마사 커리어는 바닷가가 내려다보이는 신식 주택에 살고 있고, 항상 터번 같은 헤어 스카프를 두르고 지낸다. 마사는 긴 상아 담뱃대에 끼운 버지니아 슬림 담배를 피우고 있다. 안드레아는 마사가 담배 연기를 내뿜을 때마다 손으로 연기를 휘젓는데도, 마사는 그녀를 무시하고 일부러 더 안드레아 얼굴 쪽으로 연기를 뿜어댄다. 나는 마사가 늘 재미있다.

사람들 쪽으로 다가가고 있는데, 엄마가 내 뒤로 와서 몸을 숨겼다. "나를 좀 가려봐," 엄마가 말했다. "안드레아가 모르고 지나갈 수 있게. 안 그러면 나를 구석에 몰아세우고는 어떻게 지내느냐고 저 여자 특유의 말투로 물어보고는 솔직하게 대답할 때까지 나를 쳐다보고 기다린다고. 칵테일파티에서 대화하듯이 말하는데, 아주 죽겠어."

나는 크게 웃었다. "엄마 말이 맞아. 정말 특이한 사람이야. 몇 마디 나누고 넘어가죠 뭐."

"나는 딕스가 저 여자랑 어떻게 10분 이상 같이 지내는지 이해가 안

---

* 피터 막스 Peter Max(1937–) — 밝은 컬러를 잘 사용한 독일계 미국인 예술가. 1960년대에 비주얼 아트로 유명했다.

돼. 말도 못 하게 지루한 여자인데."

"신기하긴 해요," 나는 그녀를 비껴가면서 말했다.

"딕스 말로는 자루 속에 든 발전기처럼 열정적이래. 블로우잡이 끝내준다는 뜻이겠지."

"엄마, 징그러워."

"맞아. 징그럽지. 저 봐, 입이 저렇게 조그만데."

"안드레아가 아니라, 엄마가 징그럽다고." 내가 웃었다.

"고상한 척하지 마."

"나는 딕슨 씨 성생활에 아무 관심 없어. 팔십 가까이 된 분인데."

잔디밭 저쪽에서 딕스 씨가 우리를 보고 손을 흔들었다. 엄마도 손을 흔든다. "아직 매력적인 남자야. 원하는 여자는 다 품어볼 수 있는 남자."

"65세 이상의 여자 중에서는 그렇겠지."

"장담하지 마라. 여전히 저렇게 섹시하니."

"아, 엄마 때문에 안드레아가 입 안에 페니스를 넣고 있는 장면이 계속 눈앞에 아른거려요."

"그러면 적어도 말은 안 하고 있다는 거네. 보드카 한 잔만 갖다줄래? 얼음 넣어서, 소다수는 필요 없고." 엄마는 옥외용 안락의자에 앉았다. "눈에 보이면 땅콩도 갖다줘. 아, 어서 오세요." 엄마는 패멀라가 오는 걸 보고는 말했다. 패멀라는 긴 라벤더 색상 카프탄* 차림에, 단출한 호박색 목걸이를 하고 있다. "여기 와서 앉으세요," 엄마는 자기

---

* 카프탄 caftan, kaftan — 여자들이 입는 소매가 넓고 헐렁하며 긴 원피스

옆 빈 의자를 두드리며 말했다. "이 사람들로부터 나를 좀 구해줘요."

패멀라가 사랑스럽고 온화한 표정으로 엄마를 보며 웃었다. 그녀는, 나로서는 그 이유를 잘 알 수 없지만, 우리 엄마를 아주 멋진 여자라고 생각한다. 하지만 패멀라는 모든 사람의 가장 좋은 면만 보려고 애쓰는 타입이긴 하다. 콘래드에 대해서도 그랬다.

콘래드가 우리와 같이 살기로 한 그다음 해 여름, 패멀라는 나와 언니를 조개구이 식당에 데리고 갔다. "자 이제 너희들," 그녀는 자리에 앉으면서 말했다. "얘기 좀 해봐라. 레오는 잘 지내고 있니? 약간 한량기 있는 남자이긴 하지. 하지만 사랑스러운 사내야. 너희 엄마는 늘 여전하더구나."

"두 분 다 잘 지내세요." 내가 말했다.

"콘래드는 어때? 남자 형제가 생겼으니 너희도 적응하느라 고생을 하겠구나."

"의붓형제죠." 내가 말했다.

"사실을 말씀드려요, 거짓말을 해드려요?" 언니가 말했다.

"원하는 대로 해봐. 껍질 깐 조개를 먹을래 아니면 통으로 구운 걸 먹을래?"

우리는 사실을 말하기로 했다.

우리는 패멀라에게 콘래드가 얼마나 끔찍한 인간인지 다 털어놓았다. 늘 엉큼하게 웅크리고 다닌다고. 아침에 냉장고 문을 연 채로 거기서 우유를 통째로 들고 마시는 바람에 우리가 시리얼을 못 꺼내 먹었던 일도 말했다. 사춘기가 되어서는 수염을 깎지도 않고 계속 기르고 있다는 것도.

"매일 온수를 혼자 다 써버려요," 언니가 말했다. "샤워하면서 자위하는 거죠. 정말 역겨워 죽겠어요. 그러니까 그게," 애나는 손가락을 입 안에 넣고 게워낼 듯한 표정을 지으며 말했다. "뭘 떠올리며 자위하는 건지."

나는 이쯤 되면 패멀라 역시 기겁할 거라고 예상했다. 그러나 그녀는 언니더러 상황이 괴롭겠다며 충분히 이해한다는 말만 했다. 하지만 콘래드 때문에 언니가 기숙학교로 쫓겨났으며, 언니 방을 콘래드가 쓰게 되었다고 그를 비난할 수야 있겠냐고 물었다. "왜냐하면," 패멀라가 말을 이었다. "그의 행동이 아무리 혐오스럽다고 해도, 그게 그 아이의 잘못은 아니거든. 지금 이 상황은 걔가 원한 게 전혀 아니야. 콘래드가 원한 건 그냥 자기 엄마가 자기를 사랑해 줬으면 하는 거였지. 그러니까 걔가 지금 얼마나 마음고생하고 있는지 생각해 줘야 해. 좀 더 친절하게 대해주고. 너희 둘 다." 그녀가 조개의 한가운데를 깨무는 바람에 테이블 위로 즙이 터져 나왔다. "애나, 너는 눈동자가 참 예뻐. 그 말을 네게 늘 해주고 싶었다. 그 연한 잿빛 말이다. 웨이트리스가 오거든 핫소스 좀 달라고 하거라."

딕슨 씨는 늘 입던 대로 흰 바지에 파란 리넨 셔츠를 받쳐 입고, 주전자처럼 생긴 그릴 두 군데에서 고기를 굽고 있었는데, 맨발에 그을린 피부였고, 한 손에는 집게, 다른 한 손에는 마티니 잔을 들고, 기름 한 방울도 옷에 튀지 않았다. 수영을 하고 왔는지 아직 물기가 남아 있는 회색 머리칼을 뒤로 넘겼다. 여기저기 긁힌 서핑보드 세 개가 집 옆쪽 벽에 기대어 세워져 있고, 딕슨 씨가 벗어 놓은 젖은 수영복은 톱질

할 때 나무를 올려놓는 틀에 널려 있었다. 내가 아는 한 그는 파도가 높을 때도 전혀 주저하지 않고 수영을 해서 바다로 나갈 수 있는 유일한 사람이다. 엄마 말이 맞았다. 그는 여전히 멋진 남자이다. 활강 선수 같고, 전동 모터기 같다. 그는 잭을 보더니 손을 흔들며 반가워했고, 잭과 악수를 한 다음, 주걱을 건넸다.

피터는 바에 있다. 나는 그가 유리잔에 진을 조금 따르고 토닉 워터를 섞는 모습을 지켜봤다. 피터가 얼음을 몇 개 잔에 담갔다. 바다 위에 떠다니는 똥처럼 보였다. 영국 사람들은 술을 좋아하면서도 맥 빠지고 멋없는 칵테일을 만들어 마신다. 나는 그의 뒤로 가서 두 팔로 허리를 감쌌다.

"이게 누구야?" 그가 말했다.

"하하."

그가 돌아보더니 내 코끝에 키스를 했다.

"엄마가 보드카를 한 잔 달래. 얼음은 하나만 넣고."

"알겠어, 당신은?"

"나는 안에 들어가서 안드레아가 숨겨 놓은 값비싼 와인을 찾아볼 생각이야."

"그녀가 오면 내가 휘파람을 세 번 불게."

나는 주방 문으로 들어갔다. 나는 딕슨 씨 네 주방을 언제나 좋아했는데, 황적색 마룻바닥하며, 이제는 오래되어 낡아버린 빵 도마가 달린 주방 조리대, 반창고에서 나오는 머스키 향은 물론, 커민과 진저에일 잔까지 일품이다. 이 주방에 들어올 때마다 나는 조리대 쪽으로 스툴을 가까이 붙이고 앉아서 콘플레이크에 우유와 하얀 설탕을 잔뜩 부어 먹고 싶은 충동을 느낀다. 싱크대 위쪽 찬장을 열고, 와인 잔을 꺼냈다. 선반 위쪽으로는 아마 1995년 이후로 한 번도 꺼내 쓰지 않은 게 분명한 노란 쿠진아트 냄비들이 진열되어 있다. 그 옆으로는 오래전에 솔턴에서 나온 요거트 메이커가 먼지를 뒤집어쓰고 있다. 그걸 보고 있자니 응고 유제품, 독실한 체하는 허세, 그리고 다른 사람들의 부모가 섹스하는 장면이 잇달아 떠오른다.

냉장고 안에는 방금 딴 듯한 근사한 상세르* 와인병이 들어 있다. 나는 잔을 채운 다음, 딕슨 씨 서재로 들어갔다. 창을 통해 바깥을 보니 피터가 엄마에게 땅콩 캔을 가져다주고 있었다. 피터가 바에서 슬쩍 꺼내 온 보드카 병을 엄마에게 건넸다. 엄마는 전혀 머뭇거리지 않고 그걸 받아서 벌컥 마셨다. 그러더니 피터에게 다시 건넸다. 피터가 웃으면서 엄마가 앉아 있는 옥외용 안락의자 팔걸이에 걸터앉았다. 담배를 꺼내 불을 붙였다. 엄마 귀에 대고 뭔가 속삭이자 엄마가 피터를 찰싹 때렸다. 하지만 엄마도 웃고 있다. 엄마를 예전처럼 저렇게 편안하게 해줄 수 있는 사람은 이 세상에 피터밖에 없다. 피터에게는 다정함과 저급한 유머, 그리고 남들을 전혀 신경 쓰지 않는 태도 등이 절묘하게 조합되어 있어 엄마를 즐겁게 한다. 엄마에게 피터는 레오가 떠났을 때, 아기가 죽었을 때, 내 일기장을 읽어봤을 때, 그 힘든 시절에 자신을 구해준 사람이었다. 피터는 엄마가 길을 잃고 헤맬 때 붙잡아줬고, 우리가 살던 그 오래된 아파트에 다시 불이 켜지게 해줬다. 피터가 있었기에 우리는 다시 행복해져도 된다는 느낌을 가질 수 있었다.

---

* 상세르Sancerre — 프랑스 르아르Loire 지방에서 나오는 백포도주

매디와 핀이 뛰어와서 피터에게 매달리면서 새끼 오리들처럼 따라다녔다. 그는 자기 왼팔에 내려앉은 모기를 때려잡고는 아이들 앞에서 손바닥을 펴서 보여주었다. 그 사소한 몸짓을 지켜보고 있자니 편안해지는 느낌이 들었다. 고맙기도 했다.

나는 거실을 지나서 위층에 있는 화장실로 올라갔다. 나이 많은 분들이 몇 명 이미 집 안에 들어와 있었다. 다들 벽난로 주변에 모여 앉아서 새 울음소리에 대한 이야기에 한창이었다.

"내가 듣기에는 박새 소리였어. 치 카 디 디 디 … 감미로워. 옥수수가 통통 튀는 느낌," 누군가 말했다.

"우리가 사는 지역에서는 박새가 점점 사라지고 있어요." 안드레아가 하는 말이 들려왔다. "이 동네 고양이 때문에 그래요. 키우는 사람들이 고양이에게 방울을 달기 싫어해서 그런 거예요. 제가 국립 공원 관리 센터에 전화까지 걸었는데, 자기들이 할 수 있는 일이 없대요."

"나는 어치 울음소리가 그렇게 좋아." 마사 커리어의 쉰 듯하면서 깊은 남부 억양이 들려왔다. "그런 사람은 몇 명 없겠지만."

딕슨 씨 네 집은 계단이 두 군데 있다. 지금 내가 올라가고 있는 넓은 계단은 집 안의 공식적인 공간, 그러니까 어른들이 지내는 곳으로 연결된다. 이쪽에 있는 방들은 하나 같이 아름답고 우아하다. 게스트 룸마다 개똥지빠귀의 알 같은 푸른색을 배경으로 연한 장미꽃과 은방울꽃 그림이 그려진 오래된 벽지가 있다. 안방은 이 세상에서 내가 가장 좋아하는 곳이었다. 어렸을 때 나는 언젠가는 딱 이렇게 꾸민 방을 갖고 싶은 꿈이 있었다. 비취색 잎사귀 속에서 피어난 풍성하고 하얀 모란이 아래로 드리워져 있는 그림을 손으로 그린 벽지, 로맨틱한 덮개가 있는 침대와 커튼, 폭넓은 널빤지가 깔린 마룻바닥, 산뜻하게 쌓아 올린 장작더미와 불쏘시개가 나란히 진열된 벽난로, 발 달린 욕조가 놓인 욕실까지.

아이들이 쓰는 계단은 가파르고 어둡고 난간이 없지만, 양쪽의 벽이 바짝 붙어 있어서 안전하게 보호받는 느낌이 든다. 주방에서 그 계단을 따라 올라가면 "기숙사"라고 부르는 다락 같은 방이 나오는데, 창이 높이 달려 있고, 벽마다 이층 침대가 세워져 있다. 어렸을 때 여기 와서 하룻밤을 잘 때면, 남자애들을 몰래 불러서 병돌리기 게임을 하거나, 정향으로 만든 담배를 같이 피우기도 했다. 어른들이 지내는 곳에서 기숙사로 오려면 남녀 공용 화장실을 통해서 오는 길이 유일했는데, 거기는 우리 쪽에서 잠가 놓을 수 있었다.

게스트룸 화장실에는 누가 들어가 있기에 나는 딕슨 씨 침실에 있는 화장실로 갔다. 문을 여는데, 심장이 쿵 내려앉는 느낌이 들었다. 안드레아가 방을 다시 꾸민 것이다. 모란이 그려진 구식 벽지는 뜯어내고, 방을 온통 가지색으로 도배를 했다. 그 아름답던 덮개 달린 침대도 없어지고, 그 대신에 베이지색 리넨으로 덮은 침대가 놓여 있었고, 바닥은 헤링본 무늬의 사이잘*이었다. 1950년대 유행하던 스타일의 서랍장과 사이먼 피어스** 유리 램프도 서로 색깔 맞춰 진열되어 있었다. 안드레아를 죽여버리고 싶었다. 소변만 마려웠지만, 마음 같아서는 변기에

---

* 사이잘sisal — 용설란과에 속하는 식물. 이 식물의 잎섬유로 로프나 바닥 깔개 등을 만든다.

** 사이먼 피어스Simon Pearce(1946–) — 입으로 불어 만드는 유리 제품과 도예 제품 사업으로 유명한 아일랜드계 미국 기업가

똥을 싸서 불만을 표시해 놓고 싶었다.

하지만 그 대신에 긴 복도를 따라 걸어서 그 끝에 있는 남녀 공용 화장실로 갔다. 안에 들어가서 문을 잠그려는데 기숙사 쪽 문이 열리더니 지나가 들어왔다.

"어, 안녕하세요." 지나는 화장실에서 만나는 게 아무렇지도 않은 듯이 인사를 했다. 그녀는 청바지를 내리고 변기에 걸터앉았다.

나는 아무 말도 하지 못하고 그대로 서 있었다. '조너스가 왔나 보네,' 이 생각밖에 안 들었고, 심장은 쿵쿵거리며 내달렸다.

지나가 화장지를 잔뜩 뜯어서 닦았다. "여러분은 언제 오셨어요?"

"30분 전쯤," 내가 겨우 대답했다. "걸어왔어."

"우리는 올 생각이 없었는데, 조너스 엄마가 두부야채볶음을 해야 한다고 성화를 내서요." 그녀는 변기 물을 내리고 일어나서 바지의 지퍼를 올렸다. 깨끗하게 브라질리언 왁싱을 했다. 그걸 보고 있자니 내 그곳의 털이 생각나면서 얼굴이 달아올랐다. 조너스가 보고 놀랐던 건 아닐까? 확 깬다고 생각했을까? 조너스는 전혀 다른 것에 익숙해져 있었던 셈이다. 어린애처럼 매끈한 거기.

"이제 하세요." 지나가 말했다.

나는 그녀를 제대로 쳐다보지 못했다. 다른 곳으로 눈을 돌리지도 못했다.

그녀는 의약품 통을 열더니 연고를 찾아서 손가락 끝에 조금 짠 다음, 일회용 반창고를 꺼냈다. "발에 뭐가 생겼어요." 그녀가 말했다. "조금 긁혔다 싶었는데 쓰리고 아프더니 피가 고인 물집까지 잡히네요. 조너스는 게를 밟은 게 아니냐고 하네요."

나는 그녀가 자기 상처에 원을 그리면서 연고를 바르는 모습을 지켜봤다. 일회용 반창고 덮개를 벗기고, '별거 아닌' 상처 위에 덮은 다음 양쪽 끝을 피부 위로 부드럽게 감싸는 모습이 퍽 사랑스러웠다. 자신을 소중하게 돌보는 몸짓 하나하나가 매력이 넘쳤다. 2분 넘게 충분히 양치질하는 여자를 보는 느낌. 그녀가 나갈 때까지 기다렸지만, 지나는 뒷주머니에서 립글로스를 꺼내더니 거울 쪽으로 몸을 숙였다. 할 수 없이 나는 지나가 두 발짝 정도 떨어져 있는데도 팬티를 발목까지 내리고 앉아서 소변을 봤다. 조너스가 줬던 반지는 내 옷 주머니 속에서 나를 꾹 눌렀다.

"조너스에게 여기까지 운전을 해달라고 졸랐어요." 지나가 입을 삐쭉 내밀어 입술에 잘 발렸는지 확인하면서 말했다. "아까 조너스가 집에 돌아왔을 때만 해도 모기떼 때문에 정신을 못 차릴 정도였어요. 이 남자는 도대체 어디를 그렇게 갔다 오는 건지."

오줌이 나오다가 헉, 하고 멈추더니 다시 나왔다. 지나가 뒤로 돌더니 뭔가 생각하는 표정으로 나를 쳐다봤다. 나는 어둠 속에 있는 사냥꾼을 감지한 사슴처럼 가만히 있었다.

하지만 그녀는 웃음을 보였다. "못 믿으시겠지만, 이 말은 안 하려고 했는데, 실은 '당신' 만나러 가는 게 아닌가 생각하고 있었어요." 그녀는 걸려 있는 수건에 손을 닦았다. "지금 생각하면 웃긴 얘기지만, 한번은 몰래 뒤를 따라간 적도 있거든요. 정말이지 여름 내내 물수리 둥지를 찾아 헤매더라고요." 그녀가 소리 내어 웃었다.

"조너스가 여기 숲을 참 좋아하지," 나는 그렇게 말하고 화장지에 손을 뻗었다.

기숙사를 지나 계단을 내려가면서 지나가 말했다. "새로 꾸민 안방 봤어요? 안드레아가 멋지게 싹 다 바꿨더라고요. 마침내 그 끔찍한 벽지를 뜯어내자고 딕슨 씨를 설득한 모양이에요. 다음에는 주방을 고칠 계획이라고 하더군요."

"나는 그 주방에서 자라다시피 했는데."

"알아요. 그런데 혹시 본 적 있어요?"

지나는 지금 자기가 조너스를 놓치기 일보 직전이라는 건 결코 모르리라.

"이 방은 틀림없이 십대 애들이 공짜로 잘 수 있는 최고의 아지트였을 거니까." 그녀는 이층 침대가 들어차 있는 벽을 가리키면서 말했다. "여기 어디서 조너스가 여자애를 더듬으며 누워 있었겠죠."

"그때 조너스는 우리보다 한참 어렸어."

나는 그녀의 뒤를 따라 좁은 계단을 내려갔다.

"하지만 그 사람에게 여자친구가 있는지는 분명 알았을 거 아니에요." 지나가 뒤를 돌아보며 말했다.

내 머리카락에서는 아직 연못의 물 냄새가 났다.

엄마는 아까 내가 봤던 자리에 그대로 앉아 있었고, 피터도 엄마가 앉아 있는 의자 팔걸이에 여전히 앉아 있었다. 저녁 어스름 속에서 시트로넬라 양초 불빛이 원을 만들어 내고 있었다.

"버거 가지러 갈 건데," 지나가 말했다. "하나 갖다줄까요?"

나는 조너스가 있나 하고 잔디밭을 훑어보는데, 약간 불편한 긴장감이 몰려왔다. 그릴 너머 그늘진 곳에 그가 있었다. 나를 쳐다보고 있었다. 거기서 나를 기다리고 있었다. 나는 치마에 달린 주머니에 손을 집어넣고, 초록색 유리 반지를 꼭 쥔 채 마음을 가라앉혔다. "나는 조금 있다가 먹을게."

지나가 잔디밭을 가로질러 조너스에게 가더니 양팔로 그의 허리를 감싸고 바지 뒷주머니에 자기 두 손을 집어넣었다. 자기 남자라는 표시였다. 내가 쳐다보고 있다는 걸 느낀 게 분명했다. 이내 뒤를 돌아봤으니까. 사냥감 냄새를 포착하고 어둠 속을 들여다보는 한 마리 퓨마 같았다. 조너스가 그녀의 귀에 대고 뭐라고 속삭이자 그녀가 웃더니 자기도 그의 귀에 대고 속삭였다.

"어, 여보," 피터가 말했다. "어디 갔다 온 거야?"

"지나랑. 소변보러."

"땅콩 좀 먹어봐라." 엄마가 내게 캔을 건넸다.

"2층에 있는 애들 화장실에 있었는데, 지나가 노크도 없이 기숙사 쪽에 달린 문을 열고 들어왔어. 내 앞에 앉아서 소변을 보는 거야."

"걔가 원래 좀 천박해," 엄마가 말했다.

"당신 어머니가 오늘 밤은 어떻게든 누구든 간에 한판 붙고 싶은가 봐."

"나는 전혀 싸울 생각이 없어," 엄마가 말했다. "난 그저 안드레아에게 새로 조경한 걸 아무도 좋아하지 않는다고 말해줬을 뿐이야. '우즈'에 어울리는 스타일이 아니야."

"참 친절도 하시네요, 우리 엄마."

"아니 내 의견을 듣고 싶지 않았으면 애초에 자기가 바꾼 것에 대해 어떻게 생각하냐고 물어보지 말았어야지."

"당신 어머니께서 그녀더러 '부르주아' 스타일이라고 대놓고 말씀하시더구먼." 피터가 웃으며 말했다.

"우리한테 야생 식물에 대해 주저리주저리 강의를 하고 싶었으면 화단은 만들지 말아야지."

잔디밭 저쪽 그늘에서는 애들이 편자놀이를 하고 있었다. 조너스와 지나가 접시와 잔을 들고 균형을 잡으면서 우리 쪽으로 걸어왔다.

"매디는 모기 스프레이를 좀 더 발라야 하는데. 모기가 유독 매디를 좋아하니." 내가 말했다.

조너스가 내 옆으로 의자를 당겨 앉더니 내 팔에 손을 올려놓았다. "우리가 껴도 되는 거지?" 모두에게 하는 말이었지만 실은 나에게만 하는 말이었다.

나는 일어섰다. "위층에 와인 잔을 두고 왔어."

나는 이번에는 화장실 양쪽 문을 다 잠그고, 불도 껐다. 창틀에 기대고 서서 나뭇가지가 흔들리면서 들리는 바스락거리는 소리, 웅얼거리는 소리, 유리잔 부딪치는 소리, 사람들이 대화하는 소리에 귀를 기울였다. 나 자신의 본능에 대해 질문할 수 있을 만한 나이가 되었을 무렵, 엄마가 내게 해준 조언은 언제나 똑같았다. "동전을 던져봐, 엘리너. 나오는 답이 마음에 안 들면, 반대로 하면 돼." 답을 모를 때, 혹은 모르겠다는 생각이 들 때도, 우리는 실은 답을 알고 있다. 그런데 그 동전이 가짜 동전이라면? 양면 모두 똑같은 답이 나온다면? 둘 다 정답이라면, 둘 다 틀린 것이다.

내 와인 잔은 아까 놔두었던 창틀에 그대로 있었다. 아래쪽 데크를 보니 피터와 조너스가 이야기를 하고 있다. 피터가 뭐라고 하자 지나가 머리를 뒤로 제치고 웃었다. 두 남자 모두 웃고 있다. 그 모습이 초현실적이고 이해할 수 없게 다가왔다. 몇 시간 전만 해도 온 세상이 꿈처럼 하늘에 걸려 있는 느낌이었다. 나는 저녁 어스름 속을 들여다보며, 오래전에 봤던 그 폐허와 숲속의 고요함, 그리고 조너스의 솔직하고 투명한 눈빛을 떠올렸다. 등을 벽에 기대고 주르르 내려앉아서 두 무릎을 가슴께에 대고 웅크렸다. 나는 이미 선택을 했다. 가슴 뛰는 아픈 사랑을 포기하고 다른 사랑을 택했다. 인내하는 사랑. 사랑 같은 사랑. 하지만 괴로움은 여전히 날것 그대로 살아 있다. 바깥에서 엄마가 잔디밭 건너편에 있는 딕슨 씨에게 햄버거 하나 해달라고 하는 소리가 들렸다. "피가 고인 채로," 엄마가 소리쳤다. "소가 음매 하는 소리가 들릴 만한 날것으로. 살모넬라균 이런 소리는 하지 말고. 바싹 구워서 딱딱한 고기를 먹으니 그냥 설사를 쏟고 수분 부족으로 죽을 거야." 피터가 편안하게 큰 소리로 웃는 소리가 들린다. "장모님, 제가 조만간 병원에 입원시켜 드릴게요."

아래층으로 내려오니 조너스가 주방 싱크대에서 찬물을 틀어 손을 대고 있었다.

"어, 왔네." 조너스가 물에서 손을 꺼내 들어 올렸다. 빨갛게 데인 자국이 손바닥에 대각선으로 나 있었다. "당신 어머니 드리려고 햄버거 집다가 뜨거운 그릴 위에 있던 쇠주걱을 잡았어." 그는 조리대에 기대섰다. 그를 먹고 싶었다. 그 나른하고 흐느적거리는 자신감까지. 야무지게 그를 삼켜서, 소화하고 싶었다.

"이리 와," 그가 부드럽게 불렀다.

"버터가 필요하겠다." 나는 냉장고로 가서 버터를 찾아서 싸개를 벗겼다. 조너스가 손을 내밀었고, 나는 그 데인 부위에 버터를 문질러 발랐다. 그가 내 손을 손가락으로 움켜잡았다. 나는 손을 빼고, 버터를 냉장고에 다시 집어넣었다.

"엘?"

"왜?" 나는 그에게 등을 보인 채 서서 말했다. 그가 무슨 말을 하든, 견디기 힘들 듯했다.

"딕슨 씨가 내일 아침 토스트에 불에 탄 내 살점을 올려놓고 드실 모양이야."

"그런가 보네." 나는 냉장고에서 다시 버터를 꺼낸 뒤, 윗부분을 떼어 내어 쓰레기통에 던지고, 깨끗한 행주를 찾아서 그에게 건넸다. 마음을 가다듬고 말했다. "당분간 이걸로 감싸고 있어."

"아까 너한테 줄 게 있어서 캠프에 두고 왔어," 조너스가 말했다. "네 오두막에. 이따 집에 가면 찾아봐."

"이미 봤어." 내가 말했다. "양파 가지러 가야 했거든." 나는 주머니에 손을 넣고 반지를 꺼냈다. "아직도 가지고 있을 줄은 몰랐어."

그가 그 반지를 잡고는 빛에 비추어 봤다. 조그만 초록빛 유리가 크립토나이트*처럼 반짝였다. "그해 내 신년 목표는 너를 영원히 잊는 거였어. 그런데 갑자기 커피숍에서 네가 웬 거지 같은 사내에게 고함을 치며 나타났던 거야." 그는 반지를 내 손가락의 결혼반지 위에 덮어 끼웠다.

내가 하고 싶은 말은 단 하나, 나는 그의 것이라는 말이었다. 지금껏

---

* 크립토나이트 kryptonite — 〈슈퍼맨〉에 나오는 가상의 화학 원소

언제나 그랬고 앞으로도 그럴 거라고. 하지만 나는 반지를 도로 빼서 카운터 위에 올려놓았다. "못 하겠어."

"네 거야."

나는 최대한 냉정한 목소리로 말했다. "피터와 애들 있는 데로 갈 거야. 지나더러 이리 와서 손에 붕대를 감아주라고 할게."

조너스는 지나가는 유령의 서늘한 옷소매에 스치기라도 한 듯 불안하고 창백한 표정을 지었다. "다시 껴." 그의 목소리가 굳어졌다.

나는 그의 손을 붙잡고 화상 자국이 난 손바닥에 입을 맞춘 뒤에 꼭 쥐고 있었다.

"자," 나는 핀에게 하듯이 말했다. "이제 좋아질 거야."

내가 떠나려 하자 그는 내 손을 카운터에 꾹 눌러 붙잡더니, 물에 빠진 사람처럼 나를 쳐다봤다.

"가게 해줘," 속삭임에 가까운 낮은 목소리로 내가 말했다. "제발."

우리 뒤쪽에서 끼익, 하는 소리가 들렸다. 돌아보니 방 저쪽 문가에 피터가 서 있었다.

"아 여보," 내가 말했다. "조너스가 손이 데었어."

33

오후 9시 30분

 딕슨 씨 집을 나와 돌아가면서 나는 뒤를 돌아보지 않았다. 내 가슴은 죽은 공기의 무게로 터지기 직전의 풍선처럼 텅 빈 답답함에 짓눌렸다. 공허감. 앞쪽에는 캄캄한 어둠만 펼쳐져 있다. 주변은 밤공기 속으로 우렁차게 울어대는 매미 소리로 가득했다. 피터는 내 앞에서 플래시로 좁은 길, 그러니까 길 가운데로 자란 풀과 그 양쪽으로 나 있는 흙길을 비추며 걷고 있다. 그 불빛이 나무들 주변으로 빛무리를 만들었다. 나방들이 빛에 이끌려 숲에서 날아왔다. 흙먼지 같은 갈색 점들이 불빛이 나오는 쪽으로 미친 듯이 날아들었다. 나는 이런 자살에 가까운 이끌림을 도무지 이해하지 못한다. 아이들은 피터 뒤에 줄지어 서서 따라가면서 다리가 아프다고 투덜거렸다. 피곤하고 겁도 났는지, 불빛에 최대한 가까이 붙어서 따라가고 있었다. 나방들은 어둠에 겁을 먹었는지도 모른다. 그렇게 단순한 것이다.
 "늑대 인간 그런 건 없다니까." 피터가 핀에게 안심시키듯이 말했다.
 "하지만 뱀파이어는요?" 핀이 말했다.

"뱀파이어도 없어, 우리 아들," 내가 말했다.

"그래도 그런 괴물이 진짜로 있으면 근사하긴 할 거야," 피터가 말했다. "생각해 봐. 늑대 인간도 있고 뱀파이어도 있다면 마법의 세계도 있는 거야. 사후 세계도 있는 거고. 어때 멋지지 않아?"

"맞아요," 핀이 말했다. "유령도 있고"

"그렇지," 피터가 말했다.

"연쇄 살인범은요?" 매디가 말했다. "숲속에 누가 숨어 있으면 어떻게 해요? 우리를 공격하려고 하면요? 그 남자가 도끼를 들고 있으면 어떻게 해요?"

"여자일 수도 있지," 피터가 말했다.

"그러고 노니까 다들 재미있어?" 나는 피터의 정강이라도 한 대 걷어차고 싶었다. 이제 매디는 무서워하느라 밤새 잠도 못 자고 깨어 있을 것이다. "아주 멋진 패거리구먼."

"아까 우리는 얼음땡놀이를 했어요," 핀이 말했다. "집에 가면 아이스크림 먹어도 돼요?"

잭은 내 옆에서, 내 밀짚가방을 들고 걷고 있다. 어디서부터인가 잭이 내게 팔짱을 끼는 바람에 우리는 그렇게 어둠 속으로 나 있는 흙길을 각자의 생각에 빠진 채 계속 걸어왔다. 멀리 산등성이에서 코요테 한 마리가 밤의 한 귀퉁이를 뜯어먹기라도 하려는 듯이 울부짖었다. 더 먼 곳에서 다른 무리가 거기에 대답했다. 나는 그들이 주린 배를 움켜쥐고 주고받는 대화에 귀를 기울였다. 다들 자기들 저녁 식사용으로 잡은 들쥐나 작은 개를 먹기 위해 모이고 있을까.

진입로에 이르니 우리 집 쓰레기통 하나가 옆으로 쓰러져 있고, 그 위에 너구리 두 마리가 올라타고 있었다. 피터의 플래시 불빛이 자기들을 비추자 얼어붙은 듯 그 자리에 멈춰 섰는데, 작고 털 많은 봅슬레이 선수 같은 몸통으로, 눈은 불빛을 받아 빨갛게 빛났다. 옥수숫대와 상추 이파리, 커피 가루와 잘게 찢긴 종이 타월 같은 게 땅바닥에 어지럽게 흩어져 있었다.

엄마가 짜증스러운 듯 고함을 치면서 작대기를 들고 그것들을 향해 뛰어갔다. "빨리 꺼져! 안 가! 빨리 가!"

우리는 너구리들이 슬금슬금 기어서 숲속으로 사라지는 광경을 지켜봤다.

"아휴, 나쁜 놈들이야." 엄마는 쓰레기통을 발로 한번 걷어찼다. "도대체 누가 멍청하게 쓰레기통을 줄로 안 묶었던 거야?" 엄마는 대답도 기다리지 않고 집 안으로 뛰어 들어갔다.

"그냥 할머니가 지금 바다에 빠진 배를 발견하셨다고 생각해." 피터가 말했다.

"너희들은 다 안으로 들어가." 내가 말했다. "여기는 내가 정리할 테니. 피스타치오 아이스크림 다 먹지 말고. 엄마 먹을 거 조금 남기고. 잭, 너는 들어가서 여기 외등 불을 켜고, 알았지?"

나는 혼자 남을 때까지 기다렸다. 내 위쪽 숲속에서 뭔가 조심스레 움직이는 기척이 나고, 나를 쳐다보는 시선도 느껴졌다. '정말 저쪽에 누가 숨어 있으면 어떻게 하지? 우리를 공격한다면?' 오랜 세월 나는 그 끔찍했던 밤에 대한 기억을 잊기 위해 애썼다. 하지만 지금 사랑과 공포와 슬픔이 한데 합쳐져 홍수처럼 쏟아져 들어오는 오늘 밤, 나는 냉정을 잃지 않으려고 기를 쓰고 있다. 너구리가 얼마나 오래 사는

지는 모르겠다. 쟤들은 콘래드가 나를 강간할 때 지켜보던 너구리들일까? 침대를 비추는 달빛이 들어오던 그 천장 채광창으로 방안을 들여다보던 그 새끼 너구리들일까? 내 눈물을 보며 겁에 질렸을까? 입이 막힌 채 지르던 내 비명 때문에 놀랐을까? 아니면 그냥 연못으로 안전하게 돌아가서 피라미라도 몇 마리 사냥해야 하는데 조용해질 시간을 기다리느라 지루함을 참고 있었을까? 콘래드 엄마는 로즈메리가 꿈을 꾸면서 심장이 쿵쾅거리는 소리를 들었을까? '도끼를 갖고 있다면 어떻게 하지?' 나는 피터와 내가 우리 오두막에서 아무것도 모르고 잠에 빠져 있는데 매디 혼자 겁에 질려 살려달라고 우는 장면을 상상했다. 매디에게 그런 일은 절대 없을 거라고 말해주고 싶다. 아무도 우리를 해치지 않을 거라고. 하지만 그럴 수가 없다.

나는 먹다 버린 샐러드와 축축한 담배꽁초, 티백 등으로 어지러운 바닥에 앉았다. 빈 비스퀵* 박스가 날카롭고 작은 발톱에 찢겨 있다. 어젯밤 어둠 속에서 조너스가 내게 다가오더니 내가 입고 있는 옷을 허리춤까지 들추어 올리고, 내 머리를 찬 시멘트 블록 벽에 세게 누르면서 내 몸 안으로 밀고 들어왔을 때, 비현실적이고 숨 막히도록 아름다운 아픔이 밀려 들어왔을 때, 비로소 온전한 생명이 내 안에 고이는 느낌이었다.

연못에서는 황소개구리가 울고 있다. 저 물속 진흙 속 어디쯤에는 악어거북이 숨어 있을 것이다. 창을 통해 안을 보니 피터가 팬트리에서 초콜릿 아이스크림을 이런저런 그릇에 퍼 담고 있었다. 그걸 아이들에

---

* 비스퀵Bisquick — 반죽해서 굽기만 하면 되도록 미리 만들어진 제빵 제품 브랜드

게 나눠주고는 피스타치오 아이스크림 통을 들고 잠시 생각하더니 자기 그릇에 다 털어 넣었다.

오후 10시 정각

나는 옥수숫대와 껍질 등을 잔뜩 모았다. 뒷문이 열리더니 피터가 커다란 까만 쓰레기봉투를 들고나왔다. 그가 어둠 속에서 나를 찾아 두리번거렸다.

"여기야." 내가 불빛 있는 쪽으로 나가며 말했다. "여긴 아주 엉망이야."

피터가 쓰레기봉투 입구를 벌렸고, 나는 그 안에 다 쑤셔 넣었다.

"나 아까 당신 봤어." 피터가 목소리를 내리깔고 묘하게 말했다. "조너스와 같이 있는 거."

"봤다고?"

"나도 알고 있어."

피부가 확 달아오르고 아드레날린이 온몸을 훑고 지나갔다. 솟구쳐 오르는 놀라움을 억누르고, 축축한 담배꽁초 줍는 데 집중했다. 그가 어두운 곳에서 나오더니 등 뒤에서 나를 붙잡았다. 나는 숨을 쉬지는 않았지만 안도의 한숨을 내뱉었다. "무슨 말을 하는 건지 모르겠어, 피트."

"거짓말하려고 하지 마." 그의 얼굴은 분노를 참느라 강가의 돌처럼 굳어졌다.

"거짓말하는 게 아니라, 날 봤다는 게 무슨 말이야? 어디서?" 소름이 드는 생각이 밀려왔다. 폐가에 갔을 때 우리를 따라왔던 걸까? 숲에 숨어서 우리를 지켜봤을까? 대놓고 섹스하던 광경을 다?

피터는 혐오스럽다는 듯 머리를 흔들었다. "아까. 주방에서. 딕슨 씨 집에서."

일순 몸이 편안해지면서 '다행이다' 싶은 느낌이 물밀듯 밀려왔다. "아까 화상 입은 조너스 손바닥에 뽀뽀하는 걸 봤다 그 말이야 지금? 세상에."

"그냥 입맞춤이 아니었잖아. 조너스가 당신 쳐다보는 모습도 봤어." 피터가 말했다. "당신을 원하고 있었어."

"어이구, 그래," 나는 억지로 비웃으며 말했다. "왜 안 그러겠어. 내가 이렇게 매력적인데."

"당신이 그를 쳐다보던 표정도 봤어," 피터가 말했다.

"조너스 손에 버터를 발라줬어. 행주도 챙겨줬고."

피터가 내 손에서 달걀 상자를 가져가며 말했다. "엘, 난 할 말 다 했어. 나는 자러 갈 거야." 그가 쓰레기봉투를 쓰레기통에 밀어 넣고는 뚜껑을 닫고 줄로 단단히 묶었다.

"피트, 제발. 조너스잖아. 우리가 가장 오래 만난 친구."

"당신 친구지."

"애한테 하듯이 '이제 괜찮을 거야' 이런 의미로 뽀뽀해 줬던 거야. 거기 당신도 있었잖아."

"있었지," 피터는 그렇게 말하고는 멀어져 갔다.

"잠깐만," 나는 그에게 걸어가며 말했다. "지금 화상 입은 조너스 손바닥에 키스했다는 거 때문에 진심으로 화가 났다는 거야?"

피터가 나를 내려다봤다. 눈빛은 차가운 은빛 수은처럼 빛났다.

"지랄. 마음대로 생각해." 나는 하나도 거리낄 것 없다는 듯 성을 내며 말했다. "조너스는 내 가장 오래된 친구야. 물론 걔는 나를 사랑해. 하지만 그런 사랑이 아니야. 근친상간도 아니고."

그의 얼굴에 잠시 멈칫하는 표정이 스쳐 갔다. 희망과 의심이 뒤섞인 듯한 표정.

우리는 그렇게 출구 없는 막다른 골목에 함께 서 있었다. 피터는 자기 의심을 해소하고 싶지만 여전히 불확실한 채로, 나는 겁에 질려 어떻게든 이 상황을 벗어나고 싶은 마음을 감춘 채, 내 자리에 버티고 서서 피터가 믿어주기를 바라며 기분 나쁜 척하고 있었다. 나는 조너스를 포기하고 살아왔다. 피터를 선택했다. 그를 위해서라면 죽을 수도 있다. 나는 믿지도 않는 하느님께 기도를 드렸다. 이번만 어떻게 해주시면 앞으로는 절대 거짓말 같은 건 안 하겠다고.

"알았어." 마침내 피터가 웃음 띤 얼굴로 말했다. "하지만, 거짓말이면 알아서 해."

나는 낮고 차분한 목소리로 대답했다. "그럼 이제 됐어. 조너스와는 아무런 일 없어. 다른 누구와도. 내가 사랑하는 사람은 당신뿐이야. 진심이야."

"알았어." 그가 말했다. 내게 다가오더니 깊은 키스를 했다. "앞으로는 다른 남자에게 키스 같은 거 하지 마. 당신은 내 여자니까."

"알아." 내가 말했다.

"자 이제 자러 가자. 내 아내랑 사랑을 나눠야지."

"아직 애들도 안 자고 있고 엄마가 여기저기 돌아다니고 계시잖아."

"쉿," 그가 내 손을 잡더니 우리 오두막까지 나를 이끌고 갔다. 그러더니 나를 푹 들어서 자기 앞에 있는 계단 위에 올려놓았다. "뒤돌아봐," 그가 으르렁거리듯 말했다.

나는 그를 향해 돌아선 다음, 문간에 버티고 섰다. 피터가 양손을 내 옷 속으로 집어넣어 속옷을 벗기더니 안으로 고개를 들이밀고 거칠게 혀로 핥았다.

"바다 맛이 나네," 그가 속삭였다.

나는 눈을 감은 채, 바다와 오늘 본 해변과 텐트와 조너스를 생각했다. 나는 다른 남자를 상상하면서 피터의 입에 사정을 했다. 눈물이 터져 나왔다. 내가 잃어버린 것에 대한 눈물이 아니라, 어찌할 길 없는 조너스를 향한 진실 때문에 흐르는 눈물.

오후 10시 30분

우리는 그렇게 함께 누워 있다. 피터는 관계를 맺은 뒤 완전히 곯아떨어졌고, 이불은 서로 뒤엉켜 있는 우리 발아래에 박혀 있다. 나는 베개를 고쳐 베고, 차가운 면에 뺨을 댄 채, 오르락내리락하는 피터의 가슴을 지켜보며, 은은한 그의 코 고는 소리를 듣고, 담배 냄새가 깃든 그의 숨결을 맡았다. 나는 불안했고 정처 없이 흔들렸다. 피터를 다시 깨우고 싶었다. 하지만 남자는 이렇게 곯아떨어지면 다시 깨울 수 없다. 오르가슴을 느낀 직후 남자라는 족속은 곧장 잠에 빠져든다. 여자는 생생히 깨어나지만 말이다. 이토록 서로 어긋나는 리듬은 신기하기까지 하다. 우리를 임신시키느라 고생한 다음이면 남자는 응당 쉬어야 하는 모양이다. 여자는 일어나서 동굴도 청소하고, 골풀로 만든 침대에 아이들도 재우고, 애들 머릿니도 잡아주고, 언젠가 그 아이들이 커서 자기 아이들에게 들려줄 이야기도 들려줘야 한다. 불에 대한 이야기, 돌로 만든 바퀴에 대한 이야기, 오랜 세월을 두고 형성된 빛나는 색깔의 종유석이 매달려 있는 동굴에 대한 이야기, 하늘을 나는 커다란 새를 잡으러 떠났던 소년에 대한 이야기, 그 소년이 어떻게 넓은 바다를 건넜는지에 대한 이야기. 나는 옷을 다시 걸치고 오두막을 나왔다. 늦었지만, 아이들에게 잘 자라고 키스를 해줘야 한다.

아이들 오두막에는 아직 불이 켜져 있다.

"엄마, 어디 갔다 온 거야?" 매디가 말했다. "아이스크림 먹으러 올 줄 알았는데."

"아빠가 몸이 안 좋아. 아빠한테 아스피린 찾아주고 잠드는 거 보고 왔어."

"잘하셨어요." 잭이 노트북 컴퓨터 화면에서 눈을 떼지도 않고 말했다.

매디는 핀에게 이야기책을 읽어주고 있었다. 둘은 매디 침대에 같이 파묻혀 있다. 매디는 올리브 열매 색깔 표지에 곰팡이가 필 정도로 오래되고 낡고 두꺼운 책을 들고 있다.

"뭐 읽고 있었어?"

"이거 세면실 책꽂이에서 찾았어요." 매디가 내게 책을 내밀었다.

"엄마가 태어나기 전부터 거기 있던 거구나. 이걸 누가 읽을 거라고는 생각도 못 했네." 나는 침대 가장자리에 가서 앉았다. "엄마도 앉게 자리를 좀 내줘봐."

매디가 벽 쪽으로 몸을 붙였다. 핀도 공간을 만들더니 내 팔에 머리를 기댔다. "조니라는 이름의 까마귀 이야기예요." 핀이 말했다.

"그래," 내가 말했다. "그래서 아무도 안 읽었을 거야."

"저기 거미가 있었어요." 핀이 방 저 위쪽 모서리에 있는 거미줄을 가리켰다. 그 옆에 서 있는 기둥 위쪽으로, 판지로 만든 천장에 작은 쥐구멍이 나 있는 게 보였다. 피터에게 손을 좀 보라고 해야 한다. 가느다란 다리를 가진 거미 한 마리가 거미줄에 걸려 죽은 파리를 처리하느라 한참 부산하게 움직이고 있었다. 그 아래로 다섯 개의 갈색 거미 알이 필라멘트로 만든 해먹처럼 매달려 있었다.

"저거 죽일 수 있어요?" 핀이 말했다.

"거미는 유익한 곤충이야," 내가 말했다. "우린 거미를 좋아해. 모기를 잡아주니까."

"나는 싫어요," 핀이 말했다.

"애새끼처럼 굴지 마," 잭이 말했다.

"잭, 말 좀 곱게 해야지." 다른 날 같으면 가만두지 않겠지만, 오늘은 그냥 넘어가고 싶다. 오늘은 그냥 여기서 이렇게 예쁜 내 아이들과 함께, 따뜻하고 행복하게, 이 순간이 영원하기를 바라면서 계속 이대로 있고 싶다. "너도 핀 나이 만할 때 거미 무서워했어."

"마음대로 생각하세요."

"뭘 마음대로 생각해. 너 빨리 동생한테 사과하고, 이리 와서 우리랑 같이 껴안고 있어 보자. 빨리. 지금 당장 엄마 안아줘. 핑계는 안 돼."

잭이 한숨을 쉬더니, 노트북을 덮고 다가와서, 얼마 남지 않은 빈 곳으로 비집고 들어왔다.

나는 잭에게 한 팔을 두르고 가까이 끌어당겼다. "이제 좀 낫네." 우리 넷은 그렇게 으깨진 정어리들처럼 거기서 한데 붙어 누웠다.

"이제 됐죠?" 잭이 말했다.

"나 숨 막혀." 매디가 앓는 소리를 냈다. "숨을 못 쉬겠다고."

"내가 예전에 애나 이모가 침대랑 벽 사이에 햄스터를 놓고 질식시켜 죽인 일 얘기해 줬나?"

"일부러요?" 핀이 물었다.

"정확히는 잘 모르겠어," 내가 말했다. "그랬을 수도 있고. 애나 이모는 마음을 읽기가 어렵거든. 그래도 죽일 생각은 아니었을 거야."

"그랬을 수도 있고 아닐 수도 있고," 잭이 말했다.

"맞아, 이제 자야지." 나는 매디가 들고 있는 책을 잡았다. "까마귀 조니는 내일도 이 안에 있을 거야." 나는 매디 침대에서 핀을 들어 올려서 자기 침대에 누이고 이불을 덮어준 다음, 핀이 나를 밀어낼 때까지 그 예쁘고 귀여운 얼굴에다 키스를 한없이 퍼부었다.

매디도 마지막으로 안아달라며 팔을 벌렸다. "나도," 매디가 말했다.

나는 매디를 꼭 안았다. "양치 안 했구나. 입에서 크림 옥수수 냄새가 나네."

"했어요," 매디가 말했지만, 우리 둘 다 거짓말이라는 것을 알고 있다. "진짜로!" 매디가 다시 한번 말했다.

"옥수수는 맛있지." 내가 귀에 대고 속삭이자 매디는 웃음을 지었다.

"아, 알았어요. 맞아요. 안 했어요. 하지만 아침에 두 배로 할게요."

"다음은 네 차례니까 기다려," 내가 잭에게 말했다.

"마음대로 하세요," 말은 그렇게 하면서도 잭은 웃고 있었다.

오후 11시 정각

엄마는 어둠 속에서 베란다 소파에 앉아 있었다.

"아직 안 주무셨어요?" 내가 말했다.

"딕슨 집에서 먹은 땅콩이 아직도 속에서 꿀렁거린다."

"나는 와인 한잔할까 싶어요. 뭐 좀 드려요?"

"조금 있다 자러 갈 거야. 따 놓은 로제 와인이 있을 거다."

나는 와인을 한 잔 따른 뒤, 엄마 옆에 앉았다. "나는 완전히 지쳤어요."

"나는 네가 어떻게 그걸 다 해내는지 모르겠다. 일일이 그렇게 다 챙기고."

"남편이랑 애들 말하는 거예요?" 내가 웃으며 말했다.

"너무 물고 빨고 하는 거야. 너랑 애나 키울 때 나는 제대로 신경도 못 썼는데, 너를 봐, 얼마나 잘 자랐니."

어떻게 생각해 보면, 엄마의 맹목성 — 자기반성 같은 건 전혀 없는 성격 — 이 우리에게는 하나의 선물이기도 했다.

"애들이 자기들 먹은 접시 하나도 싱크대에 갖다 놓을 줄 모르더라. 너랑 피터랑 멤피스에 가 있을 동안 나 정말 죽다 살았어. 물론 핀이 발 마사지를 잘 해줘서 그건 좋았지만."

"핀에게 발 마사지를 시켰다는 거야?"

"걔는 나이에 비해 손이 작아."

나는 체념한 듯 머리를 흔들고 말았다. 엄마는 그런 스타일이니까. 그건 그거고, 엄마가 계속 잘못 알고 있는 게 있으니 그건 바로잡아야 할 듯했다.

"오늘 오후에 내가 하려고 했던 말이 뭔지 알아요? 레오에 대해서?"

엄마는 하품을 했다. "이미 다 말했잖아. 전 부인에게 돌아갔다고. 하늘이 그 여자를 불쌍히 여겨주시길. 편지라도 보낼 걸 그랬어. 그 인간이 네게 한 일을 다 알려줘야 했는데 말이다."

"엄마." 내 심장이 하도 쿵쿵거리는 바람에 진동이 가슴 밖으로 울려 나오는 듯했다. "레오가 아니었어요."

"뭐가 아니었다는 거야?"

"레오가 아니었다고." 나는 속삭임에 가까운 목소리로 반복했다. "그런 일이 있긴 했는데, 레오는 아니었어요."

엄마는 당황한 듯했다. 내가 하는 말이 무슨 뜻인지 깨닫고 퍼즐을 맞추는 엄마 표정을 지켜봤다. 이내 이해한 듯 움찔하는 표정이 나타났고, 동공이 신경질적으로 확대되었다.

"콘래드?" 마침내 엄마가 말했다.

"응."

"걔 혼자?"

"맞아요."

"레오는 아니고."

"레오는 아니고. 콘래드였어요. 콘래드가 날 강간했다고."

한참 동안 엄마는 아무 말도 하지 않았다. 어둠 속에서 엄마의 기력이 줄어드는 게 느껴질 정도였다. 엄마는 바위가 가슴에 얹힌 듯이 한숨을 내쉬었다.

"레오를 욕하며 지내게 해드려서 미안해요."

"레오는 나를 버렸어. 우리 아기는 죽었고."

이제 분명 참담한 대답이 나오리라는 걸 알고서도 다음 질문을 해야 하는 엄마의 표정을 읽을 수 있었다.

"콘래드는 물에 빠져 죽은 거 맞지?"

"배가 쿵 하고 한번 흔들렸어요. 그 바람에 물에 빠졌고."

엄마 얼굴에서 안도하는 듯한 표정이 떠올랐다. 그냥 여기서 이야기를 끝낼 수 있었으면 좋겠다 싶었다.

"하지만, 우리 둘 다 콘래드가 수영을 잘하지 못한다는 건 알았죠. 구명구를 던져주지 않았어요."

"우리라니." 엄마는 약간 혼란스러워했다. "아, 조너스가 같이 있었구나. 잊어버리고 있었다."

"걔는 다 알고 있어요." 내가 말했다. "조너스에게는 다 말해줬으니까."

엄마가 고개를 끄덕였다. "너희 둘은 늘 붙어 다녔으니까. 그때 걔가 너를 정말 좋아했어. 네가 피터와 결혼하는 바람에 걔 마음에 큰 상처를 줬지."

"맞아요."

조너스의 모습이 눈앞에 떠올랐다. 내가 지금껏 사랑했고, 먹었고, 원했고, 아파했던 그 남자 말고, 초록빛 눈동자에 짙은 색 머리, 이끼가 벨벳처럼 깔린 숲속에서 내 옆에 누워 있던 작은 소년. 나는 아직도 그가 어떤 사람인지 잘 모른다. 하지만 우리는 그때 그렇게 샘 옆에서, 하나의 심장을 공유하는 두 사람처럼 나란히 누워 있었다.

"나도 그 애를 사랑했어요."

엄마는 따뜻하게 애정을 표현하는 스타일이 아닌데, 이번에는 내 머리를 자기 목 쪽으로 끌어당기더니, 내가 어렸을 때 그랬듯 나를 꼭 껴안고 머리를 쓰다듬었다. 내 혈관과 근육과 힘줄과 더 안쪽 깊은 곳에 천 년 동안 쌓여 있던 비통함과 쓰라림이 토사처럼 엄마 무릎 위로 쏟아져 나오는 느낌이었다.

"미안해요 엄마. 나는 그냥 착한 사람이 되고 싶었을 뿐이에요."

"아니야," 엄마가 말했다. "콘래드가 네 방에 들어가게 내버려 둔 건 내 잘못이야." 엄마는 묵직하게 끼익 소리를 내며 소파에서 일어섰다. "내 몸도 이젠 예전 같지 않아. 소화제라도 하나 챙겨 먹고 자야겠어."

엄마는 커다란 테이블을 지나가면서 그 위에 아이들이 놓아둔 아이스크림 그릇을 집어서 싱크대에 내려놓았다. 스푼이 떨어지며 소리가 났다. "이것들은 내일 아침 정리하자."

스크린 도어 앞에 잠시 멈춰 선 엄마 얼굴에는 묘한 표정이 떠올랐는데, 뭔가를 마음속으로 이해하고 소화시키면서 이게 좋은 건지 아닌지 판단하는 듯했다. 마침내 엄마가 입을 열었고, 내게 진지한 조언을 할 때의 그 단호한 어조였다.

"엘리너, 어떤 수영은 후회하게 되어 있어. 하지만 직접 해보기 전에는 알 수 없는 일이야. 너무 오래 있지는 마라. 천장 채광창도 꼭 닫고. 일기예보 보니까 비가 50밀리미터는 온다고 했으니까."

엄마 오두막 문이 닫히는 소리를 듣고 나서야 나도 밖으로 나갔다. 달 주변으로 동그란 빛무리가 둘러 있다. 그토록 기다리던 비가 오려 하고 있었다. 가라앉은 공기와 잔뜩 찌푸린 하늘을 보니 충분히 느낄 수 있었다. 예전에 언니와 내가 썼던 그 오두막, 그러니까 아이들이 자고 있는 오두막 앞에서 나는 잠시 멈춰 섰다. 불은 다 꺼져 있고, 잭의 컴퓨터 불빛도 꺼져 있다. 나는 고요 속에서 아이들의 부드럽고 편안한 숨소리가 들리는지 귀를 기울였다. 귀신 따위는 없고 괴물 같은 것도 없다. 이 아이들을 그 어떤 두려움과 상실과 아픔으로부터 지켜야 한다면, 얼마든지 그렇게 해야 하리라.

연못 한복판에서부터 달빛이 낫 모양으로 내가 있는 쪽까지 쭉 뻗어 왔고, 다가오면서 점점 넓어졌다. 나는 수풀을 헤치고 물가까지 나아갔다. 연못 수위는 낮았다. 젖은 물가에는 너구리들이 남긴 날카로운 발자국이 보였다. 나는 옷을 다 벗어 나뭇가지에 건 다음, 은빛 물속으로 알몸으로 들어갔다. 연못은 흑요석처럼 투명했고, 황소개구리 울음소리와 나방의 왱왱거리는 소리가 들려왔다. 나는 물속에서 조너스가 남겨 놓은 모든 흔적을 느낄 수가 있었다. 나는 손을 동그랗게 만들어 연못 속에 넣고 떠서, 조너스를 마셨다. 하늘 저쪽에서 번개가 쳤다.

우리 오두막 앞에서 잠시 멈춰 서서 몇 초를 센 다음, 멀리서 들려오는 천둥소리를 듣고, 그 시큼한 섬광이 사라져 가는 광경을 쳐다보고, 어둠이 다시 몰려드는 모습도 지켜봤다. 온몸이 한숨처럼 느껴졌다. 안도감과 후회가 뒤섞인 한숨. 어떤 수영에 대한 안도감과 후회일까? 나는 우리 오두막 계단을 올라갔다. 나는 이미 답을 알고 있다. 이쪽이거나 저쪽이거나. 양쪽 모두이거나.

피터는 아직 잠에 빠져 있었다. 나는 천장 채광창 고리를 풀고 조심스레 내렸다. 피터 옆으로 올라가 누우면서 그를 살짝 옆으로 옮기고, 그의 몸에 내 몸을 붙이고 그의 몸에서 번지는 익숙한 온기와 그 조용한 숨소리의 편안함을 느끼면서, 바다에서 내륙 쪽으로 진행하는 폭우가 지나가기를 기다렸다.

오전 4시 정각

새벽 4시, 바람이 거세지고 오두막 문이 덜컥거리는 바람에 놀라서 깼다. 바깥을 보니 소나무들이 다 휘어지고 성난 듯 사지를 흔들고 있었다. 나는 급히 침대에서 나와서 문으로 갔다. 빨랫줄에 걸려 있던 비치타월이 엄마가 있는 오두막 지붕 위에 올라가 있었다. 새들은 무정하고 세찬 바람 속에서 떨어지는 낙엽처럼 어쩔 도리가 없다는 듯 빙빙 회전하면서 비바람 치는 하늘에서 추락하고 있었다. 굴뚝새, 핀치새, 종달새 할 것 없이 다들 날고 있는 게 아니라 바람에 실려 가는 지경이었다. 나는 동트기 전의 꿈결 같은 빛 속을 쳐다봤다. 스크린 도어 너머 바로 바깥에, 목털이 루비 색깔인 벌새 한 마리가 바람에 맞선 채 공중에 떠서 무지갯빛 날개를 세차게 흔들며 서 있었는데, 잿빛 하늘을 배경으로 한 점 보석 같았다. 뒤로 날고 있었다. 바람에 밀려가는 게 아니라, 우리 오두막 바깥에 있는 흰 꽃 핀 매화오리나무 덤불 속 자기 둥지로 돌아가려고 있는 힘을 다해 절실하게 날갯짓을 하는 것이다. 조그만 팔에 붙어 있는 양 날개로 8자를 그리고 있었다. 영원을 상징하는 숫자.

나는 피터를 불러 깨웠다. "일어나 봐."

피터는 뒤척였지만 깨지는 않았다.

"피터," 내가 이번에는 좀 더 크게 불렀다. "일어나 봐. 보여줄 게 있어." 그러나 그는 여전히 세상모르고 잠들어 있었다.

나는 피터 옆에 가서 흔들어 깨웠다.

"응?" 그가 잠에서 헤어 나오지 못한 목소리로 말했다. "아니 왜? 지금 몇 시야?"

"몰라. 새벽이야. 일어나 봐. 이걸 당신도 꼭 봐야 해. 말도 안 되는 광경이야. 새들이 정말 난리가 났어."

"아직 한밤중이야."

"우리 지금 허리케인의 눈에 들어온 것 같아."

"거기 들어가면 이런 바람은 전혀 없고, 쥐 죽은 듯 고요하기만 하지. 이건 그냥 큰 폭풍이 오고 있는 거야. 걱정하지 말고. 그냥 좀 더 자게 해줘." 그가 감미롭게 투덜거렸다.

매디와 핀이 태어나고 몇 년인가 지났을 때, 그러니까 서로 다른 각자의 인생길로 한참을 걸어왔을 무렵, 조너스와 나는 어느 날 오후에 함께 숲속을 걷다가 인동 덩굴이 휘감고 있는 오크나무를 지나갔던 적이 있었다. 수백 마리의 벌새들이 바늘 같은 부리로 그 꽃술에서 꿀을 빨아 먹고 있었다.

"뒤로 날 수 있는 새는 벌새가 유일해." 조너스가 말했다. "놀라운 사실이지. 같은 속도로 뒤로 날 수도 있고 앞으로 날 수도 있어. 시속 48킬로미터."

"나도 뒤로 날 수만 있다면, 그러면." 내가 말했다. 그럴 수만 있다면 안전한 가지가 있는 곳으로, 내 심장이 조너스를 향해 벌새처럼 분당 1,200번의 박동을 할 수 있었던 그때로, 돌아갈 수 있으리라.

언제나처럼 그가 말했다. "나도 알아."

오전 6시 30분

잠에서 깼을 때는 폭우가 지나간 뒤였다. 들이친 빗물이 우리 침대 옆 바닥에 홍수를 이루었고, 내가 읽으려고 쌓아 뒀던 책도 다 젖어 있었다. 피터는 여전히 잠에 빠져 있었다. 그의 눈꺼풀 떨림이나, 거친 숨소리로 알 수 있었다. 나는 그의 이마로 흘러내려 온 머리를 쓸어 넘겨주고, 뺨과 눈썹에 입을 맞추었다.

그는 뒤척이며 움찔하더니 눈을 살짝 떴다.

"안녕," 내가 속삭였다. "깼네," 그리고 그의 얼굴에 나비 키스를 했다.

"굿모닝, 달링," 피터가 그렇게 말하면서 나를 살짝 떠밀었다. "수영하러 갈 거야?"

"같이 안 갈래? 비 온 뒤에 연못은 따뜻하거든." 나는 숨을 참고 기다렸다. '같이 가. 이제 이 모든 걸 끝내.'

그가 내게 등을 보이고 돌아누웠다. "잭에게 9시에 데려다주겠다고 약속했어. 늦잠 자지 않게 좀 깨워줘."

나는 그의 어깨의 굴곡진 부위에 손을 대고 손가락을 쫙 폈다. 나는 그의 등에 난 주근깨가 내 손가락 사이사이로 수많은 별처럼 뿌려져 보이도록 만드는 걸 좋아한다. 손가락 끝으로 그의 넓은 등판을 따라 하트를 그렸다.

"나도 사랑해," 그가 이불에 뒤엉킨 채 말했다.

이른 아침 공기는 축축하다. 나는 엄마가 쓰던 오래된 라벤더 색깔 목욕 가운을 두르고 문에 서서 밖을 내다봤다. 연못 수면은 아무런 움직임도 없고, 폭풍우 따위는 없었다는 듯 유리처럼 평온했으며, 수련은 그 생물학적 주기를 따라 닫혀 있다. 고요함. 온 세상이 수박 속 같은 붉은 빛에 잠겨 있다. 우리 오두막 계단 위에 무지갯빛 깃털 하나가 떨어져 있다. 나는 그것을 집어 들었다. 손가락으로 그 뼈대 부분을 잡고 빙빙 돌려본다. 연못 건너편에 누군가 서 있다. 기다리고 있다. 기대하면서. 나는 그 파란색 셔츠를 곧 알아봤다.

이미 천 번도 더 들었지만, 오두막 계단은 내 체중이 실릴 때마다 한숨 쉬듯 삐걱대더니 이내 제자리로 돌아간다. 이곳 — 이 모든 삐걱거림과 무지근한 소리 — 은 내 뼛속에 들어 있다. 내 맨발 아래 사각거리며 밟히는 솔잎, 피라미 냄새, 젖은 모래, 연못에서 나는 사향 냄새와 비린내까지. 페이퍼로 만든 이 집, 잘게 조각낸 판지를 튼튼하게 압착해서 세월을 버티고, 힘겹고 외로운 겨울을 이겨내고, 금방이라도 무너질 듯하지만 여전히 건재해서 매년 우리가 찾아올 수 있었던 곳. 이 집, 이곳은 내 비밀을 모두 알고 있다. 나 역시 이곳의 뼛속에 들어 있다.

나는 눈을 감고, 이 모든 것을 깊이 들이마셨다. 조너스. 피터. 나. 이 모든 게 다 무엇이었던가. 무엇이 될 수 있을까. 나는 결혼반지를 빼서 손바닥에 쥐고 느껴본다. 세월을 겪어낸 영원한 형상과 그 금빛까지. 나는 반지를 마지막으로 한 번 손금의 생명선에 대고 꽉 쥐어본 뒤, 계단 위에 올려놓고, 수영을 하러 나아갔다.

연못 저 멀리서, 달걀 노른자위 색깔의 태양이 빽빽한 숲속으로 뜨거운 풍선처럼 떠올랐다. 천천히, 우아하게. 잠시 멈춰 서는 듯하더니, 이내 자기를 붙들고 있던 밧줄을 다 끊어낸 듯이 떠올랐다. 새벽이 오고 있다. 그 순간, 바람이 일어나 수면에 주름을 잡으며, 새로운 날을 향해 연못을 깨우고 있었다.

감사의 말

내가 처음으로 픽션을 써보려고 했던 십대 때, 내 할아버지 맬컴 카울리가 해주신 말씀을 나는 지금까지 마음에 품고 살아왔다. 절대 잊지 말아야 할 한 가지가 있다면, 모든 좋은 이야기는 처음과 중간과 끝이 있고, 그 끝이 첫 부분에서 미리 엿보여야 한다는 그 말씀.

그 경지에 이르기까지 평생이 걸렸지만, 아무튼 나는 할아버지 말씀을 충실히 따라왔다.

이 긴 여정에서 나를 밀어붙이고, 다그치고, 지지해 준 수많은 이들에게 감사를 전한다. 특히 내게 식탁을 차리는 법을 알려주고, 우리 모두를 더할 나위 없이 아름답게 키워낸 내 어머니 블레어 레시카에게 말할 수 없는 고마움을 표한다. 소중한 언니 리지와 소냐에게도. 언니들은 내게 바위처럼 든든한 이들이며 내 영혼과 같다.

편집자이자 탁월한 역사학자인 내 아버지 로버트 카울리는 내가 11살 때, 가장 좋은 글은 두 점 사이의 최단 거리라는 사실을 가르쳐 주었다. 그 가르침에 감사하고, 특히 정신 못 차릴 만큼 아름다운 동생들인 올리비아와 사바나를 만나게 해주신 것에도 감사한다.

우리에게 그 멋진 풍광을 선사해 준 할아버지 잭 필립스에게 감사드린다. 그 풍경을 영원히 아름답게 빚어낸 멋진 새아버지 폴 레시카에게 감사드린다. 한 소녀의 인생을 완전히 뒤바꿔 놓은 옥수수 캔을 주신 나의 대모 플로렌스 필립스에게 감사드린다.

생각을 자극하는 뛰어난 편집자이자 결코 실수하는 법이 없는 세라 맥그라스에게 한없는 고마움을 전한다. 리버헤드 출판사 팀 전원에게, 바이킹 사의 발키리스 부부에게, 베네치아 버터필드와 매리 마운트에게 깊은 감사를 전한다.

늘 나를 밀어붙이는 멋진 에이전트 애나 스타인에게, 나를 선택해주고, 내 꿈이 이루어지게 해준 것에 대해 고마움을 표한다. ICM의 윌 왓킨스, C&W의 수전 암스트롱, 커티스 브라운의 클레어 노지에레스, HJTH의 내 팀원인 제이슨 헨들러를 만날 수 있었던 건 나에게 큰 행운이었다.

내 평생 함께한 멘토이자 친구인 마크 사르바스. 네가 있어서 이 먼 길의 한 걸음 한 걸음 걸어올 수 있었다. 어찌 다 말로 표현할 수 있으랴만, 그래도 해야 하겠다. 책이 되어 나오기 전에도 이 책이 나올 것이라고 믿어준 애덤 쿠스먼에게 고마움을 전한다. 픽션은 시와 같다는 사실을 알려준 잭 그레이프에게도. 나와 함께 《페이퍼 팰리스》를 만들어 낸 "소설가 그룹"의 모든 작가에게 고마움을 전한다. 그들 중에 특히 안드레아 쿠스터, 새뮤얼 스택하우스, 온드레아 하르, 빅토리아 핀천, 캐서린 엘스워드, 그리고 메트리칼(정력 증진제 — 역자주)을 발견한 언어의 귀재 조엘 비야세뇨르에게. 펜 아메리카에 있는 내 친구들에게. 파인 아트 워크 센터의 모든 이사회 멤버에게.

내게 베푼 그 모든 것에 감사하며 스테파에게 고마움을 전한다. 나무에 대해 알려준 파란에게. 지혜와 따뜻한 마음을 가진 에스텔레에게. 빛을 가져다줬던 지미에게. 그 빛을 계속 보존해 준 타냐에게. 데이 원에서 내게 기쁨을 줬던 닉에게. 내 인생이 축을 중심으로 돌아가게 해줬던 크리스티나와 올리비아에게. 그 인생이 때로는 궤도를 이탈할 수도 있다는 걸 알려준 릴리와 넬에게. 우리 모두 따라가고 싶게 만드는 세련되고 강렬한 북소리를 낼 수 있는 어거스트에게. 래셔와 캘더와 서배스천, 이 작고 멋진 이들에게. 그리고 아, 꿈을 꾸게 해준 숲속의 요정 같은 조지아에게.

나는 강한 목소리와 굳건한 마음을 지닌 강인한 여성들의 세계에서 자랐다. 내게 귀한 우정을 알려준 그 세계의 모든 이들에게 고마움을 전한다. 내게는 말할 수 없이 소중한 복이었다. 고마워 마고, 앤절라, 로라, 노니, 토리, 버스비, 너희는 내 평생 같이할 이들이야. 원고를 처음 읽고 "좋아"라고 말해줬을 뿐 아니라, 날마다 내 옆에 앉아서 함께 타이핑을 했던 샬럿에게. 한없이 긍정적인 마음을 가지고 있는 케이트에게. 늘 나를 따뜻하게 지지해 줬던 니키와 루이스에게. 예리한 친구이자 초창기에 원고를 읽어주었던 로라 B, 에브게니아, 케이트, 엘리자베스에게. 뭉그적거리지 말고 정신을 차리고 빨리 이 빌어먹을 일을 마무리하라고 채찍질해 준 리비에게. 조에, 루시, 에밀리에게. 우리 집안의 멋진 여성 앤토니아, 수재나, 하이든, 새스키아, 코시마, 레이철, 프랭키, 룰라, 로테, 그레이스, 루이자, 밀리에게. 다들 모두 내 길에 힘이 되어주었다.

내 아들 루카스와 펠릭스에게. 엄마가 너희들을 얼마나 사랑하는지 너희도 잘 알 거야.

그리고 마지막으로, 그 누구보다, 우리가 함께 걸어온 그 멋진 여정을 생각하며, 브루노, 당신에게 고마움을 전합니다.

역자의 말

벌새가 날아간 자리

   소설은 묘사한다. 진리를 알려주거나 교훈을 주려는 목적 이전에 현실을 있는 그대로 제시한다. 그런 점에서 소설은 어른들의 것. 길을 찾는 다급함에서는 벗어나 있어야 하니까. 또 하나, 소설은 시간 때울 때 읽는 게 아니다. '의미'를 찾으려는 자들이 열고 들어가는 문이니까.
   솜씨 좋은 여성이 쓴 소설을 하나 번역했다. 데뷔작인데 상당히 우람하다. 진리나 인생의 길과는 별 상관없는, 말 그대로 삶이라는 커다란 유리창 한쪽에 균열이 생긴 주인공이 살아가는 모습을 '묘사'한 작품. 슬프고 어려운 이야기일 수밖에.
   역자로서 작품을 소개한다면 뭐라고 할 수 있을까? 사랑에 대해 꽤나 논쟁적인 정의를 시도한 작품일까, 어린 날에 받은 상처와 사랑이 뒤엉켜 있는 주인공이 조금씩 극복해 가는 성장 소설인가? 냉정히 말하자면 불륜으로 얻은 슬픔과 기쁨 대신, 그 대가로 상실해야 하는 부분도 보여주려 한 것일까?
   이야기는 줄곧 내가 예상하지 못한 방향으로 틀어져 갔다. 아마존 독자 서평이 끝없이 달리는 이유도 그런 까닭이리라. 번역을 시작할 당시 50,000개 수준이었던 독자 평가는 64,000개가 넘었다. 저쪽은 아직도 시끌시끌한 듯하다.

한 집안의 3대에 걸친 여자들 이야기가 드라마처럼 전개된다. 작품의 대부분을 차지하는 주인공 엘과 그녀의 언니 이야기는 물론, 외할머니와 어머니 이야기도 다이내믹했다. 주인공이 사랑했던 아빠의 인생에도 눈길이 갔다. 그들 모두 숨 가쁘게 돌아가는 자기 삶을 참아야 했다. 짜임새 있는 스토리라인이나 반전 외에도 문장의 문학성 자체를 높이 사고 싶다.

소설 한 편이 나오려면 얼마나 괴롭고 긴 세월을 보내야 하는 걸까? 작품 뒤에 저자가 쓴 감사의 말에서 엿볼 수 있었다. 소설은 아름다움을 찾아가는 길, 아름다움은 고통과 뒤엉켜 있다. 아름다움을 손에 쥐고자 하는 자는 비명을 지르며 살아야 한다. 될지 안 될지 미리 알 수는 없고, 좌우지간 끝까지 가봐야 한다. 중간에 그만두면 비참해질 뿐이다. 저자가 비명을 지르며 나아가 도달한 아름다움이 작품 속에 담겨 있다. 아마존 독자 평가가 계속 쌓이는 까닭은 작품이 의외로 그리 간단하지 않기 때문이리라. 작가가 견뎌낸 간절함은 독자의 마음에 파문을 일으킨다.

번역을 마치고 조금 심란했다. 이야기의 전개가 끝까지 충격적이라 그런 것도 있지만, 두툼한 분량 속에 담긴 다양한 장면과 인물 모두 작별하기 아쉬웠던 까닭도 크다. 하지만 모든 이야기를 소화하고 내 정신의 일부로 만들었다는 사실은 뿌듯하게 남는다.

    나 자신의 본능에 대해 질문할 수 있을 만한 나이가 되었을 무렵, 엄마가 내게 해준 조언은 언제나 똑같았다. "동전을 던져봐, 엘리너. 나오는 답이 마음에 안 들면, 반대로 하면 돼." 답을 모를 때, 혹은 모르겠다는 생각이 들 때도, 우리는 실은 답을 알고 있다. 그런데 그 동전이 가짜 동전이라면? 양면 모두 똑같은 답이 나온다면? 둘 다 정답이라면, 둘 다 틀린 것이다(501페이지).

어떻게 해야 할지 모르겠다 싶을 때도, 우리는 실은 어떻게 해야 하는지 알고 있다. 우리가 어떻게 할지도 알고 있다. 그 둘은 똑같을 때도 있고 정반대일 때도 있다. 십중팔구 우리는 어떻게 할지 알고 있는 대로 한다. 작품의 주제를 상징하는 벌새를 인터넷으로 찾아봤다. 똑같은 속도로 앞으로도 날 수 있고, 뒤로도 날 수 있는 새. 그 무지갯빛 깃털도 한참 쳐다봤다.

 작품 곳곳에 담긴 풍경도 인상 깊었다. 작품에 등장하는 The Merritt라는 도로가 궁금해서 인터넷으로 찾아보니 코네티컷에 있는 메리트 파크웨이였다. 예전에 미국의 어느 학교에서 석사 공부를 마친 뒤, 나까지 포함해서 어리숙한 유학생 세 명이 동부 여행을 떠났던 적이 있다. 미시간의 그랜드 래피즈에서 시카고를 거쳐, 뉴욕과 보스턴까지 갔다 오는 여행. 그때 타고 달렸던 숱한 도로들이 생각났다. 직선으로 한없이 뚫린 도로를 달리면서 인생에 대한 불안을 잠시 내려놓고 웃었던 그때. 언젠가는, 그 어디든, 그때처럼, 다시 헤매면서 달려볼 날이 있기를 바란다. 진심으로.

THE PAPER PALACE
Copyright ⓒ 2021 by Miranda Cowley Heller
All rights reserved.
Korean translation copyright ⓒ 2023 by JUyoungsa Publishers
Korean translation rights arranged with CREATIVE ARTISTS AGENCY
through EYA Co.,Ltd

이 책의 한국어판 저작권은 EYA Co.,Ltd를 통해 CREATIVE ARTISTS AGENCY와
독점 계약한 주영사가 소유합니다. 저작권법에 의하여 한국 내에서 보호를 받는
저작물이므로 무단 전재 및 복제를 금합니다.

페이퍼 팰리스

초판1쇄 발행 | 2023년 6월 1일

지은이 | 미란다 카울리 헬러
옮긴이 | 김상조

발행처 | 주영사
발행인 | 이은종
등록번호 | 제379-3530000251002006000005호
등록일 | 2006년 7월 4일 (최초 등록일 2006년 3월 7일)
주 소 | 경기도 성남시 수정구 산성대로 437번길 7
전 화 | 031-626-3466
팩 스 | 0505-300-2087
홈페이지 | http://juyoungsa.net
이메일 | juyoungsa@gmail.com

ISBN 978-89-94508-42-9 03840

* 잘못된 책은 바꾸어 드립니다.
* 책값은 표지에 있습니다.